A mudança

MARQUES REBELO

A mudança

Trilogia *O espelho partido*

Livro 2

Rio de Janeiro, 2012

© José Maria Dias da Cruz e Maria Cecília Dias da Cruz

Reservam-se os direitos desta edição à
EDITORA JOSÉ OLYMPIO LTDA.
Rua Argentina, 171 – 2º andar – São Cristóvão
20921-380 – Rio de Janeiro, RJ – República Federativa do Brasil
Tel.: (21) 2585-2060
Printed in Brazil / Impresso no Brasil

Atendimento e venda direta ao leitor:
mdireto@record.com.br
Tel.: (21) 2585-2002

ISBN 978-85-03-01033-7

Capa: SERGIO LIUZZI/ INTERFACE DESIGNERS
Foto de capa: MUSEU DA REPÚBLICA (PALÁCIO DO CATETE), JARDIM DO MUSEU,
RIO DE JANEIRO. FOTO ARQUIVO/ AGÊNCIA O GLOBO.

Texto revisado segundo o novo Acordo Ortográfico da Língua Portuguesa.

CIP-BRASIL. CATALOGAÇÃO-NA-FONTE
SINDICATO NACIONAL DOS EDITORES DE LIVROS, RJ

	Rebelo, Marques, 1907-1973
R234m	A mudança / Marques Rebelo. – Rio de Janeiro: José Olympio, 2012.
	– (O espelho partido; 2)

Sequência de: O Trapicheiro
ISBN 978-85-03-01033-7

1. Romance brasileiro. I. Título.

CDD: 869.93
12-2147   CDU: 821.134.3(81)-3

1939-1941

"Os rostos ficam no espelho,
Haja sol ou noite escura..."

Lêdo Ivo
Cântico

*"A memória de todo homem
é um espelho de mulheres mortas."*

George Moore
Memórias da minha vida morta

1939

1º de janeiro

Fechou-se o ano abrindo-se uma Exposição do Estado Novo! Trabalharam os improvisados doceiros para a apresentação do rocambole de realizações e projetos em camadas desiguais, com a monumental alegoria de Marcos Eusébio na entrada — o operário com a sua marreta, o camponês com o seu ancinho, o soldado, o marinheiro e o aviador prestando continência, as chaminés por trás formando um pórtico para o perfil otimista do ditador.

Foi um ato festivo, festividade de feira — com rojões, fogos de artifício duma pobreza de arraial, banda de música, muito povo encomendado. E as escolas de samba encaminhadas para lá, cabritos que se engabelam com o chacoalhante bornal da subvenção — Portela, Unidos de Rocha Miranda, Rainhas Pretas, Vai se Quiser, Corações Unidos de Jacarepaguá, Não É o que Dizem, Mocidade Louca de São Cristóvão, Azul e Branco, Unidos do Salgueiro, Depois Eu Digo, Fique Firme, Estação Primeira, Unidos da Mangueira, Prazer da Serrinha, União de Madureira, União da Mocidade, Unidos de Cavalcanti, Modelo Unidos de Riachuelo, União de Sampaio, Recreio de Ramos, Unidos da Tijuca, União de Tuiuti, Paz e Amor, Lira do Amor, Unidos da Capela, União Parada de Lucas, União de Colégio, Baianinhas Brasileiras —, todas desfilaram, inaugurando também um outro astuto veio de popularização do chefe.

À meia-noite, com um preâmbulo de tiros, sirenes e Hino Nacional, Getúlio falou com aquela voz amável e simpática de fronteiriço, falou de papel na mão, oração da provável lavra de Lauro Lago, três parágrafos de apreensões, um de ataque aos extremistas que não pegariam o governo desprevenido, muito pelo contrário, disposto à rigorosa vigilância, todos os demais de promessas de um outro mundo de Pangloss, enunciados naquela convicção fomentada pelo DIP, de que tudo que dissesse agora pertenceria à História, pelo menos à História que andam forjando os sapos-ferreiros para uso das escolas.

....

A execução radiofônica do Hino Nacional não comoveu somente Garcia, atingiu a todos, foi o estopim duma explosão de movimentos solidários — mais um ano! E levantamos os nossos copos, trocamos votos sinceros e ardentes, abraçamo-nos, beijamo-nos, numa ebulição fraternal. E, quando a fervura baixara na atravancada sala de empréstimo, foi que veio a voz do presidente com o chavão inicial — Brasileiros!

— Desliga esta joça! — intimou Gasparini.

Indecisa, Luísa, que estava junto ao aparelho, perguntou:

— Desligo?

— Desliga coisa nenhuma! Vamos ouvir.

— Vocês acabam aderindo... É assim que se começa — e Gasparini encheu novamente o copo.

— Não seja beócio!

E, bem ou mal, a parola foi ouvida, José Nicácio entrecortando-a obstinadamente — farsante! cínico! déspota! Ouvida e comentada. Mas foi Gasparini quem varreu o assunto:

— Vocês sabem a impressão que me dá essa tralhada toda do Adonias? Que estamos comemorando o Ano-Novo num belchior...

— Um brinde ao ausente — propôs Garcia.

— Que fique sempre ausente! — gargalhou José Nicácio.

Luísa riu:

— Vou contar a ele.

José Nicácio fingiu temor:

— Não me faça trancinha, pelo amor de Deus... O belchior é cabra perigoso...

O telefone tilintou. É Loureiro embriagado, pensei. Era:

— Olá, bichão! Estamos desejando os melhores votos para vocês!

Estava no Cassino Copacabana com Ricardo. Tinham mesa no *réveillon* mais famoso da cidade. Nilza, que inveja Waldete e Zuleica, que não perde ocasião de ser grosseira, suspirou forte:

A MUDANÇA 13

— Eles é que são felizes...

Luísa, que não a ouviu, disse com suavidade:

— Não se esqueceu...

— Se estivesse sóbrio esqueceria na certa! — grunhiu Gasparini, que conhecia Loureiro tanto quanto eu.

— Livra, que língua!

— Não é menos afiada do que a do seu marido.

Seu marido... Até Luísa sentiu que soara falso. Não, ainda não nos habituamos. E Gasparini dava conta de que a garrafa estava enxuta:

— Não vão me dizer que acabou o vinho!

— Não. Com você convidado não seria tão inexperiente. Há um outro garrafão cheio na copa.

— Vamos a ele!

Saiu carregado e José Nicácio não ia mais firme. Foi Nilza quem guiou o carro. O dia já estava na rua com pássaros e cigarras.

2 de janeiro

São as cigarras que me trazem aquele dezembro: acabei o curso primário na escola pública de caramboleiras no recreio, com uma festinha de infindáveis recitativos e a comédia na qual representava, de pijama, o papel de velho pigarrento e caturra, tropeçando nas réplicas, alterando as deixas, desesperando o ponto, suada tarefa atribuída a dona Marcionília, professora da primeira série e pau para toda obra. Viriam quase três meses folgados, despreocupados, no mundo das borboletas, já que voltáramos para a casa do Trapicheiro, pois papai, para quem a morte de Cristininha já era ferida cicatrizada, cansara-se da praia e desejava ficar mais perto do trabalho, onde tinha de estar muito cedo, antes do operariado chegar. Mas o sonho se desfez quando meu pai, que não compareceu à festa, me avisou depois do jantar:

— Em março vocês irão para um colégio de verdade, de maneira que amanhã mesmo entrarão para um curso preliminar.

O que papai entendia por um colégio de verdade era o ginásio. E lembrei-lhe:

— Mas para Emanuel ainda falta um ano.

— Nesses três meses de curso ele fará o que você não faz num ano. Murchei com a resposta. Fizemos o curso de adaptação, ingressamos no ginasial. Emanuel realmente me alcançou. Ficamos na mesma classe, só meninos, e as suas notas eram sistematicamente melhores que as minhas. Estudava com afinco, mostrava decidida queda para línguas, fazia os deveres passados para casa com meticulosidade e limpeza, encapando e numerando cadernos, dividindo-os por cores, colando cromos nas capas e neles inscrevendo em eruditos caracteres góticos o seu nome glorioso. Era um talento reconhecido em voz alta pela unanimidade dos mestres, que o apontavam como um paradigma. Na resolução dos problemas matemáticos, não admitia a exclusão de raciocínios escritos, onde os "assim como", os "bem assim", os "admitindo que" pingavam como gotas de luz para gáudio do professor Veloso, convencido e tagarela paladino dos números, com a condenável mania de se roçar nas pernas dos alunos mais inocentes. Suas composições traziam sempre conceitos muito louvados: "A embriaguez é vício nefando"; "A bandeira pátria é um objeto sagrado"; "Santos Dumont é o pai da aviação". Emanuel colecionava selos para aprender melhor Geografia! Emanuel sabe de cor a *Oração aos moços*, de Rui Barbosa! Emanuel iria longe! Emanuel conquistou o primeiro lugar no torneio de xadrez! Emanuel ganhou o primeiro prêmio de aplicação: medalha de ouro e uma coletânea de Buffon com estampas.

Vingo-me jogando futebol e sendo amado por Sabina.

3 de janeiro

Vem cautelosa durante a noite e é como a noite na minha cama seu vulto preto. O chão estala. O armário estala. O coração estala. A pia aberta é como cascata na madrugada.

4 de janeiro

Mas muito não durou. Mariquinhas despediu Sabina, alegando o seguinte recorde em um mês: quebra de quatro pratos rasos, três pratos fundos, um pratinho de sobremesa, duas xícaras de chá e cinco de café; sumiço de uma faca de prata, duas colheres de sopa e um garfinho de doce, também de prata — além de muitíssimo respondona.

Papai engoliu o alegado. Mimi e Florzinha pareceram merecer, telefonicamente, a honra de serem postas ao corrente das reais determinações. Na verdade, a honra era dada a mim, faladas suficientemente alto para que não as deixasse de ouvir do quarto: a imoralidade deve ser cortada, cerce, pela raiz; o sangue bilontra de Gastão encontrava terreno propício, que precisava ser sem delongas saneado; quando um pai é cego, e não há pior cego do que aquele que não quer ver, é mister que aqueles, que Santa Luzia iluminou com a sua graça nunca esquecida, tenham a coragem de proceder à extirpação do berne, à cauterização da bicheira...

5 de janeiro

A bicheira é universal. "A guerra que ameaçava envolver o mundo em chamas foi evitada, mas cada dia se torna mais difícil manter a paz. Em volta de nós estão sendo travadas a todo momento guerras militares e econômicas não declaradas" — falou Franklin Roosevelt na sessão de abertura do novo congresso, do qual conseguiu fazer a maioria.

6 de janeiro

A chantagem prossegue. Ontem foi a Festa da Música Popular Brasileira na Exposição do Estado Novo. Cada entrada valia um voto para o concurso de músicas carnavalescas, defendidas de corpo presente pelos ases da cantoria popular. Os compositores interessados nos prêmios, relativamente polpudos engodos dipianos, trabalharam como caititus. Antônio Augusto, que tem uma marcha de parceria com Chico Pretinho, amanheceu no recinto catalisando votação, e Martinho Pacheco não o poupou na sua crônica radiofônica de hoje, intitulada "Por trás do dial", coluna de alto prestígio, e que o Manuel Porto, da Rádio Metrópolis, acha que devia se chamar "Por trás da registradora". Neusa Amarante pôs em perigo o prestígio de Carmen Miranda com uma bem ensaiada claque capitaneada por Zé com Fome. Glorita Barros, que é a sua rival, procedeu como condigna rival e espalhou na plateia a sua gritadeira compinchanda, todavia como as músicas que lhe tocaram na competição momesca são para lá de chinfrins, não chegou a ameaçar as primeiras colocações, encabeçadas pela marchinha "A jardineira", cuja autoria tem sido pasto para dúvidas e discussões não muito éticas. Mas ninguém brilhou mais que a novata Lenisa Maier cantando "Meu consolo é você...", brilho que se converteu em milhares de cédulas na contagem, consolo que os entendidos garantem ser Lauro Lago, que acaba mais ou menos discretamente de anular seu casamento em Paraíba do Sul, comarca que tem sido a Meca dos matrimônios inconciliáveis, porém abastados e poderosos. Por engraçada coincidência chama-se também Lenisa a ex-esposa, que voltou ao nome de solteira — Lenisa Pinto. É criaturinha agitada, ultraelegante, ditadora de modas e permanentemente em foco nos atos de caridade em favor da Cruzada contra a Lepra, da Casa dos Inválidos, da Obra do Berço, do Retiro dos Cegos e doutras que tais. Catarina, que dela fora companheira de colégio, não de classe, a ex-esposa era mais adiantada, assevera que Lenisa Pinto é por demais inteligente, inteligência trepidante e imaginosa, e que granjeara fama no colégio por sua contundente veia crítica, que não poupava nem mesmo a mais íntima das amigas. Dagmar tinha-lhe ódio!

8 de janeiro

Colégio, colégio de verdade... Tinha um renque de palmeiras na entrada, ficava lá no fundo, acachapado, triste, os portais de granito, as janelas com grades como uma prisão. As horas são mais monótonas, os livros, mais grossos, a farda de brim, nova, de calça comprida, incômoda como couraça, e, na gola, o distintivo espeta, escudo bicolor, presunçoso e ridículo, misturando o Cruzeiro do Sul com o aforismo grego em latim.

A MUDANÇA 17

Ao longo das salas fracamente iluminadas corriam, altas, envidraçadas armações, trancadas a cadeado, atochadas de instrumentos de Física, enferrujados e obsoletos, coleções mineralógicas e botânicas, comidas essas pelas traças, aparelhos de química, quebrados, escuros de pó, aves e mamíferos empalhados em atitudes vivas, ossos avulsos e avulsas moldagens de órgãos do corpo humano, confuso mostruário didático, apenas mostruário, para satisfazer as exigências da lei e a vista grossa dos pais, intocado por gerações e gerações de estudantes.

O colega capenga decorava até o índice dos compêndios. As nádegas de Mac Lean estouravam, agachado na área ensolarada, para o jogo de gude, que passei a abominar. Antônio Ramos ensinou-me a fumar, cigarro Tênis, de dois tostões o maço, que deixava na boca, nas mãos, na roupa, um vestígio, irremovível. Seu Camilo, secretário, roubava nas contas. Ficou rico, abriu um colégio dele — Educandário Camilo Barbosa — muito mais bem instalado, com a novidade da piscina clorada, que era um vitorioso chamariz, acabou bustificado em praça pública, com ele presente à solene inauguração, gorducho, de óculos, venerando, diante das objetivas fotográficas antecipadamente contratadas.

9 de janeiro

Outro dezembro chegou com as mornas manhãs prenhes de cigarras, a abundância das mangas e abacaxis e a inquietação dos primeiros exames finais. Preparara-me para três: História Universal, História do Brasil e Geografia. Efetuavam-se no Colégio Pedro II, a escrita pela manhã e a oral depois do almoço para aqueles que escapavam à prova matinal, que era eliminatória.

Como a chamada fosse por ordem mais ou menos alfabética, eu e Emanuel fomos chamados juntos, no primeiro exame, o de Geografia, e papai, saindo dos seus cuidados, nos acompanhou, Emanuel sereno e sério, de fumo no braço, eu inquieto, as pernas tremendo, o estômago enauseado, a cabeça tonta e dolorida.

A noite passara-a quase em claro, e, das rápidas modorras, acordava sobressaltado pela aflição de pesadelos, nos quais demônios escondidos sob a pele de examinadores me bombardeavam com perguntas irrespondíveis, que me acarretavam a reprovação e as terríveis reprimendas e castigos de meu pai, que parecia uma fúria.

Entre o temor de papai, fértil em ameaças, e o mudo desprezo de Emanuel, me esforcei nos dois últimos meses de aulas, acompanhando com atenção as preleções dos professores, passando as tardes com Antônio Ramos em aproveitáveis sabatinas, ficando até altas horas debruçado nos livros, ante a incredulidade de Mariquinhas, que por várias vezes se levantava da cama para vir, sorrateiramente, me espreitar.

— É você, meu filho! — gritou papai.

Praticamente fui empurrado para dentro da sala, pois, à chamada de meu nome, os pés me fugiram, pregados no chão. A sala me pareceu enorme, o professor, que distribuía o papel, me pareceu fantasmal. Fiquei numa das últimas carteiras, individuais e estreitas, enquanto Emanuel, lá na frente, esperava superior e impassível que se sorteasse o ponto. A mocinha levantou-se a um aceno da banca e meteu a mão na cumbuca.

— Treze! — anunciou o presidente da banca, que era surdo e adiposo.

Foi um ponto feliz: rios da Amazônia, aspecto físico da Península Ibérica e leis de Kepler. Sabia tudo na ponta da língua. Deu-me um ímpeto nervoso, via tudo claro na minha frente, pus-me imediatamente a escrever, enchi vertiginosamente as quatro páginas, pedi mais papel sob o olhar benevolente dos examinadores, que conversavam na comprida mesa, saindo, uma que outra vez, para dar uma passeata controladora pelas filas de carteiras. Quando passei de volta com o papel solicitado na mão, Emanuel empalideceu, estupefato — ou eu estava maluco ou o mundo virara de pernas para o ar!

Saí da sala primeiro do que ele; papai, de luto fechado por mamãe, aguardava-nos no corredor, fumando muito. Veio ao meu encontro:

— Como foi?

— Bem.

— Mas bem mesmo?

A MUDANÇA

— Juro que fui bem!

Papai riu:

— Não é preciso jurar, rapaz! Mas por que o Emanuel não saiu?

— Ficou escrevendo.

Papai fez uma cara de compreensão:

— Vai escrever muito!

Fomos almoçar no delírio de espelhos e guardanapos que era a Rotisserie Moderne — aquele não era um dia comum! — e Emanuel se mostrou macambúzio, me olhando atravessado por entre as crenadas flores da jarra, como se eu lhe tivesse feito uma desfeita. Estava tão satisfeito que não lhe dava importância — comia, repetia, me encharcava de água mineral, ria com papai, que acompanhava minha euforia, certo, só então, de que eu me saíra realmente bem. E de volta ao Colégio Pedro II ele pôde constatar com . os próprios olhos, na lista de examinandos colada na prancheta, entre numerosos traços vermelhos que assinalavam os reprovados, meu nome brilhando em azul com um impressionante 9. Emanuel tirara 6. Papai não podia acreditar. Mas a oral acabou com as dúvidas. Assaltou-me uma desenvoltura, uma alegria, um jeito moleque de responder, que dominou a banca. Bisei o 9, como Emanuel bisou o 6. Papai, comovido, me abraçou aos beijos. Entrei triunfalmente em casa. Mariquinhas ficou pasmada:

— Nota mais alta que o Emanuel? Não é possível!

Papai confirmava:

— Para você ver!

— Quando eu digo que neste mundo o que vale é a sorte...

Emanuel sentiu-se reanimado por essas falas. Levantou a cabeça, concedeu afinal ao imprevisto adversário as palmas da vitória:

— Eduardo mereceu. Fez um bom exame. Não foi somente sorte, não. Demonstrou muita presença de espírito diante dos examinadores.

Mariquinhas babava-se com tanta magnitude, tanta superioridade. Fiquei um pouco desarmado, sem saber que atitude tomar. Salvou-me Madalena, que soltou uma estrepitosa gargalhada, uma daquelas gargalhadas tão suas, sonoras, infindáveis, capazes de irritar um frade de pedra.

10 de janeiro

O surpreendente brilhareco, que correu célere por parentes, amigos, vizinhos e colegas, me insuflou um brio jamais sentido. Saboreei os parabéns, deleitoso manjar que meus lábios não haviam provado antes, embebedei-me com o capitoso licor do elogio. Ambicionei manter o respeito que com ele adquirira e entreguei-me ao estudo com ardor, na firme disposição de confirmar o êxito nos exames subsequentes. As sabatinas com Antônio Ramos foram intensificadas, com a participação de Mac Lean, cuja memória era de visgo para datas. Solicitei do desembargador Mascarenhas o empréstimo do César Cantu — *legit ad discendum!* —, enfileirei os volumes na mesa de estudo qual aguerrido pelotão sob o meu comando. Furava as noites curvado sobre a História — Carlos, o Temerário, foi encontrado nu, desfigurado, com a orgulhosa cabeça enfiada na lama de um pântano de Nancy! — e Madalena, num ataque de solicitude, menos por minha pessoa que por pirraça a Emanuel, vinha trazer, com palavras extras de estímulo, reconfortantes chocolates e bolinhos, Phosphatine Falières e biscoitos craquenel, para as minhas vigílias, tal como um treinador cioso do pupilo que se prepara para uma desgastante competição atlética.

Os exames vieram, compareci sem medo, apliquei a mesma técnica de jovial desembaraço, mas cesteiro que faz um cesto pode não fazer um cento. Fui aprovado, papai renovou o comovido abraço, Madalena exultou, mas Emanuel obteve notas mais elevadas do que eu. Um e dois pontos mais, apenas, mas o bastante para que Mariquinhas colocasse a hegemonia nos ombros devidos:

— Sorte não se tem todos os dias. Mas meus parabéns, Eduardo. Você fez um bonito!

Mas, sorte ou esforço, as aprovações trouxeram o meu quinhão no círculo familiar: papai passou a me tratar com uma atenção que não me dispensara antes, atenção que cresceu até a sua morte, atenção que me envaidecia como uma recompensa.

A MUDANÇA   21

12 de janeiro

— O Brasil é um vasto hospital. (Professor Miguel Pereira, 1917.)
— O Brasil é um deserto de homens e de ideias. (Oswaldo Aranha, quinze anos depois de Miguel Pereira.)
— O general Marco Aurélio é general desde tenente. (Um sargento que o acompanhou na Batalha de Itararé, a maior batalha da América do Sul, que não houve, como epigramou um poeta de Juiz de Fora.)
— As moscas mudam, mas a merda é a mesma. (Belisário Pena.)

13 de janeiro

É outra, muito outra! Outra massa, outros ingredientes... E remoo, melancólico, as palavras de Gasparini na passagem do ano:
— Vocês acabam aderindo... É assim que se começa.
Por vezes vem um relaxamento, uma desesperança, um desapego que não estará longe da tolerância. É preciso ter muita força para resistir!

14 de janeiro

O rabinho para esfolar... Instantâneas formalidades forenses, ao lado de uma estranha em vestido estampado. Nada mais obsta. Quando não há bens, a lei dá saltos abreviantes. Criança não é bem.

15 de janeiro

A prosápia futebolística nacional, que se acalentava prazerosa e ufanisticamente nas ditas surrupiadas glórias do campeonato do mundo, sofreu hoje um desconjuntante contravapor. Os argentinos que vieram disputar as duas partidas da Copa Roca (não há meio de a crônica especializada chamá-la de Taça!) não tomaram conhecimento dos reis do futebol e, em pleno estádio do Vasco da Gama, diminuto para a assistência, aplicou-lhes uma goleada de 5 a 1.

Temos uma tal complexão interior que, embora sabendo da mistificação, nos surpreendemos com os resultados da realidade. E assim sofri pelo rádio, Luísa ao lado procurando compartilhar da desdita, e o mesmo espíquer que tanta invenção consumia nas irradiações da Taça do Mundo, entrelaçado microfônico de vacuidade, impostura e metralhadora, estava tomado dum anatemático derrotismo, profligando técnicos e jogadores, antes tão endeusados, acusando dirigentes, condenando o clubismo — público *mea-culpa*, reverso da dourada moeda com que sempre comprara o seu prestígio junto aos ouvintes e aos gordos patrocinadores dos programas esportivos. Mas Gasparini e Garcia sofreram *in loco*. Haviam prometido jantar conosco e vieram diretamente do estádio. Chegaram queimados da soalheira, afônicos, empoeirados, arrasados. Não fizeram cerimônias — meteram-se no chuveiro, ficaram depois sem camisa, retemperando-se na varanda com a fresca que vinha do mar.

— Caímos do galho tal como a camélia, não foi, patriota?

Garcia sorriu amarelo e Gasparini confessou:

— Os gringos jogam, compadre. Jogam uma barbaridade! Fizeram o que quiseram da pelota, controlaram o jogo todo, ditaram classe. Mas também com aquele fundura no nosso gol era humanamente impossível ser por menos. Ninguém tinha confiança, o homem era uma peneira, o que vinha entrava. — Pôs na voz uma fímbria de esperança: — Se no outro jogo mudarem aquele desgraçado, outros galos cantarão. Podemos até ganhar! Mas que é que você quer? Empurram o homem no quadro a muque! O que mata o nosso futebol é a maldita política!

— O pranto é livre.

— Não é choro não, é a realidade! Podemos ganhar. Na dureza, mas podemos. Temos jogo para ganhar.

— Mas 5 a 1 foi feio...

— Você precisava ver o podriqueira no gol! Parecia o Guaxupé...

— Que diabo, precisamos ser lógicos! A culpa não é só dele. Se os outros jogassem mais, se a defesa fosse mais coesa, mais firme, nunca que ele iria engolir cinco bolas, fora a anulada.

A MUDANÇA

— Pois estou te dizendo que a rapaziada ficou tonta!

— Pois tonteira é falta de categoria. Um jogador de recursos não perde a tramontana. Nossos jogadores são primários, complexados. Puxa, 5 a 1 foi de arrasar!

— Você não vai me dizer que está torcendo para os gringos, gozando a surra? Muito capaz disso você é.

— Não. Estou procurando ser justo. Também em futebol cabe justiça, isenção. Torcer tem os seus limites.

— Sabe duma coisa? Não quero discutir, não! Quero é comer. Estou varado de fome!

— Perdão, não estou discutindo! Creio que estávamos conversando. Mas vamos comer, que é melhor. Luísa fez um arroz com camarão delicioso. Exatamente como você gosta — com azeite à beça.

— Rápidos a ele! Mas vamos comer aqui na varanda. Não faz diferença, faz? Os cacarecos que Adonias amontoou na sala me revolvem o estômago. Não sei como se pode comer olhando para aquelas horripilâncias!

16 de janeiro

Horripilâncias! Gasparini exagera. Como eu exagero o meu trocista desprezo pelo sentimental acúmulo. Mas Adonias é sincero, sincero até com os seus erros e vícios. E é preciso ser muito forte para ser sincero.

17 de janeiro

E já estou sentindo falta dum ambiente meu, nosso, com os meus quadros, com os meus discos, que a eletrola de Adonias é uma taquara rachada, com a minha rede, trambolho que Adonias nunca admitiu — é negócio de índio!

— Bom seria comprar uma casinha, um apartamento, não? Não gostaria de morar mais em casa alugada, sujeitar-me às pinturas e adornos dos senhorios, às portas empenadas, aos rodapés bichados, aos basculantes emperrados. Cada prego que se prega na parede é como um ato de lesa-propriedade. Cada azulejo ou ladrilho que bambeia é como se nós fôssemos os culpados por desleixo ou por maldade. E o que a gente dá a um senhorio bem poderíamos dar a nós próprios...

— Mas uma prestação é sempre maior do que um aluguel.

— Não é tanto assim. Compensa...

Temos quatorze contos de reserva. Será que não dão para a entrada duma coisinha decente? E Luísa, com regular, cotidiano empenho, anda à cata de anúncios convidativos nas páginas imobiliárias.

— Vende-se uma magnífica vivenda em centro de terreno, no Alto da Boa Vista, com três amplas salas, dez quartos... Chega?

— É exagerado...

— Você imagina a gente morando numa casa com dez quartos?

— A nossa casa no Trapicheiro tinha seis.

— Para dez ainda falta um bocado...

18 de janeiro

Das sutilezas de Saulo. Só chamar Gasparini de doutor — doutor Gasparini...

19 de janeiro

Quando me chamam de doutor — e acontece, acontece —, quando me chamam de doutor, nunca penso que é comigo. Na verdade, não sou doutor, sou bacharel de atamancado curso, menos ardiloso que *O bacharel de Salamanca*, que fui encontrar espremido numa edição de cordel entre Gargântua e Pantagruel e os *Varões*, de Plutarco, na estante de doutor Pires, naquela maculada estadia dos verdes anos em Campina Verde.

— Por que você não usa o seu anel de grau? É tão bonito...

— (Era horrível!) Você está mangando, Luísa!

— Ao menos em certas ocasiões...

— Em nenhuma ocasião! Você perdeu o juízo?

Mas não me desfaço dele. Foi presente de colegas, Jurandir abriu a lista que até Humberto assinou, ambicioso Jurandir, ameaçado de ser tragado, conforme me adiantaram, pela lucrativa garoa paulistana. Guardo-o junto ao alfinete de gravata, lembrança mais antinupcial do que nupcial de seu Durvalino, e às abotoaduras em caracol, lembrança de Luísa, no bauzinho sentimental, microcosmo algo adoniano, onde há o isqueiro de prata de Emanuel e outro par de abotoaduras, as de tio Gastão, cabecinhas de jóquei em cristal colorido, e o pente de tartaruga com incrustações de prata, rendado e tremendamente andaluz, recordação de desembargador Mascarenhas, que mamãe nunca se atreveu a usar, nem mesmo instada por papai, vestindo-se para o baile pré-carnavalesco no Hotel dos Estrangeiros — um convite de doutor Vítor e Blanche, que seria, mais do que ofensa, rematada loucura recusar.

— Você nunca usou as abotoaduras que te dei — queixou-se a presenteadora certo dia. — Achou feias?

— Não. Achei até muito bonitas, bonitas e discretas. Mas você não reparou que as minhas camisas sempre têm botões nos punhos?

— Sabe que nunca reparei — e riu. — Se tivesse notado não teria te dado.

E conto-lhe casos da prima de Tabaiá, famosa pela distração. Um dia o marido sofreu um acidente na rua, foi socorrido pela assistência, o rosto estava em petição de miséria, voltou para casa com a cabeça festonada de gaze e esparadrapo. Depois de meia hora, não se conteve e perguntou:

— Não está reparando nada na minha cara, não?

Ela parou de tricotar, olhou-o, olhou-o e disse:

— Sim. Raspou o bigode.

— Não, querida! — E aprimorando a paciência: — Eu nunca tive bigode.

Luísa riu longamente:

— Você acha que vou ficar assim, meu filho?

— Talvez não chegue, mas que está a caminho, está.

20 de janeiro

Depois de quatro anos, em clara tarde de sol, eis que encontro Eurídice, na Praça Floriano, por trás de óculos escuros. Ia ao médico, estava fraca, nervosa, esgotada, o que são males positivamente incompatíveis com a atividade que diz ter escolhido após a bomba, por perseguição, no primeiro ano de Direito — a aviação. Está tirando o brevê civil (disse) na Escola do Calabouço, notável mais pelos trambolhões dos professores que pelo número dos alunos.

Quatro anos passam depressa, mas como são quatro anos, deixam marcas. Eurídice perdeu mais um dente do lado, a ruga da face esquerda fez a boca ficar mais funda, o olhar está mais desvairado, veio-lhe uma magreza de moça que já não está mais em flor. Mesmo assim, Eurídice é o que se chama uma moça bonita. Bonita e louca. Principalmente louca.

— Que fim levou o Francisco Amaro? Há quanto tempo não o vejo.

— Vai bem. Continua na roça, casado, carregado de filhos.

— Tinha vocação. É um grande sujeito.

— Por que você acabou com ele? Nunca soube.

— O anjinho não teve coragem de te dizer? Pela mesmíssima razão que acabei com você: a inconstância que levo n'alma. Me entrego toda, mas chega um momento, mais rápido ou menos rápido, quase sempre muito rápido, em que não encontro mais nenhuma surpresa corporal. Torna-se um suplício!

— Como é possível ser assim? — E lá vai uma mentira galante: — Sabe que eu sofri quando você me despachou?

— Como é possível não ser assim? Sofreria muito mais se continuasse. E eu também. O mal corta-se pela raiz...

— Você não tem raiz.

— Mas fui uma linda árvore, não fui?

— Ainda é.

— Não seja hipócrita! Estou perdendo as folhas.

E como se o dia fosse de encontros raros — seu Afonso, Beiçola, Nazaré, que me dá alvissareiras notícias de Alfredo —, acho-me abraçado um tanto turbulentamente pela bela Elvira, Vivi Taveira, na porta de uma confeitaria, que é considerada chique e não é outro o motivo por que ela a frequenta com consciente assiduidade. A bela Elvira, que em tempos idos se ria bastante da minha "literatura maluca", o que, embora não manifestasse, me deixava razoavelmente ferido, acha, hoje, com o sorriso encantador, no qual os cremes corrigem habilmente o muito pouco que o tempo modificou, que eu fico entre os "melhores escritores nacionais". Infelizmente (*ó musa consolatrix!*) não me acudiu senão uma pergunta:

— Mas há outros, então?

Ameaçou-me carinhosamente com o leque, mímica impregnada de pecadoras reminiscências:

— Sempre o mesmo insuportável vaidoso!

— Insuportável, Vivi?

— Insuportável, sim! Insuportável! — e despediu-se, fazendo com os lábios a promessa de um beijo invisível, mas que senti, e deixando um rastro de perfume luxurioso, caríssimo, e de olhares cobiçosos.

Quando ela desapareceu, senti uma espécie de solidaç.

21 de janeiro

Solidão do amor, como se a sua alma não merecesse asilo, queixou-se Garcia, num momento impoliciado. Solidão de compreensão — guardo-a enorme dentro de mim —, como se todos os meus pensamentos e opiniões não fossem mais que manifestações irritantes de um espírito contraditor, de um detrator de valores, de um denegridor de caracteres.

A grosseria de Nicolau seria um exemplo, Nicolau que eu pensava tanto me conhecer e me estimar, Nicolau a quem nunca neguei um favor, que já vira desesperado, desalentado, quando, no seu quartinho da Rua dos Arcos, quartinho e ateliê, não encontrava saída para a sua vida e para a vida da sua arte:

— Acho que você se julga o único homem inteligente do mundo! Mas há outros, ora bolas! Muitos outros e bem mais finos e cultos que você. Como há uma infinidade doutros um pouco menos, mas que também compreendem as coisas. Eu, meu velho, também compreendo as coisas, esteja certo!

E essa explosão viera intempestivamente pôr ponto final à conversa sobre o perigo das influências, numa tarde chuvosa de contados visitantes à exposição, sem uma única venda, de Nicolau. Senti-me tão sem recursos para rebater semelhante injustiça que só me acudia esganar Nicolau. Mário Mora, a quem contei o acontecido, limitou-se a rir.

22 de janeiro

Como ri Mário Mora! Como ri José Nicácio! Como ria Tabaiá! Na verdade, rimo-nos demais. E não por pouco siso, como achava Mariquinhas, do mundo em geral e da maltazinha caseira em particular, cambada de malucos que Pinga-Fogo viera engrossar como que em substituição ao finado tio Gastão, que ela sempre considerara o louco dos loucos, opinião que, em seu abono, a morte do acusado não modificara ou abrandara.

Em contraposição, choramos de menos.

23 de janeiro

Substituiu-se o guarda-valas, por um que fora clamorosamente preterido na escalação para a Taça do Mundo, e a honra nacional foi lavada, o prestígio dos reis do futebol, restabelecido. A margem de vantagem foi mínima, 3 a 2, mas com mil diachos, o que importa é vencer! — justificava Gasparini. E os locutores esvaíram-se em berros de meia hora a cada tento — gooooool! —, desfolharam-se em girândolas de adjetivos alcandorantes, em eufórico esquecimento, ou como se as acerbas críticas ao jogo anterior tivessem sido feitas por outros comentaristas que não eles.

Mas o fulgor da vitória foi empanado pelo conflito em campo — desrespeito ao árbitro, engalfinhamento de jogadores, confusão de paredros, a polícia descendo a lenha a torto e a direito, o que redundou em ostensivas equimoses argentinas, equimoses que mereceram prontos protestos e gritas na imprensa portenha.

A MUDANÇA

Gasparini tem desculpa para tudo:

— Quando vamos lá, apanhamos como cachorros! A sarrafada come solta! Eles se esquecem disso.

Garcia é coerente:

— Um desmando não justifica outro. Nossa polícia agiu com precipitação.

— Mas foram eles que provocaram! Não queriam perder de jeito nenhum. Não se conformavam!

— *La Nación* fez um comentário a esse respeito — continuou Garcia. — Li hoje reproduzido no *Diário da Noite*. Não basta saber ganhar. Era preciso que os argentinos aprendessem a perder, o que demonstraram não saber. E dizia uma outra coisa bastante ponderada: que os incidentes esportivos não afetavam de maneira alguma a concórdia entre as nações do continente, mas certamente criavam um clima de impraticabilidade para os prélios internacionais que melhor fora que fossem, pelo menos por algum tempo, proibidos, até que os desportistas se capacitassem de que a educação era tão importante ou mais que a técnica esportiva.

24 de janeiro

Oh, isto não é um romance! — dirão alguns técnicos, o que não tem importância e não constitui verdade. Tudo pode ser romance. Mas há sujeitos que se queixam: — Isto não é vida! E estão vivendo.

25 de janeiro

Não atingirei a altura de Machado, é positivo, mas consola-me não ter começado pela *Ressurreição*. Dou um balanço literário — o louvor continua sendo a dieta preferida.

26 de janeiro

Liberado por um colapso cardíaco, lá se foi o doutor Xisto Nogueira falar mansinho no céu.

Seu grau de doutor conferia-lhe a prerrogativa do cumprimento da pena num quartel de cavalaria da Polícia, com comida e roupa branca trazida de casa, rádio, jornais e visitas a qualquer hora do dia, enquanto lá fora o laboratório não deixava de crescer.

Foi encontrado duro na cama.

27 de janeiro

Uns que saem, outros que entram. Enfermo, envelhecido e completamente entregue ao misticismo cristão, foi preso, em São Paulo, Plínio Salgado, que desde os acontecimentos de 1937 se encontrava foragido.

O chefe supremo do integralismo negou, em depoimento prestado imediatamente na Polícia, que tivesse participado de qualquer movimento subversivo, e sua fuga não fora mais que medida de precaução pessoal. Mas, ao negá-lo, o fez com uma entonação cuja dubieza bem sabia que não poderia constar dos autos.

28 de janeiro

Há cinco anos que não nos encontramos, mas, política à parte, Plínio Salgado tem o seu crédito no meu passado, crédito que Gasparini não desculpa como se não os tivesse, e não poucos, da mesma espécie.

— Quem gosta de corda acaba enforcado — sentenciou certo dia.

— Por que você não rompe com o Sales de Macedo? — retruquei. — É tão corda quanto o Plínio, quem sabe mais...

— Não confunda alhos com bugalhos!

— Se há quem confunda é você, ora essa é boa!

Se meu trato com ele vem de 1931, em São Paulo, quando lá passei cerca de três meses em serviços extras, pepineira de saudosa memória, o conhecimento data de bem antes, dos tempos da pensão de dona Jesuína. Publicara *O estrangeiro*, que resultaria num imediato e retumbante sucesso, e Altamirano, que viera de São Paulo e fora presenteado com um dos primeiros exemplares, ficara alucinado:

— Leia. É formidável!

Li. Não era formidável. Os inquietos movimentos de redescoberta da terra brasileira eram uma preocupação e os títulos dos livros que se lançavam — *Borrões de verde e amarelo, Vamos caçar papagaios, Deixe estar, jacaré, Chuva de pedras, República dos Estados Unidos do Brasil* — davam plena ideia da falsidão desse novo indianismo. Os grupos se sucediam — Verde e Amarelo, Pau-Brasil, Tapir, Anta, dezenas, numa mentalidade patrioteira de capelinha, o que, segundo Plácido Martins, ainda era floração de inconsciente vocação colonialista, pois a primeira década do século em Portugal fora fértil em grupações de vida efêmera, cujos nomes sugeriam mais que produziam. Ao movimento Anta é que Plínio se incorporara, e sob esse signo lançou o seu romance. O conteúdo alguma coisa valia. Com agilidade apanhava certos flagrantes da vida matuta, conflitos entre o meio e o imigrante, punha em boca de personagem muito pensamento explicador. A forma, porém, era apenas brilhante, dum brilhantismo telegráfico, sincopado, facilmente desgastável, com imagens de falso gosto moderno, em contraposição com a técnica de elementar conservadorismo, conservadorismo que as ilusórias roupagens não escondiam. Talvez que a ficção não fosse o seu destino, talvez que no publicismo se realizasse com inteira plenitude, pensara eu, pensamento que o tempo confirmara, pois os romances que lançou depois mais politizados vinham e foi afinal a política que acabou tomando conta da fervente sensibilidade que morava naquele corpo débil e tímido, timidez que se notava no seu andar na rua, rente às paredes, como querendo se esconder, escapar aos contatos, timidez que o atirou para a chefia de um movimento de massas, timidez que o fez sempre recuar nos momentos decisivos.

Devolvi o volume:

— É livro para morrer, Altamirano. Morrer depressa. Como os cabelos *à garçonne.*

— Você é uma besta!

Por besta nos tratávamos então, eu e Altamirano, nas brasas das discussões, que eram constantes. E em São Paulo, na politicamente agitada São Paulo de 1931, com uma interventoria revolucionária de tenente e nortista, contra a qual os plutocratas do café insuflavam o povo como um vexatório atentado getuliano à honra e à autossuficiência bandeirantes, fui procurar o romancista levando a credencial da intimidade de Altamirano, com quem ele se correspondia. Dirigia um matutino de recente fundação e que aliás não viveu muito, e foi na redação que me recebeu — vasto segundo andar na Rua José Bonifácio, de alto pé-direito, dividido por tabiques pintados de azul-celeste. Num dos compartimentos instalara seu comando — compartimento quase desguarnecido: a mesa com a máquina, duas cadeiras, a cesta de papéis, a estante de portas de vidro com duas prateleiras apenas de livros, livros ainda na maioria fechados, dádiva do consulado fascista, que era muito ativo na distribuição da sua toxina, alguma parte dela de hábil, maravilhoso e perturbador caráter artístico.

Caiu-me na simpatia — a conversa vivíssima, simples, salpicada de mordacidades, num jeito caipira e num fumar sem cobro, o bigode mal aparado escondendo os lábios, a falta de dentes rechupando as faces. Principalmente tocou na minha vaidade:

— Você sabe que *Dulcelina* para mim foi uma revelação? Descobri um escritor. Os que escrevem, no Brasil, são numerosos. Mas bem poucos são os escritores. A boa prosa não sai do bico da pena. Sai do fundo do coração.

— Agradeço muito o que escreveu sobre ela.

— Foi coisa às pressas. Ainda por cima saiu truncada nas últimas linhas.

— Dá para compreender...

— Pelo menos ficou claro que você é dos primeiros frutos duma geração que surge, uma geração séria, indiferente ao que fizeram os modernistas, mas semente indubitável da ação do modernismo. Porque foi preciso que ele desbastasse, derrubasse, fizesse desaparecer o prestígio das poses e pedanterias de uma literatura que tinha uma constituição, como a nossa República, mas que se portava menos inteligentemente que essa, porque a cumpria.

A MUDANÇA 33

Sempre que podia, ia vê-lo. E da redação para a sua casa o convite não tardou:

— Vá lá almoçar um domingo. Dará muito prazer.

Não fui almoçar, mas fui — dominical manhã em que sol e garoa se alternavam. Morava na Barra Funda, num sobrado sem móveis, cheirando a viuvez. A pilha de folhetos ocupava um bom espaço de parede. Ria:

— Sabe o que é isto?

Era um romance em fascículos, *Os mistérios de São Paulo*, folhetim de crimes e horrores, de rocambolesca tecedura, que publicara sob o nome de A. Tanásio, para vender de porta em porta, quando andara em dificuldades financeiras.

— E vende?

— Vendia como pão quente! Mas não continuei. Não tenho mais tempo e a perna já está meio encanada.

— Precisa ter talento para escrever essas coisas, sabe? Estou convencido.

— Precisa é se ter fome...

Já tornara ao Rio quando as coisas se empretaram na Pauliceia, moxinifada que culminou com a revolução dita Constitucionalista, que após ser sufocada, refloresceu numa epidemia editorial de façanhas revolucionárias, em que cada autor se sentia um outro Remarque: O jornal foi empastelado! E mais tarde Plínio lançava o movimento político do sigma e com uns poucos companheiros marchava para a capital federal numa segunda classe da Central do Brasil, para ler na Rádio Mayrink Veiga o seu manifesto aos brasileiros. Ouvimo-lo, eu, Francisco Amaro e Garcia, que foi profético:

— Isso vai pegar.

Francisco Amaro duvidou:

— Que pega nada! Os camisas-pardas do Silva Vergel não pegaram.

— Não era tempo de pegar. Tudo tem seu tempo, como diz a Bíblia. Silva Sabichão é cínico demais para não rir das suas próprias ideias. E muito conhecido para que acreditassem nele.

Pegou. Altamirano não acompanhou o amigo abertamente. Nunca chegou a vestir a camisa verde. Ficou sempre de namoro. Loureiro jura que ele contribuiu para os cofres do integralismo, talvez com pouco porque é avarento, mas afinal com o suficiente para dar as suas cartas na hora duma possível vitória:

— Você conhece bem aquele carnegão. Não prega prego sem estopa.

29 de janeiro

Saulo Pontes tem três coleções, pelas quais Anita zela com o cuidado de filha exemplar que é, coleções que são pratos divertidos para servir às visitas de sutil paladar: a brasiliana — cadernos e mais cadernos de recortes, caprichosamente colados, onde o extravagante, o grotesco, o ridículo e o bestialógico da vida brasileira se estampam em letra de fôrma; a de cartões de visita engraçados; e a da literatura heroico-constitucionalista, que mereceu régias encadernações. Na última destaca-se, como estrela de primeiríssima grandeza, *O trem blindado*, relato epopeico do engenho guerreiro forjado nos orgulhosos e improvisados arsenais constitucionalistas e cuja fama ganhou as honras até de uma marchinha carnavalesca. O livro é dedicado a um herói constitucionalista "ferido dentro do trem blindado".

30 de janeiro

Excertos da brasiliana de Saulo Pontes:

"Vindo de São Paulo chegou a esta capital o sr. S.A.S., que fez o *raid* daquele Estado ao nosso, a pé, tendo partido dali em outubro. O *raidman* tomou essa resolução em virtude de uma promessa feita à Virgem Maria, para que terminasse a revolução no Brasil. Quando se achava próximo a esta capital, teve conhecimento do término da luta, prosseguindo até aqui, a fim de cumprir a sua promessa. O sr. S.A.S. conta atualmente 35 anos." (Telegrama de Porto Alegre para a *Gazeta*, São Paulo, 23.3.27.)

A MUDANÇA

"Informam de Imbituba que o indivíduo J.M.N., ex-agente dos Correios, reuniu em sua casa todos os amigos e parentes sob o pretexto de fazer uma festa. Durante o almoço, J. mostrou-se alegre e, ao terminar a festa, foi ao seu quarto, do qual trouxe um embrulho contendo uma dinamite, dizendo que ia proporcionar a todos uma surpresa. Todos estavam atentos e esperando a surpresa, quando, com espanto geral, o dono da casa aproximou um cigarro aceso do embrulho, que explodiu, matando J. e ferindo gravemente sua esposa e todas as pessoas que haviam assistido ao convite fatal." (Telegrama de Curitiba para a *Folha da Noite*, São Paulo, 2.11.27.)

"As padarias, que se encontravam em greve, acabaram com essa situação. Mas prometeram que se fossem multadas novamente, por qualquer motivo, mesmo que seja fraude no peso do pão, voltarão a fechar os estabelecimentos." (Telegrama de Fortaleza para a *Folha da Noite*, São Paulo, 11.2.28.)

"Circunstância curiosa! Malgrado as enormes proporções que assumiu a ventania, fazendo lembrar um verdadeiro simum, o Monte Serrat permaneceu impassível. Dir-se-ia que ele só pretende cair numa noite tranquila, enluarada, cheia de estrelas. Não deixa de ser interessante essa atitude fleugmática, britânica do Monte Serrat." (De uma correspondência de Santos para o *Diário Nacional*, São Paulo, 2.6.28.)

31 de janeiro

Encontro com Venâncio Neves — paixão, cega paixão, sem a qual, seja dito, ele não teria feito nada. Encontro com Ribamar Lasotti — leviandade. Encontro com Gustavo Orlando — que sólida incultura! E as palestras sobre leituras com Euloro Filho — cigarrinho de palha, trejeitos, dentes maltratados, queixando-se do intestino — me fazem inevitavelmente lembrar a anedota de certo sujeito, que tomou assinatura duma enciclopédia popular cuja publicação parou na metade da letra B.

1º de fevereiro

Guaxupé, Miguel e Beiçola. Alfredo, Antônio Ramos e Mac Lean. Adonias, Burguês, Gasparini, Eduardo e Tatá.

De camisa vermelha e verde, jogávamos de manhã, com a bola muito inchada e pesada da umidade da grama. Alfredo Lemos tinha as longas pernas em arco e uma delicadeza de dama. Adonias primava pela elegância dos calções, pela estudada negligência das meias caídas, pelo uso de joelheiras e caneleiras. Guaxupé usava bentinhos no pescoço, beijando-os fervorosamente antes do jogo. Engolia bolas de quarenta metros de distância.

2 de fevereiro

Mac Lean, com o humor do seu sangue, escalava também os quadros do Figuras de Retórica Futebol Clube:

Primeiro quadro: Antítese, Perífrase e Hipótese. Prolepse, Hipotipose e Epifonema. Hipérbole, Litotes, Apóstrofe, Pretermissão e Prosopopeia.

Segundo quadro: Elipse, Hipérbato e Pleonasmo. Silepse, Metáfora e Alegoria. Catacrese, Antonomásia, Metonímia, Sinédoque e Regressão.

— E as outras? — perguntara Miguel.

— São todas reservas — respondera o técnico.

3 de fevereiro

Godofredo apresentou-me Neusa. Apresentação acidental, em ruela pouco transitada, cinco minutos de conversa, se tanto, mas que postergaram ou liquidaram um estado de desavença que as caras não escondiam. As fotografias publicitárias favorecem bastante a cantora. Pessoalmente impressiona menos — feições grosseiras, olhar de soberba, modos pouco polidos, joias em demasia, os lábios gordos, de rasgado corte, lembrando a boca de Zuleica, possivelmente má, portanto. Mas o todo cativa, tem a sedução da carne ainda moça. E Godofredo já é um varão passado e usado.

A MUDANÇA 37

Relatei o encontro a José Nicácio, que acompanha a marcha do caso.

— Brigam como cão e gato, e não escolhem lugar. O pobre Godofredo está enrabichado... Morde-se de ciúmes! O que começou como fornicação sem consequências, transformou-se em desmedida paixão. Sempre pensei que a paixão do jogo livrasse o coração de outras cadeias. Não é verdade. Pelo menos comporta exceções. Ela é jogadora também, jogadora a seu modo, e seu joguinho é humilhá-lo. Como é estreita de espírito, recorre muito à sua mocidade como se amá-lo fosse um extraordinário favor que lhe fizesse, como se não fosse ficar velha um dia. E nem por sombra admite que a sua contextura seja dessas que tendem a envelhecer cedo.

Humilhação. Que variedade de formas! E relaciono Emanuel e Glenda, Eurico e Madalena, Zuza e Clotilde... Será que escaparei?

5 de fevereiro

Era o poema, pobre poema, que Antônio Ramos aprovara em dia de bondade:

— Está passável. É para a prima, não é?

— Mais ou menos... — desconversei.

Laura era prima de Antônio Ramos. E de noite, para ela, de cor:

— Tens meneios de brisa, brisa amorosa e quente. Nenhuma luz, ouves?

— Sim, estou ouvindo.

— ... nenhuma luz brilha mais que a dos teus olhos. Que lindos são teus olhos, generosa! Tens olhar de céu, não azul, céu moreno. Tens encanto de flor, de flor viçosa e escondida...

— Meu poeta!... — riu, interrompendo-me.

Fiz o gesto de contê-la.

— Não zombes, Laura...

— Não estou zombando, meu bem. Estou achando graça.

E não zombava mesmo — achava graça. Era um modo que tinha de não suportar os apaixonados transportes, de refugar a literatura frágil e fácil do amor. Laura, incisiva e leal, amava quase com secura, como amam os animais e as plantas, como amam talvez os grandes corações. E foi isso que a perdeu. Perdeu-se num sábado, com um homem prático, vivido, de poucas palavras, que amava aos sábados e não amava a poesia, mesmo a insopitada poesia que ataca os amantes que não são poetas.

6 de fevereiro

Encostados à grade do chalé — e ainda, supersensível, sentia arrepios e uma sensação de dor e medo, quando as minhas costas de dado jeito tocavam certas durezas —, mariposas debatiam-se contra o foco de luz, tínhamos as mãos dadas, tão úmida a mão dela, úmida, bronzeada, gordinha.

— Fala, Laura.

— Para quê? É tão bom a gente ficar calada, pensando coisas ou não pensando nada...

Quase colei a boca ao seu rosto redondo e ensombrado:

— Você parece que não me ama, Laura. Francamente.

Tinha o hálito leve e ácido:

— Amar é a gente não dizer nada.

7 de fevereiro

Laura foi bem Laura. Soube de tudo, eu não era cauteloso, cego que estava de posses e entregas, e nenhuma palavra má ou rancorosa, quase nenhuma palavra. Muito senhora, despachou-me rapidamente no portão:

— Entre nós está tudo acabado, Eduardo. Você sabe perfeitamente por quê. Ninguém me disse — eu vi! Amanhã vou mandar lhe entregar em casa os presentes que me deu.

— Mas Laura! Deixe eu te explicar.

— Não desejo nenhuma explicação.

— Por favor!

— Não insista. É inútil. Boa noite.

A MUDANÇA

E entrou. Senti um certo alívio, o alívio feito de inconsistência, de recuperação e de deslumbramento — o mundo regurgitava de seios e de beijos! E Dagmar me esperava. Dagmar de olhos glaucos, de níveo colo, de penugem de pêssego nos seios como pêssegos

No outro dia recebia, pelas mãos indiferentes de Antônio Ramos, o pacote com as lembranças que lhe dera. Livros, revistas estrangeiras, americanas na maioria, uma caixa de sabonetes (que não usara), um bonequinho mascote, um vasinho de cerâmica italiana, retratos e a pulseirinha de ouro, tudo muito limpo, novo, perfumado de malva, como objetos que estivessem cuidadosamente guardados, o que me comoveu um pouco e por breve momento me deixou indeciso, como arrependido duma má ação.

8 de fevereiro

Afinal Dagmar restabeleceu o seu hábil equilíbrio momentaneamente perdido, mais aguda e liberalmente perdido durante aquele delirante carnaval de corsos, bailes, cordões e garganta rouca, fantasiada de camponesa russa, que lhe assentava tão bem, com Tatá e as duas Sampaios de reboque. E foi em boa hora, pois a família, que ela tratava num cortado, com ideias mais amplas de liberdade filial do que era comum — uma família moderna! —, mostrava já justos e impacientes sinais de apreensão quanto ao bom termo do por demais prolongado capricho da filha única e perdulária com um beldroegas de cabelo à escovinha!

Jogou para trás, num golpe, os cabelos de sol:

— Edu, meu anjo, você é um amigo magnífico, encantador, ideal. Jamais poderei me esquecer da sua amizade, jamais! São dessas coisas imorredouras! Mas casamento é outra história. Você é inteligente e compreende. É outra história. Não devemos alimentar ilusões. É perigoso. De ilusões não se vive.

O amigo magnífico, encantador, ideal, nunca falara em casamento, apenas em desejo, e isso com arrebatamento até, pois voltara à vida, após seis meses de paralisia e impotência, e a carne o empolgava. Assim não ofereceu nenhuma resistência, aliás desnecessária, porquanto a namorada de três meses não era dessas de perder o pé com pouca água. Lamentou, somente, e não de viva voz, a perda de fascinantes atos, pois a lourinha espigada misturava, tão nova, por instinto, doses perfeitas de extravagância e sabedoria. E acomodou-se à letra do *vaudeville*:

— Dagmar, você sabe que eu agora não posso assumir nenhum compromisso. Nem sei mesmo quando poderei. Estou começando a vida, ganho uma miséria e não vejo nenhuma solução na minha frente.

Ela louvou-lhe o coração generoso:

— Nunca me enganei com você!

Gostava de ser um tanto dramática, teatral, férvida leitora de literatura barata, e despediu-se contraditória:

— Vou passar uns dias fora para esquecer. Aqui não poderia ficar. Para ser franca, me pesa muito esse momento. Demasiado! As lágrimas que não escorrem dos olhos são as que mais oprimem o coração. Tenho a alma ferida, preciso ser forte para me dominar. Por isso é que vou para fora. Te confesso com o coração nas mãos: nunca amei senão a você! (Três meses!) Você me conhece, sabe que eu não minto. Te esperaria muitos anos. Os anos que fossem precisos. Mas, ao cabo de tudo, seríamos felizes? Não sei. Tenho dúvidas. Contrariar a família nunca dá bom resultado...

Esquecendo-se, seguramente, que não fazia outra coisa senão contrariá-la, mas lembrando-se, seguramente, de romances de cordel em que famílias eram contrariadas, sem que isso afetasse a posterior felicidade dos amantes, corrigiu em tempo:

— Falo da minha, bem entendido.

Tudo foi entendido. As noites ficaram vagas de compromissos por algum tempo, ao léu de aventuras avulsas por escolas de dança e prostíbulos, tão ao gosto de Gasparini, até que Catarina avançou o sinal, e Dagmar reaceitou a corte de apaixonado e perseverante tenente, rapaz simpático, filho de prestigioso general. Quatro meses depois, de sobrenome trocado e com um enxoval que deu o que falar, marchava para Cruz Alta, para onde o militar fora destacado. Lá deu à luz, seguidamente, dois futuros soldadinhos. E engordou.

A MUDANÇA

9 de fevereiro

Catarina é linda, Catarina sabe muito:

— Não pés de lã, mãos de lã. O amor é uma casquinha de ovo.

10 de fevereiro

Menos um papa. De asma cardíaca.

11 de fevereiro

A rodinha do bar tinha sólidas razões para se mostrar sorumbática. O colapso repentino das tropas da Catalunha, que forçou o presidente Azana e vários próceres republicanos a fugirem para a França, foi golpe mortal nas esperanças populares, brecha irreparável na muralha que se opunha ao totalitarismo europeu. O Quai d'Orsay apressou-se, em nota oficial, a dar o governo espanhol como temporariamente não existente, embora que os que não abandonaram Madri proclamem a continuação do governo e da luta a qualquer preço e apregoem o efetivo ainda de um milhão de homens em armas, quando é melancolicamente evidente que a causa está perdida.

13 de fevereiro

— De tudo poderão me acusar — e quem perora é Saulo Pontes com um tom pedante e oratório que de quando em quando e estranhamente lhe acode —, menos de conivência com o nazifascismo, a mais leve conivência. Meus escritos, meus atos públicos, meus reiterados protestos, minha sistemática oposição ao *ersatz* nhambiquara que nos enxovalha são testemunhos cabais da minha posição frontalmente antagônica, diametralmente oposta. Mas quando se toca na perseguição que Hitler desencadeou contra os judeus, devemos convir que, tirante os processos cruéis e desumanos, ímpios, imperdoáveis, tirante as generalizações e excessos, tem ele os seus pingos de razão política, ou então a História não é História. O judaísmo alemão era poderoso, poderio que de início não se mostrou em absoluto contrário às expansões hitleristas, atentem bem, não se mostrou e até favoreceu, colaboração de que seria supérfluo dar as provas aqui. E no fundo é a estafadíssima fábula do feitiço virando contra o feiticeiro. Foram os israelitas mesmo que inventaram, ou, se não inventaram, puseram pela primeira vez em prática, a discriminação racial, pavoneando-se de raça eleita. Pagaram desmesuradamente caro o invento ou a iniciativa. Os séculos seguintes escoaram-se adversos a eles — derrotas, perseguições, expulsões, cativeiros, torturas, pogromes... Mas, louvado seja Deus, que sempre foram pertinazes e envolventes, jamais se deixaram aniquilar. Acabavam se acomodando, se infiltrando, se expandindo, se implantando, monopolizando setores. Os exemplos são a granel. Na Alemanha há o universitário, para citarmos um. De membro em membro, como os grãos com que a galinha enche o papo, quando conseguiram as maiorias congregacionais, nunca mais que um professor que não fosse judeu teve oportunidade bastante. Heidelberg era, em última instância, um gueto cultural. Que elevada porcentagem de professores judeus era de sábios, de cérebros avantajados, alavancas do conhecimento, alargadores de horizontes, é fora de dúvida. Mas é fora de dúvida, outrossim, aceitar como genialidade o mero acontecimento de ser judeu. A inteligência, a cultura, o amor à ciência, à pesquisa não são um patrimônio racial, e o semitismo alemão obrava como se assim fosse. Fenômeno similar ao do alto professorado alemão verifica-se na Ordem dos Advogados da França. Eu conheço a questão. Conheço com minudência. Estudei-a com o mais vivo empenho. A fé do meu grau posso garantir que quem não tiver sangue semita não tem lá muita chance nos tribunais franceses...

Pedro Morais restringe-se a ouvir, mamando o charuto. Mas José Nicácio, que tem íntimo prazer em dizer coisinhas desagradáveis a Saulo, corta-lhe a palavra:

— O que você diz parece ser da lavra de Helmar Feitosa.

E Saulo foi pronto:

— Quanta vez nossos pontos de vista não coincidem com os dos canalhas!

....

Saímos juntos da livraria e, na esquina do *Jornal do Commercio*, não me contive:

— Você foi um bocado rude com o José Nicácio.

— Plenamente de acordo. Foi coisa, bem sabe, contrária a meu feitio. Esse rapaz, porém, é muito safadinho. Muito safadinho e muito desaforado! Sempre que pode me prega um coice. Antes de mais nada, é uma falta de respeito que não posso admitir. Afinal, eu podia ser pai dele.

— (Respeito aos velhos é o que pedia o centenário crocodilo de Kipling.) Sim, o José Nicácio é impertinente, e até um pouco ventoinha, pelo prazer de enticar uma pessoa. Mas talvez tivesse sua pontinha de razão. Quem te ouvisse e não te conhecesse diria que você é antissemita. Tinha toda a pinta.

— Eu falei em termos claros. Graças a Deus que nunca fui escuro! E, porventura, ele não me conhece?

— Na realidade devia conhecer. Mas o que pensaria o Jacobo de Giorgio se te ouvisse?

— Não tenho ideia. Possivelmente não estaria do meu lado; cuido, porém, que já me conheça bastante para admitir a minha isenção. Mas por que me pergunta?

— Ele não é judeu?

— Judeu? Não! Provavelmente mais ariano do que nós...

— Mas o Colombo e o Del Prete não são judeus?

— São. Que tem uma coisa com a outra?

— Chegaram juntos, ué! Pensei que fosse. Seria capaz de jurar!

— Nada! Juraria em falso... Pura coincidência. A mulher sim é que é. Emigrou por solidariedade conjugal.

Aquela "solidariedade conjugal" tinha um sabor de ironia. E Saulo ajuntou:

— O que está acontecendo, meu caro, é muito grave, perigosíssimo para a integridade do pensamento. Querem nos impedir de ser justos, querem nos proibir de admitirmos razões naqueles que combatemos, como se deles não pudesse vir uma razão sequer. Do fato de sermos contrários a certas coisas, não decorre que aceitemos...

Mas Ribamar vinha ao nosso encontro, presença que destrói qualquer ideia. Saulo calou-se.

14 de fevereiro

Conversei longamente com Garcia e Gasparini sobre o acontecimento de ontem. Concluímos que a tendência ao racismo ou, na melhor das hipóteses, ao jacobinismo é quase uma condição humana que somente um largo processo de aproximação e aperfeiçoamento social superará. Gasparini, sem nenhuma razão, não vai muito à missa de Jacobo. Mas inventa:

— O riso, meus caros, o riso dele é duma suficiência intolerável!

Ermeto Colombo sofre, no nosso meio teatral, de amadores bisonhos e profissionais de quinta categoria, ridículas restrições, que Mário Mora abnegada e pachorrentamente procura aplainar. E Nicolau já enguiçou com Del Prete. Será que Del Prete não adivinhou que está diante do maior artista dos séculos? Certo, são dois duros, e duro com duro não faz bom muro.

15 de fevereiro

Um escritor no Brasil tem que ser também revisor. A indústria editorial engatinha ainda, a apresentação dos volumes é de neófitos, mas neófitos sem nenhuma intuição artística, não existe o técnico gráfico, o especialista de edições, nem esperança de que o problema se apresente aos editores como assunto capital, como se a indústria do livro, por seus parcos rendimentos, não merecesse nada e a ela só se dedicassem os que tivessem ambições modestas na esfera dos negócios. Mário Mora, que conhece apaixonadamente a questão, cuja biblioteca especializada se enriquece dia a dia, poderia ser o homem para chefiar essa luta, falta-lhe porém firmeza, constância, capacidade para desagradar. Limita-se em sua ação a melhorar as capas, dar essa ou aquela indicação — e, de todos os editores, Vasco Araújo é o que mais o ouve e solicita —, o que redunda em quase nada. E a tarefa de revisão é, decorrente do nosso primarismo editorial, tão precária, tão irresponsável, que cabe ao autor ocupar-se dela para coibir uma erosão de erros tipográficos, que venha deturpar, com maior ou menor gravidade, o sentido do que escreveu.

A inocência com que deixei correr o marfim, no lançamento de *Dulcelina*, é lembrança que me punge — perto de duzentas falhas irremovíveis. E para evitá-lo aqui estou suando diante da pilha de provas de *A estrela*. Luísa me auxilia e é garantia de mais limpo labor — conhece melhor as novas regrinhas ortográficas, é mais atenta revisora.

16 de fevereiro

Entrego as provas, retribuídas com um:

— Ótimo! Pena que o carnaval vá atrasar.

O carnaval atrasa tudo, melhor dito, põe um intervalo em tudo. E são cinco minutos de palestra insossa, inodora, incolor. O escritório é um saco de gatos. O peso de papéis, sob a forma de efígie de Getúlio, não é utilidade nem enfeite. Não é também devoção. Puro interesse. Lauro Lago lançou o DIP numa empreitada editorial — faz publicar livros e opúsculos sobre o homem e sobre a obra, laudatórios, é óbvio, regalando a meio mundo com tais publicações. Mas não desejando concorrer com os editores, pelo contrário, agradá-los, reservou pingues verbas para adquirir a preço de capa os livros que os editores lançassem sobre o admirável e inextinguível assunto. Adquire e distribui pelo Brasil afora, e como a ânsia de propagação é enorme, enormes são as compras, e os editores que se meteram na engrenagem passavam a sacar dos prelos tiragens nunca dantes vistas nem sonhadas, conquanto irrisórias para um país com a nossa população.

A artimanha publicitária, aliás, tem dupla face. Além de negócio para as editoras, pretende agradar igualmente aos que escre-

46   MARQUES REBELO

vem. E belos preços são pagos pelos cofres dipianos aos autores que se aventuram. Belos preços e ampla repercussão nos jornais — notas, críticas, anúncios, retratos —, a publicidade da publicidade! Há mais fregueses do Estado Novo do que poderia supor a nossa vã democracia. As obras se sucedem. Martins Procópio não se furtou a contribuir com *Política e letras*. Professor Alexandre honrou a nossa cultura com *A educação para a brasilidade*. De Godofredo Simas tivemos *O sentido de uma nova Imprensa*, e ninguém mais indicado para esclarecer-nos. Hilnar Feitosa, dentro dos seus conhecimentos superlativamente estimados — é profissão recente e remuneradíssima esta de economista —, nos elucida com *O Estado Novo e os problemas da produção*.

E Manduca me trouxe em mãos a sua contribuição, a única talvez que fosse sincera, pois há adeptos sinceros para tudo — *O Estado Novo e a pesquisa científica*.

18 de fevereiro

O carnaval chegou. Contrastando com o entusiasmo radiofônico, que despejava músicas e tiradas — A festa magna do povo! O Império da Folia! O mais famoso carnaval do mundo! —, chegou chocho, dirigido, policiado, com ornamentações da Comissão de Turismo no centro da cidade, embora que turistas não haja, e assanhados, multicolores cartazes premiados convidando para o Baile de Gala do Theatro Municipal, travestido em Reino de Netuno, ou treco que o valha, pela varinha bem pouco mágica dos mascarados em decoração. A Galeria Cruzeiro, quartel-general dos foliões inveterados, sofreu pesado golpe no seu tradicional prestígio — ao meio-dia, o que jamais antes acontecera, mesmo sob o peso do mais desanimador temporal, estava praticamente deserta nesse sábado gordo, e somente uns gatos-pingados, empunhando, em evoluções algo etílicas, um estandarte do Cordão da Bola Preta, ao compasso de um trombone, afrontava o eco das arcadas com a variante escatológica do *Ride palhaço*. Nas ruas nenhuma agitação, nenhum rufo de pandeiro, nenhum canto, o comércio meio aberto, como no mais corriqueiro dos sábados. Mas pela tarde as coisas melhoraram, e Garcia, que compareceu para jantar, embora confirmando a sensível falta de animação, notificava também que o movimento crescera na avenida, que na Cinelândia havia blocos e cordões, e que na galeria imperava um leve frêmito de folia.

Contudo não saímos. Luísa não é de ânimo carnavalesco e Ataliba apareceu, a princípio um tanto ressabiado com a nova situação, ele que era apologista da indissolubilidade matrimonial, acabando por se integrar, e tocado com a quinquilharia de Adonias, que lhe abriu um palrador estendal de recordações mageenses, nas quais os barões de Ibitipoca acudiram bastas vezes. Apareceu Pinga-Fogo também, magro, maltratado, desculpando-se — estava em falta, em falta imperdoável, mas tantos e tantos haviam sido os seus afazeres que só agora fora possível vir nos ver. Abraçou prolongada e comovidamente Luísa, que se impressionou com o seu olhar de boi cansado, sua doce humildade, seu mutismo admirativo por minhas mais tolas palavras. Eurilena e Lenarico não vieram, desculpara-se, porque estavam na casa dos avós passando as férias — vocês sabem como são as crianças!

Quando todos partiram, e passava da meia-noite, abanquei-me para escrever.

— Você não vai dormir? — perguntou Luísa.

— Um pouquinho mais tarde.

E levantei-me, e fui à janela, e a noite era silente, e uma frescura marítima e vegetal me recebeu, e um suspiro que andava preso se soltou. Por que suspiro?

19 de fevereiro

— Você me conhece? — repetiam as vozinhas gasguitas por trás das máscaras de pano, de arame, de papelão.

Choros assustados, choros de lança-perfume nos olhos, choros de confete na garganta, e correrias, mães exibindo cupidinhos de colo, pierrozinhos de meio palmo, petizes que se estatelam no chão empurrados pelos maiores. Emanuel ficara em casa com caxumba. No bufê as gasosas borbulhavam. O prêmio para a fantasia mais rica era uma bicicleta! Quando a banda para, entra o zabumba:

> Viva o zé-pereira!
> Viva o carnaval!
> Viva a pagodeira,
> que a ninguém faz mal!

Ó baile tijucano em salão de espermacete, colmado de serpentinas! Pinga-Fogo pintou bigode e costeletas com rolhas queimadas e jamais um toureiro foi menos tauromáquico, como nenhuma Colombina pôde ser mais Colombina que Madalena de meia-máscara e lunar no cantinho da boca, luazinha preta de que o ruivo menino era o fascinado satélite.

— Que jeito de dançar! Parece que tem uma trave nas pernas! — protestava ela.

O toureiro se esforçava no requebrado:

— Assim?

E Madalena:

— Eu odeio baile infantil!

20 de fevereiro

Assim como Adonias tem os seus evocadores guardados, também eu tenho os meus. A esguia caveira com a foice adunca fazia Emanuel, de perninhas trôpegas, se refugiar, chorando, nas compridas saias da mamãe, risonha, encorajando-o, afagando com as mãos ásperas a aflita cabecinha cacheada. O diabinho e o diabão perseguiam Madalena, que, em segurança por trás das grades do jardim, fazia fiau para eles, atirando-lhes canecas d'água e esconjuros que aprendera com Mariquinhas para todas as espécies de capetas. Havia dominós com guizos no capuz. Havia fantasias de burro, com fraque, cartola e dicionário na

A MUDANÇA 49

axila; de morcego, com asas de guarda-chuva; de velho, com cabeçorra e lornhão. Tio Gastão vinha se fantasiar de sujo, no quarto dos fundos, para passar trotes nos vizinhos, e seu Políbio sempre acabava reconhecendo-o. O bumbo de 1911 sacudia o ar verânico:

Isto é bom, isto é bom,
isto é bom!
Isto é mesmo muito bom,
muito bom!
Bom! Bom!

21 de fevereiro

Hoje, terça-feira gorda, é o dia dos préstitos das grandes sociedades e, pelos anúncios de página inteira com evoés e versalhada, haverá muita alegoria estadonovista com subvencionados ouropéis, que os míopes poderão tomar como realidades estadonovistas. Que saiam! A essas horas já devem estar na rua, enguiçando nas curvas mais fechadas, com suas fanfarras, suas encarapitadas deidades seminuas, que Aldina tão doidamente invejava, com seus fogos de bengala deixando acessos de tosse na esteira. Aqui permanecerei distante de tanta beleza. Um toque de incubada melancolia acordou comigo, comigo esteve o dia inteiro como uma dormência — refuguei a leitura, refuguei o rádio, a vitrola, a conversa, a visita dos amigos, dormitei quanto pude, entreguei-me sem resistência ao devaneio, algo doce, algo de prisioneiro, pescador à beira de escuro mar com cantos de sereias.

Luísa não compreende a súbita névoa, que a convivência é caixa perene de surpresas:

— Que é que você tem, filhotinho?

— Também não sei, querida. Também não sei.

E certamente estaria falando a verdade. Há verdades que se falam.

22 de fevereiro

As novidades do regime: à meia-noite em ponto (soube-o pelos jornais), dando como encerrado o tríduo carnavalesco, tocou-se o Hino Nacional!

23 de fevereiro

Foi tudo tão súbito, Luísa portou-se com tal expediente e tal entusiasmo que, quando dei por mim, estávamos mudados, os trastes arrumados, arrumada a livralhada, pregados os quadros em escolhidos, discutidos lugares. Estrompados, dormimos sem luz a primeira noite, ontem, porque não fora ligada. Nem a luz, nem o gás. Acendemos velas, um fogareiro a álcool resolveu o problema do café, dos ovos quentes e das salsichas. Hoje, logo cedo, vieram os homens fazer as ligações e o chefe da turma desculpou-se da falta — o carro enguiçara no caminho e não houve jeito de substituí-lo. Chamava Luísa de madama e, a princípio, não quisera receber gorjeta. Deu-nos conselhos sobre fusíveis. Laurinda, que de rabo entre as pernas rosnou para ele o tempo todo, já escolheu a varanda para mictório.

27 de fevereiro

O que devemos a Adonias não se paga com palavras, talvez nunca se pague — conta corrente que é a vida, de tão incalculáveis contrapartidas. Agora temos outras paredes, não as do fraternal empréstimo, pesadas paredes que oprimiam Luísa pelo sombrio um tanto mortuário dos seus guardados, mas paredes novas, recendendo a fresca caliça, a tinta fresca, sem marca de outras vivências (um pouco de nós fica incrustado nas paredes que deixamos). Nelas acomodaremos nossos anseios secretos ou tresvasados.

28 de fevereiro

A pressurosa Inglaterra anuncia, na Câmara dos Comuns, o reconhecimento do governo do general Franco. E a propósito de

A MUDANÇA 51

reconhecimentos, retifiquemos a tempo a História: na própria noite do golpe de 10 de novembro, cerca de oitenta deputados e senadores foram ao palácio do governo e lá deixaram, rasteiramente, seus jamegões de congratulação. Salvo o protesto platônico, e por telegrama, do presidente da Câmara, e a discordância mansa, e quase muda, de meia dúzia de parlamentares, a dissolução do Congresso foi a medida mais fácil do golpe de Estado.

1º de março

Contemplemos estas paredes, estes tetos, estes portais — são nossos! Novos e nossos! São novas e nossas estas torneiras, estas vidraças, estas aldravas! Foram fruto de nosso esforço, são posses talvez legítimas, mas como é sutil o sentimento da propriedade, como aflora, imprevisto, manhoso, à mais inocente febrícula da prosperidade, roséola inequívoca de incurada lesão terciária!

2 de março

Que repiquem as campanas do mundo cristão! Que se regozijem as almas um momento sem guia! — temos o 262º sucessor de São Pedro. O temporário empunhador do místico cajado é o cardeal Pacelli, manhoso diplomata da Igreja, que já foi motivo filatélico nacional. A filatelia comemora muito e a passagem dele, em 1934, pelo Rio, quando se destinava à Argentina, é motivo que não se iria perder. E como a Casa da Moeda não faz duas tiragens iguais, e nenhuma sem erros específicos de impressão, a homenagem retangular e vermelha se tornou imediata raridade. Oldálio Pereira, que é filatelista, já contou-me do lucro que teve adquirindo uma folha inteira da edição — três anos depois vendia-a, em hora de aperreio, por um dinheirão!

Susana historiou-me, praticamente, a santa vida do novel pastor. Enriqueci-lhe os conhecimentos com o episódio filatélico. Ela ignorava-o!

3 de março

Li no jornal, por acaso, o convite para o enterro de Humberto, que há quatro anos estava morto para mim. Num momento de distração teria ingerido a própria saliva?

4 de março

Não tão morto, corrija-se, que é sempre bom corrigir. Ninguém está inteiramente morto no nosso ódio ou desprezo. Por trás de Humberto ficava o grande mapa do Brasil com alfinetes coloridos marcando o itinerário dos viajantes, que enviavam semanalmente relatórios em duas vias, rosa e azul — as cores prediletas, quase poéticas, da organização.

A azul ficava com Humberto. O lápis-tinta funcionava com indelével severidade, distribuindo centenas de HHH por dia. Ai do viajante que no dia prefixado não estivesse aguentando mosquitos em Figueira do Rio Doce! Ai doutro que tivesse vendido menos que na visita anterior! Franzia a testa estreita, contrariadíssimo (o cabelo chegando rente às sobrancelhas, as sobrancelhas mergulhando nos olhos esquivos), parecendo dizer: vejam a que sou obrigado — punir esse desgraçado por sua inépcia! E ia ter depois longos colóquios com o Chefe, entre paredes de celotex cobertas de gráficos, cara trombuda e zelosa para os papéis azuis, sorrisos e mais sorrisos para o superior hierárquico, que adorava as manifestações de apreço.

Tinha vocabulário escolhido. Gostava do verbo "estornar" como se gosta de uma mulher bonita. Jamais se permitiu o uso de "tantos do corrente". Consumia expressões mais elevadas: "tantos do montante" ou "tantos do cadente". Mas "ambos os três" escreveu num rascunho a propósito de concorrentes velhacos, e Edelweiss espalhou incontinenti. Zilá duvidava. Edelweiss esfregou-lhe o papel no nariz — pois veja!

A MUDANÇA

5 de março

E, por falar em Edelweiss, foi no lavatório, e aquilo me deu na hora, quando vi o cadarçozinho da combinação aparecendo. Avancei, fulminante, e beijei-a no cangote. Ela fez: — Oh!

Depois, enxugando as mãos:

— Louco! Louco varrido!

6 de março

Madri, perdida, pega fogo. Insurreição de comunistas contra o governicho instituído pelo coronel Casado, acusado de pactuar com o inimigo. Fontes nacionalistas confessam que o aludido coronel se pôs em contato, epistolarmente, com o general Franco, a fim de obter um armistício. A carta informava às autoridades nacionalistas o propósito de depor o governo Negrin por meio de um golpe militar anticomunista. Depuseram.

E Garcia:

— Está tudo claro!

— Por que vocês se preocupam tanto com a guerra da Espanha? — pergunta Luísa. — Que temos nós com ela?

E é Garcia que responde:

— Temos muito, muito! O mundo hoje, Luísa, é uma coisa só, una, indivisível. A luta deles era a nossa luta. A derrota deles é a nossa derrota. Cada vez que um baluarte da liberdade tomba, mais negro se faz o horizonte para nós e para os nossos filhos. A escravidão é negra, Luísa, negra!

7 de março

(Caluda, meu querido Garcia! Ou fala tão baixo que ninguém te ouça. Não custa ser mais discreto do que és — um escorregãozinho apenas. As paredes são de papel. Papel de seda. E há milhares de Juliões Tavares de ouvido colado às paredes.)

8 de março

Enquanto a Espanha, em anarquia, tem quatro governos, inclusive um no exterior, são conhecidas as bases do nosso acordo com os Estados Unidos — 120 milhões de dólares de auxílio financeiro, eufemismo com o qual é anunciado aquilo que anteriormente se chamava empréstimo. E Oswaldo Aranha, que foi a Washington defender o auxílio financeiro, fez a sua gauchada:

— O Brasil não está fazendo súplicas!

O eufemismo está em moda. E a escravidão é negra, Luísa, negra!

9 de março

— Outro italiano! — disse José Nicácio.

— Os papas não têm pátria — retrucou Saulo Pontes com serenidade episcopal.

— Não sabia — voltou José Nicácio. — São como os anjos, não é? Não têm bunda.

10 de março

Aniversário da lépida Dagmar. Dei-lhe um abraço, que é presente sugestivo e barato. Catarina ofereceu-lhe *O lírio vermelho* com um desdém de quem oferecesse pérolas a porcos — dinheiro posto fora! Tatá e Gasparini trouxeram discos — era o tempo do *charleston!* Houve um arrasta-pé com vitrola, Alfredo, que não dançava, encarregou-se dela, e Dulce Sampaio perdeu um brinco no jardim sem luar, pelo que, muito temperamental, fez um verdadeiro escândalo.

Nazaré desconfiou do valor da joia.

11 de março

Délio Porciúncula acha bom negócio comprar joias, empregar dinheiro em joias. Joia não perde o valor, afirma. Ouro é sempre

A MUDANÇA

ouro, brilhante nunca deixa de ser brilhante! E sem falar no valor artístico da peça, que também conta. Há peças que somente por sua gravação ou cinzelado dobram de preço! Quem tem joias é como ter dinheiro em banco — não passa apertos. Se quer vender, não falta quem compre. Se tem urgência é só ir ao Monte de Socorro e sair com o cobre na mão! Quanta vez não foi com elas que safara as suas onças...

— Dinheiro que folga eu meto em joias!

A folga não deve ser pequena, haja vista o esplendor oriental de anéis, brincos, colares, pulseiras, broches, adereços que a esposa — uma senhora fanada — exibe a qualquer hora do dia e da noite.

Com toda a seguridade, Délio tem razão. Francisco Amaro mesmo compra muita joia para Turquinha não usar, coisas de ocasião, pechinchas — não há sujeito enforcado em Guarapira que não vá procurá-lo com os seus escrínios familiares. Mas não compreendo essa espécie de aforro e nego-o com argumentos provavelmente capciosos. É que não consigo gostar de joias, emprestar valor a elas, dedicar-lhes um olhar mais demorado de interesse. Por mais baratas que me sejam oferecidas, acho-as sempre caras, exorbitantes, dói-me dar o meu suado dinheiro por elas. Principalmente acho supinamente rastaquera usar joias de preço. Rastaquera como dente de ouro. Quanto mais valiosas, mais rastaqueras.

— Você é diferente de todo o mundo — dizia-me Dagmar, que amava desvairadamente o mundo dos berloques, que tinha espasmos diante das vitrinas dos joalheiros.

É horrível a gente ser diferente de todo o mundo! Só causa mal-estar, embaraço, reprovação, crítica. Parece ainda que somos invejosos, que não suportamos o alheio sucesso, a alheia fortuna, as alheias riquezas e facilidades. Nivelemo-nos, pois! Compremos um pequeno anel para Luísa, um anel de turquesa...

12 de março

Godofredo espirrou vistosas pelegas pelos artigoides que assinará com pundonorosas iniciais.

— Quando quiser mais, às ordens!

— Tá certo. Telefonarei.

E saí para procurar o anel de turquesa, que envergonharia Délio Porciúncula, operação laboriosa, que não há concordância entre os sonhos de um esteta modesto e o estoque dos ourives. As pernas já se cansavam da procura, quando no Mercado das Flores, em lojinha duma porta só, escura e empoeirada, lá encontrei o argolãozinho de ouro cravejado de esparsas e ovaladas turquesas, de desenho presumivelmente veneziano e antigo, cujo preço foi regateado até que o mercador israelita e casposo enquadrasse-o dentro do limite das pelegas.

— Gostou?

— Adorei!

— Minha pequenina pega...

— Por que pega?

— É um pássaro que traz para o ninho quanta coisa reluzente encontre. Não existe no Brasil, existe muito em Portugal.

— Engraçado!

Depois da explicação, assaltou-me a dúvida — seria uma verdade ornitológica? Pelo menos a fonte era de duvidoso rigor científico, que me perdoem os zoologistas — velha história da Carochinha, que o relato materno, eivado de neologismos mageenses, não escondia a lusa procedência, mas uma história linda!

13 de março

Baile com *charleston*. Eu e Afonsina demonstramos que o ritmo é tudo.

14 de março

A bomba, de respeitável calibre, estourara na sala dos professores, estilhaçando os vidros do armário, pondo em pânico as funcionárias da secretaria ao lado, reboando assustadoramente pelo edifício todo. Como não conseguisse descobrir o autor da

A MUDANÇA

molecagem e este, por covardia ou por pirraça, não se acusasse, seu Camilo prendeu toda a turma até depois das sete horas da noite — o diretor andava numa estação de águas, seu Camilo é quem manobrava tudo — não sem fazer antes uma patética peroração de ameaças, entre as quais a de expulsão. Poucas vezes me senti mais ferido, mais diminuído, mais indignado e mais impotente que naquela terça-feira enfarruscada da minha meninice. Cheguei em casa sem poder conter o pranto, atirei-me nos braços de papai pedindo justiça. Ele riu, tachou-me de exagerado, e disse que seu Camilo tinha razão, pois a disciplina precisava ser mantida — sem disciplina nada subsiste. Em reação, caí numa espécie de cinismo. Durante três meses não abri livro de estudo, não fiz um único dever, não respondi a nenhuma pergunta que me fizesse um professor. Choveram-me os castigos, que suportava estoicamente — privações de recreio, privações de saída. Não havia tarde que não ficasse detido, só saindo depois de fazer enormes contas de multiplicar, sujeitas ao crivo da prova dos nove. Ao cabo de uma semana, seu Silva, que se encarregava dos impedidos, teve um sorriso sarcástico:

— Do jeito que você vai, há de acabar um matemático.

Mamãe, que morreu pouco depois, talvez amolecida pela enfermidade latente, talvez para não agravar a situação, escondia minhas tardias chegadas de papai, que antes das sete não estava de volta, pois encerradas as atividades fabris, ficava no escritório pondo em ordem o papelório, coisa que durante o dia era quase impraticável.

15 de março

Três meses de hibernante procedimento, três meses que me calejaram, me enrijaram, me revestiram de uma capa coriácea à prova dos atos de justiça. Um dia me senti forte para reassumir, sem prejuízo da minha personalidade, o ramerrão das obrigações colegiais, sem as quais certos caminhos do mundo me estariam vedados — três meses!

16 de março

Seu Botelho, que abandonara a sotaina por um amor de prima, usava escapulário por baixo da camisa paisana de colarinho duro e caprichava no sotaque lusitano, teria sido um admirável professor se os cavalos pudessem aprender latim. Da impossibilidade equina, decidiu a ensinar o gênero humano pelo sistema cavalar, mas não deu certo. Até que a direção do colégio desconfiasse da impropriedade, seu Botelho escouceou a valer.

Afinal seu Camilo percebeu, pôs o professor no olho da rua, mas as ferraduras deixaram marcas na meninada, marcas de ojeriza, que o esforçado e simpático substituto, e já estávamos quase no fim do ano letivo, não conseguiu desvanecer — e a reprovação foi praticamente geral. Alfredo Lemos escapou, que o pai era latinista provinciano, tinha obras publicadas sobre flores poéticas do Lácio, e, desde cedo, soubera despertar no dócil rebento o interesse pelas declinações. Emanuel também, mas como não escapar se sua alma era constituída duma substância celestial, imune aos coices, se sua cabeça era como estômago de avestruz que tudo engole e assimila, prego ou estopa, arame ou alcatrão?

17 de março

Encontro o anel de turquesa na borda da banheira. Apanho-o e levo-o à dona:

— Creio que é seu.

— Oh, me esqueci!

18 de março

Condenados à morte os chefes do levante de Madri, o que diminui para três os governos espanhóis. E referindo-se às atividades da Alemanha na península, grita uma voz republicana: "Somente a Espanha se atreveu a terçar armas com aquele colosso de pés de barro. Nós o teríamos vencido se não fora o temor ma-

A MUDANÇA

nifestado pelos que tinham o dever de nos ajudar e que acabaram por fazer o jogo do inimigo, que será, mais tarde, também deles próprios" — olé!

20 de março

Tatá abarracou-se definitivamente na varanda com a fulva prima de Dagmar, incandescente e fácil.

Arrasta a sandália aí, morena,
arrasta a sandália aí, morena.

Solange é maravilhosa de dentes, de pele, de cabelo. Dulce Sampaio é o cheiro! Afonsina é o corpo como dobradiça. Mas só vejo Nazaré no salão de serpentinas, os lábios grossos, a brancura de porcelana, as axilas de veludo, leve como uma fita, sambando.

21 de março

O fogacho por Nazaré durou precisamente um mês, um mês de tormento e perseguição. Ela não tomou o menor conhecimento. Tinha paixão por Alfredo, com ele se casou após nove anos de namoro e noivado e, ao realizar o acalentado sonho de mocinha, já no corpo restava pouco do que fora esplendor e sedução no salão das serpentinas.

22 de março

Na ponta da serpentina ficava Dagmar, ombros descobertos, botas escarlates, fantasiada de camponesa russa. A um movimento de rédea, vinha se enrascando na fita e se embrulhava nos meus braços — ioiô de carne desabrochante, ávida de beijos, carnaval, carnaval!

Da esquina frenética de bamboleio e canto para o salão frenético de canto e bamboleio, carnaval, carnaval! Do salão para o terraço, vermelha, suada, a morna brisa noturna vindo beijar a espádua linda:

— Ai, como estou pregada! — e descansava a cabeça dourada no meu ombro.

— Vamos embora, então.

— Não!

Não antes que um prenúncio de sol tingisse os cimos. Fresca madrugada no automóvel aberto, deixando primeiro Tatá, depois Afonsina e Dulce na porta de casa.

— Olhem lá, hein... juízo! — disse frouxamente Dulce à guisa de despedida, despenteada, caindo aos pedaços, os olhos no buraco.

Só nós enfim! O chofer de cartolinha verde finge não ver o corpo único que formamos, nem a mão consentida que escorre pelas coxas queimantes, aranha que se emaranha na oculta cabeleira, carnaval, carnaval!

— Pare na esquina, mande o carro embora — sussurrou.

Não passamos da varanda, fresco o ladrilho, pássaros chilrando, até que o sol chegou e com ele o despertar bisbilhoteiro da rua e da casa, carnaval, carnaval!

23 de março

A rodinha murcha como pneu furado — o nazismo avança no Báltico. Sob a ameaça de ver ocupado todo o país, a Lituânia foi compelida a entregar ao Reich o território de Memel.

24 de março

O torniquete espreme — cedeu também a Romênia. Virtualmente sob a órbita política e militar da Alemanha o governo romeno. Helmar Feitosa distribui sorrisos.

A MUDANÇA

25 de março

Uma por dia! Será exigida agora a devolução das colônias tomadas em 1918 — é o que anunciou em discurso o barão que chefia o Departamento Colonial Nazista, veja-se como são os barões! E Vargas, da banda de cá, lê alto diante de microfones duma imensa e compulsória cadeia: "Nada temos com a organização interna de outros países, como não aceitamos interferências estranhas na nossa organização. Instituímos um regime nacional como instrumento mais apropriado a forjar o nosso progresso."

26 de março

Duvidar sempre. A arte só caminha pela dúvida. Se não me falha a memória, já escrevi isso, ou quase isso. Não custa, porém, repeti-lo. Que é a arte senão repetir, com mais uma azeitona ou menos um dente de alho, o mesmo jantar para a mesa de, cada dia, mais reduzidos gastrônomos?

27 de março

Dou com o anel de turquesa na prateleirazinha do lavatório.
— É seu?
— Ah, obrigada! — E ao meu olhar, entre zombeteiro e repreensivo: — É que fui lavar as mãos...
— Mas para lavar as mãos é preciso tirar o anel?
— É que ele pega muito sabão, filho — e riu.
— Ah, não sabia.
— Fique sabendo.

28 de março

O possesso Mussolini: "A senha é esta — mais canhões, mais navios, mais aviões. Por qualquer preço e por todos os meios, mesmo se for necessário fazer tábua rasa de tudo quanto se chama vida civilizada. Quando alguém é forte, é querido pelos amigos e temido pelos inimigos. Desde os tempos pré-históricos, a força se impôs às ondas dos séculos e das gerações. Infeliz de quem é fraco! Crer, obedecer, combater!"

29 de março

Chorai, poetas, chorai! Após rigoroso cerco de 872 dias, rendeu-se a cidade de Madri. E o maior regozijo verificou-se na Alemanha e na Itália, de acordo com as agências telegráficas, que não observaram o coração de Lauro Lago.

30 de março

Por escolha de Luísa, o apartamento, que abre janelas para verdes e verdes de copas ainda intactas, fica, fresco e isolado, com fartura d'água e sombra, numa ladeira que domina o bairro, empinada vertente que Loureiro deprecia, talvez um pouco ressentido por não ter sido ouvido na aquisição, que fora decisão súbita, aproveitando casual conhecimento com um construtor, cliente e amigo de Gasparini, que abriu todas as facilidades:

— Isso é apartamento para cabritos!

Luísa defende:

— Delicioso!

— Não vejo delícia nenhuma em escalar todos os dias tal Himalaia. Morar aqui só com automóvel.

— Só não. Mas estou de acordo que com um carro seria melhor, seria perfeito.

— Então por que vocês não compram?

Entrei na discussão:

— Aqui em casa quem compra é o galo, chefe. E não compro porque não tenho dinheiro.

— Ora, não me venha com essa! Nem tanto custa um carro. Há carros para todos os preços.

— Para o preço que me conviria, garanto que não há...

— Você é gozado, Eduardo! Um automóvel, que é coisa útil...

A MUDANÇA

— Útil para você!

— ...coisa que você precisa...

— Não sei para quê!

— ...coisa que dá prazer...

— Não sei que prazer!

— ...você não compra porque acha que é caro, que não tem dinheiro... Mas, desde que te conheço, encontra sempre dinheiro — e acha barato! — para encher as paredes dessas maluquices futuristas!

— Primeiro, não custaram o preço de um automóvel, e várias me foram dadas. Segundo, não são maluquices, nem futuristas! Terceiro, não diga besteira sobre o que não entende.

Loureiro riu com vontade:

— Perdão para as minhas burrices!

— Burro não tem perdão, como você mesmo diz, pensando naturalmente que é inteligente... Mas voltando ao assunto automobilístico, não compro porque, como você bem sabe, o meu dinheiro é limitado. Não sou homem de negócios como você, não ganho como você. E, como é limitado, prefiro comprar quadros, que estão ao meu alcance, e que me dão prazer, e porque acho um quadro mais importante do que um automóvel, como aliás já te disse inúmeras e inúmeras vezes. Mas se algum dia for rico, ou me puder dar ao luxo, pode ficar plamente descansado que comprarei um carro, não um baita carro como os de certos palermas que eu conheço...

— Sei perfeitamente de quem está falando...

— Ainda bem!... Não um baita carro, mas um carro decente, sem fricotes, sem frescuras. Porém terei chofer, ouviu? Chofer para guiar, para consertar, para mudar pneumáticos, para abrir a porta, para me roubar, o luxo moderado, mas completo. Pela metade, não! O onanismo não faz parte dos meus hábitos.

31 de março

Não só Loureiro, também Francisco Amaro implicou com a ladeira na primeira visita ao apartamento, numa fugidinha que deu ao Rio para apreçar máquinas mais modernas e de maior rendimento para a fábrica de tecidos, que vai de vento em popa:

— Papagaio, onde vocês vieram se meter! Estou aqui botando os bofes pela boca.

— Mas você não veio de carro?

— Vim, é claro. Mas deixei-o na garagem lavando e sofrendo um repasse. Cheguei ao Rio com uns grilos, uns parafusos soltos. A estrada está miserável! Cada buraco do tamanho de um bonde!

Mostra bom aspecto, um princípio de calvície, pediu logo água, enxugou a garrafa duma arrancada.

— Você parece caixa-d'água, Chico! — brincou Luísa.

Francisco Amaro sacou o paletó:

— Pudera! Que calor faz nesta terra, livra!

— Você fala como se a sua fosse muito fresca.

— Bem, em comparação com aqui é quase Sibéria.

Voltei para a rede, na varanda que continuava a sala:

— Você está doido!

— Doido estão vocês vindo morar nestas alturas!

A viração vinha do morro, suave, embalsamado dum acre cheiro de folhagem, e Luísa sempre orgulhosa do seu achado:

— Mas você vai me dizer que aqui não está fresco!

— Não. Está bom. Foi a subida. Vim um bocado depressa.

— Porque você é afobado, sempre afobado, como se afobação resolvesse alguma coisa.

Francisco Amaro riu:

— Bem que resolve!

E Luísa queria saber de Turquinha, das crianças, de seu Durvalino. Francisco Amaro já se sentara:

— Todos em forma. Patrícia é que andou com catapora, mas já está fixe.

Luísa esboçou um sorriso:

— Turquinha está esperando bebê?

— Como sempre, para variar.

Eu entrei:

— Você não tem vergonha, Chico! Absolutamente nenhuma

— Não sou capado...

— Mas você arrasa Turquinha! Não há mulher que aguente ter filhos todos os anos. Há uma certa diferença entre mulher e porquinha-da-índia.

— Ela gosta de criança nova.

— Porque tem tanto juízo quanto você.

Francisco estava satisfeito:

— Quando chegar a dez eu paro, invejoso. E Vera e Lúcio, como vão?

— Vão bem, mas estão fora. Dentro de pouco virão para cá. E o Assaf, Chico, como vai?

— Sempre o mesmo, Eduardo. Roubando a freguesia e engordando.

— Tem te ajudado na fábrica?

— De vez em quando me atrapalha um pouco. O filósofo acha que os negócios grandes trazem aborrecimentos grandes. Prefere os mínimos com a sua loja de miudezas. Mas tem seu cobrinho guardado, não se iluda! Perder é que não perde. Não é da sua religião... menos em pôquer. Mas, Luísa, você podia me arranjar mais água?

— Essa sua sede perpétua só pode ser doença!

— Vá tomar banho, Eduardo!

— É o que diz Gasparini, eu não. Eu me contento em ter pena...

— O Gasparini é uma besta! E como vai ele?

— Vai tocando. Vem aí com o Garcia. Logo que você telefonou eu avisei a eles.

— Mas como andam esses telefones, hein! Levei quase quinze minutos de fone no ouvido para conseguir a ligação.

— Andam miseráveis! Acho que inventaram um truque para forçar o aumento de preço: provar a deficiência pela falta de recursos. Se pegam o aumento, melhoram o serviço por uns tempos, depois aplicarão o mesmo conto. E o nosso querido governo irá sempre na conversa, porque a conversa dá suas vantagens e povo não tem vantagens.

— E com este que temos nem se pode berrar.

— Para quem berra há pau ou cadeia. É um lindo aviso aos navegantes.

— Que terra desgraçada!

— O mundo não está muito melhor, não, Chico. Não se esqueça de que não primamos pela originalidade. Sempre fomos uma gruta sul-americana de ecos. Até o racismo encontrou ressonância nesta terra de mestiçagem, e a moda é a dos ditadores.

— É espantoso como a propaganda cria ídolos, como faz de um mentecapto um condutor de povos.

— Com porrada criam-se até santos. Aliás, há concepções ideológicas de que lombo de povo foi feito para lambada e, portanto, chibata nele.

— Você não acha que o horizonte europeu está ficando negro por demais?

— Nigérrimo! Vai haver o diabo! A paz de 1918 foi fabricada com uma tal enormidade de erros e crimes que pagarão por eles, não resta a menor dúvida. A História nunca deixará de ser História, como diz o Saulo Pontes. E nós pegaremos as sobras com fartura. As misérias nos virão de ricochete.

— Mas será crível que não se lembrem do que foi a outra guerra, que não encontrem um jeito de evitá-la?

— Claro que encontrariam! Que ingenuidade... Mas a questão é que o mundo está ainda nas mãos daqueles que fizeram a outra, daqueles que vivem da guerra, que engordam com a guerra.

— É monstruoso! Arrepia.

— É a dura realidade, meu nego, sob os mais formosos rótulos, e ai de quem ouse tentar arrancá-los!

— Terão os olhos arrancados.

— Só os olhos? Outras coisas redondas também e bastante mais necessárias!

— Vai ser uma hecatombe, uma coisa inimaginável!

— Se vai! A guerra civil na Espanha é uma pálida amostra. A perseguição aos judeus vem sendo outra.

— Contam tais coisas que a gente chega a duvidar, não? É barbaridade demais!

A MUDANÇA

— Pois tem que acreditar. O homem é ainda bicho feroz, sanguinário, carniceiro. Não somos mais do que trogloditas com um tênue verniz de civilização, estamos a dois passos da caverna.

— Será que o homem nunca melhorará?

— Como não melhorará? Já somos um bocadinho melhores. O tal verniz... Mas melhorará sofrendo, vagarosamente, se entredevorando sempre que os instintos se soltam. A cultura é infinitamente lenta.

— Levará séculos! Séculos e séculos!

— Que é um século para a vida do mundo? Século ou séculos, tanto faz.

Luísa entrou com um cafezinho. Francisco Amaro preferia mais água:

— Está bem, caixa-d'água! Vou buscar.

— Mas pulando de um polo a outro, quanto vocês estão pagando de aluguel aqui? Puxado?

— Não. Aderimos ao *slogan*: Não pague aluguel! E não estamos pagando. Nós o compramos, Chico.

— Não me digam! Que ótimo! Por que não me disseram logo?

— Queríamos ver primeiro a sua impressão.

Francisco Amaro sorriu:

— A subidinha é triste. E quanto foi?

— Oitenta e quatro contos. Vinte de entrada e o resto em quinze anos, pela Tabela Price. Uma existência!

— Vale!

— Duro foi a entrada. Mas eu e Luísa juntamos as nossas misérias. Com a venda de coisas da casa de dona Carlota, que nós não precisávamos, e mais um pequeno pecúlio que ela deixou, apuramos quatorze contos. Entrei com o restante...

— Doze por cento ao ano?

— Dez.

— Batuta! Estou radiante! Vamos dar uma olhada nele. Aqui a salinha é bastante simpática.

— Você chama isto de salinha? — protestou Luísa.

1º de abril

— Essa só mesmo em Primeiro de Abril! — exclamou Gasparini.

Falava-se da radical mudança da política externa da Grã-Bretanha, prometendo apoio à Polônia no caso de agressão por parte da Alemanha.

— É o pandemônio! — exclamou Garcia.

Falava-se da resposta do primeiro-ministro francês às provocações de Mussolini: "Não cederemos uma polegada do nosso território, nem um só dos nossos direitos!"

E Hitler berrava no lançamento do encouraçado *Von Tirpitz*:

— Ninguém conseguirá nos deter!

2 de abril

Admissão de Felicidade, indicada, com as melhores recomendações, por Anita. Precisávamos de uma empregada que fizesse um pouco de tudo. Nem tão pequeno é o apartamento que Luísa possa cuidar dele sozinha. Mesmo tem que trabalhar e as crianças são pequenas demais para ficarem sozinhas em casa. A parlamentação preliminar foi breve, mas inolvidável pelo modo de falar de Felicidade.

— Gostou da cara dela?

— Gostei de tudo...

3 de abril

Felicidade trouxe a sua trouxa, pendurou o São Jorge na parede do quarto, em que ela mal se pode mover, e meia hora depois pusera no bolso as crianças e Laurinda, que parecia ter com ela uma intimidade de cem anos.

Luísa sai sempre às carreiras:

— Gostou do almoço?

— Muito.

— Pois não determinei nada. Deixei ela agir.

A MUDANÇA 69

— É um bom sinal. Creio que podemos ficar descansados.

E, na rua, me encontro com desembargador Mascarenhas, hidrópico, arrastando os pés, sobraçando livros:

— *Utile est legere!*

4 de abril

Passei em latim, na segunda época, sabe Deus como! Papai matriculou-me em outro colégio e, por coincidência, para ele também se transferiram Mac Lean e Antônio Ramos. Mais de mil alunos, edifício quase imponente, campainhas elétricas, latrinas moderníssimas, o cartaz monumental — *Mens sana in corpore sano*, um quadro de futebol tricampeão colegial da cidade. Alfredo Lemos era meu companheiro de carteira. Professor Alexandre, o diretor, roubava nas contas. Seu Amílcar, bedel, gordo e vermelho, ficou célebre pelo bajulismo ao diretor e por uma frase, quando viu todos os alunos em uniforme branco, numa festa escolar: "Parece uma colmeia de pombos." Guaxupé e Miguel eram invejadas figuras, usavam chapéu-coco, frequentavam lugares suspeitos, rasgavam dinheiro. Alfredo, estudioso, discreto, de fala mansa, viria a ser sanitarista famoso. Tatá dormia de olhos abertos nas aulas de Geometria! A derrota por 3 a 0 não foi nada. O diabo era a perna escangalhada e a profecia do colega pessimista: "Isto vai dar em joelho d'água." Deu.

5 de abril

Da brasiliana de Saulo Pontes:

"Em São Jorge do Alegrete, distrito do município de Pedra Branca, sul do estado de Minas Gerais, lugar aprazível, tendo um clima ótimo, com excelente água potável, boa iluminação elétrica, farmácia, casa paroquial, povo civilizado e ordeiro, precisa-se de um padre, havendo para esse fim ordem de Sua Reverendíssima, o sr. bispo de Campanha. Além de todas essas comodidades, o padre que desejar vir para a terra terá uma subvenção por parte de seus paroquianos. As demais informações devem ser pedidas ao sr. coronel D.D.C., que também fará todas as despesas de viagem e mesmo de regresso, caso o vigário não deseje permanecer no lugar." (Anúncio no *Estado de São Paulo*, 24.6.28.)

"Na vizinha cidade de Cândido Mota, há dias, apareceu um indivíduo que se dirigiu a uma fazenda, oferecendo ao fazendeiro uma troca esquisita: oferecia 40 contos, que queria trocar por 6, sem outras condições. O fazendeiro, desconfiado, entabulou negócio, enquanto mandava à cidade avisar o delegado. O homem foi preso, mas, logo depois, solto, pois o delegado não encontrou entre os 40 contos nenhum dinheiro falso." (De uma correspondência do interior do estado para o *Diário Nacional*, São Paulo, 13.6.28.)

"Com o mesmo sorriso com que abraçou os companheiros ao deixar Roma para a travessia memorável até Natal, Carlos Del Prete despediu-se de todos, no leito de dor da casa de saúde, rumo à derradeira viagem. Para ele não tinha importância aquela partida e se viesse a ter, era como a prova maior, pois quem percorreu a distância enorme ligando em horas a Itália ao Brasil só a travessia da Vida à Morte poderia superar o seu grande recorde." (*Diário Popular*, São Paulo, 17.8.28.)

6 de abril

Felicidade tem mais largura do que altura, dentes alvos e sem falhas, preta como azeviche. Cabelo é a ferro e fogo, esticado, luzidio, com cachinhos que parecem argolas. Os pés são diminutos e encarquilhados como pé de papagaio, mas as unhas estão sempre pintadas dum encarnado de lacre — é o seu supremo requinte.

7 de abril

Aquela carta é um remorso perpétuo!

A MUDANÇA 71

8 de abril

Mais brasiliana de Saulo:

"Acaba de ser expulso do tiro de guerra de Santa Luzia (Goiás) o sr. N. S., sírio naturalizado, pelo motivo de ter tido uma amante até há poucos meses. O caso tem sido comentado, fazendo-se necessária a intervenção do ministro da Guerra." (Telegrama para *O Globo*, Rio de Janeiro, 7.1.29.)

"Acaba de fazer aquisição de uma excelente vitrola ortofônica o nosso distinto amigo, coronel B.G.M. Graças à divina inspiração desse amigo, e ao espírito elevado e culto de B.F., representante da Empresa Ortofônica, o município coloca-se à vanguarda do progresso com a chegada da vitrola, portadora das produções musicais dos mais afamados maestros. Muito gratos somos ao coronel B.G.M. pelos agradáveis momentos que nos têm proporcionado com a sua excelente ortofônica." (*O Guarará*, Minas Gerais, 1º.7.28.)

"O fiscal de veículos número 42, de serviço no Largo do Campinho, foi abordado ali por um homem modestamente vestido, que lhe fez entrega de uma carteira contendo algumas centenas de mil-réis, acrescentando, com simplicidade, que a encontrara nesse mesmo logradouro. O fiscal convidou-o a acompanhá-lo até a delegacia do 23º distrito, a fim de entregarem o achado às autoridades dali, o que foi feito. Atendeu-os o comissário A., que, depois de interrogar o portador da carteira, resolveu detê-lo, procedendo a averiguações, das quais resultou ficar apurado que o popular em questão era, nem mais nem menos, que um demente evadido da Colônia de Alienados de Jacarepaguá, para onde, em seguida, foi recambiado. Deu ele o nome de A.F. A carteira, que motivou a recaptura do demente, acha-se na referida delegacia, onde será entregue a quem provar ser seu legítimo dono." (*O Globo*, Rio de Janeiro, 7.3.32.)

9 de abril

Violando quatro tratados internacionais, a Itália invadiu a Albânia na Sexta-feira da Paixão.

11 de abril

— Tonto! — repreendia-me o espelho por sobre a cômoda. — Tudo te chega exatamente quando não mais precisas; quando a chegada já não te perturba. Que queres ainda?

Positivamente quem está tonto é o espelho. E retruco:

— Você não está com o aço funcionando bem.

12 de abril

Uma das joias de Saulo:

"São Paulo, 26 de novembro de 1931. Cidadão secretário da Justiça e Segurança Pública, dr. Florivaldo Linhares. Considerando que não deve desconhecer o alcance social e moral da mendicidade, quando ela é dignamente exercida; considerando que qualquer cidadão pode estender a mão à piedade, implorando a generosidade dos irmãos; considerando que quem pede, em público, geralmente demonstra superioridade de sentimento, por ter de comprimir o orgulho e a vaidade; considerando que a esmola beneficia tanto o coração de quem pede como o de quem dá; considerando que a recusa ao trabalho não é um vício peculiar às classes pobres; considerando que a contemplação da sociedade demonstra que o maior número de vadios é formado pela burguesia; considerando que os mendigos, vivendo da bondade alheia, são moral e socialmente úteis, enquanto são nocivos os ricos ociosos, que vivem em pleno desregramento moral, sem nada produzirem; considerando que é covardia e falta de generosidade tratar os mendigos como se entre eles, mesmo excepcionalmente, se encontrassem os maiores hipócritas e os maiores exploradores; considerando que existem exploradores em todas as classes sociais; considerando que, se há falsos mendigos, o número desses é sempre muito diminuto, e que

A MUDANÇA

nem assim deixam de produzir em outrem reações altruístas; considerando que não basta a robustez, de que alguns mendigos parecem dotados, para assegurar-se de que o seu aparelho cerebral seja são; considerando, assim, que o pretender-se julgar, pela aparência, se o indivíduo necessita, ou não, de mendigar, pode induzir a grave erro; considerando que muitas vezes o mendigo concorre, com a sua presença, para a manutenção da ordem, evitando muitos crimes; considerando que ocultar os mendigos aos olhos dos forasteiros é querer iludir a estes quanto à anarquia social em que todos os ocidentais vivemos; considerando que o mendigo é um programa, que desperta a atenção, mesmo dos corações mais duros, para os problemas em prol da felicidade humana; considerando que nada nos pode mais comover do que o sofrimento alheio; considerando que é um dever fundamental o respeito à mulher, em qualquer situação social em que se encontre; considerando que embora, a princípio, a esmola deva ser dada, ninguém é a isso obrigado; considerando que a dignidade da mendicidade escapa — como a de qualquer outra função proletária — à competência dos órgãos do governo e está unicamente sujeita ao juízo da opinião pública; considerando portanto que violar o livre exercício da mendicidade é um monstruoso crime lesa-humanidade; considerando que ninguém, sob o simples pretexto de exercer a mendicidade, sofra qualquer constrangimento em sua liberdade; que, quando, por motivo insofismável de ordem, algum mendigo deve ser afastado do ponto onde se ache, a autoridade competente o faça com todo o cavalheirismo, ainda mais se tratando de uma senhora, e, finalmente, que só se procure dar asilo aos mendigos que livremente o solicitarem; peço, pois, que vos digneis de tomar as providências que são necessárias para o fiel cumprimento da presente comunicação. Saúde e Fraternidade. Coronel Manuel Rabelo, Interventor Federal." (*Diário Oficial do Estado de São Paulo*, 28.11.31.)

13 de abril

Loureiro (para o retrato) — nunca comprou um livro. Leu alguns. Parece editor.

14 de abril

E hoje Loureiro que aparece, com Waldete, depois de relativa ausência. Estiveram numa estação de águas, acompanhados da dupla Ricardo-Zuleica. Trouxe uma recordação aquática — uma alfineteira em forma de tamanquinho. E ficou impressionadíssimo com Felicidade:

— Onde é que vocês arranjaram isso?! Parece um colchão amarrado.

— Quem nos arranjou foi Anita.

— Então está tudo explicado... — disse Waldete, que pegara a mania de criados estrangeiros.

— Como está ficando bestinha essa Waldete! — comentou Luísa quando o casal saiu.

— É assim, minha nega, que se processam as ascensões sociais.

15 de abril

Dois passos para a direita, breque. Dois passos para a esquerda, breque. *"I have no bananas today."*

Tatá, com gomalina no cabelo, é o entusiasmado iniciador nos modernos ritmos universais. Afonsina tremelicava os ombros e os seios como num acesso de sezão — era o *shimmy*.

16 de abril

Shimmy foi título oportuno de revista de obscenidades parisienses traduzidas ou arranjadas — a indecência das indecências porque era a pornografia velada, a porcaria subentendida. Não constituiu, aliás, novidade; do mesmo teor já tínhamos *A maçã*; apenas mais um prato para a avidez e delícia de Loureiro e Cinara.

A MUDANÇA

17 de abril

— As eleições vão ser fraudadas e nós vamos fazer o movimento revolucionário para acabar com esse sistema oligárquico que domina e oprime o Brasil. (Oswaldo Aranha, 1929.)

— O general Marco Aurélio é a asa cinzenta do regime. (José Nicácio.)

— A delícia do pão é ser quente, estalando como o pão de Paris! Gostar de pão dormido é indício de mau caráter. (Adonias, de volta, muito lampeiro.)

18 de abril

Hoje, e mais cedo que eu pensava, Godofredo Simas telefonou querendo outros escritos. Lá fui à sua *garçonnière doublée* de escritório de assuntos sigilosos. Neusa deixara o rasto da sua presença, perfume da moda, quente, sensual, mas ativo demais para meu olfato, além de outros vestígios mais materiais e não menos perfumados — um porta-seios e uma rendada combinação dependurados no banheiro, vestígios que olhei com demorada ternura, porque é sempre com um vago desejo que se contempla objetos de feminil uso íntimo. Na última vez que visitei Loureiro, encontrei, também no banheiro de azulejos coloridos, largada por Waldete, uma camisola de dormir, leve como espuma, que parecia trazer ainda nas suas dobras uma quentura de corpo, um cheiro de abandono e esperma, que me deixaram perturbado e infeliz como se tivesse traído o amigo, e ao voltar à sala levava um embaraço que não sei como não foi notado.

Não pude servir ao jornalista. O que me pedia, e pagaria, não estava dentro das minhas disposições:

— Não, Godofredo. Sobre isso eu não posso escrever.

— Mas por quê?

— Porque não estou de acordo. Simplesmente porque não estou de acordo.

— Mas não é você que assina, ué!

— Sim, mas eu tenho os meus princípios mercenários. Só escrevo sem assinatura, ou com a chancela de outrem, aquilo em que poderia pôr o meu nome embaixo.

— Você é maluco! Diabo é que preciso desse material com urgência, confiei em você, e não tenho tempo nem cabeça para escrever.

— Você me desculpe.

— São cavacos do ofício. Mas você não podia fazer uma forcinha? Afinal somos amigos.

— Não se trata de amizade, Godofredo. É que não me é possível. Gostaria muito de te servir, mas não forço a minha natureza.

Godofredo coçava a cabeça. Levantei-me para sair:

— Antunes faz falta...

— É. Me vejo em palpos de aranha.

E eu não atinei com quem pudesse lhe servir na emergência.

19 de abril

Dou uma olhada no jornaleco de Godofredo e constato que na segunda página se encontra, como suasório cataplasma para os lumbagos antitotalitários, o editorial de que carecia. Arranjou um suíço, que dele não são os dois entrelinhados palmos em negrito, corpo 12. Conheço o seu estilo embolotado... Quem é, não imagino. Mas sei que perdi o freguês. Paciência! Ter princípios consola íntimas vaidades, mas nos priva de muita necessidade diária, ou de alguma excitante extravagância, pois não é, com o pouco e restrito que se ganha, que se pode enfrentar um padrãozinho de vida mais decente, ou o luxo de anéis de turquesa e assinaturas da *Comédie Française*.

Na primeira página, em quatro colunas, o retrato do ditador, cognominado Chefe da Nação — confiem no Chefe da Nação! Confiemos e desconfiemos. Faz anos hoje.

20 de abril

Luísa aproveita o dia meio facultativo para desarrumar mais ainda as suas gavetas, encontrando três pentes perdidos, porque,

A MUDANÇA

se existe a verdade de cada um, como sem grandes truques nos prova Pirandello, cada um tem a sua ordem. A minha, entre outras características, tem a de periodicamente rasgar papéis — quanto papelório se acumula! Cartas, não, que as jogo, mal as recebo, na cesta; mas notas, recibos, talões, folhetos de propaganda, apontamentos, endereços indecifráveis, recortes, mementos de toda espécie. E, no fundo da caixinha de charutos, presente de Pedro Morais, que não fumei, Gasparini levou-os todos, para meu alívio, mais uma vez encontro o maço de telegramas, atado a barbante, amarelados telegramas de pêsames pela morte de papai, chegados alguns com um mês de atraso, o sentimento transmitido por quinze práticos tostões, em fórmulas mais cediças do que as das fitas de coroas. Mais uma vez hesito em destruí-los. Afinal me decido — cesta! Que o que é pó seja pó.

21 de abril

Volver ao pó é uma imagem. Recalcitrantes occipitais, parietais, fêmures, perônios, omoplatas, dormindo há milênios nas camadas da terra! Recalcitrantes molares, caninos, incisivos, espalhados nas cavernas como arrebentados colares de índios! Juntaram-se num baú de lata os níveos despojos maternos — que fria era a tarde! —, acomodaram-nos no jazigo, vontade que se cumpria, nada mais. Se a prática se imbui de insensibilidade, a presença do representante da família — entre curioso e protocolar — impõe aos escaravelhos sepulcrais uma piedade de quem espera propina. Acolchoaram os gestos com palavras — "Mãe só temos uma! Isso é o que nos espera! Não somos nada!" Há uma invencível repugnância em responder, tomada por comoção.

22 de abril

Foi com secura que cheguei à casa de meu pai morto. Eram duas horas. Recebera a notícia ao meio-dia, mas passava eu uma temporada em bairro quase oposto, o tráfego estava tremendo, foi impossível conseguir um táxi e, no ônibus, os jornais em grandes tipos apregoavam a cavada vitória noturna do América sobre o Fluminense, que complicava o campeonato. Encontrei-o ainda na cama, o queixo amarrado, o rosto sereno, barbeado, ainda quente, mas já vestido com uma roupa azul. Beijei a testa morna, peguei nas mãos cabeludas e macias e acudiam-me as últimas palavras que me dissera uma semana antes, se tanto, numa rápida e fugaz melhora: "Agora que tudo vai bem, que eu começo a reviver..."

Eurico, sem Madalena, chegou mais tarde. Mariquinhas estava na cama, inutilizada pelo choque, consumida de soluços. Os estranhos esperavam de mim as providências necessárias. Muitos estranhos. Por que não vestiram a casaca? Ficara pequena, a casaca de casamento, que nunca mais fora usada, já um pouco ruça na gola e que ele conservava com particular carinho. Engordara exageradamente nos derradeiros meses, me explicaram, como se eu não o soubesse. Peguei no atestado de óbito que doutor Vítor passara — 56 anos, natural de Magé, enfarte do miocárdio, por que não infarto? — e fui descendo para a sala de visitas para tratar do enterro. Um sujeito alto, bigodudo, me abraçou na escada: "Sinto muito, sinto muito." Outro desconhecido trazia as condolências dele e de não sei quem. Susana foi discreta, desembargador Mascarenhas — um daguerreótipo! — foi solene, protocolar — *fidus Achates!* E não houve nenhuma luta para o homem da agência funerária me convencer que um caixão de primeira com coche de segunda ficaria irrepreensível. Com gesto profissional o homem pediu licença para chegar-se ao defunto. Com respeito mirou-o um relance e disse gravemente:

— Trinta e nove.

Tamanho trinta e nove. E com alças prateadas.

23 de abril

Salvo quando retiramos o caixão do coche mortuário, não segurei as alças prateadas. Deixei-me ficar para trás no pequeno trajeto, dado que o carneiro-perpétuo escolhi-o quase à porta do cemitério, pensando nos acompanhantes. A tarde era de profusa claridade. Na pendente e roxa fita da coroa lia-se o nome do ausente Emanuel. Guardo o trêmulo calor do abraço de doutor Vítor.

A MUDANÇA 79

24 de abril

Contrafeito fui à missa de sétimo dia de meu pai, mandada rezar pelo pessoal da fábrica, cedo, na clara e amável Igreja do Rosário, com um cheiro de limpo e de passado. Pouca gente, em relação ao que ele espalhou em gentilezas e favores, e nem ao menos era um dia de chuva para que os obsequiados se justificassem — manhã maravilhosa, lúcida, fresca como botão. Mas, como surpresa, lá estavam presentes Tatá, que não via há três anos, Marcos Eusébio, o Chefe e Jurandir, Antenor Palmeiro, seu Afonso, acabadíssimo, Délio Porciúncula, em sóbrio jaquetão cor de chumbo, e Vivi Taveira, com os olhos afogados de sono.

Passei toda a cerimônia de pé, entre Garcia e Catarina, o olhar pregado em Susana, imóvel à minha frente como frágil estátua negra, absorvido pelo órgão que rolava do coro em escalas graves e majestosas que faziam vibrar a nave inteira.

Sei que fui reparado por não ter ido de luto, Mimi e Florzinha entreolharam-se sutilmente, Mariquinhas, indignada, afastou-se ostensivamente de mim, foi se refugiar junto ao sacerdote, à beira do altar, florido de branco, tremelicante de velinhas.

Não botei luto, nem o porei por ninguém — para que lutos? Confesso, aliás, que não sofri com a morte de meu pai. Já não suportava aquele padecimento, aquele coração crescendo, aquelas crises tremendas, dolorosas, asfixiantes, quatro a cinco vezes por dia. Quando o vi morto, estendido na cama, sem um ricto na face, as pálpebras cerradas como num calmo adormecer, me senti quase tão tranquilo quanto ele. E sinto-o todo instante à minha volta numa presença invisível, nos objetos que me deixou, nos hábitos que me inculcou, e se me olho no espelho o que eu vejo é ele — ele de quem sou o retrato, menos cabelos, é certo, menos sisudez, menos bom-senso, mas o mesmo pugnaz amor pela verdade, as mesmas descargas de cólera ante os pequenos desmandos, a mesma incapacidade de negar um pedido. Desde que morreu, pouco falei dele, desconverso peremptoriamente quando a isso me obrigam aqueles que acham que me podem ser agradáveis pranteando-o, como o desembargador Mascarenhas — *Nort melior quisquam fuit!* — ou como o contábil Ataliba, amigo devotado e braço direito dele nas encrencas correntísticas da fábrica. Não gosto de falar nos meus mortos. Não sinto forças, as palavras não me socorrem, parece que estou representando, fingindo. A morte é mais séria do que se crê.

25 de abril

E Catarina acha que eu penso muito na morte, falo muito na morte, e Luísa, sem o saber, compartilha da opinião:

— Vais viver cem anos! Quem tem orelhas grandes, vive muito.

— Eu tenho orelhas grandes?

— Sem ser burro, é claro!

Eis do que, não poucas vezes, tenho dúvidas, tão impenetráveis para mim são certos conhecimentos e raciocínios, cristalinos para um Plácido Martins, para um Jacobo de Giorgio ou para um Pedro Morais.

Mas voltemos à morte — falar nela é uma coisa, falar nos meus mortos é outra, me defendo, defesa que Catarina não leva em linha de conta, como não leva em consideração o meu ateísmo:

— Quem muito nega, acredita!

26 de abril

— Você pode dizer o que quiser, mas eu acredito em milagres! (Pinga-Fogo.)

— É católico demais para ser bom.

— Cada um com a sua opinião. As opiniões devem ser respeitadas. Na Inglaterra... (Emanuel.)

— Como um sonho, querido! Como um sonho! (Luísa ou Aldina?)

— Nossos caminhos já estão traçados. Que adianta contrariar? (Mamãe.)

— A poesia é a parte de Deus em cada homem. (Altamirano, depois da conversão, em casa de Adonias, que fazia anos.)

— Literatura não dá coisa alguma neste mundo. (Papai.)

A MUDANÇA

28 de abril

De que é que você sente mais saudade?
E Francisco Amaro:
— Do mar!

29 de abril

O mar! A janela do quarto de Francisco Amaro dava para o mar. Não o da Rua Carvalho Monteiro, nos primeiros anos de faculdade, anos bisonhos, meio boêmios, com noites de Lapa e cabarés, e amores vadios, mas o outro que teve depois, antes de voltar para Minas, na Avenida Atlântica, quarto que Eurídice encheu de fugaz e propiciatório clarão, quarto onde uma certa gravidade começou a se assenhorear dos seus gestos e pensamentos, onde os primeiros cabelos brancos precocemente despontaram e a poesia fez a sua irrupção, lava não de fogo e destruição, mas de calor humano, de identificação com o inconsútil, lava abençoante, fertilizante, que escorria pela vertente dos dias estéreis.

Hoje não existe mais. As picaretas dos Loureiros e Ricardos puseram no chão o palacete de ridículas colunas, com capitéis ornados de ridículas volutas, e, no arenoso terreno, incorporaram promíscuos cochicholos sob uma tonta arquitetura de frontispício. Não frequento muito Copacabana, mas, se acontece passar por aquele trecho de praia, cuja areia era limpa e comportava arrastões reluzentes de escamas e rabanadas vãs, o que vejo é a janela escancarada para a vastidão oceânica, poleiro das confidências, trapézio de inquietudes, bastião de combates sem sangue, e o que ouço são as nossas conversas intermináveis, os cotovelos fincados no peitoril, as bocas saturadas de nicotina, a voz ponderosa da poesia pedindo "um coração mais forte para aguentar com o peso infame dos pensamentos futuros"...

Não nos queixemos dos nossos corações, velho e querido Chico! Souberam aguentar com valentia o peso infame dos pensamentos futuros. Mas não sei que lucro você pensou ter, amigo, trocando a lira malferida, na procura do "segredo que lhe desse uma nova revelação da vida", por uma existência apressada e mercantil entre os zebus de seu Durvalino — que, esse sim, sempre viveu às voltas com cornos e tetas —, entre laticínios, tecidos de algodão e contencioso bancário. Não sei que lucro cuidou ter, nem procurei dissuadi-lo da troca, temeroso de intervir. Invocava a pouca queda para a advocacia, a falta de qualidades negativas que o fariam avançar na carreira... Mas, quando que pensou mesmo em fazer advocacia? Que era seu escritório senão um refúgio de amigos para cavaqueiras literárias? Com que desprezo arrojava para um canto de traças a sua livralhada jurídica! Como ria de Délio Porciúncula, que acreditava realmente na Justiça! Se lastimo às vezes não haver tentado brecar a sua decisão, consola-me o caminho da fortuna que começou a trilhar, caminho feito a dura lida, consola-me a harmonia do lar que construiu, da Turquinha que escolheu para amoroso atazanamento. Penso, porém, no dia em que se sentir, apesar de rico e poderoso, fracassado por não ter feito aquilo que realmente queria fazer — uma vida de vagabundo lirismo, vocação de que a janela sobre o mar ficou como testemunha no tempo.

2 de maio

Ontem foi Dia do Trabalho. E entrou em moda comemorá-lo com coro orfeônico e mestre Villa-Lobos, de pijama de seda, marcando o compasso e zangando com as crianças. O ditador, que faz questão de ser chamado de presidente, deita o verbo, entrecortado de aplausos, que é sonora cornucópia de promessas. A apoteose pode ser com pombos ou sem pombos. E não pombos, mas aviões, em número de 9.700, é o que promete soltar a União Soviética, em entendimentos com a Inglaterra, contra os Estados agressores. Façamos votos para que nenhuma dessas aves, desgarrando, venha deixar cair os seus ovos de fogo sobre as nossas searas de ilusões.

A MUDANÇA

3 de maio

Gustavo Orlando anda deslumbrado com *Guerra e paz*, cuja tradução — valiosa, digamos de passagem — foi posta recentemente no mercado com o bonito atraso de setenta anos, atraso ao qual Jacobo não pôde deixar de dedicar um sardônico sorriso.

— É um romance formidável! Tem até mapa das batalhas!

Ribamar participa do entusiasmo, puxando sardinha para a sua brasa:

— E ainda falam que documentário não é literatura!

Saulo Pontes ri. Os críticos despencam-se em rodapés.

4 de maio

E a talho de foice — não é possível se escrever um grande romance sem uma boa dose de mau gosto e até de muitíssimo mau gosto. O requinte, a excessiva, quase feminil sensibilidade, perturba a grandeza, a amplidão, a masculinidade do panorama. Não é possível vestir uma águia com as penas delicadas do colibri. De que misturadas cores ornitológicas me revisto?

5 de maio

Por mais que se leia, os livros se acumulam. Comprados, recebidos, emprestados, e Garcia e Catarina concorrem com o maior contingente dos emprestados, lá estão em pilhas no cantinho reservado esperando a desbastação. Leio depressa, não sei se leio bem. Não consigo decorar poesia, mesmo a que mais me faz vibrar.

6 de maio

Também não consigo decorar número de telefone — o meu ideal comunicativo seria o moleque de recados. Tal como a amnésia poética, creio que isso deve ter uma explicação, porventura deprimente, que me escapa.

8 de maio

Era uma luz branca e branda... A perna nua fugindo dos lençóis como uma âncora. O nariz de morta espetado no sonho, que sonhos! com ranger de dentes no travesseiro mole.

9 de maio

Sucessivos e desorientadores, tornando a leitura tropeçante e fastidiosa, os cortes deste livro não podem ser levados à conta de quebra de unidade — são a pura essência do meu ser, feito de fluxos e refluxos e não de água corrente. Os buracos nas esculturas também são esculturas. As pausas nas partituras também são música. Dormir não será viver?

10 de maio

Com caprichada dedicatória em esperançosa tinta verde, há um mês que Venâncio Neves me ofereceu o último romance, com vinhetas de Mário Mora, um sucesso de balcão e de crítica, que, não sei por que cargas d'água, Martins Procópio saudou com verdadeiro estardalhaço num rodapé quilométrico, citando, de passagem, duas virtudes de *A estrela*.

Há um mês que nos encontramos diariamente, porque a conversinha no fundo da Livraria Olimpo, e de que participam Júlio Melo, Euloro Filho, Gustavo Orlando, Ribamar Lasotti e ele, como os mais constantes, está se tornando um vício vesperal que é preciso refrear, dado que nada de bom pode advir de tais fuxicos. Há um mês que ele espera, torturado, com inequívocas insinuações, que eu diga qualquer palavra. Não digo. Esperar opiniões sinceras é, em 99 por cento dos casos, querer captar elogios.

11 de maio

Catarina conta-me de uma prima, já madurona, que enumerava as três paixões do marido — "chuchu, doce de pera e eu"...

A MUDANÇA

Conta-me da mesada, que fora espontaneamente aumentada com a participação que lhe deram num loteamento proletário em Nilópolis — mais discos, mais livros, mais vestidos, mais perfumes. Conta-me das desinteligências entre o irmão e a cunhada, ele ponderavelmente fátuo e inoperante, mola mestra das quizílias na firma, ela um pouquinho sem-vergonha e bastante mal-educada — isso é a família, meu querido!

E assim se enche o silêncio, seja, é assim que se enche a vontade de dizer outras coisas.

13 de maio

São parolagens de livraria:

— Se quiseres, ou souberes, escreve como se fosses um acadêmico, José Nicácio, porquanto ainda pode ser uma virtude, embora que bastante discutível. Mas te afasta da Academia, não passes nem pela porta dela, pois a mocidade, digna dos seus atributos e do seu papel, também deve ter a sua sensatez ou as suas formalidades.

— Sabia que o João Soares a corteja e candidatou-se aos prêmios acadêmicos?

— Não sabia, mas não me espanta. É a taxa que a penúria dos que não têm muito caráter paga à imbecilidade oficial. O mais doloroso é que três contos não chegam a ser um prêmio, quando muito, um roubo.

14 de maio

Esperada a cada momento a deflagração da crise teutopolonesa. Gasparini com apoplético otimismo, esbraveja:

— Esses nazistas da borra estão muito enganados. Polônia não é Tchecoslováquia não! Pode botar sete milhões de homens em armas num abrir e fechar de olhos!

E Saulo:

— Spengler é o São João Batista de Hitler.

15 de maio

Não compreendi o que pretendia dizer o articulista sobre o pouco brilho de *A estrela*. Os suplementos literários, embora necessários, deturpam, confundem, irritam. Não creem na literatura, inventam nomes literários. Euloro Filho escreveu um grande livro, não resta dúvida; não é, porém, um grande escritor. E, nesse ponto, Jacobo de Giorgio diverge discretamente.

16 de maio

Plínio Salgado lança manifesto: "O momento internacional é de uma gravidade sem precedentes nestes últimos cem anos da História Universal. Diante dele e dos perigos que ameaçam nossa Pátria, direi, para que não caia sobre mim um dia a acusação de haver concorrido para a subversão da ordem e as divisões dentro do país: uni-vos, brasileiros, respeitando as autoridades constituídas e não perturbando de forma alguma a ordem pública."

— Que pândego! — comenta José Nicácio. — Pensa que o Eixo vai levar a melhor.

— Sei lá!

— Ó homem de pouca fé!

— Fé eu tenho. Diabo é que as democracias andam de rastro.

— Até você! Veja como a propaganda é insidiosa... — ri o amigo com dois ou três uísques já no papo.

17 de maio

Há dias de fraqueza. Esqueço um caderno do diário sobre a mesa e Emanuel, quando veio fazer um interstício na pátria, que despreza e que o paga tão regiamente, me visita, mete o nariz abatatado, e deixo-o ler algumas páginas, cinco no máximo, curioso de registrar as reações, caso topasse com seu nome na leitura.

— Que tal? — interrompo-o, vendo nos seus olhos lobelianos um rápido cansaço.

A MUDANÇA

— Muito confuso — opinou, abandonando imediatamente a leitura. — Mas não é para publicar, é?

— Não, é para guardar.

— Então, não tem importância — e ele afastou-se do caderno, indo postar-se ao pé da velha cômoda dos avós.

— Eu não acho que tenha importância. Apontamentos sentimentais. Um modesto divertimento caseiro como outro qualquer.

— Um *hobby*, como dizem os ingleses. Mas os pedaços que li não eram nada sentimentais, pelo contrário, intensamente corrosivos.

— Mera coincidência...

Fez um trejeito perspicaz:

— Você maltrata um pouco os colegas...

— Invenção minha... — rio.

— Você tem muita graça para escrever esses pequeninos episódios domésticos, essas trivialidades caseiras. Muita graça mesmo. Mas você precisaria era escrever um romance de fôlego, de substância, de perenidade. Abarcar temas grandiosos. A nossa História tem episódios interessantíssimos para serem desenvolvidos! E a você não falta talento. É questão de querer.

— Obrigado...

— Deixa disso. Você sabe que tem talento. Nasceu escritor.

— Vá lá! Mas penso que a sua ideia é matéria mais para a pintura do que para a literatura... Para a pintura de Marcos Eusébio, bem entendido.

— Admirável artista! Não é um adoidado como esse tal de Nicolau, um cabotino como esses modernistas todos que querem é *épater le bourgeois* e que na Europa ninguém leva a sério. Gostaria de ter um quadro dele.

Estava patente que aquela vergastada em Nicolau e nos modernistas era, mais do que embotamento, consequência do que via nas minhas paredes. Mas não passei recibo:

— Não é difícil. E, meu camarada, posso arranjar o negócio em razoáveis condições.

— Vou pensar nisso — disse meio decepcionado. — Nosso embaixador na Bélgica tem uns ipês floridos dele, simplesmente

MARQUES REBELO

maravilhosos! E uma paleta admirável! Rivaliza com qualquer eminente artista europeu. Ultrapassa mesmo os melhores em certas obras, como nas suas naturezas-mortas tropicais. Isso, seja dito de passagem, é muito compreensível, pois na Europa nem se poderia compreender a exuberância da nossa natureza.

— Você exagera um pouco, Emanuel...

— É o que você pensa. Não exagero um milímetro. Falo com perfeito conhecimento de causa. Visitei todos os museus da Europa, pelo menos os mais importantes, apreciando-os sem pressa, detalhadamente. Frequentei as melhores exposições e alguns famosos ateliês. O que digo é a expressão da verdade. Aliás, você precisa conhecer a Europa. Devia ter isso como escopo. Um artista, um escritor não pode deixar de conhecê-la. É fundamental.

— Estou persuadido que sim. A Europa ilustra muito, não é?

— Dá uma base, Eduardo. Uma base sólida.

— Tenho admirado a sua.

Emanuel olhou-me inquieto. Torci a questão:

— Mas cadê dinheiro?

18 de maio

Para guardar? Menti. Menti duplamente. Por mais verazes que nos orgulhemos de ser, sempre mentimos um pouco, porque mentimos a nós mesmos. Nenhum diário é escrito para guardar. Todo memorista tem um olhinho na posteridade.

19 de maio

E a respeito de olho, disse-me Luís Cruz certo dia:

— Tenho mais medo do Dedo da Providência que do Olho de Moscou!

20 de maio

A diretoria da Academia Brasileira de Letras, não com a pompa dos seus fardões, mas com a simplicidade dos trajes de

A MUDANÇA

passeio, compareceu ao Catete para agradecer de corpo presente a oferta do livro *Nova política do Brasil*, repositório da oratória getulina, de que Vasco Araújo lançou em grande estilo o primeiro volume, empurrado pelo dedo de Lauro Lago, que tem sido uma Providência para os editores. Houve troca de amabilidades entre ofertante e ofertados, recordou-se com unânime louvor o pequeno ensaio sobre Zola, obra da mocidade, quando ainda a política não tomava todas as horas do estadista, e aventada foi a admissão do autor no seio da augusta companhia.

— Como poderei entrar se não há nenhuma vaga? — obtemperou frouxamente o onipotente guia dos nossos destinos.

— Eu me suicidarei, presidente! — replicou o mais galante membro da diretoria, com um gesto de quem vai imediatamente abrir a vaga.

O presidente conteve-o com uma gargalhada, e baforou para o indescritível teto de estuque a fumaça do seu já popular charuto. Gargalharam todos os presentes, imortais ou não. E com esses risos o fardão acadêmico estava assegurado para a primeira foiçada da parca. E de tão divertida reunião os fotógrafos do Departamento de Propaganda bateram numerosas chapas. Sairão nos jornais.

21 de maio

A professora deu-nos *O coração*, de Amicis, como novo livro de leitura e de cópia, que era tarefa para casa, diária e obrigatória, tarefa que me arreliava, pois tinha letra ruim e precisava caprichá-la, senão a professora dava má nota e mandava refazê-la.

Se as borboletas eram minhas amigas e confidentes, Henrique, Derossi, Nelli, Garrone, Crossi, Coretti, Stardi, Garoffi e Precossi passaram a ser os meus irmãos.

23 de maio

Natalina, a dos monumentais laços de fita no topo da cabeça e nariz arrebitado, na escola pública da Fábrica das Chitas, liga-se às primeiras agressões femininas. Foi no recreio e estava muito convicto da minha superioridade masculina:

— Burra!

Fez uma careta feroz, replicou desaforadíssima:

— Burro és, de quatro pés, comendo capim debaixo de meus pés! — e bateu furiosamente com os pés no chão, como se esmigalhasse uma barata, um verme, qualquer coisa imensamente nojenta.

Recuperei-me, rápido, do impacto, senti-me desfeiteado, as coleguinhas riam, deu-me ganas de socá-la, arrancar-lhe o laço, arranhar-lhe as bochechas com esparsas pintinhas. Avancei, alcancei-a, mas a diretora passava nesse instante, e Natalina escapou apenas com uma unhada no braço. Fiquei de castigo copiando cinquenta vezes a frase: "Em mulher não se bate nem com uma flor." E com letra boa, hein! — preveniu a diretora, já que a fama dos meus garranchos corria mundo.

Quando cheguei à trigésima, a caneta emperrando, a mão já dura, suada, dolorida do esforço quase artístico de apresentar uma grafia legível, a diretora condoeu-se ou entediou-se de ficar ali plantada à espera da minha lerdeza e dispensou-me do resto do castigo:

— Vai embora. E nunca mais levante a mão para uma menina, ouviu? Nunca!

Saí murcho, apreensivo com o que me esperava em casa — Madalena não iria abrir uma exceção. Punições tivera outras, mas o motivo daquela era inédito. Cheguei de mansinho, subi a escada na ponta dos pés, tentando escapar. Não escapei. Mamãe preparara os dedos para os beliscões, para os beliscões e para os puxões de orelha, muito mais temidos, porque muito mais humilhantes. Madalena dera o serviço completo, conforme imaginara.

— Venha cá! Que história foi essa de dar numa colega! Você não tem vergonha, não?

— Ela me chamou de burro, mamãe! — gemi com o beliscão inicial.

— Chamasse do que chamasse. Muito bonito! Foi essa a educação que nós te demos, seu moleque, seu desordeiro? Nos envergonhando na escola!

A MUDANÇA   91

— Ela é muito implicante, mamãe! Muito malcriada, muito atrevida. — E menti: — Xingou a senhora!

— Deixasse xingar! O feio ficava para ela. E, antes de tudo, ela é uma menina! Você tinha que respeitá-la, seu grosseirão! Seu vagabundo! Mostrar que tomou chá em pequeno. — E, ao compasso dum demorado puxão de orelha, tratou o tema da cópia com variações: — Numa mulher não se bate, ouviu?, nem com uma flor!

Madalena não se sentia muito segura com os meus olhares furibundos. Emanuel postara-se a distância gozando o meu vexame numa postura de quem se sentisse como exemplar padrão da dignidade masculina, como se dignidade masculina fosse não somente não bater em mulheres, mesmo com flores, mas ser por elas ofendido e surrado sem apelo e reação.

— E agora já para o quarto de castigo! — rematou mamãe a corrigenda com um beliscão supletivo. — Só me saia de lá na hora do jantar! Está ouvindo?

Virei-me para Madalena, que se esgueirou pelo corredor, na previdente tentativa de se trancar no quarto. Não conseguiu. Espremi-a contra a parede, sob o bico de gás, esganei-a, puxei-lhe os cabelos e, na cólera, confundi-a um pouco com Natalina:

— Conta! Conta mais, enxerida! Linguaruda! Coisinha à toa!

Ela abriu a boca:

— Mamãe! Mamãe! Eduardo está me batendo! — e defendia-se como podia com unhadas e pontapés, procurando atingir o quarto.

— Grita mais, sua peste! Grita mais! — e continuava a bater-lhe.

— Mamãe! Mamãe!

Mamãe voltou da cozinha acelerada, furiosa:

— Menino endemoninhado! Espere que eu já te ensino!

Mas eu não esperei. Dei um último empurrão em Madalena, que já chorava para valorizar a agressão, e fugi para o quintal. Mamãe foi atrás, parou no alto do alpendre:

— Venha cá!

— Não vou!

A recusa era original. Mamãe temeu não ter ouvido direito e insistiu:

— Venha cá, menino.

— Não vou! — repeti.

Mamãe compreendeu, então, que seus ouvidos não se haviam enganado. A palidez da surpresa cobriu-lhe a face, encheu de autoridade a voz e o gesto:

— Venha cá, Eduardo!

— Não vou!

— Não vem? Como não vem? Tinha graça! — Desceu três ou quatro degraus da escada, suspendendo a saia: — Eu vou te buscar aí!

Senti-me acuado e, numa pernada, encarapitei-me no muro:

— Se a senhora vier eu me atiro no rio.

— Que é que você disse? — e mamãe estacou.

— Se a senhora vier eu me atiro no rio.

O rio, que vinha do morro, passava atrás da casa, dividindo quintais, pobre de água, mas rico de pedras e cascalho, e do cimo do muro a ele era altura bastante para um tombo de problemáticas consequências — um mata-mosquito, em serviço de extermínio de larvas, sofrera uma queda, quebrara as pernas, fora um custo tirá-lo dali. Minha mãe hesitou, despejou novas ameaças e acabou cedendo:

— Quando seu pai vier, você vai ver! Não pense que escapa. Não! Vou contar tudo, tudo! Tintim por tintim! — e retirou-se procurando salvar um resto de dignidade.

Desci do muro, mas não entrei em casa. De alma amedrontada, confusa, o pescoço ardendo das unhas de Madalena, fiquei à espera de papai, entre o galinheiro e o depósito de carvão, que ficava fora de casa, no fundo do terreno. As galinhas me espiavam com seus olhinhos estúpidos, o galo pedrês passeava arrogante, crista dentada e sanguínea, por entre elas, assaltando-as seguidamente num tremor de penas e de bicos, num espadanar de asas. Que iria me acontecer? Que tão grande mal fizera eu, castigando a rebeldia de uma, a delação de outra? Se se batia numa criança, por que não se podia bater numa mulher? E por que seu Políbio dava na sua de criar bico, e papai, mamãe, doutor Vítor, Ataliba, todos

A MUDANÇA

dispensavam a ele tão reverenciada consideração? E por que, sendo fato sabido e comentado que o marido de Rosa a maltratava, não rompia com ele, nem Mimi e Florzinha, que eram tão severas, deixavam de visitar o cunhado espancador? Por que havia dois pesos e duas medidas? — perguntava, já que aquilo ultrapassava os limites da minha compreensão. As borboletas, porém, não me respondiam, ausentes, volitando talvez por outros quintais, ignorando talvez as minhas aflições. E a tarde escorria límpida, lavada. Portões batiam na vizinhança, uma voz negra cantava, no ar cristalino chegava um rumor longínquo de bondes e gritos de crianças. A cozinheira veio apanhar temperos no canteiro junto às couves — salsas, cebolinha, coentro e hortelã —, me olhou de soslaio, resmungou, tornou a subir, barriguda, os peitos enormes, sacudindo as ervinhas como se espargisse água benta num suposto exorcismo.

Vieram abelhas, marimbondos e o colibri com o tremor metálico e furta-cor. Vieram cambaxirras e tico-ticos, elas castanhas e ariscas, colando-se em chilros às paredes a prumo, eles de topetinho escuro, pescoço erguido, aos saltinhos pelo terreiro, indefesas avezitas gentis, que os vorazes pardais, importados pela amante francesa de um prefeito, perseguiam e acabaram por exterminar. As abelhinhas despediam-se das corolas. Os camaleões se escondiam com os últimos raios do sol. Lembrei-me de Elisabete, que tinha medo deles e das lagartixas como se fossem jacarés. E a tarde continuava a descer, ensombrando mansamente os morros manchados pelos amarelos e violáceos das florações. O sino fininho do Asilo tocou para a novena. Puxei o caixote e sentei-me, que as pernas doíam. As galinhas aquietaram-se no poleiro, e riscando com o pé na terra fofa ora uma letra, ora um tosco desenho, depois procurando devassar o interior da casa, pelas janelas abertas, fui, pouco a pouco, envolvido pela noite.

Sim, era a noite, janelas se iluminavam, brilharam vaga-lumes, acendeu-se a luz da rua e, de repente, a garganta apertou-se num nó, o coração gelou no peito — papai empurrou o gemente portão de ferro, ladeado por dois cães de louça que encimavam as pesadas colunas, subiu a escada da varanda de luminária já acesa, batendo com a ponta do guarda-chuva em cada degrau gasto pelo trânsito e pela esfregação. Eu, mentalmente, seguia seus passos metódicos: pendurou o guarda-chuva e o chapéu de feltro no cabide de bambu, na entradinha, tomou o corredor, entrou no quarto da frente, o seu, com móveis imensos e escuros, tirou o paletó e guardou-o no guarda-casaca, tirou a camisa de punhos duros, postiços, e com ela foi, envolto numa toalha felpuda, para o banheiro, colocá-la na cesta de roupa suja e proceder às suas prolongadas abluções. Saiu fresco, a pele rosada das fricções, já de paletó de pijama com complicados alamares, para a sala de jantar, apressando a comida:

— Então, pessoal, vamos entrar nos pirões?

Era apelo supérfluo, pois sempre a refeição já se encontrava na mesa, grandes terrinas azuis, travessas descomunais, a moringa de barro ao centro, bojuda e pintada, e todos nos seus lugares, e na cadeira de Cristininha punha-se um caixotinho para ela dominar o prato. Ao sentar-se na cadeira de braços da cabeceira, daria por minha falta:

— Onde está o Eduardo? Doente? — perguntaria.

Mamãe contaria o caso. E ele, franzindo os sobrolhos:

— Emanuel, vá chamar seu irmão!

Dito e feito. Emanuel apareceu ressabiado:

— Papai está te chamando.

Nem respondi. Senti-me um pequenino trapo, um barquinho perdido, caminhei passivo para a sala como carneiro que vai ser imolado. Papai recebeu-me com um glacial, fixo, aniquilante olhar:

— Coma, depois conversaremos — e passou o guardanapo pelo bigode.

Não consegui comer. Olhos enfiados no prato, recusei a sopa de batatas, grossa que nem mingau, com um movimento de cabeça, e mamãe não insistiu. Suava, um suor fino e desagradável, a comida não passava na garganta apertada, ameaçando choro, perturbado ainda mais pelo inusitado silêncio de todos. Deixei a carne assada intacta no prato. Não toquei no aipim frito, que adorava. Chegamos à sobremesa de doce de leite, que papai repetiu, e o silêncio continuava. Veio o cafezinho fumegando nas mãos

A MUDANÇA 95

da empregada, papai só admitia café pelando. Mamãe já se sentia aflita e arrependida. Papai acendeu o cigarro, olhou-a, olhou-me:

— Vá para o quarto imediatamente! E que nunca mais se repita tudo o que aconteceu hoje.

Mamãe respirou, aliviada, eu obedeci sem delongas, não sabendo como explicar, por mais que esgaravatasse, a atitude do velho, tão useiro em explosões e destemperos.

No outro dia acordei indisposto, tonto, a cabeça pesando, deixei-me ficar na cama, até que mamãe, intrigada com o meu não comparecimento ao café da manhã, fosse saber de mim:

— Como é, não vai se levantar não? Olhe o estudo! Já são mais que horas!

— Estou me sentindo mal.

— Mal?! Que é que você tem?

— Não sei.

— Não sabe?!

— Não, mamãe. É um peso na cabeça, uma preguiça nas pernas, uma espécie de tonteira... Quando fecho os olhos, sinto que tudo está rodando.

Mamãe, apreensiva, pôs a mão na minha testa:

— Com febre não está.

— Acho que não.

— Não está mesmo. E é só isso que você sente?

— Sinto uma pressão no peito também.

— Pressão como?

— Pressão, mamãe. Pressão, aflição, não sei explicar.

— Sabe, isso não está me cheirando bem. O melhor é chamar logo doutor Vítor. Vou mandar um recado. Cubra-se direito. Eu volto já.

Coube a Madalena ir à farmácia de seu Políbio telefonar para doutor Vítor. Mamãe deu umas ordens na cozinha e voltou, de vassoura em punho:

— Vamos dar uma limpeza rápida neste quarto que está uma imundície, um verdadeiro chiqueiro! Mas antes vamos mudar a camisola.

Havia camisolas de dormir, caras, frescas, de linho, guardadas para os casos de doença. Enfiou-me numa, cheirando a malva, inspecionou-me as orelhas, mudou os lençóis, mudou a fronha do travesseiro por uma com monograma, ajeitou-o para que eu repousasse melhor a cabeça, atacou a limpeza, uma que outra vez me olhando de esguelha. Em poucos minutos o quarto ganhava outro aspecto, os livros e cadernos arrumados na mesa, o tapete batido e esticado, as roupas guardadas no armário, as coisas nos seus lugares. Mas doutor Vítor demorou. Antes do almoço não apareceu, e mamãe, inquieta, rondava a minha cama. Papai veio para o almoço, tomou conhecimento do meu estado, animou-me com palavras, olhando-me por cima dos óculos, e ficou esperando doutor Vítor.

Chegou ofegante, se desculpando, pôs-me o termômetro, viu minha língua; abaixando-a com uma colher, viu a garganta, gracejou, examinou minhas pálpebras, auscultou-me, apalpou-me a barriga com mão de ferro — Dói? Dói? —, depois do que coçou o queixo:

— Meus compadres, francamente não encontro nada suspeito. Nada, nada. Para mim o que tem esse pequeno é manha — riu.

— Enfim, vamos esperar. Nem vou receitar nada. De noite passo aqui novamente para desencargo de consciência.

Papai e mamãe se entreolharam. Doutor Vítor fechou a maleta com o conhecido estalo e papai adiantou-se:

— Mas, Vítor, será que esse menino não tem nada?

— Para mim não tem nada!

E eu tinha.

24 de maio

Depois que dr. Vítor saiu, e papai, tranquilizado, saiu com ele, os intestinos se soltaram retumbante e repentinamente, com cólicas, contrações, suores frios e síncope. Teria, talvez, quebrado a cabeça no ladrilho do banheiro se mamãe não me amparasse.

A MUDANÇA 97

Doutor Vítor voltou à noite, conforme prometera. Estava dormindo, exangue. Informou-se, apalpou-me, confirmou seu diagnóstico anterior:

— Macacos me mordam se este menino tem alguma coisa! Não encontro nada, nada! Fresco como alface. Pulso ótimo... Apenas o abdômen está um pouco flácido, o que é natural dada a descarga que sofreu. Em todo o caso, por via das dúvidas, vamos dar-lhe uns desinfetantes, uns desintoxicantes.

No outro dia, já estava bom, só que muito fraco, as pernas bambas. Mas mamãe me prendeu em casa, por três dias, com dieta de caldo de galinha.

25 de maio

Arribou a missão militar americana com o general George Marshall à frente. Vem dar uma olhada na taba, apurar a pujança das taquaras, avaliar a eficiência dos nossos bodoques, trocar planos de mútua defesa com o seu colega Marco Aurélio, que há poucos dias, numa entrevista, externou o maior entusiasmo pelo enredo do *Rigoleto*, que não se furtou a divulgar... Mas já encontrou na praça outro visitante ilustre, chegado com muito diferentes disposições. Outro, não. Outra — Edda Ciano, filha de Mussolini, esposa dizem que bastante infiel do conde Ciano, ministro do Exterior, não da Itália, mas do sogro.

27 de maio

Vera tem sestros de Cristininha. Os ramos pertencem à árvore — pensamento que assusta um pouco.

28 de maio

Da homérica bebedeira de dona Edda, no Cassino da Urca, me mostram a foto clandestina — o olhar de mormaço, o cabelo em desalinho, a alça do vestido caindo mais do que seria pundonoroso nas túnicas romanas, sustentada com intimidade por um cavalheiro que não era o conde Ciano. E sabem quem se encontrava ao seu lado? Vivi Taveira!

29 de maio

Dia de sol aquele, como este — só ela era alegria!

A gipsófila é desafio e esplendor. Penso em Madalena, que descansa, e em Eurico, que sucumbe como um beija-flor sem companheira. Penso em Emanuel — o que é um irmão?

30 de maio

Pela primeira vez em sua história esportiva, o Brasil sagra-se campeão sul-americano de atletismo, fora do seu território. Foi em Lima o evento.

— Você sabe qual o prêmio que tiveram os atletas? — pergunta Gasparini. E ele mesmo responde: — Voltarão de navio, em terceira classe.

1º de junho

A *Casa de Boneca*. Shakespeare declamado irresistivelmente. Laclos! Stendhal!! Jules Renard!!!, cujo *Diário* se converteu em Livro de Horas sem se converter em vício. Thomas Hardy. Oblomov ou a história da preguiça russa, com dias preguiçosos, cigarros intermináveis e os tropicais encantos da Clotilde, no quartinho da Rua Barroso, com tanto retrato de artista de cinema pregado na parede e vestígios de Zuza no cinzeiro, tocos de mata-ratos intragáveis. Galsworthy foi descoberta de Francisco Amaro. O mágico retratista de um artista quando jovem — com que atraso! — e a teia proustiana na qual João Soares se embaraçou. E começou a usar óculos para longe, úmidos os olhos pelos sofrimentos de Jenny Gerhardt.

A MUDANÇA

3 de junho

Ainda 1926. A vida também tem definições de bombas, granadas, obuses, a nomenclatura do fuzil Mauser e a obrigação de acertar no alvo, a cinquenta metros de distância, em três posições, dificuldade que Antônio Augusto, pacifista por índole, jamais conseguiu transpor — para que dar tiro, gente?

5 de junho

Gilabert, depois de cabalísticas meditações, faz o seu joguinho:

$$
\begin{aligned}
&\text{Pavão.............\$200} \\
&\text{Cachorro.......\$400} \\
&\text{Cabra.............\$300} \\
&\text{Peru...............\underline{\$100}} \\
&\hphantom{\text{Peru...............}}\text{1\$000}
\end{aligned}
$$

Assinavam-se as listas com nomes supostos, Zuza punha sempre o de Clotilde e, como ganhava quase diariamente, embora pouco, porque arrisca pouco, atribuía ao nome da amásia virtudes felizardas. O barbeiro paisano é quem leva o jogo e vende pastéis feitos pela esposa, muito gabada como quituteira e como mulher, mais dura do que poste, nunca lhe levara um tostão de farmácia.

— Não vai fazer uma fezinha? — insinua em meio da tosagem à escovinha.

— Não. Não gosto.

Sargento Curió, encarregado do rancho, foi promovido; tenente Dantas consorciou-se com a mocinha de Realengo; cabo Rocha Moura, cuja inhaca atordoa, durante uma semana a fio cerca o macaco por todos os lados, mas anda com um caiporismo danado:

— Vocês estão vendo? Nem por um ladinho esse desgraçado dá! — e coça a orelha de ébano com micagens.

Cabo Maciel, corneteiro, também tem as suas queixas:

— É como "a tigre". Não sai nem a porrete!

— Não! "A tigre" deu sexta-feira no terceiro prêmio.

— Que deu coisa nenhuma!

— Deu!

— Não deu!

— Quer casar dinheiro?

O fígaro suspende a navalha. É uma autoridade:

— Não aposte não, cabo Rocha Moura. Você perde. O tigre anda atrasado há mais de mês.

Cabo Rocha Moura acata-o como a um superior hierárquico:

— Pois jurava que tivesse dado sexta-feira, veja que cabeça!

O corneteiro suspira:

— Antes tivesse dado... Estou a nicles!

6 de junho

Otílio, que sobraçava o violão encapado, acenou-nos do outro lado da calçada:

— Vão passar de largo?

— Não, compadre. Não o tínhamos visto.

— Vão dizer isso a outro!

— Palavra!

Atravessamos a rua, ancoramos no café com paisagens nas paredes. Zuza, quepe de banda na carapinha, as botinas reiunas rangendo como dobradiça sem azeite, começou por filar um cigarro:

— Me dá um dos seus, mano?

Procuro os fósforos — não tinha fósforos. Pediu o fogo. Otílio mandou abrir cerveja, estava com uma sede monstro.

— Onde vocês iam?

Zuza guardava declaradas reservas com Otílio — era bom camarada para farra, muito gozado, mas não era pessoa em quem se pudesse fiar, gostava de fazer as suas trancas, batia demais com a língua nos dentes, diziam até que tinha coisas com a polícia. Pôs disfarçadamente um dedo nos lábios. Eu e

A MUDANÇA

Antônio Augusto compreendemos — bico calado. E ficamos na moita. Zuza respondeu:

— Íamos por aí, paulificados, por conta das pernas. O quartel estava uma chatura medonhenta.

— Se é assim, estão por conta cá do degas. Vamos para casa do Baiano. Estava aqui mesmo à espera de um cavalinho. E encontro quatro!

— Mas que é que há lá?

— Uma funçãozinha. — E mostrando o violão: — Não estão me vendo armado?

— Pois está feito, vamos! — apressei-me, satisfeito com a circunstância de ver fracassada a noitada na arapuca do Sebas, onde Zuza queria ir tomar dinheiro, pois estava pronto, e alegava necessidades prementes. — Sempre tem mais futuro que ficar aqui bestando.

— E você, Tide, topa a parada também? — perguntou Otílio para o seresteiro, que continuava calado, pescoço enrascado no cachecol, escutando.

Zuza fez sinal ao parceiro que aceitasse. Tide percebeu que estava adiado o golpe na toca do Sebas. Olhou para mim, sacudiu os ombros, respondeu, com pouco entusiasmo, que era uma ideia-mãe!

— Então, levantemos acampamento!

A casa do Baiano, numa ladeira de Paula Matos, tinha terraço cimentado na frente, com raquíticas palmeirinhas em tinas. Nele de ponto em branco, sentado numa cadeira de balanço, Baiano esperava os convidados. Chegava um, ele se levantava, afogava-o de abraços, agradecia muito a presença, "não reparasse na choupana", levava-o para dentro, onde o apresentava à patroa e às filhas — uma delas a cara de Sabina —, fazia recomendações de que estivesse à vontade, mandasse e desmandasse, e voltava para o seu posto. Era serventuário da Justiça, muito benquisto nos cartórios, negro retinto, alto, reforçado, pescoço bovino. Festejava uma promoção por antiguidade:

— Vinte anos de batente, meu branco!

Otílio, como sempre em tais ocasiões, brilhou. De meia em meia hora, paravam as danças para ele fazer um solo. Antes de começar, numa reverência, oferecia-o a uma das pessoas da casa. Acompanhou Tide, que, muito rogado, cantou e bisou a valsa *Mimi*, mulher divina, cujo sorriso é fanal, perolário de luz, visão do astral.

Zuza dançou, mas dançou pouco, umas duas voltadas, se tanto, só para não fazer desfeita. Estava macambúzio, arrependido de ter vindo. Mesmo, a sala era diminuta, a gente muita, um calor dos trezentos diabos! Preferiu se arejar na área dos fundos, onde fora instalado o bufê, ventilada pelo ventinho que vinha do mar. O bufê era farto de sanduíches de salame e mortadela, de pés de moleque e doce de abóbora. Plantou-se junto ao barril de chope de cem litros — devia ter dado o fora no Otílio e ido mesmo para o pinguelim da Rua dos Inválidos, tomar uns cobres do Sebas e cozinhar a dor de corno num bordel qualquer:

— Não é?

— Sim, talvez fosse melhor — respondi contrafeito, lembrando-me da manhã com Clotilde.

— Asneiras!

Uma hora depois dizia inconveniências, insultava os presentes, gritava por Clotilde, queria Clotilde, aquela peste, aquela égua que o enganava noite e dia! Suas suspeitas militares voltavam: se a pegasse com o sargento Gumercindo, ia ter! Saiu carregado nos nossos braços pacientes para o quartel, onde enguiçou com o cabo Gilabert, logo no corpo da guarda, e amarrou dez dias de xadrez.

7 de junho

Sabina. Pés de fantasma, axilas de forno. Seio grande e negro como a noite, vertendo gota a gota o leite da iniciação. Sabina.

A MUDANÇA 103

8 de junho

Regressa a missão militar americana, a Inglaterra aceita as exigências dos soviéticos para o acordo, e em Kassel grita Hitler:
— Não me impressionam as ameaças, qualquer que seja a fonte de que procedem.

9 de junho

Contribuições para um dicionário de bolso:
Honesta — coisa que lhe interessa, pelo menos um pouco. (Segundo Antenor Palmeiro.)
Deus — chefe de polícia que devia perseguir somente os outros ladrões. (Segundo Cléber Da Veiga.)
Vitória — injustiça, quando não é do Botafogo Futebol Clube. (Segundo doutor Vítor.)
Dinheiro — coisa que cai do céu. (Segundo Maria Berlini.)

10 de junho

Criada pelos países democráticos a fórmula "interesses vitais" contra a do "espaço vital" das nações totalitárias. Imagine-se o consumo!

11 de junho

Abre os olhos para o mundo, num momento não muito recomendável do mundo, o brasileiro Marcelo Feijó Filho e Marcelo pai comemorou o acontecimento a ponto de ser socorrido pela assistência em estado de coma alcoólico!
Gina descreve seu parto como se tivesse sido a única mulher no planeta a dar à luz, do que íntima e sinceramente está convencida — uma Virgem Maria profana!
Por causa da falaz memória, falacíssima para atos de pagamentos, José Nicácio conta nos dedos os meses para ver se o jovem nasceu em tempo hábil — nasceu!

12 de junho

A marca do zorro:
— A arma do diplomata é a *discreção* — enuncia Emanuel, com unhas polidas, sapatos espelhantes e penteado irrepreensível.
— Isso é como *inframa*, Emanuel, lembra-se? É discrição.

....

Serei discreto?

13 de junho

Estela! Pálido perfil, misto de peixe e pássaro. Cintura de vespa!

15 de junho

Da arte de encher linguiça — comprei três romances nacionais este mês, com abatimento, já que os autores, por esquecimento ou premeditação, não se dignaram me contemplar com eles.

O estreante é fruto do mimetismo nacional; Ribamar Lassotti descobriu o filão rendoso da exploração latifundiária, tem corajosas cenas, embora confunda literatura com telegrama de protesto; mas onde quererá chegar Luís Pinheiro com os seus fantasmas? Um ponto, todavia, deixam reafirmado: não é possível se escrever romance sem um pouco de mau gosto, e aí, no que me diz respeito, é que a porca torce o rabo.

16 de junho

Os prêmios do fardão: Júlio Melo foi nomeado embaixador em Portugal. A escolha ditatorial tocou-lhe a alma. Debruçou-se nos jornais externando seu acrisolado amor pela mãe-pátria, seu entusiasmo pela obra fecunda e honesta de Salazar, citando a propósito o sociólogo patrício, cuja viagem ao velho Portugal redundou em grosso ensaio apologético, traçando planos do

A MUDANÇA

intenso e inadiável intercâmbio cultural, e enfiando na algibeira — além do gordo auxílio para transportes e das diárias em milréis-ouro — os encargos do projeto dum acordo ortográfico, na base da reforma portuguesa, negócio que de muito vem sendo o encarniçado desejo de livreiros lusitanos, e contra o qual Vasco Araújo se rebela abertamente.

Bons ventos o levem!

17 de junho

— Você não vai escrever hoje? — pergunta Luísa.

— Vou.

Espreguicei-me, levantei-me da cama, sentei-me à mesa, abri o diário e, depois de uma hora, escrevi isto.

18 de junho

A música fanhosa, arrastada, tombando do palanque, e o sorriso de Clotilde enchendo o salão recreativo, avivando o sabor e o receio da primeira premeditada traição.

— Você não tem medo do Zuza? — o corpo cola-se no volteio.

— Medo de quê?

— Medo de que ele saiba, ora!

— Deixa ele saber!

— Eta, moleque bamba! Assim é que eu gosto! — o corpo solta-se, rindo com todos os dentes.

A pele macia como lábios. A mão atrevida. O seio túmido. A saída, enlaçados, na madrugada de bondes vazios e carrocinhas de leiteiros. O quarto em desalinho:

— Muito amor e pouco barulho, viu?

19 de junho

Nascera no Engenho Novo, mas se criara numa vila operária da Gávea. O pai era tecelão, os irmãos eram cinco, tafulhados num quarto só, o outro, com janela para a frente, era dos velhos. Conhecera Zuza quando tinha dez anos, morava perto, brincavam juntos. Aos doze já era moça, e o galego do armazém, que a presenteava com biscoitos, doces, refrescos, quinhentos réis aos domingos para a matinê do Cinema Floresta, com fita em série, acabou por aproveitar-se dela, de noite, quando fechava o armazém. Durou tempo a coisa, mas era sabido o tipo. Ficou inteirinha! Zuza nunca desconfiou. Pescavam siris na lagoa, banhavam-se na Praia do Leblon, passeavam na Estrada Dona Castorina, só ou com uma tropilha de companheiros, animaizinhos inquietos e barulhentos. Foi aos quinze anos que aquilo passou a namoro. E aí, como a irmã menor já pudesse ajudar a mãe em casa, se empregou como arrumadeira num palacete da Rua Jardim Botânico, por indicação do galego! Foi a primeira vez que viu um banheiro de verdade! Foi a primeira vez que viu um armário cheio de vestidos! Era gente rica aquela! O homem era engenheiro ou coisa parecida. Tinha automóvel, um automóvel cutuba. A mulher não movia uma palha, dormia até tarde, tomava café na cama, vivia com a cara besuntada de cremes. Entrava às sete, largava às oito, nove da noite, porque a família jantava tarde e ela ajudava na copa. Zuza ia buscá-la todas as noites. O galego se desesperava, mas não havia mais jeito! Uma única vez, Zuza ficara doente, gripado, ele pegou-a no armazém com uma fúria de quem está com a escrita atrasada um ano. Ganhou um corte de fazenda e foi sopa explicar o presente, tanto em casa quanto ao namorado — recebera-o da patroa. Empregara-se no meio do ano. Em dezembro os filhos do casal vieram de férias. Estudavam em Ouro Preto e eram despachados e folgazões. Oito dias após começou a ronda dos rapazes à saia dela. Estava sabida. O galego fora bom professor. Continuou inteirinha e os presentes choveram, de procedência mais complicada de explicar à mãe, que era desconfiada, escolada, enquanto Zuza sempre fora de boa-fé, ia com qualquer conversa. Findas as férias, os estudantes retornaram a Minas, e coincidiu que a cozinheira, muito implicante, e que de muito andava de turra com ela, fizesse um enredo em que envolvia os rapazes. Saiu um bate-boca medonho, atirou um prato nas trombas da intrigante

A MUDANÇA 107

e foi posta na rua sem remissão. Também não ficou dois dias no desvio. Arranjou colocação na casa de um oficial da Marinha, copeirando somente. O patrão não tinha filhos, mas tinha um sobrinho que não fazia nada, passava os dias em casa, de pijama, ouvindo vitrola, lendo jornal, dormitando pelos divãs, só saindo depois do jantar para voltar com o sol raiando. O rapaz botou olho nela logo. Fez-se de rogada, mas acabou topando. O malandro, porém, era maluco, queria demais, foi uma luta no quarto, saiu toda rasgada, pediu as contas, foi embora. Novo emprego em casa sem rapazes e morando com os patrões num quarto que era uma gracinha, com cama de molas, banheiro próprio, uma beleza! Aí uns tios de Zuza, que eram estucadores, meteram-no no ofício. Com o namorado trabalhando, dormindo cedo para acordar cedo, ficou mais livre. Mal ele se despedia no portão, ela fingia que entrava e ia se encontrar com esse ou aquele cara que conhecera. Ia a clubes dançar, ia à última sessão dos cinemas, ia dar voltas de automóvel. Não enjeitava parada. Saía com qualquer um. Mas a verdade é que gostava de Zuza. E, quando completou dezoito anos, ficou noiva. Ele estava já ganhando direitinho e ela deixara o serviço doméstico para se empregar de caixeira de loja, na Rua da Passagem. Uma noite estava muito bem sentada na Praia de Botafogo, abraçada com um sujeitinho que conhecera na rua, quando Zuza apareceu na sua frente — haviam botado caraminholas no ouvido dele, quem, nunca atinou. Quase morreu de susto! De susto, não, de vergonha. Zuza avançou para o sujeito, atracaram-se, cai daqui, cai dali, juntou gente, veio polícia, ela escapuliu, e Zuza foi preso, mas não pegou nada. Temerosa, pretextou doença e ficou em casa uns dias com o pai de nariz torcido e a mãe ranzinzando. Zuza não deu notícias, sumiu uma semana. Já voltara ao trabalho, andava muito séria, quando ele a cercou na saída. Disse que ela não tinha juízo, que era muito falsa, muito ingrata, muito sem-vergonha, mas que não podia passar sem ela. Reataram. Mas Zuza fez tantas acusações, dizia tanta coisa, duvidava tanto, que abriu-lhe as pernas para provar-lhe que não tinha sido de ninguém. Ele prometeu casar, ia tratar dos papéis. Ela é que não quis — bobagem! Zuza esfriou. Talvez não quisesse mesmo, continuasse desconfiando dela. Ela, porém, portava-se com fidelidade, encontrando-se num quartinho que ele alugava na Rua Real Grandeza. Mas deu-se que o pessoal em casa desconfiou. Houve um sarilho danado, o pai falava em dar queixa ao delegado, em matar o Zuza, ela ficou de cabeça quente, gritou que quem mandava no seu corpo era ela mesma, arrumou a trouxa e saiu definitivamente para o quarto da Rua Real Grandeza. Deixou o emprego da loja, ficava no quarto arrumando a roupa e a comida do Zuza. Coser, costurar, remendar, ainda que suportava, mas cozinha para ela era um pecado, um castigo. Desesperava-se, simplificava demais as comidas, às vezes Zuza estrilava, contudo iam se arrumando. Como Zuza saía cedinho e voltava passado das seis, o tempo sobrava para ela sozinha. Deu de sair, reatou conhecimentos, metia-se em matinês, teve seus passos em falso. Justificou com economias feitas nas despesas o aparecimento de uns vestidinhos, de uma blusa de linho, de uns sapatos de tressê. Zuza parece que desconfiou de tanta economia, afinal o dinheiro que dava não era tão largo, e andou fazendo umas surpresas de aparecer em casa pelo meio do dia. Ela, porém, andava de sorte. Quantas vezes Zuza veio fora de hora, quantas vezes a encontrou de agulha e linha na mão, ou mexendo panela no fogareiro a carvão, cuja fumaça lhe ardia os olhos, a deixava desesperada.

E a vida marchava nesse pé quando Zuza foi convocado para o exército. Virou tudo. Como soldado não tirava senão 21 mil-réis por mês, ao passo que só o quarto custava 30, ela teve que arranjar ocupação. Fora trabalhar numa tinturaria, e logo depois na caixa da Padaria e Confeitaria São Jorge, a convite de um dos sócios, o senhor Reis, que a conhecera no balcão da tinturaria. Zuza andava meio zonzo como soldado. Mudaram-se para a Rua Barroso, alegando ela que ficava mais perto do trabalho e do forte.

21 de junho

Há cem anos nascia no morro do Livramento o molecote Joaquim Maria. Fui à exposição comemorativa, exposição oficial, montada com limpeza e significação, como antes nunca se fize-

A MUDANÇA 109

ra, montagem na qual Mário Mora desempenhou bom papel de conselheiro. Fui com Garcia, que disse se considerar personagem machadiano.

Luís Cruz falou. Falou pouco e falou bem.

22 de junho

A duzentos metros da minha nova porta fica a casa onde Machado de Assis viveu tantos anos, onde morreu sem ter transmitido a ninguém o legado das suas misérias. Era um chalé assobradado, mas não guarda a primitiva feição — sofreu reformas, umas por necessidade, outras por estupidez, sofreu acréscimo, hoje é inteiramente outro. Na sua fachada fora pregada uma placa assinalando a demorada e nobre permanência do ex-inquilino, placa feia, preta, com letras douradas, presentemente no pátio do Museu Histórico, pois o atual proprietário retirou-a, alegando que a sua casa não era cemitério. Quem sabe? Trata-se dum cavalheiro, embaixador aposentado, que possui uma famosa coleção de vasos chineses.

23 de junho

Meu primeiro contato com Machado de Assis data do mês que passei com Mimi e Florzinha, quando Roberto, ainda em colo de ama, não fora entregue aos cuidados das tias. Depois de vários adiamentos, papai resolvera limpar a casa, fazer alguns retoques no telhado e no forro, reformar o banheiro — estava ela bastante maltratada.

Pintada a óleo, a óleo devia ser repintada, mas como cheiro de óleo envenena, durante a pintura não poderia continuar habitada. Houve uma distribuição de domicílios. Papai e mamãe foram para a casa de Ataliba, Mariquinhas carregou Emanuel para Magé, eu e Madalena ficamos na casa das primas, que era na Boca do Mato. A novidade foi excitante. Navegadores de primeira viagem, sentíamo-nos à deriva — e o casarão suburbano, com comidas, hábitos, móveis, decoração, conversas e linguagem diferentes, com outra paisagem, outra luz e outro cheiro e calor, era um cosmos que se abria em mil e mil descobrimentos fascinantes.

Mimi era leitora inveterada e, de pouco dormir, chegava a romper madrugadas com livros na mão, livros dos quais, por não ignorar os meus pendores livrescos, contava-me depois os enredos com o mais lato seguimento e minudência. Se eu gostava, lia o livro, o que resultava em longas e posteriores conversações nas quais a boa prima não se dava conta, em absoluto, da nossa diferença de idade e com suma sisudez, manejando o pincenê como uma batuta, aceitava ou rebatia os meus balbuciantes argumentos literários, o que de resto me envaidecia.

E foi assim que travei conhecimento com o mestre. Ela havia devorado *Helena* numa noite e no outro dia estava com a sensibilidade em polvorosa — é o melhor livro dele, dizia, e narrou-me todo o entrecho depois do almoço, na fresca e ensombrada varanda, que ladeava a casa em toda a sua longitude e que até a meio tinha uma tecedura de guaco, cujas virtudes expectorantes, sob a forma de chá ou de balas, eram amplamente recomendadas e exploradas.

Solicitei o romance, mas a verdade é que o achei decepcionante; transmiti a minha impressão, Mimi repisou o seu entusiasmo, e não pensei mais no autor.

Um ou dois anos mais tarde, passava eu para aquilo que no colégio se chamava o curso adiantado de português, isto é, o curso ao termo do qual era tirado o exame final dessa matéria. Para leitura e análise tínhamos uma grossa antologia de pífio papel, mas se houve livro que eu amasse, foi esse. As amostras que trazia davam logo para gostar ou detestar. Foi nele que li "O plebiscito", de Artur de Azevedo, incorporando-o imediatamente à minha perene simpatia. Foi nele que amei Maupassant, por causa do "Adereço de esmeraldas", amor que foi diminuindo com o tempo até se mudar em desinteresse, desinteresse de que escaparam as curtas páginas de "Ao luar", sim, de que escaparam as curtas páginas de "Ao luar". Foi nele que Schiller me arrepiou com o episódio da luva e Coppée me emocionou com os vícios daquele capitão reformado, a primeira ficção francesa em que eu encontrava uma referência ao Brasil. Foi nele que li um trecho de Dickens, "O jantar de Toby", jantar de tripas numa noite glacial, jantar de pobre, trazido pela filhinha, maravilhosa revelação, pois a alegria de Toby me impressionou tanto que eu quis sem demora conhecer o romance por inteiro. Foi nele que aprendi a detestar Garcia Redondo, Pedro Rabelo, Coelho Neto, Alcides Maia, Macedo e tantos outros. Foi nele que, afinal, encontrei o meu Machado. Vinha em pedaços como fatias de um grande bolo, grande e saboroso. Fui comendo deliciado: aquele admirável trecho do fanático por brigas de galos, o do pesadelo em que o diabo tira libras de um saco para pôr em outro, o episódio da ponta do nariz, a célebre volta aos tempos, cavalgata às avessas, imorredouro retrocesso, e, principalmente, o famoso jantar da família Brás Cubas, ágape a que iria assistir, coberto de vergonha, numerosos similares. E o que não pude acreditar mui prontamente foi que houvesse relação entre o padeiro desses nacos surpreendentes e o confeiteiro de *Helena*, de tão chocha e açucarada memória. E atirei-me ao manjar inteiro, começando pelas *Memórias póstumas de Brás Cubas*. Daí para *Quincas Borba*, depois para *Dom Casmurro,* quando fiquei para toda a vida apaixonado por Capitu, paixão que só se igualaria com a provocada por Vidinha, a gargalhante mulatinha dos lundus. Quando cheguei aos contos — "Conto de escola", "Uns braços", "O diplomático", "Uma senhora", "Missa do galo", "Capítulo dos chapéus", "Ideias de canário" —, quando cheguei aos cantos, alumbramento de que Antônio Ramos compartilhava, senti que formavam um trilho ideal, caminho único encimado por uma estrela, estrela guiadora, bem diversa daquelas, indiferentes às lágrimas e aos risos, que o mal-aventurado Rubião pedia à bela Sofia que fitasse.

24 de junho

Simpáticos Mascarenhas, eu vos lamento. É morto o grande homem!

25 de junho

Volto do enterro do desembargador, concorrido e formal como um processo. Escrutei o lívido semblante — todos os mortos se parecem. Enroscado nas mãos, levou o rosário de sementes de oliveira, outra recordação da excursão à Terra Santa. A dor quebra barreiras — Susana entregava o corpo à profanação de todos os abraços.

26 de junho

E há velórios para os vivos. Garcia, Francisco Amaro, Adonias e Catarina juntaram-se tacitamente compadecidos à volta de um esquife de ilusões, sem tomar atitudes de carpideiras e até enfeitando-o com fraternas coroas, corolas do afeto entretecidas com esparsos ramos de louro.

É preciso ter resignação para aceitar o insucesso, a resignação orgulhosa dos mortos. *A estrela*, que há três meses e pico está nas livrarias, não suscitou nenhum interesse.

27 de junho

O visionário de 1925 leva no forro do quepe o mapa da Pátria; dentro do peito, o coração da Amada.

28 de junho

Vinte anos de Tratado de Versalhes. Nem uma linha dele está de pé hoje. Nem uma!

Felicidade conversa com Laurinda como se fosse gente. Laurinda inegavelmente é mais inteligente que Felicidade, incapaz de confundir a campainha da porta da frente com a da porta dos fundos.

A MUDANÇA

29 de junho

Ainda 1926. E outro baile, perigosamente à paisana, na vila com mirante de uns parentes de Dagmar, que comemoravam as bodas de prata. Arrufado com Afonsina, por uma ninharia, passei-o no bufê de arromba, discutindo literatura com dois cavalheiros que acreditavam no Príncipe dos Prosadores. O senhor tem ideias muito adiantadas, diziam com modo irônico e copo na mão. Quando tiver mais idade... E eu, como um néscio, me gastava em mil comparações arrojadas, revolucionárias, futuristas... (pondo olhos no salão, desesperado com a indiferença de Afonsina, que não perdeu uma dança).

30 de junho

Chegou a vez de Dantzig.

1º de julho

Zuza sabia dos meus caminhos e me esperou na esquina solitária do solitário Leblon, meio-fio, areia e pitangueira, nada mais. Há dias que andava se esquivando de mim, amarrando a cara se era impossível, e eu por meu lado esquivando-me enquanto podia. A bebedeira em casa do Otílio abrira-lhe os olhos, e Gilabert me prevenira:

— Tome cuidado! Ele anda de berrante rosnando ameaças.

Medroso, pensei em armar-me também, parlamentei com Tatá o empréstimo de uma pistola alemã muito gabada, desistindo, num nojo invencível — arma não!

Tatá ainda se ofereceu:

— Quer? Vamos procurar logo esse cabrão e dar nele uma boa pisada.

— Não. A história é comigo, eu mesmo me arranjo. É chato, mas é preciso.

Fui direto a ele, trêmulo, levado pelas pernas. Num relance percebi que estava transbordando de cachaça, e o temor se transformou em ousadia:

114   MARQUES REBELO

— Quê que há?

Zuza tremia:

— O que há é que você é um canalha!

Encrespei logo a voz:

— Olhe cá, pra começo de conversa, vá à merda, e ponha tento na língua! Se quer falar, fale, se explique, eu me explico, mas venha com jeito. Insulto de bêbado não deixa de ser insulto para mim. Não engulo, ouviu? Bebedeira para mim não é atenuante, é agravante.

Zuza ensaiou meter a mão no bolso de trás. Eu me encostei nele para enlaçá-lo e tolher-lhe os braços à menor tentativa, defensivo truque aprendido com Miguel e mais tarde utilizado com sucesso contra um policial, que não conseguira tirar o sabre, numa arruaça estudantil por causa do *Jaú*, ele oscilava como um pêndulo, o bafo vinha duro de álcool.

— Não comece a se coçar não que eu não tenho medo de careta, Zuza! Sossega a mãozinha!

Zuza susteve o gesto, modificou o tom:

— Você tem que me dar uma satisfação. Assim não fico.

— Satisfação de quê? E com ameaça é que não leva nenhuma.

— Tem que me dar! Você se meteu com a Clotilde, você abusou da minha amizade. É muita safadeza!

— Me meti com a Clotilde?! Abusei da sua amizade?! Você está doido, Zuza! Você não está regulando!

— Não estou doido, não!

— Então está de porre! Metido com a Clotilde... Quem te enfiou isso na cabeça, Zuza? Inventar você não inventava.

— Todo mundo está falando.

— Logo vi! E você vai atrás de todo mundo, Zuza? Por Deus! Parece que nasceu ontem. Então você não sabe como essa gente é linguaruda?

Zuza afrouxou:

— Sei, sei! É que ando zonzo, zonzo, Clotilde me envenena a vida!

— Que envenena nada! Você é que é ciumento à beça e ciúme envenena tudo.

A MUDANÇA

— Você não conhece ela.

— Conheço, sim. Conheço um pouco, o bastante para julgar. É uma moça excelente, alegre, divertida e que te quer muito. É que é avoada e você não compreende isso.

— Não, ela não me quer.

— Deixa disso! Ela te adora. Só pensa em você, só fala em você. Zuza dobrou-se:

— É?!

— Então você não sabe? Finge que não sabe...

— Não sei! Vivo atordoado. Ela me enlouquece!

— E quando que amor não é loucura? Quando não é amor. Zuza parecia desabafar:

— Ela me provoca, ela me engana...

— Que engana coisa alguma! Besteira! Imaginação sua! Ela é uma moça direita. Você que confunde mocidade, saúde, com leviandade.

— Qual direita, qual carapuça! Você não sabe quem ela é. Às vezes eu penso que vou me desgraçar por causa dela! — e ele cerrou os punhos.

— Calma, homem!

— Que calma! Você não sabe. Você nunca gostou de ninguém!

— Quem te disse que não gostei?

— Não gostou não. Gostar é uma miséria! É a tristeza de um homem. Clotilde me enlouquece! Veja com você agora. Eu tinha tanta consideração por você, era tão seu amigo, amigo do peito... Vem um careta e me diz uma coisa. Vem outro e me diz outra coisa. Fui ficando de pulga atrás da orelha, de pé atrás. Aquela briga sua com ela na casa do Otílio encheu as medidas. Não dava para encher?

— Eu estava bêbado, Zuza. Bêbado que nem gambá! Não sabia o que dizia. Você quando bebe também não faz uns despautérios?

— Eu sei, Eduardo. Mas me ofendia. Eu era seu amigo. Amigo do peito!

— Eu pedi desculpas depois a ela. Pedi todas as desculpas...

— Eu sei. Mas não pediu a mim. Não me disse nada.

— Fiquei encabulado. Pensei que você compreendesse.

— E você se lembra do que a xingou? Lembra que correu atrás dela para matá-la?

— Mas eu estava bêbado, Zuza, já te disse! Completamente fora de mim! Clotilde está inocente. Eu estou inocente. Acredite!

Zuza gemeu:

— Tenho feito força.

Exaltei-me, dominado por um sentimento de autopunição:

— Pois se duvida, puxe a arma e atire!

Zuza era o próprio desalento, a imagem da derrota:

— Não nasci para matar ninguém. Nem bêbado! Não passo de um poltrão!

2 de julho

Luísa fortalece botões das calças de Lúcio e, ao guardar a cesta de costura, deixa a agulha em cima do sofá, o que é arriscado para a integridade dos assentos descuidados.

— Pisss! Olhe a agulha!

Ela ri. Não é relaxada, mas esquecida, como se determinada molazinha do cérebro não funcionasse com propriedade. Fica horas parafusando onde meteu o caderno do armazém, a conta do telefone; é comum voltar da rua porque esqueceu o dinheiro ou a chave da mesa da repartição; o anel de turquesa já levou uns dez sumiços.

3 de julho

Consegui chegar ao fim do último romance de Antenor Palmeiro, que está progredindo muito — já usa ponto e vírgula. Por detrás da argamassa de toleimas, do estilo caçanje, do torpe anacronismo, o talento sufocado.

5 de julho

Chegada do *Jaú*! Doze anos lá se vão e ainda sinto o sabre passar zunindo sobre a minha cabeça. Valeram-me a inconsciente

A MUDANÇA   117

curvatura e o esgueirar instintivo, agilidade de que não me sentia capaz, dado que por cerca de um ano ficara consolidando fraturas vertebrais. *A Pátria*, jornal lusófilo, fundado por João do Rio, capacho onde todas as manhãs a colônia portuguesa limpava os tamancos, no virulento dizer de Antônio Torres, dera uma notícia considerada, pelos estudantes, injuriosa aos brasileiros. A redação era na Rua Chile, fronteira à Galeria Cruzeiro, houve tentativa de empastelamento e a avenida ficou em pé de guerra.

Tatá é que me arrastou:

— Vamos até lá. Está um turumbamba dos demos! Vale a pena ver.

Ponderei que não me sentia disposto, um pouco acovardado que ficara com o acidente que sofrera e a longa imobilidade que determinara — andava com cautela, evitava excessos e aglomerações, procurava não me esfalfar, que o esfalfamento me provocava uma dor nas costas ranheta e desmoralizante. Mas quando dei fé, estava em pleno barulho. Miguel, estudante honorário, não faltara, empunhava um estandarte com dístico patriotíssimo, praticava toda a sorte de tropelias. Gasparini — de chapéu à Rodolfo Valentino! — chefiava um grupo de arruaceiros, discursava, insultava, atirava pedras na polícia que guardava a redação sitiada. A carga de cavalaria me irritou — estudante não era cachorro! Se Tatá não fosse vivo, colando-se rente ao portal da loja cerrada, a chanfrada do cavalariano o teria alcançado com contundente consequência. Era demais! Safados! Sevandijas! E incorporei-me aos amotinados, engrossados pelo povo e pelos jacobinos, atirei pedras, gritei, vaiei, insultei, enfrentei a polícia:

— Meganha! Meganha!

Já havia policiais feridos. Gasparini revelara-se um autêntico cabeça de rebelião popular — não se extinguira nas suas veias o penacho do avô carbonário, espingardeado numa viela de Turim. Sempre de chapéu, levantou barricadas com caixotes, com barris, com trastes arranjados não sei onde, inventava munições — calhaus, tijolos, telhas, garrafas, lâmpadas, pedaços de ferro, batatas! —, invadira uma farmácia, viera com as mãos cheias de rolhas, que semeara no asfalto. Os cascos ferrados, em carregada, pisaram em falso, cavalos caíam, levando de cambulhada os seus montadores, que se esbandalhavam no solo sob a assuada geral e eram agredidos e corridos pela turba.

Os reforços policialescos se sucediam, mas a massa humana, como reação, engrossava e mais temível se fazia — morra! morra! A saraivada de pedras não parava e do alto das sacadas já se atiravam coisas contra os truculentos e boçais mantenedores da ordem. O Largo da Carioca se transformara em quartel-general das operações dos rebelados, que o tropel dos cavalos pela Rua da Carioca fazia por um momento debandar, para, passado o perigo, novamente se juntarem, cada vez mais acrescidos.

Numa das cargas, já cansado, custei a alcançar um esconderijo e, ao embarafustar-me numa contorção de volantim por entre dois automóveis estacionados, foi o tempo preciso para escapar da cutilada que, de raspão sobre a minha cabeça, foi bater com estrondo metálico na capota de um dos carros. E quando ia me safar pelo estreito corredor e atingir uma porta entreaberta, donde me acenavam como abrigo, eis que, saindo por encanto do chão, o soldado se planta na minha frente, barrando-me a passagem. Era um homenzarrão e, não confiante na sua corpulência, ou por espírito de maldade, fez menção de sacar o sabre para me malhar. A lição de Miguel acudiu-me elétrica — atirei-me contra ele, abracei-o com quanta força improvisei e, no impulso, rolamos sobre um para-lamas. Impedi-o de desembainhar a arma, permiti que os que estavam me esperando na porta saíssem em meu auxílio. Eram seis, sete, sei lá! Caíram sobre o polícia a socos e bofetões, safaram-se, puseram-no a correr, levaram-me para a porta, trancaram-na. Era um sobradinho na Rua Santo Antônio, dava acesso a um restaurante chinês, com sacadas para a esquina do Largo da Carioca. Senti-me mal, fui socorrido com um conhaque — jamais bebera conhaque! —, em pouco, excitado, voltava a participar da estudantada. Mas, por volta do entardecer, a baderna teve fim. Alguém de bom-senso influiu no chefe de polícia e a soldadesca foi substituída pela Guarda Civil. A Guarda Civil era corporação que os estudantes e o povo acatavam. Embora fardada, era bem civil — composta de homens maduros, mais que maduros em grande parte, urbanos, pais de família, incapazes de qualquer ação mais brusca, o cassetete que usavam não passava de pura decoração, de pacífica insígnia. Não fosse ela, o *circulez* estabelecido nas principais ruas do centro jamais teria entrado no hábito dos transeuntes. E, evacuada a Polícia Militar com numerosas avarias, a ordem foi devolvida. Aclamaram os guardas-civis, a redação ameaçada foi respeitada, entoaram-se hinos, armaram-se passeatas vitoriosas com cartazes e bandeiras, a vida da cidade voltou a seu ritmo de aldeia grande.

Cheguei em casa extenuado, dolorido e feliz — meu corpo não era de completo inválido, apto ainda para muito impulso rebelde, da melhor rebeldia. O rosto de papai, que me esperava aflito, se iluminou. Até Mariquinhas me olhou com simpatia.

6 de julho

E afinal o *Jaú* chegou. Custou, mas chegou — oito meses de Gênova ao Rio! Oito meses de peripécias, recordes e desastres. Oito meses de dichotes e piadas nem sempre muito limpas... Mas ninguém se lembrava mais disso. A cidade se levantou coesa. Desrecalcado, o patriotismo veio para as ruas aclamando Ribeiro de Barros, Newton Braga, Negrão, Conquini e Mendonça — os cinco brasileiros! E apinhou a Avenida, a Glória, o Calabouço, o Russell, o Flamengo com bandeiras, danças, cantos, foguetório, um novo carnaval — ele chegava!

Eram três horas e tanto, e o dia se vestia duma luminosidade inaudita, e a impaciência já era temor, quando o pontinho apareceu no horizonte, foi aumentando, aumentando, até que em graciosa curva, no meio do vivório, dos apitos e das salvas, o hidroplano beijou as águas terminais da baía, navegando depois como uma baleia cinzenta para a ponte presidencial do Catete, onde aguardava a comissão oficial.

— Quero ver os homens! — gritava Clotilde empurrando gente.

Ia pelo meu braço, solta, entupida de cerveja. Zuza, ainda gramando nas fileiras, cumpria uma disciplinar de quinze dias de xilindró. Mas não os viu. O cortejo demoraria. O cansaço me tomava. O cansaço e o desejo. Há muito que não a tinha nos meus braços, preso que ficara na cama consertando os ossos. Levei-a para o seu quarto e de bom grado foi.

— O marechal a essas horas deve estar curtindo uma boa dor de corno nas grades! — comentou com alegria e cinismo.

E foi uma noite imensa. Também foi como despedida. O senhor Reis perdeu a cabeça, tirou-a de Zuza, que bufou mas aguentou, montou-lhe casa, pensou que a trancava a sete chaves. Não. O senhor Marques, sócio em tudo, tinha a sua gazua, e Clotilde era doida, menos doida que ambiciosa — meu querido, o que cai na rede é peixe! E como a noite o apaixonado padeiro passava-a com a família, Clotilde dava as suas escapulas para ir dançar no Lírio do Amor ou no Recreio das Flores. Assim a vi umas poucas vezes, gozando o coronel:

— O portuga quer me evaporar, mas comigo não!

Depois perdi-a de vista.

7 de julho

— Olá, bichão!

É Jurandir, guapo, sorridente, ostentando fatiota nova e calçado de sola dupla, que entrou em moda. Deixo-me abraçar com efusão e ouço a queixa de que ando sumido, nunca mais fui ver os companheiros no escritório. Minto que não é por falta de vontade, mas que tem sido impossível, preso a inúmeros afazeres.

— E como vai aquilo lá?

— Naquela merdolência de sempre, como diz o Valença. (Valença gastava também muito outra palavra da sua lavra — caganifância.)

— Pensei que a morte de Humberto tivesse desinfetado o ambiente.

— Há os sucessores...

A MUDANÇA

— Estou imaginando!

— E imagina muito bem. Mas vamos tomar um cafezinho?

Fomos. E Jurandir me conta que o grande plano do Chefe em perspectiva é nacionalizar a companhia, bote certeiro, que abre caminho para a sua ascensão ao trono diretor e que facilitará a consolidação do capital estrangeiro, através de testas de ferro, o caro Chefe exatamente um deles, além da possibilidade legal de mais ponderável êxodo de lucros, o que andava difícil e arriscado com as leis em vigor. E explicou que só a montagem de duas fábricas no Brasil permitiria, por mais de dez anos, a remessa de grandes quantias para amortização da maquinaria importada, por um preço muitas vezes maior que seu real valor, não falando nos *royalties*, que teriam caráter permanente e salgado.

— Vai sair mais dinheiro pra fora do que nunca!

— É cabra vivaracho o nosso homenzinho.

— Mas não é original. É o que quase todas as firmas estrangeiras estão fazendo.

— E você não será beneficiado com a transformação? Afinal, você é dos mais antigos empregados, e não desgostam, pelo menos aparentemente, de você.

Jurandir deu uma gargalhadinha:

— Me presentearam com umas ações para perfazer o número legal e funcionar nacionalisticamente no conselho fiscal. Não vi razão para recusar. Já que estou no trem, continuemos a viagem. Mesmo se não aceitasse, outro o faria.

— Já vê que está levando as suas vantagens.

— Há ainda a possibilidade já aventada de dirigir a sucursal de São Paulo.

— Já havia sabido. Vai ficar rico!

— Não dá pra tanto. Mesmo não sou ladrão como o gringo que lá está. Mas como vende-se bem lá e sei que poderei aumentar bastante a produção, acho que posso melhorar muito.

— É o que te desejo de coração. Mas o gringo de lá?

— Vem para subdiretor aqui.

— Logo vi que milagre não havia! E quando você pensa ir para São Paulo?

— Ah, isso ainda demora um pouco. Creio que, antes do fim do ano, nada feito. Mas também não tenho pressa. O pessoal em casa anda triste com a ideia. Você sabe, meus pais estão velhos, vão sentir a falta. Nunca me separei deles.

— Mas você não irá perder uma oportunidade dessas por falso sentimentalismo, creio, não é?

— É claro! Mas, se não for de chofre, vai-se tendo tempo para amansá-los. Talvez que papai pudesse se aposentar e então eu os levaria comigo.

— É uma ótima ideia!

— Já falei nisso, mas o querido portuga azedou, dizendo que não estava caduco, que ainda tinha muita força nos braços pra viver à custa do seu trabalho.

— E sua irmã, como vai?

— Júlia vai muito bem. Acabou o curso primário, está uma mocinha. Ficou assanhadíssima com a história. Tem chateado os velhos!

— É uma garota muito simpática.

— E muito inteligente. Não é por ser minha irmã, mas é de fato inteligente. Tem cada resposta que até me amedronta!

— E continua com gosto pelos livros?

— A mesma coisa. Lê pra burro! E não se esquece de você. Está sempre falando nos seus livros, nos seus artigos, me mostrando o seu retrato nos jornais.

— É gozada a pequena! Qualquer dia vou mandar uns livros para ela.

— Mande, mande! Ela vai adorar!

8 de julho

A verdade é que nós, por uma distrofia ocular que faz esgarçar ainda mais as longitudes, não avaliamos o horror que podem encerrar os números. Completa hoje três anos a guerra sino-japonesa — 5 milhões de mortos e 60 de desabrigados.

A MUDANÇA   123

10 de julho

Sinto-me um pouco asfixiado, refugio-me em Bach. Não é que o que eu tenha para contar precise de liberdade. Não! Mas sinto que só vale escrever quando há liberdade de publicar o que eu quiser, e o clima que se respira, com censura nos jornais, e o retrato do presidente pendurado em tudo quanto é canto é o do medo, da delação, da espionagem. No entanto, escrevo...

E do conceito de liberdade (Godofredo Simas brada: "Sagrado!") travam-se discussões cautelosas nos cafés e nas livrarias, mais exaltadas na segurança do apartamento de Hilnar Feitosa, irmão de Helmar, elevado definitivamente à categoria de mentor de assuntos econômicos, ambiente agradável com cômodas poltronas, tapetes orientais, bons quadros de Juan Gris, Zagalo, Utrillo e uma litogravura de Pascin, lindíssima!

Afinal gosto da coragem de Nicolau. Não esconde o que é:

— Liberdade é na paulada! Mas pau no duro! Para derrear! Se eu fosse chefe de polícia um dia, apenas um dia, essa geringonça melhorava muito, podem crer.

Há risos, e Altamirano, que se houvesse realmente liberdade estaria preso, grita histérico:

— Monstro!!! Sai, monstro!!!

E Julião Tavares, que voltou de São Paulo, onde teve várias encrencas, inclusive amorosas e adulterinas, dirigiu-se ao pintor no seu timbre fanfarrão:

— Você fala como um subvencionado do DIP. Mas se você pegasse uma prisãozinha mudaria de parecer.

— Não aceito o argumento vindo de você. Nem me consta que tenha sofrido nada. E não me sai do bestunto que muita prisão é autoprisão, uma espécie de publicidade importantíssima para o preso e ardorosamente cavada por ele.

Julião olhou-o com rancor:

— Você é um idiota!

— Idiota é sua mãe, seu filho duma égua! — e Nicolau levantou-se, decidido.

124 MARQUES REBELO

Hilnar e Godofredo procuraram contê-lo, mas não foi preciso. Julião ficou pregado na cadeira.

11 de julho

Julião ficou pregado na cadeira pela força centrípeta da covardia, imobilidade pânica que gerou um inimigo secreto e implacável para todos que assistiram à avacalhante situação — há as mais imprevisíveis e inevitáveis formas de se fazer um inimigo!

(E o químico-que-não-chegou-a-ser caiu na análise quantitativa da coragem. Que variedade de tons! Tão múltipla, incontável, perturbadora quanto a dos verdes na natureza. E o analista inventa, na bossa, um espectroscópio, que jamais poderá ser patenteado pela ciência oficial, e põe-se a manejá-lo, no silêncio melancolicamente imparcial do seu laboratório imaginário, fazendo desfilar no decomponente cristal do aparelho a legião daqueles que o cercam, que com ele cruzam próxima ou remotamente, que com ele privam em íntimo comércio, daqueles que passaram em sua vida e nenhuma marca ou lembrança pareceram deixar.)

12 de julho

Trinta e quatro anos. Lutarás, lutarás, lutarás. E dá vontade de perguntar ao jardineiro: valerá a pena cultivar amigos?

14 de julho

Somos partes de um todo, frágil e pecaminoso, facilmente condicionável, e a ciência não se particulariza. É premente aperfeiçoar o espectroscópio, dotá-lo de um jogo prismático capaz de separar no meu espectro, por um processo de severa autocaptação, as nuanças de coloração, a porosidade, a retratilidade, a acidez ou alcalinidade da minha coragem.

A MUDANÇA 125

15 de julho

Da experiência *opus* 21 ou "O amor por três laranjas". A atraente coleguinha (para que pôr o nome?) não resistiu cinco minutos às douradas perspectivas da pulseirinha:

— Que amor!

A pulseirinha de Laura, que encontrara no fundo de uma gaveta.

17 de julho

Um dia feliz — saiu a biografia de Manuel Antônio de Almeida! A capa é simples, em letras, como eu gosto. Peguei um exemplar com emoção de filho que se orgulha do pai. Não sou um órfão literário.

18 de julho

O apartamento da ladeira passou a ser aos sábados ponto de reunião. Vinham Garcia, Susana, Gasparini e Nilza, ex-enfermeira promovida a esposa, que assumira com despotismo a direção das finanças do casal e que exercia severíssima vigilância sobre as enfermeiras que lhe sucederam, policiamento que Gasparini recebia com bonomia: "Gato escaldado até de água fria tem medo." Vinham Adonias, José Nicácio, Pérsio Dias, jovem vizinho, talentoso escultor e fanático por música. Vinham Aldir Tolentino, apresentado por Pérsio, arquiteto recém-formado, brincalhão de temperamento, sério na profissão e, de quando em quando, Ataliba, Loureiro e o Oliveira, José Carlos de Oliveira, colega de consultório de Gasparini, sujeito caladão, relaxado no vestir, enfeitiçado pelo jogo, que o deixava como em trauma. Porque jogava-se depois de conversa, que Gasparini e José Nicácio levavam para a berrada controvérsia, e de música de vitrola, que pacificava os ânimos e proporcionava a Pérsio a exibição de invulgares conhecimentos e de sutil senso de seleção. Na varanda

126   MARQUES REBELO

tomava posição a trinca do xadrez — Garcia, Aldir e eu. Na mesa da sala, aumentada com duas tábuas, aboletava-se a turma do baralho, que perturbava a concentração dos habitantes da varanda com ininterrupta gritaria e discussões.

— Vocês não podiam jogar sem fazer tanto barulho, não?

— Vá lamber sabão! — respondia altaneiramente Gasparini em nome dos turbulentos.

— Carcamano!

— Vá xingar a vovozinha!

E José Nicácio, empolgado pela cartada, solta o seu estribilho guerreiro:

— Abafei a banca!

Ataliba, a negação no manejo dos naipes, era em compensação um aborto de sorte. Oliveira, muito aventureiro, perdia com uma regularidade exasperante. Susana e Gasparini cochichavam, permutavam olhares cúmplices, faziam suas trapaças entre risos e protestos, e Nilza, que era rude e tacanha, não disfarçava o ciúme bocó e, a cada momento, tinha palavras ferinas para Susana, que não ligava a menor importância, palavras que a rodinha glosava com delícia.

Por volta da meia-noite servia-se a ceia, e Aldir evidenciava, sorridente às galhofas, o magnífico garfo que era. Luísa, acolitada por Felicidade, se esmerava e gostava de ver elogiados os produtos do seu esforço culinário. Até bem pouco não sabia lidar com panela, mas, espicaçada na vaidade de dona de casa, entregara-se de corpo e alma ao forno e fogão e, socorrendo-se do caderno cor-de-rosa de Mariquinhas, de livros de cozinha e da experiência de amigas, depressa dominava o campo das iguarias, apresentando pratos que mereciam a mais justa gabação.

Após a ceia, havia um segundo tempo de jogatina, que se prolongava, não raro, até que as barras da aurora tingissem o céu e o morro, quando Gasparini, levantando-se com estrondo, repetia o brado de dispersão:

— Vamos, macacada, senão a gente perde o cipó das cinco!

Depois da segunda reunião, o vizinho de baixo, com bastante delicadeza aliás, não querendo de maneira alguma ser tomado por

A MUDANÇA 127

um desmancha-prazeres, queixou-se do barulho que o impedia de dormir e, como era doente, não podia infelizmente perder noites em claro. Desfiz-me em desculpas. Garanti-lhe que não se repetiria o aborrecimento e pensei em suprimir as reuniões. Luísa ficou sem graça. Gostava daqueles rebuliços, não se importava com a trabalheira que davam, tinha verdadeiro prazer em receber os amigos, cercá-los de atenções. Foi Aldir que solucionou o impasse, aconselhando-me que forrasse o apartamento com passadeira de lã sobre papelão ondulado, e aplicasse em algumas paredes certas placas isolantes, que usavam em estúdios radiofônicos, o que além de eficaz era plasticamente muito bonito. Com rapidez assim foi feito, já no outro sábado reuniu-se a rumorosa assembleia, que não regateou adjetivos animadores à originalidade decorativa da obra, e a tranquilidade voltou para o vizinho e para nós, menos para nós no que se referia ao preço, pois ficou caro o melhoramento, que teve que ser feito a prestações, que desequilibraram perigosamente o orçamento mensal. E a propósito da reclamação interpelei Aldir sobre lajes de cimento armado:

— Não seria possível fazê-las à prova de som? Afinal nem todo mundo estará em condições de arrostar, como nós o fizemos, com uma tapetação dispendiosa e com uma muito mais dispendiosa impermeabilização de paredes, não é mesmo?

— Claro que é — respondeu o arquiteto. — E pode-se perfeitamente preparar a laje contra o som. Há vários processos, melhores ou piores, mais ou menos práticos: tijolos perfurados, colchões de substâncias especiais etc. Mas sempre partindo da obrigação de se aumentar a espessura da laje, de molde a se utilizar os enchimentos isoladores. Ora, tanto o aumento da espessura da laje quanto o emprego de materiais isolantes encarece obviamente a construção. E a nossa mentalidade, saída do mestre de obras, e com o objetivo quase que exclusivo de empregar capital, o menor com o maior juro, é o de baratear a construção. Como o nosso código de obras é uma velharia bolorenta e mal remendada, o resultado é o que você conhece. Construímos muito, mas construímos pessimamente, sem conforto, sem beleza, sem resistência. A vida útil dos prédios que com tamanho afã se constroem atualmente é simplesmente ridícula. Dez anos e, vai ver, já estarão caducos, quase pedindo demolição. Ainda não aconteceu, mas espera pelo que vou dizer: qualquer dia estão caindo edifícios por aí. Eu tenho visto muita obra. É incrível o material que usam! É negócio de prisão se nesta terra houvesse prisão para gatunos e para assassinos. Porque não é roubo só, é principalmente crime, ameaça de morte. Qualquer dia começa a morrer gente em desabamentos. E nem precisa chuva muito forte não! Um bom chuvisco já irá dar para derreter edifícios, para transformá-los em farofa, farelo, fubá, qualquer coisa assim rigorosamente farinácea.

— Mas não existe uma repartição de fiscalização de obras?

— Existe, como não existe? Burocraticamente nós temos tudo. Só que nada funciona. E o serviço de fiscalização é assim. Difícil é você aprovar uma planta. São milhões de exigências, de rigores, de ridicularias de gabinete, e de besteira grossa, porque o nosso código de obras é uma espécie de Ordenações do Reino. Mas desde que, com paciência, camaradagem ou suborno, você vença o crivo doutoral da aprovação, o resto anda como você quiser. Não há a menor fiscalização, emprega-se o material que se quer, da maneira que se quer, mesmo porque não temos laboratórios de exame de material e porque o número de engenheiros municipais já é nulo para os serviços burocráticos e ganham uma miséria, de maneira que todos têm os seus escritórios particulares, senão morrem de fome. O famoso "habite-se" é dado praticamente com o olhar de um minuto na fachada...

— De maneira que está tudo errado!

— Parece, não? E quer saber de um aspecto gaiato do problema? Existe um Plano Urbanístico da Cidade, sabe, não? É precário, antiquado, mas sempre é um plano-diretor, enquanto não se cogitar de outro. E determina ele, conforme a zona, gabaritos, alinhamentos etc. Pois bem, o número de concessões dadas pelo prefeito para desobedecê-lo já alcança um milhar, o que dá até para desconfiar. Como dizem por aí que o prefeito tem testas de ferro numa empresa de demolições, é provável que tudo que foi construído fora do gabarito ou do alinhamento seja demolido mais tarde por um preço mais compensador nas desapropriações...

A MUDANÇA 129

— Se não me engano, o Délio Porciúncula é um dos advogados dessa arapuca.

— Délio Porciúncula? Não conheço.

— Lamento. É uma flor.

19 de julho

Eurico encontrou-se com Lobélia na Rua 1º de Março, carregada de embrulhos. Estava bem, mais gorda, mais bem-disposta, até afável — fora ela quem tomara a iniciativa de parar para uns dedos de prosa. Relembrara o infortúnio de Madalena, animara-o, perguntara muito por Lenarico e Eurilena, oferecera a casa de Teresópolis, a fábrica de bonecas, que dirigia, ia indo para a frente. Viera ao Rio especialmente para comprar uns aviamentos e conversar com uns fregueses, que as encomendas para o Natal tinham de ser feitas com muita antecedência.

— Enfim, parece que está indo firme na vida — arrematou o inocente estafeta.

20 de julho

Lobélia não gostava de Pinga-Fogo — cínico! fingido! —, mas tal malquerença não constituía exclusividade do malquerido. Ela não gostava de ninguém (Emanuel!), pelo menos nunca lhe foi constatada uma simpatia — árida, impenetrável, adversa, como se a sentimentalidade não desempenhasse nenhum papel na sua vida.

21 de julho

José Nicácio é franco:

— Estava gostando muito de *A estrela*. Ficaria de pé na estante. Mas você estragou tudo com aquelas dez linhas finais. Para que entrar no metafísico, você que nunca foi disso?

Fiel ao princípio de que livro não é assunto para se defender, quando nosso, bati-lhe no ombro:

— Saiu sem querer... e agora, fica.

22 de julho

Outra e barulhenta exposição de Nicolau. Encontrou Picasso. Pérsio e Aldir o defendem — ninguém encontra Picasso, Picasso é o tempo. Mário Mora escreveu coisas sintéticas e discutíveis para o catálogo. Altamirano deitou louvação em rodapé, substituindo o técnico pelo gongórico. Houve concorrido jantar no Lido. Mas que Nicolau não guarde ilusões — o tempo gera a verdade.

23 de julho

Voltemos a Nicolau. Em torno do seu dinamismo, criou-se a confusão, que tende a se agravar. Atribuiu-se à película a condição de cerne. Ninguém fica moderno. Ou se é do nosso tempo, intrinsecamente do nosso tempo, ou não existimos. Basta uma raspagem de unha severa e todo o falso verniz estala, deixando ver a estrutura acadêmica, a habilidade cediça. Mas afirma, orgulhoso, numa traição inconsciente: "Quem não sabe desenhar um pé, não sabe nada." E como desenha um pé! Só falta andar... Coitado! Não é outro o pensamento de Marcos Eusébio com as suas bananas, seus mamões, seus ovos estrelados... Não é de outra espécie o modernismo de Altamirano.

24 de julho

Mal acabara de publicar o seu romance de estreia e já os conhecidos, que não o leram ou se leram não gostaram, batiam-lhe nas costas:

— Então, quando temos o segundo?

26 de julho

Do sucesso do Edifício Waldete, o lançamento de outro, também em Copacabana, em homenagem a Zuleica, com banheiros coloridos! — escada imobiliária, mais rendosa que a de Jacó, que

A MUDANÇA 131

pressupõe degraus assinalando os nomes de Ricardo, Loureiro e Maravalha, a usina célula-mater dos Viana do Amaral, à margem do Paraíba. Não sei se Loureiro é capaz de aproveitar o talento de Aldir. Tentarei.

27 de julho

A língua de Felicidade: Nilza é dona Nirza; Adonias é seu Donia; Ataliba é seu Taliba; Pérsio é Prérse, sem senhoria; Lúcio é Luce; o recanto dos livros é a biotreca.

28 de julho

Luísa, sem maiores relutâncias, se inscreveu no concurso para contadores. O programa é vasto e pernóstico. Que se há de fazer? E desceram da estante os velhos compêndios, os manuseados cadernos de pontos, as apostilas mimeografadas. Mas Luísa alvitrara um curso especial, só com eles não daria conta do recado. Havia matéria em que estava crua, crua — o que aprendera na escola fora o mesmo que nada.

— Pois arranje um curso.

— Já arranjei. Amanhã vou lá. Não é barato, mas é indispensável. É de um colega, agora contador no Banco do Brasil, rapaz muito competente, muito prático. Aluno dele não perde concurso...

30 de julho

O América é o fantasma do returno! E Gasparini delira de esperanças. Mas o mundo é de fantasmas doutra raça — dois milhões de soldados alemães estão concentrados nas fronteiras, e o governo de Tóquio aderiu à aliança ítalo-germânica. E ante tais avantesmas o semblante do amigo se turva e desespera.

2 de agosto

Garcia veio jantar conosco e trouxe Hebe. Nunca sei quantos anos faz.

— Quantos no costado, capitão?

— Quarenta e seis...

— Fora os que mamou!

— Mamãe perdeu o leite cedo...

— Não me venha com subterfúgios! Mamar de mamadeira também é mamar.

Luísa esmerou-se nos camarões, realçando-lhes o sabor com um dente de cravo-da-índia, a mesa estava florida, novidade floral, miscigenação de seda e asa de borboleta conseguida na paciência das estufas e lançada pelos floristas.

— Lindas! Que flores são estas?

— *Garcioláceas*. As flores do afeto.

— Deviam ter espinhos...

— Arranquei-os.

E pensemos que essa operação seria o natural antídoto para o veneno, nem sempre percebido, dos estrepes amicais, cirurgia de molde a evitar arranhadelas, estremecimentos, picaduras, rompimentos, duelos inglórios de vaidosas cerdas — as criaturas sem espinhos!

A teoria empolga-me e ia externá-la quando o espelho joga água fria na minha fervura:

— Não cuida que no ato de desespinhar você mesmo poderia se ferir?

Murcho, dedico-me aos camarões, que não têm espinhas — deliciosos! Hebe começa a manobrar para deixar tudo no prato.

— Não adianta, menininha. Hoje você vai comer tudo. Estamos vigilantes.

Hebe responde-me com um olhar tristonho, desamparado — que pai aquele que não a socorria?

A MUDANÇA

3 de agosto

Penso no olhar de Hebe. Na verdade não sei se socorro os meus filhos como deveria. Não os trato empiricamente, não os tolho com sentimentalismos, condiciono-lhes embora tardiamente um ambiente sem disputas nem rivalidades — creditem-me a melhor intenção. Mas para a estabilidade dos filhos não basta o quilate das intenções. Cimento mais forte e hidráulico deve ser empregado nas fundações de molde que o edifício psíquico não trinque, não saia do prumo, não sofra abalos e infiltrações neuróticas, não se afunde nas psicopatias, plantado que é em terreno tão impróprio, tão movediço, tão erosivo, e convulsionado, e incerto quanto é a vida, a nossa miseranda vida burguesa, consumida pela necessidade do dinheiro, solapada pela superstição rotulada de religião, bafejada pelos fatores imponderáveis da fortuna, vesga pelos antolhos da educação oficial e em massa, degenerada pelos micróbios específicos de cada colônia familiar, com a espada da ordem estabelecida e da guerra permanentemente sobre as nossas cabeças.

Observo as minhas mãos de pedreiro de almas — nenhum calo, nenhuma rachadura, nenhuma cicatriz. Terei usado esse cimento?

4 de agosto

E assalta-me um escrúpulo: se não sei nem qual é o traço da minha argamassa, com que direito intervenho na alvenaria dos meus amigos?

5 de agosto

Amor com amor se paga, mesmo entre missões militares. Está de volta o general Marco Aurélio da viagem que fez aos Estados Unidos, retribuindo a visita do general Marshall. Veio impressionado. Esvaiu-se em entrevistas — os estados-maiores das duas maiores nações do continente ajustavam plena e auspiciosamente os seus pontos de vista. E pretende visitar a Alemanha, em aten-

134 MARQUES REBELO

ção a um convite feito há tempos, visita em que não vê nenhum inconveniente, segundo declarou a jornalistas impertinentes.

6 de agosto

Francisco Amaro gostou da biografia — cinco linhas calorosas. Jacobo reconheceu-lhe méritos. Monografia de espírito congenital — disse, e Saulo Pontes aprovou, como aqueles deputados que apoiam o líder, apenas por uma questão de normalidade partidária.

7 de agosto

Luísa entrou em férias. O dinheiro anda vasqueiro, contado, mas aproveitemos ao menos uma semana de ar livre, de sol, de convívio com a natureza. Mesmo porque as aulas do curso vão começar no dia 20 e Luísa precisa de forças.

Há muita emoção de aventura no ato de arrumar as malas — enferrujadas fivelas, recalcitrantes fechaduras. Sobre a mesa as roupas se empilham — isso vai, isto não vai... Vera, querendo ajudar, atrapalha. Lúcio preocupa-se com Laurinda.

— Não, rapaz, fique tranquilo! Felicidade cuidará dela direitinho.

— Você não vai levar uns livros? Aqui no canto da valise cabem alguns.

— Vou, Luísa. Deixa eu escolher.

10 de agosto

Fecho os olhos. Não há melhor livro do que o sonho!

11 de agosto

Mas o sonho tem fim. A vertigem da página impressa me reclama, me envolve, me sorve. *O urso*, de Pontoppidan, veio na mala. É o drama dum São Cristóvão luterano e sem milagres, que não carregava aos ombros o Menino-Deus e sim os meninos dos homens, gigante endurecido no gelo groenlandês, de manápulas imundas que faziam divinos os gestos mais vulgares e humanos de proteção e caça, que trazia no coração não apenas o edelvais polar, mas todas as flores dos jardins do amor, pétalas que não se crestavam ao sopro tirânico dos funcionários da fé.

12 de agosto

Só de calções, a pele tostadinha, Vera e Lúcio são duas figurinhas gentis chapinhando na água. Gentis, alegres, desenvoltas. Como se o vento que vem do mar-oceano lhes inflasse os pulmões de um gás de liberdade. Liberdade! Bebemo-la nós naquelas areias copacabanenses, ermas e limpas. Cristininha soltava-se pela praia, às cabriolas, como um cabritinho, Madalena afrontava as vagas — Mariquinhas, zangada com a admoestação de papai, não voltara a feitorar os nossos banhos.

13 de agosto

É incalculável o que temos de preguiça escondida em nós!

15 de agosto

O vento alisa a areia. Agacho-me e apanho a conchinha nacarada. O homem, escravo do trabalho, da engrenagem cotidiana, não pode soltar o pensamento, não pode apanhar uma concha e com ela reviver um minuto de Aldina. Mas um homem em férias é outro caso. Verdadeira máquina de pequeninas loucuras sedutoras.

18 de agosto

Voltamos de Cabo Frio e a rotina nos traga com a sua goela ruminante. O aquecedor encrencou e o bombeiro diz que não tem conserto, só mudando toda a serpentina.

— Mas não tem nem seis meses! — protesta Luísa. — O apartamento é novo. Nós somos os primeiros moradores.

— Material ruim, madama. Material ruim. Coisa feita aqui a sopapos! Já não vem nada do estrangeiro.

E agrava-se a tensão entre nazis e a Polônia, que pretende fazer frente a qualquer ataque de surpresa.

— Vamos ter outra Tchecoslováquia... — é o que me diz Adonias.

19 de agosto

— Honesta? Não basta ser honesta. É preciso parecer honesta! — diz-me Catarina com inusitada acrimônia.

20 de agosto

E Neusa Amarante canta:

Mentira!
O meu erro não foi tão grande assim...
Errar é humano e só Deus sabe como és ruim!

22 de agosto

A Europa joga seus dados viciados. É iminente um pacto de não agressão entre a Rússia e a Alemanha, manobra que devia estar se entabulando há muito tempo nos bastidores.

Gasparini, que veio jantar, atrasadíssimo:

— Você vai ver como Julião, Antenor, Marcos Rebich, Gustavo Orlando, essa cambada de malandros que nós conhecemos vai mudar de rumo. Vão ficar mais pró-nazistas que o João Soares! — Fez uma cara patibular. — O que me amedronta, o que me apavora nos partidários, é a facilidade, o cinismo com que mudam e explicam as mudanças de posição. Deslavadamente! O fato de ontem serem sul e hoje serem norte não os envergonha nem um tico! Quem não estiver com eles é sempre porco, imundo, reacionário! São uns cachorrões!

A MUDANÇA

Nilza não gosta de sopa, não gosta de peixe, não gosta de salada, e o que diz gostar deixa no prato. É uma conviva incômoda. Incômoda e irritante.

Francisco Amaro não tolera comensais dessa estirpe. Não tolera e não se contém. Costuma virar-se para o filho que estiver mais próximo e ralhar:

— Coma tudo! Já te disse que deixar comida no prato é falta de educação!

Turquinha morre de vergonha.

23 de agosto

Longa carta a Francisco Amaro para não dizer nada. Pelo menos, o que eu queria dizer não disse. Sobre a semana em Cabo Frio, nem uma linha.

25 de agosto

O Dia do Soldado passou a ser o Dia de Caxias.

26 de agosto

A França e a Inglaterra reafirmam com clareza a disposição de combaterem ao lado da Polônia, que decretou a mobilização geral — quando o sapato lhes dói sabem ser claras!

E por falar em sapatos, estou precisando de um par novo e sempre adiando a compra, que a gaitolina anda curta.

— Você não acha — perguntou-me Catarina na semana passada — que estes já deram o que tinham que dar, quanto à linha da decência?

— Não exageremos. Ainda estão passáveis. Tanto mais que ninguém me pega de sapato sem graxa. Mas na verdade estou precisando de um outro par, deixando estes na reserva. Para chuva ainda estão ótimos. Mas tem sido um pouco de relaxamento e quebradeira. Os melhoramentos domésticos me desconjuntaram. No fim do mês eu compro.

— Se não fosse feio uma dama vestir um cavalheiro...

— Vá tomar banho!

27 de agosto

O chanceler Hitler também usa clareza: a imposição apresentada ao governo britânico, por intermédio do embaixador em Berlim, íntimo do nazismo, exige a restauração das fronteiras de 1914 com a Polônia e não apenas a devolução de Dantzig, que já está virtualmente em seu poder, e do famoso e caricato corredor polonês.

E como não teme as consequências das suas exigências, espalha aos quatro ventos que iniciou, dentro dos seus domínios, um regime de cartões de racionamento dos gêneros alimentícios.

Qualquer dia estamos com essa história de cartões de racionamento aqui. Bem organizada, deve dar um lucro fabuloso aos negocistas.

28 de agosto

Exceção de Marcos Rebich, por presumíveis razões raciais, o que Gasparini previu, se confirmou: Julião, Antenor, Ribamar, Gustavo Orlando e caterva aderiram ao pró-nazismo. Não muito escandalosamente. Pelo contrário, com um ar discreto, um ar de quem são levados por contingências de alta política, que nós, os leigos, os timoratos, não alcançamos. Falam em fundar um jornal... E *Meio-Dia*, dizem, será o nome, um bom nome.

30 de agosto

Em agosto os homens da prefeitura vieram com escadas e serras e podaram as árvores da rua. Foi um espetáculo que muito divertiu Vera e Lúcio, e a rua ficou triste com os troncos todos pelados, mostrando o carcomido das fachadas. Mas em setembro elas brotaram outra vez. Era a primavera sem chuvas e havia andorinhas no ar. A acácia que havia defronte da casa do seu Duarte foi a que brotou primeiro. Dona Sinhá sorriu e disse:

A MUDANÇA

"Prosperidade!" Pensava em Lina, que estava noiva, e no Manduca, que ia se formar. Os vizinhos invejosos disseram: "Como eles vão ser felizes!..." Quando chegou o Natal, e eu já havia me mudado, seu Duarte morreu, de repente, do coração, sem sentir dor. Estava na sala abrindo uma lata de goiabada, quando a vida parou. Com a primeira pá de cal começa o esquecimento. E era muito bom. Tinha uma perna defeituosa, gostava de gatos, usava gravatas de laço feito e punha na voz uma doçura tão grande que as mais banais das suas palavras como que traziam a graça de poemas.

1º de setembro

A grande serpente marinha (lembremo-nos de Andersen!) traz a notícia de que o governo alemão considera repelidas as suas propostas para a solução da pendência com a Polônia.

Pérsio Dias, que viu por terra o trabalho incessante de três meses, reiniciou a obra, tronco de mulher sem braços e alada. A base não aguentava o peso do barro — barro pesa, meu bom amigo!

Aldir brinca:

— A coisa ia até muito equilibrada, mas o Pérsio teve o triste requinte de acrescentar mais uma peninha na asa...

E conta a caricatura duma revista americana: a ponte suportava o limite máximo de 5 toneladas. No meio dela o passarinho pousou no alto do caminhão. A ponte ruiu.

2 de setembro

Quando disseram que iam fundar um jornal, mentiam — já estava fundado e não por eles, mas por gente ligada à embaixada alemã. Hoje já está na rua o *Meio-Dia* e o editorial, amassado com o levedo da insânia e da traição, é obra de Julião Tavares, inconfundível gato que jamais ficará com o rabo sem ser de fora. A parte gráfica é atraente. Foi paginado por uma equipe de técnicos argentinos, especialmente contratada.

3 de setembro

Sem resposta o ultimato anglo-francês intimando a Alemanha a retirar suas forças do território polonês e cessar os atos de hostilidade até hoje ao meio-dia. E quatro milhões de franceses a caminho da fronteira. E a Inglaterra, completamente às escuras, viverá a sua primeira noite de ambiente de guerra. Assalta-me uma dormência no peito, um vestígio de náusea, uma sensação de insegurança, uma incapacidade total de concatenar os pensamentos.

(Garcia telefona-me na boca da madrugada. Ouvira a BBC: a Inglaterra acaba de decretar o estado de guerra com a Alemanha. Meu mal-estar se acentua, sinto a impossibilidade de conciliar o sono, preciso dormir, recorro ao armarinho do banheiro, gotas soporíferas que cortam as ligações com o mundo como um interruptor, gotas a que nunca recorrera por um inconsequente temor ao hábito, gotas que não eram minhas, prescrição de Gasparini para os tresnoites lobelianos, dádiva proveniente da sua prateleira experimental de amostras grátis, herança melancólica da mudança.)

4 de setembro

Não, não repetirei soporíficos, embora acredite em Gasparini e ele assevere que faz muito menos mal um narcótico que uma noite em claro. Acordei tarde, sedento, levemente mareado, e deprimido, diminuído, possuído da ideia de culpa, como se pecara, passei o dia imprestável. Luísa cuidou que eu estivesse doente, ficou apreensiva. Como explicar certas ondas de chateação?

5 de setembro

Inquieto, mas recomposto. Garcia, abatido, conta-me que no escritório os britânicos patrões já impuseram um sistema de restrições e apreensões. E aumentou de intensidade a ofensiva alemã na Polônia. Aviões ingleses bombardearam navios da esquadra germânica em Wilhelmshafen e cinco são derrubados. O

A MUDANÇA 141

cruzador *Ajax* afunda o cargueiro *Olinda*, estendendo o cenário da guerra às águas sul-americanas. Em represália, o paquete *Atênia* é torpedeado.

6 de setembro

Aviões poloneses atacam Berlim. Roosevelt declara a neutralidade americana três dias após o início das hostilidades. Wilson, em 1914, levou três meses para a mesma deliberação.

7 de setembro

Pérsio concedeu feriado à argila. Os ares vicinais atordoam de tambores e clarins na manhã de Independência ou Morte — a parada foi irradiada com um berreiro suplementar de locutores viciados pelo esporte. Ameaçada Varsóvia, o governo transferiu-se para Lublin, começo duma peregrinação que não deve durar muito. Mac Lean apresentou-se ao consulado de Sua Majestade. Embarcará no primeiro navio. Gasparini foi quem me deu a notícia. Não pousei o fone. Liguei para o velho camarada, mas não o encontrei. No correr do dia, várias vezes tentei falar-lhe, sempre em vão. Afinal, deixei recado.

8 de setembro

Ofensiva Aliada contra a linha Siegfried. Invadida a zona do Sarre. Três navios ingleses a pique. Mac Lean agradeceu o meu telefonema. Partirá amanhã. Pausado e calmo, não teve palavras sublimes, nem heroicas. Era mestre em formar um arremedo de elefante com os grossos dedos sempre sujos de tinta. Com um movimento especial fazia o idealizado paquiderme evacuar uma bolinha de papel previamente escondida na palma da mão. Jamais deixou de despertar hilaridade na classe o ingênuo truque, que não era desconhecido de alguns professores mais tolerantes. Tentei imitar a brincadeira para Luísa. Saiu imperfeita, mas Luísa riu muito. Luísa e as crianças.

9 de setembro

Proclama-se o estado limitado de emergência nos Estados Unidos. Helmar Feitosa repete os argumentos do marechal Goering:

— A Grã-Bretanha instigou os poloneses, como fez com os tchecos, porque o objetivo dela é impedir que se desenvolva o poderio alemão.

Felicidade faz conscienciosa queixa de Vera — quando eu viro as costas, ela deixa todo o lanche no prato.

10 de setembro

Mac Lean! Gostaria de ter ficado na praia, com um lenço branco, a lhe dizer adeus.

11 de setembro

Louro, rosado, Mac Lean tinha sardas. Se tomava sol, ficavam mais acesas, mais douradas. Chegava ao colégio, limpo, lavadíssimo, cheirando a verbena e, por tal rescendência, Beiçola apelidou-o de "Jurujuba", alcunha vegetal que não colou. Meia hora depois estava imundo. Atraía sujidade com a força dos gosmentos papéis que se punham no refeitório para apanhar moscas — se se encostava a uma parede, saía com as costas caiadas, fosse se sentar com os companheiros num rebordo de canteiro ou numa beira de calçada e era o único que se levantava com cisco ou terra nos fundilhos, bastava pegar numa caneta para ficar com as falanges azuis. Na aula era obediente sem se rebaixar. No campo jogava duro, não se entregava nunca, perseguia tenacíssimo a bola, não se humilhava se o adversário o sobrepujava, suava como uma chaleira, chegava ao vestiário mais rubro do que uma pitanga. Mas não dava importância alguma às derrotas, ganhando ou perdendo ostentava a mesmíssima cara, de mínimo nariz, como se tivesse a tranquila certeza de que cumprira o seu dever.

Aos sábados envergava um esportivo casaco de flanela, em listras brancas e verdes. Beiçola tentou outro apodo, o de "Zebra

A MUDANÇA

Verde", e novamente fracassou. Aos domingos ia ao culto de manhã e não saía de casa antes das seis, que a família, protestante, guardava rigorosamente o dia. Mas se o visitávamos, e acontecia pedir com insistência, a mim e a Antônio Ramos, que o fizéssemos, levava-nos para o quarto, com o escudo do extinto Paissandu Atlético Clube na parede, claro dormitório algo atulhado de chuteiras, sapatos de tênis, patins, raquetas, bolas, bastões de críquete, jogo divertido em que nos iniciou e que em outros dias da semana praticávamos no quintal, conversávamos sem grandes risos, mostrava as suas quinquilharias — a coleção de selos colados mal e porcamente, a coleção de tampinhas de garrafas, a coleção de minerais que enchia duas caixas, a pilha de cartões-postais caricatos, o punhado de moedas de cobre, curiosas algumas, como aquelas chinesas que tinham um orifício no centro e que se chamavam sapecas —, traduzia histórias ou trechos de livros ingleses lindamente ilustrados, servia-nos bolos e refrescos, cujo aspecto e sabor me reconduziam a Elisabete, e, somente passadas as seis horas, propunha um passeio ou um cinema, depois dum distante, mas carinhoso aceno para a mãe — alô!

12 de setembro

Moedas de cobre... Cor de chocolate, com laivos de azinhavre — e azinhavre é veneno!, prevenia mamãe —, fediam, e, fedorentas, pegajosas, desvalorizadas, se tornaram em moedas dos pobres, como se houvesse duas circulações, uma com lastro ouro, outra com lastro de andrajos e muletas.

Aos sábados Mariquinhas se fazia esmoler. Trocava, no armazém ou na quitanda, pela mão comissionada de Emanuel, dez tostões em vinténs, empilhava-os no peitoril da janela e recebia os seus mendigos, pondo um em cada mão, aleijada ou trôpega, como hóstia da caridade, de que se fazia sacerdotisa, suportando o fétido e o asco dos pedintes, trocando com eles palavras responsórias, descendo a escada da varanda para cada ofertório, mas desinfetando as mãos com espírito de vinho a cada sacrifício. Nas garras da preta mina de pernas tortas, tortas como arco de barril, punha — sempre preferencial! — duas daquelas partículas consagradas sem que se sentisse em sacrilégio.

Tio Gastão não perdia brecha para uma picuinha:

— Como você esbanja vinténs, prima! Não parece compreender a sabedoria do Wenceslau: "Vintém poupado, vintém ganho..."

Não era esse o único aforismo do forretismo presidencial. Havia outros. E o "A economia é a base da prosperidade", o povo incorrigível e leviano, como se imitasse o Aristóteles de Campina Verde, deturpava para "A economia é a base da porcaria".

E Mariquinhas, simulando não compreender a perfídia do parente que execrava:

— Dou o que me pertence. Ninguém tem nada que ver com isso.

13 de setembro

O urso se mexe — quatro milhões de homens em armas na União Soviética. A linha Maginot sempre me pareceu uma burrice, uma repetição igualmente inócua da Muralha da China — vamos tê-la à prova.

E Lúcio anda com uma coriza manhosa, um dormir de boca aberta, vai ver que são vegetações adenoides. Vera, por seu turno, progride na falta de apetite em que não entram apenas as suas natas ou adquiridas aversões. Que é a vida senão um comprido rosário de emperramentos orgânicos?

14 de setembro

O tronco alado de Pérsio, tal qual a ponte da caricatura, serve como exemplar ilustração da conduta artesanal para as obras que aspiram a ficar de pé. É indispensável tento, contenção, rigorosa justeza do conteúdo, pré-conhecimento sutil da resistência dos materiais estéticos. Um pingo de tinta pode destruir o mais ambicioso quadro, um adjetivo sobejo pode deitar a perder a página mais trabalhada. É preferível — ó *mea culpa!* — ter de menos a ter a mais. O que perde Nicolau — viçosa planta de enxerto — são

A MUDANÇA

os pingos dum modernismo não visceral, humoralmente sentido, mas ardilosamente capinado.

15 de setembro

Helmar Feitosa não acredita que é mais necessário para o escritor estudar os homens do que os livros. Há de morrer assim, abarrotado de leitura. E escrevendo romances — oito já! — extraídos dos romances que leu. E roendo as unhas. E cego ou semicego para a inconstância de Baby, que, essa sim, como num premeditado equilíbrio matrimonial, gosta de estudar os homens a corpo nu, estudo ao qual nem o cunhado escapou, segundo propalam línguas fidedignas.

Interesso-me por sua discutida glória e ele se aventura em confidências — a sua ânsia de fuga, o seu drama entre a cruz e a negação. Um pouco de hipocrisia não faz mal a ninguém.

16 de setembro

Pise bem com calçado Dingo! E lá me vou, contrariando a convicção publicitária do fabricante, pisando em ovos, para o encontro com Catarina, de decote primaveril.

— Que tal?

— Você não desconfiou que são iguaizinhos aos outros?

— Por acaso sou tonto, Catarina?! Comprei deliberadamente iguais. Gosto da forma, lisa, sem requififes. Gosto da cor... Servem para qualquer ocasião. Você achava-os bonitos.

— Exatamente por isso é que estranhei. Se eram iguais, por que então pediu a minha opinião? Já estavam sacramentados...

— Bobagens involuntárias... Talvez inconsciente prazer de ver você aprovar a minha indumentária...

— Vem com essa de carrinho para mim!

— Acredite se quiser.

— E não acredito mesmo!

— Mas, fora de brincadeira, estão me incomodando um pouco. Não é esquisito que sendo a mesma fôrma os pés reagem à novidade? A gente devia ter um único par de sapatos pela vida afora, sabe! Um único par, que crescesse com a gente.

— Um par de sapatos e uma única mulher, não é?

— A respeito de mulher, parece que é Flaubert que dizia que sim.

— Mas você nesse ponto não me parece nada flaubertiano...

A pergunta me cheirava a zombaria. Não caí na esparrela. Respondi sério porque calçado novo põe a gente muito séria:

— Você se lembra da seriedade com que Afonsina estreava um calçado? Era um pouco parva, não era?

— A parvoíce feminina nunca foi impedimento para você. Dagmar também era uma zebra chapada e você andou atrás dela como um perdigueiro.

— Se você dissesse bode, não diria melhor?

— Dava vômitos!

— Fugazes enganos da mocidade!.. Não eram o meu tipo...

— Você lá tem tipo! É vassoura. Qualquer coisa varre. Até uma Maria Berlini!

— Oh, Catarina, não seja injusta com Maria Berlini! Se não tem classe, tem personalidade. E as suas qualidades valem mais do que seus defeitos.

— Mas você acha que eu posso ser justa — a seu modo! com todas as mulheres com que você dormiu?

— Não estás muito abordável hoje. Que macaco te mordeu?

17 de setembro

Varsóvia ameaçada de completa destruição. José Nicácio, meio empilecado, exclama:

— Caramba! A Inglaterra assim vai rápida para a cucuia! Em menos de quinze dias já trinta e um navios no fundo!

E já os meios governamentais, e policiais, se agitam anunciando enérgica repressão aos exploradores de guerra...

A MUDANÇA 147

18 de setembro

Roberto telefonou-me hoje, telefonema indubitavelmente sugerido por Mimi. Há tempos que não o vejo. Está um rapazinho, de esgalgo porte, delicado como haste de flor, que não lembra nem Rosa nem o pai, e a falinha, suave, educada, não perdeu o doce timbre infantil. Desculpava-se por não ter me visitado na minha nova residência, logo que pudesse apareceria. É que andava como sempre doente, para variar, proibido de andar, com padecimentos renais. E, precisamente pelo repouso absoluto a que se via obrigado, pedia-me, se não fosse abuso, livros emprestados, especialmente contos e romances, que a leitura, fora o rádio, era a sua única diversão, lia sem parar, livro atrás de livro, mas não havia dinheiro para um livro por dia e a estante de Mimi, embora fornida, muito antes dessa imobilidade obrigatória fora inteiramente lida e preferia não reler nada, gostaria de novidades.

— Fique descansado que amanhã você irá receber um bom lote!

Roberto insistiu para ao menos mandar buscá-los. Sob hipótese alguma! Irá recebê-los. O que devo às primas tem que ser pago em migalhices fortuitas. Amanhã mandarei para a Boca do Mato um caixote de livros. E passei a noite fazendo uma limpeza nas prateleiras e muita almôndega literária de Ribamar, Antenor Palmeiro, Euloro e Gustavo Orlando será engodo para a fome leitora do jovem primo. Luísa apareceu armada dum pano de pó:

— É uma vergonha você mandá-los sujos assim!

19 de setembro

Consumado virtualmente o desmembramento da Polônia. Nas fronteiras da Rússia Branca e da Ucrânia, as forças soviéticas se encontram com as nazistas. Como Antenor irá me explicar a manobra? Marcos Rebich e Julião Tavares movimentam-se que nem azougue. Adonias mostra-se um tanto indiferente aos acontecimentos — será que esconde o pessimismo ou não lhes avalia a extensão?

20 de setembro

Roberto acordou. As palavras chegam sufocadas pelas paredes forradas de papel grená, mas eram terríveis, devastadoras. Durante o dia já houvera mais uma daquelas desgraçadas cenas que vinham se amiudando. Não a presenciara, pois fora brincar com os primos que moravam dois quarteirões adiante, casa onde tais fatos eram vivamente discutidos, sem criar partidos. Mas a irmã contara-lhe tudo, com os olhos vermelhos e a voz embargada. O pai não voltou para o jantar, que foi triste, pesado, sem apetite, quase sem palavras. Cedo recolheram-se todos. Era a noite de Natal.

Agora as ofensas varavam as paredes, raivosas como punhais acesos. Depois as coisas caíram no chão com um estampido que o tapete tornou surdo, e a porta bateu seca — pam! "Vai, miserável!" — e o pai descera a escada às patadas. Bateu com violência a porta da entrada e o eco da pancada respondeu no alto do corredor; os passos furiosos rangeram nas pedrinhas do jardim, bateu o portão de ferro, perderam-se os passos na noite adiantada para nunca mais.

A cabeça afunda-se no travesseiro — ficou duro, expectante, uma dor fina no coração, procurando ouvir ainda alguma palavra que o fizesse mais sofrer ainda, mas que precisasse ouvir, não quisesse deixar de ouvir. Mas nada ouviu. Um silêncio fundo, imenso, parecia ter desabado sobre ele, sobre o quarto, sobre o mundo.

Quando novamente acordou — quanto teria dormido? —, quando novamente acordou, eram grossos e espaçados os soluços que vinham do jardim. E o quarto embebia-se duma doce, mansa claridade, como se um manto de perdão viesse cobrir os objetos. Não pôde se conter. Levantou-se, caminhou, pé no chão, para a janela. Era uma noite clara, quase branca, de luar. Os quintais dormiam, banhados na luz leitosa. Os mamoeiros suspendiam o cocar por cima dos muros, espiando o sono dos galinheiros.

E os soluços subiam do espesso caramanchão de maracujá, mas o luar era tão indiscreto que fazia perceber, através da espessura da folhagem, o vulto branco desesperado de Rosa, que soluçava

A MUDANÇA

sozinha no banco de dois lugares, junto ao anãozinho de louça empurrando o carrinho de mão. Então Roberto esticou-se um pouco temerosamente e olhou para a janela do quarto da irmã — lá estava ela banhada em luar como fada que tivesse perdido a varinha de condão.

21 de setembro

"Não tenho nenhum objetivo belicoso contra a França ou contra a Grã-Bretanha", discursa Hitler no Palácio da Municipalidade de Dantzig, "mas, se a Grã-Bretanha quer a guerra, devo declarar que a Polônia não voltará a surgir como surgiu do Tratado de Versalhes. Isso está garantido não só pela Alemanha como também pela Rússia Soviética."

Antenor, Ribamar, Gustavo Orlando, que me dizem disso? Que me diz disso, Julião?

22 de setembro

Susana solicitou de Pérsio um mausoléu para o desembargador. Não sugeriu nada. Concedeu-lhe inteira liberdade, recomendando-lhe apenas que não ultrapassasse determinado preço. Pérsio é escrupuloso. Foi ao cemitério, deu uma olhada no local da sepultura, depois riscou um projeto. Era uma coisa simples e nobre. Não tinha Têmis, nem Cristo, não tinha coluna partida, nem anjo chorando, não tinha o busto do morto, nem nenhum medalhão que o lembrasse. Os Mascarenhas não gostaram e deram o encargo a um daqueles comerciantes cemiteriais, que têm loja aberta defronte do cemitério. Susana ficou em palpos de aranha. Valeu-se de mim para que Pérsio ficasse ciente da decisão dos Mascarenhas:

— Vê se me descalça esta bota. Estou com a cara no chão. Noutra não caio!

Tudo se arranjou, sem arranhaduras. Pérsio riu:

— São cavacos do ofício...

23 de setembro

Acabou-se a Polônia. Os governos da Alemanha Nacional-Socialista e da União Soviética chegaram a um acordo sobre a linha de demarcação que separará as forças dos dois países, ficando a ditadura proletária na posse de quase metade do território polonês.

Antenor, Ribamar, Gustavo Orlando, que me dizem disso? Que me diz disso, Julião?

E Marcos Rebich já conivente:

— Não se iluda, não seja sentimental. Você é sentimental... Se não fosse sentimental, já estaria há muito definitivamente conosco. É capital defender as conquistas alcançadas. Questão de vida ou morte! Aceitando as injunções, ganham tempo. Dilatando as fronteiras, põem mais caminho, põem toda a planície polaca para os invasores percorrerem na hora do *revertere*. Pense num *revertere*. Com nazistas não se brinca!

Proponho a questão a Garcia:

— Acha válida?

— Acho — respondeu depois de pensar um pouco. — Nós somos uns ingênuos, uns tolos. Quixotes...

24 de setembro

Um *black-out* eterno tomba sobre Freud no seu exílio de Hampstead. Morre com 83 anos, exatamente quando uma borrasca de complexos e recalques se desencadeia sobre o mundo. Saulo tenta catolicamente desmoralizá-lo: tinha muito do artista fracassado. Que importa? Tateio fascinado a sua obra, ora repelindo-a, ora integrando-me nela, e Plácido Martins me elucidou muita dificuldade.

— É muito importante essa história de psicanálise, não é?

— É, Luísa.

A MUDANÇA

25 de setembro

A verdade é esta: falta-me grandeza. Falta-me o espírito de tolerar a eterna tolice humana, a irremediável vaidade humana, a estupidez humana. Quantas vezes eu juro a mim mesmo não ferir mais suscetibilidades, sorrir piedoso para todas as tolices, para todas as vaidades, para toda estupidez, para o carneirismo ou para a cupidez — deixar a vida correr suave e sem barulho como máquina azeitada. Inútil! Sou bichinho rasteiro (o espelho me assegura) — e na primeira ocasião lá vai agressão sob a forma de franqueza, quando a franqueza é um mito e as minhas fraquezas são muitas, infinitas, Catarina que o diga!

26 de setembro

O mendigo despediu-se — tempo é dinheiro! E foi, muito operoso, pedir esmolas na porta da igreja.

27 de setembro

José Nicácio acendeu uma velinha no meu entendimento.

O acaso e a delação aliaram-se para que o partido — o glorioso! como ele acentua, entre irônico e sincero — ficasse absolutamente acéfalo; salvo umas bases estudantis no Rio, em São Paulo e no Recife, não houve dirigente que escapasse das grades do Oiapoque ao Chuí! A delação veio primeiro. Julião Tavares, numa reportagem para o *Observador Financista*, que jamais poderia ter sido solicitada, mas cristalinamente oferecida e recebida de braços abertos, mostrara, aparentemente imparcial e jornalístico, a engrenagem íntima da organização vermelha, sem omitir nomes e apelidos, denúncia insofismável que valeu ao repórter a expulsão que ele desejava para bandear-se, não obstante ter, após a exclusão, tombado em pranto e vômitos nos braços de Marcos Rebich, que o acolhera em casa e se batera para que fosse readmitido, tentando provar a sua inocência. E o acaso foi o de um pateta ter se deixado apanhar, com listas de nomes no bolso, nomes e endereços, e o resto foi mera rotina policial — todos trancafiados.

Sem dirigentes, a confusão partidária se generalizou. E certa rapaziada, que já não primava muito pela acuidade e pela sensatez, ficou desarvorada, tomou o acordo tático nazi-soviético como união ideológica. Os cofres da embaixada alemã, convincentemente pródigos, alijaram muita hesitação...

28 de setembro

— Quando nossos olhos se abrem para este mundo de miséria e dor, é impossível não reagir, não clamar contra tanto infortúnio. E eles querem que nos calemos, de braços cruzados, ou que façamos arte pela arte! (Gustavo Orlando.)

29 de setembro

Declarado fora da lei o Partido Comunista francês em consequência do acordo nazi-soviético. Anunciada oficialmente a capitulação de Varsóvia. Não sobrou nada! Pelo menos dos bairros judeus.

1º de outubro

Lúcio e Vera foram visitar a mãe, passeio serrano cheio de complicações, voltarão carregados de bonecas, algo ressabiados nos primeiros momentos do retorno. Domingo infindável, tênia das horas, de rádio enguiçado e preguiça de qualquer ação, como se um cansaço infinito me entorpecesse. A rede é um berço. Laurinda espicha-se sob ela, tapete de fidelidade com estremores no sonho. Lembro-me das conversas dominicais de Manduca e seu Duarte — e como tinham assunto! Chegavam claras como se não houvesse paredes nem espaços divisórios. Guerra sem restrições prometem os hunos em represália ao armamento dos navios mercantis ingleses. Teria já chegado Mac Lean ao seu destino?

A MUDANÇA

153

Que destino nos tocará? O sol se põe. A campainha da porta toca. Felicidade saíra. Luísa vai abri-la. É Aldir:

— Como é, não veio ainda ninguém?

— Ainda não. Estávamos aqui entregues às baratas — acode a Luísa responder.

2 de outubro

Aquele estranho, infinito cansaço que me selava os lábios para as perguntas do professor de colarinho sujo e filhas delirantes, faladíssimas.

— Que é que você entende por osmose?

A mosca voa. O mapa pendurado e roto. A mancha de mofo na parede de cal. Para que responder? A mosca...

— Adiante!

O róseo companheiro tentava explicar, explicou, a verruguinha mexendo na ponta do nariz lúbrico.

— Muito bem! — expectorava o colarinho de três dias. — Afinal não há só palermas nesta sala.

Sádico, caprichava nos gestos punitivos. Os zeros enfileiravam-se na pauta como colares. Quando o boletim chegava no fim do mês, o desespero habitava a minha alma — berros, ameaças, castigos — "Olhe Emanuel, preguiçoso! Olhe o exemplo do seu irmão!" Mas na aula uma ampla felicidade como gás inflando a alma — "Que é que você entende por osmose?" Silêncio! — felicidade de não responder a um homem que eu sabia ser estúpido, parcial, sujo, rotineiro, um pobre-diabo ignorante nas unhas rapaces de seu Alexandre.

3 de outubro

Garcia, meu velho, nós somos uns lamentáveis asnos sentimentais! Não compreendemos os superiores, calculados interesses da malícia, com seus avanços e recuos, com o zigue-zague das concessões; queremos dos contendores um respeito às regras que só cabe aos encontros de boxe ou aos romances de cavalaria. O teu amigo Churchill confirma Marcos Rebich — "A Rússia seguiu fria política de interesse próprio. Podíamos ter desejado que os exércitos eslavos tivessem avançado sobre a mesma linha, como amigos e aliados da Polônia, ao invés de fazê-lo como invasor, mas é evidente que os russos devem permanecer nessa linha para a segurança da Rússia contra a Alemanha nazista. De qualquer maneira, a linha lá está e foi criada uma outra no leste que a Alemanha nazista não se atreverá a atacar."

4 de outubro

Apartamento (juros e amortização)	688$000
Condomínio	60$000
Gorjeta portaria	30$000
Empregada	120$000
Luz	33$000
Gás	42$000
Telefone	40$000
Armazém	180$000
Açougue	80$000
Quitanda	110$000
Leite	30$000
Padaria	50$000
Lavadeira	50$000
Lavanderia	60$000
Farmácia	90$000
Colégio	80$000
Tapeçaria (prestação)	330$000
Isolatex Ltda. (prestação)	120$000
Lar da Criança	5$000
Aliança dos Cegos	5$000

A MUDANÇA

5 de outubro

Os soviéticos progridem na sua rede de influência. Ratificado o tratado russo-estoniano, logicamente mais para os russos do que para os estonianos. Gustavo Orlando vive num vaivém entre Rio e São Paulo. Vai se ver, não é nada do que se pensa — é rabo de saia.

6 de outubro

Há ofensivas de paz de ambos os lados, balões de ensaio para sondar as debilidades recíprocas. Mussolini, soprado por um espírito-santo-de-orelha, tem suas propostas pacíficas, mas aguardará o momento oportuno — não serão lançadas com precipitação, e sim quando existir probabilidade de acordo por parte dos beligerantes, dado que os estadistas ingleses e franceses, conforme se externam, não se mostram dispostos a aceitar a paz tão prontamente. E espera-se com ansiedade, hoje, a palavra de Hitler, que formulará um apelo em prol da paz e salientará a solidariedade da Alemanha, Itália e União Soviética.

7 de outubro

Cinema enfastia, mas Luísa gosta. Na verdade não chega a ser um sacrifício. No jornal falado temos a gesticulação de Hitler, a formação militarizada da massa ouvinte, o mundo de pendões suásticos. E o iluminado falou em paz ontem. Mas falou como quem quer mesmo é a guerra. "Se, não obstante, prevalecer a opinião de Churchill e de seus partidários, combateremos. Não haverá outro novembro de 1918 na História da Alemanha, nem voltará a Polônia a surgir de Versalhes." Pois não ignora que tem pela frente a obstinação britânica que pesa mais que tudo.

8 de outubro

Vi-a de relance, numa esquina. Não me viu. Ia saltitante, fagueira, esvoaçando sedas. Onde Maria Confeito gostaria de viver? No país dos espelhos. Euloro Filho também.

9 de outubro

Pobre Maria Confeito, que se considerava irresistível!

10 de outubro

De acordo com o tratado entraram em território estoniano as primeiras tropas russas, ao mesmo tempo que se iniciavam as negociações entre a Rússia e a Letônia.

....

Saulo Pontes me disse que somente esta semana leu *A estrela*, leu-a atentamente como merecia a minha amizade e o próprio livro. E mais atentamente eu o ouvi. Se reconhece nele qualidades invulgares, acusa-o de um estado de "fronteirismo", que o repugna. Não explicava bem o que fosse fronteirismo e a mim me repugnava perguntá-lo. Vivemos agora sob uma chuva de invenções em "ismo", o vocabulário crítico-literário insuficiente para definir os casos e, na maioria das vezes, os vocábulos criados ficam girando numa estreita órbita de iniciados.

11 de outubro

— Você viu? Seguro morreu de velho! O secretário da Guerra anunciou a criação de um programa de adestramento de campanha para sessenta e tantos mil soldados do exército regular. Em tempo de paz, isso não tem precedente na vida dos Estados Unidos! (Ataliba.)

— Quero que atinja os seus fins a causa que eu defendo, porque ela é justa e saberei conduzi-la à vitória. (Daladier.)

A MUDANÇA

— Estou resolvido, no caso de ser rejeitada a minha proposta de paz, a iniciar a luta e a combater até o fim! (Hitler.)

— A alternativa é clara: ou o governo alemão deve oferecer provas convincentes da sinceridade de seus anelos pacíficos, mediante garantias efetivas de sua intenção de cumprir seus compromissos, ou nós deveremos perseverar em nosso dever até o fim! (Chamberlain.)

— Essa história de "anelos" está gozada, não? (Pérsio Dias.)

— O presidente é timoneiro arguto. Nas conturbadas águas internacionais, saberá tomar a rota neutra e segura que melhor convenha aos supremos interesses do Brasil. (Lauro Lago, na *Hora do Brasil*.)

— Getúlio é timoneiro. Getúlio sabe o que faz. (Manduca, que já não conversa mais com seu Duarte.)

12 de outubro

Viva nós! Maria Lenk, na piscina do Botafogo, derrubou o recorde mundial dos 400 metros nado de peito. Fez todo o percurso em estilo *butterfly*. Lourenço assistiu:

— Foi um colosso!

— Como é esse tal estilo *butterfly*?

— Assim! — e ele, como se nadasse, cruzou o saguão do apartamento, com a novidade de uma lareira decorativa, explicando.

Zuleica acompanhava-o com olhos marotos. Na rua, Luísa se abre:

— Eu acho essa gente toda muito fingida.

13 de outubro

— Embora os Aliados suponham que estejam preparados para se contrapor a qualquer ofensiva alemã — me diz Natércio Soledade num canto de livraria —, admite-se em Londres que, em virtude da aproximação do inverno, é possível que não sejam realizadas ações de grande envergadura por parte do exército franco-britânico.

— Supõem que estejam preparados para resistir aos alemães? Ah, ah, ah! Vão ter uma surpresa de encafifar! — zomba Gerson Macário, entrando na conversa.

— Você entendeu o artigo do João Soares? Eu não entendi patavina! Aliás, nunca entendo as linguagens de Cassandra. Sou rigoroso partidário do dois mais dois, quatro — Cléber Da Veiga, sobraçando um volumoso tratado de economia política em espanhol.

— Quem ouve você falar há de pensar que você é um espírito matemático... — José Nicácio, sóbrio e ostentando roupa nova.

14 de outubro

Leve atrito de vizinhos por causa das plantas de Luísa, que ao regá-las respingava inadvertidamente na varanda alheia, com patinhos de louça num voo estático em fila indiana na parede. O tríplice Garcia — porque Garcia é, mais que Garcia, soma ou símbolo — pôs em mim os plácidos olhos azuis:

— Por essa e outras é que eu digo: se quiser viver em paz com os seus vizinhos, não se dê com eles.

— Faço o possível. Mas no caso não se trata de se dar, trata-se de regar. A vida de apartamento requer a podação de muitos hábitos, impede um pouco a jardinagem das varandas, limita a ação dos regadores... Mas venha cá — você não se dá com os seus vizinhos?

— Bem, eu me dou com todos... — ri.

— Ainda bem que confessa.

— Eu nunca neguei as minhas fraquezas.

— É indireta?

— Não. É direta!

— Engraçadinho!

Arrematamos a exposição da festejada glória tradicionalista com um rodar de olhos (interiores de convento, negros velhos pitando cachimbo, mais interiores de convento) e saímos desolados.

— O mundo em chamas e esses serafins tocando harpa!

— É espantoso, não é?

A MUDANÇA 159

— Eu já não me espanto de nada mais. Ou você por acaso acha-o inferior ao Marcos Eusébio? Apenas que Marcos é mais maneiroso, mais hábil, mais velazquiano, já viu coisas que este pobre-diabo não viu.

— Não sei de matéria mais impermeável à luz do que um cérebro humano. São precisos séculos para a mais refulgente verdade vencer um milímetro da sua treva hostil. Estranho bicho é o homem, não é?

— Estranho bicho é a mulher.

E, precisamos dizer, Garcia está apaixonado.

15 de outubro

Torpedeado o *Royal Oak*, poderosíssimo encouraçado, cujo papel nos derradeiros dias da guerra de 1914 foi proeminente. É a segunda baixa importante que sofre a orgulhosa Armada Real. A primeira foi a do porta-aviões *Courageous*. Em ambos sinistros morreram marinheiros em penca. O Almirantado, ao comunicar a perda, não indica o local onde o afundamento se deu e que missão cumpria a belonave.

Garcia sofre na carne esses golpes assestados contra a armada insular. Gasparini, embora também afetado, não deixa de fazer seus comentários jocosos:

— Você de tanto trabalhar com os bifes ficou meio bife. Freud explica isso.

16 de outubro

Garcia está apaixonado, apresenta os sintomas lunares da condição, mas não o confessa, bicho de concha que é. Francisco Amaro, com as suas mineirices, classifica-o de "enrustido".

17 de outubro

Ouço de Adonias, que nos últimos dias vem se mostrando mais interessado na situação europeia:

— É crença nos círculos observadores de que a Alemanha está agora concentrando forças aéreas e submarinas para golpes fulminantes contra a frota inglesa. Os peixes vão se banquetear!

Fritz, presente, sorri. E Adonias:

— Veja o sorriso dessa esculachada Mona Lisa! Não é sem razão que os alemães dizem que gato, que nasce dentro de forno, não é biscoito.

18 de outubro

Causou sensação na Câmara dos Comuns a revelação de que o *Royal Oak* fora torpedeado dentro da própria base naval de Scapa Flow, onde já antes, depois do Armistício de 1918, os alemães autoafundaram toda a esquadra aprisionada.

— É de se botar as mãos na cabeça! — exclama Garcia.

Antenor, Gustavo Orlando, Ribamar e Julião gastam sorrisos. Gerson Macário passa provocadoramente no barzinho da Rua da Assembleia:

— Está valendo uma rodada por minha conta!

Felizmente que Gasparini não estava, senão haveria banzé. E Adonias com bonomia:

— Aceito, como não aceito? Mande encher os copos. Tempo virá que tocará a mim, ou melhor, que tocará a nós — não é, pessoal? — oferecer a nossa chopada. Mas sente-se. Beber de pé não é do ritual. Quem bebe de pé é moleque em botequim, e não é chope, é cachaça. Ou será que tem algum inconveniente no rabisteco...

19 de outubro

Depois de apertar a mão do comandante e as dos tripulantes do submarino que torpedeou o encouraçado *Royal Oak*, o chanceler Hitler disse textualmente: "Vós conquistastes uma vitória no mesmo lugar em que a frota alemã foi um dia entregue por um governo débil, animado da ilusória esperança de que algum dia a recuperaria, e onde um almirante alemão salvou esta frota da vergonha."

A MUDANÇA   161

E o *News Chronicle*: "Seria loucura não admitir que os fatos, tal como os conhecemos, não são de molde a causar inquietações, sendo lógico que o país deseje ser tranquilizado no sentido de que não se repetirão. Entrementes, isso serve para lembrar que estamos enfrentando um inimigo acerca do qual não devemos descuidar."

21 de outubro

Em grande atividade, a aviação alemã sobrevoa a costa da Inglaterra. Pedro Morais não acredita que a aviação já possa resolver uma guerra, mas que minará o adversário, isso não resta a menor dúvida. Sabe lá o que é de desmoralizante uma chuva permanente de bombas sobre as cidades indefesas? O pânico, a desorganização, as nevroses que criarão?

23 de outubro

Três vezes por semana Luísa sai da repartição e vai para o curso, cujas aulas entram pela noite. Chega tarde para jantar e a ordem é não esperar por ela. Não esperamos, mas faço companhia à sua refeição solitária. As noites de entremeio ficaram partidas como laranjas — eu, na sala, com amigos, com música ou com livro na mão, ela, no quarto, queimando as pestanas, mordendo o lábio inferior diante de bicudas questões. De quando em vez, vou até lá como cordão umbilical que nunca se desprendeu da matriz:
— Que é isso?
— Contabilidade Industrial. Não sabia nada!
Quando fecha os livros é que eu me instalo na mesinha para as minhas lucubrações. A luz do abajur não a perturba, nunca a perturbou, dorme, cansada, profundamente, e não sinto remorsos. Ao ritmo do seu arfar, vou compondo as minhas coisas.

25 de outubro

Glosou-se o mote de Ribbentrop, discursando em Dantzig: "A Alemanha e a França não deviam se unir. Isso não toleraria a política britânica que, conforme o seu costume, semeia discórdia entre os povos em seu proveito próprio."

Depois, Pérsio exigiu música:

— Para ventilar o ambiente — disse.

— Apoiado! Chega de miserabilidades. — E Gasparini adverte:

— Mas não me venham com essas cacofonias que vocês fingem entender. Comigo não pega! Música é melodia.

— É uma coisa dolorosa a burrice extrovertida! — e a minha vontade foi botar a coisa mais gritante de Varese. Mas sofreei o impulso e pus a Bachiana nº 5, que transportou as almas para outras alturas, menos a de Nilza, terrena como um sapo.

26 de outubro

O tema da noite: pela primeira vez, desde o início da guerra, as forças aéreas da Grã-Bretanha efetuaram um voo de reconhecimento até o coração da Alemanha, enquanto o exército germânico, segundo informa o serviço secreto francês, já ultimou a sua gigantesca obra de concentração e organização, pronto para lançar-se à maior das ofensivas que já viu o mundo.

28 de outubro

Sua Santidade Pio XII empenha-se em agradar as facções do mesmo lado, o que plenamente consegue. Na sua encíclica, que considera mais uma carta pastoral do que um documento político, faz o que atende substancialmente às inclinações de Saulo, Adonias e Cléber Da Veiga, severa censura à doutrina política do totalitarismo — "o conceito pelo qual se outorga ao Estado uma autoridade ilimitada não é simplesmente um erro prejudicial para a vida inteira da nação, sua prosperidade e o desenvolvimento de seu ordenado bem-estar, mas também afeta do mesmo modo as relações entre os povos, enfraquece a unidade nacional da sociedade, infringe os direitos de outros povos e impede a convivência pacífica". Com vistas a Martins Procópio, Altamirano, João Soares, Helmar Feitosa e quejandos é o trecho: "A paz de Cristo

A MUDANÇA 163

foi restabelecida na Itália em um amanhecer de fraternal união entre a Religião e a autoridade civil."

1° de novembro

Graças a Todos os Santos — um momento de beleza em pleno caos! Premiado Marcos Eusébio nos Estados Unidos com o óleo *Mater*. Terceiro lugar entre artistas de 78 países.
Aldir conhece o quadro — é de arrancar lágrimas!

2 de novembro

Naquele novembro de 1918. Dois quilômetros a pé, pelas ruas de mormaço, sem bondes, sem automóveis, sem ninguém para fazer compras. Não havia leite, não havia pão. A quitanda estava fechada. O armazém aberto, mas abandonado, com altas pilhas de latas de banha e azeitonas. Os oitizeiros dum verde baço, com pardais. E o coração pequenino. E o eco dos passos como numa casa sem móveis. E os gemidos que vinham da casa de cômodos. E a fétida, pavorosa esquina com a fileira de cadáveres estendidos na calçada.

3 de novembro

E somente eu escapei à gripe. Papai — olhos pequenos e brilhantes, que a miopia fazia tristes — passou muito mal e, muito nervoso, ante a possibilidade da morte, tomou atitudes dramáticas que doutor Vítor condenou: despediu-se de todos, conversou demoradamente com Ataliba, deu conselhos, fez uma espécie de testamento verbal.

Perdemos tio Gastão, nosso único tio, o engraçado, o boêmio, que, num hospital de emergência, numa escola pública da Praça Onze, alucinado pela febre, atirou-se dum segundo andar à rua, e nós só o soubemos quando já estava enterrado na vala comum, que nunca foi possível localizar. Vivia na Rua de Sant'Ana com uma pobre moça que fazia da humildade uma arma agudíssima. Magra, de luto fechado (o véu de crepe chegava-lhe até os pés),

164   MARQUES REBELO

falando muito no morto, dizendo-se de dois em dois minutos uma desgraçada, explorou-nos durante um ano. Papai arranjou-lhe dois empregos; o primeiro recusou, e o outro largou ao cabo de uma semana. Papai, então, falou-lhe seriamente. Sumiu para sempre da nossa vida.

4 de novembro

A água entrou em período de escassez absoluta. Da nova adutora, que virá de Ribeirão das Lajes, empreitada de que Altamirano foi mola mestra como intermediário, nem sombra! O povo se desespera e, como censura é torniquete muito relativo, as latentes forças antiditatoriais aproveitam a deplorável ocorrência para demonstrar a sua existência e inconformidade, e os jornais conhecidos como contrários à situação, e refratários à publicidade remunerada do DIP, abrem uma ofensiva que os amordaçadores da opinião pública não podem conter, pois ladinamente não se toca no Estado Novo, clama-se somente contra a carência do líquido e a incapacidade técnica e moral da companhia expressamente fundada para a construção das novas tubulações — um legítimo panamá!

A vergonheira é tal que a ditadura sente que precisa dar uma explicação, como se explicações substituíssem a água carente ou absolvessem os culpados. E a quem encarrega de fazê-lo? O ministro da Viação e Obras Públicas? O diretor do Departamento de Águas da prefeitura? O próprio prefeito? Não! Foi escolhido como muezim o ministro da Educação... E o ministro, tão avaro de escolas, outra espécie de sede que sofremos, explica ao povo, através de jornalistas convocados, por que não foi cumprido o contrato do novo fornecimento d'água. Há razões de força maior cabalmente demonstráveis, diz, sem que claramente as apresente, já porque são escuras, já porque o próprio ministro não é um primor de lucidez, embora notoriamente probo, se, como o agride Cléber Da Veiga, limitamos a probidade a uma questão de roubo, de desvios, de negociatas. Há a estiagem de proporções realmente excepcionais, ajunta, como se não fosse para superá-las que se constrói a nova linha adutora. O governo

A MUDANÇA

deseja e espera, prossegue o esforçado porta-voz, que tais coisas sejam compreendidas. Mas é difícil que o povo compreenda uma ladroeira encampada pelo governo, sem possibilidade de gritar contra ele, se a imprensa está bloqueada, se não há contingentes políticos de oposição, se há leis que protegem a segurança do Estado e nelas com facilidade se podem enquadrar todos os gritos rebeldes, até mesmo certos gemidos.

Mas o atraso não seria demasiado, termina, pacificante, o engrolado ministerial — dentro de seis meses e a água seria abundante, pois que medidas severas estão sendo tomadas para terminação da obra. Confiança no governo, pedia. Confiança no espírito patriótico do Chefe da Nação!

Esperemos de bica seca e polícia ativa. Todavia diante de tal falação, diante da falência dos recursos naturais, o cardeal decidiu, com muita oportunidade e cumprindo a missão tradicional da Igreja, apelar para a proteção divina, e determinou que todos os vigários dos templos cariocas façam suas preces rogando a Deus para que chova.

— Vai ser um chuá! — ri o incrédulo Gasparini.

11 de novembro

Sabatina:

Domingo, 5. Os grandes negócios! Abertos aos beligerantes, sem distinção, os mercados de materiais bélicos estadunidenses. Ascende a 500 milhões de dólares o cálculo das ordens de compras imediatas.

Segunda-feira, 6. A falência da fé. Os céus se mostram de ouvidos moucos às preces do cardeal e dos vigários. Nenhum pingo de chuva caiu sobre a cidade.

Terça-feira, 7. As grandes medidas! "Embargo moral" para as nações acusadas do emprego de métodos de guerra desumanos. Fabricantes de aviões declinam de vendê-los para o bombardeamento de povoações civis.

Quarta-feira, 8. Almoço com Catarina. Em paz, porém prontos para a guerra! — declara o marechal Voroschilov. Sem perspectiva de êxito o apelo de paz dos soberanos da Holanda e da Bélgica. Julião e Antenor não param do Rio para São Paulo e de São Paulo para o Rio como lançadeiras. Que tecido tecem? Seda, chita, zuarte? Tecem o jornal, jornal que defende a aliança política russo-germânica, folha de precária duração, vaticina Adonias, dada a precariedade da linha que a determina.

Quinta-feira, 9. Momentos após ter abandonado a Cervejaria Buergerbrau, em Munique, local onde foi ontem celebrado o aniversário do *Putsch* de 1923, ocorreu uma explosão no sótão, cujas causas são ainda desconhecidas. Houve seis mortos e sessenta feridos, porém Hitler saiu ileso da cervejaria. Afirmara na sua oração que "mesmo que a guerra dure cinco anos, a Alemanha não capitulará". E enquanto isso, Maria Lenk se fazia recordista mundial também dos 200 metros nado de peito, sempre em estilo *butterfly* — avante, Brasil!

Sexta-feira, 10. O atentado havia sido cuidadosamente planejado. Não fosse a circunstância fortuita de haver sido antecipada a hora da partida, também Hitler teria tombado e com ele vários dos seus lugares-tenentes. Garcia lastima não ter lido o jornal de Julião e Antenor, porquanto gostaria de saber como descreveu a tentativa.

Hoje. O mundo das providências! Elevado o nível das águas nos diques holandeses para uma inundação imediata. Acelerada a construção de fortificações em todos os pontos do território belga, onde os alemães poderiam tentar repetir a invasão de 1914. Aprovisionamento de perfumes franceses por parte da previdente Baby Feitosa.

12 de novembro

— É o resto de 1918. Que sobrará de nós depois? (Rodrigues, que passou uma semana no Rio a caminho do Espírito Santo, onde vai examinar uma usina elétrica.)

— Não há mais homens! Paulo de Frontin botou água no Rio em sete dias! Oswaldo Cruz em poucos meses exterminou a febre amarela! Pereira Passos, o grande Pereira Passos, em dois anos transformou a fisionomia da cidade! (Oldálio Pereira, que reformou inteiramente seu gabinete dentário.)

A MUDANÇA

13 de novembro

João Herculano — mais um milímetro e seria uma caricatura.

15 de novembro

Luísa espia da cama a minha diligência noturna, como se perguntasse: Para que escreve tanto? Por que não dormir se dormir é tão bom?

Sim, para que dobrar-me tanto tempo sobre o papel inocente? Por que não me refugiar no sono? Que interesse poderá ter a massa heterogênea de acontecimentos que anoto?

16 de novembro

Pondero e forço a resposta:

— Luísa, um homem hoje não tem limites. É coisa interessada, aberta e atenta a todos os movimentos universais. Um homem...

E aí permaneço, enrascado, atrapalhado, matéria apenas para uma anotação a mais.

17 de novembro

Não compreendi o que queria dizer Plácido Martins, que veio ao Rio, por um dia apenas, muito temeroso do calor:

— Os primeiros dias de permanência num lugar que não conhecemos, mesmo que para ele tenhamos ido em caráter de salvação, e levando uma forte reserva de esperança, são amplos e fecundos, palpitantes de riqueza. Porém, à proporção que nos aclimatamos, que nos identificamos com os costumes e com a paisagem, quando já pertencemos mesmo àqueles costumes e paisagem, principiamos a sentir que os dias se encurtam. Quem ama a vida se espanta e se inquieta com tal fugacidade.

18 de novembro

Desde que a Alemanha conquistou a Tchecoslováquia e criou os protetorados da Boêmia e da Morávia, vêm se verificando manifestações nacionalísticas sem maior significação, mas nos últimos dias os ânimos se acenderam e os estudantes lançaram-se às ruas para exteriorizar seu desejo de restabelecimento da liberdade. Em consequência, Praga viu-se de súbito ocupada militarmente, foram fechadas as escolas por três anos, efetuadas duas mil prisões e nove estudantes passados sumariamente pelas armas, fazendo pesar sobre os intelectuais a responsabilidade de insuflarem a insubordinação. "Isso poderá parecer severo", reza um comunicado nazista, "mas é absolutamente necessário, considerando-se que a Alemanha se encontra em estado de guerra. É impossível, na atual situação, permitir que o povo tcheco seja contaminado por alguns exaltados." Também para os soviéticos o intelectual é um ser suspeito, que deve ter bitola marcada e estreita para trilhos e não participar do poder, assunto de confiança e sólida determinação, vedado aos sonhadores e ventoinhas, apesar de todo o controle retificador das autocríticas.

19 de novembro

Luísa me arrastou para *O mágico de Oz* no cinema do bairro, sob um calor de matar. A mulherzinha da frente não parava com a cabeça um minuto sossegada e, por entre as brechas daquele pêndulo piloso, engolfei-me no reino da Carochinha, cantado, bailado e colorido, até me perder nas noites encantadas do Trapicheiro, a voz de mamãe, suave e compassada, contando histórias ao mesmo tempo que costurava, fazendo pausas para trincar a linha, ou para molhá-la na língua e enfiá-la, certeira, no buraquinho da agulha, objeto perigoso e traiçoeiro que, conforme nos acautelava Mariquinhas, podia enterrar no corpo da gente e nele caminhar até encontrar o coração e nos matar. Não eram muitas as histórias, mamãe tinha o repertório reduzido — "O sargento verde", "A moura-torta", "A bela adormecida no bosque", "Chapeuzinho

A MUDANÇA 169

Vermelho", "O príncipe encantado", "João da Mata e seu cão Piloto"
—, todas ouvidas da negra Esteva, escrava que a criara, e de que
nós só conhecíamos a terna, filial memória e a esfumada fotografia
tirada na Corte — a bata rendada dos dias de festa, o cordão de
cristal dando três voltas no pescoço, os seios como odres, a cara
de lua cheia, a carapinha rente e inteiramente branca. Não eram
muitas, mas mamãe sabia contá-las como ninguém, renovando-as
cada vez, enriquecendo as descrições, diferenciando as falas, empregando ou inventando onomatopeias, cantarolando passagens
rimadas, valorizando os episódios culminantes com a propriedade duma atriz consumada. Cristininha arregalava os olhos, não
entendendo muita coisa. Nós não perdíamos uma palavra. Papai,
da cadeira de balanço, o jornal abandonado sobre os joelhos, por
vezes ficava a ouvi-la com beática atenção. E ela terminava:

— Entrou por uma porta, saiu pela outra, quem quiser que
conte outra...

— Conte outra, mamãe! Conte mais outra! — implorávamos.

— Não. São horas de dormir.

Obedecíamos. O carrilhão desenrolava a sua música — nove
horas! — como hoje na minha parede. Madalena e Cristininha
tinham prioridade no banheiro para os atos, acompanhados de
risotas, da higiene noturna. Vestindo a camisola de dormir, que
batia nos pés, eu e Emanuel aguardávamos o nosso turno. E nas
noites de histórias o sono não me vinha logo. Devaneava. Era
príncipe, pajem, cavalheiro bem-fadado, vestia-me de ouro e
prata, calções de veludo, manto de brocado, enfrentava dragões de
lança e espada. Fadas me protegiam, varinhas de condão faziam
brotar do chão milhões de coisas maravilhosas. Repartia minhas
riquezas com Elisabete, sempre princesa, libertada por mim das
garras de um feiticeiro ou saudosamente me esperando com lenço
e lágrimas nas ameias dos torreões.

E Luísa na espera do bonde:

— Por que está tão calado? Pensando coisas?

Pensava na frustrada tentativa de escrever histórias para
crianças imitando a cadência daquela mente inculta, mas pura
e sensível, páginas que rasgara em mil pedaços, como deveriam

ser rasgadas as flores artificiais, em votiva homenagem ao que, por natural e simples, não poderia ser imitado.

— Não. Não estou pensando em nada, ou melhor, estou me lembrando de histórias da Carochinha. Histórias que me contavam quando era pequeno.

— Quem contava?

Parei um instante:

— Esteva. Uma velha empregada que tivemos.

— Esteva? Você nunca me falou nela.

— É tão comum a gente esquecer de falar em coisas que se amou...

— Mas ela era uma "coisa"?!

— Não era? Gostaria que você tivesse razão.

— Não compreendo.

— Para que compreender, se eu mesmo não compreendo nada!

20 de novembro

Lei marcial na Tchecoslováquia e mais fuzilamentos. Emborca um caminhão militar no Paraná e Dagmar fica viúva.

21 de novembro

Dagmar... Na varanda de cadeiras de vime, e lá dentro os pais ouviam ópera na ortofônica, estendia o pé dourado, pousava-o nas minhas pernas. Coça — pedia. E eu obedecia. Coçava a planta brandamente áspera, os artelhos com a insignificante calosidade, o tornozelo, subia para a barriga da perna, macia, depilada, alcançava o joelho... Ela sabia que iria mais adiante — o movimento inicial não fora mais que provocação — e previne:

— Cuidado com os vizinhos!

— Se tiverem de ver, já viram. Não tenho olhos atrás.

— Mas depois quem fica falada sou eu. — E não tirou o pé cujo calor me intumescia.

O destemor feminino! Aldina pedia, ciciante, que pisasse com cuidado, que o cimento era pior do que despertador. E eu me

A MUDANÇA 171

esforçava, levava um tempo imenso, o coração batendo rápido, para transpor a entradinha cimentada de serviço, que conduzia ao seu quarto no fundo da casa. Atingia a pequenina alcova, embrulhava-a nos braços ansiosos:

— Se um dia dona Eunice acordar, que vou fazer?

— Você foge ligeiro. Eu digo que era um gatuno.

22 de novembro

O correio me trouxe um cartão-postal de Emanuel, com vista parcial e colorida de Haia, e agradecendo, na sua letra gordinha e esmerada, a remessa do meu segundo livro. Para a sua crítica fraterna, cartão-postal bastava. Achou-o "curioso e prenhe de inspiradas reminiscências". Ao primeiro (cartão com vista panorâmica do porto de Bordéus), achou-o "bastante interessante, apesar do fim trágico e inverossímil e de certas impropriedades psicológicas". E desculpava-se em ambos de que Glenda não pudesse apreciar os livros do cunhado por não compreender o português.

Meus dramas familiares... O melhor, o mais gostoso, o mais caro, era para Emanuel. Emanuel era o bom, o inteligente, o ajuizado, o que ia dar troço na vida, sucesso no qual apenas tio Gastão não acreditava e não escondia — o que esse garoto vai ser é um vasto cretino!

23 de novembro

A preferência, seja dito, nunca foi um ato manifesto. Era nas sutilezas, nas conotações. Com Mariquinhas é que se tornou ostensiva. Faltava-lhe o senso de saber esconder a parcialidade. Emanuel recebia tudo com calculada frieza, como se não percebesse a preferência, ou como se sentisse com legítimo direito a ela — prêmio que seus dotes autorizavam. Também não protestava, encastelando-me num silencioso e enriquecedor desprezo. Madalena é que reagia uma que outra vez, em pura perda aliás.

24 de novembro

A adição nossa de cada dia nos dá hoje: mais navios a pique, mais submarinos destruídos, mais aviões derrubados, mais fuzilamentos na Tchecoslováquia, mais correria armada para as fronteiras, mais desconfiança, mais ódio, mais lágrimas, mais desespero, mais desesperança.

25 de novembro

Habituemo-nos também a não manter ilusões. Não sou nada, nada absolutamente. Mas sei perfeitamente quem é grande e quem não é.

26 de novembro

Protestam Dinamarca, Suécia, Japão, Itália, Bélgica, Holanda e Noruega, não obstante ingleses e franceses prosseguem no seu plano de apreensão das exportações alemãs, ou para a Alemanha, em alto-mar. João Soares deita um artigo cujo único móvel é incompatibilizar Jacobo de Giorgio com os escritores brasileiros, embora o nome de Jacobo não apareça. E Saulo me diz:

— Eu sempre achei esse rapaz muito safado!

27 de novembro

Feira de Amostras. Aquela coisa de sempre, roceira, mas pretensiosa. Nenhuma indústria básica, importante, fundamental. Tudo lataria, pastas de dentes, sabonetes, leite condensado, cera para assoalho, pirâmides de gordura de coco, fileiras de garrafas de água mineral, primarismo industrial que o ditador passava em revista risonho, levando uma malta a reboque.

Garcia para:

— Bem, isso não se pode dizer que não seja uma indústria pesada...

Estava diante de um estande de cofres. Luísa sente os pés fatigados:

— Por que não fomos a um cinema?

E, em casa, encontrei carta de Francisco Amaro, palavras confiantes na prosperidade das suas indústrias. Passei a missiva a Garcia:

— Leia. Em alguma coisa estamos errados. As coisas marcham. Temos de aprender fazendo sabonetes, escovas, chitas vagabundas.

28 de novembro

Do calendário cívico: romaria aos túmulos dos militares mortos durante o levante comunista de 1935, com prévia e caprichada contribuição do DIP. Louvações necrólatras e edificantes de frei Filipe do Salvador, Altamirano e Camilo Barbosa na imprensa matinal, a quem fazem eco Martins Procópio e Luís Pinheiro na imprensa vesperal.

Pérsio Dias compareceu depois do jantar com um presente, a gravação do *Samba* de Alexandre Levy feito expressamente para a Feira Mundial de Nova York.

— Muito obrigado! Onde você arranjou?

— Me deram.

— Mas quem deu?

— Um amigo que tenho na fábrica gravadora. Como sabe, não irá ao mercado. Dizem que peças dessa ordem não têm mercado... É trabalho especial para a Comissão da Feira. Lá sim serão distribuídos.

Embora inferior ao *Tango brasileiro*, é obra que reflete o nosso nacionalismo musical do século XIX. Felizes americanos que podem ter o melhor que temos e que nos é negado por razões comerciais de um estreitismo burral e criminoso!

30 de novembro

Entrou muita areia nos entendimentos russo-finlandeses, pensa José Nicácio. Hoje, o rompimento das relações diplomáticas mostra que sim. Mas tal decisão não implica em guerra, é a impressão dos comentaristas e dos círculos governamentais de Helsinque.

1º de dezembro

Mal-informados uns e outros. Com violento ataque combinado por terra, mar e ar os russos invadiram a Finlândia, que ofereceu tenaz resistência.

E o apartamento também sofreu uma invasão, legiões terríveis de moscas. Apura-se a razão e Pérsio é quem descobre. Provêm do estrume da reforma dum jardim mais adiante, jardim de amplas dimensões cercando um velho palacete, cujos proprietários prudentemente estavam fora. Tal como os finlandeses, aprestamo-nos furiosamente para a defesa e exterminação. Felicidade se porta, na emergência, como verdadeira heroína.

2 de dezembro

Sillanpää é o Prêmio Nobel deste ano, e *Santa miséria*, que revela dramáticos aspectos da luta contra o gigante moscovita, deve ter influído mais na escolha do que toda a extraordinária obra do escritor finlandês. O monumental Roger Martin du Gard foi o escolhido de 1937. Entre um e outro houve a premiação do lixo pietista e missionário de Pearl Buck. Assim é o julgamento das Academias. E a paciência é que pode não ter prêmios. Desisto de saber de Garcia os amorosos segredos do seu coração.

9 de dezembro

Sabatina:
Domingo. Caiu o governo finlandês e o novo não pediu armistício, resolvido a não capitular. Os russos, porém, constituíram

A MUDANÇA 175

um outro governo na cidade de Terioki, reconhecido pela Rússia, em oposição ao de Helsinque. Chamam-no de governo popular da Finlândia.

Segunda-feira. Roosevelt denunciou a Rússia por animar a propagação da política de força, um "desenfreado desrespeito ao direito". E o papa fala contra a disseminação do comunismo.

Terça-feira. Susana vê derreter o seu sarau pelo calor. Que amigos baldos de observação junta à roda de si! É a casa mais fresca que eu conheço, cercada de arvoredo, beneficiada pelas reservas florestais do Cosme Velho. No entanto, às moscas. Mas Susana repete com unção as palavras papalinas. E, tomado de singular preguiça, limito-me a ouvir. Se houve intenção de me provocar, perdeu o seu tempo. E com que emoção exaltava a querida amiga a luta que os finlandeses sustentam, recapturando posições, armando contraofensivas.

Quarta-feira. Pacto de assistência mútua entre a Rússia e o governo popular da Finlândia. A agência oficial alemã insinua que a Inglaterra obrigou a Finlândia a manter sua atitude de intransigência para com a Rússia, e o jornal de Julião e Antenor, no seu editorial, gasta uma renda sutil de argumentos anglófobos.

Quinta-feira. Dois mil mortos, oitenta tanques e sessenta e quatro aviões, tais são as perdas soviéticas em três dias na Carélia. Como quem tem barbas deve pô-las de molho, a Suécia se mobiliza parcialmente. E a exposição de Nicolau tem dado o que falar. É uma época, escreve Mário Mora — pode-se falar na pintura brasileira antes e depois de Nicolau.

Sexta-feira. Quinze mil russos entregaram-se aos finlandeses, anunciam os jornais. Como anunciam derrotas sucessivas dos soviéticos. E tanta derrota, tanto comunicado russo informando derrotas faz com que Garcia me diga: "É tão insistente a coisa que me parece propaganda russa. Fazerem-se passar por fracos, ineficientes, facilmente conquistáveis. Você não pensa assim não?" (Não pensava, mas vou pensar.)

Hoje. O saco de gatos! Apregoa-se nova derrota bolchevista. A França promete auxílio e completo apoio à Finlândia, que faz um apelo à Liga das Nações. Na Itália reafirma o Partido Fascista a fortaleza do eixo Roma-Berlim, com enérgicas entrelinhas de advertências à Rússia. Lauro Lago faz declarações sibilinas como porta-voz da ditadura. E numerosas prisões são efetuadas pela polícia, numa batida a várias células comunistas, nas quais foi apreendido todo o material de propaganda dos extremistas. Numa das células encanaram mais uma vez Helena, a incorrigível.

10 de dezembro

Como é difícil me aceitar e tenho que viver assim!

11 de dezembro

Visito Aldir no escritório pela primeira vez, sala ampla, na Cinelândia, de rasgada janela para o mar, com um banheiro espaçoso e completo. Não houve insistência, mas demonstrou empenho que eu visse o projeto e a maquete duma casa de campo a ser construída em Teresópolis, retiro para fim de semana e veraneio de um advogado da Caixa Econômica, que nela obtivera financiamento.

Ver a toca é conhecer o bicho. Imperava o asseio, a ordem, o requinte, esse requinte que não parece requinte, parece o natural das coisas. Vasos de flores, o conjunto de armas e artefatos indígenas, os escolhidos desenhos nas paredes, desenhos de Goeldi, de Nicolau, de Guignard, o de Guignard dum primitivismo meticuloso e infantil, as estantes pejadas de bons livros, a coleção de revistas técnicas, a cabeça de Aldir, obra de Pérsio, cabeça em gesso, algo romana, de olhos vazados, severa e vigorosa dominando o alto dum armário, e num canto, junto ao divã de molas, de sóbria padronagem, a pequena vitrola, que Aldir, tal como Mário Mora, trabalhava melhor com fundo musical.

Uma sensação de extrema calma, calma nobre e produtiva, se apossou de mim, deslizei pelo cômodo como um peixe feliz e harmonioso no seu aquário. Afagava-me a certeza de que ali encontraria um abrigo de amor, de inteligência e limpeza.

A MUDANÇA 177

— Seu escritório é um recanto adorável! Acolhedor como um ninho.

— Estimo que você goste. Está às suas ordens.

— Talvez abuse... Não se incomodaria?

— Será sempre bem-vindo. E venha ver o meu último ovo. Não gorou. Penso que não gorou... O cliente ficou satisfeito.

Acheguei-me à maquete, sobre a larga mesa de trabalho, obra também de Aldir, com uma perfeição de miniaturista, de um construtor de Lilipute. Era um pequeno achado de linhas puras, de equilíbrio, de propriedade, em que o vidro desempenhava muito papel de tijolo, em que a telha cova, estendendo-se em ondulado declive, saindo do corpo da casa, ia formar uma coberta fresca de varanda.

— Lindíssima!

— É o nosso velho colonial, mais despido ainda e resolvido com material do nosso tempo.

— Não tenho mais palavras. Lindíssima!

— Que importa a casca se o conteúdo é frouxo? — E abriu-me as plantas baixas: — Veja. Creio que resolvi os problemas do proprietário e os meus...

Era perfeita.

— Mas fica dentro do preço?

— Isso é que não sei... — Riu o seu riso sadio. — Creio que sim. Todavia um pouco mais que custe a obra, acho que compensará. Os sonhos são sempre mais caros do que cuidamos.

— Os seus...

— Não! Os dele também. Ele aprovou. É um sujeito simpático, compreensivo.

— É o primeiro projeto que você verá construído, não é?

— É. Vou te mostrar os recusados.

Mostrou. Cinco. Admiráveis. Contudo os clientes não gostaram. Preferiam coisas normandas, marajoaras, mexicanas, provençais, o estilo missões, então, arrebatava!

— Quando eu puder fazer uma casa você será o arquiteto!

— Capricharei!

12 de dezembro

Dois ultimatos: o da Liga das Nações ao governo russo, a propósito da Finlândia, e o de Vera e Lúcio a Papai Noel, exigindo bonecas, carrinho de boneca, mobílias, aparelhinhos de louças, panelinhas, automóveis de corrida e ameaçadoras bolas, que não sei se serão concedidas, dado que apartamento não é campo de futebol.

13 de dezembro

Calidez das palavras roucas, quentura da boca polpuda, perfume, cabelos jorrando, molhando, encharcando. Olhos pregados nas coxas.

14 de dezembro

Batalha naval nas costas do Uruguai, nas alturas de Ponta do Leste, entre o couraçado de bolso *Admirai Graf von Spee* e os cruzadores *Ajax*, *Aquiles* e *Exeter*. O couraçado, seriamente avariado, refugiou-se em Montevidéu com trinta mortos a bordo. Garcia me explica por que se chama couraçado de bolso, uma conquista da técnica germânica — pequeno, mas potentíssimo. Por que não se inventam também escolas de bolso, hospitais de bolso, laboratórios de bolso, museus de bolso, usinas de bolso — pequenos, mas eficientíssimos?

16 de dezembro

Ainda sem solução oficial a questão da permanência do couraçado nazista em águas territoriais uruguaias. O mundo em suspenso espera o desfecho da tragédia. Sete belonaves britânicas aguardam a saída do couraçado inimigo.

Gasparini rejubila-se:

— Não escapa! Está metido numa ratoeira. Tem que sair, as leis internacionais obrigam, e saindo está no papo!

A MUDANÇA 179

— Mas ele é obrigado a sair? — pergunta Luísa.

— Se não sair tem de se entregar às autoridades uruguaias, creio eu, não é, Gasparini? — pergunto com a mais sólida ignorância de Direito Internacional.

— É, mas ele vai sair. Tem que tentar. Do contrário é desmoralização demais. Está liquidado! Inglês velho está ali no calcanhar do bicho!

17 de dezembro

Terminou hoje, às vinte horas, o prazo concedido ao *Graf von Spee* pelas autoridades orientais. A expectativa é enorme. Por mim, creio que levantará ferros e sucumbirá ao simultâneo ataque dos vasos de guerra ingleses postados à sua espera. Como meu rádio enguiçou outra vez, só amanhã saberei do desenlace, salvo se Garcia telefonar, o que não acredito, pois estará preso no escritório, até tarde, por questões contábeis de fim de ano. Telefonar é que não telefonarei para ninguém.

A tarde passei-a com Adonias, indiferente ao acontecimento, e que, mais uma vez, me deu a ler uma curta página. Tem ela a singeleza de uma verdade inútil e abandonada.

— Por que você não escreve mais, hein?

— Para quê?

— Devia. E devia publicar. O que você escreve é do mais sério que se possa imaginar. (E pensava no erro de Francisco Amaro considerando Adonias um diletante.)

— Nunca publicar! eis o dilema. Escrever e rasgar.

— Atitude! Para ser completo, e sincero, não devia se contentar em escrever e rasgar. Devia principalmente não mostrar a ninguém.

O amigo pareceu refletir:

— Tem razão. Não devia não.

— A menos que eu não seja ninguém.

Não respondeu. Não esconde os meus últimos livros por abrir na sua estante. É horrível ter de não gostar! — me disse um dia.

180 MARQUES REBELO

18 de dezembro

Não houve luta para decepção de quantos gostam de ver chegarem as coisas ao último ponto. O comandante, logo após transpor o canal de Montevidéu, afundou o seu barco. A tripulação abrigou-se em Buenos Aires, onde foi internada.

Fracassou um dinheiro que esperava certo. Nada é certo, principalmente dinheiro. Não sei como vou me virar. Em último caso, apelo para Francisco Amaro. Corrija-se, portanto, esta bobagem de que nada é certo.

19 de dezembro

Gasparini é alma que se apaixona por qualquer coisa. Hoje seu ódio é contra os paulistas. O jogo com os cariocas em São Paulo, depois da boa surra que levaram aqui, foi um massacre, segundo os jornais e segundo Gasparini.

— Não admitem que possam perder lá! — ruge, apoplético.
— E perderiam! Esse campeonato eles não levam. O juiz roubou como um cachorro! Você não ouviu no rádio?
— Não, não ouvi.
— Também não sei para que você tem rádio!
— O caso é que está enguiçado e o homenzinho não veio ainda consertá-lo.
— Ah! Foi bom você não ter ouvido. Foi uma vergonha! Desceram a marreta à solta!

Procuro reconduzi-lo ao *Graf von Spee*:
— Mas o que me diz do almirante alemão?
— Uns pungas! Uns poltrões! — E imediatamente voltou à sua cólera contra os bandeirantes: — Vão tomar uma lavagem aqui que vão se danar todos!
— Do jeito que vai, o futebol entre Rio e São Paulo acaba em guerra civil...

E Gasparini sem dar-se conta:
— E acaba mesmo!

A MUDANÇA

20 de dezembro

Em represália pela perda do *Graf von Spee*, foi iniciada uma série de violentos ataques marítimos. O torpedo-aéreo, nova arma alemã, faz as suas primeiras vítimas.

Telefonei a Francisco Amaro, que compareceu com os tubos para o pagamento do imposto predial e taxas, que atrasara para este mês, com multa, mas que se há de fazer se o cobre é curto e algumas promessas falharam? De qualquer maneira, tenho que ir a São Paulo para acertar os ponteiros e poder rapidamente reembolsá-lo.

21 de dezembro

O comandante Langstorff, que se achava recolhido no Hotel de Imigrantes de Buenos Aires, suicidou-se com um tiro de revólver, isto é, foi juntar-se ao seu barco. Será que um dia terei de me juntar ao meu barco?

22 de dezembro

Mac Lean é lacônico — *Merry Christmas!* Por que não escreveu Feliz Natal? O cartão traz o carimbo da Censura lá.

23 de dezembro

Antevéspera chuvosa de Natal, sem que o calor aplaque. Peregrinação de pés molhados por lojas superlotadas na morosa demanda de presentes que satisfaçam ao gosto e ao preço, mormente ao preço, que os presenteados são muitos e as finanças estão arrebentadas. Ninguém foi esquecido. Nos casos de dúvida, livro sempre é uma boa solução. O presente mais fácil foi o de Felicidade — colar de galalite arlequinalmente multicor.

Chegamos derreados. Eurico nos esperava com a lata de talco mais estapafúrdia que vi na minha vida, desculpando-se por não ter trazido Lenarico e Eurilena. Levou uma gravata, leve, de verão.

25 de dezembro

O carteiro me chama de "professor"! Não o corrijo, como não corrigia Isaac quando me chamava de Oscar. É um osso para Laurinda! E ela talvez pense que os homens só dão ossos àqueles que não têm dentes. E, arreganhando a dentuça, procura me mostrar as suas falhas dentais. A respeito delas, consultei o veterinário. É uma anomalia, respondeu.

27 de dezembro

Luísa olhou-me como se me olhasse pela última vez. Depois o avião roncou, ganhou impulso, subiu, mergulhou nas nuvens como um enorme cetáceo, e ela se sentiu só na terra e foi para o trabalho, que pode ser olvido.

31 de dezembro

— Aqui estou! — disse.
— Pensei que não viesse... Tudo arranjado?
— Em fevereiro pagaremos ao Chico. Mas terei de escrever milhões de tolices publicitárias...
Luísa sorriu:
— Você sempre diz isso...
— Sempre são tolices.
Isso foi de tarde. E agora esperamos Garcia e Gasparini, que prometeram vir depois das dez, e faltam quinze minutos, para romper o ano conosco. Felicidade saiu assanhadíssima para o grito de carnaval na Avenida, as crianças já estão na cama, Laurinda, a inocente, não sabe que detonações a esperam, Luísa preparou uma ceiazinha simpática. Já sabemos que Nilza deixará tudo no prato.

1940

2 *de janeiro*

Ano novo, caderno novo. E comecemos, não por um pressuposto problemático, e sim por um balanço positivo cujos números não pertencem à contabilidade pacífica dos Garcias e Atalibas, balanço dos navios mercantes postos a pique, 252 já, num total de 960.012 toneladas brutas, perda que representa 11% da tonelagem mundial, um passo bem largo no caminho da falência transoceânica.

121 navios ingleses, perfazendo 456.029 toneladas
25 navios alemães, perfazendo 153.014 toneladas
25 navios noruegueses, perfazendo 68.566 toneladas
19 navios suecos, perfazendo 34.629 toneladas
13 navios franceses, perfazendo 63.136 toneladas
10 navios dinamarqueses, perfazendo 24.733 toneladas
9 navios gregos, perfazendo 42.383 toneladas
9 navios holandeses, perfazendo 39.097 toneladas.

Se somente a Alemanha, a França e a Inglaterra estão no guisado, por que tanto navio neutro afundado? É o Reich que explica: perdem o caráter neutro, para ele, os navios não beligerantes que se submetem à fiscalização britânica. E os peritos em Direito Internacional, ao examinarem a proclamação, declaram que os nazistas tratam de formar desculpas do ponto de vista técnico para a série de atos ilegais que têm cometido nos mares. Mas por que cargas d'água os países neutros atingidos não rompem com a Alemanha, nem ao menos protestam com veemência?

3 de janeiro

Remordi o dia todo o balanço de ontem, que só fala em toneladas perdidas. O embrutecimento contagia e tão embrutecidos estamos que, de boa-fé, nos preocupamos apenas com a perda dos barcos e a diminuição da tonelagem comercial sobre a face dos mares, sem lembrarmos do conteúdo de almas que levavam no bojo. Quantas vidas foram afogadas? Se não fornecem dados, que a minha interrogação vá à guisa de remorso.

4 de janeiro

Outro balanço. Não de sinistra ceifa marítima e sim de paupérrima colheita nacional. Quantos diplomados saíram das escolas superiores do Rio em 1939? Advogados, 234; médicos, 200; engenheiros civis, 52; engenheiros eletricistas, 8; engenheiros industriais, 12; dentistas, 39; farmacêuticos, 9; químicos, 13; enfermeiros, 30; contadores, 233.

E a safra de 1938 patenteia o doloroso equilíbrio, que antemostra o perigo dum naufrágio sem salva-vidas: advogados, 274; médicos, 181; engenheiros civis, 60; engenheiros eletricistas, 20; engenheiros industriais, 3; dentistas, 63; farmacêuticos, 9; químicos, 11; enfermeiros, 16; contadores, 194.

5 de janeiro

E registremos mais um balanço, balanço que ajuda de certa sorte a explicar o precedente — o das bibliotecas brasileiras e sua frequência. Se a estimativa delas é da ordem do infinitesimal, a frequência da Biblioteca Nacional, presumivelmente a mais fornida da América do Sul, é da casta do caricato. Apenas por 200 pessoas diárias em média é procurada, mas nem todas são consulentes, porquanto já foi comprovado que muito desocupado vai aos seus salões de leitura para passar o tempo, e até dormir, fugindo da chuva ou da canícula, com bebedouros e gabinetes sanitários à mão.

A MUDANÇA 187

— É o prestígio do livro na era dos craques! — expele Délio Porciúncula, inimigo ferrenho do futebol sem que seja um devotado amigo da leitura.

O irritamento que Délio me provoca é que me faz compreender e desculpar a irritação que José Nicácio produz em Saulo, conquanto José Nicácio não diga necedades como o causídico. E não me contenho:

— Não diga sandices! Será possível que você não abra a boca senão para dizer uma bobagem?

— Você está me ofendendo!

— Se acha que é ofensa...

Azedou-se:

— Insolente!

Cerrou os punhos infantilmente, tentou investir, mas a turma do deixa-disso entrou em cena, que estávamos na Livraria Olímpio, e as coisas serenaram, tanto que ao sair ele me acenou não muito contrafeito e não muito contrafeito respondi.

Mas se considerarmos tantos balanços, neste início de ano tão pouco promissor, consignemos mais um — o balanço das minhas incontroláveis asperezas — e podemos fechar a escrita com saldo favorável, pois não me fiz assim, fizeram-me e eis tudo.

6 de janeiro

Vivemos e morremos desconhecidos, mas se houve alguém que pudesse me decifrar, enigma porventura bem corriqueiro, esse seria Tatá. Nunca ninguém esteve tão perto de mim, tão participante da minha intimidade, exatamente no tempo em que os horizontes se definem, em que as atitudes têm alguma transparência, em que os sonhos e as ambições deixam seu rabo à mostra. Mas Tatá era cego, ou melhor, seus piscos olhos não se viravam senão para o seu estreito minuto de prazer. Em troca não me deixou nada, salvo uns passos de dança ianque não muito perfeitamente aprendidos. E hoje, um tiro numa esquina, um tiro de um doido, um tiro que não era para ele, e seu corpo sôfrego do efêmero é campo de vermes, "liberto para sempre da alma extinta".

7 de janeiro

— Vocês estão muito enganados! Vocês não o conhecem — denunciava Lobélia a Garcia, a quem procurava no escritório em horas de excitação. — Amável, dentes para fora, só com os estranhos. Com os de casa é duro, impaciente, brutíssimo, incapaz de uma palavra animadora, de um gesto de interesse. Generoso, só consigo mesmo. É egoísta, avarento, insensível! Só pensa nas coisas dele — seus livros, seus quadros, seus discos, seus escritos que ninguém lê, que não valem nada! —, só gasta com ele, não tem contemplação com ninguém. Ele, somente ele, é que importa, que vale, que merece! Desde que se sinta bem, que tenha o que quer, que faça o que lhe der na veneta, está tudo perfeito. Os outros que se fumentem! Está pensando que ele é seu amigo? Que esperança! Ele quer é ter escravos, lacaios, empregadinhos, não é amigo de ninguém!

8 de janeiro

Um quadro que faltava na *Suíte quebra-nozes* — aviões duvidosamente finlandeses sobrevoaram Leningrado, mas em vez de bombas lançam panfletos...

9 de janeiro

E Roosevelt lança a sua seta, nada emplumada, ao alvo isolacionista com o intento indisfarçável de que atinja, de ricochete, elmos e armaduras do outro lado do Atlântico: "Não podemos afrontar o futuro como um povo desunido... Há quem de bom grado insista, por ignorância ou ingenuidade, ou ambas reunidas, que os Estados Unidos, como núcleo isolado em si próprio, podem viver venturosa e prosperamente o seu futuro, garantido dentro das altas muralhas do isolamento, enquanto fora delas o resto da civilização, o comércio e a cultura da humanidade se destroçam... Porque se torna cada dia mais claro que o mundo do porvir será lugar perigoso para a vida até dos próprios americanos, se for governado pela força e estiver em mãos de um pequeno grupo..."

A MUDANÇA   189

E como alicerce prático de seu idealismo, consegue um recorde bem norte-americano — a verba orçamentária de 1 bilhão e 839 milhões de dólares para a Defesa Nacional.

10 de janeiro

Os moralistas, e nada mais amoral e nauseante que os moralistas, se metem sob todos os disfarces. E entre os mais pávidos, que não se expõem muito, que não enfrentam problemas de perigosa controvérsia, merecem atenção pela incidência os que se embiocam de zeladores de gramatiquice e de detratores e perseguidores dos letristas da música popular, lira que consideram chué e conspurcadora dos bons princípios, timbradamente cristãos, reclamando para ela condenação policial e censura acadêmica.

Se os primeiros, como o professor Alexandre e Camilo Barbosa, são de caráter endêmico e chatice bolorenta, visando preferencialmente ao coxo vernáculo dos anúncios, das tabuletas e dos letreiros dos filmes, os segundos, de mais rumorosos coriscos purificadores, explodem pronunciadamente nos pródromos momescos, quando da infestação da cidade por uma produção musical populesca, alentada e adequada.

E acaba de se inscrever no seio dos últimos, o respeitável varão Luís Pinheiro, recentemente arvorado em sisudo colunista do jornal de Godofredo Simas. E o timorato catão de óculos de tartaruga, depois duma série de anátemas às lucubrações de Chico Pretinho, Zé-com-Fome, Antônio Augusto, Olinto-do-Pandeiro e outros maiorais, atirou sua rebuscada intolerância contra o samba "Seu Oscar", aquele que, quando chegou em casa, cansado do trabalho, a mulher havia dado o fora meia hora antes, deixando bilhete: "Não posso mais, eu quero é viver na orgia."

Martinho Pacheco, com laivos de inteligência, defendeu os compositores, uma dupla famosa. Manuel Porto, da Rádio Metrópolis, concedeu entrevista em favor dos sambistas apontando a beleza do cotidiano, do trivial humano. Mas foi o povo mesmo que reptou o moralista elegendo esmagadoramente "Seu Oscar" na sua preferência. E, na verdade, é um grande samba. Mário Mora, que é autoridade inconteste, lavra a sua sentença:

— É do balacobaco!

11 de janeiro

— Que felicidade pode haver mais profunda do que o esquecimento? — Adonias.

— Esperar a felicidade já não é uma forma de ser feliz? — Catarina.

— O jogo das relações tem muito das carambolas do bilhar. Sou mau bilharista.

12 de janeiro

Estirada conversa com Adonias sobre Débora Feijó, que se mantém na ordem do dia, projeção que João Soares traz atravessada na garganta como mortal espinha. É evidente que a concepção de arte de Adonias tinha que recusar em bloco o ingênuo e inicial telurismo da escritora. Também já recusei-o. E ri-se do rótulo de "romancista social" que chaparam nela, alinhando-a na prateleira com outros frascos chamados Euloro Filho, Ribamar Lasotti, Antenor Palmeiro, Gustavo Orlando e Júlio Melo, etiquetagem falsa, viciosa ou mistificante, principalmente levando em conta que o "social" não se limita à estreita e atabalhoada confecção que aqueles cavalheiros fabricam.

Agora, em casa, e encontrei Luísa com um ameaço de enxaqueca que relutou em medicar, estendo o pensamento e concluo que há obras que não suportam releitura, nem para tanto foram escritas, suportam apenas reedições — são as do primarismo e do imediatismo, que vou compreendendo serem necessárias, até imprescindíveis, à nossa ainda saloia literatice, impregnada de aventura e carreirismo.

E, voltando a Débora Feijó, não se trata de profecia, mas de intuição — acabará carola, suavemente carola. Seu sangue é místico, suas rebeldias são uma cortina de fumaça que ela mesma

A MUDANÇA

ignora. Vista com lupa, é um Adonias de saias, mais dúctil um pouco, mais sincera também.

13 de janeiro

Infrene o movimento imobiliário. Depois de uns dez anos de prédios de seis a oito andares, humoristicamente chamados de arranha-céus, arrojam-se aos de quinze, vinte e mais. Os jornais aparecem, especialmente aos domingos, com outra fonte de anunciantes, páginas inteiras de projetos, prenhes de animadoras facilidades de entrada e prestações e de *slogans* sedutores. "Não pague aluguel! Seja o dono do seu lar!" As vitrines se atulham de maquetes, os corretores importunam como moscas em dia de chuva. É o que chamam de indústria imobiliária! — isto é, o emprego de capital com lucros certos e significativos, sem os compromissos e riscos da indústria de verdade, aquela que faz a riqueza e independência de uma nação. No fundo, não passa duma modalidade das velhas apólices da dívida pública, bastante desmoralizadas — a renda sem trabalho. Mas enriquece muita gente, absorve muitos gananciosos. Reis e Marques passaram adiante a padaria e se transformaram em incorporadores de monstrengos de pó de pedra e nomes sentimentais — Douro, Mondego, Tâmega, Cascais. Loureiro e Ricardo fazem rios de dinheiro, gastando-o em cataratas, e nunca mais pensaram em indústria séria, pelo menos que eu saiba, admitindo-se que o segredo seja a alma dos negócios, como Ataliba não se farta de dizer.

E é o mesmo Ataliba quem se impressiona com o volume dos negócios de imóveis:

— Mas você não acha que é preciso fazer casas para se morar?

— E nós por acaso dormimos na rua?

— Mas a cidade cresce de população, que diabo!

— Perfeitamente. Cresce e cresce até demais. O saldo humano que os estados nos mandam não é sopa! Então iríamos construindo para tal necessidade. O que vemos, porém, é se construir para quem já tinha moradia. Pura especulação. Só se vê o uso da picareta. É derrubar, derrubar... Onde havia uma casa com quintal, cercada de vegetação, estamos tendo cortiços de cimento armado, sem melhor gosto que as casinhas demolidas, sem ventilação, sem luz, acanhadas, devassadas, barulhentas, um primor de promiscuidade. Convenceram a pobre gente que apartamento era chique. E ela muito fagueiramente troca seus espaços por cubículos verticais. Que novos e péssimos hábitos vão sair disso é o que veremos e o que sofreremos.

— Você está muito contra o apartamento.

— Está muito enganado. O apartamento é uma realidade. Há apartamentos em todo o mundo. Eu mesmo estou num. Mas veja que este é bem melhor que o comum do que fazemos. Não é?

— É.

— Eu sou contra a corrida imobiliária, isso sim. E contra a espécie de apartamentos que fabricam, inferiores a qualquer toca de tatu. Mas não tenho a menor esperança de que transformemos a nova linha de construções. O lucro é invencível! Mesmo aqueles que criticam a exiguidade dos apartamentos acabam neles. Porque você sabe que criticam. (Oldálio Pereira, que cultiva o trocadilho, só os chama de "apertamentos".) Mas crítica é uma coisa e mimetismo, outra. Este nosso Rio vai ficar um lixo!

— Você tem razão.

Talvez tenha, mas como extenua ter razão inutilmente! E apelo para Luísa:

— Querida, vê se arranja uns refrescos aí para nós. Que calor! É tempo de caju.

14 de janeiro

A *Hora do Brasil* abriu um interregno de música popular na sua maciça propaganda radiofônica e vem sendo feita pela imprensa a cobertura da novidade. Martinho Pacheco, no seu palminho de coluna, aplaude com venal circunspecção a iniciativa dipiana. Claro está que Lenisa Maier inaugurou o quarto de hora sambístico, que os encarregados da programação não iriam deixar passar a oportunidade de puxar o saco de Lauro Lago, oferecendo ao Brasil estadonovista a eventual predileta do ministro sem pasta

A MUDANÇA

É uma garota viva, de voz maleável e que sabe escolher repertório. Zé-com-Fome é o autor do seu carro-chefe para o carnaval, o samba "Acredite se quiser", convenientemente proscrito por Luís Pinheiro do mundo das coisas cantáveis e decentes. Naturalmente não perdeu o ensejo de cantá-lo pelo microfone, o que não deixa de se prestar à malícia. Neusa Amarante e Glorita Barros compareceram a seguir, e imagino a cólera da primeira pela preterição. E a marchinha que Glorita lançou, da lavra de Chico Pretinho, que anda num trinque danado, tem o título também malicioso "Eu já sei quem você é".

15 de janeiro

Sempre as intuições. Nilza é tão ciumenta que dá para se desconfiar da sua fidelidade.

16 de janeiro

A Bélgica se alarma ante as notícias de uma possível invasão por tropas alemãs. E instalou-se a Conferência Interamericana de Neutralidade. Getúlio falou: "Vários princípios em que assenta o Direito Internacional sofrem a influência dos acontecimentos novos e exigem, consequentemente, revisão, por forma a concilialos com os fenômenos sociais e a cultura do tempo."

José Nicácio escarneceu:

— Quem fala em princípios!

17 de janeiro

Amar falando pouco como Laura. Admirar sem elogiar.

18 de janeiro

Dia crudelíssimo! O termômetro subiu a quarenta em vários pontos da cidade e a água míngua nas torneiras em quase todos.

Luísa propôs um banho de mar, com mudança de roupa no apartamento de Oliveira, que mora no Ipanema, em frente à praia, e vive convidando para que abusemos; se não estiver em casa, será a mesma coisa, a empregada tinha ordens de atender-nos. Recusei — banho de mar só refresca cretinos, o que constitui teoria certamente para se discutir. E fala-se na inversão de milhões de dólares na indústria brasileira de aço, o que é para se perguntar que desejam de nós os americanos para nos acenar com tais bananas? Mas, a ser verídico, com o forno que é o Rio de Janeiro, suponho ser indústria fácil.

....

Lutaremos até que não reste um só homem, velho ou menino! — esbraveja o marechal Mannerheim. — E o país será arrasado para que os invasores encontrem somente uma terra desolada!

E Churchill na sua ilha, terra natal da hipocrisia, como dizia Dorian Gray:

— A soberba fibra da Finlândia em face do perigo revela de quanto são capazes os homens livres. O serviço prestado pela Finlândia à humanidade é magnífico. Expuseram-se para que todo o mundo pudesse contemplar a incapacidade militar do exército e da aviação russa. As muitas ilusões sobre a Rússia esvaeceram-se nesta encarniçada luta de semanas no círculo ártico.

20 de janeiro

— Conforme te escrevi, fiz um túmulo melhorzinho para papai, obra singela, é lógico, sem nenhum requififfe, você precisa ir ver quando tiver um tempinho. Logo que for possível transferiremos para ele os ossos de mamãe, de Cristininha e provavelmente os de Madalena, pois não sei se será fácil a remoção de Niterói para cá. Mas como com Eurico não era justo contar, rachei o preço entre nós dois e adiantei a tua parte. Se não te causa embaraço, gostaria que você me reembolsasse agora. É uma ninharia, como você verá na fatura, mas tenho andado meio apertado, de maneira que viria em boa hora.

A MUDANÇA 195

— Eu não acredito muito nessas coisas — disse Emanuel com leve e procurado acento estrangeiro. — Enfim você diga quanto é.

— Bolas, eu também não acredito nem nessa nem em milhões de outras. Mas fiz. Era um desejo deles, eram pessoas simples, acreditavam, que me custava?

— *Pardon!* Não estou te condenando, nem pretendo me eximir ao pagamento, Eduardo. Não tome o que disse por esse lado — e Emanuel destrançou as pernas. — O que for, será pago. Religiosamente. A vida tem suas convenções.

— Não é a vida, é a sociedade...

— Vida e sociedade se confundem — retrucou com ar categórico.

— É provável que essa confusão exista no Ministério do Exterior, onde se confundem muitas outras coisas. Mas minhas vistas são menos largas e jamais pagas em ouro.

Emanuel remexeu-se na cadeira incomodado:

— Você anda muito ferino, ao que parece. É um defeito, suponho, de todos os intelectuais.

— Francamente não compreendo que é que você entende por intelectuais. Nunca te compreendi, aliás. Creio que o intelectual da família sempre foi você... Pelo menos era a voz corrente.

E a velha rixa recomeçou.

— Nós não nos entendemos nunca, por mais lamentável que seja.

— Lamentável?! Não me consta que te prejudiques com isso...

— Somos inconciliáveis!

— Sim, somos. Medularmente inconciliáveis. Água e vinho, ou melhor, água e fogo... Só agora é que você viu?

— Em absoluto! Sei de muito tempo. Não sou tão esquecido!...

— Ainda bem que para alguma serventia você tem memória. Por que você não se lembra também de Mariquinhas, que está velha, inutilizada, e que vive ex-clu-si-va-men-te do pouco que eu posso dar?

— Nunca soube disso! Vim saber aqui!

— É mentira. Deslavada mentira! Ela te escreveu. Eu sei que ela te escreveu. Mais de uma vez.

— Não recebi carta nenhuma! Dou a minha palavra de honra que não recebi!

— Grande palavra! Grande honra! E por que você não contribuiu depois que chegou? Por que você não foi visitá-la no Sodalício?

— Andei ocupadíssimo! Sem um minuto disponível.

— Esfarrapada desculpa. Não teve um minuto disponível... Você afinal não chegou hoje, pense um pouco. Chegou há quase um mês!

— Não posso te obrigar a compreender as minhas obrigações.

— As tuas obrigações?! Essa é de estalo! Quando é que você já cumpriu as suas obrigações?

Emanuel pegou o chapéu Gelot:

— Chega de discussões! Fique descansado que ela não te custará mais nem um tostão! Eu cuidarei dela!

— E não é sem tempo! E não estará fazendo nenhum favor!

— Chega! Entre nós está tudo acabado. Absolutamente acabado! Te desprezo.

Deixei-o ir:

— Entre nós nunca existiu nada, esta é que é a pura verdade. Nada! Salvo uma sociedade num carneiro-perpétuo, agora...

— Vou te pagar! Amanhã mesmo! Como vou pagar tudo que você deu a Mariquinhas! Não chore o que gastou!

— Enterre o teu dinheiro no fiofó, que fará melhor proveito! Quem é que está chorando, seu merda-merda?

Virou-se da porta:

— Cochon!

— Você precisa recordar o português, seu imbecil! Não é admirável, mas afinal é a nossa língua.

21 de janeiro

— Não estamos amedrontados, mas vigilantes! — declara o chefe do estado-maior holandês quanto à possibilidade duma invasão alemã.

A MUDANÇA

— Organizamos e preparamos essa guerra até o último detalhe — esclarece Goebbels com arrogância.

— Detalhe não é galicismo? — Oldálio Pereira.

— A possibilidade que tinha a Alemanha de ganhar a guerra era triunfar numa luta rápida — acalma lorde Halifax.

— Não há força capaz de se antepor ao poderio nazista. Poderio técnico, poderio militar, poderio ideológico. Onde não há judeus, não há traidores. — João Soares visitando Adonias para que ficasse com algumas cotas duma editora que pretende fundar, editora limpa, de obras sérias, especialmente sociológicas e políticas.

22 de janeiro

Garcia, que andava sumido, apareceu murcho, caladão, cortando cerce os assuntos com afiados, mas não indelicados, monossílabos. Se a boca não confessa, seus límpidos olhos azuis não conseguem esconder o ressaibo das ilusões perdidas, tão transparente que até Luísa notou:

— Acabou-se o caso, não foi?

— Está patente.

— Mas não disse nada a você?

— Nada! Garcia é assim. Nunca diz nada. Dos seus amores, bem entendido.

— Garcia é engraçado! — E, acomodando a cabeça no travesseiro, preparou-se para dormir. — Vai escrever?

— Vou.

Estou escrevendo. Confesso tudo a Garcia sem reciprocidade. Tímido, coração de caramujo, oculta na carapaça do mutismo seus amargores sentimentais. Não é feliz nos amores; melhor dito, jamais encontrou quem suportasse as suas lhanas qualidades. Seu breve episódio matrimonial foi acerbo e sei-o por terceiros, não por ele.

23 de janeiro

Sei-o por terceiros, repita-se, como por terceiros soube de múltiplas encrencas de Adonias. Não há apenas maridos enganados.

Há também amigos enganados — os últimos a saberem etc. E neles me incluo, não incólume ao despeito, mas calado.

24 de janeiro

E, marido infeliz, Emanuel, um ano depois, veio desvairado ao meu encontro, pedindo que eu salvasse Glenda. Cumpria dois anos de interstício no Brasil e, ao término de um, a vida degringolara. Chegara casado com uma holandesazinha de Roterdã, camareira ou coisa que o valha do hotel onde se hospedara. Enquanto vivera lá fora, tudo ia muito bem. Mas ao sol dos trópicos Glenda se transformara. Quisera passar por grande dama. A casa era luxuosa no Leblon, espécie de bricabraque com chá às quintas-feiras, nos quais se recebiam pessoas da carreira e da sociedade. A modesta mulherzinha de Roterdã aqui jogava tênis no Country, fumava cigarros ingleses, tinha enxaquecas chiques, vestia-se nos mais caros costureiros, usava correntinha de ouro no tornozelo, guiava o automóvel particular, frequentava todas as reuniões diplomáticas, brilhava nas colunas sociais, tinha loucura por prata lavrada. Os recursos de Emanuel eram insuficientes para cobrir a vida que ela impunha. E chegou o momento em que não apenas as dívidas lhe perturbaram os nervos. Glenda passou aos hábitos elegantes de traí-lo, a princípio oculta, depois ostensivamente. O infeliz amava-a. Era esguia, elegante, senhorial. Tinha os cabelos trigueiros, pestanas longas e sedosas, olhos dum verde pardo e os malares salientes, que lhe emprestavam à fisionomia uma semelhança felina que o carmim mais destacava.

— Dê um jeito na minha vida, Eduardo. Eu estou desorientado, incapaz!... Me socorra, dê um jeito. Glenda te ouve. Eu sei que ela te ouve.

Não atinava como nem por quê, contudo não me neguei a fazê-lo ou tentá-lo:

— Vamos lá ver o que posso arrumar.

Durante todo o percurso de automóvel, mantive-me silencioso, ouvindo o desencontrado queixume de Emanuel, que estava magro, desalinhado, transtornado, indiferente a todos os sinais

A MUDANÇA 199

de trânsito, guiando como autômato. Encontrei-a esticada no canapé, com um lenço molhado nas têmporas, o cinzeiro (de prata) crivado de pontas de cigarros. Não falava bem o português e as suas contraditórias queixas eram mal compreendidas por mim. Demais me chocava um tanto a nenhuma intimidade que tinha com ela. Se nos víramos uma meia dúzia de vezes, em situações obrigatórias, fora muito. Suas relações com a nossa reduzida família eram nulas. Nunca procurara Eurico, nem se fizera procurar, ao enterro de Madalena não se dignara comparecer. E ela desabava em palavras, misturando lágrimas e ofensas, repisando fatos mesquinhos, contando intimidades com um tom que desmascarava a camareira. E o que ficou patente era que ela queria voltar para a Holanda pelo primeiro navio. Não suportava a miséria em que se encontrava, não admitia privações. Depois que tivera o que teve, sentia-se humilhadíssima em descer, em ser obrigada a se afastar do círculo em que vivera ano e pico. Esquecia-se por vezes da minha presença e durante uma porção de tempo agredia o marido em holandês, agressões essas que percebia pelo encrespado da voz, pelos gestos alucinados e pelas rudes respostas (em português) de Emanuel, que logo se arrependia da rudeza e descia a uma servilidade deprimente. Não era fácil convencê-la de suportar o Brasil por mais algum tempo, que seria desastroso para a carreira de Emanuel esse estado de coisas e que o governo dentro de seis meses enviá-lo-ia novamente para fora.

— É questão de um pouquinho de paciência, Glenda. Nada mais que um pouquinho de paciência, pense bem.

— Mas como hei de enfrentar minhas amigas? — gritava ela. — Como poderei viver sem poder receber, sem ter meu automóvel, meus vestidos, meus amigos?

Emanuel se amaldiçoava, sumia pela casa adentro, depois tornava com os olhos úmidos e a humildade dos cães. Vinha beijar-lhe a mão e ela escorraçava-o indignada:

— Não! Não! Sai da minha frente!

E ele saía e voltava, e depois de duas horas de cenas ela cansou-se, trancou-se no quarto e não mais apareceu. Emanuel esmurrou a porta, berrando, insultando-a, eu o apanhei com paciência e levei-o para o canapé. Passei a noite com ele, só saí muito tarde, quando parecia acalmado com a solução que eu apresentara e defendera — embarcá-la de qualquer jeito para a sua terra, satisfazendo assim ao seu desejo. Nos seis meses que lhe faltavam para ser mandado para o exterior, liquidaria tudo, veria enfim a condição das suas dívidas e poderia então assumir compromissos para saldá-las. Quanto à partida súbita de Glenda, poderia ser atribuída, na roda de relações, a um chamado urgente da família dela, em virtude de doença grave.

— Mas depois?

— Depois o quê?

— Ela.

— Ora, Emanuel, o que importa, em situações como essa, é o presente ou o futuro mais próximo. Primeiro ela vai, depois se verá o resto.

— Mas eu não posso passar sem ela!

— Nem estou dizendo que vá passar sem ela. No coração dos outros eu não entro. Nunca entrei. O que sugiro é apenas para tranquilizar a ambos, que estão lutando como dois lobos danados. E para solucionar a situação financeira que é má, e para de algum modo impedir que sua mulher continue nos braços dos outros, o que não é abonador para você, no caso de que percebam que você sabe.

Depois que disse isso, me arrependi. Emanuel, todavia, pareceu não sentir. Acendeu um cigarro, o centésimo cigarro, e disse:

— A minha moral a mim me pertence.

Houve um silêncio. E ele voltou:

— Ela poderia ir dentro duma semana. Há um bom navio. O *Astúrias*. Mas eu não tenho dinheiro.

— Eu arranjo, Emanuel.

— Mas você tem?

— Não, não tenho. Uma passagem no *Astúrias* não custa barato. Mas pedirei ao Loureiro ou ao Adonias. Não me negarão. Depois eu me arrumo com eles, não se preocupe. Amanhã mesmo nós iremos juntos comprar a passagem, está bem?

— Juntos?! Você não tem confiança em mim?

A MUDANÇA 201

— Não, Emanuel, infelizmente não tenho. Você está perturbado. Compraria joias para ela, perfumes, vestidos, qualquer tolice assim. Para querer apagar com um balde d'água o incêndio de uma cidade.

Emanuel limitou-se a suspirar. Levantei-me:

— Bem, tudo combinado. Agora me vou que já é tarde. Amanhã, antes do almoço, te telefonarei.

Emanuel não se sentia com forças para me levar de volta. Não precisava. Tomasse um calmante, tratasse de dormir, inútil desperdiçar forças em debates com Glenda — só poderia piorar a situação. E, ao atravessarmos o salão, Emanuel apanhou o isqueiro de prata que estava sobre a mesinha império e me presenteou com ele:

— Leva isto para você, Eduardo. Uma lembrança minha. É um trabalho florentino. Não creio que escape mais nada daqui.

— Obrigado, Emanuel. Não vou usá-lo, pois detesto isqueiros, mas vou guardá-lo com carinho. E é bom mesmo que não escape nada. Torre tudo! Os objetos que nos cercaram em horas amargas, os mais insignificantes objetos, parecem guardar a amargura de que fomos vítimas. E o menor deles, a um simples olhar, é capaz de fazer renascer em nós todos os tormentos por que passamos. Que nada reste das tuas horas aflitas, não é? Liquide tudo e faça uma vida nova.

— Que Deus me proteja.

Não pude deixar de sorrir com o nome de Deus na boca de Emanuel. Ele só se lembrava de Deus quando a vida não lhe andava bem. Continuava o mesmo garoto da Tijuca. E afundei-me na noite. Era uma noite quente e o tráfego ainda não tinha morrido de todo nas ruas da madrugada.

25 de janeiro

Mais uma lasca do pudim verde e amarelo: a firma concessionária da nova rede de abastecimento d'água, que não a entregou ainda, furando cláusulas contratuais sem que fosse punida pelo Estado, e não cumprindo recentes promessas dilatórias feitas por boca de porta-vozes governamentais, enche os jornais de explicações por mais um atraso, explicações que não explicam senão incompetência, ganância e costas quentes. Os canos que seriam usados não o serão mais por dificuldades de importação. Viriam da Europa, dormiram nos pedidos ou talvez nem os fizeram, e agora a guerra não permite a remessa. Vão empregar os de cimento armado, de fabrico nacional, já que não possuímos indústria conveniente de canos metálicos... Segundo Garcia, é mais um lucro para os concessionários. O fato de empregarem canos de cimento armado não os fará diminuir o preço da empreitada, na qual Altamirano empalmou alta maquia como intermediário. Teremos canos de cimento armado pelo preço de canos de ouro.

E Aldir explica:

— Não sou engenheiro, mas como arquiteto tenho uma ideia da resistência de certos materiais. Vão furar de dez em dez metros! Você vai ver. A pressão que sofrem não é brinquedo! E, ademais, se o trajeto que cobrem subterraneamente não for bem estudado, e certamente não o será, poderão sofrer a trepidação de viaturas pesadas, que facilitará sobremodo a frequência das rupturas.

26 de janeiro

Atrás dos bastidores pintados a ouro-banana, à sombra mais próxima ou mais distante do ditador, lavra o dissídio, a intriga, a futrica, a luta frontal ou subterrânea pelas posições e favores. Ministros e interventores não se entendem, chefes de gabinete espionam ministros, secretários estaduais hostilizam interventores, subalternos passam por cima dos seus superiores para discutir diretamente com o ditador, que ainda considera sutileza maquiavélica dividir para governar, e que se diverte com o anedotário popular que se cria ininterruptamente sobre o seu procedimento, anedotas, feitas com muitos trocadilhos, que lhe são habilmente contadas pelos jograis e menestréis da copa e cozinha. Ataliba chupa-as como se rebuçados fossem, Oldálio coleciona-as como selos raros. Lauro Lago, numa atitude suicida, anda às turras com o general Marco Aurélio e com o ministro da Guerra, esquecendo-se de que quem se mete a afrontar espadas acaba virando bainha.

A MUDANÇA

27 de janeiro

— O Estado Novo é o estado a que chegamos. (Barão de Itararé.)

— Quando o rigor científico entra pela porta, os morcegos da superstição fogem espavoridos pela janela. (Plácido Martins.)

— A única coisa que me mete medo neste mundo é morcego. Um medo pânico! (Francisco Amaro.)

— Deus não me mete medo. O que me amedronta são os seus adeptos e funcionários.

28 de janeiro

Releio páginas passadas e dou com um "alhures". Corto-o como se corta uma verruga. Homem, vigia o teu estilo! O estilo é o homem.

29 de janeiro

Trágica segunda-feira de temporal, enchente, desabamentos, mortes. A chuva começou às primeiras horas da madrugada, pouco antes de Garcia sair. Embora não denunciasse que iria se converter num outro dilúvio, insisti para que não a afrontasse, dormisse conosco. Não atendeu. E não chegou em casa senão ao meio-dia, soube-o inda agorinha, que os telefones se desarranjaram pelo dia todo, bloqueado pela água em pleno Estácio, que é a nossa Veneza sem palácios.

Não saí. Fiquei lendo e relendo, que os livros novos se acumulam, e os velhos, sempre novos, me arrastam para os seus liames. Tentei escrever, começar um conto, mas não consegui forjar duas linhas, seco como limão espremido. Envergonho-me da jactância com que respondi a um entrevistador recente e irritei alguns confrades: "Dono de um mecanismo, como o que consegui, sou capaz de escrever dez contos por semana! E é por isso que não os escrevo mais, que em literatura repetir é morrer..."

E, pensando bem, por que prosseguir neste diário com presunção a romance? Bazófia ainda.

30 de janeiro

Fala-se em bazófia, mas continua-se como se um ponto final fosse o epitáfio da nossa vaidade. Se no Rio foi água que caiu do céu ontem, a Inglaterra recebeu das nuvens um castigo mais pesado — o da aviação alemã. Castigo longamente elaborado com pretensões a ponto final.

31 de janeiro

Às vezes os nossos mortos humildes revivem por minutos no efêmero das conversas. Ontem, com Saul, Alarico do Monte esteve conosco citando poetas suecos. Hoje, com Marcos Rebich, Antunes ressurgiu. Quando do levante comunista de 1935, Antunes foi encanado. Embora com ligações no partido, nada tinha com a história, mas foi. Seu organismo fraco, combalido, não suportou. Contaminou-se na prisão — oito meses de interrogatórios, de torturas, de fome e sede, dormindo sobre ladrilhos previamente molhados, atravessando semanas sem um raio de sol —, sem processo, sem defesa, sem julgamento. Um dia, como o prenderam, o soltaram e saiu um caco — cuspia os pulmões, mal se aguentava em pé, não podia fazer nada. Ribamar abrigou-o em casa, foi dedicadíssimo. O tratamento era dispendioso, Ribamar tinha escassos recursos, mas pedia a um amigo, pedia a outro, corria listas e ia conseguindo os fundos para prossegui-lo. Médicos, remédios, radiografias, alimentos, o que o tuberculoso precisou, teve. O organismo surpreendentemente reagiu, venceu a crise. O jornalista reanimou-se, quis voltar ao trabalho, o especialista não achou inconveniente, só pediu moderação, Godofredo Simas deu-lhe um lugar no seu jornal, mas Antunes era um homem perdido e sem ilusões a respeito do seu estado.

A MUDANÇA

1º de fevereiro

Resultado do concurso de músicas carnavalescas: primeiro lugar — "Seu Oscar", classificação que deve ter amargado o inquisitorial Luís Pinheiro, adepto de rifões, mas esquecido de que a voz do povo é a voz do seu Deus; segundo — "Despedida de Mangueira"; terceiro — "Dama das camélias", que Felicidade martela e estropia todo santo dia. Os carros-chefes defendidos por Neusa, Glorita Barros e Lenisa Maier não obtiveram colocação, donde se deduz que nem sempre a cavação vence os torneios, ou então foi cavação superada por cavadores mais vivos.

2 de fevereiro

O rapaz era tão modesto que nem parecia escritor.

3 de fevereiro

O popularíssimo teatrólogo me revelou o invencível segredo:

— Tudo está na carpintaria, meu caro amigo. Tudo! Não pense que não.

Não pensei. Bati sem arrependimento as palmas convencionais — Maria Berlini fizera uma pontinha tão mal, coitadinha! —, tomei Catarina pelo braço queimado de sol, fomos saindo devagar do forno cômico para o forno da rua:

— Você está um encanto com esse terçol.

— Quando terçol chega a ser *it* é que as coisas andam feias mesmo, queridinho.

— Você já teve dois quase a seguir. Que pode ser isso?

— Velhice!

— Você anda com mania de velhice, meu amor.

— E não é para andar? Você sabe o que são trinta anos na vida de uma mulher? (Tinha um pouquinho mais.)

— Vinte e nove. Não aumente!

— Trinta! Os nove meses de barriguinha também se contam... Trinta e solteirona.

— Por que você diz isso? Casamento é besteira.

— Mas você se casou.

— Casei, mas descasei. Casamento é besteira.

— É besteira, mas você se casou. E escondidinho de mim...

— Que escondido?!

— Escondido, sim. Deu uma sumidinha e reapareceu casado com a tapiocana. Não fiquei com raiva, não me senti ofendida, não pedi conta de tal traição, mas fiquei um tantinho jururu. Homem é bicho tapado mesmo! Logo vi que não ia dar certo. E se ia ser infeliz com outra, por que não podia ser infeliz comigo? Que defeitos eu tinha que outras não pudessem ter?

— Foi uma asnice. Não falemos disso. São coisas do passado.

— Podemos não falar. Mas não há nada mais presente do que o passado. E, em todo caso, virgem não fiquei. Se não fosse você, seria qualquer outro, esteja certo. Quando por nada, por higiene.

Puxei-a contra mim, olhei-a bem nos olhos, aqueles olhos buliçosos e castanhos, que a própria dona reputava maravilhosos:

— Eu gosto tanto de você, Catarina!

Riu:

— Gosta tanto que até o bigode cai no chão, não é?

(Aquilo ficara como uma moeda engraçada no nosso comércio sentimental. No teatrinho de amadores bancários, precisamente quando o galã, ajoelhado aos pés da idolatrada, declamava apaixonadíssimo: "Eu gosto tanto de ti que...", despegou-se o bigode postiço. A plateia riu. Mas o rapaz teve presença de espírito, emendando com graça: "... que até o bigode cai no chão!" A plateia delirou e nós guardamos a tirada.)

— É sim — e beija-a na face.

— 'Pera aí. Na rua não. Compostura!

— Por que não? Quando eu estou junto de ti, nem sei se há rua.

Catarina soltou o riso cascalhante:

— Você é tão engraçado dizendo certas coisas, amorzinho! Pena que eu não acredite... Mas finjo muito direitinho.

— Você sempre duvida, mas eu é que nunca sei quando você finge ou quando é sincera.

A MUDANÇA

Não deu resposta. Chegávamos ao ponto de ônibus, a fila era curta e o mendigo maquinal pedia uma esmolinha pelo amor de Deus. Não dei. Pedisse ao Getúlio, que era o Pai dos Pobres.

— Vou te levar. É tarde.

— Não. Vai pra casa, reincidente. Está na hora. É preciso defender a família brasileira.

Como resposta, acompanhei-a.

4 de fevereiro

Catarina é ternura, mas ternura do gênero intermitente, como certos ventos fagueiros. Se às vezes passo uma semana ou duas, não podendo, sem complicado sofrimento e ciumenta ansiedade, deixar de vê-la todos os dias, sentir-lhe o palpitar das formas, ouvir-lhe as frases, as sátiras, ficar sob suas centelhas, acontece que um, dois e até três meses podem se escoar sem que ao menos lhe telefone, cansado do seu brilho, pois Catarina brilha demais, com a marca das criaturas bem-nascidas.

Catarina era sábia. Não se incomodava com o meu episodismo, não se queixava, não se sentia enganada, diminuída, desprezada, recebia-me depois da larga ausência com o mesmo riso, com o mesmo carinho, o mesmo doce afago, as mesmas conversas, como se tivesse me deixado na véspera, como se não houvera interrupção de nossa intimidade.

Conhecera-a ao tempo do sainete com Dagmar, de quem havia sido colega no caríssimo externato na Rua Guanabara, e, baixado o pano, recebi da ocasional assistente a inesperada confissão:

— Ainda bem que terminou. Nunca pude compreender como você, inteligente como é, pudesse se interessar, um minuto sequer, por uma melindrosa como Dagmar. Ela é um perfeito vácuo! Não tem nada, absolutamente nada na cachola! Dava até piedade ver você atrás de semelhante zero.

Não tentei explicar. Ficamos amigos, visitava-a com frequência no palacete dos pais, que era gente abastada, com esplêndido jardim, chá em carrinho e mordomo de libré, luxo que me impressionou e intimidou na primeira visita. Trocávamos livros, fez-me conhecer *Bubu de Montparnasse*, George Moore, Fielding, Virginia Woolf, ouvíamos música, iniciando-me nos primitivos italianos, e em Ravel, Poulenc e Stravinski; conversávamos sobre tudo e, como tinha inteira liberdade, saíamos muito juntos — passeios, teatros, cinemas, concertos, exposições, o que me envaidecia bastante, pois Catarina tinha estampa, sabia realçá-la com os melhores costureiros e fazer facilmente convergir sobre ela o entusiasmo masculino de todas as idades.

Catarina foi à Europa, depois aos Estados Unidos, donde voltou fumando e guiando automóvel, o que então ainda não era comum. E uma tarde, numa confeitaria, quando menos esperava, a macia mãozinha da amiga caiu entre as minhas com um peso de meiguice e entrega que não podia deixar dúvidas. Olhei-a, indagante, pisando nuvens. Ela não desprendeu a mão, levantou-se.

— Vamos lá pra casa, pequenino. Estou louca para tomar uma chuveirada.

Conhecia-a bem. Pressenti que alguma coisa arquitetara, que uma coisa definitiva iria acontecer, tremi, mas aceitei:

— Vamos.

Estávamos no verão. O pessoal dela havia subido para Itaipava, onde tinha um sítio com cavalos de raça e piscina natural, e onde, segundo o costume, passava todo o período estival. Catarina não ficava oito dias seguidos lá em cima. Descia por dois, três dias, para espairecer:

— Sufoca! Emburrece! Mato só é bom mesmo para cobra e passarinho.

O palacete estava às escuras. Nos salões do andar térreo, de janelas cerradas, alguns móveis cobertos por lençóis, os tapetes enrolados e encostados nos cantos e um cheiro ativo de pó da pérsia.

— Vamos lá pra cima.

— Não tem ninguém?

— Claro que tem. Alguns empregados ficam. Não se pode deixar um casarão deste tamanho sem ninguém zelando, tomando conta. E como é que eu havia de comer, se não tivesse quem me servisse? Mas estão lá para os fundos, nas dependências deles.

O quarto de Catarina, amplo, claro, perfumado, em feminil desarrumação, roupinhas íntimas abandonadas sobre as cadeiras e sobre o pufe, tinha varanda para o jardim — a mobília verde, um banheiro contíguo com louça de florzinhas. Escancarou o janelão:

— Puxa, como está quente! Tire o paletó e espere um pouquinho que eu vou tomar um banho.

Mas não foi. Abraçou-me com suavidade:

— Você nunca desconfiou que eu gosto muito de você?

5 de fevereiro

Nicolau tem atitudes que lhe valeram inimizade e combate — não toma conhecimento dos colegas, reduzindo-os a um desprezível pó, mesmo aqueles raros que admite na sua convivência, e de que se socorre para a execução dos seus grandes trabalhos, como é o caso de Mário Mora. A sua diferença é Zagalo. Medira as forças e, como não é tonto, admite o rival, vê-o crescer, ameaçar-lhe a glória, procura superá-lo, critica-o sem piedade e a rivalidade acabou por se tornar em obsessão. Se não fora a casualidade de Zagalo viver em São Paulo, os choques poderiam ter sido graves, pois Nicolau sabe ser provocante quando convém ou quando inconscientemente o arrasta a desmedida vaidade.

Zagalo é artista sério, metódico, perseverante, cuja inteligência, muito mais cultivada que a de Nicolau, calma e reclinada, contrasta com a brilhante inquietação do rival. Sua obra não impressiona pela ousadia, pelo efeito imediato, pela variedade das experiências — é fria, calculada, valorizada nas minúcias, despercebidas dos leigos, nos sólidos conhecimentos da técnica, na pertinaz conquista dum estilo, duma unidade buscada nas profundezas e não nas cintilações de superfície, uma obra para verdadeiros críticos e entendedores. Sua paleta aparentemente monótona, firmada em tons escuros, terrosos, esverdeados, fazia com que Nicolau afirmasse com espírito "que Zagalo pintava tudo com titica de galinha".

Zagalo, pesadão, queixo quadrado, não é engraçado. É maçante, tão vaidoso quanto o adversário, carrega nos rr, cerimonioso no trato das pessoas:

— O senhorr Nicolau é um grrande pintorrr. Mas há grrrandes pintorrres medíocrrres.

Por ocasião dos salões aparece no Rio sem que, nem sempre, envie obras para eles. São bastante complicados os motivos do seu não comparecimento, e a explicação que dá à comissão, excedendo-se em urbanidade, leva séculos e apavora os membros.

Suas visitas à exposição, nas horas de maior movimento, assinaladas são por um sisudo passeio pelas salas sem se deter em nenhum quadro de expositor mais categorizado, mas parando, de repente, diante duma obra ordinária, à qual dedica uma exagerada atenção, respingada de consultas ao catálogo e guturais e incompreensíveis interjeições. Para as peças de Nicolau representa diversa comédia: cada dia dedica-se a uma. Imobiliza-se ante ela, como tomado por intensa solicitação, avança, retrocede, fixa-se por fim num detalhe mínimo, avança, retrocede, quase esfrega o nariz semita na tela para observar melhor, falando muito audivelmente:

— Interrressante! Muito interrressante!

Quando percebe que tem público suficiente atrás, interessado nas suas manobras, conclui:

— Apanhou bastante o Tintoretto. É bem do Tintoretto!

E Nicolau, que conhece a manha, bufa se lhe contam:

— Filho da puta!

6 de fevereiro

Para Felicidade, avental mescla é "avental méxico". Mal a vimos nestes quatro dias carnavalescos. Fantasiada de margarida!

7 de fevereiro

Reminiscências da correspondência comercial de Silva & Irmão: "Tenho a comunicar duas tristes notícias. A morte do nosso prezado amigo e freguês J. Padilha e a alta do preço das cebolas. Mais quinhentos réis em réstia!"

A MUDANÇA

Seu Afonso trabalhava de pé, numa mesa-estante, descomunal, de jacarandá, paletó de lustrina, pala de celuloide na testa para se defender da lâmpada de cem velas caindo a prumo nos pesados livros mercantis. Era amigo de Ataliba, a quem respeitava como profissional e, a pedido deste, que procurava servir papai, me encaixara no escritório na condição de auxiliar — 120$000 mensais — e não só me distinguia com inequívocas atenções extrafuncionais, como encobria os disparates da minha inexperiência aos olhos, empapuçados mas fiscalizadores, de Silva & Irmão, corrigindo-os, elucidando-me, ensinando-me a agir no escuso meandro dos lançamentos, dos estornos, das notas de entrega, das duplicatas e memorandos.

Seu Afonso tinha três canetas, cada qual de uma grossura e com pena diferente, fina, rombuda, de dupla ponta, pois três eram os talhes que utilizava na escrituração. Limpava-as cuidadosamente após servir-se delas, colocava-as rigorosamente enfileiradas no porta-canetas de metal, por ordem de grossura. Guardava, para rascunho e apontamentos, todo e qualquer pedacinho de papel sob um peso de vidro, com algumas mossas, lembrança da Exposição Nacional de 1908. Economizava mata-borrão, alfinetes, grampos, não deixava a tinta criar borra nos tinteiros e, a cada manhã, antes de iniciar suas funções, apontava o batalhão de lápis de várias cores.

— A primeira obrigação de um homem é engraxar os sapatos e fazer a barba todos os dias. A segunda é não gastar mais do que ganha. Lembre-se bem!

Nunca me esqueci, como jamais me olvidei do seu modo de tratar os subalternos — firme, mas delicado. Infelizmente os 120$000 que me pagavam não eram elásticos, os livros me seduziam nos sebos da Rua São José, aos sábados armava patuscadas com Tatá, e houve fim de mês em que me via obrigado a socorrer-me humilhantemente até de Mariquinhas, que se fazia de rogada, mas não falhava, para ter dinheiro para a condução, já que, por capricho ou temor, preferia ir a pé para o escritório do que pedir duzentos réis a papai.

Foi seu Afonso que me indicou a pensão para o almoço:

— É boa, rapaz. É lá que eu como há mais de um ano. Boa e barata. Vamos juntos.

Apegara-se a mim desde o primeiro dia. Acompanhava-me, na saída, até o bonde, parando diante das lojas para queixar-se da carestia, comprava os vespertinos para ler em casa, admirava a altura dos edifícios em construção, apontava-me um que outro passante como cidadãos graúdos, apresentava-me a conhecidos, que um dia me poderiam ser úteis, falava da mulher e dos filhos, dois, que já cursavam o ginásio com proveito — oxalá continuassem assim! No escritório abria parênteses na sua contínua, infatigável atividade, para me dirigir palavras, nas quais as coisas do serviço não entravam — casos de família, reminiscências da cidade, que conhecia como a palma das mãos, comentários políticos — detestava o Bernardes! —, críticas à administração pública, resultados esportivos, pormenorizadas narrações de crimes, que o impressionavam profundamente. Conhecera o carteiro que fora assassinado nas matas da Tijuca — você ainda mamava, menino! —, assassinado pelo moço de boa família, família de proa, que dera prefeitos, ministros, generais. O moço, muito bem-apessoado, mas estroina, praticara um desfalque, um grosso desfalque, setecentos contos! Pusera a dinheirama em latas de biscoitos e fora enterrá-las nas matas da Tijuca. Mas o fizera tão perto da estrada que o carteiro (tinha sido seu vizinho na Rua Uruguai), que passava por acaso, desconfiou daquele mancebo tão janota cavando no meio do mato, e se achegara curioso. O moço, pilhado em flagrante, atirou nele, após, em vão, tentar suborná-lo. Ninguém ouviu, o local era ermo, mas o corpo apodreceu e os urubus denunciaram-no. No assalto à famosa joalheria, joalheria da gente chique, na Rua do Ouvidor, os ladrões — era uma quadrilha internacional — haviam alugado previamente o andar de cima e, aproveitando o sábado, quando teriam todo o domingo pela frente, deslocaram as tábuas do assoalho e penetraram pelo teto da loja. O vigia acudira com o insólito rumor. Foi trucidado pelos meliantes que, na calada da noite, levaram o cadáver num bote para atirá-lo, com uma pedra atada ao pescoço, nas águas da baía. No crime da mala, o turco esquartejara a mulher, enfiara os pedaços na mala e

A MUDANÇA 213

despachara-a, em nome de um suposto destinatário, para o porto de Santos. A fedentina, que invadiu o trapiche, dera a pista, e os jornais da oposição abriram fogo contra o chefe de polícia de São Paulo, acusando-o de fazer o possível para proteger o criminoso, de quem tinha sido antes advogado numa escandalosa concordata. Mas nenhum outro crime o impressionara tanto quanto o assassinato do proprietário do Moinho de Ouro, e, para relatá-lo, seu Afonso se fazia patético. Era uma fábrica de café moído e chocolate, no Largo de São Francisco, muito popular, pois fora ela que iniciara uma modalidade de propaganda alegórica e sensacional, nos moldes norte-americanos, destacando-se um automóvel, para entrega da mercadoria, em forma de moinho todo dourado, que movia as pás quando o veículo andava, e que aos domingos percorria os bairros distribuindo amostras de chocolate Andaluza à criançada. Morava em Paula Matos o desventurado. A mulher, uma mulher passada já, casada há mais de trinta anos, de madrugada, abriu a porta para o amante, um rapazola, um valdevinos, que era empregado e protegido do marido. O desgraçado foi morto a machadadas no leito conjugal, e o sangue esguichou até o teto.

Seu Afonso guardava da mocidade uma lembrança e amiúde recordava-a — a de uma estadia em Portugal, quando tinha seus 16 anos. O pai era de Trás-os-Montes, chegara garoto, de tamancos, recomendado a um patrício, pessoa da mesma aldeola serrã e que aqui fizera fortuna no comércio de cortiça. Admitido na casa, solancou duro por anos e anos, que naquele tempo ser do comércio não era canja! Dormia-se no armazém, não raro sobre o balcão — o negociante morava quase sempre no sobrado —, comia-se da mesa do patrão, vivia-se na dependência dele, e a labuta era das seis da manhã às dez da noite, sem domingos nem feriados, apenas alguns dias santos, quando o trabalho parava ao meio-dia. Mas acabou como o empregado de confiança do patrão, teve licença de se casar e, quando o patrão morreu, foi contemplado no testamento e ficou de interessado na firma, pois os herdeiros não quiseram arcar com a responsabilidade total dos negócios, que ele conhecia melhor do que todos.

Mas a máxima ambição do pai, a ambição tão lusa, era voltar um dia à santa terrinha. Não para ficar, mas para revê-la, recorrer, de sapatos, anel de brilhante no dedão e maquia no bolso, as quintas e os lagares, os agrestes caminhos, de pedrouços e serranias, da aldeia natal, de fachadas alvadias, por onde andara infante e pobre, parar à sombra das macieiras, das pereiras, dos castanheiros, dos olivais, contemplar a igreja, onde fora batizado, de cal e azulejos, com o galo recortando-se, no alto da torre barroca, contra o céu de um azul meridional, o adro de pedras onde saltara e dançara na folia das romarias, o largo de sol e cascalho onde jogara a malha, a ponte de pedra, em arco, sobre o regato em que as azenhas se abeberavam, as tulhas, os vinhedos vergados ao peso dos cachos sumarentos, onde as mãos infantis pela primeira vez se esfalfaram nos labores da colheita, mostrar tudo aos filhos com os olhos inundados de júbilo e amor:

— Foi aqui que eu nasci, meus laparotos!

E um dia, já ventrudo e endinheirado, bigode embranquecido, um começo de esclerose, realizou afinal o seu mais caro anelo. Levou esposa e filhos, que eram três, dois rapazes e uma rapariga, em primeira classe de paquete inglês, por lá ficaram quase um ano, visitando parentes, gozando Lisboa, gozando os campos semeados, os rios bucólicos, as praias de pescaria, as altas penedias com castelos derrocados, distribuindo esmolas pelos párocos e pelos mendigos, comparecendo a todas as festas populares, fartando-se de amêndoas, de nozes, de frutas, de doces aldeões, de opíparos ajantarados regados a vinho verde, à sombra das latadas.

Mas aquilo que era sonho teve fim. Voltaram. Os pais morreram. Os negócios desandaram. Os irmãos se separaram, cada qual entregue a seu destino, mas o coração nunca deixara de bater, comovido, saudoso, à recordação daqueles dias encantados, os melhores da sua vida, e, se alguma coisa o entristecia, era a certeza de que jamais voltaria a pisar a terra portuguesa, jamais lhe seria possível renovar a magia daquela viagem.

A MUDANÇA 215

8 de fevereiro

— Trago-lhe um jovem comensal, dona Jesuína!

— Quantos quiser, seu Afonso. A fome alheia faz prover minha ceia.

E dona Jesuína abriu um lugar na concorrida mesa, ao lado de Loureiro, que em poucos minutos ficou íntimo, machucando-me as costas com impiedosas palmadas, benevolente cordialidade com que os latagões desabusados externam sua superioridade para com os franzinos camaradas.

Mas a surpresa da estreia na lauta mesa da pensão foi o encontro com Altamirano, que não via há considerável tempo, por mera casualidade, dado que ainda não estabelecera, como condição de profilaxia pessoal, me afastar de semelhante traste, e que chegou depois de mim, de livro no sovaco — *A casa destelhada*, de Rodrigues de Abreu —, com aquele ar de alheamento, de desprendimento terreno, que então não me irritava, apesar de sabê-lo falso e mentiroso.

— Ora, quem vejo aqui! Por onde você tem se metido? — perguntou afetando gravidade e interesse.

— Por aí mesmo. Trabalhando.

— Trabalhando?! Onde?

— Para que tanto espanto? No comércio.

— Ah! Mas isso te impede de me procurar? Tenho muitas coisas importantes para falar com você.

Nunca teve nada importante para me dizer. Era uma fórmula pessoal para se fazer de importante, isso sim, tal qual, para lisonjear, a de abrir os braços diante dos figurões e gritar-lhes: "Grande caráter!"

E reatamos a frequência interrompida das nossas conversas. Trabalhava ele então na exportação de madeiras, o primeiro degrau de sua ascensão econômica; tinha ido a Curitiba, a serviço, e, de passagem por São Paulo, procurara o Mário de Andrade — imenso! — na casa, sempre aberta aos jovens, da Rua Lopes Chaves, estivera também com o Oswald de Andrade.

— Como ele é?

— Um grande sujeito!

Substituía por retumbantes adjetivos e exclamações, numa entonação de profeta, a incapacidade de transmitir um conceito, uma opinião, de elaborar uma crítica, como na sua poética invertia sem propósito as orações para aparentar ligações parnasianas, e repetia as palavras e as imagens, numa enxurrada de reticências, para parecer lírico, sutil ou profundo.

9 de fevereiro

Felicidade espia da janela o trabalho de Pérsio:

— Esse menino não para. Já está fazendo outra "estalta"!

10 de fevereiro

A ideia de que envelhece persegue Catarina. Procura enxergar no rosto rugas que não existem, vive trepando em balanças, alarmando-se com as oscilações dos ponteiros, inventando regimes de fome, que a abatem e a enervam, tornando-a ranheta e incoerente.

— Você está maluca, moreninha! Então você está gorda, você está velha? Você está linda! Continua jovem e linda.

— Que maluca! Estou uma baleia! E a gente vê que envelhece quando vê os outros. Vi Afonsina Sampaio, ontem, na cidade. Nem falei com ela, fingi que não vi, fugi, pois, vendo-a, estaria me vendo, e teria vontade de gritar! Você não pode imaginar como ela está! Balofa, matrona, pelancuda, ir-re-co-nhe-cí-vel! E tem a minha idade.

— Às vezes eu duvido da sua inteligência, sabe?

— Devia duvidar é dos seus olhos!

E não somente a ideia de que envelhecia, também outra se transformava em ideia fixa — a de que precisava de marido. O irmão e as duas irmãs haviam casado, saíram de casa, tinham seus lares, seus filhos, seus problemas. O palacete ficara enorme, triste, sem vida — as refeições eram tumulares. Os pais decaíam, interrogavam-na, insistiam para que se decidisse, ela respondia

A MUDANÇA

sempre que não — suspeitavam. A tia lhe contara — quem sabe se industriada? — a conversa da mãe. Não sabia ela por que razão a filha não se casara. Se era bonita, elegante, inteligente, preparada e rica, nada seria mais fácil, portanto, que encontrar pretendentes, o que era positivo, pois já tivera inúmeros, mas rifava-os, desiludia-os, ridicularizava-os de pronto. E nunca tivera namorados. Amigos, sim, tinha muitos, mas quase todos homens, na maioria bem mais velhos, casados ou comprometidos. Eduardo, baixinho, meio demente, com gargalhadas capadócias, regulando de idade com ela, era, evidentemente, o preferido. Saíam muito juntos, se telefonavam horas, tinham conversas de uma intimidade assustadora, mas de vez em quando sumia, o que levava a crer — felizmente, graças a Deus! — que nada de sério havia entre eles, o que seria sumamente desagradável, dado que o rapaz era casado, ou coisa que o valha, não obstante que essa tapeação de casamento no Uruguai de pessoas desquitadas estava alastrando na melhor sociedade, e já se tornara até situação legal. E como as amigas que tinha, apesar de poucas, eram umas criaturas para lá de estranhas — pintoras, poetisas, concertistas, extremistas! Gente assim —, às vezes tremia com a suposição de que a filha não fosse normal, gostasse — Deus me livre e guarde! — de mulheres.

Catarina rira das suspeitas maternas:

— Qual, titia, fiquem descansadas. Eu tenho jeito para tudo, menos para lésbica.

A tia se arrepiara:

— Que palavra!

— Não gosto de eufemismos. Cada boi com seu nome.

Contudo encarava com mais ardor a hipótese do matrimônio:

— Tenho pensado muito, sabe? Ficar velha e sozinha é o pior que pode acontecer, querido!

— Quando você encasqueta uma coisa no bestunto, fica cacete que não é graça! Muda a chapa!

— Por que essa grosseria? Não sou grosseira com você...

— Não é grosseria, querida. Eu falo sempre assim.

— Não é nas palavras que está a brutalidade, é na entonação. Modere-a um pouco. Será que não mereço?

— Mas por que diabo você agora vive falando em casamento? Pensa que não me choca? Pensa que não sinto? Esqueceu de que o amor é uma casquinha de ovo?

— Não. Não me esqueci. É uma casquinha de ovo.

— Será que não me quer mais, que não gosta mais de mim?

— Que tem uma coisa com outra? Pelo fato de me casar, isso significaria desamor? A nossa vida vai mudar?

— Vai! Casada, não!

— Se é por escrúpulos, não se esqueça de que nunca os tive. Ou por acaso só você é que pode ter seus compromissos, só você é que pode ter a vida direitinha?

— Não é isso! Você é absurda!

— Que pode ser então? Egoísmo, nada mais que egoísmo. A vida regular, as contas em dia, o lar em ordem e eu o refrigério, a válvula para o respeitável ramerrão, o divertimento que não pode ser perturbado.

— Você não me entende.

— Entendo, sim! Como não entendo? É isto que eu sou e sempre fui para você: o divertimento que não pode ser ameaçado. A coisinha calma, discreta, que não chateia, não altera a sua vidinha, que não atrapalha nada.

— O que você diz é uma monstruosidade! Você me fere o coração!

— Não faça essa cara de sofredor. Você não está sofrendo nada. Você está é decepcionado. Depois de tantos anos de passividade, a pombinha rebela-se, quer voar. A pombinha, não. A criadinha. Que é que eu tenho sido nesses anos todos senão a sua criadinha? A criadinha obediente, dócil, discreta, a criadinha de amor, cômoda e barata!

— Isso já não me fere, me ofende!

— Pois não quero te ofender, querido. Não tenho a menor intenção de te ofender. Juro! — e abraçou-se a mim, repousou a cabeça no meu ombro. — O que quero é não me humilhar mais. É não me sentir inferior, é jogar com as mesmas cartas que você, é ter o mesmo que você tem. Nem mais, nem menos — o mesmo! A minha vida regular, o meu lar, os meus filhos — chega de abortos!

A MUDANÇA

Filho é para nascer, não é para se matar! Ser igual a você e você ser o que sempre foi — o meu amor! —, o amor que eu preciso ter.

— E o que você é senão o meu amor, o amor que eu preciso ter?

— Não! não se zangue. Mas não sou o seu amor. Custei muito para admitir, mas agora estou certa. Você não me ama. Você é incapaz de amar alguém. Você é egoísta demais para amar alguém.

— Mas eu te amo, eu te amo imensamente.

— Não! Para que me mentir, ou mentir a você mesmo, o que é pior? Você não nasceu para amar. No dia em que amar, será um homem perdido. Eu sou para você o que todas têm sido — uma coisa agradável. Não me olhe assim. É uma verdade. Você tem horror quando te dizem as verdades! Isso é o que eu sou para você. E se você se apega a mim, é porque sou uma amante — a palavra é horrível, tenho nojo dessa palavra! —, uma amante que não dá encrencas, que não faz fitas, que não te tira o sono, e uma amiga leal, que te admira, que anima, que se orgulha de ti, que compartilha dos teus sucessos, e não te trai — você dorme descansado!

— Como você é cega! Como você é injusta!

— Antes fosse! E afinal estou dizendo tudo isso, te aborrecendo, por pura tolice. Você está inocente, eu fui culpada de tudo. A nossa situação fui eu quem a criei. Não você. Você apenas a aceitou. E como não aceitar se você não pode ver mulher?

11 de fevereiro

Loureiro reforma o apartamento. Como poderia Waldete viver sem sancas?

12 de fevereiro

Uma imprudente facécia de Godofredo Simas:

— Essa Censura é tão estapafúrdia que me deixa zonzo! Não sei se posso publicar o descarrilamento do Rápido Mineiro... Outro dia noticiei um furto no apartamento de uma dama amancebada com gente do Catete e lá veio papeleta e chateação!

Se contasse isso a Marcos Rebich, em dois tempos iria engrossar o acervo de Julião Tavares, que coleciona atos da Censura. Será que ninguém se lembrou de fazer uma coleção dos atos indecorosos de Julião?

13 de fevereiro

— A revolução de 1930 não teria passado de embrião se não fora um acontecimento imprevisível: o assassínio de João Pessoa, na Paraíba. Esse foi o rastilho do incêndio, foi a voltagem que regalvanizou o estado de espírito revolucionário então em adinamia, e com tal ímpeto que, em poucos dias, o que parecia irremovível esbarrondava por terra como castelo de cartas. O governo constituído da República, não obstante um "Braço Forte" na sua direção suprema, porque era assim que chamavam o senhor Washington Luís, caiu como se estivesse podre, sem resistência e sem heroísmo, sem amigos e sem glória, muito antes da avalanche revolucionária chegar à capital da República. (Dos colóquios do general Marco Aurélio.)

14 de fevereiro

Imperscrutável mistério das revoluções! O negro Baiano, elevado a chefe de portaria do Ministério da Justiça, maneiroso cérbero, inflexível para os importunos, para aqueles que não rendem nada, de infalível olfato para o que cheira a dinheiro, é homem forte no regime — mistura de dentes alvos, mãos rapaces e alcoviteirice.

15 de fevereiro

Biblioteca de Gustavo Orlando, em imbuia rajada, num canto da sala, sala repleta de estatuetas de bronze, de jarrões japoneses, de tamboretes mouriscos, de cortinas de gorgorão, recamada de floridos e espessos tapetes, e honrada com o autorretrato de Marcos Eusébio, em trajes de fidalgo andaluz:

A MUDANÇA   221

Antenor Palmeiro, completo e encadernado.

Euloro Filho, quase completo e em brochura.

Dom Quixote, em português.

Gorki e Romain Rolland — ídolos intocáveis! —, em espanhol.

Shakespeare (sem abrir), em francês.

— Donde virá esse luxo, rastaquera, mas luxo? — quer saber Adonias, que pela primeira vez visita o apartamento de Gustavo Orlando.

Dou a ficha:

— Vem da mulher, filha dum riquíssimo estancieiro de Bajé e dono dos melhores contratos de fornecimento de gado em pé aos frigoríficos Armour e Swift, e muito ligado a essa gauchada toda que está no poder. Se o Gustavo Orlando quisesse, estaria de cima, teria o que entendesse.

— Pois eu não sabia de nada disso!

— É uma lacuna da sua cultura.

— Você não acha que o Gustavo Orlando joga com pau de dois bicos?

— Não. É sincero. Acredita mesmo. Basta lembrar o que tem sofrido com a polícia. Não é brincadeira! Ou você acha que pelo fato dele ser comunista deve despojar-se da fortuna que tem, só para demonstrar coerência?

— É claro! Estou dizendo burrice.

— E o que ele dá ao partido não tem conta. Soma mais em um mês do que você gasta em um ano com...

— Aposto, seu moleque, que você vai dizer que com o Fritz...

— Exatamente!

16 de fevereiro

Trezentos aviões franceses e ingleses para a Finlândia e é esperada para o dia 20 a propalada ofensiva alemã. Eis o tema da visita de Pérsio, visita que como de costume acabou em parada musical, parada russa, Glinka, Borodine, Prokofiev, e o escultor, por momentos, cerra os olhos, as narinas palpitando, mergulhado numa atmosfera de encanto, sortilégio das estepes, das imensidões nevadas, das campainhas das troicas, mas para Stravinski os olhos precisam estar abertos, como se as notas, em contraste vincante, também tivessem cores, cores de feira, álacres e gritantes.

E, saído o amigo, retornemos a *José e seus irmãos*, tetralogia que só agora se completa, bíblica correnteza contra a qual procuro desesperadamente nadar, mas que me envolve, me aniquila, me arrasta, me atira inerme em praias apocalípticas.

17 de fevereiro

Catarina, em crise de acidose, a respeito de Saulo e filha:

— Doce endogamia...

E a respeito de Mário Mora, contra quem alimenta velada e inexplicável animosidade:

— Erotomania à mascava potência.

18 de fevereiro

Volto da casa de Garcia e Gasparini, mostrando-se evidentemente abatido, me traz no seu carro, o primeiro que lhe exigiu e permitiu a clínica. Garcia enfermou-se e gravemente, inchaço a que não iam dando importância e que se pôs a evoluir repentina e aceleradamente para erisipela. Gasparini atarantou-se, acabou, porém, vendo claro e debelando o mal.

— Foi um bom susto, hein...

— Se foi!

— *Mors quotidie nobis imminet*, como diria o nosso saudoso desembargador.

— Saudoso?

— Hipocrisia, não?

— Hipocrisia, sim! Um chatoba de primeira! Que a terra lhe seja leve com o Corcovado por cima. Mas que quer dizer esse latinório?

— A morte nos ameaça todos os dias.

— Bah! O latim é uma língua fabulosa! Qualquer besteira em latim parece ser uma coisa do outro mundo. Não é à toa que missa se reza em latim...

A MUDANÇA 223

— Sim, mas voltando às perebas do nosso Garcia, elas iam te dando trabalho, não?

— Ia dormindo no ponto, sim, forçoso é confessar, mas acordei a tempo. Seria uma rata do tamanho de um bonde... — E Gasparini diminuiu a marcha. — Bem, não é a primeira que me acontece nesses últimos tempos. Tenho andado obtuso, inapto, nervoso... E sabe de quem é a culpa? (O carro ia quase parando.) Da Nilza! Só dela, pode crer! É funesta! Briga, briga, briga... É um brigar sem freio e sem propósito! E é ciúme besta, e é impertinência, obtusidade, grosseria, porque é bruta como um carroceiro! Ando numa roda-viva. Nem sei como ainda me contenho. Mas qualquer dia eu estouro! Não sei onde estava com a cabeça quando me casei com a Nilza. Que grande burrada a minha!

E eu que o considerava imune às tolices e brutalidades da mulher! Que já discutira isso com Luísa, que discordara — ninguém se acostuma à estupidez, meu filho. Mormente ao permanente propósito de humilhar, não respeitando ocasião nem lugar. E Gasparini não tem sangue de barata. Tantas ela faz que um dia, quando menos esperar, ele dá-lhe o basta, e feroz!

19 de fevereiro

Castas estrelas, tende piedade de Gasparini! Salvai-o! Restituí lhe o equilíbrio, o senso premonitório, a exuberante autoconfiança, o desembaraço, livrai-o do seu escanifrado algoz, castas estrelas!

21 de fevereiro

— Tenho horror a confissões, já te disse muitas vezes, conquanto não desconheça que lixívia possam ser. Mas hoje te confesso, e nada envergonhado, que não sei gostar muito. Não sorrias... Sei suportar, apenas, e uma e outra coisa podem se confundir um pouco. Suporto uma infinidade de criaturas, de resto com bastante desfaçatez, súbitas explosões e alguns traços de meiguice, além de toneladas de gratidão em certos casos, e doutor Vítor e Gasparini, para te citar dois, estão entre eles. (De que maneira poderia citar

Catarina?) Tenho compaixão de algumas, poucas, pobres almas desarvoradas como Eurico e a nossa perdida Madalena. Estimo Francisco Amaro e Garcia, mas estima indestrutível como se os laços do afeto pudessem ser inoxidáveis como certos aços. Por Vera e Lúcio é amor, mas amor seco, que às vezes nem parece que é amor. Talvez nem seja mesmo amor, pois o amor paternal bem pode ser amor a nós mesmos...

— E por mim?

— Por você é amor molhado!

— Quanta mentira!

— Pode ser mentira, mas vamos comer que já estou com fome.

— Tem de esperar um pouquinho, meu filho. A condução está trágica, eu cheguei um pouco atrasada. O jantar ainda não está pronto.

— Não está?! Mas já são sete e meia!

— Eu sei. Mas Felicidade foi obrigada a ir ao açougue, a carne só chega depois das seis, e você sabe o que são as filas.

— Esse negócio de fila é infernal! Só o diabo era capaz de inventar uma tralha dessas.

— É horrível, sim, mas que se há de fazer?!

— E não estamos em guerra. Estamos espiando. Imagine se um dia entramos no embrulho!

22 de fevereiro

Embrulho? Moscou aperta os cordões do seu, anunciando a batalha definitiva. Teremos a prova de que tamanho também é documento, réplica de Golias aos iludidos Davis de costas quentes.

23 de fevereiro

Lenisa Pinto estreou nas letras com capa em tricromia e ilustrações de Mário Mora — *Sarças da madrugada*! Poesia incandescente, crepitante, luxuriosa, feita de afogadilho, que escandalizou algumas almas sem claraboia, que eriçou a suave hipocrisia de Susana, e foi objeto de ácidas gargalhadas de Catarina:

A MUDANÇA 225

— É o lirismo do recalque! O colegial panegírico de íntimas belezas desprezadas, como se ser abandonada por um Lauro Lago não fosse um prêmio para qualquer mulher. Está de ovo virado! Se publicasse um álbum de poses nuas, na cama, no banheiro, atrás do biombo, seria mais decente e muito mais sensacional.

25 de fevereiro

Já te perpassou pela cabeça, ó Catarina, afoita gôndola morena, que já não se satisfaz com os canais da nossa nua intimidade de ventres e de ideias, e que enseja rumar, desorientada por extemporânea bússola, para a amplidão inavegável dos oceanos do tédio conjugal, já te perpassou pela cabeça, Catarina, um canhão que vomitasse louvores em vez de metralha? É uma imagem bélica, metáfora do tempo, que só merece reserva. Mas eis no que se transformou a pena de Altamirano, em duas colunas escorrendo de cima a baixo, explosivas, ribombantes, coruscantes, no jornal de Godofredo que serve para tudo, inclusive de sentina, e tendo como alvo a poética jangada de Lenisa Pinto, madeiro que não escondia a forma original de um toucador. E ao mesmo tempo que forçava a fremente *Sarças da madrugada* a deitar âncora no mar da glória literária — é uma outra Gilka Machado! —, o artilheiro Altamirano, bardo e cavalheiro de indústria, arcanjo e flibusteiro, como as moedas que têm cara e coroa, no oceano da esperteza, abordava com o seu bergantim de duplo costado o rendoso cargueiro Lauro Lago, cargueiro de alto calado e alta cabotagem, aberto à empulhação, instalava-se no incauto convés, usufruía a intimidade do tombadilho e do passadiço, via de acesso a mil conhecimentos e traficâncias.

Lenisa Pinto é figurinha simpática, buliçosa, corajosa. Não merecia o ridículo insulto de tanto obus elogioso de um pirata, como por outra parte não merecia a venenosa hilaridade de Catarina. Há vezes que me sinto covarde diante da tua sátira, Catarina!

26 de fevereiro

Mais bazófia. Apura-se, por inquérito entre intelectuais da mais destemperada heterogeneidade, quais os dez melhores romances brasileiros. E o inquiridor:

— Que pena o teu romance ter saído há tão pouco tempo. (Falava de *A estrela*.) Quase não tem cotação. Seis votos apenas.

— Não tem importância, meu caro. Daqui a cinquenta anos, quando você fizer outro concurso, ele ganha.

— Posso contar isso nos *potins* do inquérito? Seria interessante. (À margem de cada apuração, havia meio palmo de notícias alusivas — Gustavo Orlando, por exemplo, declarara que não votara em um romance de Júlio Melo, por ter certeza de que o romancista e embaixador não deixaria nem a pau de votar em si mesmo.)

— Não vejo nada de interessante, mas pode.

Os arrependimentos não vêm antes.

27 de fevereiro

— Veja! Uma mulher na janela! — exclamou Saulo Pontes. — É fabuloso! Já não se usa mais.

— O amor é uma paixão em que os dois presos querem ser carcereiros — sentenciou Baby Feitosa!

— É fácil ser boa por pouco tempo — retrucou-me Catarina.

— Que dura seria a vida se os mortos não fossem esquecidos! — deixou escapulir Garcia.

28 de fevereiro

Pela primeira vez Paris experimenta os verdadeiros efeitos da guerra. E Gerson Macário risonho:

— Vai ser um outro 1870...

29 de fevereiro

A mais bela palavra de Felicidade: "Obistráculo"!

A MUDANÇA

1º de março

Terminou a apuração para os dez melhores romances nacionais. Não houve surpresa — somava-se o perene ao transitório, com maior cota do transitório, como de antemão prevíamos. Mas *A estrela* não teve seis votos só, teve oito! Os de Adonias, José Nicácio, Gerson Macário, Saulo Pontes, Francisco Amaro, Helmar Feitosa, João Herculano e Altamirano de Azevedo, o hipócrita!

2 de março

Lá vai outra sentença: A vida é para os medíocres; deles é a fama e o lucro.

3 de março

O Führer declarou ao representante de Roosevelt que as bases para uma negociação de paz deveriam firmar-se sobre o atual *status quo*, respeitando-se as aquisições (*sic!*) feitas até agora pelo Reich, o que é para desanimar qualquer mediação. Enquanto isso, grita-se no Parlamento britânico que só haveria paz com o "desaparecimento do hitlerismo", espantalho que não foi criado sem muita roupa velha e libras inglesas para espantar os gaviões da estepe.

4 de março

Tardou, mas chegou o dia do primeiro passo, de mula pacífica, obediente e estéril, mulinha fiel, que se empurra para a frente, na várzea burocrática, com palmada carinhosa na anca luzidia — lá no fim poderia encontrar, e, se não nessa, em outra tentativa, o platô de pastagem estável, capim sem muita clorofila, mas também sem cicuta, e com trevos de abonos e promoções por merecimento e antiguidade, e facilidades de empréstimos e licenças-prêmio, para a tranquila ruminação dos dias nesta terra imatura. Era o caminho da docilidade, da meiga submissão, contrabalançada sobejamente por um amparo angélico, o único caminho, já que a Justiça, oprimida pela Igreja, não dissolve casamentos, não garante as novas alianças, deixa-se envolver apenas, dada a sua venda, pelas transações de duvidosa condição. E Luísa confiava. Confiava no calor da palmada e nos eia! eia! do professor, que sabia expor, e exemplificar, e insistir, até que nas cabeças dos alunos ficassem incutidas as intrincadas gradações do Deve e do Haver.

Mais uma palmada — vamos! — e Luísa entrou com um outro cartãozinho na mão, ornado por outro retratinho policial. A prova se realizava no Externato Pedro II, colocado estrategicamente numa esquina antipedagógica, com frontal de meia cantaria e cúprico telhado, meu velho conhecido, que a broxa limpara, mas não rejuvenescera, velho e aflitivo conhecido, patíbulo que meus pés subiam cada fim de ano, pela mão de papai, para o holocausto dos preparatórios, certo de ser decapitado, porque um til ou um trema, que não fosse a gramatical perfeição, uma data desatenta ou o lapso nervoso de um milésimo de grau no cálculo de um triângulo isósceles poderia ser a guilhotina de um ano perdido, ou duma segunda época, na melhor das hipóteses.

5 de março

As castas estrelas, atendendo à minha litania, vieram em auxílio de Gasparini? Independente delas, reagiu? Não sei. Mas hoje, para nossa alegria, era outro, ou melhor, era o mesmo Gasparini que conhecíamos e amávamos, tronco indobrável e desabusado da floresta dos homens, cujas franças filtravam uma sombra de bondade, sincera e chocalheira, prenhe de impulsos coléricos, abotoada de pornografices. Veio escoteiro, como nos velhos tempos — antes só que mal acompanhado, minha gente, que a Nilza dá azar! Comeu como um abade, insultou Garcia, o que era o melhor sinal do seu restabelecimento, teve quase um ataque apoplético na escuta do jogo em Buenos Aires, na disputa da Taça Roca, que a estática prejudicava e a locutagem molestava com um palavrório patrioteiro e inepto, e para cujo resultado desastroso e vexatório, de 6 a 1 para os argentinos, a jetatura da esposa não concorrera.

A MUDANÇA 229

Bufava a cada tento contrário, golpes que Garcia recebia com amargoso silêncio, exprobrava a ação dos nossos jogadores, uns pernas de pau, uns galinhas-mortas, uns desgraçados, excomungava a incompetência dos técnicos e dirigentes, politicoides deslavados, dava patadas, esmurrava o ar inocente, e ao apito final soltou um brado:

— Puxa, que brasileiro sofre!

Mas na verdade o brasileiro Gasparini sofria já menos. O sofrimento que lhe infligia Nilza, injusto, desleal, constante e mesquinho, encontrava vesicatórios — 6 a 1!

6 de março

Proponho-me a seguinte questão: por que razão Emanuel foi chamar logo a mim para tentar resolver o seu problema doméstico? E não encontro a solução. Tudo deduções, suposições, e o que daria para saber a verdade! Como ficou sem explicação o cabograma recebido seis meses depois, de Berna: "Confiança na paixão, Deus preserve e guarda — Emanuel e Glenda."

7 de março

(Vivemos de memórias — é o que me diz Catarina.)

8 de março

Roberto morreu hoje — pobre Florzinha! — e eu não fui ao enterro. Fiquei pregado à cama com uma dorzinha manhosa nos olhos e um mal-estar que não sei se será gripe forte ou aborrecimento maior. Mas acompanhei de coração o cortejo do priminho, para o Caju, que foi pequeno e modesto. O pai estava ausente, em Pernambuco, para onde bateu asas depois do desquite; Rosa no estrangeiro, onde reside. E estive vendo-o, quando era garotinho e brincava no meu colo; estive vendo-o bater palmas para Mimi e Florzinha, quando começou a andar, ou, de pasta a tiracolo, marchando para a escola; estive vendo-o com a perna quebrada deitado na cama, entre álbuns e brinquedos, depois do famoso tombo da bicicleta; e a sua alegria quando, já taludinho, se encontrava comigo na rua e não parava de contar casos, nos quais o nome do pai era habilmente omitido; e o dolorido sorriso, no turbilhão tão inútil daquela esquina, quando, vindo do médico, me disse que ia fazer uma operação nos rins.

9 de março

O mundo ficou sem Roberto como se ele nunca tivesse existido, humílimo trilobita da nossa era.

10 de março

Domingo cheio. Aparição de Pinga-Fogo e filhos, que estão crescidos, parrudos e bastante artificiais, falando como as bonecas que dizem mamãe e papai, e se movimentando como se pisassem em ovos. Eurilena a cada instante ajeitava as madeixas com um toque de vaidade tola e jeca, que me irritava; Lenarico tem, cada dia mais pronunciadamente, a boca de Madalena, a boca e os olhos, olhos em cujos reflexos vislumbra-se o sangue mageense dos Ibitipoca, enlace de altivez e treponema, contraparte venérea da luxúria que o Xarope de Gilbert, em escondidas colheradas, não debelara.

Não eram ainda nove horas, dormira tarde, e continuava me sentindo adoentado, mas não tive remédio se não me levantar, que Luísa me empurrou:

— Vamos, não fique assim. É o Eurico.

A Pinga-Fogo não passou despercebido o meu sacrifício:

— Que diabo! Você não precisava se levantar. Eu esperava com toda a calma, mandrião! Está com cara de sono.

— Não estava dormindo. Estava lendo o jornal. E que esta semana não passei muito bem.

A meia mentira pegou. Pinga-Fogo quis saber dos meus males. Laurinda ainda fazia o seu escândalo, correndo, espojando-se, la-

A MUDANÇA 231

drindo ensurdecedoramente; embora festeira com todas as visitas, tem particular e estarrecedora paixão por Pinga-Fogo, Aldir e Mário Mora, paixão engraçada, pois que não só Pinga-Fogo e Mário Mora em bem contadas vezes vêm à nossa casa, como o pintor não manifesta nenhum entusiasmo por cachorros e chega a ficar meio tolhido e encabulado com as retumbantes manifestações da cadelinha.

Pinga-Fogo não sabia da morte de Roberto e me submeteu a longo interrogatório, entrecortado de compungidas exclamações. Não ficou para o almoço. Comprometera-se com um colega, que o esperava para o ajantarado, donde iria então visitar Mimi e Florzinha e apresentar-lhes os seus sentimentos e desculpas.

Quem veio para o almoço, sem prévio aviso, foi Ataliba, que ainda apanhou Pinga-Fogo — aí, papudo! — me contando pela décima vez, sem o menor exagero, um certo quiproquó com Rosa, e no qual tomava parte saliente o engenheiro Maïrones, com quem ela refizera a vida conjugal e que Pinga-Fogo só chamava de Morones. Garcia e Gasparini sem a cara-metade, que a situação perdura, vieram para a irradiação do segundo jogo contra os argentinos, que vencemos por 3 a 2, resultado que cheira mais a marmelada do que a reabilitação, dado que assim terá que haver uma terceira partida para a decisão da posse temporária da Taça Roca, e com isso mais uma oportunidade de arrecadação.

A vitória, que contou com alguns novos jogadores, reforços embarcados a toque de caixa, perturbou Gasparini, que não admite ter havido moleza portenha:

— Você está sonhando!

— Veremos.

— Você vai ver. Vamos ganhar. Apertado, mas ganhamos! Não vamos, Garcia?

— Acho difícil. Estou com o Eduardo. Eles amoleceram o jogo...

— Vocês são uns infelizes! Por isso é que essa joça não melhora. Ninguém tem confiança nos brasileiros. Se perdemos é porque não sabemos jogar. Se ganhamos é porque houve sorte, moleza do adversário... não! Parei!

232   MARQUES REBELO

— Se você pudesse ouvir as suas próprias palavras depois do outro jogo, o dos 6 a 1, haveria de achar graça... — insinuou Garcia.

Luísa riu. Ataliba não percebia a razão do riso, mas acompanhou-a. Pela face de Gasparini perpassou uma chama de raiva.

— Brasileiros de titica!

Chama de sangue subindo fácil à cabeça, tão nossa conhecida, e incontinenti suplantada pelas labaredas que devastavam o cinema Alhambra. Porque, num intervalo de irradiação esportiva, dera-se a notícia de que lavrava incêndio no imenso barracão, que outra coisa não era o vasto cinema do bairro Serrador. Madeira e estuque, gesso e papelão, pano e celuloide, alimentos ideais para a fome do fogo. Ainda várias outras informações foram transmitidas, todas sensacionais, quebrando a descrição futebolística, e, finda a reportagem, os microfones se transferiram para diante da imensa fogueira, com os locutores descrevendo-a com a mesma entonação e os mesmos cacoetes que consumiam nas transmissões desportivas, polvilhando o sensacionalismo com o picles duma indigente literatura radialista: visão dantesca, serpentes de fogo, hecatombe infernal, miríades de fagulhas, mandíbulas das chamas e joias que tais. Foram horas de fogo irresistível ante mangueiras inúteis, ante heroísmos vãos. O máximo que os bombeiros conseguiram, com escadas insuficientes e água escassa, foi isolar o fogaréu, impedir que ele se propagasse pelos prédios circunvizinhos. Nada restou senão umas poucas paredes ameaçando tombar.

— Era um lindo cinema — disse Ataliba à moda de epitáfio.

Nele assistira quatro vezes, só ou com a família, ao musical austríaco *Sinfonia inacabada*, baseado na vida de Schubert, que batera recordes de permanência, bilheteria e sentimentalismo — Eurídice inutilizara lenços com lágrimas e bistre, a comoção de Cléber Da Veiga atingiu o paroxismo: isso é que é fita! E da destruída casa de espetáculos guardava eu algumas lembranças, que as cinzas dos dias menos soterrantes que as cinzas das chamas não deixavam morrer, lembranças tristes ou suaves — o fiasco de Maria Berlini na companhia de comédias, desempenhando o

A MUDANÇA   233

vampiresco papel duma falena do amor, esquecendo-se da tirada
magistral que daria ao capitalista de jaquetão mescla, *plastron* e
calça listada, a mão de Catarina pousada, meiga, no meu braço,
saturada de L'Air Embaumé, que permanecia agarrado à minha
roupa, dias e dias, como um carrapato da ternura.

Com a noite apareceram Pérsio, Aldir, Susana e José Nicácio,
e tivemos polêmicas e vitrola — polêmicas por causa de Nicolau
e Zagalo, vitrola com Deodato Severac, Turina e Satie, que José
Nicácio achava que não valiam um caracol. Mas entre música e
jogo, Susana prefere o jogo, como se das casuais e misteriosas
combinações de ases e curingas, de valetes e cartas brancas pudesse surgir um nome, uma data, um destino, por imposição de
necromânticos poderes que a sua fé não tinha forças de repelir.

E fomos ao baralho até as primeiras horas da madrugada. Ao
recolher-me, sentia-me esmigalhado. Um domingo cheio.

11 de março

Melhor! Como se um dia de sacolejamentos jogasse ao chão
os bichados pomos que molestam e envenenam a árvore que
podemos ser. (Terapêutica a comprovar.)

13 de março

Às primeiras horas de hoje assinou-se o acordo de paz pondo
termo às hostilidades russo-finlandesas, que duraram quatorze
semanas de torcida. E as vantagens territoriais soviéticas não
deixam dúvidas: istmo da Carélia, lago Ladoga, penínsulas de
Ribnii e Sretrin — controladas no Atlas de Agostini, em edição
um tanto desatualizada, ante as ratas de Gasparini, que é de
impressionante obtusidade cartográfica. Quanto a Hanroe, será
arrendada por três anos para base naval e pela maquia anual de
cinco milhões de marcos finlandeses.

No salão de Susana, bastante murcha, Saulo foi sucinto:

— Venceram a parada.

234   MARQUES REBELO

E Adonias:

— Acha que vão pagar?

— Se não pagarem, botam na conta — gargalhou José Nicácio, useiro e vezeiro em espetar despesas.

14 de março

A cidade cresce, a necessidade obriga. A gare dom Pedro II será outra, imensa, de seis andares, vinte e um na torre quadrada, onde haverá o maior relógio de quatro mostradores do mundo! Mas se a necessidade obriga, por que não fazer uma obra também bela, se trabalho e preço seriam os mesmos? Nunca! Salvo o Ministério da Educação, obra que se arrasta e que sofre tanto motejo e reprovação dos idiotas, nunca! Os jornais estampam a planta do futuro mastodonte e só encontro nela o paquidérmico, insuportável desdém pela arquitetura, que caracteriza as repartições oficiais de engenharia, ciosas de velhos privilégios que a nova carreira ameaça roubar-lhes, quando na realidade não há roubo algum, há divisão de exercícios — arquitetura é uma coisa, engenharia é outra. Uma pinoia! — dirá Aldir. Uma indecorosidade a mais! — dirá Pérsio, com um bufo completivo. Com o Ministério da Viação foi a mesma coisa. Alojava-se num edifício imperial, de lindas linhas, com palmeiras na entrada, e de importância histórica porquanto levantado especialmente para a primeira exposição internacional que se realizou no Brasil. Foi demolido, nem as palmeiras escaparam pela engenharia ministerial, sob a alegação de que era insuficiente para o serviço, como se não fosse mais prático e inteligente erguer um novo prédio e deixar aquele para servir a outros fins, talvez para um museu do próprio ministério. O que se fez é o hediondo lixo que lá está, padrão do falso moderno, quase tão ridículo quanto o falso classicismo da Câmara dos Deputados, que é o apogeu do opróbrio arquitetônico! Com a singular e cômica circunstância — quando terminado, verificaram que tinha menos espaço útil que o outro! E toca a pôr mais um andar, um ou dois, nem sei...

E, sem ser saudosista, penso com antecipada saudade na gare que vão derrubar, modesta e simpática, patinada pela fumaça, úmida de vapor como uma autoclave, o gracioso peristilo com marmóreo piso em xadrez, os degraus da entrada carcomidos por quase um século de viajantes. Lembro-me do seu ingênuo bruaá, acode-me o seu cheiro de carvão-de-pedra e de aniagem, de café e graxa, e a emoção das minhas chegadas, principalmente aquela de coração oprimido e corpo contaminado — Margarida! Margarida! Abismo de tonturas, fósforo lascivo, que vinha reacender nas minhas veias adolescentes a mal apagada tocha mageense e punitiva das senzalas.

16 de março

— O assunto está bem sério — diagnostica Pereira por trás dos óculos bifocais. — Só há mesmo uma solução: arrancar esses cacos todos e colocar duas pontes móveis.

17 de março

Argentinos 5 a 1! conforme predizíamos. E faleceu Selma Lägerlof, que pela mão de Nils Halgersons me levara em viagem maravilhosa pela Suécia, viagem que Antônio Ramos interrompera antes da metade — meu Deus, como é dormitiva! Faleceu, octogenária, na sua casa de Marback, casa natal, que só abandonava para breves excursões ao estrangeiro, casa que a afortunada Catarina conhecia e da qual guardava, como recordação, um galhinho de faia.

18 de março

Quero bem a José Nicácio, que só tem contra si a aspiração, um tanto comum aos nordestinos, de vencer no Rio! Pode ser humano, mas é uma vulgaridade que me irrita um pouco num homem inteligente, máxime depois que ele lançou um método típica e reprovavelmente antenoriano. Se houvesse empenho em não pensar em fracasso, em deixar a vida correr normalmente, em não pegar qualquer oportunidade pelo rabo, talvez se obtivessem resultados mais positivos e duradouros. A conquista ideal tem muito de celeste.

19 de março

As promessas nazistas não ficaram em promessas. O perigo sobrepaira a Inglaterra noite e dia. Scapa Flow levou bombas. Atingidos vários vasos de guerra. Mas o Almirantado recusa-se a comentar o bombardeio. Que será feito de Mac Lean? Que sustos não estarão passando Glenda e Emanuel, cuja última carta é um primor, primor e modelo de auto e diplomática censura.

20 de março

Desligo o rádio: Mussolini e Hitler reúnem-se no Passo de Brenner. "Qualquer que seja o resultado dessa conferência, estamos preparados para enfrentá-lo", adverte o governo inglês.

Com a noite pela frente, a leitura, em voz alta e com prosódia levemente alfacinha, de algumas estrofes d'*Os Lusíadas*, a que Jacobo de Giorgio não dispensa apreciável consideração, segundo me parece, estrofes de guerra, horrenda guerra, horrenda, fera, ingente e temerosa, emoção que o telefonema de Loureiro, sabendo de nós e convidando para jantar, interrompeu.

— Lê mais. É maravilhoso!

Luísa gosta mais de ouvir que de ler.

21 de março

Ler demais foi a minha ruína!

A MUDANÇA   237

22 de março

Temos direito e avesso como certos panos, Catarina, mas você nunca faria um vestido com o pano do avesso, não pelo que pudessem falar as costureiras e freguesas, mas por você, que é exigente costureira e freguesa de si mesma. Também posso exigir para mim a mesma espécie de costura. Também! Deixemos, porém, os panos e as costuras. Pensemos no novo Gabinete francês, Gabinete que pretende impor um ritmo mais acelerado e enérgico ao desenvolvimento das hostilidades...

23 de março

Lua nova. Nada novo.

24 de março

Primeira partida da Taça Rio Branco, no estádio de São Januário, e uma decepção a mais para a torcida. Uruguaios 4 a 3, depois de estarem perdendo por 3 a 1! Gasparini confessa que não tem um pingo de vergonha:

— Imaginem que tive o descaramento de ir ver aqueles cachorros! São uns frouxos, uns desfibrados, uns borra-botas! Deviam ser surrados na saída! Surrados e escorraçados! Mas caramba, que esta sala está uma estufa!

Luísa ironiza:

— Não sabe que cá o nosso amigo detesta correntes de ar?

— Isso não tem cabimento. Abre as janelas, homem! Deixa o ar entrar.

Que adianta me defender? Há coisas que se colam a nós como visgo. Não se vive impunemente ao lado das Mariquinhas — vento encanado era um dos seus abantesmas, sopro de Satanás, mensageiro das pneumonias. Causa-me arrepios, mal-estar, espirros incoercíveis, uma medrosa sensação de febre súbita, de que só me alivio com comprimidos antinevrálgicos.

25 de março

Outra réstia da rebelião:

— Você está ficando muito prosaico!

— Por que me diz isso, Catarina?

Não respondeu. Puxou o roupão abandonado, cobriu o busto, fechou os olhos. Não insisti. (Por um momento me assaltou a desoladora sensação de que buscava alguém, que não sabia quem fosse, para se esconder num lugar que não sabia qual era.)

26 de março

Cléber Da Veiga deblatera contra os cassinos que prosperam, que atraem os incautos ou os relutantes com a isca dos seus shows monumentais, oferecidos a preços irrisórios nas boates anexas. Aliás, não grita sozinho. Tal como Camilo Barbosa, professor Alexandre, Martins Procópio e Luís Pinheiro, entre os que me lembro, juntou-se ao coro da campanha contra a tavolagem, que tem frei Filipe do Salvador à frente como maestro sem batuta, camorra que encontrou guarida num matutino que se jacta de não receber publicidade das casas de jogo, como se a maioria dos seus anunciantes valesse mais que os exploradores do azar.

Marcos Rebich é um realista:

— Não se iludam. Querem trocar isso por alguma coisa.

Que coisa, é o que não sabe ainda. Mas Cléber não quer trocar por nada. Seus berros contra a corrupção, com a longa enumeração de suicídios e desfalques de que o pano verde seria o responsável, não passam de despeito. Marcelo Feijó é quem espalha — o moralista viu-se preterido para fiscal de jogo, sinecura reservada ao compadrismo da ditadura e que ele, na surdina e um tanto ingênuo, ardorosamente cavava, estribado de início na influência de um general, parente próximo da mulher.

A MUDANÇA

239

27 de março

Das conversas com Jacobo de Giorgio:

— A admiração sincera só é possível fazendo-se restrições. Mas aqui só se admite a admiração em bloco... Enquanto não nos esforçarmos para ultrapassar esse estágio primário, não teremos crítica, e sem crítica, sem uma tábua de valores, como situar a literatura brasileira, que existe, que tem características, peculiaridades, significação, na literatura universal?

— Ermeto Colombo é um escamoteador. Mas há escamoteadores inofensivos. E mesmo o teatro brasileiro é tão incipiente que até os escamoteadores podem prestar serviços...

— A inteligência é a faculdade de compreender aquilo que nos é antipático.

Era uma citação e ela me doeu como pedrada. Senti-me burro.

28 de março

Luísa safou-se em grande estilo do primeiro obstáculo, que fez murchar de estalo tantas esperanças — contabilidade pública e escrituração mercantil, e prossegue hoje o *steeple-chase* tentando saltar o fosso que se chama Contabilidade Bancária e Industrial, de caráter eliminatório.

O calor enlanguesce, o asfalto transpira a armazenada soalheira, as vestimentas são claras, mais nus os ombros das mulheres, que a moda cada dia devassa mais os corpos femininos com decotes e tecidos transparentes, que agitam os moralistas, que fazem frei Filipe do Salvador subir ao púlpito com palavras candentes e vigiar, severíssimo, a porta da sua igreja para evitar a entrada de ovelhas despudoradas. O marinheiro é do *Minas Gerais*, lá está na fita do gorro; o crioulo é do Flamengo, lá enverga a camisa rubro-negra; mas o escudo vascaíno está pregado no alto das prateleiras de quinado, clarete e alvaralhão. O refresco de tamarindo é intragável, a antítese daqueles que Mariquinhas fazia, espumantes e travosos, deixo-o a meio copo; no reservado discute-se com muletas escatológicas, saio do café com bafo de batatas fritas. Das janelas do externato vinha uma luz amarela e triste, que lembrava a do clube em Campina Verde. Caminho para a direita, a Igreja de Santa Rita é uma evocação colonial, encontro a Rua Acre. É o cheiro de café em grão, de carne-seca, de serradura molhada, de aniagem, de pez e queijo, violento como chulé, e cães rateiros latem para os passantes dentro dos armazéns fechados, farejando a fresta das portas. E a ladeira se mostra, calçada de pedras, ladeira em lances como uma escada — é o Morro da Conceição, que não desassocio da gravura colonial com negros subindo-a ao peso das vasilhas d'água na cabeça. Lá em cima, o ex-palácio do bispo, ruína que ninguém açode, com arbustos nascendo das telhas, casarão simpático embora soturno, como pode ser simpática e soturna uma cadeia antiga, olhando para o porto. Subo. No mimetismo do muro, o parzinho se agarra na sístole e diástole do desejo. Morcegos cruzam a treva, que acolcha os postes espaçados. Subo — vejo o mar! É o mar de piche, que as luzes dos cargueiros pontilham, luzes vermelhas e azuladas, baloiçantes ao ritmo da água, refletindo-se nela oscilantes, esgarçadas ou estreladas. E na viração chega o ranger dos guindastes na faina estivadora, um arrastar de fardos, gritos de estímulo e impulso, um trilo ou uma buzinada.

Volto. O tempo não passa. A prova continua, e, na porta do externato, o porteiro fardado. Quando, naquele saguão, afixaram o resultado do exame de Aritmética, papai não fizera má cara com a minha nota, a mais baixa da turma, e as reprovações naquele dia tinham sido elevadas. No ano anterior houvera o brilharete em Geografia e, de algum modo, em História, que não mais se reproduziria, mas que se constituíra em basilar arcabouço duma satisfatória consideração, que me deu nova vida. Abraçou-me:

— Dessa você ficou livre! Agora vamos ver como vai se sair em Álgebra e Geometria.

Também não fui nada brilhante, Emanuel é que fulgia e pensava já na carreira diplomática, habilíssimo em línguas, conversando em francês com Blanche, embasbacando seu Políbio com a verborragia que gastava com o engenheiro da fábrica de chitas, inglês de sapatos brancos e cachimbo, com o pomo de adão saliente como um bico, freguês da farmácia em aspirina e sal de frutas, com que retemperava o cérebro matinal das bebedeiras noturnas.

E Luísa apareceu. Vinha animada, repetindo por coincidência as palavras de papai — dessa fiquei livre!

29 de março

O chefe do governo húngaro conferenciou com Pio XII a portas fechadas, durante hora e meia, sobre assuntos que não transpiraram, e foi acompanhado ao embarque por altas autoridades fascistas. Sou capaz de apostar a cabeça como José Nicácio vai perguntar a Saulo, com aquele arzinho impertinente, só para chatear, o que conversaram o santo e o pecador. José Nicácio tem o perigoso costume de deitar a perder toda uma conversa amistosa ou fraternal, séria ou divertida, com uma única e curta pergunta, o que não deixa de ser imprudente para quem aspira vencer.

Há muito não via Pedro Morais. Emagreceu ou são os meus olhos? Está doente sem o saber ou se queixar, ou sofre alguma crise intima, algum abalo sentimental? Tinha na mesa, de regrada atulhação, grande cópia de revistas literárias portuguesas, que folheei. O título de um conto me marcou profundamente: "Davam grandes passeios aos domingos" — que força pode ter um título! E trago, de empréstimo, um livro sobre Picasso.

— É interessantíssimo! — caucionou-o.

Pérsio é quem vai gostar.

30 de março

Pérsio gostou. Há testes infalíveis: Gosta de jazz? Se não gosta é burro, impermeável, oco como cabaça!

— É ou não é, Pérsio?

— É!

E para juntar o ato às palavras, fartamo-nos de *jazz*. Armstrong arrepia!

31 de março

"A Rússia não participará de uma grande guerra", discursa Molotov perante o Conselho Supremo dos Sovietes. "A União Soviética não é instrumento da Alemanha e continuará a sua própria política independente."

— Que mistificador barato! — diz Adonias.

— Só participará de pequenas guerras, guerras contra pequenos países, que não podem somente com heroísmo suportar o peso do poderio militar soviético ainda que precário — ajunta Saulo.

— Precário?

— Sim, meu velho, precário. Generais não se improvisam.

— Você é mais cego do que parece — emenda José Nicácio.

— Devia andar de bengala branca na rua...

E Churchill, que vai pouco a pouco empolgando o poder, como que responde ao chefe soviético: "A nossa pendência é com Hitler e com a força do nazismo germânico. Não há necessidade alguma de arrastar a Rússia a essa luta, a não ser que ela própria o queira, movida por anacrônicas ambições imperialistas e pretextos fúteis."

— Não há? — pergunta José Nicácio à rodinha de livraria.

— É cabra turuna! Não é à toa que tem cara de buldogue. Não largará mais o osso! — comenta Garcia, cuja simpatia pelo velho e tenaz conservador deleita Pérsio Dias, muito anglófilo no fundo.

E lá se foi a Taça Rio Branco pela primeira vez para fora do país, depois do empate de 1 a 1 na segunda partida com os orientais, partida de que Gasparini fingiu não tomar conhecimento. Mas se os resultados são seguidamente adversos às cores nacionais, os cronistas especializados continuam, sem exceção, a decantar o nosso futebol, encontrando para as derrotas as mais pueris e abestalhadas desculpas, desplante contra o qual ninguém se levanta. E a política clubista é um fato irremissível, porque já é

A MUDANÇA   243

negócio além de influência. Altamirano continua paredro. Cléber Da Veiga também.

1º de abril

Chego do jantar em casa de Loureiro, que engorda. Luísa mandou desculpas por não ir. Trago a certeza de que nada é mais melancólico, mais vazio que uma casa sem filhos, e ali era uma exigência de Waldete, que detesta criança. Um limpo, arrumado egoísmo descansa nos tapetes, nas poltronas, nos bibelôs sobre a mesinha de espelho, reflete-se na comida impecável.

A frescura da noite começava a se fazer sentir quando fomos para a varanda que dá para o mar, onde se serviu o cafezinho.

— Quer meter um licor para rebater?

— Não. Obrigado. Fico no café mesmo.

Waldete, fornida de quadris, vestido colante, depois de alguns passos enfastiados; botou na vitrola o último sucesso de Neusa Amarante, e Loureiro narrou-me com pormenores um tanto aborrecidos vários golpes de Altamirano no tabuleiro dos negócios, talvez com uma pontinha de inveja:

— Como subiu esse nosso prezado poeta! Está milionário! Só na exploração das areias monazíticas está ganhando um dinheirão!

Como sinto que não tenho mais nada a dizer ao velho companheiro, e aliás nunca tive muito, embora o estime sinceramente, a permanência teria sido improlongável se Loureiro, muito loquaz para questões comerciais, não tivesse se precipitado nelas. Tinha em vista, e isso era muito confidencial, a montagem de geladeiras elétricas no Brasil. As entabulações com uma grande organização americana estavam em bom termo.

— Só montagem?

— Sim, só montagem. Já vem tudo fabricado dos Estados Unidos. Não chateia e livra-nos duma porrada de impostos. É um ótimo investimento!

— Você chama isso de investimento?

— Como você queria que eu chamasse?

— Sei lá! E o capital brasileiro a quanto monta?

— A quarenta por cento. E desse eu tenho uma boa parte, praticamente a maioria. O Altamirano andava de olho no negócio, mas eu o passei para trás com todos os sacramentos. Vai dar pulos o nosso amiguinho!

— E você com isso vai abandonar os negócios imobiliários?

— Eu?! Só se fosse louco!

Despedi-me cedo e Loureiro não fez o menor empenho para que eu ficasse mais. Tinham chegado visitas. Não bem visitas, mas gente da nova roda que Loureiro frequenta, canalizado que foi para ela pelo prestígio de Ricardo. Vinham jogar. Jogam caro. Zuleica Viana do Amaral tem a voz rouca, linguagem despachada, um poder de extrema sedução. Cruzamo-nos na porta:

— Como passa o ilustre poeta?

Não pude deixar de rir. E Loureiro muito burro:

— Mas ele nunca foi poeta, mulherzinha!

2 de abril

Abril, 1929. Altamirano lançou os *Poemas ao portador*, mirrada reunião de lamentos, gemidos, jeremiadas, respigaduras bíblicas, sombras cemiteriais e anseios de morte, anseios muito graciosos para tão anafado e ativo cidadão, e a dedicatória, a lápis, no exemplar que me mandou pelo correio, é paradigma de capciosidade. Martins Procópio, como crítico oficial, e Helmar Feitosa, como manifestação espontânea, bifurcações do mesmo caminho, são os pilares iniciais e calorosos da nova glória poética. Porque não há dúvida nenhuma quanto ao êxito do ex-comensal da pensão de dona Jesuína, enaltecido por uma rápida legião de discípulos, até que o tempo nos traga outro tempo, de mais secos temperamentos, que não sentirão nenhum tremor com as plangências de sua lira de tampa de latrina. Mas até lá temos que sofrê-lo.

A MUDANÇA   245

3 de abril

Outro reide da Luftwaffe a Scapa Flow, façanha que já toma um ar humilhante de rotina, e nova moita do orgulhoso Almirantado — é duro confessar! E o piano e a voz de Fats Waller vêm em socorro da noite.

5 de abril

Francisco Amaro está contando tempo, o tempo que só deveria ser perdido com o amor. E a folhinha traz lembranças correlatas:
— Salve-se ao menos o vestido!
E Maria Berlini tirou-o. Fazia calor.

6 de abril

Retrucando às incursões nazis a Scapa Flow, prática bíblica do dente por dente, olho por olho, as forças aéreas inglesas atacam vasos inimigos no seu ninho de Wilhelmshaven. Travam-se violentíssimos duelos de artilharia entre as linhas Siegfried e Maginot. Deve ser o novo gabinete francês agindo...
— O seu a seu tempo! — e Mário Mora é todo alegria, alegria de anjo e fauno.
Envolve-se noutra aventura amorosa, que o absorve, que o eclipsa, que o torna mais irresponsável, falhando a todos os compromissos. O fato de ninguém se aborrecer e, amável e jocosamente, serem relevadas as contumazes impontualidades do inveterado dom João, não pode ser explicável apenas pela sua mansa e gorda simpatia. Mais fortemente do que ela deve valer a brandura dos seus modos, brandura que traz no âmago uma categórica imposição de respeito, de invioláveis fronteiras. Parecendo ser dúctil, é como metal inflexível. Não se gasta em lutas, não se preocupa com a opinião alheia, não se prende a ninguém e a nada, não admite embaraços para os seus passos — só faz real e exclusivamente o que quer!

— Que tal? Boa?

Sou dos poucos com quem se abre, a quem permite determinadas interrogações e conselhos.

— Divina!

— Zona Norte ou Zona Sul?

— É uma maravilhosa habitante do Andaraí! Um jambo do Andaraí!

— Vitória fácil?

— O seu a seu tempo! — gargalhou. — Ainda estou noivando...

— O Vasco Araújo anda caçando você — informo com ar ingênuo.

— Perdido é todo o tempo que em amor não se gasta, como canta o seu poeta — responde. — Grande poeta!

7 de abril

Das determinações insulares: bloqueio imediato e implacável do Reich e três milhões de homens em armas até junho.

Das determinações domésticas: vela nova para o filtro, que Felicidade quebrou — me "adiscurpe"!

9 de abril

Mais afundamentos. Mais combates navais e aéreos. Mais águas minadas. Mais música na noite. Trouxe discos novos, de coisas que não são novas, mas com rótulos franceses tão genuinamente 1924! *La Pèri*, de Dukas, *Impressões da Itália*, de Charpentier, e Gasparini dirá fatalmente que Charpentier que ele conhece era campeão de boxe, confundindo Charpentier com Carpentier.

Luísa cochila.

— Assim é que você gosta de música, não é?

Ela ri:

— Antes dar uma dormidinha do que falar...

Ainda bem que Nilza anda sumida. É impossível ouvir música com ela presente. É irritante! Não consegue ficar um minuto

A MUDANÇA

calada. Basta se botar um disco para ela abrir a boca, desrespeitosa, com os assuntos mais disparatados.

— Estão no fim, não acha?

— Sim, estão no fim — respondo, e meu pensamento foge para Catarina, fuga que é uma espécie de dormidinha de olhos abertos.

— Muito lindo! — desperta-me Luísa, levantando-se. — Vou buscar teu cafezinho.

O disco acabara. Ela já está na porta da cozinha, talvez que nem me ouça:

— Sim, foi muito lindo!

10 de abril

Invasão da Noruega, aproveitando a primavera. O rei, e nem sabia o seu nome, reage com as pobres forças do seu reino modesto e pacífico. Mas reage, que o melhor do seu povo o acompanha. E a nota melancólica da nova ação militar nazista, que fornecerá a Gerson Macário e Helmar mais um estoque de risos e considerações epigramáticas, é a do grande escritor norueguês, colocando-se ao lado do invasor, melancólica não pelo fato de aliar-se ao invasor, mas por comungar a ideologia nazista, incompatível com um homem de pensamento e sensibilidade como o autor de tantas páginas belas e sofridas. De que maneira identificar o escritor de *A fome* e *Um vagabundo toca em surdina* com o adepto da opressão e da discriminação racial, da força e da perseguição à "arte degenerada"? Só uma coisa desculpará Knut Hamsun — os seus oitenta anos, idade em que o miolo pode estar mole. Mas não o salvará da abjeção ou da forca.

E do outro lado do Skagerrak, o rei da Dinamarca, cujo nome também ignorava, não tem a mesma fibra e proclama "que as tropas alemãs, que estão no país, estabeleceram contato com as forças dinamarquesas e é dever da população abster-se de oferecer resistência aos invasores..."

11 de abril

Pereira, Oldálio Pereira, é um vasto cretino. Mas sabe o seu ofício. Num halo de desinfetante, de ácido fênico, de essência de cravo, entrego-me cegamente aos seus boticões. E ele os maneja, escondendo-os atrás do guarda-pó, como se tratasse uma criança:

— Vamos ver este dentinho...

E uma noite enjoada e dolorida de bochechos e saco de gelo, com Lúcio e Vera muito interessados nas minhas dores. E expirou o prazo do ultimato para que os alemães abandonassem Oslo, já tendo os navios de guerra de Sua Majestade iniciado a marcha através do fiorde da capital norueguesa. E afundados três cruzadores nazistas. E Garcia não tem aparecido, com a menina doente.

12 de abril

O grito das manchetes: a maior e mais sangrenta batalha naval da História moderna! Sim, vamos no terceiro dia do combate no Skagerrak, 150 navios e 800 aviões aliados contra 100 navios e 1.000 aviões alemães, uma repetição ampliada na batalha de Jutlândia naquele não tão distante 1916, com tio Gastão pilheriando sobre as enormes perdas inglesas, e papai retrucando:

— Não seja bocó, mano! Conseguiram quebrar o poder ofensivo da Alemanha no mar. Isto é que é vitória, conquistada seja com que perdas forem! Quem perde o domínio dos mares, mais cedo ou mais tarde capitulará em terra.

E Ataliba aprovava, que tirante a contabilidade papai para ele era um *vade mecum*.

13 de abril

Tropas inglesas desembarcaram e avançam para Narvick, e é preciso ver onde fica Narvick no mapa — rendada costa, como beira de página que o cupim comeu! Os noruegueses conseguem resistir em vários pontos, alguns que não constam do atlas. Mas será que os Aliados expulsarão o invasor, conservarão aquela

A MUDANÇA 249

fatia da Escandinávia? Tenho as minhas dúvidas, dúvidas de que Pedro Morais compartilha — tudo foi muito calculado pela Wehrmacht, há muito que se vem preparando para a guerra. E continua tristonho Pedro Morais, abatido, um pouco vago. Por isso ou por aquilo, não perguntemos, quem não está triste, vago, apreensivo nesses dias incertos?

14 de abril

Sereníssima conversa com Dagmar, de brincos de brilhantes, sobre as vantagens do montepio militar, na porta de uma casa de modas.

— Sabe que se eu me casar com militar não perco o montepio?

— Magnífico!

— Não pense que eu penso nisso.

— Absolutamente!

— Estou só explicando.

E explica, revirando os olhos, bulindo as pestanas, torcendo o corpo para acentuar as onduladas linhas, muito coquete. (O capitão usava perneiras. Teria morrido sem perneiras?) O menininho reproduz as pupilas azuis da mãe, os cachos de um louro mais queimado, o duplo queixo, um ar bobinho.

15 de abril

Garcia não tem aparecido por causa de Hebe, cujo estado merece constante assistência, cada vez mais enjoada para comer, mais passivamente rebelde às prescrições e não reagindo de maneira apreciável à medicação heroica de Gasparini. Mas todas as noites telefona, conta casos, fala da guerra, confessa discretamente as suas apreensões a respeito da doentinha, que a mãe da menina morreu do peito e o quadro não parece se diferenciar muito. Animo-o o quanto posso — que bobagem! Luísa já foi visitá-la, de dia, e não a encontrou tão abatida assim; pelo contrário, achou-a com um aspecto bastante satisfatório, embora mais pálida do que normalmente era. As aparências enganam — retruca-me. Não há de ser nada! — reafirmei. Mas abordei Gasparini, que confessou não ser nada alentadora a condição da doentinha, conquanto não houvesse razão para desesperar — diabo é que a menina não se alimenta, não sente o menor apetite, e isso é mau. Fizera a contagem dos glóbulos e a anemia era profunda. E a catarreira não cedia, os pulmões muito tomados e não adianta bater chapas em tais circunstâncias. Não havia, porém, motivos para desânimos. Estou vigilante! (E quando Gasparini afirma que está vigilante é que está com a pulga atrás da orelha.) O que temos a fazer é esperar.

16 de abril

Luísa é que pensou que estivesse livre. Não estava. Quando soube a nota, chorou. Tirara 59, e o mínimo era 60.

— Não é possível! Um ponto só...

E pedira vista da prova. Tivera zero numa questão em que devia ter cinco pontos, o que a aprovaria, e não se conformava, tomada duma paixão de que nunca a supusera capaz.

— Como há de ser? Um ponto só...

— Há de se dar um jeito. A resposta não está certa?

— Está. O professor nos ensinou assim.

E não somente ela fora prejudicada. A maioria fora atingida. E a coisa deu galho. O professor rugiu — cambada de asnos! Tratava-se duma questão bancária a respeito de aceites e descontos de duplicatas. A teoria determinava uma coisa, e os formuladores das questões eram teóricos, professores tacanhos, espécie de gramáticos da contabilidade, que não exerciam nenhum cargo importante na especialidade, tal como acontecia com o responsável pelo curso. E esse ensinara ao contrário, baseando-se na praxe do Banco do Brasil, na sua condição de banco oficial, que firmava jurisprudência em assuntos bancários e mercantis. E como todos os seus alunos respondessem como ensinara, viram perdidos cinco pontos, que era quanto valia a pergunta, pontos preciosos para aprovação e classificação.

Não é fácil discutir com acadêmicos. Mas o professor-contador tinha cabelo nas ventas, tinha especialmente que zelar pelo bom

A MUDANÇA   251

nome e eficiência, sempre comprovados, do seu magistério, que, como todos sabiam, e causava invejas, rendia infinitamente mais que seu alto cargo no Banco do Brasil. E recorreu do julgamento com cabal exposição — ficassem os seus alunos descansados.

17 de abril

Em oito dias a Alemanha perdeu um quarto da sua frota de guerra, afirmam de Londres. Se for exato, repete-se o episódio da Jutlândia — como poderá ela se aguentar em terra?

Adonias raciocina em termos de estratégia, e há uma floração de estrategistas improvisados:

— As condições atuais são outras, inteiramente outras. Poderosa como está, talvez com uma guerra-relâmpago domine a Europa antes de sentir os efeitos do bloqueio e da mortal insuficiência marítima.

18 de abril

A literatura da Delegacia Especial de Segurança Política se alastra por várias colunas de jornal, prolixa, cansativa, laboriosamente fabricada numa ânsia de veracidade, e exalaria mau cheiro se as palavras fedessem, o que não impede, tal a pituitária dos leitores, de nutrir os seus crentes com o alimento que desejam, e de favorecer a multiplicação de prosélitos, como é o seu maior objetivo. E a lenga-lenga policial se resume em provar, com a imunda e excitante minudência das reportagens de crimes, que Elza Fernandes, a jovem extremista que se encontrava desaparecida há mais de quatro anos, foi julgada, condenada à morte e executada com requintes de crueldade pelo Tribunal Vermelho, sinistros homens do partido, que a consideraram traidora, tal como já acontecera, conforme esclarecedoramente se recordava, com o também jovem Tobias Warchavski, encontrado morto na Avenida Niemeyer, varado de balas. A polícia, pondo em pertinaz ação todos os seus recursos de faro, localizara a escondida sepultura num quintal suburbano, exumara os despojos, simples ossada, legistas e peritos atestaram a identidade — Elza Fernandes. Estampara-se o retrato — jovem e bela!, como se publica o retrato das prostitutas assassinadas, jovens e belas. Já se sabia o nome dos verdugos, de retratos patibulares e caprichada folha-corrida, e na pista deles se andava e até que em alguns já tinham posto a unha.

19 de abril

Catarina parte. Parte de repente, sem outro aviso que o de última hora, num bilhete lacônico: "É preciso ir para longe. Para preservar ou para terminar. Aqui seria impossível. Eu me conheço." Amasso o papel, atiro-o na sarjeta — não guardar papéis. O coração guarda tudo.

20 de abril

É vergonhoso que tenha que averiguar para onde foi Catarina. Mas evito a humilhação de sabê-lo por nossas relações comuns, ou deixar transparecer a ignorância do seu destino. Não seria fácil disfarçar a minha voz. Fritz é quem telefona para mim. Uma criada é quem responde — havia ido para a Argentina com o pai.

Como Luísa nunca soube de Catarina é coisa que às vezes me pergunto. Desconhecimento mesmo ou reserva?

21 de abril

Doralice procurava-me no escritório. Era inútil tentar explicar aos colegas que não havia nada entre nós, absolutamente nada. Odilon, Edelweiss (com razões particulares), Jurandir e seu Valença têm olhares, risos, ditinhos. Zilá finge que não vê semelhante indecência. Humberto... Será que me verei obrigado a dar outro tabefe nesse sujeito? — quantas vezes pensei.

A MUDANÇA 253

22 de abril

— Você tem muitas amigas no colégio, Madalena?

— Só tenho uma, papai, e essa eu detesto!

23 de abril

Continuam prendendo os assassinos de Elza Fernandes com farta publicidade.

— Foi um lindo bolo de aniversário esse que confeccionaram para festejar o aniversário do Chefe da Nação — ri José Nicácio. — Bolo Elza. Com o fermento da Rua da Relação, cresceu de sair da fôrma! Assassinos ou não, os confeiteiros os obrigarão a confessar. Têm métodos infalíveis — e ele fez uma careta.

Luísa se arrepia:

— Como é possível?

— Tudo é possível, minha joia. É o sinal dos tempos. Mas que lindas sardinhas! Portuguesas?

— Nacionais.

— Apetitosas!

Estávamos na cozinha, preparando uma boquinha com restos do almoço, que jantar não houvera. Sendo dia de São Jorge, Felicidade fora festejá-lo, tanto no seu templo da Praça da República, quanto num terreiro no Catumbi — Saravá Ogum!

— É isso, seu José Nicácio. Os outros é que são católicos, mas nós é que pagamos.

— Do ponto de vista religioso nada tenho a objetar. Mas gramaticalmente essa sua construção está certa?

24 de abril

Deu-se o pior. Gasparini fez o que pôde, mas, ontem, foi franco — sanatório, meu velho! Garcia pôs as mãos na cabeça — mas de que maneira, Gasparini? Seus meios são mais do que deficientes. Vinte e dois anos numa companhia estrangeira, onde é o faz-tudo, e o ordenado — parece incrível! — é precisamente o que ganha por dia o diretor inglês, que não passa de um bêbado.

Foi Francisco Amaro quem o valeu. Telefonamos hoje, cedo, pois só hoje de manhã Garcia veio nos falar, e tudo ficou combinado. Mandasse a menina para a terra. O clima era excelente, como Garcia não ignorava — seco, puro, temperado. Havia um especialista, moço e competente; o pavilhão especial, para a enfermidade, que tinham no hospital, possuía todos os requisitos, pelo menos os mais importantes; e as Irmãs espanholas eram dedicadíssimas. Ademais, tinham eles, é claro! Seria velada como filha — você sabe como Turquinha é. Mandasse a menina. Ela haveria de arribar. E ficasse descansado que ele arrumaria os trens de modo que não houvesse nenhuma despesa. Para alguma coisa servia ser maioral na roça...

26 de abril

Insatisfeito, mudei de marca de cigarro!

27 de abril

Os alunos, porém, não ficaram descansados, como lhes garantira o professor. Eram dias aflitos. Os formuladores de questões não deram provimento favorável à exposição do requerente, que teve com eles uma discussão que ia se tornando azeda. Mas discutir com múmias não adianta, berrara, e mandando-os plantar batatas, insistiu na anulação do quesito e, em rápido trâmite, chegou ao ministro, ameaçando ir até a presença do ditador, a que tinha pronto acesso, pois na intensa fabricação de decretos-leis, muitos deles de essência contábil, por várias vezes fora consultado por indicação da direção do banco, que reconhecia nele excepcional competência e praticidade. O ministro não permitiu que lá chegasse, seria ridículo levar ao presidente tal questiúncula, tanto mais que já havia sido flechado por amigos, que tinham parentes e interessados atingidos no concurso pelo disparate. Mas, muito ministralmente, descarregou o abacaxi nas mãos do procurador-geral do ministério. O procurador-geral ouviu o apelante, chegou a compreender o assunto, e decidiu, para ficar de mãos lavadas, que se o Banco do Brasil atestasse por escrito o procedimento como usual, não teria dúvidas em despachar favoravelmente. Era a sopa no mel. Vinte e quatro horas depois recebia o procurador-geral, em mão própria, a declaração assinada pelo diretor do banco, e os famosos cinco pontos foram adjudicados aos candidatos, e Luísa respirou.

28 de abril

Continuei inexplicavelmente insensível aos encantos de Doralice, cujo pescoço era longo e grácil como o caule de certas plantas aquáticas. E Doralice me confessou, no reservado do café da Rua Santa Luzia, bulhentamente frequentado pelos desportistas dos clubes de regatas do quarteirão, que não era casada, isto é, que era casada com um comerciante na Bahia, e até bem casada, mas que fugira com um rapaz com quem vivia até então e tinha filhos. Os belos olhos verdes e mestiços ficaram molhados — fora uma loucura! Uma tremenda loucura! Se nunca amara o marido, idoso e pacato, se o casamento não passara duma imposição dos pais porque ele era rico e conceituado, a verdade é que tinha sido bom para ela, muito bom mesmo. E sentia-se tão sem amor como outrora no leito conjugal. Sim, sem amor! Estava abandonada, maltratada, pisada, preterida. Que castigo! O seu homem tinha outra mulher. Para a outra, tudo — moravam muito bem na Avenida Mem de Sá, comprara mobília, rádio etc. Há quatro dias que não vinha em casa. E ela com dois filhos, sem dinheiro, sem emprego... E como se empregar? Com quem deixar os filhos? E eles doentes, pobres deles!, com febre, com diarreia. Havia dias que não comiam... Os olhos vertiam lágrimas — se arrependimento matasse... Fez uma pausa olhando fixamente um ponto no espaço: seu caminho seria o bordel. O bordel já a esperava. Não, Doralice, não! Ela baixou os olhos, fitou-me seriamente e as lágrimas emprestavam um brilho mais vivo ao olhar. Não, Doralice, não. Haveremos de arranjar sua vida. Ela deu um suspiro, pegou-me na mão por sobre o tampo da mesinha. A mão era áspera, parecia pertencer a outro corpo, não àquele, mole, delgado, cheio dum encanto que só os vinte anos têm. Sim, Doralice, hei de conseguir uma colocação para você, um lugar em que você ganhe honestamente o seu dinheiro, pelo menos o suficiente para criar os filhos. Dentro de dois dias você me volta cá (dei-lhe dinheiro para se aguentar os dois dias). Volte cá. Garanto que terá emprego. Não chore.

Levei-a ao bondinho de tostão, procedimento que jamais tivera. Vi-a ir-se delicada como uma boneca, em pé na plataforma de trás. Ainda me disse adeus. Passaram-se os dias. Arranjei o lugar de zeladora de casa de Adonias, com ordenado bem razoável e a proteção imediata de Fritz, que preferia saias a calças na órbita dos seus afazeres. Como havia uma espaçosa dependência para empregados, Adonias não se importava que ela levasse os garotos. Mas Doralice nunca mais me apareceu.

29 de abril

Seu Valença é quem sabia levar a vida. Primeiro o resto, depois o trabalho.

30 de abril

Estalo de papel novo, cheiro de tinta fresca, fim de quinzena; era ponto de honra da organização pagar os empregados com cédulas novas, conseguidas na Caixa de Amortização não sei como — o pouco bonito, como dizia seu Valença. Chapéu cinzento, gravata verde, os caprichos de Ivonete, a mercenária diabólica, que tinha traços de Zuleica, conhecimento e recomendação de Jurandir — vá lá uma extravagância!

1º de maio

O bloqueio inglês, o que é alentador, deve estar dando os seus resultados; se assim não fora, não se berraria no Reich com mur·raças concomitantes: Lutar e viver!, eis o nosso lema.

A MUDANÇA 257

Lutar e viver! E a minha pena se torna pesada e estéril, incapaz de iniciar uma coisa nova, parando exangue às primeiras desconjuntadas linhas de cada tentativa, como se tudo que eu pudesse dizer já tivesse escrito. E voltam como um ritornelo as palavras de Catarina: "No dia que você amar, será um homem perdido!"

E acudiu-me que não deveria me queixar, nem me sentir gasto e infeliz. Que já fizera alguma coisa. Que não passaria em branco, como a nuvem do poeta medíocre. Que fadas protetoras haviam-me tomado aos seus cuidados e enchido a minha vida do ouro da poesia. Que eram Aldina, Catarina, Luísa senão poesia? Se elas não existissem, não existiria poesia no mundo.

2 de maio

Tudo nos eixos, houve hoje a terceira barreira — Matemática e Estatística. Mas a prova atrasou, e assim era perto de meianoite quando Luísa desceu. Os pés já me doíam da peripatética espera. Na noite lúcida e fresca, que numa dobra trouxera o peso do braço de Aldina, peso e tepidez, sensação logo desvanecida, palmilhara todos os becos circunvizinhos, com ratazanas correndo pelas sarjetas, bafio de desmazelo e velharia, com crianças imundas e obscenas gravidezes, devassara os ínfimos botecos, e diante da fundição o cabra cantava num tom abemolado e fanhoso de cachaça, esquadrinhara os baldios terrenos onde o lixo fermentava em montes coroados por arcos de barril, as casas de cômodo vomitando bodum e falatório, tamancos e programas de rádio — lições sem mestre duma agricultura maninha, lavoura do paralelepípedo e do asfalto esburacado, sem horizonte e sem sol, grãos chochos e mestiços para a miséria triturar.

— Que tal?

— Já não digo mais nada. Espero o resultado. Gato escaldado... — De repente, pôs a mão no lobo da orelha: — Perdi meu brinquinho!

3 de maio

Hebe foi. O médico achou o caso muito precário e comunicou-o francamente a Gasparini, em carta que me mostrou. Os pulmões estavam afetados, o fígado falhava, a taxa de albumina lamentável. As esperanças não seriam prováveis.

Gasparini estava abatido:

— Você acha que eu me descuidei?

— Não. Acho que você procedeu como qualquer médico criterioso procederia.

— Ainda bem que você acha. Tratar de amigos é o diabo! Pobre menina!

— Garcia compreenderá.

Mas Francisco Amaro escondeu tudo o mais que pôde de Garcia e passou a ter mais uma preocupação — que nada faltasse à doentinha. Ela é duma docilidade que comove a todos. Pressente que vai morrer e não tem uma queixa, um ato de inconformismo. Dona Idalina se reveza com Turquinha na permanente assistência.

4 de maio

Chamberlain anda fraco das pernas, o chão do poder estremece aos seus pés, mas faz das tripas coração com a ingênita teimosia ilhoa: "Não devemos esquecer a estratégia a longo prazo, que será a que há de vencer a guerra." Não, não esquecemos. Certamente foi essa a que usou nas parlamentações rebaixantes de Munique, quando a criatura, de garras crescidas e presas à mostra, rosnando imposições, se virara contra um dos seus pouco imaginosos criadores... "Os danos causados à marinha alemã foram tão grandes que alteraram todo o equilíbrio naval germânico." E isso é o presumível, apenas o presumível, vantagem também da ordem do a longo prazo, e da qual Adonias talvez tenha razão para duvidar do sucesso — uma guerra-relâmpago, uma guerra de inéditos processos fulgurantes, vitoriosa no continente, borraria a deficiência no mar, esfacelaria a tradição, cortaria as veleidades britânicas da protelação.

A MUDANÇA   259

5 de maio

Prossegue a luta na Noruega, sem se poder confiar nos comunicados dos litigantes, mas dá-se que os ingleses não escondem a perda de poderosos navios nas costas norueguesas, estrago que pode ser considerado como pronta e vital resposta às palavras de Chamberlain sobre o enfraquecimento da armada nazista, da qual, com o seu guarda-chuva tão ridicularizado por Gasparini, jamais obstou o crescimento.

Apronta-se a máquina de guerra italiana — numerosa aviação, numerosa esquadra, milhões de soldados. Helmar Feitosa, como se falasse com a imparcialidade de um observador militar, declara que ficou surpreso com o poderio e a disciplina das forças italianas, magnificamente equipadas e treinadas.

— Fizeram um bonito na Abissínia... — relembrou José Nicácio no mesmo tom.

Helmar não se perturba. Atravessa uma fase eufórica, otimista:

— De lá para cá muita água correu sob as pontes de Roma...

— Roma? Também um bom soldado não se faz em um dia!

6 de maio

É a oferta que não se extingue. Corpo branco! Corpo branco! Casulo e mariposa, entre o solo e o onírico, entre o incesto e os astros.

7 de maio

Laurinda teve uma espécie de convulsão e nós chamamos o veterinário. Não aquele que considerava o ministro da Agricultura o único animal incurável. Apaixonara-se pelo problema da aftosa, aceitara uma comissão num posto zootécnico, e se fora para o Rio Grande do Sul. Mas tivera a delicadeza de indicar um colega aos seus clientes, um jovem colega, que ele muito reputava. E esse não era outro que o rubicundo e jovial Moacir Trindade, que eu conhecera como estudante na pensão de dona Jesuína e que perdera de vista. O reencontro, quando Laurinda precisara pela primeira vez dos seus serviços, fora uma recapitulação alegre daquele sobrado, e a apaixonada portuguesa, Loureiro, seu Afonso e Altamirano apareceram-me enfocados como grotescas figuras de *vaudeville*, que os olhos de Moacir têm essa propriedade.

Moacir considerou precário o estado da clientinha. A lesão cardíaca, que denunciara anteriormente, progredira de maneira assustadora.

— Com vocês não vou ter rodeios. Embora ela não tenha idade para isso, a verdade é que está bem bombardeada. Não creio que possamos recuperá-la. Em todo o caso, vamos tentar uma medicação enérgica.

— Mas ela vai sofrer muito?

— Não, dona Luísa. Não deixarei que sofra. Fique descansada. E vá me comunicando o seu estado pelo telefone. Piorando, eu darei um pulo cá.

8 de maio

Laurinda recebeu Aldir sem a festividade costumeira, caída mesmo. E ele, penalizado, acarinha-a com redobrada ternura. Trouxe um volume de Fernando Pessoa, caso poético que ainda não assimilei. Se faço objeções, defende-o sem exaltação, mas imperturbável — descobriu o poeta e maravilha-se numa entrega total.

E duzentos aviões alemães abatidos na Noruega. São perdas colossais, mas os invasores continuam vencendo — o que tomaram não largam.

9 de maio

Desgraça nunca vem escoteira. Como se não fosse bastante o martírio de dona Carlota, sustentada pelos entorpecentes, ei-la que, no último mês de vida, perdeu de súbito uma vista, ficando a outra seriamente ameaçada.

A MUDANÇA

Gasparini, como sempre, excedera-se em desvelos — é um amigo verdadeiramente generoso. Luísa não sabia como lhe pagar.

— É, não é? — respondia escusando-se. — Então, quando você puder, pague-me com uma boa feijoada.

O fraco de Gasparini é a gastronomia. Vende-se por pastéis! Empadas, e das grandes, pode comer doze tranquilamente. Simpatizou-se com Aldir Tolentino inicialmente pela glutona afinidade. Agora são íntimos, passam os domingos na praia tostando-se como dois idiotas.

10 de maio

A explosão no paiol — invadidos Luxemburgo, Holanda e Bélgica!

(Uma nova modalidade de ação ofensiva — paraquedistas! Já na Noruega haviam dado um ar de sua graça. Agora, porém, a coisa foi maciça.)

11 de maio

Antes de ler o memorando enviado ao governo luxemburguês, contendo os argumentos invocados para a violação do seu território e dos da Holanda e da Bélgica, o senhor Ribbentrop declarou que o Reich fora cientificado de que os Aliados pretendiam adotar a mesma atitude...

E Chamberlain espirrou do governo. Churchill é o seu substituto. Gasparini confessa:

— Esse tem tutano. Com ele a brincadeira muda de figura.

12 de maio

Laurinda não melhora, e Felicidade, categórica e ostensiva, não acredita nem no diagnóstico de Moacir, nem nos remédios, que, cruz credo! nunca viu cachorro tomar injeção. O que Laurinda tem é encosto. Coisa de três meses armaram uma macumba na esquina da rua, despacho de encruzilhada, artes para açular o caboclo Tranca-Rua. Laurinda passou perto e o despacho pegou. Para sarar só havia um jeito — umas rezas bem fortes e fumigações com arruda e alecrim apanhados em noite de sexta-feira.

13 de maio

Na terça-feira gorda a chuva nos pegou na cidade, viemos molhados como pintos, eu e Aldina, fantasiada de gigolete, largando tinta pelo caminho. No outro dia estava eu de cama, o peito tomado, um febrão assustador. Depois da gripe, a basite.

— Isto não é nada, rapaz — resumiu doutor Vítor, recolhendo o estetoscópio. — Um mês ou dois fora, num bom clima, comendo bem, bebendo leite...

Torci o nariz:

— Detesto leite!

— Deixe de ser besta, mocinho! Faça o que eu disse e estará pronto para outra.

Fiquei quase quatro. Doutor Pires era primo remoto de mamãe, dum ramo fazendeiro de Cantagalo, e juiz de direito em Campina Verde, cidadezinha de saudáveis ares numa encosta de serra mineira. Mariquinhas escreveu-lhe e eu fui para lá, não sem antes ter parlamentado com Aldina sobre a necessidade.

— Que é que há de fazer, meu neguinho? Você está fraco, malacafento. É preciso se curar para não ficar tuberculoso. Em que deu a brincadeira, hein!

— Mas você me espera?

— Então não havia de esperar?

Fui. Doutor Pires recebeu-me com sincera boa vontade, depressa nos afeiçoamos. Era um excelente homem, solteirão, sóbrio, tristonho, inteiramente devotado ao cargo, que não dava muito trabalho, e aos livros, que atulhavam já seis vastas estantes de peroba, fechadas a chave. Aqui não há grandes divertimentos, disse-me ao jantar, no dia em que cheguei de ossos moídos e com carvão até na alma. É uma cidade pequena, atrasada, consumida pela politicagem. Mas sempre há alguns passeios bonitos — a

A MUDANÇA   263

Cachoeira dos Macacos é realmente soberba! —, cinema duas
vezes por semana e bilhar para quem gosta. (Ele não gostava.)
E acrescentou sorrindo: Não sei se aguentará muito tempo essa
monotonia... No meio de tantos livros, respondi, creio que ficaria a vida toda. Conquistei o primo. Passávamos no escritório,
fresco, luminoso, pintado a óleo, horas e horas lendo, esticados
em amplas cadeiras de vento, vendo a paisagem entrar, estática e
brilhante pela moldura das janelas, trocando opiniões, aferindo
preferências, rememorando leituras, plácidos, compreensivos,
amigos. Confiou-me o lugar secreto onde guardava as chaves das
estantes: Homero, Platão, Ovídio, Virgílio, Petrônio, Bocácio,
Rabelais, Molière, Beaumarchais, Renan, mais alicerces para os
meus andaimes — tudo com impregnação cuidadosa de naftalina
e anotações simplórias nas margens.

14 de maio

Depois do jantar, cedo, às quatro horas, saíamos para extensos
passeios campestres, voltando com a noite caída, a amotinação
dos morcegos, a luz da cidade já acesa, luz fraca, amarelada, periclitante. Bom conversador, doutor Pires contava anedotas do
lugar, casos de Aristóteles, Nabor Montalvão ou Genaro Pimenta,
passagens da própria vida, especialmente da vida de estudante
(fora companheiro de república de tio Gastão), acontecimentos
que o ligavam àqueles campos: certa tarde matara uma codorna
com uma bengalada!

Via de regra, Zé Bernardo nos acompanhava com seu vozeirão
rude, sua magreza quixotesca, as compridas pernas secas e curvas
que nem arcos de barril. Oitenta anos se acumulavam naquele
corpo ainda rijo e ágil. Era fluminense, mas há sessenta anos que
vivia na terra, ali se casara, ali tivera e perdera os filhos, ali iria
morrer, e o cemitério ficava no cimo do morro, por trás da igreja
de sinos raquíticos, com muros derrocados, o portão amarrado
a arame, devassado pelas bestas de carga, ávidas do viçoso capim
que sepultava os túmulos.

— Ainda falta muito, seu Zé Bernardo.

— Não sei, não sei... — coçava a cabeça com jeito finório, como se quisesse enganar a morte com palavras vagas ou lisonjeiras.

Mas sabia o nome de todos os pássaros, o nome e a serventia de todas as espécies vegetais.

— Que planta é aquela, seu Zé Bernardo?

— Erva-de-bicho. Alguns chamam de cataia. Para rins e fígado não há melhor. Lavagem de truz!

— E aquela árvore?

— Barbatimão. Rico em tanino. Muito bom depurativo.

— E aquela lá?

— Cambará-de-espinho. Para catarro é um porrete!

— Sabe o nome desta, seu Zé Bernardo?

— Quem não sabe, moço? Aroeira-do-sertão. Dura como ferro!

— E aquela planta, seu Zé Bernardo, o senhor sabe? — e indicava um tecido intrincadíssimo de fios alaranjados, adornados por pequenos glomérulos de minúsculas florezinhas campanuladas, que cobria um arbusto por inteiro.

— Sei, moço. É o cipó-chumbo. Um parasita.

— Serve para alguma coisa?

— Também medicinal. Cicatriza, para o sangue. Hemorragia com ele não anda!

— O senhor sabe de coisas, seu Zé Bernardo!

— Alguma, alguma... vai se aprendendo com a vida.

Doutor Pires, numa tarde chuvosa de confidência, me deu a ler alguns versos que compusera na mocidade e que jaziam inéditos num velho caderno amarelecido. Eram sonetos de amor, dois deles em forma de acróstico. Que tal?, perguntou ao término da minha leitura. Respondi singelamente: Acho-os ruins. Ele deu uma gargalhada forçada e guardou o caderno na gaveta, cheirando a naftalina. Por isso é que nunca saíram daqui... Mas por que não os rasgava? E passei a noite aborrecido. Teria sido grosseiro com doutor Pires? Deveria ter louvado as suas rimas? Acreditava que agira bem, porém...

A MUDANÇA

265

Parece que doutor Pires não se importou deveras com a minha crítica — um criançola... Mas não me mostrou mais nenhuma das produções inéditas. Fiquei convencido de que, pelo menos em assuntos literários, a sinceridade é desagradável para quem ouve e para quem diz. Desagradável e vã. Nem é lícito matar ilusões, mesmo as ilusões que jazem nas gavetas.

15 de maio

Espigado, magro como galo de briga, olhar fatal, cabeleira prateada e romântica, Nabor Montalvão é a figura mais destacada de Campina Verde. Sempre de calça frisada e cravo na lapela, jamais desacompanhado da bengala de castão de marfim, ostenta o único chapéu panamá legítimo do município. Não diz "meus parabéns", diz "meus para-choques". Não faz nada. Nunca fez nada, subsistindo dos derradeiros e minguados resíduos duma fortuna monárquica, que a república esfacelara. Sua ocupação é ser o que é — o intelectual, o refinado, o grande senhor. Muito anticlerical, declama Guerra Junqueiro e Gomes Leal, debate-se na oposição, publica versos ardentes no jornalzinho semanal e confessa, como um leão ferido, "que tem o fraco das damas". Malogradamente, como é facílimo verificar, as contadas damas da decadente cidadezinha são comprometidas e irrepreensíveis.

16 de maio

E então surgiu Margarida, gárrula, oferecida, no adro da capela, na volta de um dos nossos passeios.
— É uma pobre desavergonhada — disse doutor Pires.
Voltei-me. Ela piscou-me um olho, as maçãs do rosto proeminentes.

17 de maio

Para não ver as suas cidades inteiramente destruídas, a Holanda resolveu capitular.

— É a quinta-coluna! — vocifera Gasparini.

— Misturada com a prudência — ajuntou José Nicácio.

— Que prudência! Não diga besteira. É a quinta-coluna! Toda a Europa está minada.

E em Sedan, de triste memória, os franceses repelem vigorosos assaltos alemães.

— Aceitar a morte, mas não abandonar o território! — conclama o general Gamelin, que teve a sua nomeada nas chacinas de 1914 e que depois chefiou uma missão militar francesa no Brasil.

— Esse heroísmo de palavras cheira mal — e José Nicácio franze o nariz. — Vai ver que a nossa cara França não está menos bichada do que a Holanda... Ao fim e ao cabo toda a Europa não passa de um queijo só, um queijo com muito buraco...

18 de maio

Roosevelt prepara o seu povo para ir pondo as barbas de molho: "A força brutal da moderna guerra ofensiva foi desencadeada com todo o seu horror... Certamente os acontecimentos que têm ocorrido nas últimas semanas fizeram ver claro aos cidadãos que existe a possibilidade de um ataque às zonas vitais americanas..."

19 de maio

Luísa vai de brincos novos, majólicas furta-cores que escondem a ponta da orelha, e novo e discreto costume comprado feito e pago ao contado.

— Que luxo!

— No final das contas fica mais barato. Costureira, está provado, não acerta com o meu corpo, não sei se por culpa só dele. O fato é que não acerta. É fazer e refazer, quando não encostar, como aquele de quadradinhos verdes, que não tem conserto, e ainda por cima demoram um ano para entregar!

Eu não falara do costume — malva, cintado, de mangas a três quartos; falara dos brincos, lindos como certos insetos, fantasia que não devia ser de pouco preço. A verdade é que vem se apurando no vestir, no calçar e no se adornar, o guarda-vestidos está pequeno para o número de cabides, na sapateira uma pletora de calçados sob medida, a caixinha de brincos, anéis, colares e pulseiras já transborda, e na prateleira dos perfumes já se vê uma pequena fileira de frascos extravagantes, que perfume é a perdição dela, vício que não incremento muito, pois que a maioria dos perfumes me provoca dor de cabeça, ou, se não isso, uma sensação de sufocação, de claustrofobia, de que Catarina se ria a princípio, mas que terminou por aceitar, vindo para mim "completamente inodora", como dizia, "mas antes inodora do que insossa"...

Bem, lá vai Luísa de brincos novos, costume novo, perfumada, contente para a demonstração dos seus conhecimentos em legislação fiscal, que não é eliminatória, e os candidatos se reduzem a minguada falange, que rodou mais um bocado deles na prova precedente.

— Muitos são os chamados, poucos os aprovados.

— Não brinque com a desgraça alheia...

— Não estou brincando. Estou constatando.

— Quando eu ia sendo reprovada, você não constatou desse modo...

— Que modo?

— Não se faça de ingênuo! Com esse arzinho... O arzinho que você gasta quando Gasparini diz uma besteira.

20 de maio

Gasparini deve ter carradas de intuitiva razão no que concerne ao quinta-colunismo, como terá razão José Nicácio em considerar a Europa toda como um queijo de grandes buracos, buracos produzidos por estranhas fermentações. As declarações dos atuais responsáveis pelos destinos da França e da Inglaterra são categóricas — estão firmemente decididos a afastar dos seus postos todos os chefes e funcionários que demonstram tendências moderadas na condução da luta, e, simultaneamente a abandonar a debilitante política da guerra defensiva para se atirarem ao ataque contra a Alemanha, como se unicamente do ataque pudesse surgir a vitória.

E aqui, que brocas nos perfuram sob a mordaça ditatorial? Que trombose nos ameaça?

21 de maio

— Esta gravata e esta camisa não estão combinando. Não são somente as palavras que devemos saber combinar... (Catarina.)

— A diplomacia é a escola do bem vestir. (Emanuel, não compreendendo a maravilhosa extensão do seu pensamento.)

— Vestir os nus. (Pirandello.)

22 de maio

Iludiram-se os chefes Aliados, não compreenderam ainda a realidade que têm que arrostar. Não há chances para atacar a hidra de sete cabeças, uma cabeça em cada *front*. A Wehrmacht caminha como um rolo compressor. É um organismo sólido e motorizado, prussiano e azeitado, exercitado e fanático, principalmente com outra concepção de guerra. Sua ação desconcerta, aturde pela rapidez — é a *blitzkrieg*! Têm é que se defender e, se não atualizarem os métodos, o que me parece muito em cima da hora, estarão perdidos. E se trava a grande batalha pela posse dos portos do Canal da Mancha, ponto nevrálgico da Grã-Bretanha, calcanhar de aquiles do gigantesco império, ponte líquida para uma invasão.

E Roosevelt, que não se ilude, consegue uma vitória — dois bilhões de dólares para a defesa dos Estados Unidos. Não *words, words, words*, mas sim *money, money, money*!

23 de maio

Vê lá se Venâncio Neves escreve "abajur", mesmo abrasileirando a grafia. Escreve "quebra-luz". Professor Alexandre, porém, é

A MUDANÇA

caso mais grave — escreve "lucivelo". Jamais escreveu "saborear",
e sim "degustar".

24 de maio

E os franceses tentam contra-atacar furiosamente. Mas contra
a máquina bélica nazista não há sucessos. É desanimador, terrível,
mas não há, que os recursos são desiguais — presunção contra
aço. Apenas um momentâneo impasse. E sempre iludido pelo
caduco academicismo militar, o *premier* Reynaud incita que, se
se mantiverem um mês, terão conseguido três quartas partes da
vitória. E então, toca a resistir a qualquer preço!

25 de maio

Margarida era irresistível! "Boa tarde, meu amor. Quero que
esta o encontre satisfeito, cheio de felicidade. Sim? Sinto-me feliz
com aquelas horas que passo ao teu lado, mas há de chegar o dia
em que a proteção divina há de nos dar a sorte de vivermos como
os anjos vivem ao lado de Maria Santíssima, sim, meu amor?
Penso que se algum dia for preciso sair deste lugar tão sagrado,
onde encontrei a única pessoa que me encheu o meu coração de
alegria e conforto, será para mim a maior amargura. No mundo penso que não haverá coisa alguma que conforte como este
nosso amor. Penso que apesar de ser há pouco tempo que nos
conhecemos parece que é há um século. O amor não se conta,
não é? Espero que você pense da mesma forma. Eu só esquecerei
de ti depois de morrer. Para onde for, sempre a sua fisionomia
guardarei no meu coração e as suas amáveis palavras que tanto
me confortaram. Não sei se você pensa da mesma forma, nem
todos têm o mesmo pensamento igual. No mais, termino com os
olhos cheios de lágrimas — Margarida de Oliveira."
Ó noites cálidas! Ó carne quente! Ó glória!

270 MARQUES REBELO

26 de maio

Tivemos Aldir, Pérsio e Oliveira para a cavaqueira noturna. Oliveira há muito não aparecia, as desculpas que deu foram esfarrapadas e desnecessárias, e Luísa sempre diz que nunca viu ninguém deixar transparecer tanto na fisionomia os seus desgostos quanto ele.

Não houve música. Só falamos sobre a guerra. Estão acabrunhados, amedrontados, pessimistas. Convencemo-nos de que os olhos parecem se abrir, e não sem tempo, entre os dirigentes e comandantes Aliados. Pelo menos os do generalíssimo Weygand, chefe supremo das forças Aliadas, reconhecem a evidência dos fatos — se alguém houvesse dito, antes da ofensiva de 10 de maio, acabou de declarar, que em menos de duas semanas os alemães, numa guerra-relâmpago, chegariam ao Canal da Mancha, seria considerado como pessoa que não se encontrava em completo uso das faculdades mentais, e, não obstante, trata-se agora duma realidade.

27 de maio

Bem diferentes eram os cenáculos tijucanos na guerra de 1914. Sobrava-lhes otimismo, que nem a arrastada luta de trincheira, com piolhos e verminas, não arrefecia. Os seus componentes — papai, doutor Vítor, Ataliba, seu Políbio, desembargador Mascarenhas, menos frequente, mas sempre com adequado latim — *Calamitas belli! Pugnare cum hostibus! Prospicere patriae!* — não duvidaram um minuto do triunfo aliado, consultavam os mapas das frentes de batalha, que *O Imparcial* publicava no seu papel lustroso e macio, doutor Vítor trazia números de *L'Ilustration Française*, com barbudos generais, seu Políbio trazia exemplares de *A Guerra Ilustrada*, publicação em português, que a propaganda inglesa fartamente distribuía, formavam um coro de esperanças que esmagava tio Gastão, quando este, roubando-se ao prazer, dava-se ao desfrute, como à sorrelfa e antecipadamente

A MUDANÇA

dizia a mamãe, de participar do serão, agredindo com chacotas as convicções do grupelho e soltando pícaras alusões a cada insucesso Aliado. Mamãe ia rir, escondida, na cozinha:

— Ninguém pode com o Gastão! O que lhe falta em juízo, tem em inteligência e graça.

Mas doutor Vítor não partilhava da opinião e tinha a mão pesada:

— Quem te fez tão burro, Gastão?

28 de maio

Cadeira de balanço, pijama, jornal. Papai põe os óculos azuis de leitura, no cansaço do dia árduo, útil, para conquista do pão nosso difícil de cada dia. Mamãe abre torneiras na cozinha. Madalena arruma os talheres na gaveta do etager. Emanuel, na janela, contempla o céu noturno. E, de repente, um piano meio desafinado enche o quase silêncio da rua indolente com uma velha valsa sentimental que não se toca mais.

29 de maio

— Repete, Cristininha.
— O rato roeu as ricas rendas da rainha da Romênia.
— Depois?
— O rei rebentou de raiva!

30 de maio

As vitórias alemãs, sem dúvida estrondosas e fulminantes, tonteiam os tímidos, assustam os invertebrados e estimulam os nazistas botocudos, que são donos do poder ou, pelo menos, influem consideravelmente na ditadura, mercê das numerosas e importantes posições que ocupam.

Who's Who. Helmar Feitosa, que, em tempo pré-bélico, visitou a Itália a convite (ele, *Madame* e Godofredo Simas, o que deu pasto a lamentáveis comentários), trouxe comenda, exibe-a nas solenidades e não perde vaza para exaltar a grandeza superlativa da espalhafatosa política peninsular. Martins Procópio é uma espécie de técnico intelectual do sistema, mas usando sempre a sapientíssima e apostólica prudência — de cara nunca! Nicolau, em ultrarreproduzida entrevista, considera que o totalitarismo é força construtora e criadora e se deixa propagar pelo DIP, que patrocina vantajosamente todas as suas aventuras artísticas, algumas delas de irretorquível beleza e ousadia, que recebem o aplauso incondicional de democratas e extremistas. Altamirano comunga diária, mas não discretamente, bate palmas para Helmar e Martins Procópio, maneira indireta de apoiar os movimentos fascitoides, e está permanentemente na primeira fila dos privilegiados investimentos, entre eles o das novas adutoras, que é um panamá. Julião Tavares já esquecido da reportagem sobre o Partido Comunista, esquecido das lágrimas e vômitos nos braços de Marcos Rebich, rebordosa que José Nicácio presenciou, gasta risos e energia por todos os lados em prol do vínculo nazi-soviético, e não tardará em atacar o partido com a mesma virulência com que antes o defendia e propagava. Antenor Palmeiro comeu um mês de cadeia. Gustavo Orlando papou outro tanto e, mais infeliz, foi torturado e saiu com inequívocas manchas pulmonares, que lhe renderam um alarmado período de sanatório, morruatos e sais de ouro. (Nenhum jornal ousou tomar conhecimento. Aliás, a bem dizer, os censurados jornais só diferem nos cabeçalhos. Salvo a parte esportiva, toda a matéria que trazem é igual. Mas que o eco de tais ignomínias tenha chegado aos ouvidos do ditador é líquido e patente. Ele, porém, não discrepa da sua filosofia, preguiçosa ou cética, que lhe vale bateladas de adesões e a auréola de sagaz — deixar como está para ver como fica.)

A MUDANÇA

31 de maio

Felicidade hoje teve coroação da Virgem na capela do Asilo da Imaculada Conceição. Saiu aparamentada de véu. Difícil foi explicar a Vera o que era virgem.

1º de junho

A lição: "Um dos mais claros ensinamentos da atual guerra europeia é a importância do fator rapidez. Existe um positivo perigo em esperar que a guerra comece para então ordenar o completo preparativo e adestramento dos exércitos." (Roosevelt.)

2 de junho

Não me venham com a lenda de que gato quando cai, cai em pé. O meio-angorá cinzento do comandante, que Zuza detestava e vivia escorraçando, deu um pulo em falso no telhado da caserna e veio se esborrachar cá embaixo nas pedras, perto de Gilabert, em pleno exercício de sueca que, supervisionada por tenente Dantas, e mais tarde por tenente Jesus, enojava a maioria, mas tinha os seus crentes, como o valente Cabo-de-Guerra. Ainda se levantou o bichano, mas por um segundo. Deu uma golfada de sangue e — adeus, ratos!

Cabo Rocha Moura delirou. Jogaria a alma no gato e no burro porque gato que cai do telhado é burro. Deu peru.

....

— Sumiu a minha manta, sargento.

— A lua bebeu.

Louva-a-Deus explode:

— Ladrões! Cambada de ladrões! Sempre que some alguma joça é a lua quem bebe!

Sargento Pedroso ri:

— E não é?

Sargento Pedroso é nordestino, cabra destemido e faceto, curtido ao sol do Cariri. Com ele ninguém tirava farinha.

3 de junho

Com a prova de Português, ontem, terminou a rebarbativa maratona. Fosse eu o organizador do concurso, e a suficiência em Português seria a primeira, primeira e única obstância obrigatória, prova séria e prática, sem as sutilezas, as ambiguidades da que se realizou, tendo em vista que os cargos a preencher não são os de gramáticos de algibeira e sim os de contadores. Mas fosse como fosse, Luísa saiu-se galhardamente dela e agora é aguardar a classificação, que não deve ser má; pelo contrário, deve até ser bastante boa.

4 de junho

Mil bombas sobre Paris, o que é muita bomba e muita humilhação. E os alemães ocuparam Dunquerque, cuja retirada foi episódio dramático. Dali estão a um pulo da Inglaterra, o que é ameaça insuportável. "Não nos humilharemos, nem fracassaremos. Defenderemos a nossa ilha, custe o que custar. Lutaremos nas praias, nos portos de desembarque, nos campos, nas ruas, nas colinas. Jamais nos entregaremos", fala Churchill, na Câmara dos Comuns, dando conta da retirada dos exércitos da Bélgica e do Norte da França.

5 de junho

Novo encontro e uma lembrança — entre os pecados de Dagmar, havia, peculiarmente, aquele hábito de falar tão junto à minha boca que cada palavra era um beijo, talvez mais do que um beijo pegajoso de abio.

A MUDANÇA 275

6 de junho

Sem conceder descanso às suas forças, ou aos Aliados, Hitler ordenou a toda a ala esquerda do seu exército o ataque à linha Weygand, do mar até Chemin des Dames, que é nome da outra guerra, antes que as divisões anglo-francesas do Exército do Norte, que conseguiram se salvar na hecatômbica retirada de Dunquerque, possam regressar à França para ocupar os seus postos na linha de combate.

— Resistir a todo o custo! — ordena o comando francês.

Creio que é inútil. Garcia, triste, abatido, é de idêntico parecer. E Pérsio profetiza um erro, que será a provável salvação das forças antitotalitárias:

— A hora era para atacar a Inglaterra, que não tem recursos para uma resistência. Combater nas praias, nos portos de desembarque, nos campos, nas ruas, nas colinas será um maravilhoso desespero, mas terminará mesmo pela derrota. Tinham de se entregar. Mas os alemães erram sempre. Fazem uma guerra moderna, mas querem humilhar os derrotados à moda antiga. Querem Paris, têm a volúpia de Paris, querem passar sob o Arco do Triunfo, urinar simbolicamente no Túmulo do Soldado de 1914, querem apagar a flama que lá arde, querem repetir ao contrário a rendição de Rethondes, no mesmo vagão, que este foi guardado como relíquia pelos franceses, e melhor fora, menos humilhante seria, se o tivessem destruído. A Inglaterra primeiro, isso seria o lógico. Paris e o Arco do Triunfo viriam depois tranquilamente... Vão pagar caro pela tolice! Guerra é como xadrez, não pode haver uma tolice, não se pode substituir o cálculo pela paixão, não é, Garcia?

7 de junho

Há conversas para esquecer:

— O único Camões é o lírico. (Jacobo de Giorgio.)

— Castro Alves, o Creso do gênio, é incontestavelmente o maior poeta da América do Sul! (Natércio Soledade.)

— São os "inimigos da literatura". Fazem livros para desprestigiar uma arte sagrada. (Saulo Pontes.)

— Foi o fonógrafo que veio valorizar a obra de Brahms, extensa e difícil. Quanto mais se aperfeiçoar o aparelho, mais compreendida será. Compreendida e admirada. O Quinteto em Si Menor para clarinete e cordas é mais moderno que tudo que há de moderno. (Jacobo de Giorgio.)

8 de junho

Luísa classificou-se em sexto lugar, entre 67 aprovados, na maioria mulheres, maioria que vem se verificando em todos os recentes concursos. E o número de aprovados foi consideravelmente baixo em relação aos candidatos inscritos — 987! —, e isso também vem se verificando.

O chefe de seção foi lhe levar os seus cumprimentos com os olhos úmidos e palavras úmidas. O diretor-geral reuniu o pessoal do gabinete e salas adjacentes e fez alocução congratulatória — de jovens com ambição e competência é que precisava o serviço público tão desfalcado de elementos zelosos!

Garcia telefonou depois do jantar. Estava preso no escritório com trabalho até o gogó, mas não queria deixar de dar os seus parabéns. Luísa repousou o fone:

— Você já bateu com a língua nos dentes, não é?

— Que é que tem!

— Tem muita coisa. Bico calado!

— Você é engraçada...

9 de junho

Construído o abrigo antiaéreo do papa, na torre medieval de São Nicolau! As paredes do refúgio têm seis metros de espessura.

Gasparini troça:

— Eis um que não acredita em milagres! Bomba não traz letreiro... Gostaria de saber como a besta do Saulo explica a precaução.

A MUDANÇA

— Você acha o Saulo uma besta mesmo?
— Chapada! E como é falso. Mais falso do que papel.

10 de junho

Conselhos ao jovem artista:
— Você precisa comprar o seu tambor.
— Já comprei.
— Então compre também uma corneta. Uma corneta e uma espada.

11 de junho

Lá: "Uma vitória militar dos deuses da força e do ódio poria em perigo as instituições democráticas do mundo ocidental. O povo e o governo dos Estados Unidos viram com o mais profundo pesar a decisão do governo italiano de intervir nas hostilidades. Seguiremos dois cursos simultâneos: faremos chegar aos que se opõem à força material os recursos desta Nação e, por nossa vez, nos prepararemos para acelerar o uso desses recursos a fim de que possamos dispor de um equipamento e adestramento à altura das necessidades da defesa"... — é a voz de Roosevelt.

Acolá: "Será lembrado através das gerações vindouras como um dos atos mais vis da História. Mussolini esperou mais de nove meses até ver a França lutar desesperadamente contra uma superioridade esmagadora. Finalmente chegou a sua oportunidade de atacar pelas costas a velha amiga. A Itália jamais ganhou uma guerra sem ajuda, exceto contra os infortunados abissínios, que lutaram armados de lanças contra tanques, e de arcos e flechas contra os gases venenosos"... — é a voz do ministro das Informações da Grã-Bretanha, em parte olvidado das lutas coloniais inglesas.

Aqui: Aqui, no almoço a bordo do *Minas Gerais*, em comemoração da Batalha do Riachuelo, Getúlio tombou para o lado do Eixo Berlim-Roma, com acintosas cutiladas à posição norte-americana, com a exaltação dos regimes totalitários, que se impunham como salvação na hora presente, de inteira falência da democracia.

12 de junho

O discurso de Getúlio, no qual, segundo Pedro Morais, estava patente o dedo vivo e oportunista de Lauro Lago, deu o bode previsto. Sem demora, o embaixador Caffery, sobre quem se contam estranhas missões diplomáticas, visitou o Itamarati: "O sentimento dos Estados Unidos não era de ódio nem de repulsa em face do acontecido — era de consternação, pois se tratava de país ao qual os norte-americanos devotavam a maior estima..."

— Nós conhecemos bem o devotamento dos norte-americanos... — comentou Gasparini, que anteriormente já dera uma piada a propósito da aliança ítalo-germânica: "A Alemanha está bem arranjada! Terá de carregar a Itália nas costas..."

O chanceler Oswaldo Aranha remendou a história como pôde, não ignorando quão bisonho era o remendo e intimamente lamentando o pendor getuliano, já que estava em brilhantes negociações com Washington e Wall Street e bem poderia pensar em caldo entornado. Mas Getúlio sabia o que estava forjicando, pois teria dito ao general a quem deu a ler o discurso, momentos antes de pronunciá-lo, leitor temeroso, que fizera reparos: "É necessário sacudir com força a árvore a fim de caírem as folhas secas..."

— Vá sacudindo muito que, em vez de folhas secas, vão cair macacos... — teria respondido o general.

— Canalha! — rugiu Cléber Da Veiga, e já se entende que o canalha é Getúlio.

— Sabido! — glosou José Nicácio. — Para os Estados Unidos é mais do que pulga atrás da orelha. É ferroada nas costas. Tenho a impressão de que dessa atitude vai sair algum benefício para nós. Talvez o ferro, talvez o petróleo...

— Vai sair é chumbo na nossa bunda! — grunhiu Saulo Pontes não sabendo que imitava o cauteloso general.

A MUDANÇA

Marcos Rebich, porém, apoia José Nicácio:

— Vamos sair ganhando, sim. Petróleo é que não creio.

— Vocês, comunistas, são uns vendidos, uns vigaristas! — agride Saulo, contrariando seus hábitos delicados, como já os contrariara empregando uma palavra menos limpa.

Rebich, ligeiramente acovardado, tremelica a voz para dizer:

— Eu acho que a nossa opinião não deve provocar exaltações. Afinal, que democrata você é?

Mas José Nicácio devolveu a grosseria:

— Mas arriscam o pelo! E você, que é que você arrisca com a sua honradez, a sua retidão? É muito fácil ser reto e honrado do lado da polícia...

E tocou a Saulo acovardar-se também:

— Você não me compreendeu.

— Compreendi, sim. Compreendi perfeitamente. Não sou tão tapado como você me julga. Repudiar a salvação da alma não é prova de estupidez. Borrar-me para Maritain, Péguy, Bloy e os papéis-carbono de cá também não é.

13 de junho

Os alemães transpuseram o Marne. Não, não aparecerá outro Joffre, o velho general bigodudo e de semblante bonacheirão, cujo retrato doutor Vítor entronizara no consultório. Não. O governo francês não bisou a mobilização dos táxis de Paris — transferiu-se...

14 de junho

Toscanini chegou para uma rápida temporada, precedido por larga publicidade. A fama da sua irascibilidade é tão grande quanto a do seu virtuosismo. Conta-se que, furioso com um músico rebelde ao compasso que imprimia num ensaio, furou-lhe o olho com a batuta, e diz Pérsio que se adotar aqui o mesmo impulso a nossa orquestra se tornará de zarolhos. Conta-se da sua pinima com Ravel, tocando o famoso "Bolero" sistematicamente como ele estava escrito, andamento que não era como o compositor supunha...

Não sei se me abalanço a vê-lo. O diretor-geral está assanhadíssimo e já intimou Luísa a comparecer, pois um dos concertos será sob os auspícios da sua sociedade sinfônica. Talvez o faça num preito a papai, que só o conhecera de disco — genial! Há 53 anos iniciara a sua carreira de maestro, numa noite de improvisação, representava-se a *Aída*, no Teatro Lírico, que não existe mais. Papai também não.

15 de junho

Apenas isto — Paris ocupada! Os tanques chegaram na frente... Penso em doutor Vítor e Blanche — com esta jamais sonharam! E a carta de Emanuel, vinda pela mala diplomática, é melancólica. Glenda está num estado atroz de nervoso. Pensava até em embarcá-la para o Brasil. Para alguma coisa servia o Brasil...

16 de junho

A França não promoverá a paz em separado — é o que alardeiam de Londres, como se isso ainda tivesse importância. E, em Paris, é instituído o toque de recolher para toda a população.

Gerson Macário faz *blague*:

— Têm de recolher à sua insignificância...

17 de junho

Ao pegar estas páginas, por quase diária necessidade, nem sempre acrescento-lhes novo trecho. Contento-me em reler alguns pela volúpia de apurar a redação, tornando-a mais clara e enxuta, ou de avivar acidentes, desenrolando-os mentalmente por horas a fio, num anestesiante cinemazinho retrospectivo. E aferro-me à ideia de que as incontáveis truncações que nelas se encontram não

A MUDANÇA

são provenientes da incapacidade de redigir com a indispensável precisão os momentos culminantes, mormente os momentos indecorosos em que aparecemos inteiramente nus. Para esses a razão também é outra. A memória é monstruosa armadilha e falha propositadamente, como se procurasse nos obrigar a esquecer algo que enxovalhe e deprima. Só por desmesurado e paciente esforço vencemos a nossa íntima e inseparável inimiga. Noites e noites esperamos que, num instante de fraqueza ou abandono, ela nos conceda um pouco de nossas mais feras crises, dos nossos mais tenebrosos atos, sem mutilações que nos defendam das justas condenações. E concluo ainda que escrever na primeira pessoa não é concessão à facilidade, como quer um aparvalhado crítico português que, confundindo o exótico com o perdurável, o eterno com o falso regional, é esparramado enaltecedor das nossas consagradas banalidades literárias. É uma oportunidade apenas para vencermos a despótica e suscetível memória, zeladora da nossa nudez.

Sei a parte de talento que tenho e a que me falta — a densidade, a penetração, a profundeza. Vejo tudo muito de fora. Quem vê de fora não vê nada, ou vislumbra apenas.

18 de junho

O governo francês foi parar em Bordéus, a sempre presente Bordéus, onde Emanuel inaugurou a sua carreira no exterior, e cada recepção a que comparecia era motivo duma epístola-relatório a papai, lida em voz alta para edificação do resto da tribo e baba na boca de Mariquinhas, mas na realidade endereçada a mim e a Madalena, seta emplumada e envenenada com curare gaulês, hábito que foi se espaçando até se reduzir a semestrais e rápidas cartas e que cessaram de todo com a morte de papai. O governo francês foi parar em Bordéus, repita-se, e há novo gabinete, presidido pelo marechal Pétain, uma relíquia de 1914, com Weygand, com Laval, que nunca foi partidário duma política franco-inglesa, pelo contrário, a ela sempre se opôs, olhando os alemães como os aliados necessários, naturais, continentais da França. E o novo gabinete não perde tempo para propor: "Estamos dispostos a depor as armas se conseguirmos uma paz honrosa"... — como se ainda tivessem armas.

É claro que isso amarga como fel, enegrece o horizonte futuro, esfacela resistências, desarvora os Gasparini, enquanto que José Nicácio e Marcos Rebich, os realistas, é que estão com a razão — mostram-se róseos os céus getulinos, que Tio Sam se abre em colóquios surpreendentes para quem teve os calos pisados, e há muita gente perturbada que não sabe se se atira de peito nu contra as baionetas totalitárias, ou se se atrela à charola do êxito pátrio — ufa!

19 de junho

Pereira abre a caixinha rindo com o mais profissional contentamento:

— Aqui temos a sua joia!

Suporto-a como um freio, exatamente como um freio. Tenho ânsias de vômito:

— É horrível!

— Isso passa. Vai se acostumar.

— Quem se acostuma com um estrupício desses? Só um tarado!

— Acostumará. Mais depressa, ou mais devagar, todo o mundo se acostuma. O Eurico, *verbi gratia*, não sentiu nada. Adaptou-se imediatamente.

— Pudera!

20 de junho

Solange mirava-se no espelho da vida com a vaidade inocente dos narcisos sobre o espelho das águas. Não tão inocente que...

A MUDANÇA

21 de junho

Pétain pede ao inimigo o fim das hostilidades, sem pensar mais em paz honrosa. O general De Gaulle insulta o velho Cabo-de-Guerra, senil fantoche nas mãos dos pró-nazistas, acusa traidores, denuncia o entreguismo, levanta a bandeira duma outra França, a França Eterna, que lutará sem se entregar jamais, fora e dentro da França, e que Godofredo Simas contraditoriamente exalta em página inteira no seu jornaleco parafascista. E o marechal, sem resposta, transfere o seu governicho para Biarritz, dizem.

22 de junho

O chanceler Hitler entregou esta tarde as suas condições para a cessação das hostilidades aos plenipotenciários franceses, em cerimônia encenadamente dramática e espetacular, no mesmo vagão onde, a 11 de novembro de 1918 — e que bebedeira doutor Vítor e Blanche tomaram de champanha! —, o comandante em chefe das tropas Aliadas, o marechal Foch, ditou as suas aos negociadores alemães...

23 de junho

Uma data para a História — assinado o armistício entre a França e a Alemanha. Mas as hostilidades só terminarão mesmo depois dos entendimentos entre a França e a Itália.

Adonias sorri:

— Quem diria, hein!

24 de junho

De Francisco Amaro: "...Você não anda mais atarefado do que eu. Isso explica o meu atraso em dar resposta a sua carta de 12. Trabalho e preocupações de toda ordem. Agora nos aflige o caso da menina do Garcia. Agravou-se a moléstia, localizando-se nos intestinos. Temos ocultado dele o diagnóstico para não amargurá-lo mais. Parece-me, porém, que o nosso esforço terminará muito em breve. Pela última carta dele, sábado, mostrava-se evidentemente desconfiado, e o caso torna-se mais grave dia a dia, com uma violência incrível. Você imagina como ando, como andamos. Turquinha passa praticamente o dia no hospital, revezando-se com dona Idalina. Mercedes é quem cuida da casa. E a menina, que está reduzida a um feixe de ossos, é tão resignada que desarvora."

25 de junho

Assinado o armistício com a Itália, que fez maiores exigências do que a Alemanha...

26 de junho

Conversei longamente com Garcia. Ele compreende tudo (Gasparini deve ter influído consideravelmente) e está consolado.

— Desde que a menina não sofra muito, que mais poderei desejar? Não sei se fui culpado, mas na verdade não me sinto. São coisas que têm que acontecer. A vida é um enigma e nunca pensei desvendá-lo. Me desesperaria se não tivesse com que cuidá-la, isso sim. Francisco Amaro e Turquinha estão fazendo isso por mim. Quem tem amigos tem tudo. Não há dois Franciscos Amaros. Estou convicto de que Deus existe mesmo para os pobres, para os desamparados.

27 de junho

— Você tem horror a que te digam verdades!
E eu poderia ter retificado:
— E quem não tem, Catarina?

A MUDANÇA

28 de junho

Altamirano (dados para um retrato) — alma negra como os cabelos. Promessas de anjo. Pés espalhados.

E ele revida, atribuindo-me mordacidade, má língua, malevolência, opinião, convenhamos, bastante compartilhada no seio da desunida família literária.

29 de junho

Nunca é possível cortar uma certa rispidez de gestos e respostas, que me põe em estilhaços depois o pobre coração de vidro sem o hábito da cautela.

30 de junho

É difícil fazer compreender, está visto — e já não faço o menor esforço para que o seja — que o fato de achar a obra de tal ou qual cidadão uma imundície literária não implica em não considerá-la melhor do que a minha. A crítica: não elimina categoricamente a autocrítica.

1º de julho

Mulher, filha da mulher, eis o teu terceiro emprego! E Luísa tomou posse. Foi designada para o Ministério do Trabalho. Ela e mais nove companheiros, oito moças e dois rapazes, precisamente os dez primeiros colocados no concurso. Os restantes foram todos lotados no Ministério da Fazenda.

Luísa trouxe do seu primeiro dia de repartição a peremptória opinião de que o ministério trabalhista era uma grossa bagunça.

2 de julho

Os ingleses confirmam a ocupação pelos alemães das ilhas Jersey e Guernesey, tão célebre a primeira por seu gado minúsculo, nédio, puro e meigo, gado de cromo de folhinha na casa de Elisabeth, tão lembrada a segunda pelo exílio de Victor Hugo — confirmação dura de se fazer, pois fincar a bota naquelas ilhas é estar a um passo do orgulhoso solo britânico.

— Pode ser que não cheguem a dar o pulo — e quem fala é Aldir —, vamos torcer ardentemente para que assim seja, não por causa da Inglaterra, que bem merece um bom trompaço, mas pelo que ela representa nesta hora do mundo, veja que voltas dá o mundo! Mas que não vai sobrar nem uma vaquinha, ah, isso não vai não! Nem para enfeite!

E os russos invadiram a Bessarábia e o norte da Bucovina, irritando Roma e Berlim, que mantinham pactos com a Romênia.

— Há judeus em penca lá! Qualquer dia estão despencando aí mais uns lotes de Rebichs! — é o que diz Adonias, que não simpatiza nada com Marcos.

— Mas o Marcos é brasileiro. Nasceu no interior de São Paulo.

— Quem te disse?

— Ninguém me disse. Supunha. Não! Creio que José Nicácio já me disse isso.

— Não é autor que mereça muito crédito. Talvez tenha vindo pequeno. Já ouvi Julião chamá-lo de bessarabiano.

— Esse é que não merece crédito algum!

— Mas é íntimo...

— Vem cá, meu velho: você acha tão importante assim nascer no Brasil para ser brasileiro, ou essa sua má vontade só se manifesta contra os judeus? Lembre-se que eu, por parte de pai, tenho minhas gotas semitas, ou mais do que gotas nas veias...

— Mulato com judeu é coquetel explosivo... Veja-se o Altamirano!

— Mas ele esconde a procedência com atos e brilhantina...

— Você, contudo, não faz muita propaganda...

— Não vejo por que fazer propaganda. Negar é que não nego. Tenho até um calado orgulho da minha mistura.

— Quando a gente se abespinha com essas coisas é sinal de que não está muito orgulhoso delas...

— Ora, Adonias, vá pentear macaco!

A MUDANÇA

287

3 de julho

— A minhoca se estorce... — Foi o que disse Gerson Macário, que anda com a corda toda.

É que em Londres considera-se inevitável um choque entre a Alemanha e a Rússia... E forjam os caminhos da luta com imaginação pouco britânica, como se a realidade humilhante da guerra, que até agora, qual lua de sangue e lágrimas, só lhes mostrou uma face adversa, os fosse metamorfoseando: não podendo prosseguir a campanha em duas frentes — e por quê?, pergunto eu —, o Reich procuraria derrotar a Grã-Bretanha (e estava desenvolvendo todos os esforços) antes de se lançar contra a Rússia, que era o seu maior ou único inimigo. Mas como a Inglaterra não se renderia, perderia todas as batalhas, mas ganharia a última, a única solução nazista, após o malogro das tentativas de invasão, seria a de se voltar contra os soviéticos para dominar todo o continente, influir na Ásia pelo Mar Morto e pela Sibéria, e pressionar então a invicta Albion para uma repartição pacífica e equitativa do comércio do mundo, como se os Estados Unidos não fossem carta poderosa no baralho do poder.

4 de julho

A Romênia se prepara (pela mão nazifascista) contra uma possível invasão e já mantém milhares de homens em armas, certa de que as investidas soviéticas não se contentariam com a Bessarábia e um pedaço da Bucovina. E todas as igrejas tocam a finados, quando entrou hoje em vigor a soberania russa sobre aqueles territórios.

E três incursões, ontem, contra a Inglaterra, assinalaram provavelmente o início da ofensiva aérea geral, que precederá, ao que se pensa, o ataque decisivo às Ilhas Britânicas. Foram incursões maciças e não pude deixar de pensar em Emanuel — que dores de barriga não deverá estar sentindo!

5 de julho

Dos males o menor! Em poder da Inglaterra a maior parte da esquadra francesa, assaz poderosa, que se encontrava em Portsmouth e Plymouth. Em revanche, o marechal Pétain ordena, soprado por Hitler, que as belonaves fundeadas em Oran abram fogo contra os navios ingleses, ou que de moto próprio se afundem na impossibilidade de livrarem-se de ser apresadas.

E Gasparini teve o seu prato, também do gênero naval: o submarino tedesco torpedeou errado! Torpedeou um grande paquete inglês, que levava para o Canadá 1.500 internados alemães e italianos. Morreram quase todos, e na hora do perigo, na ânsia de ocuparem os botes, alemães e italianos se engalfinharam desesperadamente... Foi o seu hiato de euforia na noite de más notícias: Francisco Amaro comunicara que Hebe não terá muitos dias de vida, praticamente já estava morta — infausta bailarina!

6 de julho

A pervagante sede do governo francês agora é em Vichy — a França de Vichy, como nomeiam com desprezo os franceses anticolaboracionistas —, e Vichy me lembra a água mineral chocha, com rolha e obrigatória nas doenças da infância, e até o leite da dieta com ela era cortado, prescrição que os submarinos de 1914 obrigaram a nacionalizar para a de Caxambu e São Lourenço.

Vem de lá a acusação de que os ingleses procuraram se salvar, ao invés de auxiliarem os franceses a conter o avanço alemão, a afirmativa de que o resto da esquadra não se bandearia, e a confirmação do rompimento das relações diplomáticas com os ex-aliados, que aliás seria quase impossível manter, não que faltasse a ambos o suficiente cinismo, mas porque os nazistas não consentiriam e Vichy funciona como governo títere, que recebe ordens pelo telefone do Alto-Comando germânico.

A MUDANÇA

Tentamos uma ligação telefônica com Guarapira, mas não foi conseguida. Garcia mostra-se abatido, mas calmo. Embarcará amanhã para lá. No íntimo, gostaria de não estar presente ao desenlace da menina.

7 de julho

Catarina está de volta, sem avisar, tal como partira, e foi uma tarde de desconversações, com muitas notações turísticas e letras de tango por parte dela, numa mútua precaução de não pisar em galhos verdes. Veio com outra cara, tostada do sal marinho (o comandante do paquete espanhol, parrudo e gabarola, fizera-lhe a corte...), a boca com uma nova forma de pintá-la, mais sedutora e mais gorda — comera carne pra burro! — e com uma batelada de vestidos de inverno, que custaram uma ninharia. Também de inverno e ridiculamente baratas, de lã e padrão escocês, trouxera meia dúzia de gravatas para mim.

— Dizem que as mulheres não sabem escolher gravatas. Creio que desminto a lenda.

Estreei imediatamente uma e, imediatamente, os olhos escrutadores de Adonias adivinharam a procedência:

— Antes gravata do que corda...

— Gosta?

— Um primor!

— Vou te dar uma. São todas mais ou menos como esta.

— *Gracias!* — Piscou o olho. — Uma dúzia?

— Não. Meia... — e me arrependi incontinenti do que disse, menos pelas palavras do que pelo tom.

— Não podemos confiar totalmente no gosto das mulheres, mesmo se tratando duma Catarina. Aposto que ganhou também uma água-de-colônia argentina, de frasco preto e rolha dourada sinistra, apavorante!

— Perdeu.

8 de julho

A Grande Exposição da Arte Francesa dos séculos XIX e XX, que há um ano e tanto vinha percorrendo os Estados Unidos, exibe-se pelas Américas, enquanto não pode retornar ao Louvre, coisa que os comissários dela parece que não veem muito jeito de acontecer nestes anos mais próximos... E agora está cá! É um acontecimento como chuva no deserto, uma visão que pode até parecer sonho ou miragem. São os lucros da guerra...

Aldir e Pérsio estão malucos, dão gritos por certos achados, não saem do museu, vivem por conta de David, Ingres, Gérard, Delacroix, Daumier, Courbet, Corot, Monet, Manet, Renoir, Pissarro, Sisley, Degas, Seurat, Cézanne, Van Gogh, Gauguin, Matisse, Braque, Picasso, Derain, Vlaminck... Mário Mora sabe olhar; acompanhá-lo na visita é aquilatar o prodígio da sua intuição e clarividência — o autodidata põe o dedo seguro naquilo que só conhecia de deformadoras reproduções, diferencia valores, analisa com um rigor de íntimo, desvenda-nos recônditas, despercebidas grandezas, convence-nos facilmente de que a sua vocação é mais de crítico do que de pintor. Luciano Del Prete, que nunca esteve em Paris, e que se transferira para São Paulo, onde vai botando a sua banca, despencou na praça, não aguentando esperar pela exposição lá, como faz Zagalo, que já conhece-a toda — gastara anos em Paris; apesar do seu ânimo meridional, Luciano sabe criticar —, o que me disse, no seu macarrônico português, sobre Derain, que tanto me comove, me abriu os olhos, me encheu as medidas, pelo fino e sensato que era, e me fez principalmente ver que tinha razão nas suas quizílias com Nicolau, que tem se mostrado assíduo, mas mudo... Jacobo de Giorgio não é apenas o conhecedor profundo, invejável, mas um pouco desconcertante, da literatura e da música — o muito que escreveu sobre a exposição me parece sem jaça, mereceria ter sido aproveitado para o catálogo da mostra, e Saulo confirma a sua inclinação para a crítica plástica, sem grande campo de exercício no nosso meio, campo que a presença dessa exposição irá fatalmente alargar e fecundar. E Marcos Eusébio toma ares inteligentes, elogia tudo, mas do que

A MUDANÇA

gosta de verdade é do *Retrato de Madame Recamier*, aliás a peça que mais entusiasmo desperta no público miúdo, entusiasmo que cresce cada dia — chegar perto do quadro de Gérard já constitui um problema; entusiasmo que atinge Luísa:

— É o quadro mais maravilhoso que já vi!

E Adonias traz dos saraus de Susana a informação de que o recheio exclusivo dos mesmos é pintura:

— Descobriram a pintura, meu velho! Que discussões!

E penso que Francisco Amaro não pode deixar de ver a exposição, mas que não arredará pé do leito de Hebe...

9 de julho

Asseguram que foram oferecidos ao governo alguns quadros impressionistas da exposição, naturalmente em face da indigência do nosso museu. Oferecidos à venda, é claro. Era uma oportunidade única. Pelo moinho de Van Gogh pediam oitocentos contos, francamente uma bagatela para quem compra *destroyers* por oitenta mil. O ministro da Educação ficou como barata tonta — a verba para aquisições do museu é de 25 contos anuais... Lauro Lago ficou de falar com o presidente... Acabaram não querendo.

Mário Mora propôs uma solução:

— Por que não adquirem pela verba de automóveis do ministério?

E Luciano Del Prete, que está muito enfronhado já nas nossas coisas, tem outra proposição:

— Pela verba de alfafa do Ministério da Guerra poderiam comprar toda a exposição.

10 de julho

Assisti Toscanini, que incluiu o "Batuque" do brasileiro Lorenzo Fernandez no programa, como em concerto anterior incluíra Villa-Lobos, suponho que não por gentileza de visitante, pois se assim fosse poderia ter escolhido Carlos Gomes... Distingui na plateia o pecador decote de Vivi Taveira e imagino quantas brilhantes heresias terá dito ao distinto cavalheiro que a acompanhava, cavalheiro de casaca e que não era o marido. Mas se não heresia, pelo menos bobagem indigna deixei escapulir, no congestionado corredor, ao encontrar Jacobo de Giorgio ladeado por Saulo e Anita, que portava a mais estranha padronagem de seda:

— Gostei muito de "As fontes de Roma". Gosto muito de Respighi.

Não obtive resposta... um indelicado silêncio... — que falta faz Catarina! A humilhação, porém, não teve outras testemunhas. Luísa, queixando-se do sapato apertado, não presenciou a queda de um ídolo — ficara no balcão conversando com Susana, que fora amistosamente procurá-la. E dizer-se que em casa, na companhia de Aldir, Pérsio, Oliveira, Garcia, Francisco Amaro, eu me arvoro, gigante entre pigmeus, em conhecedor de música, em árbitro de compositores, e Gustavo Orlando já se abalou a me pedir uma lista de peças fundamentais da música moderna, para um trabalho de divulgação que pretendia fazer no Norte, e eu não neguei!

E hoje italianos e ingleses se encontram nas águas do Mediterrâneo, e a esquadra italiana foge ao combate... E foram concedidos plenos poderes a Pétain para ditar a Constituição que integrará o país no regime totalitário — adeus, Liberdade, Igualdade, Fraternidade! Bem lhe poderíamos emprestar o Silva Vergel para a bucha ser rápida e perfeita!

11 de julho

Passeio com Catarina, toda em cinza portenha, pela exposição, em hora de pouca concorrência, e conto-lhe o episódio com Jacobo.

— Talvez ele tenha razão. Seguramente a tem, embora que os artistas menores também mereçam amor. Amar somente o que é grande me parece um pouco de covardia. Mas foi pouco delicado. Em todo o caso, que te sirva de lição. Você não é nada delicado

A MUDANÇA 293

com aqueles que não são da sua opinião... Pôde ver quanto aniquilante é a fábula do quem com ferro fere com ferro será ferido...

— É. Senti-me desamparado. Que falta senti de você!

— Imagino perfeitamente a falta que te faço...

— Falta de anjo da guarda...

— Muito gracioso...

— Muito verdadeiro. O que há de mais verdadeiro!

— Pois sente porque quis...

Não prossegui. Também gastei o meu silêncio. Ela me olhava como se olha um pássaro engaiolado, demos alguns passos, apertou-me a mão, paramos diante de *A mulher de coifa*. Seus olhos ficaram mais belos:

— Corot é magistral! São magistrais os artistas que parecem não querer muito... — E mudando de tom: — Você já imaginou a importância que vai ter para os nossos pintores o encontro com essa riqueza toda?

— Pérsio, Aldir e Mário Mora estão alucinados!

— Se souberem usar a cabeça... E você imaginou a amargura de Nicolau ao constatar que tudo que pinta já está pintado?

— Você não conhece Nicolau. Não reconhecerá nada. Sente-se superior a isto tudo. Antes dele não houve nada. Agora só há ele. Depois também não haverá nada.

— Bem sacada!

E continuamos, admiramos a paisagem de Pissarro, a modulação cézanniana, verdes sobre verdes, sobre verdes, sobre verdes, paramos ante a diáfana bailarina de Degas.

— Vamos ter o balé Jooss, você sabe?

— Sei.

— É coisa notável! Não é para se perder um só espetáculo Quer ir comigo?

— Vamos.

— Está feito. Iremos a todos. Infelizmente não serão muitos.

Considerei com os meus botões que Luísa merecia conhecer o famoso conjunto, e preparei caminho:

— A todos não prometo.

Catarina sorriu como Gioconda:

— Eu compreendo... — E emendando: — Toscanini, a grande pintura francesa, o balé Jooss... É para se repetir o chavão do cronista do princípio do século: "O Rio civiliza-se"...

Despedimo-nos na porta do museu, que o sol incandescia.

— E a menina do Garcia?

— Nas últimas. Garcia está lá. Telefonou ontem.

— Pobre Garcia!

Houve uma pausa como se fosse uma homenagem, pausa que ela rompeu:

— Amanhã é o seu dia. Não me esqueci não. — Pôs um pouco de pimenta na voz: — Por acaso será visível?

— Depende. Por quê?

— Tenho um presentinho para você.

— Que é?

— Um potezinho de juízo...

— Ah! Irei buscá-lo em sua casa. Às duas poderei.

— Que magnânimo!

12 de julho

Depois dos trinta não aprendemos mais nada. Na melhor das hipóteses valorizamos o aprendido.

13 de julho

"Modéstia à parte eu sou da Vila." A casa de Natalina ficava perto do bulevar, tinha porão habitável, onde a voz da mãe era um eco, onde armávamos o teatrinho para pantomimas de Madalena, escandalosamente pintada com papel de seda vermelho, onde Emanuel foi pilhado em condenável e solitária prática, onde a empregada jurava, se persignando, ter visto amortalhados vultos. A rua se perdia no morro ainda sem favelas.

A MUDANÇA

14 de julho

No terceiro dia da *blitzkrieg*, cem aviões nazistas foram derrubados como moscas, sessenta outros foram presumivelmente cair longe, no mar. Há uma cortina de balas e holofotes. Águas e praias estão minadas. Os navios não zarpam mais, ancorados, como fortalezas. De noite não se acende nem um fósforo — é a escuridão do medo e da sobrevivência! E dois milhões e meio de homens estão distribuídos pelos pontos estratégicos. Penso em Mac Lean, que não deu mais notícias. Tenaz Inglaterra!

15 de julho

Enquanto, insones, de nervos esticados, os ingleses vivem sob o inferno das bombas e da ameaça de invasão, os seus irmãos, jovens todos, do balé Jooss dançam para nós no João Caetano, que foi um belo teatro e hoje é um descalabro de falsidade, impingida como moderna aos poderes municipais por uma súcia de improvisadores. Dançam e dançam maravilhosamente! Volto do espetáculo sacudido pela emoção duma arte viva, duma coreografia sem bolor, sem a ancilose das posições convencionais, que afirma a existência duma Inglaterra sem vitorianismo e capaz de reação.

A noite é fresca, mais do que fresca, e Catarina pende do meu braço como fruto de preciosa polpa:

— Eu não te disse...

— Sim, é estupendo! "A mesa verde", "A grande cidade" sacodem a gente! Dá vontade de se pular para o palco e participar da dança.

— Como quando passa uma escola de samba...

— Exatamente. Mas como é desalentadora a constatação de que não conhecemos nada, não produzimos nada!

— E não já produzimos as escolas de samba, meu bem?

— Mas é doutra coisa que eu falo, e você compreende. Somos uma coisinha à toa, tudo que é grande viceja lá fora, vive engarrafado lá fora como os bons vinhos, longe de nos, raramente a nós nos chega e só os privilegiados, como você, podem conhecer e gozar.

Catarina desprendeu-se:

— É inveja?

— Não, é sentimento decente mesmo. Uma inveja decente! Não conhecemos nada, não produzimos quase nada, num atraso melancólico.

— Tempo virá.

— Não duvido. Matéria-prima temos. Mas como vai custar!

— Que é o tempo na vida do mundo?! Seremos um dia, não importa quando, uma coisa grande e séria. Se não nos couber a alegria de participar dessa coisa grande, resta a de termos colaborado para ela. A vida do homem é curta. Há muita diferença entre o tempo do homem e o tempo duma nação.

— Sim, concordo. Mas que inveja da Europa!

— Não lhe gabo o gosto! Vai sair em cacos dessa *mêlée*...

— A Europa não se quebra nunca! Veja 1918. O nazismo também passará. Por crises mais graves ela passou. Nada me convence de que a Inglaterra não resistirá, e com ela a esperança da Europa toda. Das suas feridas e ruínas novamente brotará o milagre das flores. Sempre novas flores! E não é só a Europa. A América também conta na minha inveja. Quantos anos está na nossa frente, ela que tem a mesma idade que nós?

— Você tem razão. Mas nós chegaremos até lá. Numa floresta as grandes árvores têm crescimento desigual. Não se acabrunhe. São estágios por vezes longos. A Europa não nasceu assim. Foi uma lenta cristalização, uma intérmina sucessão de lutas, extermínios, desagregações. A América foi um campo de bandoleiros, de embrutecidos, de facínoras. Nós teremos a nossa vez. Já fomos muito menos do que somos... Temos caminhado. Até a nossa mulher caminhou... E lembre-se que nós temos que ser nós mesmos. Criarmos o que é nosso, só nosso, tão peculiar e distinto quanto o é um girassol no mundo floral. E matéria-prima não nos falta, como você bem diz. Veja a nossa música, as nossas danças, a nossa comida, o nosso sentimentalismo. É que tudo está ainda

A MUDANÇA

muito soterrado, muito inexplorado, como a maioria das nossas riquezas naturais. Chegaremos um dia a nos emparelhar com o mundo que você hoje tanto inveja. Chegaremos a superá-lo em muita coisa. É preciso ter fé.

— E pensa que não tenho?

— Sei que tem. O que você faz é a melhor prova dela. Mas é preciso ter paciência. Não troco as nossas possibilidades por coisa alguma deste mundo! Querer dar saltos é que é nefasto. Importar cultura em bruto é pior do que não tê-la. Veja a Argentina. Por mais simpático que seja o seu adiantamento, é pura ilusão. Sendo rica, e nós ainda somos pobres, não consegue ser nada, e nós somos alguma coisa. Importou e importa ainda cultura demais... Macacos mesmo são eles!

16 de julho

Enquanto via dançar os jovens do balé Jooss, morria Hebe, a incipiente dançarina. A notícia chegou de manhã cedo e Moacir Trindade estava presente. Viera ver Laurinda, que conseguiu se recuperar. Mas não iria longe, asseverou-me. Tem o coração muito cansado.

17 de julho

Enquanto os jovens do balé Jooss empolgam uma pequena minoria, e Pérsio assobia a partitura de todos os bailados, os seus irmãos encarniçadamente se defendem: "Donde quer que venha o ataque, os nazistas serão repelidos!" — gritam sob a música histérica das sirenes. E os ligeiros caças enxotam do plúmbeo céu insular os bombardeiros inimigos, em sinistros bailados. E contra-ataques em massa são desfechados sobre a Alemanha. E a ação da RAF, recrutada no seio do povo, defendendo e contra-atacando, relega para um modesto segundo plano a aristocrática Armada, que se acreditava a única defensora da Inglaterra, que olhava com ufano desprezo as outras armas...

18 *de julho*

Antes do meio-dia Francisco Amaro apareceu. Trouxe Garcia de carro e, como de costume, ficou em hotel, onde já se banhara e envergara o linho branco. Lancei o meu protesto:

— É quase grosseria que você não queira se hospedar cá em casa. Afinal, não ficava tão apertado assim...

— Dá trabalho.

— O mesmo que eu dou em sua casa.

— Não, lá não se desaloja ninguém. Aqui iria ser uma trapalhada.

Vera e Lúcio, que estavam loucos para dormir no chão, ficam decepcionados. Luísa acha graça:

— Não adianta insistir. Chico é cabeçudo.

E não insisto:

— Tem a quem sair. Seu Durvalino é a mesmíssima coisa. Quando decide que pau é pedra...

E Francisco Amaro também não aceita o almoço, comera qualquer coisa em Petrópolis, limita-se a aceitar o seu jarro d'água e pormenoriza os últimos dias de Hebe, que ficara um trapinho de gente, o contido sofrimento de Garcia; dona Idalina quisera chamar o padre e Garcia se opusera, firme, e procurando não magoar a devota:

— Quem sofre o que esta criança sofreu ainda precisa pedir licença para entrar no céu? Não creio que Deus seja tão rigoroso...

Na saída, e demorou-se pouco, estava aflito para falar com um seu representante. Perguntou:

— Você acha que o Garcia reparará que eu vá ver o balé hoje mesmo?

— Não sei por quê. É o mesmo que ficar zangado por você ir ver a exposição...

— Poderia pensar que eu só o trouxe como pretexto. Se não fosse o estado da menina, já teria vindo para assisti-lo, bem como à exposição. Fiquei assanhadíssimo com as suas cartas.

A MUDANÇA

— Que desconfiança sem propósito! Então você não conhece o Garcia? Vamos, Chico, e vamos juntos. Você não poderia perder.

— Então imediatamente vou comprar os bilhetes.

— Não precisa se afobar. Na hora a gente arranja. Não tem sido nenhuma enchente. Mas a que horas você vai à exposição?

— Logo depois de liquidar umas questões com o representante. Lá pelas três horas já estou livre.

— Quer que eu me encontre com você?

— É lógico, não é?

— Bem, com você nada é lógico. Por isso é que estou perguntando. Mas às três horas estarei na porta do museu.

— Você é um animal. Até as três.

19 de julho

Repelida, por todos os setores da opinião pública britânica, outra sondagem de paz tentada por Hitler. Se a primeira foi levada a efeito via Espanha, a segunda partiu de círculos muito ligados ao Vaticano... Tive vontade de aferroar Saulo, mas ele, entre Anita e Jacobo, escapou — estávamos no teatro. Francisco Amaro ficou abafado, como ficara abafado na exposição — pena não poder ter trazido Turquinha... E amanhã, apesar dos protestos, estará logo cedo comendo pó de volta na estrada.

— Por que não fica mais um dia? Que diabo! Mais um dia não irá perturbar nada. Só a exposição mereceria de você mais um dia.

— Sim, mas não é possível. Deixei uma penca de coisas para resolver.

— E seu Durvalino?

— Papai está um pouco fora de certos assuntos.

— Ora, não há nada no mundo que não se possa atrasar um dia, Chico.

Mas ele não acredita, ou finge que não acredita, o que vem a dar no mesmo.

20 de julho

Garcia apareceu, ar macilento, olhar de poço fundo, gravata preta. Como se espremesse uma esponja, tivemos outro e circunstanciado relato dos padecimentos de Hebe, que só perdera a lucidez no último suspiro, e que expirara como expirara a mãe — num halo de santidade, revelação que surpreendeu Luísa, pois ele nunca falava na esposa, era como se jamais tivesse existido. E com as mãos desencorajadamente fletidas sobre as pernas — fora um copo de amargura que bebera até o âmago! Que sombra a terra iria consumir se o corpinho morto nada mais era do que uma sombra? E como pagar a Francisco Amaro, a Turquinha, a dona Idalina, ao médico, a todos lá, extremosos, incansáveis, abnegados? Há dívidas insolváveis...

O amor, ou o quase amor, embeleza o falar, enriquecendo o vocabulário, enobrecendo as frases com um apuro literário e melodramático, involuntário torneamento, algo poético, pelo qual somente Laura não se deixara envolver, mas que ser estranho não era Laura! A dor é como o amor, embora menos do que o amor. E, como se desse conta, Garcia, que é tão simples no contar as coisas, com excessiva secura passou a enumerar uma série de medidas práticas, prosaicas, que resultavam da perda — mandaria a irmã de volta para Manaus, liquidaria a casa, procuraria uma pensão. E parecia um ator representando mal.

21 de julho

— Agora é mesmo o fim. (Dona Carlota.)

— Não há fim nem começo. (Garcia.)

— No começo todos estão de acordo, no fim fico falando ou fazendo tudo sozinho. (Francisco Amaro.)

— Ninguém fica. (Alarico do Monte.)

— Quando se vê o que uma criatura é capaz de sofrer neste mundo, como duvidar de que no outro não haja uma justiça? (Luísa.)

A MUDANÇA

22 de julho

Têm chegado muitos refugiados de guerra e em algumas atividades já se sente a presença deles, por exemplo, na publicidade, com uns poucos mas apreciáveis desenhistas e vitrinistas, e mais pronunciadamente nas revistas, que a quantidade de fotógrafos entre eles é manifesta, bons profissionais ou hábeis amadores — em terra de cegos quem tem um olho é rei —, que podem oferecer um tipo de reportagem fotográfica que tínhamos escassa e pouco sugestiva.

Loureiro informa que os aluguéis em Copacabana e no Leme estão rapidamente subindo e mais subirão na certa. É lá que se instala a maioria deles; alugam dois, três e quatro apartamentos, moram num e realugam os outros mais caro, forçando a alta com luvas, que escapam à lei do inquilinato, pois compõem os imóveis vazios com cortinas, mobiliário velho, litografias nas paredes... Tais inteligentes medidas os dispensa, em grande parte, de trabalhar — vivem de rendas... passam os dias gozando os sossegos dum cômodo exílio, refestelados nas varandas dos bares, já insuficientes.

— Vai ver como vão brotar bares novos na praia! — prevê o informante. — A concorrência obriga.

— Que não seja como aquela epidemia de golfinhos que tivemos há uns dez anos passados, você se lembra? Apareceram tantos que acabaram por morrer todos à míngua de golfistas...

— Não. Golfinho era um divertimento da moda e a moda passa. Bar, não, que Copacabana vai caminhando a largos passos para ser uma cidade dentro da cidade, e uma enorme cidade, com todos os gravames do cosmopolitismo.

— Talvez você tenha razão.

— Talvez, não. Tenho.

— Bobo foi meu pai que recusou comprar lotes lá a menos de cinco contos e a prestação. Vê lá se vou comprar areia tão cara! defendia-se, rindo, da insistência do vendedor. Arguto foi o Isaac Roldenberg, que vendeu a sua casa de peles e abriu lá uma loja, que aliás não sei bem onde fica.

— Que Isaac é este?

— Aquele que só me chamava de Oscar.

— Ah! sei. Você me contou. Vai ficar rico...

— Mas me diz uma coisa, Loureiro. Como é que esta gente traz dinheiro? Para alugar três, quatro apartamentos, prepará-los e esperar freguês precisa ter um capitalzinho.

— E eles têm. O nosso governo mesmo é que os obriga. Pobre não vem para cá, mormente judeu, que a lei cria as suas disfarçadas dificuldades... Mas com dinheiro entra. Quem depositar no Banco do Brasil mais que tanto em ouro, pode entrar. E muitos trazem fortunas consideráveis. Outros, além do dinheiro, trazem coisas mais importantes, porque multiplicam o dinheiro e não precisam declarar, nem pagar taxas de entrada. Conheço um que trouxe uma coleção de selos fantástica. Para todos os efeitos era a sua coleção particular, o seu doce divertimento... Bem. Montou uma portinha filatélica. Sabe quanto valia a tal coleção, que tem vendido a retalho? Quatro mil contos!

E Gerson Macário me conta episódios engraçados, referentes aos adventícios, com os quais não simpatiza nada. Muitos trazem grande bagagem, caixotes e caixotes de objetos artísticos, cujo direito alfandegário é meio confuso — cristais, porcelanas, lampiões, gravuras, tudo coisa velha, com que pretendem abrir lojas de antiguidades e decoração — uns pioneiros! E um deles, judeu-austríaco, cavalheiro grisalho e requintado, trouxe, além da sua quinquilharia de bricabraque, duas imensas caixas com papel higiênico! Temeroso de se ver privado, em terra tão remota e desconhecida, de tão indispensável e delicado objeto...

23 de julho

Foi convocada às pressas a Conferência Pan-Americana, em Havana. Assunto: estudar a política que deverão seguir as Américas em face da situação que se criará como consequência de uma possível guerra mundial — os inocentes!

A MUDANÇA

24 de julho

Não tão inocente que não abaixasse as alças do vestido de verão e entregasse os seios gordinhos e resistentes. Tinha os lábios carnudos como bifes, comprimia-os, apertava as pálpebras, gemia docemente, deixava-se dominar.

Foi no Arpoador, numa caçada noturna aos siris, divertimento, aliás, bastante semanal. Havíamo-nos afastado da turminha, tendo uma pedra por biombo, que o mar vinha lamber com fosforescentes chiados. A voz ou o riso dos companheiros chegava de outras pedras ou dos montes de areia que o vento fabricava caprichoso.

A corneta do Forte tocou o silêncio, Tatá gritou:

— Como é, pessoal, vamos para a frente?

— Que pressa besta! Está tão bom aqui.

Mas Solange agitou-se:

— Não, vamos. Vamos logo, senão desconfiam.

— Desconfiam de quê? Têm a certeza!

— Não diga! Que vergonha!

— Não exagere. Estavam fazendo o mesmo. Talvez mais.

Dulce Sampaio gaguejava um pouco. Caminhava ao longo da praia deserta com os pés na água, os sapatos na mão, levantando um pouquinho a saia para não molhá-la.

25 de julho

Aquele aventuroso idílio no Leblon, que foi o melhor da vida de Euloro Filho, está reduzido a um volume de trezentas páginas, cheio de escamoteações e despistamentos, louvado pela crítica e em terceira edição. Mas há os invejosos. Romance em narrativa é fácil, tipo da marmelada mastigada, criticava o magistral fazedor de diálogos.

Os estilistas: Ribamar Lasotti não escreve "uma mão", escreve "u'a mão". Acha mais bonito.

26 de julho

E bonito foi o golpe de Roosevelt sobre a Alemanha, a Itália e o Japão: incluiu o petróleo e a sucata entre os artigos que necessitam de prévia autorização para serem exportados, impedindo desse modo que possam ser transferidos para aqueles países. É uma maneira de entrar na dança sem precisar comprar entrada para o baile. E, por uma relação de ideias, lembro-me do que Rodrigues me contara — os navios alemães, que aportavam em Vitória, levavam lastro de areia monazítica sem que ninguém dissesse nada.

27 de julho

Os caminhos! Hoje, o talentoso Nicolau não é rico, o que virá a sê-lo, dado que sua pintura começa a ter bom mercado e ele, sem comercialismo, e sem o despudor e a traficância de um Marcos Eusébio, sabe valorizar o que produz; mas tem uma vergonha sem nome do tempo em que era pobre, mormente da meninice, quando entregava marmitas na pensão de uma tia de Beiçola, magnânima solteirona, adepta da teosofia, que ajudou a gerações de estudantes — e a sua pensão praticamente era de estudantes — fiando, emprestando, não cobrando, obtendo empregos, conseguindo pistolões para os exames, sacrificando-se muitas vezes até, calada e nobremente. Contudo, vítima de estranho estrabismo, sua generosidade para com a juventude estudiosa não enxergou os anseios do seu corpulento mas tímido meninote de copa e recados, ali colocado pela família, que era paupérrima.

Mas a fada do destino corrige vesguices, cataratas ou oftalmias. Obrou com a áurea varinha e fez com que o sextanista de medicina, de rosto afilado e de incipiente corcunda, inteiramente voltado para as doenças nervosas, descobrisse a vocação do rapazinho; induziu-o a procurar a família, na Rua General Pedra, e convencê-la que devia fazer um sacrifício em prol do filho bem-dotado; e impeliu-o a levar o protegido para se matricular na Escola de

A MUDANÇA   305

Belas-Artes. Depois, deu mais um toque de condão: o sextanista se transformou em médico, deixou a pensão, foi para o interior de São Paulo e o pintor nunca mais o viu — é bom para muitas almas ficarem livres daqueles que as socorreram.

28 de julho

Os caminhos! "Distinto Primo e Amigo: Venho lhe agradecer mui penhorado a delicada oferta do seu belo livro de estreia, que me proporcionou, sinceramente, momentos de fina emoção intelectual, pois, embora estando eu ligado, por indestrutíveis liames, a outros conceitos beletrísticos que não os seus e da sua iconoclasta geração, sei, felizmente, compreender as efervescências renovadoras da mocidade e reconhecer os autênticos méritos onde eles se encontrem.

Aliás, confesso-o prazenteiramente, jamais duvidara que seu real caminho seria o da república das letras, e este livro, cujo merecido sucesso de crítica não me tem passado despercebido nos jornais da capital que aqui me chegam, e o artigo desse talento de escol que é Martins Procópio pareceu-me admirável, confirma com plenitude, ou mesmo supera, os meus augúrios.

Esperando para mui breve uma outra e mais sazonada manifestação do seu estro literário, aqui me quedo, nesta vetusta e pacata Campina Verde, aguardando as ensanchas de uma outra gripe, que ponha novamente no meu tugúrio, para uma longa estada, que, sempre seria curta para mim e para os devotados amigos que aqui deixou, não o jovem e esperançoso estudante, mas o excelente e vitorioso escritor.

Pedindo que, por nímia gentileza, me recomende aos estimados primos, queira aceitar o amplexo e as justas felicitações do primo, amigo e admirador, Pires."

29 de julho

Wassermann positivo. Ó imperdoável Margarida!

30 de julho

Ataque a Dover e comprovada mais uma vez a eficiência da defesa antiaérea inglesa. Abatidos vinte aparelhos alemães. Gasparini exulta. Pérsio trouxe discos de empréstimo — trechos da ópera jazzbândica de Krenek entre eles, experiência que oferece certas surpresas e da qual Catarina já me falara com entusiasmo. Jacobo de Giorgio, que nos honrou com uma visita, pediu que repetíssemos o disco:

— Há quanto tempo não ouço isso!

E nos esclareceu que Krenek era um homem sério, que desprezara o sucesso, quando o tinha nas mãos.

— Mas pode haver seriedade e sucesso, não pode? — perguntou-lhe Aldir.

— Tudo pode, meu amigo — respondeu, um tanto irônico.

Gasparini, mais tarde, quando Jacobo saiu, desceu o malho, achando-o muito convencido, muito suficiente, rindo sempre das nossas perguntas e das nossas respostas, e Luísa defendeu o ausente:

— Não sei se isso pode ser defeito. Afinal, ele sabe coisa que não é brincadeira. E quem ama os cães, como ele ama, está perdoado de todas as falhas humanas.

— O que você está dizendo é muito bonito, embora cheire demais a Eduardo — retrucou Gasparini, desabrido. — Mas eu desconfio de quem só toma chá.

— Francisco Amaro só toma chá...

— Francisco Amaro é exceção.

— Pode haver duas exceções.

— Que mulherzinha você está me saindo! — arrematou Gasparini. — Se o Eduardo não põe um freio...

E Luísa, queixosa, no quarto:

— O Gasparani devia pôr um freio era na Nilza... Freio ou bridão.

A MUDANÇA

1º de agosto

O cavalheiro:

— O senhor é um espírito leviano.

O outro cavalheiro:

— O senhor é uma refinada cavalgadura!

2 de agosto

Garcia faz anos hoje e ninguém pôs os olhos nele — pobre enguia dolorida, em que toca foi se enfiar?

Passei na Casa Crashley, aromático e acicante buquê de dentifrício, sabonete, hortelã-pimenta, pó-da-pérsia, graxa para sapatos, fumo da Virgínia, com cachimbos, pincéis para barba, bolas de tênis, chocolates e vidros de amônia nas estantes fora da moda, loja onde Mac Lean ia semanalmente buscar as suas revistas juvenis de bravo colorido, e as balas de estalo no Natal, e os enfeites para a árvore, e o agárico artificial para pregar nas portas, e que o bloqueio marítimo e as dificuldades internas da indústria britânica já vão fazendo diminuir o sortimento, que chega agora com uma sobretaxa de guerra. Mas foi no recanto reservado aos livros que escolhi o presente para Garcia, recanto tão familiar à Catarina que ali chegar era sentir, no estrangeiro buquê, também o seu cálido perfume. Comprei *Sartoris*, de Faulkner, que tanto o abalara com *Luz de agosto*. Guardemos o presente e fico em dúvida, agora, se o retrato um tanto ectoplásmico de um mundo de crueldade e força seja o indicado para o estado d'alma do aniversariante. Que ao menos as dificuldades oferecidas pela prosa do romancista, que me atrai e tonteia, me envolve e me expulsa, sirvam de passatempo e olvido para quem fez do inglês a sua segunda língua, e a única em que encontra um total encanto literário, conquanto a angla firma, na qual se arrasta como um galé do Débito e do Crédito, não lhe dê muitas folgas para consumir a literatura inglesa.

3 de agosto

À revelia, é claro, o general De Gaulle, figura a que não consagro a mínima simpatia, apesar da simpática causa que abraçou e leva avante, foi condenado pelo governo de Vichy, condenado à morte e à degradação militar por ser partidário do prosseguimento da luta contra a Alemanha. "Ajustarei as contas com eles depois da vitória", responde, fanfarrão. E são gasconadas como essa, não muito diferentes das nazistas e fascistas, que mais acentuam a minha antipatia pelo inconformado narigudo. Podemos ser nobres e valorosos sem fazer frases... Para, pena minha! que Churchill também não se farta de fazê-las... Não! Deve haver outras razões para a minha aversão, talvez que a cruz de Lorena, que o herói da resistência pespegou na bandeira da sua França Livre, esteja entre elas, como muito do nojo que sinto pelo nazismo provém da sua cruz gamada, que o diabo foge da cruz.

4 de agosto

Rebeca é mais um *best-seller* no cinema. Susana está empolgada com a fita da "mulher inesquecível", que assistiu não sei quantas vezes e que recomenda a todo mundo com um tique de histeria — é sublime!

Vasco Araújo, juntamente com o filme, lançou o volume, que Gina Feijó traduziu a toque de caixa e de que fala como se tivesse traduzido a Bíblia.

— Foi o romance que sempre desejei traduzir! — exclama à reportagem dirigida pela empresa cinematográfica e como se já tivesse traduzido milhares de romances, quando essa é a sua primeira tradução, posta em suas mãos pelo prestígio da prima Débora.

Há desgraças a que não se pode fugir. Luísa me arrasta para o cinema, com intermináveis bichas na bilheteria. Vivi Taveira ostentava uma pele custosa, mas excessiva — nem tão fresco estava o tempo. Cléber Da Veiga enfarpelava um linho branco, puro, mas

A MUDANÇA 309

chocante — nem tão quente estava a temperatura. E volto com a sensação de ter perdido uma noite, quando não devemos perder nenhuma noite. E no bonde, dois bancos na nossa frente, Mário Mora ia muito fagueiro abraçado a uma chinota. Luísa foi quem viu:

— Olha! Vai feliz da vida.

Desceu na Rua do Catete com galanterias de noivo. Um grande corpo tinha a garota, porque era uma garota. Especialmente que pernas!

5 de agosto

É o Japão que põe as suas mangas de fora, e se as põe é porque está com as costas quentes, tanto que respondeu com desabrida violência à determinação inglesa de afastar das Ilhas Britânicas os súditos nipônicos, que parecem suspeitos. Em prol da criação de uma nova ordem e de uma grande Ásia Oriental, foi proclamada, ontem, oficialmente pelo ministro dos Estrangeiros, a nova política do governo do Filho do Sol, com a advertência de que o Império do Sol Nascente está disposto a vencer todos os obstáculos que se interponham em seu caminho para a obtenção desse propósito.

— Como vencerá todos os obstáculos, se não conseguiu dominar a velha China? — é o que pergunto, admitindo que a mania da fanfarronice infestou todos os quadrantes do mundo e, até aqui, compadre Getúlio solta as suas gauchadas.

E Gasparini:

— Estão é no mundo da lua!

Mas José Nicácio pondera:

— Não se iludam. Estão armados até os dentes! Desde a guerra russo-japonesa que não fazem outra coisa, e o moral deles, com aquela vitória, subiu alto. Se não conseguiram dominar toda a China é porque ela é imensa e osso duro de roer. Mas, se vencerem no resto da Ásia, acabarão por empolgá-la. E não se esqueçam de que a campanha da China não foi mais que um extraordinário campo de experiências guerreiras. Tal como a Espanha para os alemães...

— Talvez você tenha razão — disse Gasparini, meio vencido.

6 de agosto

— Os verdadeiros ataques aéreos alemães contra a Inglaterra, com todo o poderio de que o Reich dispõe, e que é formidando, não começaram ainda. Mas estão na bica. A verdadeira guerra aérea vai ser uma monstruosidade! (Marcos Rebich.)

— Esta coisa de gás asfixiante é uma monstruosidade, uma barbaridade inconcebível! (Papai a seu Políbio, que lhe explicara o mecanismo dos gases asfixiantes.)

— Inglês não dorme no ponto. Seu esforço é de titã. Na produção aérea tem já melhores aparelhos de bombardeio noturno e melhores, bem mais velozes, aviões de caça. E os alemães já sabem disso... Por enquanto, malgrado toda a antecipada e premeditada preparação, não têm levado vantagem. (Pérsio Dias.)

— Ao ver o emprego maléfico que deram à sua genial invenção, Santos Dumont deve se remexer na cova horrorizado. (Ataliba.)

— Inventamos o aeroplano, se é que tivemos mesmo a primazia, e paramos aí. Estamos na rabada do mundo. Temos homens, mas não temos material. Dá dó! Morrem como moscas. Quando a nossa aviação militar deixará de ser essa frota de esquifes voadores?

— Você falou em invenção do aeroplano. Sabe dum concurso que houve aqui, coisa de uns dez anos atrás, promovido por uma revista ilustrada, para se eleger o maior inventor brasileiro? Não? Pois Santos Dumont tirou o segundo lugar... O primeiro foi conquistado pelo sujeito que inventou o açucareiro automático. (Adonias.)

7 de agosto

A selaria tinha em Loureiro um bom gerente. Multiplicava os negócios com uma seção de artefatos de couro e cintos, carteiras, bolsas de toda a espécie. A freguesia que fora restrita se dilatara e eu vivia pulando de bairro em bairro com a pasta das faturas em atraso.

A MUDANÇA

Conheci Maria Berlini num bazar da Rua do Catete. O homenzinho fizera um sortimento de bolsas escolares e maletinhas para merenda, mas, vencido o prazo, não comparecera com o pagamento. Loureiro recomendara:

— Aperte com o homem! Que ele paga, paga. Não é caloteiro. Mas é duro na queda. Chorão como ele só.

Apertei o que pude, ele invocou imprevistos, maus negócios, sugeri algum por conta, mandou-me esperar, que iria arranjar. Enquanto esperava, Maria Berlini apareceu para comprar papel de carta. O caixeiro, que a conhecia, tratava-a com liberdade, dizia piadas:

— Quantas toneladas?

— Em vez de fazer graça, você devia era vender artigos melhores. O bloco que levei noutro dia é uma porcaria! Borra a letra toda.

— Aqui só se engana o freguês uma vez. Vai levar hoje um papel superior. Artigo sueco importado diretamente por este importante estabelecimento de duas portas e dois empregados: eu e o meu anjo da guarda.

— Quanto custa este bloco?

— Quatro mil-réis.

— Vá roubar outro!

— É a especialidade da casa.

— Mas quatro eu não pago nem amarrada.

— Está bem. Pague três e estará roubada da mesma maneira.

— Me vê envelopes também, mas que não sejam transparentes.

— Transparentes nós só admitimos vestidos de mulher. — Pôs a caixa sobre o balcão. — A escolher. Brancos, azuis, quadrados ou redondos?

— Vá chupar um pirulito!

— Antes pirulito que outra coisa.

— Indecente!

— Indecente é mulher sem dente, maldosa. E quantos manda?

— Doze chegam.

— Escreve um pedaço, hein!

— Amor filial.

— Quer que embrulhe?

— Quero. Ainda vou no armarinho e na farmácia. Quanto é tudo?

— Pague quatro mil-réis e leve meu coração de quebra.

— A lata de lixo está cheia.

E Maria Berlini foi saindo, viçosa, acintosamente requebrando as cadeiras, cabelo *a la* homem, pernas fortes, os tornozelos grossos, uma beleza sadia, popular, mal-educada. Não me contive:

— Que peixão!

Ela fingiu não ouvir, desceu o degrau, caiu na rua, e o caixeiro ajuntou:

— E vai de anzol, de tarrafa, de arrastão, vai de qualquer jeito.

— E se mais não adiantou é porque chegavam fregueses.

Tatá e Miguel davam a vida por um joguinho de pôquer e poucos dias depois me arrastaram para a pensão de uma tal dona Eponina, na Rua Andrade Pertence, onde se fazia uma rodinha noturna, baratinha e muito falada. Dona Eponina era imponente, viúva, usava um reloginho antigo preso no peito avantajado por um broche de ouro maciço. Armaram duas mesas, mas consegui sobrar, pois parceiros não faltavam. Peruei um pouco, dona Eponina tinha uma sorte de irritar, o velhote, de cabelos pintados, era daqueles que jogam mais que barca em alto-mar, refugiei-me na varanda da entrada, comprida, de ladrilho, acompanhando o jardim maltratado de palmeirinhas, samambaias e tinhorões, que um mísero globo iluminava, leitoso crematório de insetos noturnos. Do outro lado do muro vinham vozes e risos, barulho de pratos, música de gramofone, saltitante, com chocalho e cavaquinho. Acendi o cigarro e Maria Berlini apareceu. Chegava da rua, saia grená, blusa de jérsei, sapatos extravagantes, balançando a bolsa de alça. Cumprimentou-me, mas não me reconheceu. Foi aclamada na sala, subiu a escada que levava ao segundo andar, onde ficava a maioria dos quartos. Morava ali, pensei. E morava mesmo. Passados minutos, desceu desprovida da bolsa, com caseiros sapatos de entrada baixa. Sapeou o jogo, buliu com o velhote:

— Como a sorte está lhe tratando, seu Inácio?

A MUDANÇA   313

— Como madrasta, beleza.

— Quem é rico pode perder.

— Se é assim eu devia ganhar sempre.

— Quem esconde o leite é vaca brava, seu Inácio!

Acabou na varanda. Puxou a cadeira de vime, esticou-se e a saia arregaçou quase até as coxas. Não pude fugir à visão. Ela não se importou e começou:

— Não joga?

— Jogo. Mal, mas jogo. Mas hoje não estou com vontade. Vim só para acompanhar uns amigos.

— Miguel e Tatá?

— Sim.

— Eles vêm seguido. São muito divertidos. O Miguel faz macumbinhas antes de sentar na mesa.

— Brincadeiras dele. Quando nós jogávamos futebol, antes do jogo, ele se benzia todo.

— Quer dizer que são amigos há muitos anos, não é?

— Há alguns. Muitos não, que não somos tão velhos assim... Riu gostosamente:

— É um modo de dizer. Aposto que não têm vinte anos!

— O Miguel já passou. É o mais velho de nós. E a senhorita não joga?

— Não. Não gosto. Não tenho paciência, me esqueço das cartas, me distraio... Gostaria é de jogar roleta. Não tem que pensar muito.

— Mas agora o cassino anda fechado.

— Besteira, não é?

— Eu creio que é, pois não faltam casas de jogo clandestinas por aí. Volta e meia a polícia cerca uma.

— Mas deixa os bicheiros livres. Levam bola dos banqueiros. Arame grosso!

— Aquele senhor é rico?

— Seu Inácio? Que nada! Troça minha. É funcionário do Ministério da Agricultura. Casado com aquela senhora magra que está sentada de costas para nós. Mas é uma ótima pessoa.

Sempre alegre, sempre divertido, quando dão festinhas aqui na pensão é o que mais pula. Mas tem um azar crônico. Não há noite que não perca.

— A senhorita mora aqui há muito tempo?

— Há um ano. Pouco mais de um ano. Sou paulista, paulista de Guará. Da terra do Rodrigues Alves. Mas estava morando em São Paulo mesmo, antes de vir para cá. Meu pai trabalha num escritório de café.

— Não conheço São Paulo.

— Não perde muito. É chato! Sou paulista, mas não sou bairrista. Há muito trabalho lá, muito progresso, mas é pau de doer! E você é daqui?

— Sou.

— É estudante?

— Não. Sou empregado no comércio, mas pretendo entrar para a Escola de Direito no ano que vem.

— É uma bonita carreira.

— Não pensei nisso. E a senhorita estuda ou trabalha?

— Nem uma coisa nem outra. Tento o teatro. Adoro o teatro! Vim para aqui por isso. Em São Paulo seria impossível. Nem teatro há. As companhias todas vão do Rio.

— Ah!

8 de agosto

Vinha da Rua Bela quando conheci a sestrosa Cinara numa parada de bonde. Morava nas bordas do Campo de São Cristóvão, num sobradão de platibanda e fidalgo porte, que se transformara em discreta casa de cômodos, e que a mãe explorava. Não trabalhava — usufruía a esperteza materna e, muito faltosamente, estudava corte e costura numa academia da Rua Uruguaiana, que dava diploma e punha muitos anúncios nos jornais, incitando as damas a se tornarem extraordinárias modistas, e economicamente independentes.

Fornida, roliças ancas de firmeza equina, exageradamente pintada, nervosa como cavalo de corrida, não ficava quieta um

A MUDANÇA 315

instante, aquiescia aos meus inequívocos olhares, provocava-os até e, à chegada do bonde bastante cheio, externou, num franzir de nariz arrebitado, o extremo nojo de que se sentia possuída pela barulhenta viatura. Indiquei-lhe lugares no reboque, sentamo-nos no mesmo banco. E, poucas quadras adiante, quando o passageiro que nos separava desceu, deslizei para o lado dela, dando o meu lugar ao que subia. Ela sorriu como quem compreendia e esperava, e eu meti a conversa.

Falava torrencialmente, gastava mais ss que uma cigarra, trocava muito o r pelo l, tinha os dentes lindos, certinhos, branquíssimos, os lábios largos e polpudos, e não passava um automóvel que não desviasse os olhos cor de mel para conferir a marca e o número da placa, que automóvel era a sua loucura, o seu pensamento constante. Mas, embora eu não possuísse carro, combinou encontro para o outro dia, que era sábado, na porta do Cinema Central, que completava suas sessões com atos de variedades nacionais e estrangeiras. Não acreditei no comparecimento, mas fui esperá-la à hora marcada. E ela não faltou. Veio deliciosa, mais pintada ainda que na véspera, o que antes me parecia impossível, os sapatos de salto muito alto, um bizarro e frondoso chapéu, o vestido de seda muito justo, a saia batendo nos joelhos, o corpo tremelicante qual gelatina.

Adivinhou-me:

— Pensou que eu não viesse?

— Pensei.

— Não costumo dar bolos.

— Pelo menos é uma qualidade e nada feminina.

Ampliou os ss:

— Tenho outras e muito femininas!

— Não duvido.

— Você é uma pechincha!

— Agradeço. Mas você quer ir a esse cinema mesmo, ou quer ir a outro?

— Esse mesmo. Tem palco.

Encaminhei-me para a bilheteria, e ela, apontando um galalau de bigodinho e costeletas:

— Já foi meu namorado.

— Não lhe gabo o gosto...

— Tem um carro cutuba!

— Não precisava dizer. Aquilo só com carro e joia!

— Convencido! — riu.

E logo que nos sentamos passei-lhe o braço nas costas. Ela deixou, aconchegando-se a mim, lendo alto os letreiros. Delirou com os mágicos, aplaudiu os cançonetistas, um particularmente, Alfredo Albuquerque, lépido, gordote, português, que tinha coplas contra as sogras e insinuações das quais a plateia participava:

> *Eu vi, eu vi*
> *você bolinar Lili...*

Quando saímos, a tarde ainda era clara.

— Quer tomar alguma coisa?

Queria um "solvete". Passava os dias com uma saladinha, uns bombons e muitos "solvetes" — comer para ela era uma espécie de degradação.

— Pois compraremos também bombons.

— Você é uma uva!

Comprei o cartucho de bombons e dirigimo-nos para a Sorveteria Chic, a dois passos do cinema, pequena, cadeiras insentáveis, circundada de armações, toda de laquê, parecendo mais farmácia do que sorveteria, famosa pelas geladas especialidades, inigualados prodígios de formas piramidais, cores e equilíbrio.

Cinara escolheu o mais complicado da lista, pegava a colher com afetação. A horas tantas deu com o casalzinho no canto da sala:

— Aquele rapaz de branco também já foi meu namorado.

— Você parece que encontra oitocentos ex-namorados por quilômetro quadrado. Aposto que aquele também tem carro.

— Tem — riu. — Um baita Overland.

— É uma tralha que nunca me seduziu. Aliás, mesmo que me seduzisse, tanto fazia. Não ganho nem para ter uma bicicleta!

A MUDANÇA 317

— Eu não compreendo como um homem não tenha vontade de ter um automóvel! — contestou com veemência.

— Pois não é tão difícil de compreender. Mas eu acho que sou o seu primeiro namorado que não tem automóvel. Não é?

— Quase que acertou. É o segundo...

Levei-a a casa. Antes, porém, perambulamos demoradamente por aquele mar de grama que é o Campo de São Cristóvão, ladeando a extensa grade, parando diante das ornamentais pedras artificiais, parando junto ao repuxo — no Clube de São Cristóvão começava o baile —, fugindo dos focos de luz, em doce intimidade.

Despedi-me.

— Amanhã, pode ser?

— Amanhã não posso. Tenho um compromisso. Coisas de mamãe. Já estava combinado, não podemos "desmalcar". Mas segunda-feira, está bem? Segunda-feira à hora que você quiser.

— Só posso de noite. Você sabe que eu trabalho. Tenho cá meus compromissos também.

— Pois de noite eu espero. Oito horas, está bem?

Durante a semana, engolia o jantar e corria para São Cristóvão. Batíamos calçada, enfiávamo-nos pelas escuras ruas do bairro, indo ora até a colina de São Januário ou o Retiro Saudoso, ora o Largo da Cancela tomar sorvete de canoinha na carrocinha, em formato de navio, que se postava à porta do cinema, ou mais além, pela Rua São Luís Gonzaga, até o Morro do Telégrafo (apresentou-me a um irmão, saindo de um bilhar, rapaz já feito, pescoço teso dentro do colarinho duro, antipático, carrancudo, com a burrice estampada na cara), íamos até a Quinta, cujos portões fechavam cedo, e a lembrança de Aldina me acudia, acabávamos sempre nos bancos do Campo, todo o roteiro feito, vagarosos, abraçados, trocando beijos, em inflamada bolinação.

A semana escoou e no sábado, que por sinal coincidiu ser feriado, Cinara mostrou desejo de assistir ao Procópio, de quem se mostrava fã incondicional, e lá fomos à matinê do Trianon, que tinha *jazz-band* no salão de espera, com arbustos e repuxo. Após o espetáculo, o sorvete foi obrigatório.

— Agora, toca a enfrentar o nosso amigo bonde.

— Que remédio! — suspirou.

Para cortar caminho, fomos para o Largo da Lapa pegar um Praça da Bandeira. E quando transitávamos pela Avenida Mem de Sá, Cinara falou:

— Gostaria de conhecer aquele hotel.

— Sabe que hotel é?

— Sei.

Era um hotel suspeito, dois andares de sacadas verdes sobre uma loja de ferragens, com um enorme cadeado na tabuleta. Bati a campainha:

— Pois então, vamos.

Subimos a escada sombria e tapetada de oleado vermelho. A portaria, barrando a escada, vivia de luz acesa. E o pitoresco do estabelecimento era a sala de jantar, portas escancaradas, junto à portaria, de mesas permanentemente postas, excessivamente postas, num luxo de cristais e de talheres, de guardanapos armados dentro dos copos como leques, quando o hotel não tinha cozinha.

Casal moço que entrasse era recebido com um olhar de dúvida, de temor, de apreensão, que somente certa gorjeta modificava. Enquanto satisfazia o pagamento adiantado e a gorjeta, a amiguinha embarafustou-se pelo corredor de cotovelo com o mesmo cândido desembaraço de quem o fizesse no casarão de São Cristóvão.

Dei duas voltas na chave:

— Queria conhecer, hein?

Envolveu-me, brejeira:

— Que é que tem?

— Não tem nada. É melhor assim.

Atirou longe a boina, despiu com desenvoltura o vestido de preguinhas, na cintura roliça a arroxeada pisadura dos cordões da calça, e assegurou ter o hímen complacente. Estava no rigor da moda a posse dessa prática anomalia.

Passava das onze quando descemos, e na rua, deserta e fresca, pediu-me vinte mil-réis:

— Estou sem um tostão, coração!

A MUDANÇA

E aquilo durou três meses, três impetuosos meses de complicada ginástica financeira. Vendi livros no sebo, vendi roupa velha, pus umas coisinhas no prego, mordi Mariquinhas, Madalena, Tatá, Loureiro, nem seu Afonso escapou, todavia emprestou de bom grado, pois não enganei o destino do meu empréstimo.

— Aproveite a mocidade, menino. Mas aproveite com jeito, não vá com muita sede ao pote!

Uma noite, porém, Cinara não me esperava na calçada. Ainda esperei um pouco — e nada! Bati palmas, interpelei a mãe, nédia, desfrutável, pela ausência — havia saído cedo, não dissera aonde fora, e até aquela hora não voltara. Compreendi tudo e não insisti — cansara-se do pedestrianismo. E Cinara não mais telefonou para o escritório. Várias vezes a encontrei sozinha ou acompanhada, e sempre exibindo os mais recentes figurinos, joias novas, um tanto espalhafatosas. Quando sozinha, parava, conversava com naturalidade, dizia ter saudade das nossas passeatas, e uma tarde dignou-se aceitar o convite para um sorvete no Alvear, ao som do "Danúbio azul".

9 de agosto

Ao som do "Danúbio azul", Maria Berlini, com uma infinidade de chopes duplos no corpo, saiu dançando sozinha pela deserta e cimentada pista do Bar do Leme, recanto para o qual se deixava atrair como mariposa para a luz. Dançando e cantando. Cantando sem palavras, dançando num esvoaçar de braços como se estivesse envolta em véus. Era tarde, já não havia muita gente, mas todos riram, houve palmas, um grito gaiato de estímulo, e os músicos capricharam mais nos volteios. Eu me encolhia na incômoda cadeira de réguas, que marcavam a carne dos fregueses, enfiado de vergonha, incapaz, por gesto ou palavra, de fazê-la parar. Afinal, ela, num último adejar, voltou ao seu lugar, desabou na cadeira com estrondo:

— Mais chope!

— Não, chega!

— Chega uma pistola! Estou com sede.

— Beba água.

Riu, riu desmesuradamente, dobrou-se sobre a mesa, acomodou-se. Paguei, rápido, a despesa, dei o suíte. Na porta, acocorado, o crioulinho dormia abraçado aos seus cartuchos de amendoim. Maria Berlini cambaleava, o vento do mar brincava com os seus cabelos, resfriava-lhe, porventura, os humores, entrava nos seus miolos, dissipava um pouco a embriaguez:

— Está zangado comigo? Que é que eu fiz?

— Não fez nada. Não estou zangado não.

— Então por que não me deixou beber mais?

— Já bebeu demais.

— Não bebi demais coisa nenhuma! Uns chopinhos à toa.

— Vinte duplos, fora as cachacinhas antes...

— Vinte?! Não! Mentira!

— Vinte! Vinte duplos. Você é uma esponja, querida.

Choramingou, autocondenativa:

— Vinte! Eu sou uma esponja sim. Não sei me refrear. Vinte! É o sangue de Vicente Berlini!

— Seu pai é quem paga o pato, não é?

— Não. Ele é que é o culpado. O sangue de Vicente Berlini.

— Deixa o sangue de Vicente Berlini em paz.

— Não deixo. Ele me persegue. Ele é culpado de tudo. Ninguém me trava. Por que você não me travou?

— Como se fora fácil travar uma Berlini...

— Não me ofenda. Eu não quero ser uma Berlini. Sou fácil, sim... Sou obediente. Falando comigo com jeito, eu sou obediente. Você não devia deixar eu beber vinte chopes. Você é que é culpado. Não devia deixar eu beber vinte chopes.

— Está bem, está bem. Para outra vez não deixarei.

— Não deixa não. Eu obedeço.

— Você não devia beber tanto. O prejuízo é seu. Beber, como você bebe, só pode fazer mal.

— Faz mal sim. Mas não me repreenda. Não fique zangado.

— Não estou zangado. Estou só te aconselhando. Faça um esforço, não beba assim.

A MUDANÇA

— Está sim. Você está zangado. Você não gosta de mim.

— Não estou e gosto muito de você.

— Então me abrace. Vamos! Me abrace.

Passei-lhe o braço pela cintura, senti as suaves, excitantes ondulações da gordura nos quadris. Ela se fazia mais amiga, abandonada:

— Sou uma coisinha muito ruim. Uma filha muito filha de Vicente Berlini. Me abrace bem. Diga que não está zangado. Eu não posso ver você zangado. Vamos para a areia, vamos.

— Não. Vamos é para casa, que não é sem tempo.

— Eu não quero ir para casa. Quero é ficar aqui.

— Mas vamos.

— Não vou. Eu quero é ficar aqui. Eu não gosto de ir para casa. Aquilo não é minha casa!

— Vamos direitinho. Você precisa dormir.

— Não preciso nada não!

— Vamos.

— Malvado!

Mas ia deixando-se conduzir. Foi com dificuldade que a alcei no bonde vazio. O condutor achou graça, veio me ajudar:

— A menina está malita...

Para descer foi a mesma cena difícil. Lamuriou-se meia hora no portão até se decidir entrar:

— Tchau!

Não sabia como teria conseguido subir a gigantesca escada da pensão. No outro dia é que soube — dona Eponina apanhara-a a dormir emborcada no capacho da escada e, a muito custo, arrastara-a para o seu quarto, que ficava junto da sala de jantar:

— Pesas como um elefante, minha filha!

10 de agosto

Leopoldo Stokowski chegou com a sua All American Youth Orchestra, ostensivamente loura e dolicocéfala, mas Catarina ficou indiferente — é um exibicionista... Susana é que ficou excitadíssima com o esposo de Greta Garbo — que cabeleira! que mãos! São polos estéticos... Mas a gravação de "Petrusca" que tenho, e oferecida por Catarina, é regida por ele. Entenda-se...

Emanuel escreveu. Não passou de lacônico bilhete e sobre Glenda nenhuma palavra, o que me parece estranho. Se tem medo duma bomba não precisamente endereçada à sua pessoa, bomba contra a qual de nada valem as suas imunidades diplomáticas, não se atreveu a mencioná-lo pelo correio comum, que a tesoura da Censura, mais do que o amor-próprio, não admite tão deprimentes manifestações, ou talvez que o espetacular exemplo da RAF, não dando tréguas ao inimigo, num permanente toma cá, dá lá, tenha as suas virtudes contagiantes. E em audaz incursão ontem, pela primeira vez, atacou as bases aéreas nazistas de Paris. Mas, quanto às trombeteadas vitórias italianas na África, os ingleses se portam como Emanuel a respeito das suas prováveis debilidades — não tocando no assunto.

11 de agosto

Da nossa cota de fraternais sacrifícios — conferência de Mário Mora, na Escola de Belas-Artes, em comemoração ao cinquentenário da morte de Van Gogh, que anda sendo muito admirado, não pela obra que quase ninguém conhece senão de reproduções, mas pela trágica vida que um biógrafo americano reduziu a *best-seller*.

A assistência é diminuta, o ambiente cheira a sarcófago e poeira, Marcos Eusébio preside a solenidade, no alto da cátedra, com espessos óculos de tartaruga, como um mocho que não simbolizasse nenhuma sabedoria. Apesar de bem entrosada a palestra, com princípio, meio e fim, e com uma simplicidade expositiva que aos pascácios raiaria pela displicência, o conferencista nada tinha para dizer que já não tivesse sido dito e redito, e foi uma hora de doce chover no molhado. A atenta sisudez com que Antenor Palmeiro ouvia, plantado na primeira fila, ao lado de Pérsio Dias, que às vezes piscava o olho para mim, era um pequeno espetáculo — é lindo fingir que entende o vivo e admira o morto!

A MUDANÇA

"A obra de Van Gogh é uma explosão de temperamento. A sua força vem dessa obsedante sinceridade, desse desejo violento e místico de pintar o sol"... — e Marcos Eusébio aprova com a cabeça, e a voz com açúcar de Mário Mora ia se apagando nos meus ouvidos, substituída pelo grito da insaciável multidão vascaína, na desastrosa partida que me amargurara: Mais um! Mais um! Mais um! Pediam e vieram dolorosos como queimaduras — 5 a 0! Gasparini torcia as mãos, desesperado. Pobre América!

12 de agosto

De Catarina, a propósito de Maria Berlini:
— É a única prostituta que ainda se veste como prostituta.

13 de agosto

Nova e duramente posta à prova a resistência britânica. Cerca de mil aparelhos de Goering empenharam-se em diversos pontos das ilhas inglesas, assinalando o terceiro dia duma guerra-relâmpago de intensidade jamais concebida. Os balões defensivos, enormes baleias suspensas no céu plúmbeo, embaraçam a ação atacante. As baterias de terra não param um minuto, como não param os caças em doido metralhar. E o troco não se fez esperar — as Reais Forças Aéreas, em vingativa e neutralizante contraofensiva, pulverizaram cidades e arsenais do continente, devastaram formações e campos de pouso, cortaram exércitos e estradas. Que papel desempenharia Mac Lean nessa faxina?

14 de agosto

Vozes da América:
"No caso da derrota da Inglaterra, e rogo a Deus que isso não suceda, ficaríamos sem um amigo no mundo", declara o secretário da Marinha.

E o secretário da Guerra: "A única maneira de estarmos a salvo, neste mundo em que vivemos agora, é tornarmo-nos tão fortes que os nossos inimigos tenham medo de nos atacar."

15 de agosto

Enquanto na Somália os italianos progridem, mais mil aviões nazistas investem contra Londres. Vêm em ondas de fogo, de minuto a minuto, estalando os ares e os nervos, semeando a destruição, mas não o pânico, que o autocontrole inglês nunca foi mais inglês — sabem que jogam uma cartada decisiva e se se descontrolam é a derrota e a invasão, o Império riscado do mapa do mundo. A pontaria tem que ser certeira — 144 aparelhos são abatidos! E a RAF só perde 27, se os comunicados não mentem, o que seria bem triste.

16 de agosto

Os nazistas perdem a cabeça com a resistência com que não contavam, tão convictos da superioridade guerreira, tão puerilmente acostumados ao fulgurante desmantelo adversário. Num esforço desesperado para vencê-la, velhos e incondicionais adeptos da força bruta, atiram dois mil bombardeiros sobre a Grã-Bretanha, esmagadora avalancha a que nada poderia se antepor. E ainda são detidos, dispersados, derrotados... Mas o mundo tornou-se menor. Um gemido londrino é ouvido no Brasil, uma ferida em peito *maquis* faz escorrer sangue em rua carioca. E cada bomba que explode em solo inglês despedaça angustiosamente qualquer coisa dentro de nós, qualquer coisa extraordinariamente preciosa, pedra ou torreão, tijolo ou seteira, pau ou ameia, pedaços da fortaleza que ainda mantemos contra a bota totalitária. Cada bomba que destrói um pedacinho da Inglaterra destrói em nosso coração uma esperança, fortalece a sanha da opressão e do obscurantismo que ameaça afundar o universo numa outra Idade Média, muralha que se ergueu como Bastilha em tanto canto do globo, que se elevou aqui neste torrão também, quando, jovem e sem história, poderia ser a terra da Liberdade, o cadinho onde se fundiria um outro conceito de vida, uma redentora justiça social.

17 de agosto

Desalento... Ninguém pode amar ou odiar conforme os seus desejos.

18 de agosto

Não é bom, como querem alguns camaradas, frequentadores dos seus serões meio musicais, meio alcoólicos. O que tem é uma poderosa força de compreensão, que gera naturalmente certa tolerância pela vulgaridade. Enfim, antes acreditar no erro que não acreditar em nada.

20 de agosto

Ao cabo duma semana de guerra-relâmpago, lá se foram 568 aparelhos alemães, se é que contaram direito. E, ante o fracasso, para o qual Hitler deve estar à cata de um bode expiatório, diminuíram a intensidade dos ataques, o que é alívio também para nós e substância para a renovação do estoque de esperanças.

— E você não acha, Luísa, que a Felicidade anda salgando demais a comida?

21 de agosto

Trótski assassinado no México, onde se domiciliara, por um frequentador da sua casa. Tudo faz supor que se trata de sermão encomendado. Estúpido? Necessário? Que sabemos dos escaninhos soviéticos, dos planos do Kremlin? Em todo o caso, é menos um entrave ao stalinismo, que via no trotskismo um inimigo tão perigoso e pestilento quanto o capitalismo.

— Feliz foi Lênin que morreu de morte morrida! — ousou, certa vez, dizer Jacobo, não avaliando o temporal que poderia armar sobre si com tais palavras.

Gustavo Orlando rosnou imediatamente:

— Trotskista...

É um insulto. E inominável.

23 de agosto

Por indicação de Mário Mora, arranjei um desenhista comercial bastante inteligente e bem falante, e ele aprontou o desenho para a nova marca de manteiga que Francisco Amaro lançará. Ficou simples, elegante e sugestiva, de um modernismo algo apanhado de ouvido: dois pombos voam levando no bico uma fita bicolor. É incrível que haja criaturas que gostem de manteiga! — repugnância de herança maternal. E ainda mais incrível é que outras fiquem ricas com fábrica de manteiga.

Com a urgência desejada por Francisco Amaro, tomei todas as providências referentes ao registro na Propriedade Industrial. Querendo me orientar, consultei Délio Porciúncula, que, com nauseabunda fraseologia causídica, fez um bicho de sete cabeças, não dissimulando, por mais que o tentasse, o temor de ser obrigado a prestar um serviço gratuito. Agi por conta própria e, a acreditar-se em promessas em repartições públicas, dentro de dois (!) meses estará tudo legal.

O livro de Claudel que Francisco Amaro me pediu não encontrei. Havia, mas se acabou... Também, que ideia essa de ler Claudel! Em todo caso, gosto é gosto, ou pelo menos curiosidade é curiosidade, e fiz a encomenda. Virá do Canadá, suponho, onde se instalaram às pressas muitas editoras francesas. Chegará pelo primeiro navio... que não for a pique — me disse o afável caixeiro, sem saber que era engraçado.

Também entreguei ao relaxado comissário da Rua Camerino os discos solicitados, incluindo no lote alguns de minha escolha. Vão melhor acondicionados, pois reclamei da loja a quebra da última remessa. Foi uma pena! Exatamente um concerto para

A MUDANÇA

fagote, tão requintado, e tão raro de se encontrar nestes tempos de dificuldades bélicas. Só vieram dois. O outro quem comprou foi o Adonias. Vou procurar convencê-lo de fazer negócio com Francisco Amaro. Não creio que haja dificuldade. Compra por comprar, às vezes nem os ouve, como já pude verificar. Está nadando em dinheiro com especulações dos terrenos suburbanos, que haviam ficado na cauda do testamento da baronesa como propriedade de somenos valor. No fundo, tem tanto interesse por música como eu pelos filhos do bispo de Nanquim.

Nas gravações que enviei hoje há duas novidades que me encantaram e que foram descobertas de Pérsio. Falei delas a Saulo Pontes, que torceu o nariz, refratário musicalmente a tudo que não tenha duzentos anos de consagração. De nariz torcido ou não, são belas — o "Concertino de primavera", de Milhaud, tão penetrado pelo *jazz*, e o "Quarteto inacabado", de Lekeu. Gozado é que são gravações alemãs e, segundo me informaram, vieram de Londres! De maneira que não é somente em canhões e projéteis que há dessas confusões.

24 de agosto

Expliquemos hoje o que poderíamos ter explicado ontem. Verificou-se, graças a alguns projéteis que não explodiram, que a procedência de muitos que caíram sobre Londres era a mesma de muitos jogados sobre a Alemanha e que muito canhão costeiro, de recente modelo, trazia o nome de Krupp. Na África, uma boa quantidade dos carros blindados fascistas destruídos era de fabricação inglesa, enquanto os pneus dos caminhões, britânicos ou italianos, na maioria eram da mesma marca americana. Marcos Rebich foi a fonte de tais conhecimentos.

25 de agosto

Aniversário de Felicidade. Vera e Lúcio fecharam a questão — bolo com velinhas, velinhas que foram apagadas com canto e palmas e cujo número foi simbólico, dado que a aniversariante não sabe muito claramente quantos anos tem. O canto, que é novidade importada dos Estados Unidos, me irrita singularmente. Francisco Amaro, também atingido pela irritação, é mais rigoroso — na casa dele não admite a cantoria.

26 de agosto

Foi há muito tempo.
— É pura poesia isso — disse Afonsina, fumando escondido. Eis o resultado de ler confissões.

27 de agosto

Também foi há muito tempo... Tide é o derradeiro chorão, com ele morreu a flor das serenatas. De olhar caído, plangente, apaixonado, soluça abraçado ao pinho, o cachecol de seda branca protegendo o cordoveado pescoço sem gravata:

> *À merencória luz do teu olhar divino,*
> *Soluça o peito meu no eterno desatino...*

Zuza e Otílio seguem-no como vassalos. Antônio Augusto vai atrás, coxeando, engalicado. Os passos são lentos à margem dos chalés adormecidos. Para-se aqui e ali. Os últimos lampiões a gás da cidade iluminam de passado a escalavrada rua suburbana. Vem um silêncio de madrugada perfumada de magnólia. Vêm latidos de cães no vento fresco.

28 de agosto

Tide, Otílio, Sebas... Bactérias das camadas anaeróbias da cidade, deles era a noite, a Lapa, o Mangue, a fermentação do meretrício, da malandragem e da batota. Manobravam o violão, o baralho e a navalha, amavam a vida sem temer a morte, amavam a

A MUDANÇA

liberdade sem temer a prisão, resguardavam a amizade, tinham os seus códigos de honra. Sebas foi consumido pela tuberculose galopante como palha pelo fogo; Otílio pegou vinte anos — degolou a prostituta que o traía e, antes, fora absolvido por ter liquidado um galego que maltratava um cachorro; Tide desapareceu dos meus caminhos tal como desapareceu Aldina, sem deixar rasto na cidade-sorvedouro. Imune, deles conservo saudade e respeito, deles tracei o imperfeito retrato nas páginas mal reveladas da *Rua das mulheres* e qualquer elogio que façam àquelas cenas é incenso que vejo queimar na ara daquela perdida convivência. Sebas demonstrou-me — e com que mãos de pelotiqueiro! — por que nunca eu deveria jogar cartas à vera, mormente com quem não conhecesse; Otílio cumulava-me de selos, arrancados Deus sabe donde, desde que soube que eu fazia coleção; Tide, após ingente paciência, desistiu de me ensinar a primeira posição:

— Para violão você não dá, meu nego! Fique nos livros mesmo...

E foi o guia meticuloso da esquecida lira popular:

— Você conhece esta? É um primor!

E cantava todas as serestas, repetindo-as sem cansaço, emocionando-se sempre, estropiando alguns versos mais pernósticos. Adorava o Catulo e o João Pernambuco:

— Como esses nunca haverá!

E visitava o Catulo na casinha suburbana, decorava a versalhada dele, explorando um falso sertanejismo, empurrava no meio das conversas pedaços do nauseabundo "Marroeiro":

— Isso é que é poesia!

Sebas me avisara depois do meu desmando em casa de Otílio, que era na Cidade Nova:

— Tome tento com a Clotilde. Não te embeice. Aquilo tem sangue ruim, não é mulher para um moço como você, só serve para um cabrão como o Zuza. Pode te armar uma enrascada doida.

Me avisara ainda:

— Não ponha nem o dedo mindinho nas negrinhas do Baiano! O velho é uma fera!

Otílio não compreendia que cigarro pudesse ser uma propriedade privada. E ainda reclamava:

— Que raio de cigarro fraco! Parece cigarro de fêmea!

E eu que me dava ao luxo de cigarros caros:

— Mil e quinhentos!

— Não valem um tostão! — e a reclamação não impedia de filá-los até o último.

29 de agosto

Das bobagens que dizemos:

— Vivo para a literatura, só para a literatura, de sorte que não posso acreditar em momento literário.

30 de agosto

Os ataques aéreos contra a Inglaterra, que haviam se reintensificado em grande escala, após aliviante atenuamento, cessaram subitamente. Há dois dias que as sirenes londrinas não lançam seu estertor, há dois dias que o sono pode ser usufruído pela heroica população. Que poderá haver sob essa trégua? É exaustão ou armadilha? Mas os ingleses, como bons buldogues, é que perseveram na contracarga e Berlim foi bombardeada pesadamente durante três horas. Pela primeira vez — diz o rádio-jornal — a capital germana sentiu em toda a sua plenitude os horrores da guerra moderna.

31 de agosto

Essa guerra não é um assunto como a de 1914. É o jogo do nosso destino — o mundo tornou-se uma coisa só, coisa que precisa ser liberada e expurgada. Enchendo-nos de receio ou de esperança, de fervor ou desespero, pelo jornal, pelo rádio, pelo cinema, acompanhamos a sua marcha com a alma em riste. Se como na outra decoramos, rápidos, a sua nomenclatura e a sua terminologia, ganham elas nesta um significado transcendental, e é com a meticulosidade duma observação clínica que traçamos

A MUDANÇA   331

cada dia, cada hora, cada minuto, em permanente sofrimento e incerteza, o gráfico do seu desenrolar, pois que o seu desenlace nos atingirá de forma decisiva. É como se observássemos a evolução da nossa própria enfermidade. Anotamos os acessos e as astenias, os focos de resistência ou de depauperamento, discutimos cada sintoma, cada erupção, cada infrutífero medicamento, armamos idealmente os planos duma eficaz terapêutica. Que importa o que tenha sido a Inglaterra se hoje encarna para nós o anticorpo que poderá nos salvar da infecção?

1º de setembro

Hoje completamos um ano de guerra, aniversário que ninguém ousará comemorar com bolo de velinhas. Os alemães mantêm quase todo o continente europeu nas suas unhas, dominam toda a costa que vai do cabo Norte ao golfo de Biscaia, além do qual se encontra a companheira das castanholas e zarzuelas, envolta na sua mantilha milico-clerical e renovando, como guerra de nervos, a campanha em prol de um ataque a Gibraltar. Hitler fez em dez meses o que Filipe de Espanha, e mais tarde Napoleão, não conseguiram realizar após largos anos de campanhas bélicas e diplomáticas. Já é alguma coisa — e de assustador!

No Mediterrâneo e na África, a Itália pode atacar os trigais do Egito e os terrenos petrolíferos do litoral da Palestina. Portugal não é só um Jardim da Europa à beira-mar plantado, é um eficiente consulado nazista também. No Extremo Oriente, o Japão pode ameaçar Hong Kong e Cingapura, ou as colônias francesas e holandesas. Cá na América do Sul, a Argentina vende a sua carne para quem puder pagar, mas tende simpaticamente para o Eixo.

Amigos, o panorama é negro, mas a Inglaterra esperneia e os Estados Unidos estão de olho, certa será a sua participação na luta se as coisas ainda mais se agravarem, conquanto seja necessário primeiramente vencer as correntes isolacionistas que os republicanos tanto defendem, mais comerciantes do que cegos.

E aqui, seu moço?

2 de setembro

O godero voou da cerca. A tarde caía sem que uma folha tremesse. Uma fumaça azulada cobria os serros longínquos, no campo as florezinhas se alastravam numa alegria vernal. Zé Bernardo se atrasara aliviando numa moita a bexiga incontinente. Os primeiros sapos coaxavam no brejo que beirava a linha férrea. Pela primeira vez senti saudades do Rio, saudade súbita e forte. Saudade do seu cheiro, amálgama de tantos cheiros, do seu rumor, da alegria das suas ruas, das suas canções, dos seus vícios, do seu gosto de amor, do seu gosto de mar, saudade que se misturava à saudade de Aldina, como se ela e a cidade fossem uma coisa só. Parei, e uma prensa me espremia o peito. Doutor Pires deu dois passos:

— Está sentindo alguma coisa?

— Não — e continuei a andar em silêncio, como se pisasse a terra de um exílio inexorável.

Depois é que Margarida apareceu.

3 de setembro

Num longo e vaporoso suspiro, o trem estacou. Ansiava — enfim! —, a cabeça levemente dolorida, as pernas bambas, dormentes, da prolongada viagem. Fazia uma manhã brilhante como um anúncio. Pousou a valise no chão — o seu chão! — como se sentisse salvo de um naufrágio. Fora para secar os pulmões, voltara com a carne marcada, crucificada. Via-se envolvido pelo burburinho da gare, pelo cheiro a carvão, pela fumaça, pela conquista das bagagens.

— Hotel! O senhor deseja um bom hotel? — e o homem de boné oferecia o cartão. — É ali mesmo, a dois passos da Central.

Caminhou para a saída, caiu na grande praça. O azul do céu era tão liso, tão esmaltado que parecia pintado. Avançou para a cidade.

A MUDANÇA

4 de setembro

Esta é a tua cidade, filho. Nela tens que procurar o teu caminho. Tudo o que fizeres não será nunca o bastante, nem o acertado. A concorrência é imensa. Cautela!

E o coração doía. Aldina não me esperava. Sumira. Falei com dona Eunice, vexado, com mil desculpas pela ousadia. Ela compreendeu, mas não sabia. Sem mais aquela, Aldina pedira as contas e saíra sem dizer para onde ia:

— Fiquei muito chocada. Nunca a tratei como empregada. Tinha toda a confiança nela. Mas o senhor sabe como é essa gentinha.

Não senti forças para defendê-la. Tentei outras pessoas. Ninguém me deu notícias do seu paradeiro. O diagnóstico de doutor Vítor fora melancólico:

— Sai duma, mete-se noutra. Assim você vai mal, rapaz.

5 de setembro

Um fato histórico e transcendental para a defesa do continente e para o orgulho do Império britânico! Concluído entre os Estados Unidos e a Grã-Bretanha um acordo, tramado em surdina e vencendo a oposição dos isolacionistas, pelo qual são entregues bases navais e aéreas inglesas, nas Bermudas, Bahamas, Jamaica, Terra Nova, Santa Lúcia, Trinidad e na Guiana, em troca de cinquenta *destroyers* americanos.

Gasparini é quem ri com o risco de desconjuntar a boca:

— Vai ficar pelada, a pobrezinha!

E cá um fato vulgar no âmbito administrativo: muitos dos reprovados no concurso para contador conseguiram se encaixar no Ministério da Fazenda.

— Não sei para que serve fazer concurso — comenta Luísa.

— Sempre é um conforto íntimo, querida...

6 de setembro

Agora temos a Semana da Pátria! É o patriotismo coordenado, tão do feitio belicoso dos totalitários. E não cuidem que é inócuo — Ataliba, por exemplo, é dos que se mostram extremamente sensíveis às encenações. Talvez por influência do filho cadete e de genros militares. Porque esse simulacro de patriotismo é feito à base de bandeiras, clarins, paradas e solenidades com banda de música e depositamento de coroas no sopé das estátuas dos nossos heróis de farda, solenidades que atrapalham o trânsito sem nenhum respeito pelo trabalho, que é civil. E quem torcer o nariz está sujeito a vê-lo esborrachado — sabre é sabre!

7 de setembro

Garcia, que anda sorumbático, retraído, apareceu. E participou com interesse da conversa, embora com alguns momentos de tristeza, alheamento, vagotonia e comendo como se empurrasse, como se tomado de ageusia. Tendo avisado por telefone que viria, mandei Vera para a cama mais cedo, precaução que a Luísa pareceu descabida.

— Vai por via das dúvidas...

O assunto predominante foi a guerra e Adonias não discordou de nada. Mas Loureiro, que chegou mais tarde, não se fartou de falar de negócios, de compras, vendas e lucros, de especulações em que o faro de Ricardo foi superlativamente enaltecido. Está ganhando muito dinheiro e a par da prosperidade lhe apontam os primeiros defeitos dos ricos. Francisco Amaro tem sido uma miraculosa exceção!

8 de setembro

Os caminhos! "Distinto Primo e Amigo: É com lídimo júbilo que tomo da pena para inda outra feita remercear um pomo da sua lavra. Degustei-o com delícia e presteza, coloquei-o empós na estante, ao pé do outro, como dois irmãos bem-nascidos, e para

A MUDANÇA 335

frequentes e deleitantes compulsações. Se o ambiente, o clima permanece o mesmo do seu livro inaugural, precioso filão que não deve jamais ser abandonado pelo talentoso faiscador, mui se avantaja ao primeiro, mercê de um estilo mais aprimorado, mais fluido, e pando de ares poéticos, tão omissos ou desprezados nos escritores hodiernos.

Aproveito as ensanchas desta missiva para expressar a permanente esperança de volver a tê-lo em Campina Verde, que andei ameaçado de perder. É que pretendiam remover-me, em caráter de promoção, para outra comarca de instância superior. O pauperismo dos meus pistolões e o desvalor dos meus méritos favoreceram a outro candidato, mas beneficiaram-me a mim outrossim, e aqui permaneço ainda nesses campos bem-amados. Menos ditoso foi nosso generoso amigo Pimenta, removido, nos primórdios do ano, pela direção da Estrada, para agente da Estação de Vargem Alegre. Mas bem mais triste perda sofremos nós com o trespasse de Zé Bernardo, vítima de uma uremia, que zombou de todos os recursos da ciência. Tombou, afinal, o velho tronco altaneiro e forte! E a cidade, no ato de enterramento, prestou-lhe comovida e condigna homenagem. Coube-me a mim, à beira da campa, a infausta honra de fazer a oração de despedida. E as palavras que li, porquanto o improviso me seria impossível em tão pesarosas circunstâncias, se foram infinitamente aquém do que merecia o estremecido morto, foram pontuadas com a mais profunda saudade e emoção.

Agradecendo a gentilíssima oferenda, certíssimo de breve e não menos bela repetição, formulo, endereçados aos estimados primos, os mais sinceros votos de saúde e felicidade, e, *ab imo pectore*, aqui se queda o primo e amigo, Pires." (E inclinemo-nos ante o admirável bastardo, só imitado pela caneta de seu Afonso!)

9 de setembro

O grafólogo de 1931: "Equilíbrio intelectual, isto é, combinação justa entre o espírito de intuição e o de análise. Inteligência, cultura, personalidade, bom gosto. Grande vivacidade, talvez exagerada. Espírito combativo, enérgico, agressivo às vezes. Apesar de vaidoso, é desprendido de ambição. Pouco amante de abstração, gosta das coisas espontâneas, que aparecem ao vivo, sem artificialismo de forma, sem academicismo deformante. Embora seja dalgum modo sincero atualmente, parece contudo haver em si um esforço de vontade no sentido de conseguir dissimular um pouco os seus sentimentos e pensamentos. Desconfiança, talvez; o que é comum a quem, demasiado aberto, sem guardar reservas com relação ao que lhe vai dentro do espírito, pouco a pouco vai conhecendo a vida e, se arrependendo de falar muito, busca se controlar mais."

11 de setembro

Gasparini é quem tem razão — pobrezinha da Inglaterra, vai ficar pelada! Os Estados Unidos trocam *destroyers* por bases, mas já estão com duzentos navios de guerra em construção nos estaleiros. Caso não precisem para uso próprio, freguês não faltará. Bom negócio é a guerra.

E olho a pilha de livros que tenho para ler. Cresce cada dia. Tenho lido pouco, numa fase de preguiça e inapetência, e quanto tempo se perde com jogo, com conversa, com ouvido no rádio. Não sei se será bom uma pausa na leitura para quem escreve. Talvez ventile, desentoxique, dê campo aos nossos próprios pensamentos. Mas ler pouco é certamente mau. E não tenho escrito nada.

12 de setembro

Churchill sabe que legiões nazistas se concentram na costa da Mancha para desfechar o golpe. Sereno e confiante, espera a invasão — será repelida! Esperemos que assim seja.

E a guerra faz os cérebros ferverem — quanto objeto, de cujo uso pacífico nós hoje desfrutamos, não foi inventado pela necessidade das guerras? E agora inventou-se um método para a prévia localização de aviões, e o resultado sabem-no melhor os

A MUDANÇA 337

alemães — uma verdadeira barreira. Aldir não soube explicar precisamente, mas acredita que seja um aperfeiçoamento do radar, aparelho radiodetector, utilizado desde 1936 para a localização de *icebergs*. O mundo da eletricidade é impenetrável para mim. As explicações me cansam e confundem. Aldir acha graça — não estás pescando nada, não é? Mas Rodrigues se exasperava:

— Você nem parece um homem inteligente!

— Quem diz que sou inteligente? Inteligência é a disposição para tudo compreender. Eu engano um pouco porque, conquanto não compreenda, não nego determinadas coisas. Mas quantas outras não nego obstinadamente?

14 de setembro

Gasparini não é ateu. Pasteur é o seu Deus, um Deus a quem se entregou desde a mocidade. Na parede do consultório, defronte da sua secretária esmaltada, lá está o devoto retrato do sábio manejando uma seringa hipodérmica, e nas estantes de casa, preciosamente guardados, quantos livros encontrou sobre a vida e a obra do mestre, livros que conhece praticamente de cor, com anotações nada destituídas de sagacidade e de amor. E por causa da veneração, obrigou-me a assistir à vida de Pasteur, uma boa realização de Hollywood, que Nilza desprezou:

— Que chatura!

— Você é uma besta! — replicou ele logo.

Nilza, inesperadamente, fugiu à luta, e Luísa entrou no meio carregando-a na frente para o automóvel, que ficara no Passeio Público. Andavam cumprindo um pacto de não agressão, que já foi rompido. Estão nas últimas, e Gasparini me disse no trajeto:

— Mais um pouco e eu estouro!

Mas não estourou. Quando chegamos, já estava acalmado e até propôs um sorvete na Americana, convite que foi recusado. Resignou-se a nos levar em casa. Ao descermos, Luísa viu a luz acesa e ficou aflita:

— Quem será?

Entramos todos. Mais aflita estava Felicidade — Laurinda tivera uma coisa, estava de olhos virados, babando. Gasparini se esforçou:

— Não entendo muito de bicho, mas enfim... Parece um ataque cardíaco. Vocês não têm aí um antiespasmódico?

— Não.

— Então eu vou dar um pulo na farmácia. Você sabe que farmácia aqui por perto está aberta a estas horas?

— Você não se ofende se eu chamar o Moacir Trindade?

— Ora, Luísa!...

Telefonou-se e meia hora depois Moacir chegava. Examinou Laurinda, procurou uma ampola na valise:

— É um caso perdido, dona Luísa.

15 de setembro

Envolveu-se Laurinda num velho suéter verde, de melancólica história, como se fosse possível aquecê-la, aquecer o seu inestimável coração sem latidos. Pérsio é gentil. Abriu a pequenina cova rente ao muro do seu ateliê. Foi plantada lá como semente de amor, ao sol que ela tanto amava.

16 de setembro

Relembro. Uma semana de remorso aquela, pesando como chumbo — cometera uma grande injustiça com Laurinda.

17 de setembro

Laurinda não gostava de violino.

19 de setembro

Uns pagam por outros. Lobélia pagou por muita gente. A isso se chama destino.

A MUDANÇA

21 de setembro

O mundo compõe-se realmente de três mil pessoas — o resto é paisagem. É um pensamento de Adonias. Talvez não seja dele.

E entrego a tradução de Panaït Istrati. Antenor Palmeiro estava na editora, folheou perfunctoriamente a resma datilografada, aprovou com um grunhido de emérito mas fechado conhecedor — era transparente que jamais ouvira falar de Panaït Istrati! Podemos desconhecer os nossos sósias.

30 de setembro

Venâncio Neves veio me expor planos duma revista. Procurei dissuadi-lo, logo vi ser impossível, os lorpas morrerão lorpas — que venha a revisteca! E Venâncio é cansativo, prolixo, repisante, enfadonho. Os meus olhos ardiam, escondi bocejos, estava louco que se fosse, e ele nada, projetos sobre projetos — não precisaria grande capital, conseguiria a impressão a crédito, possuía amigos no comércio para bons anúncios, contava com a minha colaboração, Gustavo Orlando e Ribamar prometeram as deles de pedra e cal, tinha a certeza do êxito etc. etc. Mal saiu, e não era tarde, fui direto para a cama, indisposto, a cabeça dolorida. No meio da noite despertei, alagado em suor, a fronte estalando, com febre. Pus o termômetro e a temperatura era mais alta do que supunha — 39! Tomei um comprimido de salofeno e Luísa disse que delirei.

Logo cedo apelei para Gasparini. Não passava de um estado gripal, mas gripe forte — tomasse cuidado! Tomei. Melhorei, piorei, a tosse veio, sufocante, espasmódica, uma semana perdida, sem coragem de receber ninguém, alheio a tudo. Só hoje me sinto refeito, ainda que fraco, de pernas trôpegas, um resto de moleza no corpo, um saldo de catarro nos brônquios. Mas consegui ler sem que os olhos reclamassem, e conversar com Garcia, que já viera duas outras vezes sem que me fosse possível ir além de um cumprimento da porta. Havia novidade: fora um malogro a tentativa de conquistar Dacar e De Gaulle batera em retirada; os ataques aéreos alemães recrudesceram com radar e tudo; na chancelaria do Reich solenemente assinaram a tríplice aliança — Alemanha, Itália e Japão imporiam "novas ordens" em todo o mundo... E havia uma novidade desopilante: o Reich contava com um novo aliado — a república de São Marino, que declarara guerra à Inglaterra! Não sem uma encrenca, rapidamente resolvida — é que estava em guerra com a Alemanha desde 1915... Esqueceram-se de fazer a paz, e às pressas assinaram-na para, imediatamente, romper com a Inglaterra.

— Não é somente nas Américas que há países de opereta...

— E o nosso caro ditador continua como um joão-paulino assustando o amigo Roosevelt com fosquinhas...

— É doloroso, é atemorizante, mas está dentro do seu jogo.

E quando Luísa saiu do quarto para buscar um café, Garcia me participou o telefonema, algo aflito, de Catarina. Tranquilizara-a.

— Alcoviteiro...

— Você é que me mete nisso.

— Não sei como!

2 de outubro

Garcia voltou ontem. Limitei-me quase a ouvi-lo, que uma intermitente afonia, rebelde tanto às velhas pastilhas de clorato de potássio quanto às de recente invenção, e uma persistente garra no peito, com explosões de tosse, refratária às poções e cataplasmas de Gasparini, me impediam de falar sem irritante sofrimento. Falou da batalha da Grã-Bretanha que prossegue encarniçada e periclitante; da Rússia que asseverou a sua neutralidade em face da tríplice aliança, e sempre que se fala em tríplice aliança me açode a Guerra do Paraguai, que seu Silva abordava com a máxima simplificação e repugnância como nódoa no manto monárquico; falou das explicações dadas por Churchill para o fracasso da operação naval em Dacar sob centenas de agressivos apartes e interpelações trabalhistas, que o astuto conservador foi vencendo uma a uma; da esperada invasão da Grécia pelos italianos, que concentraram nas fronteiras greco-albanesas um

A MUDANÇA 341

exército de duzentos mil homens, invasão que iria ser uma cunha no domínio marítimo britânico; do anunciado encontro de Hitler e Mussolini no Passo de Brenner e no qual seriam tomadas fundamentais decisões. Falou na deliberação dos diretores da firma em montar uma fábrica no Brasil, já que a importação de material inglês estava interdita, e já haviam escolhido Belo Horizonte, dependendo, para o início das obras, tão somente de determinadas isenções de impostos que acreditavam viáveis e compensadoras, e se assim fosse estará praticamente certa a sua remoção para aquela cidade, pois as suas funções seriam lá bem mais necessárias do que aqui.

Luísa perguntou:

— Mas você seria obrigado a ir?

— Obrigado, não. Mas creio que gostaria. Pagariam melhor e mesmo ando cansado disso aqui. Belo Horizonte é uma cidade mais calma. A velhice pede calma e estou ficando velho.

— Que velho! — retruca Luísa.

— Estou sim. Eu é que sei.

Conheço um pouquinho Garcia, como conheço um pouquinho Adonias. Percebi que já arquitetara um plano concomitante com os diretores da firma e a notícia que dava não passava de um balão de ensaio soltado em céu amigo. E animei-o com a voz sumida:

— Nem deveria deixar passar a oportunidade. Aliás, você tem créditos na casa para até forçar a decisão.

— Mas ainda demora — arrematou com um suspiro que poderíamos interpretar como de alívio. — Está tudo ainda muito na base das conversações.

9 de outubro

A tosse não cedeu com a codeína, a pontada continuava a me fisgar o tórax. Gasparini pegou no estetoscópio e fez uma vasculhação em regra nos meus pulmões. Nada encontrou — frioleiras! —, mas aventou as vantagens de passar uns dias fora para revigorar a fibra, ajudar a natureza, não alimentar a macacoa, o que teve a aprovação entusiástica de Luísa. Às vezes ficar sozinho é um bom remédio. Perguntei se Petrópolis servia — era perto e barato. Respondeu que sim. Abasteci-me com meia dúzia de livros, entre eles dois presentes parisienses de Catarina, que nunca chegara a abrir as páginas, disposto a uns dez dias de solidão e repouso numa pensão duns contraparentes de Cabo-de-Guerra, no alto do Palatinado. Não suportei. Enchi-me de tédio — o quarto era uma cela, mosquitos amolantes, uma absurda taquicardia, e a tosse nem diminuiu. Voltei ontem — às vezes o melhor remédio é não ficar sozinho.

11 de outubro

La jument verte. Que dizer do humor de Marcel Aymé? *Susana e o Pacífico*, de Giraudoux, é um conto de fadas. Sem fadas.

12 de outubro

A tosse se aplaca, já posso fumar impunemente — que falta me fazia o cigarro! Gasparini diz que não sabe precisar até que ponto o meu estado de nervos influi nas minhas mazelas. Retruco, sem muita convicção, que não me sinto nervoso.

— Terá razão. São águas profundas, de que você mesmo não apercebe a correnteza.

Deve estar lendo coisas. Sempre que encontra uma novidade numa revista médica, a tendência é a de procurar casos para confirmá-la. É assim que caminha a moda médica.

É acusado pelo Tribunal de Segurança Nacional como autor intelectual do trucidamento de Elza Fernandes, Luís Carlos Prestes está ameaçado de gramar trinta anos na prisão. Pelo menos é o que pedem para ele. Nicanor de Almeida tem que se virar e confessa que não é fácil, com os elementos da justiça comum, atuar num tribunal que inventou os seus códigos, que manipula os processos de comum acordo com a polícia.

A MUDANÇA 343

13 de outubro

Se Hitler e Mussolini decidiram, no Passo de Brenner, reafirmar a decisão de prosseguir na luta contra a Inglaterra até o fim, Roosevelt, no Dia da América, indiretamente lhes dá resposta numa linguagem que não dista muito da dos ditadores: "A força das armas é o único meio prático de satisfazermos aos nossos anelos de paz."

Outra é a linguagem de Charles Chaplin — a linguagem que sugere o ridículo totalitário. Sua nova película, *O grande ditador*, é absoluto sucesso na Broadway, as entradas vendidas para os próximos seis meses, e quando a teremos aqui se se afirma que a Censura não permitirá a exibição de filmes que ridicularizem os chefes dos países amigos? E Pérsio, que acredita no gênio de Carlitos, embalado pelo entusiasmo, recapitula os seus sucessos cômicos de pequena ou longa-metragem. Gênio por quê? Quando uma subarte poderá dar um gênio? Mas estou extenuado e não discuto, e até relembro no cineminha da memória, com emoção e saudade, aquelas facécias em dois atos tremelicantes com que se iniciou o artista no cinema mudo e sobre as quais João Soares tem um alentado panegírico. Aldir também é adepto da genialidade chapliniana, porém, mesmo entre fanáticos duma mesma ideia podem surgir terríveis divergências, e a discussão se acerba. E me vem uma fremente, insopitável necessidade de extinguir as palavras, e corro para a eletrola e ponho a "Sinfonia clássica", de Prokofiev, composta nos tumultuosos dias da revolução bolchevista, e que jorrou na sala como areia sobre o fogo da discussão e pôs nas pupilas de Luísa um breve clarão de êxtase.

14 de outubro

Remoo as palavras de Gasparini, apenso ao cientificismo transitório como morcego de boa fé. Águas profundas, correntes inapercebidas... É possível que tenha razão — que sabemos honestamente de nós mesmos, com que astigmatismo nos olhamos, infensos às lentes retificadoras?

344 MARQUES REBELO

Mas não será injustiça, ou visão astigmática também, atribuir, pura e simplesmente, aos nervos submersos a renitência dos meus males, quando sobre mim tombaram, materiais e aluidores, tantos contágios e fraturas, que o próprio Gasparini medicou ou ajudou a medicar? Será, porventura, absurdo pensar terem eles deixado nos meus órgãos trincas tão fundas quanto as da correnteza que supõe haver em mim, frestas por onde se infiltram, insidiosos, incessantes, os germes da mixórdia, do desequilíbrio e da perturbação?

15 de outubro

Antônio Augusto atirou, num repente, batendo o ritmo na caixa de fósforos:

> *Fui ao Norte, fui ao Sul,*
> *fui ao Quartel Generá.*
> *Fui pedir a minha baixa,*
> *seu Ministro não quis dá...*

A toada pegou pela melodia e pelo oportunismo, íntegra ou com variações. Já tínhamos muito mais de ano de caserna e a baixa não vinha. A situação política era inquietante, as crises se sucediam, as conspirações transpareciam, o governo precisava dos seus soldados, murmurava-se, e os generais de comando cumpriam a precaução governamental com exasperante exação. Mesmo o filho bastardo de um senador paroara, que usufruía seus derradeiros dias de fastígio, rapaz brincalhão, que se transferira de Belém para o Forte com o fito de conhecer e ficar no Rio numa sinecura pública qualquer, não conseguira se livrar das mavórticas fileiras, malgrado o trunfo do soba, esteio provisório da situação estadual e comensal do Catete.

Por fim, quando o desespero, ou chateação, atingia o paroxismo, parece que houve um relaxamento na tensão, águas do mesmo pote, governo e oposição se entenderam, repartindo cargos e mandanças, e as determinações presidenciais foram

A MUDANÇA 345

prescritas — convocaram os novos recrutas e anunciou-se a retardada desincorporação.

E naquela tarde de março, tarde de bochorno e aguaceiro, sargento Curió espalhou com seu riso de leite a boa-nova da liberação — as cadernetas já estão assinadas pelo comandante, dentro de oito dias cada um para seu lado!

Sim, cada um para seu lado! Antônio Augusto voltaria para a descuidada boêmia, para sua vida de cigarra; Zuza, sempre corneado por Clotilde, recomeçaria o interrompido batente de estucador, enchendo as vivendas apatacadas de sancas, frisos e tetos ornamentados; Gilabert reengajaria, queria alcançar as divisas e o soldo de sargento; Cabo-de-Guerra conseguira uma vaga de banhista no Posto de Salvamento, dependendo apenas de largar a farda; Tancredo não retornaria a servir os tolerantes hóspedes do Hotel da Estação, nem Louva-a-Deus a embrulhar os azedos pães de seu Giovanni, ficariam no Rio, consumiriam na combustão citadina, tal como a grossa maioria daqueles que, sob pena de deserção, o exército canaliza do interior para os quartéis dos centros urbanos. Sim, cada um para seu lado! Mas que lado seria o meu?

16 de outubro

Que lado? Apenas um passo dera eu — em dezembro, com o consentimento e aprovação do comandante, prestara o vestibular e me matriculara na Faculdade de Direito. Sendo o curso livre, a frequência não me pesaria, mas não poderia ser somente estudante e depender de papai, embora ele tivesse visto com os melhores olhos a minha decisão de bacharelar-me. Tinha que trabalhar. Mas onde? Loureiro passara adiante o escritório de representações da Travessa dos Barbeiros, e embarcara para os Estados Unidos em companhia de Ricardo, um novo amigo, estudante de engenharia e rico, riquíssimo, filho de um usineiro de açúcar em Campos. Mandara-me cartões entusiasmados, telegráficos projetos de grandes negócios, mas quando voltaria? Bater às portas de Silva & Irmão ou da selaria seria impossível, apesar da boa vontade de seu Afonso — era como querer me enterrar vivo. Um emprego público me repugnava — não nascera para me anular no nirvana burocrático, e mesmo que a isso pudesse ser levado como etapa provisória, com que influência poderia contar para conseguir uma nomeação? Emanuel fizera concurso brilhante, obtivera o primeiro lugar e, para desapontamento de Mariquinhas, fora o vigésimo nomeado, oito meses após o concurso, e somente por injunção do desembargador Mascarenhas, pela propícia eventualidade de que um seu colega de turma e amigo do peito houvesse sido guindado, na gangorra política, a ministro do Exterior. Mas substituído o ministro, que tivera passagem efêmera pelo Itamarati, continuava a se entediar na Secretaria de Estado, amarrado à sombra do finado barão, sem conseguir remoção para o exterior, o que demorou um bom tempo, só se efetivando depois de 1930, quando a Revolução subverteu muitos valores gerais e alguns preconceitos diplomáticos.

E debatia-me na solução do meu caminho, pensando em socorrer-me do prestígio de doutor Vítor, do professor Alexandre, do desembargador Mascarenhas, quando a rosa dos ventos do destino decidiu indicar com a pontiaguda folha o rumo da minha vida.

17 de outubro

Indiferentes aos trovões, aceitando-os como música festiva, indiferentes ao opressivo calor que a chuva não aplacara, dormíramos regalados com a indiscrição do sargento Curió — dentro de uma semana estaríamos livres de fuzis e canhões, de alças de mira e telêmetros, de silêncios e alvoradas. Adeus, percevejos insaciáveis e morrinha de dormitórios! Adeus, gororobas, que Zuza desprezava, e lixamentos de canos e coronhas! Adeus, berros do cabo Rocha Moura e falsetas do sargento Pedroso!

Mas os dias que nos restavam não ficariam isentos dos exercícios físicos matinais. Tenente Jesus era crente — enquanto fôssemos soldados, teríamos obrigações de soldados!

A MUDANÇA 347

Negro de pouca fala e de nenhum sorriso, arrogante, emper-
tigado, punindo inflexivelmente por um botão de túnica desabotoado, por uma perneira mal engraxada, ou por uma continência
feita com menor ortodoxia, tenente Jesus, que fora para o Forte
nos meados do ano, não era oficial de curso, era comissionado, e
substituíra o tenente Dantas na educação física.

Os repetidos levantes militares, que estremeceram o país, contaram no mais das vezes com a participação, ativa ou teórica, da
Escola Militar do Realengo, e daí os expurgos que sofrerá, alguns
quase totais. Em consequência, os quadros do oficialato inferior,
que maior e contínuo contato têm com a tropa, apresentariam
claros irreparáveis e perigosos para a manutenção da disciplina,
se uma lei de emergência não tivesse preenchido as importantes
lacunas, comissionando no posto de tenente um considerável
número de primeiros-sargentos, que tinham muito tempo de
tarimba, homens de confiança, que iriam se agarrar com unhas
e dentes ao câmbio, dando em troca uma implacável fidelidade,
de que o governo prementemente necessitava.

Tenente Jesus obtivera a comissionada estrela de oficial, acu-
mulando quatro lustros de sargentoria.

18 de outubro

A chuva cessara, mas a manhã se mostrava enfarruscada e
ventosa. E às sete horas estávamos, como de costume, formados,
de calção de zuarte e peito nu, descalços no chão molhado e
pedregoso, para as duas massacrantes horas de exercícios físicos.

Tenente Jesus, para quem tal ministração era ponto de honra,
postava-se à nossa frente, o cenho tão enfarruscado quanto a
manhã, luzindo-se, irrepreensível, no uniforme, como se tivesse
se preparado, pelo menos, para uma especial audiência com o
ministro da Guerra.

A chacina era rigorosa e cronometricamente dividida em duas
fases: a dos exercícios triviais e a dos exercícios originais. Por triviais entendiam-se os da parte inicial — exercícios comezinhos,
flexões, torções, rotações, regulados movimentos respiratórios,

constantes do tratado de ginástica sueca adotado pelas forças armadas, e que ele apenas supervisionava, deixando a cargo do experimentado sargento Gumercindo o papel de monitor. Por originais compreendiam-se os da segunda parte, inimagináveis acrobacias, diversos a cada sessão, frutos da sua sádica fecúndia, e que ele, então, pessoalmente comandava, arriscados, perigosos, fornecedores de cotidianos fregueses, equimosados, arranhados, luxados, para o iodo e a arnica da enfermagem.

O breve descanso, cinco minutos se tanto, com que o bravo militar separava as duas etapas do seu magistério, tinha, mesmo para os mais destemidos ou inconscientes, mesmo para o disciplinado sargento Gumercindo, qualquer coisa de agônico, de vão desespero, de pânico — que iria exigir de nós o miserável? E era o tempo necessário para que ele elaborasse os planos sinistros. O duro olhar — tinha o globo ocular raiado de sangue — percorre as adjacências, encontra sempre inéditos obstáculos para o nosso suplício — fossas sem fundo, muralhas inacessíveis, rocas limosas e escorregadias, torre eletrificada, beira de abismo, escarpa em prumada, troncos espinhosos, capim cortante como navalha, água putrefata, lama imunda — e, quando volta da perfunctória inspeção, o plano está urdido. Encorpava o peito, enchia a voz:

— Sentido!

E principiava a sequela de autos inquisitoriais, que tinha, como fecho de ouro, canções guerreiras e um mergulho salino, despropósito de que o comandante jamais tomou conhecimento para pôr cobro, alma acessível e cordata, mas malogradamente distraída pelo amor da filologia — suas ordens do dia, vazadas num arremedo quinhentista, eram tidas e havidas, entre seus pares, como dignas da pena purista de Rui Barbosa.

19 de outubro

Naquela manhã enfarruscada e ventosa de março, que faço por esquecer, mas que se me acode, por precisão ou inconsciente gratuidade, me arrepia todo, me espreme as pálpebras como para fugir de tétrica visão, e revive na minha carne horrorizada o voo no vácuo e

A MUDANÇA

a dor fulgurante do impacto contra a pedra, naquela manhã, pondo término ao breve descanso, tenente Jesus ordenou que, em coluna por dois, nos dirigíssemos para o cimo do Forte, cujo cimento, úmido ainda da chuva noturna, escorregava que nem sabão.

Para o lado do mar alto, Forte e morro não se juntavam. A espessa crosta de concreto armado, de curva e leve borda estratégica, caía a prumo, e como o cortado fora contido, no seu desagregar, por granítico paredão, formava-se, entre um e outro, um abismo estreito e profundo, escaninho sombrio, penetrado pelas ondas em ecos surdos, assoalhado por um pedregal verde-escuro de algaço, onde, duma feita, encalhou uma descomunal arraia-mijona, que espanejou por horas, na ingente ânsia de se safar, até que a maré, engrossando o volume das vagas, a foi libertar, sob a ruidosa aclamação da soldadesca, que armara apostas.

Apoiado sobre paredão e concreto, haviam atravessado um trilho, trilho de bonde, enferrujado trilho, corroído pela intempérie, pouso casual de muita ave marinha, de rachado grito, que nele deixava também a mancha branca-esverdeada do seu guano. A justeza da sua colocação, reta, firme, tornava óbvio que ali não se encontrava por simples acaso ou esquecimento, mas a sua pretérita serventia desafiara a argúcia de sucessivas turmas de recrutas, e somente Antônio Augusto engendrara para ele uma utilidade plausível — serve para alma do outro mundo passar de noite. Mais realístico, tenente Jesus encontrou para o estirado aço abandonado um uso menos fantasmagórico — servir de ponte para a sua falange de atletas. Salutar exercício — quatro metros de equilíbrio sobre o precipício, de domínio de músculos e de nervos, de calculados, destemidos passos, de olho vivo e respiração graduada!

— Bateria, sentido! — gritou. — Alinhar por altura.

Nem por sombra imaginávamos a grandeza do seu desígnio, e apressamo-nos, um tanto colegialmente, com empurrões, cotoveladas e brincadeiras, a formar a comprida fila, porém a inquietação logo nos tomou ao ouvirmos a sua deliberação, enunciada com a serenidade de quem nos mandasse beber um copo d'água:

— Vamos atravessar este trilho. Sargento, comece!

Dizia "vamos", mas não ia, nunca fora. Acompanhava-nos sempre em espírito nas trapalhadas que arquitetava, olhar severo para as falhas, olhar indiferente para os êxitos, como se com eles tivesse sido logrado e não quisesse dar mostra.

Sargento Gumercindo passou um olhar de comiseração por nossas lívidas faces, forçou um riso bondoso de animação, e caminhou disciplinarmente para o patíbulo. Era mulato disfarçado, de corpo hercúleo, calmo e traquejado. Não se afobou. Com os braços em horizontal, semelhando um vulto circence a se equilibrar no arame, pisou o trilho, iniciou o percurso. As chancas, de sola áspera que nem lixa, pareciam grudar-se à exígua superfície. E avançava com cautela, sondando cada passo, não adiantando um pé sem comprovar a segurança do outro, o olhar sempre em frente, como se mirasse um ponto ideal que ficasse no extremo do trilho.

Nós observávamos os seus movimentos, procurando avidamente aprender sua matreirice de gato, e quando atingiu a meta foi ovacionado com entusiástico desafogo, como se um pouquinho de cada um de nós tivesse transposto com ele o estúpido Rubicão. A voz do tenente sufocou as manifestações:

— Outro!

O outro era eu. Um arrepio, que não seria só da fria rajada, eriçou-me a pele. A rosa dos ventos funcionava.

20 de outubro

Tenente Jesus era arbitrário por natureza. Formada a coluna por altura, o provável é que os mais altos e fortes fossem os primeiros a se arriscarem. Todavia ele decidiu ao contrário:

— Outro!

O outro era eu, que, por caprichosa circunstância — dispensas, doenças, plantões na guarda, saídas a serviço — ficara, naquele dia, como o mais baixo da turma. Adiantei-me para a estranha ponte e, ao pisá-la, tudo quanto pudera assimilar do anterior passante se esvaiu da memória — senti-me oco, sem iniciativa, sem

A MUDANÇA

percepção, diante de um desastre inevitável. Titubeando, os braços entorpecidos e caídos como asas quebradas, o vento fustigando, punha pé após pé sobre o trilho, como se o medisse, tal qual no ladrilho da varanda tijucana, em apostas com a teimosa Madalena, tendo o suspeito Emanuel feito juiz. Sargento Gumercindo me incentivava do outro lado, gesticulava, dava conselhos, mas nem o ouvia, nem o via, os ouvidos moucos, o olhar magnetizado pela escorregadia verga. Não atingira a metade do espaço a percorrer quando um pé falseou. Por instinto, tentei firmar-me com o outro, porém resvalei, vi-me solto no ar, precipitando-me contra uma coisa verde e trêmula, e o grito lancinante dos companheiros conseguiu ferir os meus ouvidos.

22 de outubro

Corre que Hitler e Mussolini apresentaram ao general Franco, e nada mais admissível, os planos do papel que deverão os espanhóis desempenhar na campanha de inverno. Os ingleses, tenazes predadores, estiveram, não três, mas cinco horas sobre a capital alemã em nutrido bombardeio de grosso calibre. Roosevelt juntou às palavras do dia 12 uma demonstração de força supinamente convincente: dezesseis milhões e meio de homens foram chamados ontem às fileiras, cumprindo a primeira convocação para o serviço militar obrigatório, o que é superabundante carne para canhão!

...E o vento levou fez de Margaret Mitchell mais uma milionária da literatura *best-seller*, que encontra nos costumes do Velho Sul seus mais pitorescos e sentimentais cenários. Como poderia escapar ao comercialismo ianque-judaico de Hollywood? E cá temos a mais comprida fita já produzida nos estúdios americanos (quatro horas e meia de celuloide colorido que maltratam a sensibilidade e as nádegas), e que faz formar na frente das bilheterias uma outra espécie de tênia — a dos espontâneos sofredores E hoje não escapei. Ah, Luísa, a quanto me obrigas!

24 de outubro

Retrato nº 109: Seria capaz de vender a alma por uma posição, mas ainda não foi necessário fazê-lo totalmente. Seu "sim" tem mil matizes, seu "não" é ríspido e uniforme e só para os desprotegidos. O sorriso não é alegre. Usa óculos escuros como se temesse a denúncia de um olhar.

25 de outubro

Quatro vitórias sucessivas e indiscutíveis na reta final do campeonato colocaram o nosso América como papável campeão. Gasparini estufa o peito:

— Mais um título para a Rua Campos Sales!

Garcia é mais ponderado:

— Não cante vitória antes do tempo...

— É batata, rapaz! Não tem castigo.

Teve. Fomos derrotados pelo Flamengo pelo escore mínimo. E, depois do jogo, Gasparini queixou-se:

— Tens uma boquinha de sapo!

Mas ainda guardava esperanças. O insucesso, porém, contra o Madureira pôs água fria na fervura — adeus, campeonato!

— É uma miséria! Ganha-se dos grandes, perde-se dos pixotes, e em cima da tábua... — E atravessou a semana em mortal abatimento, de que compartilhei mais caladamente.

Francisco Amaro demonstra o maior menosprezo pela nossa paixão, e Mário Mora, pior do que menosprezo, dedica-lhe indulgência.

26 de outubro

Londres sofre o mais forte dos ataques até agora e dele participaram, pela primeira vez, com estardalhaço, aviões italianos. E chega carta de Emanuel, que tem se mostrado surpreendentemente epistolar nos últimos tempos, comunicando, como nas demais missivas, que ele e Glenda vão bem, que tudo vai bem, que

A MUDANÇA   353

o ânimo do povo é magnífico. Para que tão seguidamente repeti-lo, se a princípio mostrava-se inquieto, e temeroso do estado da mulher, e se sabemos que as coisas não podem ir nada bem, como os comunicados oficiais deixam claro? Será uma mensagem que não percebo? Será um exercício psicológico de defesa passiva? Difícil Emanuel!

27 de outubro

A Grécia saiu do anonimato em que vivia, porque para o mundo de ferro e petróleo só existia a Grécia Antiga, e fez vicejar por um milagre retardado de Zeus uma imensa torcida a seu favor, entusiasmo que invoca o heroico passado helênico soterrado nos compêndios. Os guardadores de cabras, os cardadores de lã, os colhedores de azeitonas, os fazedores de passa e vinho com terebintina lutam contra as forças fascistas nas escarpadas fronteiras onde se aninham as últimas águias. E lutam desesperadamente, dispostos a não se deixarem vencer, estabelecendo uma nova Termópilas em cada desfiladeiro, empregando todos os ardis lupinos — ó rústicos Leônidas redivivos!

28 de outubro

Sentimento do mundo! Cento e cinquenta exemplares em papel *Antique*, quando deveria ser como os grãos de café, como as largas folhas de tabaco, como os pendões nos canaviais — inumeráveis e altivos a perder de vista. Guardo com arrebatada avareza o exemplar nº 58 — "cordialmente, o Carlos". Não, Susana, não poderei te emprestar! Leia-o nas minhas mãos, Catarina... (como se desse de beber a um pássaro). Leiamo-lo juntos... (e ela sorri um sorriso aquiescente de flor na tarde hostil). Mais que límpido, é seco (escrevo a Francisco Amaro). Seco como lâmina! Não torce, enrija. Não rasteja, sobrepaira. É a inspiração do tempo presente, a poesia e a coragem, o começo da estrada de mãos dadas para a constelação da Coragem Maior — alerta, alcaguetes! Aprestai vossas algemas! No tempo de espera, Luísa, caminharemos à sombra magra do Poeta!

29 de outubro

Hurra! Os gregos contêm o avanço das hordas fascistas, abençoadas — diz José Nicácio — pelo báculo papal com todas as graças da ortodoxia. E diz mais, nas auras de amistosa embriaguez:

— Foram mexer em casa de marimbondos... Não se admirem se os gregos passarem de atacados a atacantes... São capazes de persegui-los até Roma...

A roda, sem Adonias, admite qualquer possibilidade. A atitude indomável dos gregos veio ser mais um tempero de otimismo para o nosso alimento de cada dia — o mel do Himeto pode ser condimento.

30 de outubro

Luís Pinheiro não é tão lorpa quanto julgamos, mas perdeu-se no romance, quando sua legítima inclinação é de ensaísta. Um bem pouco conhecido estudo. *Nós e o mal do Romantismo*, que só hoje li, tomando-o emprestado de Ribamar Lasotti, que não o leu, constituiu para mim perfeita revelação. Obra da juventude e com tal ânimo de juventude, que poderíamos chamar de parcialidade, sente-se nela a unha dum analista nada vulgar, com dois ou três conceitos de penetrante sagacidade, verdadeiros achados sobre a nossa sentimentalidade e o nosso luso-afro-amerindismo, uma e outra coisa tão estupidamente exploradas por nossos pensadores e sociólogos de meia-tigela.

E o estilo! Como é vivaz, enxuto, direto, tão diferente do estilo aleijado e sensaborão dos seus romances, em que todas as paisagens têm o mesmo tom insípido de paisagem acadêmica, em que todos os personagens falam da mesma intolerável maneira.

A MUDANÇA

1º de novembro

A luta na Grécia nos traz gastas imagens mitológicas. A história de Tântalo é uma... Beber tanto a literatura (dos grandes), embriagar-me com ela em solitárias saturnais, e não conseguir mitigar a minha sede, me entontecer com o vinho das minhas uvas.

2 de novembro

Uma rosa para mamãe, uma rosa para papai, uma rosa para Cristininha, duas rosas para Mariquinhas, isto é, duas rosas por nossas possíveis ingratidões.

3 de novembro

Rosas do Trapicheiro! Venha a mim o vosso imarcescível perfume neste momento de vacilação e incerteza.

4 de novembro

Os britânicos bombardeiam os suspeitos pontos de invasão e submetem a bela Nápoles a uma prova de fogo, menos feroz do que as cóleras do seu vulcão, e na qual se constata a falência da defesa antiaérea fascista, cujas baterias por vezes nem respondem.

— Não são mesmo de coisa nenhuma esses italianos. Só garganta! — exclama Pérsio, que ama apaixonadamente os Donatello, os Verrocchio, os Settignano, como apaixonadamente ama Corelli, Vivaldi, Pergolese, Frescobaldi.

Sinto vontade de contestar, apraz-me a contestação, que é o trapézio das ideias e o sal, não muito ático, da conversação, mas me vem uma esquisita preguiça. Preguiça e confusão. Vamos por partes. Primeiro, o fascismo não comprometeu toda a alma italiana. Seria absurdo. Muito peito escapou à infestação, vive oprimido, ameaçado, temeroso e espera a liberdade. Aqui não é assim? Portanto não confundir fascista com italiano, como não confundir brasileiro com estadonovista. Segundo, à alma italiana repugna a guerra. Sempre repugnou, sempre foi derrotada, falta-lhe a capacidade belicista, que outros povos possuem. Sua coragem é antimilitar. Como poderia o gênio criador de tanta beleza imperecível compactuar com a destruição e a morte? Mau soldado, bom cidadão... Não! Não adianta conjeturar. É mais confusão do que dificuldade.

5 de novembro

Garcia recusou o tabuleiro de xadrez com um jeito saturnino — ainda se sentia sem cabeça, vacuoso, incapaz. E José Nicácio palpitou certo. Os gregos passaram à ofensiva e vão levando os assaltantes de roldão com uma facilidade de faca em manteiga. E continua nos seus vaticínios — a Alemanha teria de entrar no conflito para evitar uma derrota parcial do Eixo, que não está nos planos nazistas. Como profetiza a reeleição esmagadora de Roosevelt no pleito americano — é capital para a sobrevivência do mundo democrático um golpe mortal no isolacionismo, uma injeção de óleo canforado no empolgante esforço inglês. Particularmente, um acicate às nossas melancólicas condições políticas. Se Vargas tivesse um minuto de descortino... Burro não é, mas é que está cercado de gente mais totalitária do que ele.

6 de novembro

É um canalha endinheirado e muito bem aparentado, que Godofredo Simas pretende transformar em municiador extra da caixa do jornal, permanentemente raspada. Fui pegado a gancho pelo jornalista, na fosca tarde de hoje, para tomar um drinque, que em honor do ricaço oferecia. Procurei resistir, e Godofredo:

— Pelo amor de Deus, meu querido, me ajude! É preciso impressionar o homem. Que amigo você é?

O homem vai se meter na indústria de pneumáticos... Lá me fui, indiferente ao anátema de Adonias. Afinal, não me aborreci. Godofredo conseguiu reunir uns dez figurões e uns vinte da arraia-miúda para dar movimento. Neusa Amarante compareceu

A MUDANÇA　　357

com afrodisíaco decote. E houve sinceras exclamações às soberbas espáduas da sobrinha do conde papal. Mas não bebi. Cléber Da Veiga é que bebeu muito e brilhou muito, com toques de inconveniência — odeia Getúlio! E bradava: Há dez anos que aguentamos esse tirano! Godofredo chegou a ficar um pouco aflito — que ouvidos poderiam estar ouvindo? Tudo, porém, acabou bem.

7 de novembro

Ainda melhor vai terminar a pronta apuração das eleições americanas. Os resultados vão chegando. José Nicácio, que foi à Bahia para uma reportagem um tanto de cavação, acertou — Roosevelt será reeleito com estrondosa maioria. E Marcos Rebich, apressado e sucinto:

— Essa reeleição é o mesmo que declaração de guerra ao Eixo.

Veio de braços abertos, mais dissimulado que de costume. Seus olhos azuis, acinzentados, dum brilho seco, não são humanos. Catarina acha-os lindos!

8 de novembro

Os gregos avançam na Albânia para particular gáudio do salão noturno. Intermináveis colunas de prisioneiros fascistas são conduzidas para a retaguarda. Pérsio reafirma:

— Eu não disse? Só têm garganta!

Aldir, levemente alcoolizado, inventa palhaçadas alusivas. Suas gargalhadas escandalosas, de estremecer paredes, contaminam. Luísa, que acha uma graça imensa nele, quase morre de rir. E a comemoração do decênio getuliano — festas! festas! festas! — é outro prato para os ferinos e anedóticos comentários da álacre companhia. O departamento chefiado por Lauro Lago funciona com bom azeite, visando a gregos e troianos — cá me chegou um punhado de folhetos. Desempenhei também o meu papel no ato de variedades — exibi-os. As risadas decuplicaram.

— Privilegiado! — e Aldir, imitando voz e jeito de criança, pisca o olho.

9 de novembro

O que não é para riso ou galhofa é a engrenagem da engenhoca estadonovista, de duras e preconcebidas mós. Luís Carlos Prestes foi condenado a trinta anos pelo Tribunal de Segurança, sob a já exarada acusação de autor intelectual do trucidamento de Elza Fernandes. Os demais acusados pegaram suas penas entre vinte e trinta anos, conforme a cara. Nicanor de Almeida, com toda a sua eloquência, mostrando a iniquidade das leis de exceção, não conseguiu diminuir um dia de cada condenação. Talvez até tenha irritado os algozes de beca. E os jornais noticiam o julgamento com frieza, mas não sem destaque, como se dessem a notícia de um ato perfeitamente imparcial. Helena teria dito que fora um dos mais caprichados festejos das comemorações decenais, uma prova da imaginação fértil do major chefe de polícia, que tem largas verbas para a repressão dos solapadores da tranquilidade social.

10 de novembro

Com capa de Mário Mora, que se tornou praticamente o capista exclusivo de Vasco Araújo, mais uma produção de Venâncio Neves, isto é, 120 páginas de tolices, seguidas de outras 120 repetindo as tolices anteriores, todas em estilo singelo e escoimado. E a revista ficou no tinteiro.

11 de novembro

Certos confrades entenderam de inventar o assunto Eduardo. É um assunto fácil, porque dou pasto, por uma certa descontinência de língua, traço eminente de tio Gastão, que recaiu sobre Madalena mais desabridamente; cômodo, posto que não me rebelo; um assunto que rende, porquanto agrada aos Euloros e Altamiranos, e às capelinhas, que hostilizo — muitas das nossas virtudes se transformam em nossos pontos vulneráveis.

José Nicácio me contou, ao voltar da Bahia, que lá um rapazola, que se vangloria de ter almoçado no Rio, um dia, com Júlio Melo,

A MUDANÇA

escreveu cobras e lagartos a respeito de *A estrela*. Encontrando-o num café, interpelou-o:

— Você leu mesmo o livro?

— Não. Mas não é do Eduardo? Só pode ser abacaxi.

12 de novembro

Venâncio Neves interpelou-me — queria a opinião, sincera, é óbvio, sobre o seu livro. Dei-a, atenuando com o bálsamo da piedade as mais cruéis depreciações. Já sei que botei mais lenha no caldeirão onde me pelam.

Hitler escapou das bombas que caíram sobre Munique, quando ele discursava. As tropas italianas batem em apressada retirada da frente do Epiro. E morreu Chamberlain, o homem do guarda-chuva. Há homens que morrem atrasados.

14 de novembro

Momentos de vibração no conciliábulo noturno, que contou com a presença de José Carlos de Oliveira, que não sossegou enquanto não viu um baralho na mesa. É que foi seriamente debilitado o poderio naval da Itália. Três couraçados e dois cruzadores foram aniquilados pelos aviões ingleses na base de Taranto. No fundo, uma repetição de Scapa Flow, favorável à Inglaterra.

Perdi no jogo e não pouco, um azarzinho manhoso me perseguiu a noite toda. Não gosto de perder, não me conformo, não pelo dinheiro que perca, mas pela perda em si — uma espécie de reação física e mental contra as imperscrutáveis oscilações da sorte. É incontrolável — fecho a cara, uma nervosa quentura me vem às faces, fico mudo de raiva, os sentidos se aguçam para os golpes, às vezes cantarolo inventadas, monocórdias melodias. Sei que sou risível. Tio Gastão era insensível — um dia é da caça, outro é do caçador.

15 de novembro

Molotov visita Berlim. Terminadas as negociações germano-soviéticas em absoluto acordo. Como Antenor e Ribamar devem estar assanhados! — comentou Adonias.

16 de novembro

Incorporou-se hoje ao dicionário do mundo mais um neologismo — coventrizar. Milhares de bombas explosivas e incendiárias acabaram com Coventry. Nada, ou quase nada, ficou de pé. Que um Picasso inglês se apresse para uma nova Guernica.

17 de novembro

Hoje foi um dia funesto. O carro ia entrando no Canal do Mangue quando o caminhão o abalroou violentamente e doutor Vítor foi cuspido a distância. Fratura do crânio, morte instantânea. Apesar de aposentado há uns cinco anos, em virtude de graves lesões cardíacas, era ainda, aparentemente, um velho robusto, e uma vez por semana, como hoje, ia cedinho ao mercado fazer provisões. Garcia ouviu, no rádio, o convite para o enterro e me avisou incontinenti.

Senti-me mal no velório. O rosto estraçalhado mantinha-se coberto por um lenço. O perfume morno das angélicas causava-me náusea, quase não reconheci doutor Sansão, quando se dirigiu a mim de mão estendida. Susana trouxe violetas, colocou-as aos pés do morto, abertos como compasso, de solas novas, reluzentes, com verdes selos de consumo, tal como o defunto seu Silva.

Blanche, a bela dama loura e que fumava, não apareceu senão quando o ataúde transpunha a porta, gasta, decrépita, irreconhecível sombra do passado. Ataliba não conteve o pranto.

E agora, onze horas da noite, a cabeça ainda me dói. Papai, Mariquinhas, Madalena, doutor Vítor... sombras apenas. E me sinto ainda mal, oco, mareado como se alguma coisa em mim também tivesse morrido e enterrada fosse naquele ataúde, sob inúteis coroas, na tarde sem luz.

19 de novembro

Pobre Mussolini! "As escarpadas montanhas e os vales pedregosos do Epiro não se adaptam às guerras-relâmpago"... — se desculpa da sacada do Palácio Veneza para um tapete de camisas negras, que se estende na praça. Que ignorante se faz da geografia física e da geografia humana... Se faz ou é? E deixei o jornal — Ataliba chegava, o pescoço muito teso no colarinho duro. Toda a sua conversa versou sobre o nosso recente morto, que ele visitava amiúde:

— Vítor sempre falava em você. Gostava muito de você. Não havia vez que eu fosse lá que ele não falasse de você. Penitenciava-se da ideia que tivera a seu respeito... Achava que você não daria pra coisa alguma... meio malandro, meio tonto, muito parecido com Gastão...

— Talvez tenha sido mais injusto com tio Gastão...

20 de novembro

Felicidade não responde, não resmunga, não sabe ler senão letra de imprensa e grande, é fidelíssima e delicada.

— O pão hoje está ótimo!

— Muito obrigada — agradece, como se fora ela que o tivesse feito.

21 de novembro

O homem e o espelho:

— Que agonia é essa dificuldade de me explicar!

— Não se julgue excepcional. É um dos mais tolos erros dos homens. Qualquer explicação é difícil.

— Sim, tem razão. Qualquer explicação é difícil, e agora, então, quando tudo conspira contra mim...

— Mais uma razão para não explicar nada, já que não é nada fácil modificar a aparência das coisas. (Um amplo desdém pelo vaso chinês.) E mesmo não te pedi nenhuma explicação, não é? Como cristal, apenas constatei um fato, reproduzi uma realidade.

— Sim, é verdade, você é delicado.

— Não. Sou fiel.

— Mas considerava que devia.

— Devia o quê?

— Dar uma explicação.

— Mas se não pode, como vai dá-la?

— Com um pouco de esforço meu e um pouquinho de boa vontade tua para compreender.

— Boa vontade eu tenho, mas compreender... Você não ignora como é difícil também compreender. Passe uma esponja nisso, como se tivesse sido um pesadelo. Sabe? o mais certo é não dizer nada. Sua amiga Laura é quem sabia bem.

— E o destino não a poupou.

— O destino não poupa. O destino é loteria. Sorteia indiferentemente inocentes e culpados.

— Você é repelente com esse fatalismo!

— Sou como você é. Sem tirar nem pôr. Mas é bem vulgar as criaturas não se reconhecerem ao espelho.

— Há espelhos que diminuem, outros que aumentam. Há espelhos que acompridam as imagens, outros que as encurtam...

— Que entende você de óptica para tal irônica suficiência? É melhor voltarmos ao nosso assunto, velho.

— Não ficarei tranquilo.

— Cada um tem as suas palavras, como tem as suas marcas. São palavras-chaves. Você gosta muito dessa. Por dá cá aquela palha, sai-se com ela! Livre-se dela! Esqueça-a, corte-a do seu vocabulário. Um escritor, antes de mais nada, deve ser preciso, mesmo quando não escreve. Ninguém é tranquilo. Não há tranquilidade. É bom não inventar histórias. Somos fracos demais para os nossos sonhos.

A MUDANÇA   363

22 de novembro

Os alemães martelam as Midlands como boxeador que insistisse sobre os rins para minar a resistência do coração adversário. Agora tocou a vez de Birmingham. E Jorge VI é gago, mas fala: "Com a sua valente resistência, a Grécia está dando provas dignas do seu passado glorioso." E me lembro daquele almirante de Sua Majestade que, no fim do século passado, detonou as suas reais granadas contra os saqueados restos do Partenon... Ou estou enganado?

23 de novembro

Os gregos empolgam o mundo, avançando em todas as frentes, o que me obriga a desencavar um atlas e recordar ensinamentos ginasiais, larga e minuciosamente ministrados por seu Silva. (Gasparini já me apanhou sem poder elucidá-lo a respeito duma confusão topográfica greco-albanesa.) E os Estados Unidos inventaram a Boa Vizinhança; isto é, descobriram os seus vizinhos menos desenvolvidos, com situações geográficas, geológicas e climáticas menos favoráveis, ó necessidade, a quantos prodígios de amor tu não obrigas!

Em decorrência, fundou-se um Instituto de Cultura Brasil-Estados Unidos, de cuja diretoria Alfredo Lemos e Ricardo Viana do Amaral fazem parte, os cursos de inglês se multiplicam, e o departamento cultural da embaixada americana se amplia. Os convites para estudar nos Estados Unidos para conhecer os Estados Unidos, para compreender os Estados Unidos, ou meramente para passear nos Estados Unidos caem, não como chuva grossa, mas como chuva enfim, contra a qual não se usa guarda-chuva. Pelo contrário, pululam as ambições de aproveitar a ponte levadiça baixada tão fraternalmente. Até Pérsio pensa numa bolsa de escultura.

24 de novembro

Mariquinhas sabia como me irritar:

— Cresça e apareça!

26 de novembro

Animados pelos feitos helênicos, os albaneses põem as manguinhas de fora — irrompeu uma rebelião na Albânia Central. Mesmo que seja prontamente sufocada, como é de se supor, sempre é um entrave, uma pedra que o invasor tem de tirar da bota, quando já se vê em palpos de aranha com os gregos. E o papa, na homília que pronunciou, faz novo apelo de Paz... E completa a farsada, rezando na Basílica de São Pedro "pelos que morreram na guerra, lutando por seus ideais tanto quanto lhes permitiam"...

Há muitos dias que não me avisto com Saulo Pontes. Gostaria que me explicasse tanta unção pacífica, tanta imparcialidade católica... Que tal visitá-lo? Seria uma provocação que me nivelaria às de José Nicácio. Com mil diabos, façamos justiça! José Nicácio tem as suas máculas, mas não é hipócrita, arrisca suficientemente a pele terrena defendendo ideias que a polícia persegue a ferro e fogo, não faz cabedal de nenhuma salvação celeste, principalmente não lê Péguy.

27 de novembro

Telefonaram. Havia uma nova tradução. Pegaria? Peguei, ousadamente. Enfrentar outra vez Conrad não seria brincadeira, mas, na falta de Catarina, Garcia poderia me socorrer. Contudo, acabei encarregando-me de Walter Scott, mais comprido, e portanto mais lucrativo, porém mais fácil. Conrad ficou para outro.

28 de novembro

Inaugurou-se no São João Batista o mausoléu das vítimas da mazorca comunista de 1935. Está perfeitamente bem que se dê

A MUDANÇA

condigna moradia àqueles que tombaram em defesa da ordem. Mas por que haver dois pesos e duas medidas na tributação do respeito póstumo? Não foi somente naquele levante que morreram legalistas. Também no atentado integralista de 1937 muitas vidas se perderam no cumprimento do dever, na salvaguarda das instituições democráticas. Por que não se lembram de lhes dar outrossim uma bela tumba de granito e bronze? Se é triste o esquecimento, mais triste é a lembrança de se fazer Silva Vergel orador oficial da solenidade. Como se convidar um gavião para inaugurar um monumento às pombas? Os mortos mereciam mais respeito.

29 de novembro

Aguaceiro. Quatro horas ilhado na Cinelândia. Céus, que cidade sem defesa!

1º de dezembro

A gente facilmente se acostuma com a feição que vai tomando a cidade no seu incessante evoluir, que, sob certos aspectos, não raro pode ser involução. Lamentamos muitas alterações, mas acabamos por ver as coisas como se elas sempre tivessem sido assim. Não sinto a ausência do morro do Castelo, nem do chafariz da Carioca, que tinha um encanto meio bucólico, fonte de tantos encontros enamorados — é como se nunca tivessem existido para meus olhos. Nem dou pela falta do Lírico, simpática fachada e palco de tantas comoções operísticas, operetísticas, dramáticas e ilusionísticas... Se me lembro dele, nunca é pela triste esplanada que deixaram em seu lugar, caminho meu de quase todos os dias, mas quando evocam artistas que por ele passaram, ou se me perguntam onde arranjei a preciosa poltrona de jacarandá, que me serve de trono doméstico — é que os seus móveis, espelhos, candelabros e luminárias, algumas delas vermelhas, foram a leilão, Adonias arrematou umas quantas, além do dunquerque que havia num dos toucadores, e presenteou-me com uma.

Agora é a velha Imprensa Nacional que vai abaixo. O Largo da Carioca vai ser ampliado. As picaretas já entraram em função. Alguns caturras reclamaram — aqueles que confundem bolor com tradição, velharia com arte. Se vi com uma ponta de melancolia a demolição do Lírico e o desaparecimento do chafariz, água que jorrava sem parar, nada sinto com a derrubada desse trambolho, que atravanca o tráfego, oficina imprestável, ninho de ratazanas, esmirrado manuelino de mestre de obras.

Há estafermos que não devem perdurar. Está fazendo falta um novo Pereira Passos para desafogar a cidade, com mais coragem e visão. O que não pode ir abaixo é um Largo do Boticário. E como está abandonado!

2 de dezembro

Três ínvias ladeiras, que se transformavam em cachoeiras nos dias de chuva, levavam-nos ao morro do Castelo, arraial de cortiços e miséria, de muros derruídos e bicharada solta, de varais de roupas ao sol, latadas de chuchu, trepadeiras e crótons, encimado pela cúpula do Observatório, com um balonete que subia ao meio-dia, acertando os relógios da cidade, e um mastro no qual se hasteavam as bandeirolas da previsão do tempo, e pelas torres quadradas da Igreja de São Sebastião, onde às sextas-feiras se realizava a missa com bênção dos frades barbadinhos, missa concorridíssima, com a universal reputação de que tirava o azar, missa que Mimi e Florzinha não perdiam.

Foram os possantes jorros d'água, desmonte hidráulico pela primeira vez empregado cá na terra, que o aluíram e, em canalizada enxurrada, levaram o seu barro para atulhar a praia de Santa Luzia, onde se enfileiravam alguns clubes náuticos — o Internacional, o Natação e Regatas, o Boqueirão do Passeio, área das juvenis manifestações esportivas de seu Afonso, sotavoga de guarnições "garrafas", e que também se ufanava de ter sido ciclista, guardando na *châtelaine*, como testemunho de veloz pedalador do Cicle Clube, a medalha de ouro com o seu nome gravado.

A MUDANÇA

Lembrei-me da última incursão àquelas dominadoras paragens — papai fora atrás dum caixoteiro, era domingo, esplendente e sem nuvens, a baía lisa como um vidro azul, a ilhota de Villegaignon uma pequenina e reluzente joia com a praiazinha muito alva e os inclinados coqueiros, e o português custou a ser encontrado por aquelas bibocas, vivia com uma negra que poderia ser sua filha, apareceu de ceroulas, arrastando os tamancos, palito nos dentes:

— Ora viva, sor Nhonhô! Bons olhos o vejam! O que é que o traz cá nas alturas?

O fétido que vinha da casinhola era nauseabundo, bafo de catinga e galinheiro. Não suportei e afastei-me. Lá embaixo o Convento da Ajuda não era mais que algumas grossas paredes, o mar vinha morrer quase na escada da Igreja de Santa Luzia, o navio que cruzava a barra tinha uma grande cruz vermelha na chaminé e ao longe o Corcovado era um vulto maravilhoso, sem estátua.

Apalavraram-se após propostas e contrapropostas por entre as quais o elevado preço do pinho de riga foi inúmeras vezes invocado pelo caixoteiro:

— Então, combinado.

— Pode ir sossegado, sor Nhonhô. Pelos fios da minha barba.

— Você não tem barba, homem!

— É um modo de se dizer, sor Nhonhô...

— Eu te conheço, jacaré!

Descemos pela Ladeira do Carmo, ao pé da qual havia a Rua do Cotovelo, e papai disse:

— Esse mondrongo é bem capaz de me passar a perna.

Não sei se passou.

3 de dezembro

Machado de Assis deve ser às vezes corrigido: ao vencedor as ervilhas anãs de Mendel.

4 de dezembro

Os nazistas prosseguem martelando o chão inglês. Southampton e Bristol tiveram o seu quinhão. Liverpool, porventura, será poupada?

6 de dezembro

A experiência nº 57 falhou redondamente. Uma experiência bastante laboriosa. Algo decepcionado, desconfio que os meus métodos são por demais empíricos, ou que os elementos coligidos não estavam perfeitamente ajustados para um resultado. Ainda bem que não me dediquei à química profissional, como desejava meu pai. O campo da ciência requer termos exatos para resultados exatos, e eu sou um visionário — invento muito dos dados. Mas será possível tentá-la novamente, obedecendo a métodos mais realísticos? Mário Mora acha, sorridente, que sim.

7 de dezembro

— Engraçado! Com você é preciso agir como se jogássemos o perde e ganha. Porque se a gente quer ouvir vitrola, você liga o rádio. E quando a gente quer rádio, você toca vitrola, e sapeca fatalmente um samba se pedimos que ponha um disco clássico... Lembra aquela noite em que o Jacobo veio cá e você levou a noite toda tocando sambas? O esteta quase que morria... Mas hoje, não! Acenda esse rádio, homem! Está na hora do jornal-falado.

Riem e, rindo também, faço estalar o pequeno comutador de galalite. Há o anúncio de inseticida, o anúncio de xarope, com uma convulsão caricata de tosse, há o anúncio da casa de loterias, o anúncio de gasolina, o anúncio de dentifrício, vem por fim o noticioso e a voz do locutor, que o Brasil conhece de ponta a ponta, é bastante espumosa, escorregadia, saponácea. Gasparini saboreia os últimos telegramas como menino que chupasse um pirulito: a queda das posições na Albânia leva a confusão ao exército italiano, arma-se o charivari de ópera-bufa, o Duce esperneia, o chefe

A MUDANÇA 369

do Estado-Maior é substituído; na África, as aspirações fascistas também vão de mal a pior — surra sobre surra!

— *Per la Madonna!* Se os tedescos apanhassem uma tuberculose galopante, estariam mais bem servidos. Vão para a cucuia com esses parceiros... Com casca e tudo!

— Renegado! — vingo-me.

E Luísa graceja, como se risonha e veladamente quisesse compartilhar da minha desforra:

— Seu pai gostaria muito de ouvir você falar assim...

— Felizmente já morreu — e Gasparini, não se dando por achado, enche a sala com o seu riso meridional.

8 de dezembro

Um verso de modinha antiga: "Como é triste a minha vida, como é triste!..." — é tudo quanto me resta da vizinha loura que se mudou.

10 de dezembro

A Inglaterra, em *black-out*, continua, tenaz como buldogue, a se defender e a contra-atacar. Esmagada é a derradeira resistência italiana no Sul da Albânia convulsionada. E o Japão define a sua política exterior: "Se a Alemanha atacar os Estados Unidos, não se invocará o pacto; mas se os Estados Unidos atacarem a Alemanha, seremos obrigados a entrar na guerra"...

— Vejam só como estão cantando de galo esses japoneses! — comenta Aldir. — Os Estados Unidos não são a Rússia do tzar... Vão se meter em alhada! Apanhar como boi ladrão.

— Se cantam de galo é porque têm as costas quentes ou se sentem muito fortes. Devem estar armados até os dentes!

— Que preparados! Que fortes! Fortaleza de papelão... Esquadra de sucata... — E a ferocidade se adoça: — A fortaleza deles é a arquitetura. Que arquitetura, meus caros... Como sabem fazer uma casa, como sabem fazê-la bela e funcional, como sabem empregar um material... É de abafar!

E Aldir saiu cedo, não que fosse dormir, porquanto dorme pouco e tarde, mas porque marcara encontro com um colega, mais cineasta do que arquiteto, e que é seu amigo desde a infância. Peguei no romance de Ribamar, que tanto emocionou Francisco Amaro, cujo louvor enche suplementos, mas não consegui ir além de duas páginas da cerrada narrativa. Não porque achasse mau. Realmente não é. Talvez jamais consiga coisa tão boa e fluente, um teto para as suas possibilidades. É que Catarina telefonara, insistindo que fosse vê-la hoje, vê-la em casa, estava saudosa, chateada, afogada num mar de tédio, perdoasse eu a estafada imagem... Endureci o coração, tentei pregar-lhe uma mentira para me desvencilhar. Atalhou-me — não ia na conversa, sabia que era patranha minha, mas perdoava, o seu destino era perdoar, e me esperaria amanhã sem falta, não poderia lhe faltar. Prometi e vou cumprir o prometido. Mas que vontade de não ir! Que vontade de ir me afastando, afastando, como um navio do porto, até que todos os cordões se rompam, só haja mar, nada mais do que mar a nos separar. Não é ingratidão, não é subestimação, nem é cansaço. Onde Catarina está só pode estar sempre a alegria, a lealdade, a tentação da inteligência. Onde Catarina estiver o desejo sempre acenderá a sua chama. Mas é um mundo em que já me sinto estranho, apenasmente estranho, sem nenhuma razão de queixa, sem explicação precisa, e isso é horrível, confrangedor, e me inquieta e me amedronta — que máscara afivelarei, que ela não saiba que é máscara?

11 de dezembro

Volto da casa de Catarina com a alma no chão. Estava só, o pessoal já subira para o fatal veraneio. Veio abrir a porta — nenhum beijo, nem aperto de mãos, apenas um mútuo olá!

— Está melhor?

— Na mesma. Oca, chateada, infeliz.

Na sala de visitas, o rolo de tapetes e os móveis dourados (como no palacete de Dagmar!) jaziam amortalhados em capas brancas quais ridículos fantasmas.

— Parece uma caricatura de Charles Addams, não é? Vamos lá pra cima.

Há quanto tempo não galgava aqueles degraus, que a passadeira de lã amortecia os passos! Ela ia na frente, vencemos o primeiro lance. No patamar com espelho, a cantoneira estava vazia, enferrujada.

— Insistiram dez anos em querer ter flores longe do sol! Acabaram desistindo... Mas tentaram enchê-la de flores artificiais. Era fora de qualquer limite. Não consenti!

O quarto é o mesmo, só que a pintura está manchada, e o armário verde, que se tornou de um verde triste de pera, tem nas portas a marca de um uso assíduo e impaciente, com dedadas de ruge e cosméticos.

— Não repare no quadro torto... O vento é o mesmo e você não tem vindo acertá-lo...

Causa-me aflição um quadro deslocado; parece-me que o cômodo é que está se embalançando, como nos navios. Mas deixei-o como estava, sentei-me na poltrona, que era novidade ali, puxei o cinzeiro para perto de mim. Catarina, após um instante de indecisão, sentou-se na cama desalinhada como se tivesse sido palco de um encontro amoroso. Repuxou as pernas, as chinelinhas ficaram no chão, o roupão abriu-se, cunha de coxa morena saltando do fustão creme.

— Creio que vou partir... — e fez uma pausa para continuar: — Sem que partir resolva coisa alguma.

12 de dezembro

Vamos pronunciando, no mais das vezes erradamente, os nomes de generais que um dia esqueceremos. Vamos tomando conhecimento de toda uma desconhecida ou ignorada geografia. No Egito, os ingleses capturaram Sidi-Barrani... E Loureiro telefona, convidando para uma noitada de cassino, com ceia, show e dança. Recusei, sem nada dizer a Luísa. Talvez ela quisesse aceitar. Mas meu coração está pesado demais — um dia amargo.

13 de dezembro

Chega carta de Emanuel por mão de um colega removido. Não está bem, como diz nas outras, que passariam inevitavelmente pela Censura... Nem ele nem Glenda. Sentia-se muito cansado, com dores muito fortes no estômago. Consultara um médico e ficara aventada a hipótese de um processo ulceroso. Receitara uns pós, preconizara uma dieta, mas até agora não sentia melhoras. Quanto a Glenda, andava ela com uns eczemas de origem nervosa, rebeldes a todas as pomadas. Se em Liverpool até aquele momento os ataques haviam sido fracos e esporádicos, em localidades próximas haviam sido arrasadores, e em Londres, onde estivera a serviço várias vezes, eram dantescos, mais que dantescos, "não encontrava palavras para classificá-los. São espetáculos pavorosos, que se repetem sem cessar, noite e dia, mais terríveis de noite. Como é possível dormir? As sirenes crespam os nervos com o seu uivo e nunca se sabe se dali a um minuto estaremos vivos. Num dos bombardeios, os alemães lançaram as famosas cestas de pão Molotov, destruindo numa só rua mais de trezentas casas!"

Luísa, que não o conhece, apieda-se:

— Pobre rapaz!

E me vem um pressentimento de que ela nunca o verá, e que muito breve só restará um tripulante da pequena barca do Trapicheiro, lutando contra as vagas de um mar incerto. Tento responder animando o ameaçado navegante, mas nenhuma palavra sincera pinga da caneta rancorosa.

14 de dezembro

Triste espetáculo o de uma criança que chora.

15 de dezembro

Oito divisões italianas foram destruídas no Egito e na Líbia, é o que assevera o telegrama londrino, provavelmente verdadeiro.

A MUDANÇA

Não sei o que guardamos dos ensinamentos de caserna — de quantos homens se compõe uma divisão?

16 de dezembro

— Creio que vou partir... Sem que partir resolva coisa alguma — dissera Catarina, a nesga de coxa saindo do roupão.

Não procurei dissuadi-la, a sola do pé era um pouquinho áspera, o pequenino calo, provocado pela sandália, nunca mais desaparecera, e ela continuou:

— Acho que você está achando muito boa a ideia. Tão boa que me dá vontade de ficar.

Parecia outra Catarina. Na verdade, quanto mudamos! Mas retruquei:

— Você se engana. Não acho a ideia nem boa nem má. Respeito as suas determinações, quaisquer que forem. Porque você é determinativa... e na grande parte das vezes sem nada de preconcebido, pelo menos que transpareça... Aliás, se você parte, não faz mais do que sempre fez. Quantas vezes você está aqui e é como se não estivesse, como se morássemos a centenas de léguas de distância? E não já te disse que quando você está longe é, por vezes, quando te sinto mais perto, e tantas outras, quando você está aqui, é quando te sinto mais distante?

— Sim. Disse.

— Por que, então, pensar que agora eu te quero ver longe?

— Foi uma suspeita...

— Deu para isso?

Agora era um pedacinho de seio que apontava também:

— Se eu partisse espontaneamente, seria uma maneira fácil de se descartar de mim, sem ter que tomar a menor iniciativa... A sopa no mel... Afinal, não somos tão diferentes dos outros mortais...

— Espontaneamente? Mas quando é que você não partiu espontaneamente?! E quantas vezes você partiu sem que eu aproveitasse para um descartamento?

— Uma vez casou-se... Agora é mais importante, é mais sério do que casamento. É diferente, portanto...

— Não sei que diferença! A nossa situação atual não é inédita, portanto... E não fugindo do que ia dizer: por acaso alguma vez te proibi...

— Ninguém me proíbe de nada!

— Bem sei. Desculpe! (Ela tentou rir.) Não ponhamos proibir. O verbo ofende. Ponhamos impedir. Por acaso alguma vez te impedi de partir?

— Não. Nunca. Não nasci com o destino de âncora...

— Por que agora então a suposição? Se quiser, parta. Se não quiser, fique! Para que inventar coisas? O que há entre nós não alterará nada. É de outra matéria...

Interrompeu-me:

— Você não é o mesmo. Pressinto.

— O mesmo poderia dizer eu. É fácil dizer coisas... E não digo. Não digo porque não é verdade.

— É verdade... E eu sei que poderia, sem inventar nada... (O triângulo negro se deixa ver através do jérsei da calcinha.) Sabe? Tenho a sensação de que sobrei... De que não servirei para nada de diferente e sério... Às vezes penso que o melhor que faria era dar cabo da canastra. Morrer!

17 de dezembro

— Escreveu a Emanuel? — pergunta-me Luísa num tom de condenação.

18 de dezembro

— Às vezes penso que o melhor que faria era dar cabo da canastra. Morrer! — disse Catarina.

Não procurei rebatê-la, os seios se mostravam totalmente, pequenos, ainda firmes, os bicos arroxeados como uma verruga, e ela prosseguiu:

— Acho que você está achando muito boa a ideia.

A MUDANÇA 375

Como mudamos! Até em morte já falava Catarina, que sempre amara e sorvera a vida como cuba inexaurível, que sempre combatera, frontal ou indiretamente, o inelutável fascínio que a morte exerce sobre mim... Mas retorqui, me lembrando, de relance, da pobre mulher do Godofredo:

— Não diga isso... Não afina. É outro o teu diapasão. Eu sei que você não é teatral, nem capaz de utilizar os truques da ameaça.

— Quem sabe?

— Sei que seria a única ideia tua que eu não aprovaria. Não aprovaria, nem perdoaria! Não é bem com a morte voluntária que resolvemos a nossa vida. Deixar saldos para os que ficam não pode ser solução, embora não considere covardia.

Que temor ela leu nos meus olhos escorregadios, na minha voz ou nos meus gestos? Um sorriso, meio de piedade, meio de escárnio, aflorou nos seus lábios sem pintura, arroxeados como o bico dos seios:

— Saldos? Por acaso você chama de saldo o seu remorso?

— Não teria remorsos. Você sabe que não teria remorsos. Talvez tivesse raiva.

Pareceu voltar à sua integridade, a ser ela mesma, uma barra de gaiatice acompanhou as suas palavras:

— Você diz isso exatamente como diz: você sabe que eu não minto... Igualzinho! Com o mesmo trejeito, com a mesma inflexão... Quando sabe que não há ninguém mais verdadeiramente mentiroso do que você...

— Não sentiria remorsos! — obstinei como num alívio.

Ela saltou da cama:

— Então não perdoaria?

— Não.

Livrou-se do roupão, era a ilimitada coisa nua na minha frente, ebuliente carnação, desejo cru que eu educara com a experiência de Aldina, de Solange, de Cinara, de Clotilde, de Maria Berlini, da negra Sabina, da prostituta Margarida.

— Não?!

Atraiu-me como o ímã atrai a frágil limalha, tombamos no colchão de molas como concha bivalve.

376   MARQUES REBELO

19 de dezembro

Desataram-se os tentáculos, afinal, lânguidos, dormentes, suados, no calor da tarde, o dourado raio de sol, assentado na beira da cama, escorregava para o tapete, atingia o espaldar da cadeira, onde a combinação de tule fora atirada. Os corpos se afastaram, a mão de finas unhas arrebanhou uns folhos de colcha e lençol, atirou-os sobre o ventre rorejante.

— Sempre o mesmo falso pudor...

— E responderei sempre: é inconsciente e invencível! Como poderei explicá-lo, como poderemos explicar um mundo de coisas que nos dominam e escravizam? — Fez uma pausa, colou o rosto no meu, olhos nos olhos, as úngulas como triangulozinhos róseos. — Por que não consigo amar senão a você, por mais que não queira? Que tem você?

— Já sei. Feio, deselegante, pobre, implicante, malcriado, sem educação...

— Isso! Que tem?

Fugi com a cabeça, Catarina estava de lado, o cabelo consumindo a testa, um olho por trás de uma mecha:

— Que tem você para merecer tanto?! Nada! Absolutamente nada! Sabe o que merecia? O que você merecia era que eu arranjasse um homem, o primeiro homem que encontrasse!

Levantei o braço e desfechei a bofetada.

20 de dezembro

Um dia amargo. O remorso é fel, mesmo pelos atos de que não nos sentimos culpados, impulsos presididos por um diabo oculto que nos quer perder. Por que castiguei Laurinda naquela tarde de inesquecível vergonha? Por que desfechei a bofetada? Não sei explicar. Quando dei conta, já o remorso me tomava. Laurinda refugiara-se sob os móveis, olhando-me de longe, o olhar caído, alerta e tremendo aos meus menores movimentos, até que fui buscá-la debaixo do sofá e abracei-a com ternura de pai que se reapossa do filho, enquanto ela, de rabo escondido, se urinava de

A MUDANÇA

medo e alegria. Catarina deu um grito, escondeu o rosto entre as mãos, prorrompeu um pranto alto e convulso, de bruços, como a última vez que vi Madalena na enxerga hospitalar.

Fui buscá-la, sem pedir perdão:

— Não sei por que fiz isso. Foi incontido...

Repeliu-me:

— Sai! Até me bater!

Fiquei a distância.

— Não te bati. Acredite. Não sei como foi.

— Não. Não bateu... Tem ainda a coragem de dizer que não me bateu!

— Eu juro que não quis te bater! Juro!

Levantou a cabeça por um instante. Parecia uma fúria:

— Você é capaz de tudo! Que monstro você é!

Quem sabe se Catarina não tem razão?

21 de dezembro

Mariquinhas sabia como me irritar:

— Quando você vai com o balaio, eu já volto com os cajus.

22 de dezembro

Expulsos do Egito os italianos, a opinião de Garcia é de que só há uma solução para os alemães evitarem um perigoso colapso — enviarem as suas aguerridas tropas e os seus experimentados cabos de guerra para os areais africanos. Os gêneros natalinos sofreram uma alta considerável, com a qual Felicidade é que não se conforma, tachando o vendeiro de gatuno. Susana manda-me uma dúzia de bilhetes de rifa para a tômbola duma obra pia de que é benfeitora, o que não deixa de ser um pouquinho de abuso, e o meu primeiro ímpeto foi devolvê-los, pura e simplesmente, mas acabei engolindo. Procurei Godofredo, expliquei-lhe o caso, e ele, rindo, me deu um trabalhinho para o seu pasquim que pagará o caridoso achaque.

23 de dezembro

Nicolau tirou definitivamente a barriga da miséria. Não perde vaza. Anda de cabaz sempre pronto para as frutas de qualquer árvore do êxito, porque tal como Antenor Palmeiro sem o êxito a vida lhe é impossível. Aproveitou a oportuna teta da Boa Vizinhança, que não é para se desprezar, e encheu-o até a borda, sem deixar cair ao chão uma sequer para a fome dos confrades. Acaba de voltar dos Estados Unidos, onde fez exposição no Museu de Arte Moderna, de Nova York, isto é, expôs o que faz pensando ser moderno, mas os tempos estão muito turvos e apressados para averiguações. As entrevistas que deu, e até Mário Mora não pôde deixar de sorrir discretamente, são do ramo estarrecedor — é como se os americanos tivessem, afinal, descoberto a pintura no mundo! O catálogo da mostra, com capa de retrato algo cinematográfico — o pintor sentado numa escada com um feixe de pincéis na mão exímia — foi muito reproduzido na imprensa ligada ao DIP, e Pérsio Dias mereceu a honraria de ser mimoseado com um exemplar — *Nicolau of Brazil...* Assim, se algum outro artista for convidado, terá perdido o global *slogan*, e haverá de se contentar com algum dístico mais territorialmente restrito... E os interessados se afoitam, abalroam as autoridades consulares, põem em xeque o adido cultural, destituídos de qualquer cerimônia. Zagalo, não. Zagalo espera a vez, calado e irônico, certo de que o convite não tardará. Se ninguém duvida, Saulo Pontes duvida da sua placidez:

— Deve estar se roendo por dentro! Essa história de Nicolau ser o primeiro convidado está como um osso atravessado na garganta!

25 de dezembro

As luzes tão débeis das velinhas coloridas derretem a escura neve que a fieira dos dias acumula nos corações. Vera e Lúcio são como retratos do passado — o mesmo espanto, os mesmos gritos! E os olhos sentem que foram criados para o êxtase das bolas multicores, das estrelas brilhantes, dos brinquedos ricos

A MUDANÇA

ou pobres. O verde da árvore é o verde da esperança. Invisíveis pássaros de paz fazem ninho nos ramos enfeitados. Poderemos ouvir os seus cantos de paz.

Perdão para os nossos inimigos, perdão para os nossos amigos, perdão para nós próprios. Gosto de amor na boca. Boca — espelho do coração.

27 de dezembro

Telefono para Catarina e a campainha tocou inutilmente. Melhor assim. Tomo coragem e escrevo a Emanuel. Nada disse a Luísa. Ela, porém, adivinhou.

1941

1º de janeiro

Cartão caligramático de Catarina:

quinho de papel E afinal

que sou eu senão um amassado

bar

ao desgarrado sabor de bravias

ondas delirantes?

2 de janeiro

Afago os cabelos do morto, lustrosos de brilhantina, essência de heliotrópio, emoliente e antiga, como se acariciasse a cabeleira de uma criança. A morte esclarece muita incompreensão, destrói barreiras, aproxima, perdoa, responde com a sua severa mudez a perguntas jamais formuladas por temor ou inércia, passividade ou vergonha, cinismo ou perturbação. Mas o que é a morte? Ponto final ou traço de união? Matéria que acaba ou espírito que se transfigura? E como será a minha morte? Que espécie de agonia me estará reservada, rápida ou prolongada, plácida ou cruciante, lúcida ou inconsciente, indefesa posição para as desprezadas superstições alheias? A que aflições ou alívio meu ser será sujeito? A que inquéritos responderei? E as velas oscilam, frias estão as mãos febris, que não queriam acreditar na frialdade de Cristininha, frio o perfil mestiço, frio, muito frio o coração que tanto calor escondeu. E a noite era uma noite de risos e confraternizações. Vinham sons de festa no vento, sons de baile.

3 de janeiro

Papai nascera em Magé, mas não se orgulhava muito do berço natal, decadente porto de pequeno calado, comido pelo impaludismo e pelo lodo e que Mariquinhas, bem como Mimi e Florzinha, consideravam como páramo celestial, jardim das delícias, umbigo indiscutido do mundo. E como patente sinal dessa indiferença, desde que de lá saíra — tinha quinze anos, e tio Gastão, com doze, veio com ele — jamais lá voltara a pôr os pés, demonstrando pelas notícias da terrinha o mais sincero alheamento.

O curso no Colégio Abílio, famoso educandário cuja fama já declinava, habilitou-o à escola superior. Pensava em ser médico, todavia acabou, por degringolada total da economia familiar, como funcionário civil, no Arsenal de Marinha. Depressa, porém, compreendeu que não era ali o seu lugar, e a admoestação injusta dum capitão de fragata, de jactanciosos bigodes e modos prussianos, foi o pretexto para a demissão. Aceitou a chefia de escritório duma fábrica de fósforos, em Mendes, mas três meses depois um incêndio a devorou num átimo. Voltou com as mãos abanando para o Rio. Passarinhou em vários empregos, tentou corretagens, namorou mamãe, também de família mageense, casou-se, acabou na gerência duma modesta malharia no Andaraí. Em 1914, por um triz que a malharia ia à falência. Salvou-a a guerra. Aprumou. Prosperou. Papai dava duro, tão metódico, tão pé de boi, tão escrupuloso. Faleceram os proprietários, vieram os sucessores e papai passou a interessado. Terminou sócio comanditário, após honroso e grato entendimento, dado que nos dois últimos anos de vida a lesão cardíaca tomara tal progressão que o impedia de sair, sem risco e sofrimento, de casa; mas continuava a atender, por telefone, a conselhos e esclarecimentos, que de resto lhe proporcionavam intensa satisfação. Mas como às vezes

A MUDANÇA

as questões suscitadas eram de natureza grave e o preocupavam a ponto de afetar-lhe o já destrambelhado ritmo cardíaco, levava carões do doutor Vítor:

— Deixe essa fábrica de lado, homem de Deus! Que é que você tem que se aborrecer mais com ela?! Eles que se arranjem! Cuide de si, senão você empacota. Empacota e a fábrica fica aí!

4 de janeiro

Há os que nascem para crer e os que nascem para duvidar. Nasci para a dúvida. Mas não me enclausuro nela. Sinto a necessidade de levar além de mim, a todos que me cercam, aos íntimos, aos ocasionais, a minha perturbação, os meus redemoinhos. Nada de águas serenas, de conceitos firmados, nenhum ponto de fé. O pensamento soltando-se dia a dia, reagindo a cada minuto contra tudo, contra todos, contradizendo-se com desenvoltura sem que me importe um pepino o perigo das contradições.

5 de janeiro

Para alguns o ano rompeu bem... Gasparini e Nilza estão cada um para o seu lado. Ela foi para a casa da mãe, que é no Catumbi, ele ficou no apartamento:

— Daqui não saio! — gritara. — Volte você para o estábulo onde nasceu.

Aconteceu depois que ele telefonara abraçando-nos e se desculpando, algo confusa e precipitadamente, por não poder vir passar a noite conosco, o que já vinha sendo uma praxe; começara, porém, antes, nossos nomes entraram no bate-boca preliminar, nada airosamente por parte de Nilza, que claramente não nos suportava, e eis o motivo da confusão telefônica. (Aliás, só vieram os solitários — Pérsio, Garcia, Adonias e José Carlos de Oliveira, e a campainha não cessou de tilintar para os bons votos de Ataliba, Susana, Loureiro e Ricardo, Aldir, José Nicácio, Mimi e Florzinha...) Mas somente hoje, cinco dias transcorridos, soubemos do bafafá. Gasparini apareceu, contou tudo com uma pletora de minúcias sujas e dispensáveis, xingou Nilza a valer. Já havia assinado a petição de desquite:

— Não tenho nada, vamos rachar o nada. E aquela vaca que se fumente! Já me atazanava demais a paciência! Me envenenou a vida! Que volte para a lama!

Luísa (depois) achou que lama era palavra muito forte... Que sabe ela da descontinência vocabular dos matrimônios que se rompem?! E Gasparini saiu tarde, puxou-me até a rua, ficou uma porção de tempo repisando os seus dissabores, arrolando razões, metendo a ronca na ex-cara-metade, mas, no fundo, ainda não muito seguro da sua atitude ou da sua libertação:

— A capacidade de aguentar chateações tem o seu limite! Você acha que eu podia suportar mais? Fale com franqueza. Podia?

— Não. Bola para a frente!

Era o que ele gritava, no meio do campo, quando Guaxupé, desolado, ia buscar a bola no fundo das redes sob a sua guarda.

6 de janeiro

Dois cinemas logo na primeira semana do ano é um tanto exagerado, e de mau agouro, mas não resisti às mansas solicitações de Luísa. Fomos assistir ao que os franceses fizeram de *O jogador*, de Dostoiévski, como já assistíramos ao que Hollywood fizera de *Nossa cidade*, de Thornton Wilder. Que teatro possa ser filmado é mais uma prova, e cabal, como foi mais uma prova, e insofismável, de que literatura só serve mesmo para literatura. Trata-se de formulação inocente, mas que gastarei com cautela nas tertúlias domésticas — cinema é assunto explosivo para o cordato Pérsio, vejam como são as criaturas! E por falar em teatro, Mário Mora está se batendo pela formação de um grupo amador para iniciar um movimento de saneamento do nosso ambiente teatral, que não pode ser mais sórdido e atrasado, vivendo do falso ator e da chanchada. O povo tem que ser educado no sentido do bom teatro — está pervertido. Acredita que dentro daquilo que

A MUDANÇA

387

se classifica de "melhor sociedade" poderá encontrar vocações e meios para colocar o teatro no nível das coisas dignas. Já conseguiu algumas adesões, já tem promessas de auxílios financeiros, e pretende começar pelo princípio, isto é, por um curso de formação de atores no qual a História do Teatro será uma das disciplinas básicas. Além de Ermeto Colombo, conta com outros elementos, tangidos pela guerra, e com experiência dos palcos europeus. É fascinante e animador.

7 de janeiro

Depois do Egito, não há dúvida alguma de que os italianos vão ficar sem a Líbia. Caiu Bardia, com trinta mil prisioneiros de recheio, e o rumo britânico agora é para Tobruk. Os nazistas vêm com conversa mole: "Estamos longe de pretender diminuir a importância da queda de Bardia. Mas os chefes ingleses deverão compreender que não é na Cirenaica que se decidirá a sorte da Grã-Bretanha"... E é um papa do diabo esse Pio XII! Fez um apelo aos nobres de Roma para que conservem e cultivem as virtudes cristãs, praticando principalmente a caridade... — chiste que José Nicácio lançará em cima de Saulo Pontes e temo que as coisas entre eles acabem ficando feias. Já preveni jeitosamente o impulsivo nordestino da desagradável possibilidade, e ele retrucou:

— É bom para ficar livre desse Tartufo! Você não pode imaginar como ele me irrita!

8 de janeiro

Mariquinhas sabia como irritar. E como se estivesse falando num tom geral:

— Quem ama o feio, bonito lhe parece.

Mas a seta era assestada contra o enamorado Pinga-Fogo. Madalena bufava!

9 de janeiro

Em Nairóbi, e não sabia que vivia no Quênia, com 84 anos no lombo, faleceu lorde Baden Powell, abencerragem vitoriano, e sobre o qual não desfaço as minhas desconfianças, anti-imperialistas sobretudo.

Amílcar, o bedel, era um escoteirista! Suas pernas cabeludas brigavam com as calças curtas, assim como o cantil brigava com a sua avantajada pança. Apesar dos mais ingentes esforços, não conseguiu catequizar mais que meia dúzia de prosélitos no imenso alunato. Mac Lean tinha sangue favorável e embarcou logo na canoa. O tímido Alfredo Lemos não conseguiu escapar à escassa lábia do pobre Anchieta. Antônio Ramos confundia-o:

— Praticar cada dia uma boa ação é muito chato, seu Amílcar!

10 de janeiro

Em negrito e cercadura: *Companhia estrangeira deseja...* Recorta-se o anúncio no jornal de domingo, escreve-se a carta com prévio e laborioso rascunho, difícil seriam as recomendações (exigem-se boas referências), é atroz ter que pedir recomendações — doutor Vítor, desembargador Mascarenhas, professor Alexandre, seu Afonso —, esperaram-se três dias, o último já meio desanimado. A resposta chegou finalmente em carta registrada — compareça às nove horas, à rua tal, número tal. Ah! Era firma conhecida e importante, papai leu, compenetrado, a convocação:

— É uma firma graúda e de futuro. Internacional!

E às 9 horas lá se está, com a roupa azul-marinho e gravata vermelha, o sapato apertado um pouco, na sala de espera com quatro cadeiras e o barulho das máquinas furando as improvisadas paredes de celotex, material que era uma novidade. A neve derretia-se na paisagem do quadrinho. Da ampla janela avista-se o mar pelos vãos dos arranha-céus, o mar estava muito azul e a fortaleza de pedra ficava rente à água que espumava contra ela. ("Tenha a bondade de esperar um minuto, o diretor vai recebê-lo

A MUDANÇA 389

já", dissera o futuro colega Jurandir.) O Forte tinha canhões que nunca atiravam. "O 305, da direita, está rachado, é um perigo!", o sargento Gumercindo é quem sabe, outros fazem militar segredo ou mentem: "Não atira porque cada bala custa dezoito contos." Dezoito contos! Que não faria com dezoito contos? — é o pensamento dos recrutas divididos em três grupos — 305, 190 e 75, que tantas eram as baterias. (A moça passa e dá uma espiada; é feiosa, desengonçada, depois se identificaria como Zilá, a idealista!) E no muro, que o sol incendeia, as letras pretas, enormes: SI VIS PACEM PARA BELLUM. Cabo Rocha Moura, de orelhas de abano, é quem me introduzira na bélica engrenagem: "Vai gostar. Aqui é como um colégio interno, como uma grande família." As perneiras machucavam desesperadamente, abriam bolhas e feridas. "São reiunas. Compre outras, tipo paraná. São as que os oficiais usam. Trinta e seis mil-réis na Rua Larga, quase na esquina da Rua da Conceição." Comprei, e tenente Dantas, sarcástico e besta: "Elegante, hein?" A sueca nas manhãs úmidas com cheiro de maresia, o cascalho ferindo os pés descalços, desacostumados, o refeitório tresandando a cebola e a serragem molhada, os percevejos nas camas, nas paredes, nas dobras da cartucheira, invencíveis a todos os ataques — "Fique amigo deles, rapaz. É o melhor que você faz"... Que remédio! E Clotilde era amancebada com Zuza, escultural, quente, dadivosa, nua na cama estreita, no quarto sem janelas, o púbis rente como veludo e as coxas tão redondas e juntas que quando andava muito, no calor, tinha assaduras. "Por que você não estuda para sargento?" Tinha as minhas ideias: "Não, só soldado raso. Nada mais que soldado raso." E ela: "Você é burro!" As horas eram infinitas e perdidas. "Sumiu meu cinto, sargento Pedroso!", queixava-se Louva-a-Deus. "Desaperte para a esquerda. Soldado não se aperta, desaperta."

— Faz favor.

— Obrigado.

O diretor, de charuto, estava sentado na cadeira de molas, que caía para trás:

— Tenha a bondade de se sentar.

E o charuto não conseguia fazê-lo antipático.

11 de janeiro

Louva-a-Deus fora apelido que pegara no primeiro dia de quartel e com propriedade. Magro, ossudo, desconjuntado, com as mãos sempre juntas como se estivesse rezando, o rapaz parecia mesmo o verde e voraz inseto. Era voluntário e viera de Miracema. Chegara de manhãzinha, de roupa de brim e botina apertada, tendo o irmão como cicerone. Parara diante do castelinho da entrada, com torre baixa, redonda, e a escadinha de ferro em caracol.

— Que é aquilo, mano?

— Aquilo o quê?

— Aqueles buracos.

O guia sacudiu os ombros — sei lá!

— Também não sabe nada, que diabo! Ninguém diz que você já veio ao Rio duas vezes, mano. Ninguém! Passa fora!

O barulho mole das ondas se quebrando na areia, as gaivotas assanhadas, as letras pretas no paredão caiado de novo: SI VIS PACEM PARA BELLUM. Nem adiantava perguntar ao irmão. Tambores rufaram lá dentro. Adiantaram alguns passos, na inconsciente cadência. O sentinela saiu da guarita e perguntou o que queriam. Queriam falar com o Tancredo.

— Tancredo? Não conheço. Qual o número dele?

— Que número?

— Que par de bestas! — e chamou o cabo de dia.

Cabo Rocha Moura apareceu com perneira numa perna só, de chinelo, mancando. Um garnisé, parafusando os miolos, verrumando com os olhinhos miúdos a cara dos visitantes: — Tancredo? Coçava a orelha estupenda, esfregava o queixo de barba crescida, abriu-se uma luz:

— Não é um camarada com um sinal peludo na testa?

— Esse mesmo!

— Ah! Já sei! É o 116! — e berrou para o corpo da guarda: — Ó 134! Vá chamar, ligeiro, hein! O 116 lá na bateria. Ouviu? 116!

O 134, que estava dormitando, surgiu estremunhado, chateado.

— Agora soldado não pode falar com ninguém, seu cabo.

A MUDANÇA   391

— Não pode? Quem é que disse que não pode?

— Estão no exame.

— Dobre a língua!

— Estão no exame, seu cabo.

Mas cabo Rocha Moura murchou com a observação do praça. Foi, todavia, coisa de segundos. Assentou o quepe no alto do crânio com um peteleco e salvou a autoridade:

— Entrem que eu me responsabilizo. Quando acabarem os exames, vocês falam. Fiquem apreciando. É bonito. Eu me responsabilizo. — E para humilhar: — Leve os moços lá dentro, 134. Apresente eles ao sargento Pedroso.

Eles acompanharam o soldado, tímidos, sem jeito, olhando para todos os lados. Os tambores rufavam mais perto. A brisa marinha dançava nos cabelos. Atravessaram o portão largo, caíram no pátio enorme, que acabava, de repente, num paredão sobre o mar. A bateria vinha marchando, cerrada, batendo virilmente com os pés, num passo certo, tambores e cornetas agora em estertor uníssono e festivo, o tenente do lado, abrangendo-a com um só olhar, sargento Gumercindo na frente, puxando a cadência: Um, dois! Um, dois! Um, dois!

Louva-a-Deus bestificou-se:

— Você já viu disso?

— A Linha de Tiro...

— Cala a boca, burro! Linha de Tiro... Ah! Só mesmo da sua cabeça!

— Mas...

— Então, seu jumento, você querer comparar esta beleza com aquela bagunça de Miracema? Você está solto!

O irmão se sentia mal. Louva-a-Deus se maravilhava. A bandeira, lá no fundo, subindo da cúpula, abria-se ao vento. O tenente parou e gritou esganiçando a voz:

— Meia-volta, voooolver!

E a negrada toda virou ao mesmo tempo e continuou marchando sem perder o passo. Sargento Gumercindo saiu correndo e foi ocupar a dianteira. Estufava o peito, olhava o tenente de banda e cadenciava: Um, dois! Um, dois! Um, dois!

Louva-a-Deus de boca aberta:

— Que turma afiada!

O irmão nem se mexia. A bateria veio outra vez do fundo.

— Quer ver que eles vão cair n'água?!

O tenente salvou-os a um passo do abismo:

— Direção à direita!

A bateria fez uma curva apertada, passou rente aos dois. Viram o Tancredo no meio.

— Olha o Crecredo!

O conterrâneo sorriu-lhes, satisfeito de vê-los. Ia gordo, corado, puxando peito, culote recortado, perneiras reluzindo, nem parecia o mesmo enfezado e amarelo garçom do Hotel da Estação. O tenente gritou:

— Aaaalto!

E quando a bateria, dando ainda quatro passos contados, fincou as carabinas no chão com um barulho só — pram! —, Louva-a-Deus tinha resolvido:

— Sabe, mano? Eu vou ficar mesmo. Não estou pra ser caixeiro de padaria em Miracema toda a vida, não!

E ficou. O irmão levou os recados para os pais — pedia a bênção, ia assentar praça no Forte, o dinheiro que seu Giovanni lhe devia, ficasse para eles.

Na sala com bandeiras, quadros balísticos, balas de canhão em pé e a efígie de Caxias, Louva-a-Deus tremeu um pouco ao falar com o tenente Dantas, que queria ser soldado.

— Você trouxe o papelório, mancebo?

O voluntário havia trazido, o oficial achou tudo em ordem, despachou-o para o sargento Pedroso, exímio fazedor de floreados nas paralelas. E na mesma noite arrumaram-lhe um cinto nas costas para dar um plantão de estreia.

— É para acostumar — disse o sargento.

Compenetrado da responsabilidade, não se limitou às três horas de quarto que lhe cabiam, passou a noite inteira em vigília, passeando de um lado para o outro, no alojamento de mortiça iluminação, o sabre pendurado na cintura. Não tinha farda

A MUDANÇA

ainda. O cinto e o sabre é que lhe davam importância. Apertava e desapertava o cinto, examinava as cartucheiras, desembainhava o sabre, corria a mão pela lâmina sem corte — por que é que não estava afiado? Galos cantavam no fundo da noite. Vinham roncos de camas indistintas. Pelas janelas abertas as luzes do bairro se estendiam, e o marulhar das ondas lá embaixo, contra as pedras, subia.

Encrencou com um preto grandumba e desengonçado, de tresandante bodum, que chegando meio tonto queria dormir de sapatos.

— Vá ser besta lá longe!

— Eu dou parte, hein!

— Vá dar parte pro raio que o parta! — e o tipo caiu na cama, já dormindo.

Louva-a-Deus ficou olhando-o. O nariz chato tomava metade da cara. A carapinha tinha falhas como se houvesse sido roída por ratos. A testa de dois dedos. Da bocarra babosa, entreaberta, saíam cacos de dentes e gengivas congestas. Teve pena.

No fim da semana, quando se apanhou de farda, quis sair equipado para a rua. Cabo Rocha Moura deu o contra:

— Você está maluco, rapaz? Armado?!

— Ué!

Pôs a goela no mundo:

— Quá-quá-quá! Então você pensa que isto aqui é assim à beça? Tira os arreios, rapaz! — e sumiu pela porta do rancho.

Ficou decepcionado, tirou o sabre, o cinto, e saiu. Mas, mal transpôs o portão do corpo da guarda, sentiu-se outro. Olhava-se — as perneiras eram mal cosidas, duras, machucavam as pernas, a farda estava um pouco larga... Também ainda não havia sido lavada. Lavando, ficaria outra. Encolheria, ficaria justa no corpo, alinhadíssima, e desapareceria o cheiro enjoado de fazenda nova. E sonhava: na outra semana pediria uma licença e iria à cidade, com o Tancredo, que lhe prometera. Tinha uns cobres, compraria perneiras paraná, macias, reluzentes, iguaizinhas às dos oficiais, um culote sob medida e quepe baclã — estaria no trinque!

As ruas do bairro abriam-se na sua frente, ruas movimentadas, arborizadas, cheias de gente, cheias de comércio, de fachadas iluminadas, tão diferentes das pobres ruas de Miracema. Lembrou-se dos seus, metidos num casebre de fim de rua, lembrou-se da padaria, quase sem freguesia, seu Giovanni, gordo, de camisa de meia, cachimbando na porta e ele debruçado no balcão, vendo as horas passarem, lendo pedaços de jornais velhos, que o danado do italiano, por economia, mandava embrulhar pão em papel de jornal sempre que podia.

As vitrines o atraíam. Parava nas esquinas gastando importância, catando oficiais para bater continência.

A moça pendurava-se na janela. Tão loura, tão clara, que pequena! Passou "tirando retrato". Que uvinha!

— Não se enxerga?! — e ela virou a cara para o outro lado.

— Estúpida! — resmungou e saiu gingando, devagar, para mais adiante desfazer-se em visagens com a mulatinha que estava no portão da vila, esperando o namorado. Ela não deu bola.

Depois a vida desandou. Xadrez, impedimentos, descontos... Onde está a minha manta? A lua bebeu. Sempre que some alguma coisa — ladrões! — é a lua quem bebe. Que gororoba safada de ruim! O Zuza é quem tinha razão — porcaria como esta nem cachorro come! E 21$000 só por mês! Qual!... E o apelido, que o enfezava, pegara como cola-tudo:

— Ó Louva-a-Deus, vá levar este relatório ao tenente de dia.

Fazia uma continência rambles, ia resmungando, devagar — para quê pressa? Sargento Pedroso rompia logo na falseta:

— Você está se fazendo de tolo, diabo? Ande ligeiro, senão...

Louva-a-Deus nem ligava, nem parecia que era com ele. Diminuía o passo, olhava para as amendoeiras, para o posto meteorológico, caprichava na demora. Sargento velho não dormia — lascava na caneta e de tarde era matemático, na leitura do boletim: está impedido por quatro dias o soldado 208 — porque sargento Pedroso não dava canja não. Brincadeira ou mamparriação com ele era ali na exata!

A MUDANÇA

12 de janeiro

Quando Loureiro se despediu da Selaria Modelo e foi trabalhar por conta própria, montando um escritório de representações e consignações, eu o acompanhei e tocamos os negócios com entusiasmo. Dentro de pouco as duas simpáticas salinhas da Travessa dos Barbeiros iam de vento em popa. Mas, convocado para o serviço militar, não escapei ao exame de saúde, e fui obrigado a abandonar o companheiro, dado que seria impraticável me desdobrar em soldado e chefe de escritório, pois cabia a Loureiro o trabalho externo, por suas relações e predicados.

Ficou combinado que, findo o tempo de fileiras, voltaria ao meu lugar no promissor escritório. Houve imprevistos — a desmobilização atrasou-se, em virtude da situação política, de franca agitação, e, oito dias antes de ser desligado do Exército, fui vítima dum acidente que me prendeu seis meses ao leito. Ao restabelecer-me, afinal, Loureiro passara o escritório adiante e embarcara com um novo amigo, Ricardo Viana do Amaral, para os Estados Unidos, seduzido por negócios de maior coturno. Foi doutor Vítor que me valeu, conseguindo colocação para mim num laboratório de especialidades farmacêuticas, na Rua da Misericórdia, defronte do necrotério e parede e meia com uma casa de artigos funerários, cujo proprietário, seu Abel Magalhães, foi a pessoa mais gentil que vi na minha vida, mas gentileza tão sincera, tão natural, tão envolvente que freguês novo que fosse tratar o preço duma coroa saía consolado e convicto de que valia a pena perder um ente caro, só pela ventura de travar relações com tão afetuoso cavalheiro.

As paredes divisórias parece que eram permeáveis. A fineza angelical de seu Abel refletia-se no doutor Xisto Nogueira — maneiras suaves, voz sussurrante, andar de arminho, pedindo tudo por favor, permanentemente disposto a encontrar no inconsistente gênero humano motivos para perdoar e encarecer. Mas se os porosos tijolos permitiam a passagem dos delicados fluidos magalhânicos, favoreciam outrossim o acesso de gases menos louváveis — um espírito de economia que raiava pela avareza, espírito que se fazia especialmente presente na folha de pagamentos.

396   MARQUES REBELO

Se por três anos me debati nos estreitos e rigorosamente fixos limites do ordenado é que o horário era folgado. Ficara a meu cargo a parte redacional da seção de propaganda, correspondência inclusive, e o afável farmacêutico permitia que a elaborasse em casa e a elogiava invariavelmente; isso economizava tempo, permitia que minhas leituras prosseguissem em ritmo intensivo — encontrara Thomas Mann, Lawrence, Conrad, Gide, Henry James, Pirandello, Jacobsen, Sinclair Lewis, John dos Passos, Willa Cather e Katherine Mansfield —, permitia alguns biscates no campo das traduções, e facultava-me uma precária frequência na Faculdade de Direito, na qual me matriculara. E por mais tempo teria preferido me debater na exiguidade daquele ordenado, se não fosse a Revolução de 1930. O governo, sentindo-se impotente para dominar o movimento com as forças regulares, apelara para a convocação geral. E foi exatamente o que liquidou mais depressa com ele. Convocação geral é guerra. Guerra assusta e, se já no seio da família brasileira minava o descontentamento acumulado de tantos erros políticos, agravados pela casmurrice e reacionarismo do presidente de cavanhaque, que em início de carreira política fora chefe de polícia na província e que guardara de tal exercício inapagáveis convicções, o perigo da morte no campo de batalha, morte de filhos, de pais, de irmãos, acabou de enfraquecer as já bem periclitantes hostes governistas — os revolucionários tiveram a adesão geral, que talvez nem sonhassem e, praticamente sem refregas e sem vítimas, de vermelho lenço ao pescoço, depuseram as autoridades legais em todo o país. Todavia, entre o ato de convocação e a vitória dos revolucionários medearam alguns dias de confusão. Com muitas deserções, os reservistas se apresentavam às respectivas unidades. Lá voltei ao Forte, no qual cuidara nunca mais botar os pés.

Doutor Xisto Nogueira foi patético, lacrimejante:

— A hora é amarga! A insânia da ambição rega de sangue o solo da nossa estremecida terra. Ide cumprir o vosso dever cívico, rapazes! A pátria chama por vós. As instituições estão ameaçadas, e com elas o trabalho e a prosperidade. Antes, mil vezes antes um mau governo que uma boa revolução. Um mau governo acaba,

A MUDANÇA 397

uma revolução sabe-se apenas como começa. Ide certos de que não vos esqueceremos, que a cada dia, cada hora, cada minuto nosso pensamento estará em vós, que serão vossas as nossas orações. Ide! Os vossos lugares ficarão guardados. Aqui vos esperaremos na alegria do dever cumprido. Deus vos acompanhe e guarde!

Não fora o único dos empregados apanhados pela mobilização. Havia outros três. Formamos um pelotão no escritório da diretoria, onde uma impregnação de éter volatilizado se fazia sentir. Doutor Xisto quis dar ao ato de despedida o caráter de solenidade. Compareceu de roupa escura, sapatos de verniz, gravata preta, discurso estudado. O trabalho parou em todas as seções para que unanimemente se presenciasse o inédito bota-fora. Alguns comerciantes vizinhos foram convidados. Doutor Xisto abraçou-nos, um por um, e, ao fazê-lo, entregava um envelope contendo o ordenado de um mês adiantado, com a cândida expressão de que com tal avanço saldasse um seguro de vida. E seu amplexo abriu a fila para o de todos os presentes. A comoção transmitiu-se. Todos estavam emocionados, todos já nos viam mortos, furados pelas baionetas ou estraçalhados pela metralha, houve crises femininas de choro. O abraço de seu Abel foi demorado, compungido, com balbuciada consolação ao pé do ouvido, como se recebêssemos as condolências por nossa própria morte.

13 de janeiro

Na manhã escaldante, éramos uns trezentos convocados à porta da caserna, mas nenhum companheiro, salvo Cabo-de-Guerra, então banhista do Serviço de Salvação, e Antônio Augusto, não escondendo a apreensão, gente estranha, gente de outras turmas, sequentes ou anteriores à minha. Os oficiais e sargentos se agitavam, discutindo. Criava-se o problema do rancho — o abastecimento não suportaria tantos. E sargento Curió era ouvido com atenção. Pegara mais uma divisa, uma faixa branca no cabelo pixaim, mas o riso era o mesmo e abriu-se para mim albuminoso e amigo

— Bons olhos o vejam! Como é, ficou bom de todo?

Não havia também fardamentos bastantes no almoxarifado, não havia nem mesmo carabinas suficientes. Baldadamente telefonaram para o quartel-general — não obtinham solução. A chateação dos convocados enchia as dependências do Forte de um zum-zum de abelhas inúteis. Vaguei por aquele chão conhecido. Estava um pouco mudado e mais limpo. Ampliaram-se os dormitórios, rasgaram-se mais as janelas, e o sol fazia brilhar as cores da pintura das paredes e as letras garrafais de um novo dístico: *Aqui se aprende a defender a Pátria*. O cassino dos oficiais, no segundo andar, fora melhorado com poltronas de vime, cortinas, tapetes baratos e uma vitrola. O pavilhão do serviço meteorológico era outro, no alto do morro; as torres radiotelegráficas do Arpoador eram outras. Sargento Gumercindo fora transferido para o Forte do Leme, e tenente Jesus passara para a reserva bem a contragosto. Cabo Rocha Moura pedira remoção para o Norte. Mas sargento Pedroso guindara-se a primeiro-sargento, e cabo Maciel ainda era o corneteiro, mais gordo, quase obeso, mais desafinado, os lábios enormes marcados no centro por uma escoriação rósea e redonda.

O almoço custou mas saiu, em turmas esfomeadas. Deixava o refeitório, quando sargento Pedroso me alcançou:

— Vá se apresentar ao comando lá na cúpula.

Fui e expus ao oficial, que retinha a minha caderneta militar, a singular condição — quando me deram baixa, encontrava-me em casa, de cama, com permissão especial do comandante, vítima de grave acidente, que de alguma maneira me incapacitara para a primeira linha.

— Mas na sua caderneta não consta nada a esse respeito, moço.

— Não consta, tenente, porque houve razões para isso. O acidente se deu oito dias antes da baixa. O médico do Forte achou que meu caso requereria, pelo menos, três meses de imobilidade. Fiquei mais do que isso. E o comandante achou que simplificaria a questão dando a baixa em vez da licença. Talvez nunca pensasse que houvesse uma convocação, e tão próxima...

Franziu a testa:

— Isso não é medo, não?

A MUDANÇA 399

— Medo de quê, tenente?

— Bem, você fica por aí. Vou estudar o seu caso.

— Sargento Pedroso ou sargento Curió sabem de tudo. Eram do meu tempo. O senhor pode se informar.

— Está bem.

Mas às quatro horas baixaram ordem para que voltássemos para casa e comparecêssemos no outro dia, depois do almoço. Debandamos como colegiais em férias e Antônio Augusto respirou:

— Livra! Por hoje escapamos.

Pus-me sério:

— Não se iluda, Antônio Augusto. Amanhã não escaparemos. Vão nos mandar para o Sul.

O sambista parou aflito:

— Você acha, é?

— Não acho. Tenho a certeza. Vão nos mandar atacar os revoltosos. Eu ouvi uma conversa entre oficiais, lá no cassino.

Antônio Augusto empalideceu:

— E nós que não temos nada com essa fuzarca!

Lembrei-me de doutor Xisto:

— Temos, como não temos? As instituições estão ameaçadas. Precisamos cumprir o nosso dever cívico!

Antônio Augusto foi decisivo:

— Amanhã, sabe? Amanhã não ponho os pés aqui! Que mandem me buscar. Vão ver se me encontram!

Despedi-me, rindo, e fui telefonar, de um botequim, para Francisco Amaro, que custou a atender e que estranhou — uai, você não se apresentou?! Apresentara-me, sim. Mas tinha ficado livre — despacharam os heróis para dormir em casa... Pensava em ir contar as peripécias, conversar um pouco para refrescar a mioleira — foi um dia chatíssimo! Francisco Amaro engrolou desculpas, que não podia, só depois das seis, estava muito ocupado

— Você está com gente aí? — perguntei desconfiado.

— Sim! Estou com um colega. Negócio urgente.

— Compreendo. Está bem. Passarei às sete.

Adivinhava quem era o colega — Eurídice!

14 de janeiro

Antônio Augusto cumpriu a palavra — no outro dia não apareceu. E não foi só ele, a concorrência era a metade da véspera. Ninguém tomou conhecimento do refugo e nem por isso a balbúrdia foi menor. As horas se passaram numa pasmaceira que nem os boatos sacudiam. E de tarde renovou-se a ordem de dormir em casa, exceto para uns vinte, que tiveram destino. Entre eles, eu. O tenente mobilizador, por esquecimento ou má vontade, não estudara o meu caso, como prometera. Para quê reclamar? Afinal me sentia mais ou menos apto. De muito que meus movimentos eram normais, só que não podia me curvar muito para a frente, e a sensação de peso nas costas havia totalmente desaparecido. E ao cair da noite, fardados, equipados, subíamos para os caminhões que nos levariam, sob o comando do sargento Pedroso. Ignorávamos a missão e houve olhares tristes e desconcertados, quando os motores explodiram e o pequeno cortejo pôs-se em marcha — quatro caminhões descobertos com soldados, duas peças de 75 e munições.

Cabo-de-Guerra veio para o meu lado, pesado e doce como boi de carga:

— Vamos ver se não tenho que te pescar outra vez...

— Farei o possível para você não bisar o incômodo.

— Incômodo para você, para mim não. Minha profissão é salvar gente.

— Mas estreou comigo, não se esqueça!

Riu e voltou:

— Você tem uma ideia do que nos espera?

— Nenhuma!

Empregou a gíria de quartel:

— A batata está assando lá pelo Sul, não acha?

— Pelo menos parece.

— Não compreendo como te pegaram. Esses meganhas têm o coco virado, não respeitam nada. Você não tinha saído como incapaz?

A MUDANÇA 401

— Não. Aí é que está o busílis. As nossas cadernetas já estavam prontas quando me estrombiquei. Não quiseram mexer na minha, criar caso, abrir inquérito, complicar mais as coisas. Era sensato.

— Medo de encrenca, não é?

— Absolutamente. O comandante agiu de boa-fé. Era uma boa pessoa, você sabe. Quando viu que eu escapara, me soltou por um lado, despachou tenente Jesus para o outro. Sabe que ele foi transferido logo em seguida, não sabe?

— Então não sei? Ainda estava lá. Saiu de chifre murcho. À francesa, como se diz. Era um bicho ruim aquele negro, hein?

— Um pobre-diabo...

Nas ruas, de curioso movimento, o povo parava para nos ver passar. Na entrada do túnel, postavam-se metralhadoras, no Pavilhão Mourisco suspendiam-se barricadas, com uma curva de basbaques a distância. A Praia do Flamengo era uma praça-forte, e os vasos de guerra, de fogos acesos, espalhavam-se pela baía.

A barca cargueira nos transferiu para Niterói, onde nos juntamos, por volta das dez horas, a um contingente de infantaria, e embarcamos num comboio especial, todo de carros de segunda, de assentos de madeira, luz escassa e sanitários infectos, rumo a Macaé, pois só então soubemos para onde nos mandavam. Soubemos pelos infantes, que se esbaldavam em boatos — Macaé estava na iminência de ser tomada, terra natal que era do presidente da República, talvez até já tivesse sido ocupada por piquetes das colunas revolucionárias, que desciam do Espírito Santo, e que já se encontravam às portas de Campos, meio sublevada. O pequeno destacamento policial macaense, sob as ordens de um cabo, é que pedira socorro. O delegado fugira para juntar-se aos revoltosos. O subdelegado encontrava-se retido em São João da Barra — os trens não desciam mais. O prefeito é que assumira o comando dos soldados, era coronel da Guarda Nacional, havia formado um batalhão de voluntários e ocupava os pontos estratégicos. Falava-se de aviões que sobrevoaram a cidade, lançando bombas, asseveravam alguns.

O trem partiu, a noite era estrelada, quase não se dormiu. Pelo romper da madrugada o trem parou, de repente, sargento Pedroso veio correndo, reuniu seus homens — linha obstruída! Descemos, tomamos posição, aproveitando os barrancos, as metralhadoras ligeiras, camufladas por arbustos, nos pontos mais altos. Os campos estavam prateados da geada, o cheiro ácido de capim-gordura pinicava as narinas, o capitão passou uma revista, o pelotão de reconhecimento se adiantou pela linha férrea marginada por tufos de erva-cidreira. Meia hora depois regressava — falso alarme. Era tocar para a frente. Retornamos aos carros, serviram o café ralo, mas fumegante, prosseguimos viagem em menor velocidade. Manhã adiantada, paramos novamente. Estávamos perto de Macaé. Alguns homens ficaram guardando o trem, os demais, divididos em três grupos, tomaram por atalhos diferentes para cercar a cidade. Foi uma tarefa ingrata. A estrada que nos tocou era péssima. Caminho de carros de boi, de barro vermelho, úmido, escorregadio de orvalho, a cada passo os canhões e as carretas de munição engastavam-se na buraqueira, para safá-los tínhamos que recorrer ao muque, e aí o velho Cabo-de-Guerra mostrava que seus braços de aço não se haviam enferrujado.

O sol brilhava, a siriema cantou perto, a cobra deslizou no declive e sumiu na moita, um ar salino vinha no vento, apareceram casebres, crianças nuas, galinhas de pescoço pelado, cachorros macérrimos ladrando. Os matutos se apavoravam. Inquiridos, nada sabiam dizer. E o mar surgiu azul, imensamente azul, e, depois do mar, a cidade colada a uma fita ondulante de areia branca e rútila, na qual o líquido azul se atirava em espuma. E os telhados eram velhos, musgosos, a igreja se alteava, e os galos cantavam. E uma paz imensa como o mar parecia envolver a cidade em cintilantes dobras.

Fez-se alto. O capitão assentou o binóculo, observou. A paz que os olhos viam, o binóculo aproximou, o oficial deu mostras de alívio. Girou as lentes para a esquerda. Lá no fundo, descendo a alcatifada encosta, encontrou as fardas cáqui que avançavam cautelosas — operação concluída. Meia hora mais tarde, entrávamos na cidade.

A MUDANÇA   403

15 de janeiro

Macaé era o mar!

16 de janeiro

O nosso calhambeque denominado "Bagé" não recebeu o *navycert* exigido pelo governo inglês, que faz a polícia dos mares com rigor microscópico. Será desembarcado em Lisboa o material bélico adquirido pelo Brasil na Alemanha. O nosso embaixador em Londres foi levar em mãos o protesto brasileiro — havíamos comprado o material antes da guerra...

Antes ou depois, o importante e grave, gravíssimo, é que a Alemanha, com tantas frentes e auxiliando a cupinchada, tem apetrechos bélicos de sobra para vender! Se não tivesse as arcas cheias, é claro que não os venderia, e isso nos tira um pouco o alento.

— Que é que você me diz disso, compadre?

— Digo que vamos ter pano para as mangas — responde Garcia, coçando o queixo.

E Portsmouth foi severamente castigada por centenas de aviões com bombas incendiárias. Portsmouth e Sheffield. Sheffield e Manchester. Quando se lembrarão de Liverpool? E por todos os muros da cidade o cartaz lotérico, como um sinistro trocadilho — *O seu dia chegará...*

17 de janeiro

Após uma semana de pasmaceira, farta de peixe e camarão, sargento Pedroso nos acordou no meio da noite. Haviam recebido ordem para regressar urgentemente — a situação no Rio se agravara. Todo o Sul se encontrava nas mãos dos revolucionários, cujas forças se concentravam na fronteira do Paraná com São Paulo para uma batalha decisiva. E como o governo enviava, a toque de caixa, toda a tropa possível para a resistência, teríamos que suprir os claros na capital.

404 MARQUES REBELO

O major deixou na cidade um pequeno contingente para reforço do destacamento local e empreendeu, rápido, a retirada. Serviram o rancho cedo, e ao raiar da manhã o comboio largava da estação, sob o aplauso popular, um tanto frouxo, e o agitar de desconsolados lenços por parte de jovens beldades com cara de sono, que haviam sonhado deixar o pacato rincão natal nos braços matrimoniais de alguns legionários namoradores.

Alcançamos o Rio com um carnaval nas ruas, carnaval sem fantasias, sem serpentinas, sem confetes, carnaval de lenços vermelhos, de cânticos patrióticos, de janelas apinhadas, o povo desenfreado. O governo fora deposto, o presidente Washington Luís fora conduzido, preso, ao Forte, e daí, sem demora, para o exílio, uma junta militar assumira a direção do Estado. O magote de populares, empunhando bandeiras e cartazes, cercou os caminhões, obrigou-nos a vivar a vitória da revolução. Sargento Pedroso não titubeou — comandou o berreiro. Fomos ovacionados, agaloados com trapos vermelhos, populares subiram para os caminhões. Cabo-de-Guerra ria como criança, chegamos ao Forte entre alas delirantes. Os portões haviam sido franqueados, os paisanos assenhorearam-se das armas, e uns com uma carabina, outros com um sabre ou simples cartucheira, compartilhavam as posições com os soldados — e infinitamente mais compenetrados! — como se pudesse haver a hipótese duma reviravolta nos acontecimentos e eles almejassem, com o risco do próprio sangue, defender os ideais revolucionários. Alguns, mais ousados, misturavam-se com os oficiais e davam ordens, traçavam planos, aventavam procedimentos — ocupação de bancos, de agências dos Correios, de repartições públicas. Um rapaz, de voz rouca e barba cerrada, chegara, ferocíssimo, de revólver em punho, num táxi ocupado militarmente — trazia prisioneiros, cinco vizinhos, gente suspeita, perigosa, legalista, entre eles um deputado da situação, que tremia como vara verde, e uma senhora, em convulsivo pranto, que se agarrava ao marido, inocentando-o, descabelando-se, pedindo clemência. O capitão, de bigode-escova e cabelos cor de cobre, ficou indignado, puxou o rapaz para um canto, tomou-lhe

A MUDANÇA 405

o revólver, passou-lhe um carão, de imbecil para baixo, mandou os presos embora.

Pelo fim da tarde, o heroísmo voluntário foi posto à prova — a esquadra tentava o contragolpe! Um terrível corre-corre varreu o Forte, metade dos improvisados patriotas desapareceu como por encanto, tornando a aparecer quando as coisas se esclareceram. É que o porto estava interditado e o navio estrangeiro, desrespeitando as autoridades, forçara a barra. Era um navio de passageiros e demandava a Argentina, carregado de imigrantes. As fortalezas se movimentaram. Canhões reboaram em tiros secos de aviso. O barco acelerou a marcha e o comando do Forte, então, descarregou, sobre o recalcitrante, as suas baterias ligeiras. A granada atingiu o mastro da popa como raio — um clarão, um ranger, e o mastro que tombava. O navio estacou, fez sinais, deu molemente de bordo, tornou ao fundeadouro, com mortos e feridos, imigrantes todos, que se ensardinhavam no convés.

18 de janeiro

Hitler e Mussolini estão conversando muito... Serão realmente planos, ou serão pitos que o primeiro está passando no segundo, tão fanfarrão antes da guerra, ameaçando Deus e o mundo com o poder das suas falanges, e agora levando tundas tremendas no Mediterrâneo, no Adriático, na Grécia, na Albânia, no Egito, na Líbia, tundas em terra, mar e ar, que comprometem o Eixo, cobrem-no de ridículo e podem deixar em apuros a Alemanha, que de boa-fé acreditara no poderio fascista?

E o senhor Knox, que é secretário da Marinha dos Estados Unidos, declarou que "se a Alemanha tivesse ações livres através do oceano para a conquista de novos territórios, muito provavelmente o seu primeiro movimento seria sobre a América do Sul e visaria a posse desse grande depósito de riquezas naturais". Bem, uma coisa se aproveita da parlenga — é a primeira vez que se ouve falar em América do Sul como depósito, e grande, de riquezas naturais... Se mestre Getúlio aproveitar a deixa... O seu namoro com o Eixo não seria também um golpe para despertar ciúmes?

19 de janeiro

O diretor, de charuto, estava sentado na cadeira de molas, que caía para trás:

— Tenha a bondade de se sentar.

Sentei-me. Era um senhor idoso, atarracado, muito sanguíneo, gestos enérgicos, falando correntemente o português, mas com pronunciado sotaque:

— Ficamos muito satisfatoriamente impressionados com a sua carta e acreditamos poder contar com os seus préstimos na nossa organização, uma organização poderosa, como certamente sabe, mundialmente poderosa, e que tem grandes planos de expansão no Brasil.

— Perfeitamente.

Soprou para o teto azuladas volutas:

— Temos em vista ampliar nosso departamento de propaganda, até então bastante dependente da nossa matriz em Genebra, e sua admissão nos seria proveitosa, pois precisávamos de um jovem que soubesse redigir com facilidade, que conhecesse um pouco de francês e de inglês, e que já tivesse conhecimento de publicidade, como acontece com o senhor.

— Perfeitamente.

— Nós lhe ofereceríamos, de início, um ordenado de seiscentos mil-réis, pagos quinzenalmente, e um mês de bonificação no Natal. A proposta lhe convém?

— Convém.

— Se é assim, em princípio, pode se considerar nosso empregado. Mas, antes, uma pequena formalidade. O senhor poderia nos trazer uma carta de recomendação da firma onde trabalhava?

— Creio que posso.

Quebrou as cinzas no cinzeiro.

— É capital essa carta. É praxe que observamos rigorosamente, exceção dos casos em que o candidato se emprega pela primeira vez. Em tais casos não dispensamos não uma, mas três cartas de pessoas idôneas, afiançando a capacidade moral do candidato.

— É uma medida de previdência bastante razoável.

A MUDANÇA

— Temos nos dado magnificamente com ela. Verá que seus colegas são todos pessoas excelentes. Capazes e excelentes! E estamos entendidos. Desde que nos traga a carta, o emprego é seu. — E levantou-se de mão estendida.

— Amanhã aqui estarei.

E no outro dia lá estava, rente como pão quente, com a carta em punho. Doutor Xisto Nogueira felicitou-me pela chance da colocação em tão importante firma — seus cartazes são verdadeiramente notáveis! — e forneceu-a, gentilíssimamente recomendado, "a quem interessar possa", qualidades que, em rigor, eu não possuía. O diretor mandou chamar o Chefe, febricitante gnomo, que ficou teso na sua frente qual disciplinado subalterno.

— Eis o seu novo funcionário. — E me apresentou com palavras amáveis.

O Chefe falava às rajadas:

— Muito prazer. Confio na sua colaboração. Teremos grandes campanhas. A situação é propícia. — E convidou-me a acompanhá-lo ao território onde imperava: — Por aqui. Sofremos da falta de espaço. Terrivelmente! Verá que estamos espremidos. A companhia cresce vertiginosamente.

Chegamos ao retângulo de celotex saturado de mesinhas e armários. Ao fundo o cubículo onde assentava o seu trono publicitário. Da ampla janela avistava-se a nesga de mar azul. Com formalismo, apresentou-me aos colegas: dona Zilá, Jurandir, seu Valença, Odilon, todos. Indicou Jurandir para me dar preliminarmente uma noção do funcionamento do serviço, depois, então, fosse eu falar com ele.

E começou para mim um outro pedaço de vida.

20 de janeiro

— A vida, meu filho, é uma noite escura, tempestuosa, com relâmpagos apenas para mostrar o caminho...

Sorri da frase tão pouco Luísa e lembrando-me do perigo que corrêramos e que ficara escondido numa dobra do nosso convívio como um dos seus raros segredos:

— Ideias de canário.

— Não é o título de um conto de Machado?

— É.

— Zomba de mim, zomba...

Não zombava. Era o jeito que aprendera com Laura de sufocar com pilhérias ou ironia nem sempre muito inéditas os impulsos literários do coração, que seriam de resto bem comuns se tão cuidadosamente não me policiasse. O que a boca não fala, a pena escreve — seio e umbela! Que importa que lá fora a vida nos espreitasse?

21 de janeiro

Em São Paulo, campo tradicional e contundentemente adverso, os cariocas quebraram a escrita e sagraram-se tricampeões brasileiros de futebol. Nos Estados Unidos, Roosevelt, iniciando o seu terceiro período presidencial, proclama que "em face de perigos de importância jamais conhecida, nosso firme propósito é defender a integridade da democracia", e o nosso governo ditatorial cumprimenta-o pela investidura e pelo discurso... E aqui foi criado o terceiro ministério militar — o da Aeronáutica. Só falta Gasparini aparecer e receitar Tricalcina para as crianças...

23 de janeiro

Tobruk está no papo! Tropas australianas penetraram na praça forte e colheram uma bonita safra de prisioneiros — vinte mil!

— Assim como vão, os italianos acabam sem soldados! — pilheriou Garcia, que veio para jantar. — Você tem visto o Helmar, o Gerson ou o João Soares?

— Não. Não tenho visto. Ando um tanto arredio da livraria.

— Badalaram tanto!... Devem estar com a viola enfiada no saco.

— Talvez. Mas não se impressione com a cara deles. Se perderem a parada, aderem e ficam mais antitotalitários do que nós.

— Não exagere!... Mas por que você anda arredado da rodinha?

— Tenho tido coisas mais importantes para fazer do que ficar taramelando bobagens.

— Está escrevendo alguma coisa nova?

— Não. Não estou escrevendo nada.

— Pensei. Quando você fica meio casmurro, meio aluado, é sinal que anda compondo coisas...

— Dessa vez se enganou. É casmurrice e aluamento sem consequências.

Conversou-se sobre o *affare* Gasparini-Nilza, que segue os trâmites legais, e Garcia disse, com um quê sibilino, que ficar livre de certas mulheres é como tirar a sorte grande sem comprar bilhete! Conversou-se sobre o hábil eclipse de Altamirano, sobre os lucros cada dia crescentes de Loureiro, sobre a fecunda dicotomia de Zuleica e a esforçada esterilidade de Waldete, conversou-se sobre o aumento do custo da vida, a alta dos aluguéis, as iniquidades do Tribunal de Segurança, mas sobre a propalada ida para Belo Horizonte não houve uma palavra. Afinal, propôs uma partida de xadrez:

— Aceita o desafio?

— Vá lá!

Conseguiu empatar. Não que tenha melhorado; eu é que não consegui concatenar as jogadas, o pensamento fugindo a todo o instante do tabuleiro para problemas provavelmente insolúveis e para os quais não tenho melhor raciocínio do que para o xadrez.

24 de janeiro

— Para quê toda essa aflita e vã refrega, se o mundo não tem solução? Assim é, assim foi, assim será: desigualdade, miséria, desespero, animosidade, loucura. Nem haverá sangue bastante para lavar as manchas da desgraçada espécie. A semente foi má. (E, no entanto, combatemos como se a vida humana pudesse ser salva um dia, possuídos da esperança que nasce de todos os desastres!)

25 de janeiro

Condenado a dois anos de prisão celular, ontem, pelo Tribunal de Segurança Nacional, o réu que não comparecera a julgamento, num lote acusado de estar reorganizando o Partido Comunista, por se encontrar, na ocasião, internado num hospício sob o diagnóstico de esquizofrenia. Lá esteve nove meses em tratamento. Saiu para enfrentar os juízes. Nicanor de Almeida só pôde fazer piada. Disse que iria recorrer para o... bispo!

27 de janeiro

Mais humorismo. Assisti, levado por Adonias em estado hilariante, a uma conferência de frei Filipe do Salvador sobre o tema: idade, sexo e problemas correlatos, que é o seu tema predileto e sobre o qual tem livros de largo consumo e generosa crítica.

— Você vai tomar um cheiro da nossa cultura eclesiástica... Envergonha um católico!

A assistência era parca e a sala, triste, de paredes pintadas, imitando mármore, de colunetas de ferro sustentando o teto de madeira envernizada, que o mais débil Sansão derrubaria, e com um cheiro de creolina e medíocre passado.

Martins Procópio, o fatal, fez o capítulo de abertura, improvisando a mais rebarbativa soma de medievalismo concebível, e Altamirano, que saiu da toca em que deliberadamente se esconde, suando em bica, aplaudia com o entusiasmo de um torcedor de futebol, enquanto Luís Pinheiro, tais são os cavacos do ofício e das conveniências, lutava contra o sono e a digestão.

— É a ciência pelo método confuso — assoprou Adonias. — Mas ouça o que eu digo: esse varão ainda vai fazer misérias nesta terra. Parece uma viborazinha, não parece?

Mirrado de corpo, macrocefálico, olhinhos de doninha, com um tiquinho de perversão, frei Filipe é o que se chama aqui um sacerdote adiantado. E um sacerdote adiantado aqui é assim como se pudesse haver tubarões para aquários de varanda.

A MUDANÇA 411

28 de janeiro

Diga sempre a verdade. É ainda a mais segura mentira que se pode pregar.

29 de janeiro

Ainda mais humorismo e, desta feita, num setor da nossa ciência laica. Um astrônomo do Observatório Nacional, cujo material é antediluviano, sem que nenhuma providência se tome para atualizá-lo, na ocasião em que tentava situar o cometa descoberto pelo americano Cunningham (e já houve um azarão estrangeiro com esse nome que levantou, de cabo a rabo, o Grande Prêmio Brasil, para desapontamento da criação nacional), encontrou um corpo celeste do mesmo gênero do procurado. Julgou o técnico, sem mais demora, que descobrira um novo cometa e já pensava em batizá-lo com o seu nome, como é da pragmática astronômica, o que seria um atestado eterno da sua capacidade. A imprensa fez escarcéu dois dias — astrônomo brasileiro descobre um cometa! E, segundo José Nicácio, o Departamento de Imprensa e Propaganda, sempre alerta, sempre no seu papel, insinuou que poderiam, numa sensível homenagem da ciência à política, que era a ciência suprema, pôr no novo astro o nome de Getúlio, como já se fizera com um aerólito, que despencou em terras espírito-santenses, e com um diamante fabuloso que garimparam em Minas Gerais, insinuação que deixou embaraçado o orgulhoso pesquisador dos espaços siderais, não disposto a transferir a outro nome uma imortalidade que o acaso pusera ao alcance da sua luneta. A patuscada estava nesse pé quando ontem, com atraso, e para alívio do astrônomo, chegou um comunicado do Chile — haviam lá avistado o Paraskevopulus, que sumira há tempos do campo visual, logo após a sua descoberta.

30 de janeiro

— Os homens por vezes se esquecem, Euloro: pensar é tão lindo!

— Pensar é difícil. Traz amargura e morte. (O espelho.)

— No âmago do amor está sempre a despedida. (Catarina.)

— Gol!!!

— O meu primeiro movimento é sempre de cólera, Chico. Ou de curiosidade.

— Curiosa sinfonia... (Francisco Amaro.)

— Que mal fiz eu a Deus para sofrer assim? (Eurico.)

— Não meta Deus nessas coisas! (Adonias.)

31 de janeiro

Morre-se de cansaço, como se vive de cansaço. Morreu de cansaço o general Metaxas. Tinha setenta anos. Era o autor do plano estratégico que rechaçou os italianos e levou as hostilidades ao território albanês, onde continuam vitoriosas as armas gregas.

Gasparini é justo, mas sibilino:

— Foi grande o velhote! Mas agora é bola para a frente!

— Exatamente. Bola para a frente!

E Hitler faz uso de panos quentes: "Se as poucas derrotas do nosso aliado convenceram os inimigos de que a Itália se desmorona, estão enganados..."

1º de fevereiro

Teremos a Avenida Presidente Vargas, que estava faltando... O prefeitoide está entusiasmado — será monumental, duas vezes mais larga do que a Avenida Rio Branco, não sei quantos quilômetros de comprimento! Para rasgá-la desaparecerá uma porção de ruas estreitas, com os seus sobradinhos coloniais, casas que, como dizia Machado, poderiam não ser belas, mas eram velhas, desaparecerá a linda Igreja de São Pedro, dourada e redonda, porque os idealizadores da grande artéria se negam a ouvir o Serviço do Patrimônio Histórico e desviar centímetros o eixo traçado pelos urbanistas de cacaracá.

— Que negociatas as desapropriações! — palpita Cléber Da Veiga, que secretamente ambiciona estar metido nelas.

A MUDANÇA

E, para abrir mais uma ou duas pistas na Praia de Botafogo, vias de acesso ao vertiginoso progresso de Copacabana, desaparecerá também o Pavilhão Mourisco, construção do prefeito Passos, e que no princípio do século foi ponto de reunião da gente elegante, da gente *smart*, da gente do *five o'clock*, varandas donde as damas galantes, perfumadas de opopônax, assistiram a muitas batalhas de flores, com faétons metamorfoseados em cisnes de crisântemos, pavilhão que, de queda em queda, reduziu-se a um pardieiro. Não terão muito o que derrubar, já está caindo de podre. E como era reluzente, brilhante, de escamas azuis, prateadas e vermelhas como um peixe chinês! Vejo-o na plenitude de coisa nova brotar na nossa frente como um sonho oriental, misterioso e proibido, nos inesperados passeios de automóvel de tio Gastão! Ó automóvel daquele tempo! — frágil barco de rodas, sob a bússola do mais desorientado dos capitães, quanta alegria levava no bojo, quantos risos, quantos espantos! O estreito mar de asfalto ou de pedra desenrolava-se na nossa frente, a buzina de cabeça de cobra dava botes roucos a cada esquina, curva ou passante distraído, o cheiro de couro, de encerado, de gasolina era como o cheiro de um incenso queimado nas aras do prazer! Mamãe, de mitenes negras, lutava contra o vento por causa do imenso chapéu *canotier*, o pescoço afogado na gola branca de molmol; Madalena não sossegava no lugar, mexendo-se como se tivesse bicho-carpinteiro; Cristininha, no colo de papai, pairava mais do que papagaio de porta de quitanda. O destino estendeu as suas malhas. Dos jucundos, descuidosos passageiros só restam Emanuel e eu, e por quanto tempo se há petardos a cada segundo despejados sobre a impávida Inglaterra?

2 de fevereiro

39,8! E por que pensar que uma bomba tem mais possibilidades mortíferas do que um ataque de insolação, um ônibus desgovernado, um elevador que rompe os cabos, um automóvel em contramão, um tijolo que despenque de um andaime, ou uma intoxicação com prosaico sanduíche?

3 de fevereiro

A canícula aniquila — fiquemos em casa, onde sempre é um bocadinho menos quente, com os paliativos do peito nu e duma chuveirada de vez em quando. Pérsio não suportou a temperatura, abandonou o barro, sumiu, e o pano molhado, envolvendo o torso inacabado, é sujo e melancólico.

Francisco Amaro escreve, queixando-se do meu prolongado silêncio. O carteiro que entregou a queixa é um magricela novo na zona. Veio encharcado, solicita um copo d'água:

— Vote, que ladeirinha triste!

Temo que sacrifique a minha correspondência em prol do seu esqueleto e procuro comprar a sua simpatia e responsabilidade com pequena propina:

— É uma lembrancinha para você... Não estava aqui no Natal...

Não recusa, agradece com simpleza, na verdade ganham uma miséria, mas, quando se vai, me arrependo do suborno, me sinto tão fraco e corrupto quanto ele. E, corroído pela má ação, percorro os jornais. As cristas andam murchas. O Fluminense e o Flamengo, campeão e vice-campeão carioca, foram estrondosamente tundados na Argentina — 4 a 1 e 7 a 0! As surras são categóricas demais para caber choro, não as explicam, descrevem apenas as goleadas... Proibir essas excursões deprimentes ou intensificá-las para que os nossos futebolistas aprendam — eis uma questão. Mas há questões literárias que me dizem de perto. Debruço-me sobre as laudas escritas, entrego-me aos meus problemas — escrever é difícil! E o dia escorre como um hálito de fornalha. E Luísa sentiu-se mal na repartição:

— Que calor pavoroso! Pensei que ia ter uma coisa.

Mas de noite, sem que o calor abrandasse, vem o batido das cuícas e o coro que estremece o coração, arrepia a pele. São preparativos carnavalescos.

— Que bloco é esse, Felicidade?

E ela que sabe tudo em matéria de carnaval:

— São os Canarinhos, doutor!

A MUDANÇA 415

4 de fevereiro

Foi pela mão encanzelada de Plácido Martins, paciente, elucidante, didático, que penetrei aos tropeções nos meandros do bergsonismo, ora túnel, ora farol, ora aranhol, ora santelmo, e sempre perturbação e musicalidade.

— Sobrei... Não compreendo...

O guia, cujas cavernas ainda se encontravam despercebidas, não me incriminava a carência de base, as névoas psicológicas, as aporias, e estendia-me a bengala branca dos cegos, ou desobrigavame com delicadeza:

— Não é com palavras que podemos alcançar certas regiões da duração bergsoniana.

Procurava transferir, com dificuldade, os ensinamentos, mas Adonias refugava-os:

— Não. Bergson não me convence.

— No entanto, Proust te convence. E são parelhos...

— Em termos.

— Ora, vá catar piolhos! Ou é picardia, ou as coisas inteligentes, sutis, avançadas, realmente só te impressionam pela metade. Ou menos!

— Que mal o nosso Plácido te faz! Não se pode espalhar perigosos vírus irrefletidamente...

E há um mês que Bergson desapareceu, desapareceu quase que em silêncio. A metralha ensurdeceu os homens. Os olhos estão desviados para o engalfinhamento universal.

5 de fevereiro

A morte tem as suas impiedades. A viuvez de Ataliba (Renato Ataliba da Silva Nogueira, para servi-lo) é uma delas. Deixou-o perdido, a ele que não nasceu para a solidão. Aposentado, vive pela casa dos outros, qual alma penada, para encher as horas vazias, que são todas. Os filhos, casados, estão momentaneamente espalhados por este Brasil, menos uma filha, a mais moça, que mora no Méier, mas que não quer o pai em sua companhia, alegando o motivo muito justificável de que avô só serve para deseducar os netos. Amiudou as suas visitas e, pelo menos duas vezes por semana, aperta a nossa rouca campainha:

— Licença pra um?

Se não há joguinho, fica de prosa, conversa sempre a mesma — papai, Magé, filhos, genros, netos, nostalgias monárquicas — ou ouve música, calado, sonolento. Mas se se forma uma rodinha, é o primeiro que se aboleta diante da flanela verde com que Luísa forra a mesa:

— Hoje de mim ninguém leva!

E não é fanfarronice. Uma infalível estrela o protege. Jamais foi constatada a perda da mínima parcela da aposentadoria. Nilza achava que ele tinha parte com o demônio e Gasparini garantia que era filho de padre — só filho de padre tem sorte assim!

— Padre, não. Cardeal! — corrige Pérsio.

Susana brinca:

— Com seu Ataliba ninguém não pode!

E Ataliba, com alguns tiques levemente senis, esboça sorrisos felizes, facilita jogadas, ganha sistematicamente, aplaca o suor da testa estreita com o lenço que mais parece um lençol.

6 de fevereiro

40,3 à sombra!

7 de fevereiro

Garcia: — Bela é a vida! Belo é o mundo, apesar dos seus habitantes.

Luísa: — Meu filho, você tem procedimento de louco. De mal-educado nem se fala...

O espelho: — Você precisa ganhar mais!

A MUDANÇA 417

8 de fevereiro

É preciso aumentar os meus numerários... Não porque as coisas essenciais subam de preço. Fosse assim e, apertando um pouco as finanças, iria se aguentando o tranco. Mas é que vão se impondo cada dia novas necessidades, todo um praticismo contaminador e absorvente, que estoura os orçamentos, que obriga a prestações e juros, que faz com que se perca a noção do dinheiro. As vassouras e espanadores vão cedendo ao higienismo dos aspiradores elétricos, que são mais caros do que cem vassouras e espanadores; o pesado, fatigante escovão é abolido em favor da enceradeira de tão feminil e prático manejo; os refrigeradores se impõem às arcaicas geladeiras de gelo, assim como os velhos bondes vão sendo preteridos pelos ônibus, e quantos, como Loureiro e Gasparini, sem automóvel se sentem de pernas quebradas! E temos os refrigerantes engarrafados, as conservas em lata, os desinfetantes, os inseticidas, o uso de mil medicamentos preventivos. E o vestuário, sob formas mais simples e inteligentes, cresce e se complica. E temos o cinema, o disco, as numerosas revistas especializadas, a noitada de cassino, o rádio, que sempre está necessitando de reparos, o relógio que passou a ser elétrico, tal como o ferro de engomar...

Não adianta querer resistir. É preciso aumentar os numerários... Mas como?

9 de fevereiro

Cavalete ao ombro, grande baú pintado no cocuruto da cabeça pixaim, com uma folha de laranjeira contra os lábios, o doceiro emitia esperadíssimos sons anunciando-se à freguesia. Cocadas brancas e pretas, quindins, bons-bocados, papos de anjo, pastéis de nata, bolinhos de cará, beijus, balas de ovo, de leite de coco, de guaco — ótimas para a tosse! —, um universo de açúcar.

Era velho e preto, chamava mamãe de iaiá, tinha sempre uma bala de quebra para Cristininha. Sua hora era pelo meio do dia, quando o sol ia a pino. Três vezes passava o padeiro empurrando a barulhenta carrocinha aprovisionadora. Deixava-a entregue à vigilância de um moleque e lá ia, peludo e bigodudo, de casa em casa, a cesta coberta com um pano branco, que já fora saco de farinha. Pão francês, pão alemão, pão italiano (um pouco massudo), pão de provença, de milho, de fôrma, de ovo, pão trançado, pão-cacete e periquitos — a três por um tostão, obrigatórios nas merendas escolares — e roscas do barão, rosquinhas de manteiga, caramujos, tarecos, cavacos, joelhinhos, bolachas de água e sal. Tudo quente, cheiroso, estalando — a vida abundante, solícita, módica, vida provinciana para sempre extinta!

10 de fevereiro

Um bonito e sintomático balanço: foram denunciadas ao Tribunal de Segurança Nacional 9.909 pessoas! Saiu nos jornais, mas eu não vi. Devo a estatística a Délio Porciúncula, em quem há muito tempo não punha as vistas. Levava a pasta gorda de autos. E na pasta, em letras de ouro, as suas iniciais.

12 de fevereiro

— Hitler deve estar arrancando os cabelos... — é o comentário de Aldir.

Toda a Cirenaica caiu em poder dos ingleses! Com a conquista de Benghasi, baluarte reputado importante, completam eles dois meses de campanha africana, tendo coberto 2.880 quilômetros e feito 125 mil prisioneiros. Provavelmente comemorando a façanha, determinaram que uma pequena esquadra mediterrânea bombardeasse Gênova em pleno dia, o que já é falta de respeito... — comenta ainda Aldir.

E os brasileiros, rapazes e moças, continuam brilhando na campanha natatória de Viña del Mar. Futebol mesmo é o que não sabemos praticar.

A MUDANÇA

13 de fevereiro

A águia bicéfala não ficaria mal como símbolo do nosso amor, mas quanto mistério há no amor! Que paredes escondem as almas! Como estranhos nos sentimos tantas vezes um para o outro. Como estranhos nos sentimos tantas vezes para nós próprios.

14 de fevereiro

Ecos do encontro com o rotariano Délio Porciúncula, cheio de brotoejas literárias e gramaticais. É transparente o desprezo com que me trata pelo fato de não ser imortal:

— Então, quando é que você entra para a Academia?

— Como posso saber?

15 de fevereiro

— Tenho um grande respeito pela baixeza humana, meu caro, um grande respeito.

Estávamos na penumbra acolhedora da Livraria Olimpo. Natércio Soledade não compreende. Gustavo Orlando também não. Paciência. E, enfrentando o calor que despe voluptuosamente os braços e os ombros das mulheres, vou, rente às vitrines, imaginando o que dirão de mim os que ficaram sob aquelas pilhas de livros, que nunca leram e jamais lerão — venenoso! — como se isso — infelizes! — pudesse ao menos constituir um julgamento.

16 de fevereiro

Não lutes contra a Igreja, José Nicácio, pois ela por muito tempo ainda vencerá. Contenta-te em desprezá-la, se tens coragem o que aliás não é nada fácil.

18 de fevereiro

No jornal de Godofredo Simas. Uma tênue camada de poeira sobre o tampo da mesa e o encanecido secretário de redação para o repórter fora:

— Pavoroso é só para incêndio, compreendeu? Só para incêndio!

19 de fevereiro

Mudam os ministros, sem deixar saudades, mas o nosso Baiano fica. O toutiço mais suínico.

20 de fevereiro

Vencendo todos os obstáculos, especialmente a água, que é particularmente fria na banda do Pacífico, o Brasil conquistou brilhantemente a supremacia da natação sul-americana, masculina e feminina. O reverso da medalha nos deu a dupla Fla-Flu, esmagadoramente superada na Argentina. Doze jogos e apenas uma vitória! Mas a repercussão do sucesso aquático e amadorista não comove muito a crônica esportiva — essa história de nadar é para peixe!

22 de fevereiro

Felicidade é louca por carnaval e por dinheiro. No carnaval não se conte com ela — são quatro dias de alucinação e ausência, esplendorosamente fantasiada, num desbragamento de pernas e costas à mostra, que contrasta com a pudicícia do ano todo, regada com fartura de água benta.

E, com medo de ladrões, guarda o seu dinheiro em esconderijos, tais como sapato velho, meia velha, fundo de colchão, miolo de revista. Ninguém adivinha, é lógico, de maneira que no princípio muita revista foi para o lixo, muita meia velha foi posta fora com dinheiro dentro. Chorava de cortar o coração! Reembolsavam-se os prejuízos, ante tantas lágrimas invencíveis, tantas invocações à corte celeste, mas repetiram-se com tal constância que o seu quarto foi interditado, melhor, tornou-se uma espécie de tabu doméstico.

23 de fevereiro

Parecia ser puta. Não era.

24 de fevereiro

Se o carnaval vem desaparecendo das ruas, com mais curiosos do que mascarados, e às vezes sem nenhum dos dois, vai crescendo nos salões, onde impera uma certa licenciosidade que tende a aumentar, como tende a aumentar uma certa brutalidade, ou talvez melhor dito, um certo estabanamento, que antes não se registrava nos ambientes fechados — é que o zé-povinho está vindo para eles.

Adonias insistiu, saímos para uma voltinha pela Cinelândia, peruamos a entrada do Municipal, cujo baile de gala vem dando a nota de elegância, e Gerson Macário entrava faustosamente fantasiado de odalisca, fomos até o Largo da Carioca, retornamos. Luísa ficara com as crianças na irrevogável ausência de Felicidade.

— Já voltaram?!

— Deu para cansar.

— Muito animado?

— Bastante chué.

— Aqui não passou nada. É como se não fosse carnaval.

Por onde andariam os Canarinhos? -— pensei eu. E Adonias reclamou:

— Você não tem uísque em casa não?

Luísa coçou a cabeça:

— Tinha, mas Aldir e José Nicácio beberam todo...

— Também você comete a imprudência de deixá-lo à vista destes dois gambás! Uísque é bebida para bom bebedor, não é para pau-d'água não!

25 de fevereiro

Os valentes rapazes de bonezinho vermelho andam infernais, distribuindo pancada a torto e a direito. No carnaval, então, têm se esbaldado! Carnaval abre o apetite.

26 de fevereiro

Lá se foi mais um carnaval, mas ainda há os confetes de Vera e Lúcio pelo tapete e pelas poltronas, fugidios como percevejos. E Felicidade está rouca de não se ouvir uma palavra do que diz. Rouca e abatida das noitadas, mas com o olhar pleno e brilhante das cadelas que foram fecundadas.

Hitler fez o carnaval a seu modo. A 24, comemorando o aniversário do Partido Nacional Socialista, disse que com fanática confiança olhava para o futuro! E as suas colunas blindadas se apressam a ocupar o território búlgaro "a título de proteção"... o que põe em perigo as relações germano-russas. Moscou advertiu que, caso se efetive uma invasão alemã na Bulgária, a União Soviética consideraria nulo o acordo comercial com o Reich, concluído em janeiro último e que muito assanhou Ribamar, Antenor, Gustavo Orlando e caterva.

27 de fevereiro

João Herculano. A inveja é a única paixão de que não nos sentimos orgulhosos.

28 de fevereiro

Catarina continua fora, passou o carnaval numa estação termal: "Fui arrastada pelas circunstâncias para o baile do hotel, numa improvisada fantasia, pois calça de menino e costas de fora não deixa de ser fantasia. Suei e sofri. A orquestra era medonha. Tirava com a rapidez do raio a animação do próprio Rei Momo.

Confesso, sem modéstia, que agradei muito. Mas não fique pensando em deslizes. É ainda cedo para deslizamentos. Tola, mas honesta. Contentei-me em agradar, apenas agradar."

1º de março

Faleceu Afonso XIII, o último rei de Espanha, e lá será enterrado — um cadáver enterrado dentro de outro cadáver! E que coisa, se não cadáver, será a Bulgária de um momento para outro?

2 de março

O ex-futuro químico deixou cair sobre Euloro Filho algumas palavras ácidas, embora justas, com ar camarada e descuidado, num deplorável exercício de vileza. Quando o romancista deu por si já era tarde. Tratava-se da premeditada experiência nº 98, que resultou num precipitado composto da mais pura lama, desgraçadamente. O café regurgitava. Antenor Palmeira tomou o cientista diletante pelo braço:

— Você é muito cínico!

E foi como se ouvisse Lobélia rediviva.

3 de março

Por vezes, por um segundo, nada mais que um segundo, a incerteza desmoralizante: Bach não estaria ecoando nas abóbadas de um coração pintado de racionalismo, mas construído de mística pedra e barro mageenses?

4 de março

O que ontem escrevi merece um adendo, que é advertência: a profilaxia do fantasmal tem que ser constante e pertinaz, lenta, portanto: um dia que falhemos, por ínfima concessão que façamos, poderá acarretar a necessidade de recomeçá-la toda, o que não deixa de ser desesperante prova para o comum dos mortais.

5 de março

É a gangorra da guerra, ansiedade nossa de cada dia — o que se ganha por um lado, e dá-nos esperança, perde-se por outro e nos desalenta. Como lado podre, que enche o céu de tenebrosas nuvens, foi consumada a adesão da Bulgária. É o largo corredor balcânico de que a Alemanha precisava para fisgar a Grécia. Imediatamente um poderoso exército nazista toma posição, ao longo da fronteira greco-búlgara, para obrigar o recalcitrante e estimulado governo de Atenas a fazer a paz com a Itália, que bem necessita dela para escapar à total desmoralização e para tranquilizar o Reich. E com tais acontecimentos, não tenhamos ilusões, a Grécia está com os seus dias contados — os soldados de Hitler não são soldados de chumbo como os de Mussolini.

6 de março

Mais uma anotação do conflito europeu: a Iugoslávia e a Turquia agora é que estão na corda bamba... Bem, é possível que nestas páginas se fale exageradamente da guerra. É que a guerra nos preocupa, nos apaixona, falamos muito dela. De que maneira poderíamos combater a nossa ditadura, senão nos empolgando com a causa das democracias e desejando a sua vitória?

7 de março

É preciso ganhar mais... Massas sufocantes de arranha-céus com escritórios de leite condensado, rádios, vitrolas, revistas de poucos leitores, meias de seda vegetal, apartamentos com condomínio, lucros de guerra, penicilina, aparelhos de pressão, propulsão e refrigeração, terrenos, cremes de beleza, perfumes, preventivos, superpreventivos como teia de aranha, comissões, consignações e artefatos de alumínio.

— É aqui.

As filas dos elevadores se espicham impacientes até a rua de buzinas e atropelamentos, assassinatos e suicídios na boca dos

A MUDANÇA 425

jornaleiros. São médicos, advogados, propagandistas de vacinas, astros radiofônicos, taquígrafas, agentes de seguros, vendedores de terrenos, procuradores, jornalistas, pseudojornalistas, dentistas de óculos, poetas de óculos, massagistas, manicuras, coronéis, gigolôs, prestamistas, ex-senadores e coristas, que atraem para as pernas fáceis e depiladas a volúpia apressada dos olhos masculinos.

— Getúlio é capaz de tudo. Não se iluda.

— Cala a boca...

— Não é fácil. Minha boca nasceu livre.

— É no sétimo?

— Bem, depois eu passo no escritório. Té logo!

— Não, é no sexto.

— Perdão, minha senhora!

— No segundo tempo o pau comeu! E comeu grosso! O juiz era um frouxo, um banana, deixava a ripada cantar à solta!

— Você acha que o homem arranja isso pra gente, meu filho?

— Se não arranjar, logo se vê.

— Mas não foi barbada como vocês pensavam.

— Então, não foi?!...

— Tenho cabeleireiro às 4. Não sei como vai ser!

— Dá tempo.

A fila avança, avança e para, diminuída.

— Está completo!

— Um mastodonte desse tamanho com dois elevadores só! Devia ser proibido. Para que é que existe prefeitura? Eu gostaria de saber.

— Se arranjasse seria bom, não é?

— Para isso estamos aqui.

— A fita é formidável!

— Por menos de dois mil, nada feito, velho! Não estou para trabalhar para o bispo — e o cidadão ostenta a roupa Panamá de imaculada alvura.

8 de março

Nada consegui. Não inspirei muita confiança. Na verdade, não inspiro muita confiança. Luísa decepcionou-se — que homem imprestável! Nem tanto. Um homem de negócios apenas, zeloso dos seus lucros, exigente na escolha daqueles que proporcionarão os seus lucros, e até cordial e educado, vaidoso das unhas tratadas. Talvez que haja males que venham para bem... Continuarei com mais tempo para as leituras, para as audições, para as prevaricações, para ir compondo vagarosamente os meus escritos, a mesma vida de rico que alguns amigos me invejam, que Jurandir inveja. O que será preciso é gastar menos. Mas como?

9 de março

De um camarada: "Quando eles não querem, dizem que não podem."

É um camarada simpático e mulherengo. Ligeiramente imprudente. Falando inglês com desembaraço, o que pretendem ser muito útil, e de que sou incapaz.

10 de março

Já tive, porém, alguma capacidade linguística!

Madalena: — Vapamospôs brinpincarpar depê compompapadrepê epê copomapadrepê?

Natalina: — Vapamospôs.

Eduardo: — Eupeu soupou opô compompapadrepê!

Natalina: — Epê eupeu soupou apá copomapadrepê.

Madalena: — Nãopão! Apá copomapadrepê soupou eupeu. Vopocepê epé apá vipisipitapá.

Cristininha: — Falem direito! Não sei que é que vocês estão falando.

Madalena: — Espestapamospôs fapalanpandopô dipireipeitopô. Vopocepê prepecipisapá apaprenpenderper lopogopo apá

A MUDANÇA 427

fapalarpar apassimpim. Quepê mepenipinapá maispais bopo-
bapá!...

Natalina: — Epelapá epé muipuitopô pepequepenapá, Mapa-
dapalepenapá.

Madalena: — Aspás cripianpançaspás chipinepesaspás sãopão
pepequepenaspás epê fapalampam chipinespês...

Eduardo: — Ah! ah! ah! ah!

Cristininha: —- O que é que ela está dizendo, Natalina?

Madalena: — Nãopão dipigapá. Tempém quepê apaprenpenderper!

Eduardo: — Epé ipissopô mespesmopô!

Emanuel: — Idiotas!

Madalena, a poliglota: — Ifirridifirrioforrotafarrá eferré quen-
fenrém chafarramafarrá!

11 de março

O eterno bacharel Délio Porciúncula olhou, superior, as borboletas que esvoaçavam.

— Coleópteros!

Está presentemente dedicando-se à poesia. A razão é singela:
apaixonou se, apaixonou-se desvairadamente, e quer brilhar
para a sua dama, a filha de Saulo Pontes, que anda enfiado e
apreensivo, pois o causídico é casado, e o catolicismo militante
e ostensivo de Saulo não vê com boa cara a solução do impasse
por um casamento no Uruguai.

Ribamar Lasotti, com a máxima imbecilidade ou com a máxima esperteza, concorre para o ridículo poético-amoroso, abrindo
os suplementos literários para os madrigais sem rima de Délio, que
têm o seu quê de comum com os arroubos líricos de Silva Vergel.

12 de março

"Gostaríamos de publicar, em bases que pedimos oferecer,
alguns contos de sua autoria. Como o nosso jornal tem metade

de seus leitores no interior, é necessário que esses contos se coadunem com a mentalidade de tais leitores, que tenham enredo atraente, ajustando-se à moral conservadora de nossa gente." Não publicaram.

13 de março

Roosevelt vai vencendo a oposição e a inércia. Foi aprovado por 60 a 31, no Senado, o projeto de lei de auxílio às democracias.

Marcos Rebich alude à votação:

— A parada foi dura. O reacionarismo, se não domina integralmente o Senado, chave do mando da vida americana, expressão legítima dos interesses nacionais, pois sentimento de fraternidade é outra conversa, mostrou que tem lastro. Na Câmara de Representantes a diferença será mais dilatada. Mas a câmara não significa nada perto do Senado. O Senado é que é o leme da nação. Roosevelt tem ainda muito escolho pela frente. Tem que levar a barca com muito jeito. E enquanto não superar as resistências, não poderemos nós aqui ficar desoprimidos. Quando ele acertar os ponteiros nacionais, aí poderemos nos rejubilar, pois o nosso caro João-paulino vai tombar para as democracias e o primeiro ato será o de chutar o Lauro Lago. Chutar para um bom cargo naturalmente, mas tirá-lo de perto dele.

E de Atenas: "Não cederemos a nenhum agressor nem uma só polegada do solo helênico!" — é que as vanguardas de um corpo de 130 mil ingleses (da Austrália, do Canadá e do Ceilão, como dirá seguramente Gerson Macário) desembarcaram em Salônica para enfrentar os nazistas.

14 de março

Volto triste, derrotado, da casa do amor, abafada de cortinas. Recordação de Ninete. Qual montanha de nata, fria, insossa, levemente repugnante, no Beco da Glória. Os pelos ruivos, ásperos como os de um cão pastor. O cheiro azedo. As incitações insuportáveis.

A MUDANÇA 429

E Clotilde fazia pícaras continências à minha chegada.

— Com a outra mão, morena!

— Com qualquer mão serve! — e derretia-se em riso, roçaduras, sabedorias, os dentes sadios, o seio palpitante, um outro hemisfério vivente e elementar, trepidante e ensolarado.

15 de março

Londres, 15, urgente (U.P.) — Uma bomba V-l destruiu inteiramente, na madrugada de hoje, o quarteirão onde se localizava o consulado brasileiro em Liverpool. Faltam pormenores.

16 de março

Os pormenores, para mim, vieram hoje. Emanuel morava num edifício de apartamentos, parede e meia com o consulado. A bomba apanhou-o em cheio, reduziu-o a uma cratera. Não foram encontrados os corpos.

Luísa exclamou:

— Santo Deus!

17 de março

Fui chamado ao Itamarati na condição de único parente próximo de Emanuel. Sim, sou o que resta dos divertidos passeios de tio Gastão! Compareci à hora marcada, à hora marcada não fui recebido — a pessoa a quem devia me dirigir fora almoçar. Afinal, mandaram-me entrar. Deferências e formalidades na sala de espesso tapete e candelabros. Recebi-as contrafeito, sentindo que não tinha direito a elas. O irrepreensível ministro, de mãos ossudas e trêmulas, ensaiou um elevado necrológio, mas interrompeu-o a tempo, lendo no meu semblante o desgosto e a inutilidade de escutá-lo:

— É a fatalidade! — arrematou.

Pelas janelas, as palmeiras abanavam as suas palmas indiferentes, indiferentes se refletiam no comprido lago, onde havia cisnes.

Ainda haverá outras deferências e formalidades na casa nobre e limpa, que depressa o esquecerá — que tem sido até agora um diplomata brasileiro senão um homem que se solta, e do qual se esquece, em terras estranhas, e que por sua vez vai esquecendo cada dia mais a sua terra?

18 de março

Apanho uns retratos da inviolada gaveta e mostro-os a Luísa. É a família. Mamãe era bela, duma beleza plácida e antiga. Papai sem bigode ficava melhor. Cristininha era como uma boneca, um cromo, uma menina de Renoir. E Emanuel não se modificou muito (Luísa não o conheceu), a testa larga, o nariz plantado muito longe da boca, delgado, longos membros, basta e sedosa cabeleira castanha, que ultimamente penteava para trás e que o fixador transformou numa substância lisa, brilhante e sólida, semelhante a madeira encerada.

— Você é o retrato de seu pai. Mas o olhar, o olhar é do seu tio Gastão!

— Talvez mais do que o olhar...

— Mas Emanuel é muito parecido com sua mãe.

— (Por fora.) É bastante.

— Um rapaz bonito. Muito bonito.

Havia um retrato dele junto com Glenda, em trajes de esporte de inverno, numa localidade famosa da Suíça. E Luísa:

— Esta é que é um bocado antipática...

— Talvez fosse mais infeliz do que antipática. Uma espécie de Madame Bovary de cabelo cortado.

19 de março

Juntos estão papai e mamãe. Juntos no bauzinho ossuário. Juntos em letras de bronze na lousa negra. Juntos como flores num vaso. Só não dormem juntos, que a morte não é um sono.

A MUDANÇA

20 de março

Quando chegou a notícia de que Emanuel e Glenda haviam perecido, a primeira coisa que me acudiu foi que ele tinha vergonha da merenda de pão com goiabada, que Mariquinhas punha na sua sacola. Dava sumiço nela antes de entrar na escola. E Garcia já havia me confessado que a primeira coisa em que pensou, quando a mulher fechou os olhos, foi: Com quem me casarei? — e passara em revista as poucas mulheres disponíveis que conhecia.

Ataliba foi a primeira visita de pêsames — admirava o morto. Mimi e Florzinha chegaram depois, meia hora depois, ciosas do seu dever, de preto, com broches de luto, pulseiras de luto — negras pedras foscas engastadas em ouro velho e retorcido. Sufocava-as a ideia de que não encontraram os corpos:

— Parece um naufrágio! — acrescentou Mimi.

E vieram Loureiro e Waldete, Ricardo e Zuleica, Saulo Pontes e Anita, Susana e Débora Feijó, e foi aquela desgraçada repetição do que sabia, tão pouco em suma, o pouco que o Itamarati pudera trazer ao meu conhecimento.

Quando só ficou Adonias, cometeu ele uma imprudência. Tocou num assunto delicado, que como amigo tinha todo o direito de tocar, mas que achei prematuro:

— Você é que é o único herdeiro. Deve ter deixado alguma coisa, não é?

— Deixou. Mas não receberei. Não quero nada dele. Aliás não sou o único herdeiro. Acho que os parentes de Glenda têm direito a uma parte. Vamos procurá-los, esclarecer a questão. Mas dele não quero nada. Disporei do que me toca.

— Como disporá? Que bobagem! Não é por você, bem o compreendo. É por seus filhos.

— Meus filhos passarão sem isso. Vai tudo para o sodalício que recolheu Mariquinhas. Um pagamento atrasado.

22 de março

Catarina volta. Foi como se tivéssemos feito as pazes, ou como se não tivesse havido a cena deprimente — há um certo cínico esquecimento que entretém as ligações sem solução.

Volta mais bem-disposta, sentindo-se menos oca, menos chateada, menos infeliz, mas ainda perseguida pelo fantasma da idade:

— Não adianta essa visita da saúde. Estou ficando uma velha!

Não alimentei a mania, resvalei maneiro, e com facilidade embicamos para o sinistro de Liverpool, do qual tivera notícia pelos jornais. E ela disse:

— Pobre Emanuel! Não era pior do que nós, não era pior do que ninguém. Apenas um pouco mais tapado, um pouco mais sem tato, não sabendo esconder as suas paixões. Foi horrível! Mas senti a sua morte mais por você do que por ele mesmo. Não te escrevi por cautela... Para que futicar a ferida? Imaginava o teu estado... É esquisito vermo-nos de repente livres das nossas sombras negras, não é?

— Não, Catarina. Escusava a tua cautela. Não senti remorsos.

— É que às vezes parece que não os sentimos.

23 de março

Nunca houve nada tão estúpido como aquela carta!

24 de março

Catarina disse ainda, num tom que não lhe era natural:

— Há uma inequívoca beleza na morte de Emanuel e Glenda juntos, estraçalhados pela mesma bomba no mesmo terrível minuto, reduzidos a tais partículas, que não se encontrou nada deles. A perfeita desintegração... Talvez estivessem abraçados no momento fatal... Uma beleza de tragédia! Os que se amam deviam sempre morrer assim.

A MUDANÇA

Catarina não ignorava as desavenças e as complicações do casal, mas parece que delas se esqueceu. Mas se realmente não sabe das traições com que Glenda mimoseou o escravizado marido, de mim jamais saberá. É o preito melhor que posso oferecer aos mortos.

— Sim, o destino portou-se coerentemente com eles, Catarina... Brigaram muito, mas se amavam muito. Há uniões que só se alimentam de lutas e desesperos.

25 de março

Os turcos resistem aos emissários nazistas, há a possibilidade duma frente anglo-greco-turca, mas a Iugoslávia cedeu.

26 de março

Cedo também... Os colegas de Emanuel mandaram rezar uma missa, missa cantada, ocupando todos os altares, resplandecentes de círios. Foi na Igreja de São Francisco de Paula, cuja sacristia me recorda Tabaiá, que não passava pela porta sem entrar para admirar os móveis e, com a cara mais séria do mundo, meter uma comprida conversa no sacristão sobre a possibilidade da venda deles, proposta que era repelida, não como um sacrilégio, mas como transação difícil e arriscada.

Não queria ir, Luísa insistiu:

— Você faça o que quiser, mas eu acho que deve ir. Não tem cabimento a sua ausência. É uma desconsideração. Está certo que você não acredite. Fé é fé, ou falta de fé é falta de fé, como quiser. Mas negar-se a comparecer a atos religiosos é tontice, uma atitude sem pé nem cabeça. Seu comparecimento não ferirá de nenhuma maneira as suas convicções, não implicará em derrota das suas ideias. É uma mera questão de educação, de civilidade. Alguém da família tem de estar presente, e convenhamos que a família agora é você...

— Exatamente por isso.

— Pense bem! Ninguém tem o dom de adivinhar. Você por acaso declarou publicamente e antecipadamente as suas decisões? Não. Se soubessem, talvez não a tivessem mandado celebrar. Agora é um fato consumado.

— Pois que seja a última! — decidi-me.

— Nem precisa se exaltar...

— Não estou me exaltando. Estou sentindo apenas que sou uma rodinha muito pequena, muito insignificante na máquina da vida.

Mimi e Florzinha vieram se pôr ao meu lado, duas damas antigas embebidas de perfume antigo. Eurico está um caco — curvo e enrugado, quem diria que tem a minha idade? Eurilena cada dia se parece mais com a mãe, uma Madalena antipática. Saulo e Anita não perdem uma minúcia da complexa liturgia, como se timbrassem em evidenciá-lo. Como estava linda Baby Feitosa, esbelta no costume preto, a *barrette* de platina e brilhantes sobre o coração, as luvas de pelica muito justas, um ar de distância e recato, colada a Helmar como a altiva estátua viva da fidelidade!

Foi longa a fila de condolências, longa e cansativa. O simpático e inteligente companheiro de Emanuel, e que com ele servira em Bordéus, saiu comigo. Estimava o morto, com quem privara intimamente, compreendia as suas aflições matrimoniais, achava que Glenda não fora um casamento ideal, mas se ele a amava, que outro casamento ideal poderíamos desejar? Sim, tinha razão. Descíamos a Rua do Ouvidor, e fiquei sabendo que Emanuel era considerado, pelos melhores elementos do ministério, um funcionário exemplar — competente, esclarecido, ativo, de probidade a toda prova. Também Oldálio Pereira, que comparecera e que demorada e apertadamente me abraçara, era um imbecil, mas competente e probo no seu ofício. E socorro-me das aspas: "Há um país da vida e há um país da morte, e a ponte entre eles é o amor, a única coisa que vale, a única coisa que fica."

27 de março

Comunica o DIP, e comunica tarde, em nota sucinta e sem grande destaque, embora na primeira página dos jornais, que o

Taubaté, quando demandava o porto de Alexandria, foi ao meio-dia de 22 atacado por um avião do que resultaram graves avarias, a morte de um tripulante e o ferimento de dois. O comandante declarou perante as autoridades de Alexandria que o avião atacante trazia pintadas nas asas as insígnias das forças aéreas nazistas.

Veremos a veemência do protesto brasileiro, a veemência e a presteza... Afinal, morreu um brasileiro — é uma questão positiva. José Nicácio garante que vão levar oito dias cozinhando uma nota chinfrim. Que protesto houve contra o arrasamento do consulado em Liverpool, quando também morreu um brasileiro? — acrescentou.

28 de março

A nação iugoslava reagiu contra a debilidade dos seus dirigentes, que foram expulsos do poder. A coisa se complica e a Alemanha envia um virtual ultimato para saber se estão dispostos a ratificar a adesão.

— Serão empastelados, mas não aceitarão! — opina Gasparini.

— A Rússia está por detrás deles — diz Garcia.

— A Rússia não amedronta a Alemanha — volta Gasparini. — E infelizmente.

— Não sei... Se não a temesse, a Alemanha não faria acordos com ela. Aquelas dificuldades em vencer a Finlândia não conseguem convencer ninguém hoje.

30 de março

E a Rússia felicita o novo governo de Belgrado, e o prazo do ultimato nazista é dilatado, o que pode parecer hesitação do Reich, a primeira que manifesta desde o começo da guerra, e isso não deixa de ser alentador sinal. Que reviravolta terão de dar Ribamar, Gustavo Orlando, Antenor Palmeiro! De 180 graus...

31 de março

Assestado terrível golpe no poderio naval italiano. No mar Jônio a esquadra fascista perde seis navios de guerra e provavelmente outros dois foram gravemente atingidos. E o governo ainda não se manifestou sobre o ataque ao *Taubaté*.

1º de abril

1919. A Bíblia!

2 de abril

— Carlos Drummond de Andrade é a voz mais alta de poesia que os meus ouvidos escutaram na língua de Camões. Também a mais rude! — respondo no meio do incêndio.

3 de abril

As coisas vão melancólicas e tardias: o governo brasileiro protestou perante o Reich contra o ataque ao *Taubaté*, alegando frouxamente uma violação do direito internacional, como se isso importasse um tostão aos violadores. Melancólicas e tardias vão as coisas: promessas que falham, possibilidades que se postergam, e os orçamentos domésticos chegam ao ponto de desequilíbrio, sem que o espelho reflita a menor solução.

4 de abril

O que ficou da conversa noturna, presentes Aldir, Pérsio Dias e Gasparini, muito assíduo agora na sua readquirida vida de solteiro:
— O primeiro-ministro japonês foi recebido pelo papa. Curioso encontro de raposas... Querem que acreditemos que discutiram possibilidades de "sondagens de paz"...

A MUDANÇA

— Depois Matsuoka vai a Berlim conversar com Hitler, que é um papa a seu modo, rumando em seguida para Stalin, que é o antipapa para os Martins Procópios.

— Matsuoka é nome de perfume francês, não é?

— Não! O perfume chama-se Mitsouko.

— É a mesma coisa!

E fechamos a porta sobre os amigos, como se fechássemos a porta de um oratório sem santos.

5 de abril

Quatro horas e meia para uma chamada telefônica e, quando conseguida, era como se a voz de Francisco Amaro, que aniversaria, viesse do Além. Garcia, que veio especialmente para a ligação, gritou algumas palavras finais de afeto e reconhecimento, que nem sei se foram ouvidas.

E ferve a situação na Iugoslávia — acelerando os preparativos militares para a resistência, o exército ocupa todas as linhas férreas do país. Garcia me explica circunstanciadamente a importância da medida, duvidando contudo que pudessem resistir muito tempo — mas não deixava de ser uma deliberação que sempre atrasaria um pouco o avanço nazista, os minutos de resistência a cada dia valendo mais para as forças da liberdade... E acredito que cochilei durante a longa exposição. Pelo menos, de repente dei com Garcia olhando ironicamente para mim.

6 de abril

O relógio é um em cada parte. E às cinco horas, no relógio alemão, foi irradiado de Berlim um comunicado anunciando o começo das hostilidades contra a Iugoslávia, nada submissa. Os despertadores sérvios acordarão os soldados que não estiverem a postos congregarão mais um povo contra a escravidão. E sob os ponteiros de Washington, Roosevelt, equilibrando-se nas pernas paralíticas, perora: "... enquanto nós trabalhamos para criar nos Estados Unidos um exército que constituirá a defesa da nossa liberdade, os olhares dos homens e mulheres dessas nações que perderam a liberdade se concentram aqui..."

7 de abril

Solto meu pássaro. Canto, pássaro, liberdade! Meu secreto desespero, minha aflição de todos os minutos — quando serei liberto dos teus grilhões?

8 de abril

Os gregos recebem o que se esperava, mas tardava — a cutilada nazista, dura e motorizada. Mas tal como os iugoslavos, no estrebuchar da defesa, ainda encontram forças para contra-atacar.

Marcos Rebich, que se tornou um comentador de guerra bastante requestado, no meio duma exposição oral sobre o acontecimento, com suficiente inventiva e que não diferirá consideravelmente da que escreverá amanhã, citou, aliás sem muito cabimento, certa conhecidíssima frase literária, mas atribuindo-a a outro autor, o que fez José Nicácio me piscar o olho e, sendo Marcos Rebich vivo como caxinguelê, percebeu a piscadela e riu:

— Está errado, não é? Mas não tem importância. Vocês compreendem.

Tem importância sim. Não cabe a atenuante de que cada macaco deva estar no seu galho — a cultura é galho comum. E, exatamente a propósito de cada macaco no seu galho, acode-nos que lamentável e imperdoável é a ignorância que manifestam certos aplaudidos cavalheiros na própria profissão que exercem, na carreira que abraçam, na arte que praticam. E o que devemos lamentar em Marcos Rebich, criatura dotada de tanta qualidade e tanta capacidade profissional, é a risonha patenteação do desprezo que tem pela literatura, como atividade secundária e apenasmente tolerável, e o desprezo e desconfiança que nutre pelos escritores, desconfiança haurida nós sabemos em que fonte.

A MUDANÇA   439

Godofredo Simas é farinha do mesmo saco, estranha confraria a dos jornalistas, em que as exceções não alteram a característica — fiéis às mesmas animosidades, sejam quais forem as suas formações e princípios, por vezes até antagônicos.

9 de abril

Conversei com Luís Cruz sobre o assunto de ontem. E ele sentenciou:

— Ser jornalista é ignorar muito de tudo, meu caro! Para saber é preciso tempo e jornalista não tem tempo.

10 de abril

— Os alemães vão entrando na Grécia como faca em manteiga... Já estão a cinquenta quilômetros de Salônica. De nada adiantou o reforço dos bifes. (Gerson Macário.)

— Ri melhor quem ri por último.

— Você ainda acredita nisso? Nem criança de peito acredita mais. Qualquer dia você irá me dizer que a Inglaterra perde todas as batalhas e ganha a última. É asneira que anda muito espalhada por aí. (Gerson Macário.)

— Uma vez que tenhamos vencido a batalha do Atlântico e que tenhamos assegurado a afluência constante dos abastecimentos que os Estados Unidos nos estão proporcionando, por mais distante que vá Hitler e por mais milhões de pessoas que participem da miséria, poderá estar certo de que nos encontrará em seu caminho empunhando a espada da Justiça. (Churchill.)

11 de abril

O Reich tomou conhecimento da nota brasileira. Vai apurar o fato... e não hesitará em solucionar o caso de maneira consentânea com as relações de amizade existentes entre o Brasil e a Alemanha

— Vamos ter uma linda solução.

12 de abril

Prostração? Não, prostatite.

13 de abril

A contradança — os iugoslavos detiveram o ataque das divisões blindadas nazistas, mas a Hungria, entrando no baile, invadiu a Iugoslávia, ocupando diversas cidades sérvias. Falar em cidades sérvias é lembrar de Sarajevo, onde em 1914 tudo começou.

14 de abril

Adonias volta do *Petit-Salon*, de Susana, onde passou a noite e cuja vazante se acentua, sem que ela encontre novos estratagemas para sustê-la, como se já se desse um pouco fatalisticamente por vencida.

— Que tal?

— Sempre o mesmo sorvete de fruta-de-conde, as mesmas músicas, as mesmas caras e as mesmas conversas da cintura para cima.

— Délio Porciúncula estava?

— Rente como pão quente! Dessorando paixão, antecedeu a sua Dulcinéia, ansioso como um colegial.

— E o Saulo?

— Portava a sua proverbial máscara de hipócrita.

— Não diga isso!

— Acha que é meia-máscara?

— A situação tem a sua delicadeza.

— O que não o obriga a dar a impressão de estar *au-dessus de la mêlée*.

— Houve adivinhações mímicas?

Fora um dos raros recursos que ainda Susana lançara para animar os serões, e Adonias fez com a cabeça envergonhadamente que sim.

— Nem tudo está perdido quando se demonstra pejo. E Ataliba?

Adonias se animou:

— Sublime!

— Eu imagino.

— Acima da mais fértil imaginação. Mimificou a palavra "etéreo". Era realmente grande. E rigorosamente de luto.

E foi naquela sala, desmesurada e conservadora, cujos móveis pareciam chupar a umidade do jardim umbroso e rococó, que Saulo Pontes — gestos medidos, dicção profunda, nariz proeminente — se incorporou às minhas afeições, embora tudo nos devesse categoricamente separar, como se houvesse dentro de nós a necessidade secreta, premente, fundamental de nos entregarmos àquilo que, por repulsivo, nós desprezamos, odiamos, negamos ou ridicularizamos.

Lembro-me do adjetivo com que selou a execução duma peça de Szymanowski, na noitada pianística com a participação dum virtuoso polonês de passagem pela praça:

— Fabuloso!

Pretendia tudo dizer e não dizia nada. Gerson Macário, presente, retrucou:

— Coquetel de Chopin e Debussy...

Saulo parecia fulminar com os olhos a pederastia do poeta como se a pederastia não pudesse ter uma opinião artística, e repetiu:

— Fabuloso!

Também usa muito o superlativo "belíssimo", como se um superlativo fosse a marca da mais funda compreensão e sensibilidade.

15 de abril

A vida sem o gasto dos superlativos pode parecer seca, egoísta e antipática, mas tem uma grandeza muito mais superlativa.

442 MARQUES REBELO

16 de abril

Dá passos de valsa, com agilidade de símio. É um velho e conhecido monturo, trêfego, gordinho, funcionário do DIP, denunciador emérito, mas patrioticamente anônimo. Leva-me para o canto escuro da livraria, fala-me confidencial, lisonjeante, a voz fanhosa aos arrancos, o bafo nauseabundo, me abraçando, mas nunca olhando face a face:

— O presidente tem o maior apreço pelos intelectuais, ele mesmo, você não pode negar, um intelectual... Não são admissíveis, portanto, esses movimentos subversivos no meio dos intelectuais, você sabe...

— Não, meu caro! Não sei de nada não.

É um indivíduo asqueroso. Tem oito filhos, não por gosto, mas por catolicismo. Sabe que eu o desprezo, mas não se olvida do telegrama de Natal.

17 de abril

— Querido, você tem que ficar com esses bilhetes! São para a festa dos meus ceguinhos. Vamos levantar uma capelinha para eles, no terreno do asilo.

— Muito útil. Muito útil.

— É muito útil, sim, seu herege!

Vivi Taveira não se fixa um mês seguido no mesmo ponto. Neste maravilhoso abril ela se entregou apaixonadamente à prática da bondade.

18 de abril

Altamirano está sempre barbeado, fosco de pó de arroz, loção nos cabelos, mas sempre de pescoço sujo, inimigo figadal de banho. Seu Afonso — que fim levou seu Afonso? — era categórico:

— Poesia não exclui limpeza! Vi muitas vezes o Bilac, o Emílio de Meneses, o Mário Pederneiras. Estou farto de encontrar o Alberto de Oliveira, o Hermes Fontes, o Olegário. Tudo gente limpa!

A MUDANÇA 443

19 de abril

Cada ano as festas de aniversário do ditador vão tomando maior vulto, como as de um novo Menino Jesus. O que têm de ridículas, têm de proveitosas. O número de crianças levadas ao Registro Civil com o nome de Getúlio é uma boa prova nacional, que as pias batismais confirmam sem fazer careta.

Enquanto isso, o carismático condutor germano, vendo as coisas pretas na África, jogou as suas tropas nos desertos, ocupando vários pontos estratégicos, ameaçando o Canal de Suez, e sem essa carótida a Inglaterra terá inimagináveis complicações circulatórias. Diz Garcia que os soldados nazistas foram cientificamente preparados para a ensolarada missão; por exemplo: fizeram um tratamento com raios ultravioletas para se adaptarem ao sol africano.

— Você imagina o que nos aconteceria se fôssemos enfrentar um dia de sol, nus na praia, como fazem Gasparini e Aldir insensivelmente todos os domingos?

— Morreríamos torrados.

— São sabidos esses prussianos. Têm o gênio da guerra. Pelo menos da preparação guerreira. Não se esquecem de nada. São os profissionais da matança. Mas acabam sempre derrotados...

— Não há pior soldado do que o profissional. Quem ganha a guerra é o amador, o improvisado, o homem de alma civil, que não liga muito às regras militares.

E no mar os submersíveis revigoram a sua faina, navios ingleses vão a pique aos montes.

— É para deixar os ingleses alucinados, não é?

Garcia fala pausadamente:

— Os ingleses têm uma virtude que os inimigos não possuem. São realmente pés de boi...

20 de abril

Londres, 19 (U.P.) — Não regressou de um reide sobre a Alemanha o capitão Artur Mac Lean, voluntário da RAF, de 35 anos, residente no Rio de Janeiro.

21 de abril

Não regressou, jamais regressará, seu nome será lido num boletim, a família receberá uma medalha, depois será o silêncio. Nunca mais enviará lacônicos cartões de Natal e a alva toalha da neve inglesa não esconderá a sua cova como cobria a tumba daquele morto de Joyce. Nunca mais imitará elefantes com os dedos de ruiva penugem e a medalha póstuma um dia não significará nada para ninguém — nada!

Artur Mac Lean! Zagueiro sardento, calmo e viril, de invejadas joelheiras, hoje homem sem epitáfio, herói sem necrológio, que saindo no manto da noite, carregado de bombas, foi encontrar a sua aurora em céu inimigo, enxameado de caças. Robinson Crusoé e Búfalo Bill, Nick Carter e Texas Jack eram os seus ídolos sob a carteira e jamais confiscados pela argúcia sempre despistada dos bedéis. Escalpelava peles-vermelhas no recreio. Tomava chá de tarde com torradas e geleia, despedia-se da mãe de longe — *hello!*

Sei que morri um pouco com a sua morte.

24 de abril

A História bisa o episódio das Termópilas sem Leônidas, mas com canhões e aviões. Há três dias que resistem os gregos no célebre desfiladeiro ao assédio invasor, e Gasparini vibra.

— Você não está com boa cara — me diz.

— É cansaço.

No imenso ritmo da Boa Vizinhança, Tio Sam nos manda embaixadores da Simpatia. É ideia e escolha tipicamente norte-americana. Cá está Douglas Fairbanks Júnior, mediocridade cinematográfica de capa e espada, que repete a mediocridade sorridente do pai, que tanto seduzia Dagmar. O DIP tomou conta do astro de Hollywood. Fê-lo visitar o presidente, passeou-o por quanto ponto considera pitoresco, banhou-o em Copacabana, banqueteou-o, levou-o aos cassinos, serviu-lhe macumbas na fonte. Nicolau, numa noite de prestidigitação, aprontou-lhe o retrato não menos cinematográfico que o retratado.

A MUDANÇA 445

E um outro violento bombardeio da Luftwaffe sobre Liverpool já não me provoca palpitações — *la comedia è finita*.

10 de maio

Era mais do que cansaço e cansaço também. Levantei-me, afinal, depois de quase duas semanas de febre e delírio, dores e espasmos, pulso falhando e vísceras desidratando-se. Gasparini veio diariamente, encheu-me de medicamentos e conselhos, obrigou-me a sair do Rio para um repouso de pelo menos quinze dias, que a trombada fora séria:

— Teus nervos, meu querido escritor, são nervos de senhorita antiga, pote de faniquitos.

Luísa apoiou-o. Mas se o dinheiro anda vasqueiro, onde me meter senão na fazendola de Francisco Amaro? Mesmo, recebera a costumeira intimação de comparecimento — Turquinha estava nos últimos dias de gravidez. E enfrentei a fastidiosa estrada de pó, curvas e motoristas irresponsáveis, ruminando o tédio das paisagens muito vistas.

11 de maio

Seu Durvalino levanta os olhos do jornal, tira os óculos de leitura, as mãos enrugadas, com pardas manchas de velhice, e pergunta:

— Esse tal de Peloponeso que os alemães ocuparam todo é importante?

— É.

— No primeiro bezerro que nascer vou botar o nome de Peloponeso.

(Se o desejo apertava, telefonava para Clotilde na padaria e ela, algumas vezes, dava o contra:

— Impossível! Hoje tem boi na linha.

Os bois têm nome, mas a trêfega Clotilde não dava nome aos seus.)

446 MARQUES REBELO

Francisco Amaro, que herda o jornal do pai, comenta:

— Esse Churchill é inglês até a medula. Acaba de informar que, dos sessenta mil homens das tropas imperiais que lutavam na Grécia, 45 mil já foram retirados com êxito, e entre eles, acentua, alguns efetivos neozelandeses e australianos... Como se neozelandeses e australianos não merecessem a evacuação... Provavelmente os que não foram retirados com êxito são neozelandeses, australianos, canadenses, sul-africanos etc... Inglês nunca deixa de ser inglês!

— O Gerson Macário é quem dizia, antes da retirada de Dunquerque, que os ingleses lutariam até o último soldado francês!

12 de maio

Preto, untuoso, brandamente adstringente, o feijão sabe-me à mesa do Trapicheiro, mamãe à cabeceira, de costas para o corredor, as mãos esfoladas, servindo a todos para por fim se servir, como num sacro ritual. Papai, que ficava na outra cabeceira daquele altar, era homem metódico — almoço sem feijão não era almoço, como não o era sem a transbordante travessa de batatas fritas, enxutas e estalantes. E falava-se pouco à mesa — na hora de comer, bico calado! Mas, chegado o cafezinho, papai, quebrando o palito em infinitos pedacinhos, era o primeiro a desatar a língua. Tinha sempre um caso da fábrica ou da rua para relatar, era pródigo e bem-humorado em reminiscências e, nelas, vinham à baila os barões de Ibitipoca, vovô desembargador, Ataliba, tio Gastão, doutor Vítor, desembargador Mascarenhas. Austero nos seus atos, não gastava falsa moralidade — os assuntos eram tratados com liberdade e minúcias e cortados por apóstrofes algo chulas, que só feriam o delicado ouvido de Mariquinhas, infensa a porcarias

— Mariquinhas, meu anjo, pode-se falar porcarias sem praticar porcarias. Eis a lição! — e batia no peito.

Ela não acreditava — unia palavra e ação. Abonava seu indissociável conceito com indiscutíveis exemplos, que a religião reforçava. O de tio Gastão — bilontra, desbocado, ateu e irresponsável!

A MUDANÇA 447

— seria um deles, contudo calava-se por conveniência e escrúpulo — estava morto e penando, nas labaredas do inferno, os seus deboches terrestres. Papai poderia ser uma exceção, mas afinal não seria capaz de pôr a mão no fogo por ele e por ninguém, que a maldade e a indecorosidade se vestem com indizíveis travestis.

Francisco Amaro franze o nariz:

— Turquinha, você precisa falar com a Mercedes. Esse feijão não está bom. Está meio queimado e sem sal. Cada dia ela cozinha pior.

É a mania de Francisco Amaro — reclamar a comida na mesa, quase sem exclusão de um dia. Turquinha sorri, indulgente:

— Vou falar.

Gosto de espicaçar o anfitrião:

— Eu acho que está ótimo!

— Eu não sei para que você tem boca. Juro que não sei! Só se for para ornamento. É como o Assaf. Se a Mercedes der a ele piriri em pires, o idiota come pensando que é mingau de maisena.

13 de maio

O caminho de terra, ora ocre, ora arroxeada, acompanha os volteios do rio, onde principiam a escassear os peixes, vítimas de desenfreada pescaria, corrente vagarosa e barrenta, em cujas margens de capim as pardas capivaras há muito não deixam o descuidado rastro.

Sorvo o ar clorofilado e picante, sinto na cabeça o dardejar do sol, abrigo-me por instantes sob o toldo do ingazeiro, que acomprida até o meio da água os refolhudos galhos, contorno a bamba cerca de arame farpado, enlutada de anus, detrás da qual me espiam olhos bovinos, ruminantes e submissos, passo pelo banheiro carrapaticida, atinjo a pontezinha apodrecida, que conduz ao mandiocal. No fundo da várzea, coberta de tênue vapor, seu Durvalino vistoria sementeiras no seu cavalicoque baio. No azul de feriado os urubus preguiçam. Paro, apoio-me à porteira que delimita o pasto, a cabeça esfogueada, cansado. A sombra da paineira é fresca, provoca espirros, arrepios. Sentei-me no chão, ajeitando-me contra o tronco de grossos espinhos, ouvindo os insetos na relva e o voo dos pássaros no alto dos ramos. A coisa fora séria! — e com que ingenuidade Gasparini escondera a gravidade do caso, como se eu não o percebesse! — e somente quando me viu fora de perigo o declarara, com modos risonhos. A morte andara perto. Uma noite sentira que me esvaía, um desfalecimento imobilizava os braços sob os lençóis, um frio estranho e formigante subia pelas pernas, uma onda de beatitude, de abandono, de quase bem-estar, invadiu-me o cérebro, liberou-me de qualquer aflição, e a janela estava aberta e, para além dela, a fatia de lua vogava entre o vulto da árvore e o vulto do telhado, como se exibisse seu prateado mistério pela última vez. Gasparini, vigilante, socorreu-me com óleo canforado, esparteína, botija quente nos pés, um calor revigorante reanimou-me, o coração firmou o ritmo, o sangue, o meu sangue voltava a trafegar no mais ínfimo dos capilares, senti que a vida continuaria, continuaria a tomar bondes, a assinar papéis, a escrever com a mesma insolúvel dificuldade, a denegrir os colegas, a errar os mesmos golpes enxadrísticos com Garcia, a me encontrar com Catarina, e a contemplar a lua vária, a lua que caminhara mais para o alto do céu límpido.

Mas se a expedita terapêutica de Gasparini não tivesse agido, pronta e eficaz, que teria sido eu senão duas datas a acrescentar no jazigo negro e fosco de papai, sem cruz e sem epitáfio, duas brônzeas datas, ponteiros em agudo ângulo, que marcavam, em escondido quadrante, o espaço dum relâmpago anônimo na noite da eternidade?

Seu Durvalino, sem que eu notasse, desapareceu da paisagem, o carro de bois rangeu dolorido, invisível, distante, a taturana, preto e fogo, passeia pela folha, o bando de maracanãs passou em algazarra, os urubus congregavam-se num ponto do céu, em círculos, espirais, altíssimos, do casebre, à beira-rio, subia a fumacinha rala. Levantei-me, acendi o cigarro, a garganta arde, retornei caminho. A morte andara perto... E, se pousasse, que levaria na mortalha? Um invólucro vazio! Um esqueleto com calos

A MUDANÇA

449

de fraturas, alguns quilos de carne e treponemas! Eu não fizera nada, não construíra nada, não deixava nada, como se o mundo fosse um passeio sem consequências, como se os dias terrenos não pudessem conter senão egoísmo. O coração parou um instante — que teria sido das crianças na minha falta? Tolice! Continuariam a crescer... Que teria sido de Luísa? Era nova, bonita, afetuosa, tinha cabeça, talvez se casasse. Sim, talvez se casasse. A vida nunca deixava de ser vida. E pela primeira vez tive a sensação angustiosa, mas não humilhante, de que ela poderia viver sem mim, esquecida de mim, mansa, cordata, dedicada a outro, uma vida diferente, sem os meus nervosismos, rompantes e falsidões, com outras dificuldades e esperanças no horizonte das manhãs.

14 de maio

Hoje dormirei aqui na casa da cidade — durante o dia Turquinha teve um rebate falso e Francisco Amaro mandou me buscar, porquanto nessas frequentes cenas de presépio eu faço condigna e fielmente o papel de boi ou burro. A reunião, na exígua varanda, depois do jantar, foi palpitante, pois que um estranho fato, acontecido na Escócia, repercutiu em Guarapira e fazia todos darem tratos à bola — Rudolf Hess, o segundo vice-führer, utilizando paraquedas, desceu de um avião numa propriedade do duque de Hamilton, nas proximidades de Glasgow. O noticiário é contraditório. As fontes alemãs declaram que ele se encontra sofrendo das faculdades mentais, enquanto que na Inglaterra se afirma que está perfeitamente equilibrado e correm rumores de que é portador de propostas de paz, indicando que existe uma cisão no governo alemão. Está doido? A que vem ou a que não vem? O mundo é geringonça confusa para seu Durvalino, o que não impede de emitir opiniões, todas com o travo de ferrenho adepto do ex-PR, já que não há mais partidos, ou melhor, têm vida latente apenas. Para Assaf não é muito mais clara, contudo é ele menos opiniático. Francisco Amaro respeita o velho, mas vinga-se desancando o sogro, que recebe os desaforos com retumbantes gargalhadas.

— Bicho sem-vergonha é assim. Pensa sempre que a gente está brincando — diz o genro. — Não estou brincando não. Você é burro mesmo, Assaf.

15 de maio

A esta Guarapira, que os nazistas talvez tenham nos seus mapas de expansão ou proteção, pois há dois alemães na cidade, mas que os britânicos positivamente ignoram, embora de fabricação manchesteriana sejam os teares da fábrica de tecidos e os mancais da usina elétrica, chega a declaração do Partido Nazista: "Até agora o exame dos documentos deixados por Hess revelam que, ao que parece, vivia convencido de que poderia conseguir um entendimento entre a Alemanha e a Inglaterra, mediante uma gestão pessoal com os ingleses que conhecera antes."

— Você acredita? — pergunta Francisco Amaro.

— É mais plausível do que a versão que os ingleses querem impingir, claramente por razões psicológicas. Nesta guerra, como em nenhuma outra, o fator psicológico é arma e arma poderosa. Foi um trunfo que lhes caiu nas mãos e não seriam bobos de desperdiçá-lo.

— Diga-me francamente: você acha que a Inglaterra, ou melhor, os Aliados vencem essa parada?

— Você quer dizer a guerra, não é?

— Sim.

— Tenho dúvidas, dúvidas cruéis, mas continuo torcendo. É incrível que a gente tenha que torcer por certas cores, mas tem. É a escolha a que os lutadores nos obrigam. Dos males o menor... Às vezes penso que a fase nefasta da derrota foi superada, afastada, removida; outras me acode que o alemão, com o extraordinário poder bélico que construiu, pode ainda decidir a jogada com novos golpes mais rigorosos, maciços e proibidos, porque eles não respeitam muito as leis de nenhum jogo. Quem inventou a guerra-relâmpago pode inventar coisa pior. Peito eles têm! Veja como venceram a Polônia, a Holanda, a França, como expulsaram

A MUDANÇA 451

os ingleses do continente e da Noruega — a toque de tambor. Veja mais. A Grécia defendia-se e até vencia as tropas fascistas. Eles marcharam para lá e em três tempos liquidaram o problema. Na África os italianos haviam sido varridos, aniquilados. Eles decidiram intervir e lá estão os nossos caros ingleses apanhando feio. Salvo na invasão das Ilhas Britânicas, até agora a máquina nazista não falhou. Sabe-se lá se ainda não pisará o solo inglês?

— São de meter medo...

— Se o império gigantesco que os nazistas vão formando com as suas conquistas é difícil de dominar, obrigando a uma extensa rede de governo e espionagem, e sempre sujeito à rebelião e à sabotagem, por outro lado faz com que tenham escravos à beça para trabalhar para eles e um campo vastíssimo de fornecimentos de toda espécie e quem não tem implementos numa guerra está derrotado. A Rússia seria uma barreira, mas com ela até agora não se meteram e se meterem será que a Rússia aguentará o impacto nazista? Não sei, ninguém sabe. A Rússia é um mistério, o caso com a Finlândia me parece uma armadilha, mas pode ser que não. Em todo caso, a história de Napoleão pode muito bem não se repetir. Assim como os nazistas se prepararam para as ardências africanas, por que não pensar que se prepararam também para o gelo da estepe? A última palavra, e que poderia ter sido dita já, é dos Estados Unidos. Se os Estados Unidos se decidirem, aí eu creio que a Alemanha entregue a rapadura. Não é fácil, ouça bem. Mas entrega.

— Se os nazistas vencem, nós estamos liquidados!

— Mestre Getúlio não apeará da mula. Continuará sendo o nosso supremo chefe, uma espécie de arcebispo do papado nazista. Mas se perderem, a nossa ditadura irá de catrâmbias num abrir e fechar de olhos. Mas vão ficar ambas as facções tão esfaceladas, tão arrebentadas, que nos abrirá um imediato caminho para a independência econômica. Para nós e para outros países subdesenvolvidos.

— Lá isto é...

— Naturalmente não vai ser sopa. O capitalismo é como o catolicismo. Por mais fubecadas que leve, sempre ainda arranja um jeito de se acomodar e sobreviver. Tem fôlego de sete gatos. O capitalismo, no que ele tem de essencialmente sórdido e infame, não subsistirá. Abrigará concessões imensas, mas ainda terá muita força e se organizará e se voltará contra nós, sob outras formas, para impedir a nossa expansão. Contudo, e essa é a nossa oportunidade, já nos encontrará com o pé no estribo. E com o pé no estribo, não recuaremos mais. Montaremos mesmo no cavalo do desenvolvimento, seja que corcovos ele dê para nos jogar no chão.

— Você é um idealista!

16 de maio

O idealista volta para a fazendola, já que Turquinha não se decide. À noitinha, Francisco Amaro mandou-me entregar um bilhete de Catarina. Metade das linhas não era dela, era citação de Chénier, traduzida em prosa — "preferimos, a morrer, ir buscar bem longe algum pretexto amigo para viver e sofrer".

Papai conhecera Catarina. Tinha sobre ela uma opinião depreciativa — *bas-bleu!*

17 de maio

Papai nunca acreditou muito na capacidade intelectual das mulheres. De madame Curie, por exemplo, afirmava categoricamente a seu Políbio:

— Lorotas! Aquilo tudo foi descoberto pelo marido!

18 de maio

Levantei-me da rede na varanda, o corpo mole, dormente — teria cismado ou dormido? Galos cantam. O dia escureceu. Um calor gosmento, relaxante, prenuncia tempestade.

Aproximei-me do balaústre, as flores da trepadeira eram gritantemente sulferinas e, lá de longe, veio o ronco surdo do primeiro trovão, como um barulho subterrâneo. A cadela malhada cata, com fúria, as escorregadias pulgas, lambe depois a vulva gorda e pendente, volta a esticar na poeira a centésima soneca diária. Lembrei-me de Laurinda, que nunca cumprira a maternidade, que dois meses após o cio, as tetas carregadas, acoitava-se num canto resguardado, ninho hipotético onde rosnava, ameaçadora, em defesa de filhotes hipotéticos. Lembrei-me de Luísa — flor sem fruto e sem queixas. Lembrei-me da paz da minha casa àquela hora — as persianas vedando o sol, que alonga as sombras, a mesa redonda, com a fruteira ao centro, a caixinha de música encontrada num belchior, que Adonias tanto invejava, o bloco de cristal sobre os papéis ordenados, a fragrância de lavanda vinda do quarto das crianças. E a escuridão prospera, e a extrema serra se esconde sob o cinéreo manto d'água. Através das laranjeiras esgueira-se a mancha amarela de um vestido — deve ser a cozinheira apanhando limões para os seus temperos. E tive a nítida, certíssima impressão de já ter vivido aquele instante de amarelo e fuga. Assim foi em Sabará, diante do ladeirento beco pedregoso. Assim aconteceu quando entrei, com Catarina, no hibernal quarto do hotel de montanha, de paredes bolorentas, torneira escangalhada e bafo de catacumba. E a faísca estalou perto. E a chuva caiu maciça, o cheiro de terra molhada subindo acre, selvagem, como fumaça.

19 de maio

Janto na cidade — estou nesse vaivém. Francisco Amaro levanta a cabeça do jornal:

— Uma boa notícia da Ásia, Eduardo. Massacraram 149 turcos. São menos 149 que não vêm para o Brasil vender bugigangas e embrulhar matutas.

Assaf dá uma gargalhada estrondosa.

— Eu sou síria.

— Sírio, você?! Mostre os documentos.

— Na tembo que cheguei não brecisava documento.

— Melhoramos muito.

Assaf chupa o cigarrinho de palha, esmaga as cinzas na unha, estica na cadeira de balanço o corpo taurino.

— Quantas falências você já fez, hein Assaf? Uma em Porto Novo, outra em Resende...

— Não implica com papai, Chico! — adverte Turquinha com a entonação de quem está pondo mais lenha na fornalha.

— E eu estou implicando? Estou é perguntando. Quantas, Assaf?

20 de maio

As notícias da Ásia não são boas como troçava Francisco Amaro — o Iraque sublevou-se, as tropas de Vichy, na Síria, arreganham os dentes na fronteira da Palestina, e os ingleses investem contra Bagdá, mesmo enfrentando o perigo duma "guerra santa", mas é que é preciso pôr os pés lá para defender o petróleo do Oriente Próximo. Não são boas as notícias da África, onde o *Afrika Korps*, sob o comando do general Rommel, vai reavendo o terreno que os italianos perderam. Não são boas as notícias da Grécia, totalmente invadida, nem as de Creta, pois os alemães conseguiram estabelecer quinze mil paraquedistas na ilha, que vão dominando as tropas Aliadas que a defendem.

— Não, seu Durvalino, as coisas não estão boas não. Estão pretas.

— Alemão é bicho danado, seu moço. Mais duro do que carne de pescoço. A outra guerra eles perderam. Eram todos contra eles. Mas esta não estão com cara de perder não. Acabam chegando aqui.

— Cruz credo! — benzeu-se dona Idalina, sob risadas gerais.

— Não é para se benzer? Então, para que esses risos? — defendeu-se ela.

Na verdade não sabíamos.

21 de maio

Rimos demais, rimos à toa, sem comedimento nem cabimento, dos outros e de nós.

A MUDANÇA 455

22 de maio

(A mosca vinha pousar no nariz de Natalina e nós ríamos. A mosca, afugentada, procurava a orelha de Madalena e nós ríamos, ria a aula inteira num elétrico contágio, e a professora se exasperava:

— De que estão rindo?

Como poderíamos dizer que era de uma mosca? E como o riso não parasse, vinham castigos — escrever cem vezes "Muito riso, pouco siso", que era brocardo de Mariquinhas, que ria sozinha, de um lado para o outro no corredor, desfiando o rosário de continhas azuis.

— Por que está rindo? — perguntava.

— De nada — respondia Clotilde, retorcendo na cama o enroscante corpo de sucuri.

— Por que você está rindo? — perguntava.

— De bobagem, hein! — retrucava Aldina, no quartinho negro como um túnel.

E como era claro o seu riso! Que luz vinha dele naquela treva de união e esperma! Entranhava-me nas unhas, na pele, em todo o corpo, o almíscar vulvar.)

23 de maio

Fumando, na hospitaleira, mas dura, ascética cama, dado que o espartano Francisco Amaro não admite colchões moles, penso em Aldina, e cerca de vinte anos são passados, como presença inexplicavelmente perdida e que ainda faz falta. (Os bois estavam inquietos. O cão uivava mais triste do que a morte, na noite morta, tornando o silêncio mais silêncio.)

24 de maio

Como jambo, como açúcar, suavidade e som, Aldina é só memória, nada mais que memória, hoje, que meus passos procuram em vão identificar-se com o chão pisado. E já foi coisa real um momento no tempo!

25 de maio

— Que tal a série de galos que Nicolau vem pintando? Tenho visto reproduções. É claramente picassiana, mas tenho gostado.

— Ele tem tanto jeito para pintura que às vezes dá a perfeita impressão de que é pintor.

— Responda sério.

— Quer mais sério do que isso, Chico?

— Admito temporariamente. Suas injustiças, afinal, nunca são de molde definitivo... Um dia poderá rever o seu ódio...

— Eis uma revisão difícil. Porque, antes de mais nada, não é ódio, nem coisa que se assemelhe. Você precisa aprender a distinguir os meus sentimentos. Já não é sem tempo.

— Eu te conheço!

— O amigo, esse desconhecido...

26 de maio

Francisco Amaro não gosta de rádio e não tem aparelho, uma das poucas vontades que não faz a Turquinha. E eis uma das contradições dos tipos avançados — nem sempre admitem todos os avanços do seu tempo. Meio de informação para Francisco Amaro é a imprensa, variedades é no teatro, música em conserva é na vitrola.

— Rádio é besteira! Assunto para desocupados e cozinheiras!

Mercedes, que está com os olhos nas panelas e os ouvidos na conversa, pensa que é indireta para ela e se requebra:

— Rádio é bem bom! Dona Idalina não é cozinheira e ouve rádio o dia todo.

— A conversa não chegou na cozinha! — adverte Francisco Amaro como um tampão.

Mercedes emurchece. E é o retrógrado Assaf que me empresta um pequeno rádio de cabeceira, da loja que vende tudo, e cuja instalação na fazendola foi uma complicação, por não haver tomada apropriada. Novamente Assaf veio em socorro do

A MUDANÇA 457

náufrago, mandando um eletricista seu compadre, porque o genro foi impiedoso:

— Da fábrica não mando. Meus empregados têm mais o que fazer. Vocês que gostam dessa choldra que se arrumem!

O eletricista nos arrumou com um benjamim. A noite se encheu de músicas cariocas, de humorismo barato, de noticiários de guerra, tudo misturado com muitos estalidos e um dilúvio de anúncios. Um feito sensacional deixara amargada a orgulhosa Inglaterra — num encontro naval, nas costas da Groenlândia, o couraçado *Bismarck* fez voar pelos ares o maior navio de guerra do mundo com um impacto no paiol. O tiro pode ter sido por sorte, mas o certo é que o *Hood* afundou em poucos minutos.

27 de maio

Quando Francisco Amaro me anunciou o afundamento do *Hood* (que lera nos jornais), respondi:

— Chega atrasado. Já sabia desde ontem...

Francisco Amaro não pôde deixar de rir. E como uma fita em série — ó matinês tijucanas, com Madalena gritando pelo mocinho! — acompanho as peripécias da infatigável, vingadora perseguição ao *Bismarck* pelo Atlântico. Conseguiram atingi-lo com um torpedo aéreo e ele sempre escapando. Acredita o Almirantado que a belonave está tão poderosamente blindada que serão precisos seis ou oito torpedos para afundá-la... E Creta pega fogo!

28 de maio

A fita tem o seu último capítulo — o vilão foi alcançado.

— Vingado o *Hood*! — grita-me Francisco Amaro com o *Diário de Notícias* na mão. — Não vai me dizer que já sabia!

— Vou. Já ouvi no rádio...

Aviões da Marinha deram cabo do *Bismarck*. Foi um delírio na Inglaterra! Como se tivesse ganho a guerra.

— E Turquinha?

— Creio que é para esta noite. Vim te buscar. Vamos jantar lá em casa. Mas antes vamos caçar o pai. Onde estará metido?

— Creio que está lá para os lados do chiqueiro.

Francisco Amaro desceu o carro:

— E o Aldir que ainda não trouxe a planta das esquadrias... Esses seus amigos...

— Meus amigos têm todos de ser seus escravos, não é?

29 de maio

Estamos na sala, em expectativa, e me lembrava, em igual circunstância, do desassossego de Eurico. No quarto, Turquinha suporta as contrações de mais um parto. Quatro filhas já, parece que não sabem fazer varões, e a todos os nascimentos tenho estado presente. Nas proximidades do acontecimento, Francisco Amaro me avisa e eu compareço, assinando como testemunha, eu e Assaf, no registro civil. É sempre de madrugada que Turquinha se resolve. Meia hora depois, boa parideira, está fresca, dormindo, com a menininha ao lado, no berço que foi de Francisco Amaro, um pavor de berço, torneado, escuro, de jacarandá.

— Você acha que dessa vez ainda vai ser menina?

Francisco Amaro sacode os ombros:

— Tanto se me dá! Eu gosto é de criança nova.

— Mas sempre podia variar um pouco, que diabo! Um menino agora já chegava em tempo. Cinco garotas é um tanto exagerado. Você já imaginou ter de arranjar marido para tanta moça, quando a carência de rapazes em condições casamentórias é um fato irremediável nas cidadezinhas do interior?

Francisco Amaro vinca a comissura dos lábios, num arremedo de sorriso:

— Abriu a caixa da besteira?

Está nervoso e não consegue encobrir. Mercedes entra e sai do quarto com toalhas e lençóis. Dona Idalina ultima providências — quando o parteiro chegar está tudo pronto. A noite esfriou e as estrelas parece que se acenderam mais na escura abóbada. A paisagem ouro-pretana de Guignard toma estranhas cambiantes

A MUDANÇA 459

à luz amarelada da lâmpada. Francisco Amaro queimou mais um cigarro. Contemplei com ternura a cabeça precocemente encanecida:

— Estás ficando velhusco, hein, nego!...

Passa a mão pelos cabelos ondulados. O rosto continua jovem, fino, um nada carrancudo:

— Você vê...

Tem trabalhado muito pela terrinha. A fazenda dá lucro, a fábrica de manteiga progrediu, a fábrica de tecidos saiu do marasmo — a guerra foi a grande mola de tudo! — e ele constrói um novo cinema, que o que havia não passava dum barracão, um lactário anexo ao hospital, de que é provedor, um ginásio com internato, tem em adiantada obra a residência que sonhara, a cavaleiro do rio, e está pensando num hotel decente que a cidadezinha não possui. Aldir anda de cá para lá, qual lançadeira, por causa das obras, que Francisco Amaro, muito meticuloso, não adianta um passo sem a aprovação do arquiteto. Mas nem todos os projetos são de Aldir. Guilherme Gumberg foi encarregado do ginásio por sugestão de Mário Mora. É um homem tímido e simpático e um ousado e arrogante arquiteto — uma casa é uma máquina de morar! Mas um ginásio não será por extensão uma máquina de estudar? No entanto, acho-o deficientemente pedagógico, ou melhor, bem pouco funcional, como é o jargão da nova arquitetura.

De vez em quando, Francisco Amaro se arrepende:

— Tenho tido tanta aporrinhação com toda essa tralha que dá vontade de botar tudo no chão e sumir.

Não bota, nem some — sonha novos jardins públicos, uma reforma total na cidade. O povo acha-o meio doido, ou doido inteiro, acha-o principalmente inabordável, intratável, mas o busto em praça pública virá fatalmente.

Seriam três horas da manhã quando o rebuliço, no quarto, se extinguiu e o choro novo atravessou a porta. Francisco Amaro passeava na sala, impaciente; parou, os olhos úmidos. Os minutos foram largos como horas. Dona Idalina abriu a porta e gritou:

— Um meninão!

Corremos para conhecer Francisco Amaro Júnior. Eurico, recordei, não podia pronunciar uma palavra quando nasceu Lenarico.

30 de maio

A comichão era um carrapatinho.

31 de maio

Revejo a planta do ginásio, mais explícita do que a construção incipiente:

— Você não acha que há vidro demais? Puxa, é vidro por todos os cantos!

Gumberg tem loucura por vidro; onde outros usam tijolos, ele mete vidraças — um vanguardista! E Francisco Amaro meio de crista caída:

— Talvez. Aldir não disse nada.

— Nem dirá. Aldir é discreto, tem ética. Colega é colega! Mesmo, qualquer crítica que fizesse poderia parecer inveja, vontade de querer tudo para si. Mas tem vidro pra cachorro! Muito vidro num ginásio me parece arriscado. Vidro quebra, mesmo que não seja por traquinice de meninos. E vidro suja, Chico. E você não pensa no calor que fará com o clima daqui?

— As árvores na frente protegerão.

— Tem um pouco de razão. Mas acho vidro demais.

— Você acha que eu posso mexer na planta, filho de Deus? O projeto é dele!

— Mas o ginásio é seu, isto é, o dinheiro é seu. Não nos esqueçamos disso. E olhe mais uma coisa: rampa cansa mais do que escada. E fica muito mais caro...

Francisco Amaro balança os ombros:

— No fim é que veremos como fica tudo.

— Bem. Não estou depreciando. Estou criticando. Acho que você compreende isso.

— É claro! Mas você não acha que é belo?

— Nunca pus a menor dúvida. Belo é. Belíssimo! Uma beleza plástica. Mas arquitetura nunca foi arte plástica. Gumberg é talentosíssimo, mas é aloprado. Isto que está aí me parece escultura. E ninguém vive dentro duma escultura. Nem estudará tampouco... O tal axioma da máquina de morar devia ser cumprido à risca. Fazer somente o belo é contradizê-lo. Não lhe parece?

3 de junho

É sempre emocionante voltar!

5 de junho

Morre Guilherme II, no castelo de Doorn, que lhe serviu de asilo. Morre tarde, sem ter se emendado — enviou frequentes telegramas a Hitler felicitando-o pelas vitórias suásticas, que para ele eram alemãs. As hordas nazistas trataram-no com igual galanteria — quando invadiram a Holanda, passaram longe das terras do castelo, evitando perturbar o sossego do ex-imperador, talvez somente os bombardeiros e os caças roncaram por perto, sobressaltando o sono do ex-monarca, mas são questões compreensivelmente inevitáveis e desculpáveis.

Ídolo de tio Gastão, anticristo para doutor Vítor e Blanche, já não tinha bigodes, mas com eles levantados em ângulo reto, como se uma armação de arame os sustentasse, as guias pontudas que nem alfinetes, foi o bicho-papão para a criançada manhosa ou travessa:

— Kaiser vai te pegar! — ameaçavam as mães que hoje são avós ou bisavós.

Na última fotografia que vi dele, de machado em punho, rachava lenha. Com o braço aleijado que tinha, não devia ser um bom lenhador, o que é perdoável — não o fazia como profissão, apenas como higiênico exercício matinal. O imperdoável foi ter sido o responsável pela derrubada de florestas de homens.

6 de junho

Ribamar Lasotti lança o primeiro número de *As novidades literárias*, que mais próprio seria chamar-se *Asnidades literárias*, mas cujo aspecto gráfico é satisfatório por obra e graça de Mário Mora.

Euloro Filho inicia-se retardadamente no conto, em preito de admiração a Monteiro Lobato, o que já é ser burro e cego, e ilustrado por Laércio Flores, jovem autodidata maranhense que veio precedido de muita fama, e cuja suficiência, frisada por um esgar permanentemente sarcástico, marcha a par com a sua mão pueril. Venâncio Neves escreve sobre Gustavo Orlando e Gustavo Orlando escreve sobre Venâncio Neves. Julião Tavares ridiculariza os introspectivos, João Soares os defende, pois o jornaleco dá-se ares de eclético e imparcial, e, sem nenhum propósito, cita Martins Procópio, que é como se citasse minhocas a respeito de abelhas. Antenor Palmeiro deita entrevista com alusões antiditatoriais, a que a Censura cerra os olhos blandiciosamente — a literatura tem as suas liberdades... O resto é poesia pífia e noticiário miúdo de almanaque.

7 de junho

O calcanhar de aquiles do gigante! Na intimidade, Marcos Eusébio atende hipocoristicamente por Bibi.

E Oldálio Pereira é especialista em anedotas conhecidíssimas. Mas todas de salão!

9 de junho

Pela primeira vez um navio com a bandeira de listras e estrelas foi torpedeado em alto-mar. Trata-se do cargueiro *Robin Moor* e é mais uma acha que se põe na fornalha do desentendimento ianque-germânico — só está faltando o fósforo aceso e não cremos que tarde.

A MUDANÇA   463

E pela primeira vez Pancetti participou cá de um serão. Foi trazido por Pérsio Dias. Polarizou a noite. Rústico, desembaraçado, engraçadíssimo, a sua pintura é importante, oscilando entre Van Gogh, Gauguin e Marquet sem se dar muita conta disso; foi marinheiro, tem a pele curtida de sal e sol, hoje é sargento naval com merecidas regalias, donde se conclui que há almirantes inteligentes.

— Pintei tanto casco de navio, tanta cabine, tanto escaler, que fiquei com a mão firme e forte. Posso pintar dia e noite sem me cansar.

Na verdade, trabalha desbragadamente — em cinco dias pintou quinze quadros de crisântemos, os mesmos crisântemos, desde viçosos, rotundos e amarelos, até mortos, tombados sobre a borda da jarra, escuros como folhas queimadas; e não seria absurdo supor que vem da broxa de marinheiro a sua pasta lisa e simplificadora. Saulo Pontes já se pronunciou sobre ele — é o paisagista que nos faltava. Mário Mora é alma aberta — é grande esse nosso naval! Nicolau olha-o com desprezo, afinal trata-se de um concorrente sério. Martinho Pacheco explorou-o o quanto pôde — no seu apartamento do Flamengo não há mais lugar para pendurar os quadros que extorquiu nos tempos difíceis em que o artista, muita vez, não tinha com que comprar tinta; mas guarda da exploração um ar sincero de Mecenas.

É o candidato dos modernos ao Prêmio de Viagem do Salão, e eles já se alvorotam. Não acredito que vença; o Salão sofre de um mal — a mistura de tradicionalistas e modernistas, estes com duas ou três salas engatadas ao extenso lixo pictórico dos primeiros, que, mais numerosos, mais organizados, não permitirão a vitória dum moderno. Em todo o caso, o modernismo de Pancetti não chega a ofender totalmente os tradicionalistas — pintor sem deformações excessivas, paisagista e marinista por temperamento, e que começou com eles e entre eles tem amizades, que a deserção não quebrou. Aliás, Pancetti não é um trânsfuga. Deslizou, naturalmente, para o campo moderno como um barco que desliza do estaleiro para a água, depois do estouro da garrafa de champanha no casco — seu destino é fender os mares. A permanência de Pancetti no seco dique tradicionalista foi consequência lógica do seu estágio militar, reclusa disciplinar e hierárquica que impede a visão da livre e espontânea realidade artística — como poderia imaginar os bordados de um almirante que não tivesse cursado a Escola Naval? Quando compreendeu que a Arte não era regida por limitações, códigos, escalonamentos, nem galões, seu caminho só poderia ser o do alto-mar — rompeu as amarras e deslizou.

....

Quando Pancetti se retirou, ainda foi assunto, e Luísa mostrava-se encantada com o jeito simplório dele. Mas a guerra acabou ocupando o seu lugar cotidiano. Há uma novidade: De Gaulle assumiu o comando das forças expedicionárias que atacariam o mandato francês da Síria.

— Que não aconteça o que lhe aconteceu em Dacar — lembrou Aldir, que considera o chefe da França Livre uma soma rigorosamente igual de utilidade e idiotia.

10 de junho

Há certas mulheres às quais é indispensável um certo sujinho como pátina do desejo. Edelweiss era desse tipo. Casou-se com um comerciário, aliança de platina e diamantes, retrato de véu e grinalda na *Vida Doméstica*. Engravidou-se na noite do himeneu, transformou-se repentinamente numa senhora gorda. Vi-a hoje na Praça Tiradentes — esperava um bonde.

11 de junho

E a inolvidável Aldina, atiçando ciúme: — Dou uma sorte medonha com português de botequim!

12 de junho

O otimista de 1919: — Não é uma nuvem de gafanhotos, é uma nuvem de esperanças!

A MUDANÇA

Esconderam o sol, e o céu ruflava como se fosse um tambor descomunal. Eram avermelhados, com laivos pretos, pousaram cansados, mal se via o chão. A cidade ficou pelada.

13 de junho

Gorjeta (portaria)..40$000
Empregada..150$000
Luz...8$000
Gás...72$000
Telefone...50$000
Armazém..254$000
Açougue..100$000
Quitanda..145$000
Leite...58$000
Padaria..65$000
Lavadeira...60$000
Lavanderia...72$000
Colégio..20$000
Aspirador elétrico (prestação).........................150$000
Dentista...800$000
Médico (doutor Sansão, para as amígdalas
    de Lúcio)... 500$000
Farmácia..180$000
Lar da Criança..5$000
Aliança dos Cegos...5$000

14 de junho

— Parcimônia nos gastos! (Venceslau Brás, 1915.)
— Vintém poupado, vintém ganho. (*Idem*, com a mesma data.)
— Você conheceu Joana d'Arc? (Vera.)
— Os últimos serão os primeiros a ficar sem boia! (Sargento Curió mostrando os dentes maravilhosos.)

— A coisa mais bonita do mundo sou eu. Depois é automóvel. (Cinara.)

— Quanto mais conheço os homens, mais me aproximo das mulheres. (Mário Mora.)

15 de junho

Trazia no vestido um pouco do cálido perfume da noite.

— Não sei como você pode gostar de mim. Sou tão feia...

— És a feia mais linda que eu já vi!

16 de junho

Mais uma vez Nicanor de Almeida se movimentará inutilmente. Presos os matadores de Tobias Warchawski... Presos e confessos... Os retratos fornecidos à imprensa, e acompanhando o substancioso relatório, são para se acreditar em criminosos natos. Tanta coisa séria, meu Deus, ameaça o mundo, e mais esta torpe comédia da Delegacia Especial de Segurança Política e Social. Mas pegará. Pegará para Ricardo, pegará para Manduca, pegará para Pereira, que é bastante Oldálio para essa espécie de grude. Pegará talvez para Ataliba, porque há cegueiras incuráveis.

17 de junho

Pequenino na cadeira, mechas grisalhas tombando sobre as protuberâncias da fronte, com aquele ar humilde e receoso que precede ao diagnóstico, o romancista sergipano, de cartãozinho de hora marcada na mão, aguardava na sala de espera de um velho clínico, que desprezava os métodos modernos e que se salvava pelo faro e pela tarimba. Será que ainda tem esperança de encontrar um remédio para os seus romances em estilo de noticiário policial? — e passei de largo, acenando-lhe frouxamente, e como carneiro em holocausto me responde.

Francisco Amaro acusa-me de injusto em relação àquele romancista tardio, estreante quarentão, uma descoberta de Saulo

A MUDANÇA 467

Pontes. Tinha mérito — defendia-o —, tinha vigor, dramaticidade, conhecia o meio que descrevia, a escravizada miséria campesina dos seus rincões.

Mas que posso fazer, retruquei sempre, se abomino o antiartístico, se não admito o romance em detrimento do escritor? Não basta ter o que contar, é capital saber como contá-lo. A beleza é o único veículo permanente da verdade literária. E a falange que, desde 1930, corajosamente invadiu e dominou a área das letras, embora com o merecimento de descobrir afinal o Brasil aos brasileiros, como que fez tábula rasa do estilo e quer fazer crer que a propriedade e o polimento sejam recursos de quem nada tem para dizer, confundindo simplicidade com pauperismo.

É preciso escrever bem. Os termos bíblicos não vingam para a composição literária — não há tempo de escrever bem e tempo de não escrever bem. Todavia, é difícil explicar o que seja escrever bem quando as forças telúricas se soltam e o êxito empolga. E desse antagonismo vem se estabelecendo muita inimizade literária. Não há vez para o equilíbrio — é o louvor ou a diatribe.

18 de junho

Decorrente do que dissemos ontem, uma consideração: há escritores que creem sinceramente que o estilo é o enredo do romance que escrevem.

19 de junho

Agências telegráficas distribuíram o boato de que a Rússia seria invadida por quinze pontos diferentes, mas pode haver um tico de veracidade nos boatos e este não é nada absurdo — há espiões em todas as partes, vontade não falta ao Reich de liquidar o mistério soviético, que seria a chave da grande Ásia, e o verão é o momento azado para mais uma campanha-relâmpago.

Garcia compareceu e o jogo de xadrez foi outro — a luta nas estepes, perdendo-nos na articulação de golpes e contragolpes.

— Se não resolverem a parada até o inverno, vão se entupigai-tar boni-t-o-tó! — é uma das conclusões do amigo.

E como ângulo gaiato das tragédias, rimo-nos duma lembran-ça — a da posição que tomarão imediatamente Ribamar, Gustavo Orlando, Antenor e comparsas, humildes ventoinhas ao sabor dos ventos partidários.

— São uma nova espécie de suíços...

20 de junho

Garcia no ônibus:
— Paisagem sentado é muito mais bonita.
A insigne Mariquinhas na copa:
— Melancia dá tifo!

22 de junho

Não era boato; mais um pedaço, e imenso, da Europa será mergulhado em sangue: a Alemanha declarou guerra à União Soviética, com a Finlândia e a Romênia combatendo ao seu lado, e sem perda de tempo aguilhoou o território inimigo com as suas divisões motorizadas, não sei se pelos quinze pontos falados.

Hitler não deixa nunca de explicar os seus atos com razões redentoras (como tão freudianamente se desmascaram os homens, como são traidoras as palavras!). "Neste momento os exércitos ale-mães estão realizando uma marcha sem precedentes. Sua missão é salvaguardar a Europa e, assim, salvar a todos."

24 de junho

Na Livraria Olimpo. Meio-dia.
— Agora as coisas vão azedar! — soltou, por trás da registra-dora, o grisalho caixeiro, íntimo de todos.
— É uma cartada arriscada essa que os alemães estão jogando... — pondera Saulo Pontes. — Duvido que dê certo. Felizmente!

A MUDANÇA   469

— Que arriscada! Agora é que vocês vão ver que esses russos da borra não aguentam com um gato pelo rabo! — açula Gerson Macário, os olhos pequeninos, já com uma boa dose de álcool nas veias.

— Morram os nazistas! — grita Antenor Palmeiro com forçada e imprópria indignação.

— Os nazistas ou o nazismo? — intervém maciamente Pedro Morais.

— É a mesma coisa! — retruca o romancista. — Tanto faz dar na bola como na bola dar...

— Perdão! Em absoluto não é a mesma coisa. Se morrerem todos os católicos, não morre o catolicismo... — rebate o crítico, sem altear a voz, batendo as cinzas do charuto.

— Você está gastando sutileza à toa, Pedro Morais — e o poeta mostra o seu risinho de mofa.

— Vá... — volta-se Antenor.

— Já sei! — interrompeu-o Gerson. — Não me ofende. Não escondo os meus vícios.

— Pois devia esconder.

— Por que você não esconde os seus chifres?

— Seu sacana! — e Antenor empalidece.

— Sacana é a mãe!

— Que é isso, rapazes?! — e Pedro Morais se põe entre os dois. — Compostura!

Saulo carrega o poeta, que vai desovando:

— Vejam só! Dá a mulher pra todo o mundo e me vem com moral! Tomava dinheiro da embaixada alemã e me vem com moral. Andava...

O resto não se ouviu — caíram na rua. Pedro Morais envolve Antenor num abraço sedativo:

— Você conhece o Gerson, sabe como ele é... Ainda mais que estava bastante chumbado. Para que excitá-lo? São tão desagradáveis essas cenas... E tão impróprias para este local...

— É uma infâmia! O que ele disse é uma infâmia! — e Antenor se mostra mais decidido. — Mas não ficará assim! Não! Não ficará assim!

— Deixa pra lá! — aconselha o caixeiro, se acercando.

— Mas é deixando de lado que esse filho da mãe vai soltando tudo que lhe vem à boca!

....

Na Editora Clarim. Duas horas.

— Não, meu velho. Não tenho nenhuma tradução agora. Foi pena você passar atrasado. A que tinha entreguei ontem à Helena. Ela também está precisando. Veio cá, chorou as mágoas, não podia negar, não acha? É claro que não sairá com o nome dela... Isto também não. Nada de encrencas! Mas logo que tiver, telefonarei. Não tenha dúvida.

— Não. Não tenho dúvida.

....

Na Agência Publicitas. Três horas.

— Você chegou em má hora. Tive de pagar a uns desenhistas e você sabe como é essa gente: cobra os olhos da cara! Também o Mário Mora passou de manhã e levou algum adiantado. Estava muito aperreado... Está sempre aperreado... Mas passe amanhã. Amanhã eu darei um jeito. Devo, não nego... — riu Manuel Porto.

— Mas é garantido?

— Como não é?! Batata!

....

Na redação da *Gazeta do Rio*. Quatro horas.

— Não passe no caixa, que eu dei ordem para não pagar a ninguém. Ando com a rédea curta... Toma aqui o seu cobre escondido... — Godofredo Simas chamando-me para o seu gabinete privativo, um tabique no fundo da comprida sala redatorial.

— Obrigado. Estava numa pindaíba doida!

— Vai ser uma revolução no comando. Os russos têm generais de trinta anos! Sabe lá o que é isso? — Marcos Rebich, presente não sei por quê.

— História velha! Napoleão também os tinha. De furriéis fazia generais... — adverte Godofredo.

— Mais essa! A Censura proibiu a representação da velha peça do João do Rio, *A bela madame Vargas*... — conta um redator.

— As coisas na livraria hoje andaram esquentadas, pois não? — pergunta Godofredo, fungando, para mudar de assunto.

A MUDANÇA

— Bobagens! Troca de desaforos sem maior consequência. Entre mortos e feridos, escaparam todos...

— Esse Gerson é muito safado! — disse Gustavo Orlando, que acompanhava Rebich. — Um nazistazinho muito safado!

— Que pleonasmo! — ajuntou Rebich.

Enfiamos o pé na lama, sem que a cabeça paire entre estrelas:

— Bem, não é uma pérola. Muito pelo contrário. É pederasta declarado, bêbado contumaz, já deu o seu desfalquezinho. Mas quando berrou que o Antenor entregava a mulher e tomava dinheiro da embaixada, e veja bem que a embaixada alemã é nazista, o Antenor limitou-se a gritar que era uma infâmia. Isto é, gritou no singular, não no plural. Qual das duas coisas era uma infâmia? Você sabe?

....

Na esquina do Odeon, esperando Catarina. Quatro e meia.

— Alô! Não posso nem parar — acena Vivi Taveira. — Estou atrasadíssima. E tenho hora marcada. Vou ao cabeleireiro.

— Não há nada. Vá com Deus!

....

Na Sorveteria Americana. Cinco horas.

— Fiz mal, não fiz, Catarina?

— Foi um tanto sobre o sórdido, como dizem os italianos. Mas está absolvido, meu querido. Quem sou eu para te atirar pedras? No máximo poderia atirar um grão de arroz. E ainda seria temeridade.

— Como é possível uma pessoa, que se considera de bom gosto, pedir um sundae!

— Os alemães vão se estrepar. Tomaram o bonde errado — diz ainda Catarina.

— Deus lhe ouça!

— Você não reparou como anda falando em Deus ultimamente? Não é bom sinal...

....

No salão dos Mascarenhas. Dez horas da noite.

— Os alemães enlouqueceram! Estão inventando frentes demais. Quanto maior a nau, maior a tormenta — foi o que disse Adonias.

— Stalin poderá mobilizar vinte milhões de homens — informa, gravemente, um dos mais calados Mascarenhas.

— As mulheres não escaparão... — é a alfinetada de Susana.

— Também não escaparão se não cooperarem para a defesa — acrescenta Débora Feijó, que é noviça naquele convento.

— É a paráfrase patriótica do dá ou desce... — e José Nicácio abala as severas paredes (pintadas a óleo) com escandalosa gargalhada.

....

Em casa. Três horas da madrugada.

Aqui estou enchendo mais páginas com torpe caligrafia. Por que não chego em casa e durmo logo?

25 de junho

Surge a possibilidade de um entendimento anglo-russo-americano — é o tema da injeção que Oldálio me aplica enquanto espera o efeito do anestésico, um novo anestésico, não aquele que me provocou um choque, com desmaio na cadeira e a necessidade urgente de cálcio na veia, sem que o dentista tivesse se afobado —, cavacos do ofício...

— É uma aliança de incalculável alcance. Todos contra um! — Inclina os bifocais, aflauta a voz, tranquilo quanto ao novo produto norte-americano: — Uma nuvem rósea no horizonte negro...

A gengiva deixou de existir. Ele cata ferramentas cromadas no esterilizador:

— O mundo dá muitas voltas, não é?

Os olhos ardem. A mão cabeluda avança, a aliança reluz como um dente de ouro. Abro a boca passivo, confiante, um pouquinho infeliz — menos um molar!

26 de junho

Conversa de coquetel contada por Catarina:

— Nunca pensei que existisse uma pessoazinha como você. Nunca!

— Ah!

A MUDANÇA 473

— Você é bela, inteligente, elegante, bem-educada, amável, espirituosa, exímia bailarina...

— Menos em tango!

— Concordo. Menos em tango, que, aliás, é coisa ultrapassada. Mas sabe conversar admiravelmente e cozinhar na perfeição. Você, não resta a menor dúvida, é a mulher que eu procurava há muitos anos.

— E se eu acreditar em tudo o que você diz?

— Bem, aí a culpa é sua.

27 de junho

Revista Brasileira, publicada pela Academia Brasileira de Letras. Surgiu, afinal, esse tão esperado órgão acadêmico, que se dá ao luxo de não publicar escritos dos membros da Academia. Vê-se, por aí, quanto é severa a escolha do seu material. Grosso e feio volume de 255 páginas. No sumário, não se indica a página em que cada trabalho é encontrado, mas numeram-se todos os trabalhos por ordem de paginação. Discurso de apresentação: "O gênio dos povos se manifesta, por sua literatura, mais do que por qualquer das outras formas de expressão." [...] "O tempo é criador, na ordem exclusiva de suas possibilidades naturais." Essas verdades sólidas, no limiar da revista, aparentemente revolucionária, são absolutamente tranquilizadoras — a Academia continua fiel a si mesma. Pouco importa que meninos endiabrados, como Ribamar Lasotti, Gerson Macário e José Nicácio, ou apenas agitados como João Soares e Venâncio Neves penetrem nesse santuário; eles riscarão as paredes, deixarão pontas de cigarros no chão, mas o chão e as paredes continuarão de pedra. A Academia permite-se um flerte inocente com os rapazes; mas não é para casar nem para outra coisa: dengues de matrona em idade canônica.

28 de junho

Coisas que seu Camilo Barbosa adorava escrever: *Memento homo*; *in extremis*; *curriculum vitae*; *vox populi, vox dei*; *vanitas vanitatum et omnia vanitas; modus vivendi; libertas quae sera tamen.* Hoje, que é herma na praça, pensa na Academia — *ad immortalitatem!*

30 de junho

De violência inaudita é a batalha entre russos e alemães, Pancetti exulta. Trouxe um rolo de telas para mostrar. No verso de cada uma, em entusiástico vermelhão, a foice e o martelo.

1º de julho

Dez anos do primeiro livro, dez anos, e parece que foi ontem, tempo veloz!

2 de julho

Embora só em letras, a capa amedrontava, torta, mal impressa, de má cartolina, com a cercadura dum vermelho de sangue sujo e aguado — e houve um velho comentarista que a elogiou! Encontrei-o exposto, no dia de lançamento, numa vitrina da Livraria Freitas Bastos, entre elegantes brochuras francesas, que procurava imitar, e tremi — era como um patinho feio! Pai desnaturado, fugi com o olhar, fingi não reconhecê-lo, envergonhado da sua aparência. E era ele, o meu filho, o primogênito, carne das minhas vigílias, trabalho e tormento de tantas horas, esperança e alegria de tantas madrugadas!

Por dentro, e ao compulsá-lo, sofria, não era melhor o triste aspecto — as linhas variavam de número a cada página, viradas havia algumas, a tinta falhava, as margens desiguais, o papel de duas qualidades, uma esponjosa, outra lustrosa, e ambas bem ordinárias, o índice fora omitido, os erros pululavam, truncando orações, deturpando-lhes o sentido.

Nossas edições não eram nada primorosas, as gráficas primavam pelo atraso, pelo ronceirismo, somente escapavam da feiura generalizada algumas edições feitas, com a maior dificuldade,

A MUDANÇA 475

sob as vistas e orientações dos autores, e procurando acompanhar modelos estrangeiros. Ainda por cima, Azamor era um inepto, um ignorante do ramo, nem mesmo lera muitos dos livros que publicara. O que tinha era uma oficina rendosa, que herdara do pai. E para aproveitá-la, no princípio do século, é que se metera no movimento editorial, publicando mais na medida da folga das suas máquinas e tendo como única experiência os livros que fizera sob encomenda e uma infinidade de teses de doutoramento, mas acabando por lançá-los com uma certa regularidade.

Um primo de Altamirano, com uma representação de corantes e anilinas que lhe dava dinheiro sem lhe dar muito trabalho, resolveu se iniciar no comércio livresco com uma ideia elogiável, soprada por Martins Procópio, a de editar em massa os novos valores nacionais — Ribamar Lasotti, Euloro Filho, Altamirano, Saulo Pontes, Antenor Palmeiro, João Soares, Gustavo Orlando, Helmar Feitosa, Venâncio Neves —, já que as poucas editoras tradicionais não se interessavam por eles, se mantendo, como Azamor, na estúpida rotina de só publicar os nomes consagrados, os medalhões acadêmicos, as glórias de pechisbeque e muitas vezes por conta e risco dos próprios autores. Propôs a Azamor o negócio, entrando como responsável e meio financiador da coleção. Azamor cozinhou um pouco a proposta, mas acabou topando. E da inépcia e ignorância resultaram os mais horrendos ou risíveis volumes que já haviam saído dos prelos brasileiros. Contudo a venda foi além de animadora. As edições, lançadas quase semanalmente, encontravam fácil mercado, que um público novo existia — público de que os velhos editores não sabiam a existência, ou fingiam não saber, pressionados pelos carcomidos donos da literatura, público que, saturado do mofo reinante, aspirava a outra espécie de leitura, leitura viva, feita dos problemas do Brasil e do tempo, com a linguagem confusa do tempo, público que esgotaria com rapidez até os livros de ensaio, em tiragens quiçá exageradas e sensacionais, como se verificou com *Cruz e César*, de Lauro Lago, e *Senhores e mucamas*, um cartapácio de João Soares, querendo explicar binariamente a formação social brasileira.

Na cambulhada foi publicado *Dulcelina*.

3 de julho

Durante dois anos Azamor e o sócio ganharam dinheiro. As edições se sucediam, recebidas com um clamor de crítica e noticiário como nunca antes houvera na imprensa. Atenderam a conselhos e melhoraram as condições gráficas, utilizando papel mais decente, valendo-se de impressoras mais perfeitas, requisitando jovens artistas para desenharem as capas, entre eles Mário Mora, que chegava do Norte com muitas ideias. Já traçavam o plano duma série de traduções dos grandes escritores modernos e buscavam uma loja no centro para abrir um varejo quando tudo deu em água de barrela. É que o ambicioso primo de Altamirano resolveu ter uma editora por conta própria. Desfez a combinação com Azamor e instalou a nova editora, carregando para ela alguns dos editados, os quais se viu depois que haviam cedido particularmente a ele os direitos autorais de certos livros. Fiquei leal a Azamor, que diminuiu o ritmo editorial, mas prosseguiu firme com os seus novos autores, prestigiando-os, pagando-lhes pelo menos em dia, seguindo da melhor maneira que podia a orientação do ex-sócio, que dera resultados. Por seu lado, o primo de Altamirano entrou decidido no negócio que assumia rapidamente um aspecto de vitória. Mas Altamirano meteu-lhe na cabeça o lançamento duma revista mensal, uma coisa nunca vista, e da qual seria o diretor, prometendo para ela mundos e fundos. O primo deixou-se empolgar. Enfiou tudo o que tinha, e muito que não tinha, na nova empresa. A revista saiu mensal, grossa, ilustrada, dispendiosa — *Brasil de Hoje* —, dirigida por Altamirano, Lauro Lago e Helmar Feitosa, triunvirato que não possuía nem o tirocínio nem o faro jornalístico. Era péssima. A venda foi decepcionante, a publicidade falhou, os mundos e fundos prometidos por Altamirano não apareceram. Durou cinco números. O proprietário faliu. A editora foi arrastada na falência e acabou nas mãos dum rapaz de São Paulo, Vasco Araújo, simpaticíssima pessoa que, poucos meses antes, abrira, na Rua do Ouvidor, uma bonita livraria, explorando como acervo básico a biblioteca dum grande colecionador de livros, que falecera, ele-

A MUDANÇA 477

fante branco bibliográfico de que a família do extinto resolvera se desfazer, o que fez por tuta e meia. Ele deu outro impulso às edições, mas já com o símbolo das Edições Olimpo — o trevo de quatro folhas dentro de um círculo de elos, quando o da falida era um tapir. Mas criou um inimigo — Azamor, que não perdoava o sucesso do adventício.

4 de julho

Combate furioso em Minsk. Minsk era nome de um gato de seu Duarte. Não gosto de gatos.

5 de julho

Funerais de Paderewski, em Nova York. Foi bom pianista e desafinado presidente. Vai ser enterrado, com todas as honras, no Cemitério Nacional de Arlington. E puseram a última pá na resistência italiana na Etiópia.

6 de julho

Dissemos que o jovem proprietário da Livraria Olimpo era simpaticíssimo. Acrescentamos que é bonachão, protetoral, magnânimo. Somando essas belas qualidades, principiou as suas edições com um gesto de confiante repercussão para os seus futuros editados — liquidou a pendenga com João Soares.

O caso conta-se assim: quando Azamor editou *Senhores e mucamas*, João Soares havia transferido particularmente ao seu sócio todos os direitos autorais por cinco contos de réis, porquanto andava atravessando uns apertos financeiros, frutos de doenças na família e azares no baralho. O intermediário foi Altamirano. Convenceu um de publicar, outro de vender os direitos, e essa venda foi sugerida com a intenção, muito rara nele, de solucionar as dificuldades do amigo, o que nos leva a crer que precisasse dele, pois jamais pregou um prego sem estopa. Tanto o primo quanto Azamor acharam o livro maçudo, indigesto — quem é que vai comprar um calhamaço destes?! — e aventuraram uma edição de dois milheiros. O livro fez barulho, e ao cabo de um mês estava esgotado. Ano e pico depois já entrava na quinta edição, sempre em tiragens consideráveis, e uma editora argentina queria traduzi-lo. Quando o primo de Altamirano botou a sua editora, levou o título consigo; Azamor achou estranho o negócio, mas o documento estava em ordem e o mais que pôde fazer foi não esconder a ninguém que o ex-sócio era um pilantra. A sexta edição foi lançada no mercado sob o signo do tapir e João Soares, que já se arrependia da besteira que fizera, procurou o editor para desfazer o negócio, efetuado num momento de necessidade premente. Ele, é claro, recusou — não o constrangera a fazê-lo, havia sido negócio lícito, selado e rubricado, não tinha por que desfazer coisa nenhuma. João Soares apelou para Altamirano, que falou com o primo, mas desta feita não foi atendido. João Soares não desanimou e conseguiu que Martins Procópio e vários editados da casa intercedessem incorporados junto ao comerciante, sem melhor resultado. Desesperou-se. Fez publicar na imprensa notas desairosas para o editor, promovia comícios contra ele nas portas de livraria, enfastiava todo mundo com a questão. O desastre da revista, saudado com foguete de contentamento pelo ensaísta, pôs os direitos de *Senhores e mucamas* na massa falida e eles vieram cair em mãos do jovem livreiro, que os restituiu a João Soares, e este passou a fazer parte da pequena, mas poderosa corte do seu benfeitor, desmanchando-se em girândolas laudatórias a cada livro publicado pelas Edições Olimpo, o que levava Adonias a dizer que, se a Olimpo lançasse um paralelepípedo encadernado, o João Soares o consideraria mais sublime do que a Bíblia! Julião Tavares, mais pérfido, alcunhou-o de "Garçom do Olimpo". Botar apelidos era o forte de Julião. Em Silva Vergel pespegou o de "Penico ambulante"; em Júlio Melo, antes de embaixador, o de "Leão sem juba", e, depois da embaixada, o de "Tapete para tamancos"; aos irmãos Feitosa não chamava senão de "Irmãos bom cu"; e ao inocente salão de Susana, de que fora afastado por causa de um pileque, no qual se portara ultrainconvenientemente, rotulara-o de "Salão de Madame Reclamier".

A MUDANÇA

7 de julho

"Sabemos também que não poderíamos salvar a liberdade no nosso próprio meio, no nosso próprio país, se todos os que nos cercam, as nações vizinhas, perdessem a liberdade...", esclarece Roosevelt.

— Está muito bem — comenta José Carlos de Oliveira, que andou desaparecido. — Esse Roosevelt é um grande sujeito! E está com o copo e os dados na mão. Dados com o chumbinho que lhe convém... Vai amaciando o couro da resistência para a decisão. Quando virar o copo, sabe que leva a parada! Os chumbinhos funcionarão... Mas falar em perda da liberdade das nações vizinhas é meio pilhérico... Necessário, esclarecedor, alertante, seja lá o que for, mas pilhérico, vocês não acham? Os vizinhos cá do Hemisfério Sul vivem no ciclo das ditaduras...

— Mas é da Europa agora que a emulação vem mais grave — intervém Garcia.

— Estou com você, mas é uma situação de exceção.

— Nem tanto...

— É sim. Aqui na América é que o processo é crônico. Crônico e militar. E a nossa ditadura até que é mansa...

— Mansa uma conversa! — protesta José Nicácio com brusquidão. — Banho-maria nunca foi mansidão! Sai da panelinha para ver se a água não te pela...

8 de julho

Faço um levantamento — há muita gente pelada!

9 de julho

— Os ingleses estão martelando a Alemanha, bomba atrás de bomba... (E lembro-me de Mac Lean que não voltou.) Chegou o momento de assestar o golpe, agora que Hitler está ocupado em esmagar a Rússia — diz Garcia.

480 MARQUES REBELO

— Não! Deixa ele se enrascar mais — retruca Gasparini. — Você não vê que ao chegar às verdadeiras linhas fortificadas o avanço alemão adquiriu um ritmo mais lento? É que a resistência russa vai sendo maior... Deixa o bichinho se estrepar mais...

— E você viu a turma do *Meio-Dia*? Já largou o jornal. Voltou ao pombal antigo — disse ainda Garcia.

E Gasparini:

— Estava escrito que iriam virar mais uma vez a casaca. Mas antes virar para o bom lado. Para defendê-lo, qualquer soldado serve. O desagradável é que eles ficam muito excitados. Nunca perdem aquele jeitão agitado de marafonas.

10 de julho

Tatá estava de queixo caído, cabeça para a frente, na terceira fila do São José. Vira! Vira! — gritavam das torrinhas. Ela, sob o foco dos refletores, se virava, em requebros, mostrava a seminudez, cantando sempre:

Me leva, meu bem, me leva...

Era a estrela das estrelas nas letras vermelhas dos cartazes.

Aguardando a segunda sessão, passeáramos pela Rua Regente Feijó, pela Rua Gonçalves Ledo, pela Travessa das Belas-Artes. Estreitas, escuras, adormecidas, com carcomidos sobrados que eu amava, e cujo amor procurava transmitir a Tatá — veja que beleza!

Atravessava o meu momento de ternura colonial, a que as *Memórias de um sargento de milícias* não eram estranhas. Tatá fazia uma cara circunspecta para receber as apaixonadas explicações. Balançava a cabeça como se estivesse compreendendo tudo ou aprovando tudo. Na verdade, o que lhe dizia, entrava por uma orelha, saía pela outra, transpunha incólume aquele espaço cerebral, como se transpusesse o vácuo.

E a estrela, de cabelo *à garçonne*, voltava, à frente do seu pequenino e esclerosado pelotão de coristas, sob os aplausos

A MUDANÇA 481

retumbantes e misturados da claque e da plateia. O seu forte era o traseiro, aliás, espáduas e traseiro. Vira! — e ela virava e tremelicava as espáduas, remexia as nádegas, muito desafinada:

Me leva, meu bem, me leva...

Atrás do teatro, a Rua Silva Jardim era rua de mulherio velho, adiposo, anquilosado, o rebotalho do prazer, pelo preço mais vil. Mas as calçadas se congestionavam de pretendentes, escolhendo, escolhendo.

— *Ici, mon chéri.*

Tatá deslumbrava-se e a garrafa luminosa no alto deixava cair no copo a luminosa efervescência.

— Entre, simpático.

11 de julho

Dulcelina! Só Francisco Amaro sabia da existência daquelas páginas. Brotaram difíceis, arrancadas a duras penas, com mil cores e emendas, depois do acidente que me imobilizara meio ano, meio ano de gestação, de amadurecimento, de intensa luta interior, e às vezes penso que se não fosse o acidente nada teria escrito, apesar da vocação, como se a mortal fratura, de que milagrosamente escapara, tivesse também aberto uma racha no espesso dique da minha timidez, abertura da qual fluísse a enclausurada emoção. Antes perdera-me em versos maus, suburbanos versos de pé quebrado, infestados de cacoetes da época, alguns infelizmente estampados nas revistas de gente moça, que surgiam em vários pontos do país, agressivas, estapafúrdias, irritando o formalizado e mumificado gentio, e que morriam logo — *Verde, Leite Crioulo, Montanha, Terra Roxa, Arco e Flecha, Tacape, Festa, Revista de Antropofagia.*

Francisco Amaro, que fizera seu primeiro ano de Direito em Belo Horizonte, pertencera ao grupo da *Leite Crioulo*, nela publicara alguma poesia, com cantos de uiaras e lampejos do extinto ouro das Minas Gerais, trocara correspondência comigo, cartas ingênuas, entusiasmadas, cartas juvenis, tão características do movimento, malhas de um novo tecido, que procuravam unir todos os jovens do Brasil para o assalto à colonial fortaleza das letras, pífio reduto, que não resistiria a dois pontapés valentes, como não resistiu. Mas, vencido o primeiro ano jurídico, pedira transferência para o Rio de Janeiro. Escrevera-me informando que viria ser meu colega e pedindo que eu o esperasse na estação, porquanto não conhecia a cidade. O rápido mineiro chegou com um atraso bárbaro, que chovera na serra e correram barreiras. Não foi fácil nos identificarmos no bruaá da gare. Era um rapaz alto, delgado, de cabelos ondulados e negros, pele muito clara, bigodinho caprichado:

— Puxa vida, que viagem comprida, sô! — Foi o que me disse primeiramente, me abraçando, coberto de pó e carvão.

Levei-o provisoriamente para um modesto hotel no Catete, próximo da faculdade:

— É um tanto espora, mas para hoje serve. Depois você arranjará coisa melhor.

— Quanto é, hein?

— Oito mil-réis por dia, casa e comida.

— Está bem.

E, mal saído do chuveiro, apertou-me o braço com os dedos férreos:

— O pedido é besta, Eduardo, pedido de tabaréu, mas, antes de mais nada, eu quero ver o mar.

— Pois vou te apresentar...

Descemos para o Flamengo, a noite era calmosa, nas calçadas, à porta das pensões, havia rodas de cadeiras, leques, loquacidade, os pares amorosos iam de cores claras, debruçamo-nos na balaustrada de granito:

— Ei-lo!

A massa salgada se estendia escura, indefinida, chiando em ondas massas contra as pedras do quebra-mar, e delas ascendia um ar frio e clorídrico de salsugem, misto de peixe e estábulo, que Francisco Amaro respirou com sofreguidão.

A MUDANÇA 483

12 de julho

Ontem falamos em poesia fracassada. Hoje, uma notícia de poética vitoriosa — o prêmio "Lâmpada Azul" foi concedido ao misógino estro de Gerson Macário.

E o espelho felicita-me por mais um aniversário:

— Menos um, caríssimo...

Garcia trouxe um livro, Gasparini, uma garrafa dum licor italiano extraordinariamente amarelo, Luísa comprou-me um blusão. Catarina, de tarde, acompanhando o espelho, me ofereceu uma bicada irônica:

— Você é bem como cobra. Está numa das mudas de pele...

14 de julho

É incrível o que possamos depositar de esperança num homem! E Roosevelt ainda não decepcionou. Não fica nas palavras. Com as suas pernas paralíticas, vai dando, *piano, piano,* passos seguros e animadores, paladino da liberdade, alavanca que desloca o rochedo que ameaça nos esmagar. Com manobras sutis, vence o isolacionismo, impõe ao Congresso as despesas de um superarmamento, que sabe que irá utilizar, auxilia a Inglaterra, e auxilia a Rússia, enreda o Brasil, contrapeso que põe na balança sul-americana, ante a falsa neutralidade argentina, mais perigosa do que a dubitável neutralidade brasileira, cria novas restrições aos nipônicos, vai ordenar o desembarque na Islândia, substituindo paulatinamente o efetivo britânico que lá se encontra. Dessarte não consentirá que os alemães se apoderem facilmente de posições para atacar o hemisfério ocidental.

15 de julho

As cenas da comédia! E o engraçado é que Gustavo Orlando parecia falar sério:

— Por que é que você não se define? O momento é de definições. O povo precisa saber com quem conta. Marcar os Joões

Soares, os Gersons Macários, os Martins Procópios, os Feitosas, toda essa cambada de fascistas, abertos ou disfarçados, que você bem conhece. Nada de tibiezas, de dualidades.

— Alto lá! Por acaso você já me viu algum dia mostrar-me tíbio ou dúbio?

— Não, não! De modo nenhum. (A espinha era um pontinho amarelo e desagradável na aba do nariz.) Fui infeliz nos termos. Mas indiferente, digamos. E não devia sê-lo. É como uma traição. Todo verdadeiro intelectual tem de tomar posição na hora presente, arregimentar-se...

— Muito obrigado pelo "verdadeiro". Não sabia que havia sido promovido por vocês. Mas que posição?

— Ora, que posição!...

— Não vai me dizer que é a do homem livre, que vocês andam explorando nestes últimos dias? Se é, está atrasado. Já tomei. Há muito tempo de resto...

— Não estou compreendendo...

— A culpa não é minha.

16 de julho

Mea culpa! Fui bisbilhotar o criado-mudo de Adonias, com castiçal, pote com balas de alcaçuz e relógio parado, e lá encontrei, com página marcada por um programa de cinema, o *Essai sur l'inégalité des races humaines*, de Gobineau, entre a *Imitação* e a *Noite escura da alma*, de São João da Cruz. Foi como se encontrasse uma cueca suja de permeio com roupa lavada.

— Lendo bons autores, não é? — fiz questão de não me conter.

— É.

— Principalmente muito oportunos.

— É.

— Todo homem deseja naturalmente saber, como diz a sua *Imitação*... Eu tenho lá em casa a *História dos cristãos-novos portugueses*, do Lúcio de Azevedo. Vou te emprestar. Também é bastante oportuna.

— Não se dê ao trabalho. Já li.

— Então você deve reler bem a *Noite escura da alma*.

A MUDANÇA 485

17 de julho

Temos há dois dias o racionamento da gasolina, a respeito do qual o povo já inventou uma centena de anedotas, que Oldálio Pereira nos empurrará implacavelmente depois de mais do que surradas.

— Se não houvessem negado, depois escondido o nosso petróleo, não sofreríamos esse atraso de vida — começou Garcia com pachorra.

— Vê como são as opiniões... Atraso de vida pra o Antônio Augusto é mulher...

— Também — rosnou Gasparini.

E Garcia prosseguiu:

— Vida sem petróleo agora nem se pode chamar de vida. É morte em pé. Ou se tem petróleo, ou não se está no mapa. E há muito estaríamos com as divisas mais equilibradas. Porque com o nosso café não vamos lá das pernas. Como é possível progredir, ou subsistir, com um produto base que é artigo de sobremesa?

— Se você chamasse o café de rubiácea, eu te cortava a palavra.

— É uma sangria o tal de petróleo, sangria que o café (e frisou a palavra) não estanca. Ele e o trigo, caramba, nos desmantelam as finanças!

— E dizer-se que tivemos trigo no Império para exportar — lamuriou Ataliba, saudosista.

— Getúlio foi compelido a esconder o petróleo, Garcia.

— Compelido um tanho! — saltou Gasparini. — Esse Getúlio é um sacana!

— Pode ser o que for, mas que foi compelido, foi. Não resta a menor dúvida.

— Patranhas! — negou Gasparini.

— Ou melhor, pássaro bisnau que é, não quis arriscar o bico no fogo. Do contrário estaríamos mais roubados ainda. Saqueados! Os magnatas do petróleo viriam em cima de nós para nos esmagar o crânio. Sofreríamos mais do que barata em galinheiro! Deporiam até o Getúlio.

— Era ótimo! — e Gasparini bateu palmas.

486 MARQUES REBELO

— Por eles, não. É um preço muito caro para nós. Nós é que devemos depô-lo, cá com as nossas razões, cá com as nossas garruchas.

— Você tem razão, toda a razão — disse Garcia.

Gasparini aprovou sem palavras. E Garcia:

— Mas você acha que eles deporiam mesmo? Para certa gente aqui era tentador...

— Pelo menos foi o que Maïrones me deu a entender certa vez. Você sabe que ele não falava muito. Era macaco finório, não metia mão em cumbuca. Só quando bebia demais é que desatava um pouquinho a língua.

— E como bebia o gringo! — acrescentou Ataliba.

— E petróleo havia, ele não se fartou de prová-lo em relatórios exaustivos, porque no assunto sabe onde tem o nariz.

— Parecia um homem competente — concedeu Gasparini.

— Parecia, não. Era! Suas pesquisas foram todas satisfatórias, para lá de satisfatórias. O Rodrigues tinha conhecimento delas, me explicou muita coisa que Maïrones não ousou me dizer. Mas os interesses internacionais eram tão grandes que ameaçavam até as nossas instituições. Lembrem-se que nessa ocasião o nosso caro Brasil não era ainda uma ditadura. Caminhava apenas para ela. E mestre Getúlio achou que o melhor que faria era deixar o petróleo debaixo da terra e esperar outra oportunidade.

— Para salvar a pele! — cortou Gasparini.

— Talvez tenha sido arguto e patriótico. O tempo o dirá.

— Patriotismo! — fez Gasparini como se escarrasse.

— Precisamos admitir que os homens que teve ao lado não foram todos da marca de Lauro Lago e Silva Vergel.

— Lá isso é.

— E voltando à vaca-fria. Os relatórios foram engavetados, possivelmente nem mais existam... Maïrones foi despedido, isto é, teve o seu contrato rescindido, recebeu um dinheirão da multa, e logo foi contratado para a Venezuela e por não pouco dinheiro, sei muito bem, e tudo isso não deixa de ser uma pista. O nosso Getúlio arranjou um ministro que se responsabilizou pela escamoteação e hoje esse cabra anda por aí, muito antigetulista, muito democrata.

A MUDANÇA

— Para combater Getúlio, qualquer soldado vale — defendeu-o Gasparini.

Não dei importância:

— Agora eu creio que o petróleo poderá sair. Pelo menos já está pingando em Lobato. Enquanto o pau está comendo entre os grandes, as nossas costas folgam... Poderíamos ficar devendo esse favor à ditadura...

— Mas onde iremos buscar agora equipamentos se não os fabricamos? — objetou Garcia.

— Você tem razão. Onde buscá-los?

— É engolir mais uns anos de ter e não poder explorar...

— Ou uns séculos! — berrou Gasparini.

— Você será prejudicado com o racionamento? — perguntei-lhe.

— Bem, os médicos têm as suas cotas um pouco majoradas. Nem era crível que assim não fosse. E não rodando à toa em passeatas, dá. Um dia pelos outros, acho até que dá e sobra para o isqueiro. O cálculo foi feito com certo critério. Ainda bem que alguma coisa se faz com critério. O diabo é que com o racionamento da gasolina vamos ter mais uma coisa no câmbio negro e vocês sabem quem são os que ganham no câmbio negro: os tubarões! Vão nadar em dinheiro. Nada há mais lucrativo e impune do que a exploração da penúria, da necessidade, do zé-povinho, com uma lei que a facilita. Bem, vocês avaliam que lucro poderá dar a um Altamirano o racionamento da banha?

— Mas já está racionada? Não sabia. Luísa não me disse nada.

— Não está, mas não tarda. Vão racionar tudo, não tenha ilusões. Esses pilantras são capazes de racionar até o ar!

Mário Mora chegou nessa ocasião. Vinha pedir um livro emprestado, um livro sobre o balé Jooss, que Catarina me dera. Precisava muito.

— Empresto com uma pontada no coração! De antemão sei que não voltará...

— Estará sempre em boas mãos — riu Mário Mora, tomando o volume. — Você imagina com quem...

— Sei bem com quem... A tartaruga dançante!

— Leve como espuma! Um sonho de sabonete!

488   MARQUES REBELO

E ficou para o café, que Felicidade preparava. E entrou na conversa. E perguntou por Luísa.

— Está repousando. Chegou do trabalho meio bombardeada.

19 de julho

A conversa de anteontem rendeu mais:

— A supressão de importações tem a sua face positiva para nós. Obriga a indústria nacional a se desenvolver, como já se verificara em 1918 por análogas circunstâncias. Iremos fazer muita porcaria, mas acabamos acertando. (Garcia.)

— O desenvolvimento da indústria farmacêutica é um fato. Tem sido vertiginosa! Se muitos medicamentos, por sua complexidade, ainda não estamos em estágio técnico para fabricar, o grosso do arsenal podemos fazer perfeitamente. E os miolos têm trabalhado para os sucedâneos de mais simples manipulação e utilizando matéria-prima genuinamente nacional. Tenho recebido novidades bem interessantes. Para dar dois exemplos de aproveitamento da nossa matéria-prima, cito o óleo de sapucainha, cujos princípios ativos verificaram que substituem satisfatoriamente os do óleo de chaulmugra, que nos vinha da Ásia, e o óleo de cação, que positivou-se não diferir muito do óleo de fígado de bacalhau. Quem não tem cão, caça com gato! Vamos fazer o diabo! Querem saber de mais uma? Os americanos estão empregando com excelentes resultados o veneno de cobra como hemostático. Para a guerra é importantíssimo. Pois vários institutos estão aqui aproveitando o veneno da jararaca. E com tão auspiciosos resultados que já estão exportando em larga escala para uso dos exércitos Aliados. Não têm mãos a medir! E tem sido um tal de comprar cobras por essas roças que não é graça. Quem tem sogra, pode vender! (Gasparini.)

— Uma fábrica de tintas de parede resolveu produzir também para fins artísticos. São uma droga, mas para uso de escolares, ou para estudos, croquis, coisas sem importância, servem perfeitamente. Os guachos são um pouco melhores, o guacho branco até

A MUDANÇA 489

que é sofrível, e, como têm largo emprego no desenho comercial, o consumo tem sido grande. (Mário Mora.)

— Muita indústria estrangeira tem vindo se instalar aqui. A minha firma é uma delas. Vai começar a produzir em Belo Horizonte no mês que vem. E muitíssimas outras seguirão o mesmo caminho. É uma corrida! Como a corrida do ouro... Para não perder o mercado. Nem o nosso, nem o dos países vizinhos. Se os lucros irão escorrer para fora, o saldo ainda nos é favorável. Em qualquer ocasião poderá haver leis restringidoras. E há o lucro de mão da obra ser brasileira. É mais trabalho para o povo, é uma subida de padrão, é uma série de novas habilitações para o nosso operariado. E francamente não sou contra essa espécie de exploração, porque exploração é — o operário brasileiro é muito mais barato... Alguma coisa de capital resulta para nós: criamos experiência. Um país hoje em dia não pode viver somente de agricultura. Tem que entrar na produção industrial. Até a agricultura tem que ser industrializada. Mas não se pode industrializar um país do pé para a mão. Temos que aprender primeiro. Esses patifes sabem. Iremos aprender. Brasileiro aprende tudo! Eu não aprendi inglês? (Garcia.)

— Aprendeu inglês? Índio de olho azul é para se desconfiar... (Gasparini.)

— Vocês sabem que em São Paulo já estão fazendo uma porção de peças para a indústria têxtil, que até o ano passado nós ainda recebíamos do estrangeiro? Os teares não pararão por falta delas. (Ataliba.)

— Mas são boas?

— Satisfazem plenamente! Naturalmente o preço é muito mais caro... Mas não chego a chamar de exploração. Acho que ficam caras mesmo. Ainda não são feitas em série. Mas o preço não importa. O que importa é as fábricas não pararem, agora que nossa exportação de tecidos é verdadeiramente colossal, e quem diria, hein! (Ataliba.)

— Se os países capitalistas soubessem o que perdem inventando as guerras...

20 de julho

— Mais um furto... — disse Gasparini, desconsolado, da porta. — Descarado.

Papai tinha uma frase: "O América sabe perder!" E repeti-a, procurando animá-lo, quando o 1 a 0 me amargara, sofrera-o pelo rádio, o juiz não assinalara nada contra o Flamengo, um pênalti escandaloso ficara em branca nuvem... Mas o saber perder não era consolo para o atrabiliário torcedor:

— Devia era saber ganhar! Enfiar o pé, marretar os adversários, aleijá-los, comprar os juízes, roubar também!

Papai teria argumentos americanos e morais. Agi, porém, por conta própria:

— Nosso América nunca mais ganhará campeonatos! O amadorismo acabou, convença-se dessa realidade, empedernido idealista. Clube pequeno é como capenga, não forma!

— Você tem uma imaculada para quebrar a tristeza?

— Não está farto de saber que não? Cachaça é no botequim. Mas se quer cerveja, talvez tenha.

— Vá lá...

— Vem com esse pouco caso que eu dou é café mesmo.

— Ora, é melhor mesmo. Vire um cafezinho decente.

— Quando que aqui em casa o café não foi decente?

Largou o paletó numa cadeira, dirigiu-se para a varanda, estirou-se na rede. A noite já baixara, a viração do morro era quase fria.

— Me deu gana de pular no campo e esbolachar o juiz!

— Ainda bem que ficou na vontade... Não te amofines, velho. O crime não compensa.

— Mas desabafava.

— Se a gente fosse desabafar tudo que nos oprime...

Gasparini deu um muxoxo, Luísa chegou com a bandeja:

— Estão de cabeça inchada, hein!

— Fomos esbulhados, mulherzinha! Uma vergonheira! — vociferou.

A MUDANÇA

Mas em pouco se mostrava conformado, elogiou o café, acendeu o cigarro, condenou que Luísa fumasse:

— Você está aprendendo coisas que não deve. Fumar é uma besteira! Se você visse o estômago de um fumante...

E quando estávamos a sós:

— Na conversa de outro dia, seu Gaspar, quando o Garcia falou que a firma dele já no mês que vem começaria a produzir em Belo Horizonte, você não reparou nada?

— Não. Que foi?

— O tom.

— Tom?

— Sim, o tom. Um tom de aviso... Debaixo daquele angu havia carne, pensei. Eu conheço o Garcia. O nosso amigo vai para lá e ainda não teve a coragem de nos participar...

— É gozado!

— É tipicamente Garcia...

— Mas você acha que ele vai? Comigo nunca falou nada.

— Falou comigo. Comigo e Luísa. Falou uma vez, aliás muito superficialmente. Depois nunca mais tocou no assunto.

— Mas é melhor para ele?

— Bem, você sabe que ele está amarrado no emprego. São trinta anos já. Não lhe é fácil mudar de galho, você bem sabe. E sob vários aspectos é vantajoso ir para lá. Certamente terá uma chefia, ganhará mais, a cidade é tranquila, talvez a vida lá seja mais barata... O decisivo, porém, é que está convicto de que precisa mudar de vida e, para mudar de vida, precisaria mudar de cenário, como se a solidão dependesse da paisagem...

— Então, você perdeu o seu parceiro de xadrez, meu querido.

— Por sinal um péssimo parceiro! — tentei gracejar.

Gasparini pôs-se sorumbático:

— Parece-me que com a decisão de Garcia alguma coisa ficará partida.

— Não. Já estava.

— Compreendo... Como a amputação de um membro que a gangrena já tivesse inutilizado, não é?

— Sim. Uma sutil gangrena.

— Sinto um aperto no coração, sabe? Vamos sentir a falta dele. Há quantos anos somos uma espécie de três mosqueteiros...

E persuadi-me que o grosso Gasparini era capaz de sutilezas. E persuadi-me outrossim que me seria penosa a ausência, ao inverso da de Francisco Amaro e Catarina — é que não precisava de Garcia, mas precisava vê-lo.

22 de julho

— Que milagre! — foi o comentário de Catarina ao meu convite para assistir *Monsieur Le Trouhadec saisi par la debauche*, no Municipal.

— Quer ou não quer? — retorqui forçando a mão na secura.

— Quero. Está visto que quero. Pensei até em tomar a iniciativa do convite, mas você anda tão monacal...

— Donde se deduz que a exclamação foi extemporânea.

— Para não dizer imbecil, não é?

— Exatamente. Para não dizer imbecil.

— Doravante serei, como direi? Mais cautelosa... —- e riu.

Talvez o seu riso não tivesse a habitual frescura e pureza. Talvez. Não asseveremos — o ouvido é precário, os engonços telefônicos adulteram as vozes, pelo menos alteram as nuanças. Acertamos o encontro para as 8 e pousei o fone com uma sensação de esperança. Às 8 em ponto chegava ela com um suave *mise-en-plis*, de preto, a coroa de ouro e pérolas no peito, emblema que Mário Mora adotara para condecorar indiscriminadamente as suas amadas.

— Que milagre, poderia dizer eu.

— Por que diz isso?

— Chegou na hora marcada.

— Ah! Nunca me atrasei mais do que cinco minutos.

— Pelo seu relógio.

— Se a recepção é assim, faço ideia o que será o resto! Felizmente que estou acostumada.

Aquele elenco da *Comédie Française* errava pelas Américas como um mambembe de categoria. Apanhado pela derrocada

A MUDANÇA

da França quando excursionava, tal como a Exposição de Arte Francesa, não voltou a Paris, nem foi para Vichy — deambulava e ancorara no Brasil com a disposição de permanecer o mais tempo possível e, para tanto, ir a várias cidades que jamais teriam recebido a honra duma visita teatral de tal porte. À sua frente vinha Jouvet, com quem Mário Mora já se encartara, admirando-lhe o gênio, respeitando-lhe os ensinamentos, bebendo-lhe a experiência.

— É um homem de teatro extraordinário! — me dizia com um entusiasmo pouco comum nele. — Imagine que já deu com esse grupo mais de sessenta récitas de "A escola de mulheres'. Pois, no mínimo uma vez por semana, repassa a peça com o mais severo rigor, acertando-a sempre...

— É um exemplo para nós...

— É uma lição!

E eu, que andava escasso de espetáculos em companhia de Catarina, decidi convidá-la, contrariando a praxe de ser por ela convidado e instado — era pretexto para desabafar.

O homem era soberbo! Ditava sabedoria à luz das gambiarras, demonstrava o que era uma representação, impunha-se ao estalar das poltronas, às tosses rebeldes, às digestões satisfeitas, ao farisaísmo da crítica plantada na primeira fila — que sol nas nossas trevas cênicas! Fez-me recordar aquela outra passada emoção, a matinê da Companhia Bragaglia, espetáculo de complicada, novidosa e estonteante movimentação, que perturbara Júlio Melo, a meu lado na reduzida plateia:

— Parece marmota!

Mário Mora, no corredor, a caminho do caixa, nos informou que Susana estivera como sarna atrás dele para que o ator comparecesse ao salão das Laranjeiras.

— Não atenda — aconselhei. — Emburrecerá...

— Talvez seja conveniente. O salão de Susana anda fracote, mas sempre tem seus fãs. Com o comparecimento de Jouvet, creio que encherá.

— Óleo para as lâmpadas da China... — disse sem muita convicção de que era adequada a citação.

— Não é isso. É que é preciso fazer média. Jouvet tem uma charla cativante. Vai abafar! Pode influir muito nesses piraquaras envernizados. É estratégico. Estou decidido a tocar para a frente o meu grupo de amadores. Está tudo caminhando bem.

Altamirano ostentava um ar balofo de imperador romano, esparramado na frisa. Martinho Pacheco assestara no proscênio uma fabricada fisionomia de profundeza teatral — iria escrever na certa, compilando o Larousse com a desenvoltura de Godofredo Simas! E Godofredo cochicha ao pé do ouvido de Neusa Amarante e ela refuga como se estivesse compreendendo tudo. E Jacobo de Giorgio esconde-se num canto de balcão, oposto a nós. Saulo não o acompanhava. Anita, nas poltronas, afrontava a má-língua, ao lado de Délio Porciúncula, embevecido, maneiroso, apaixonadíssimo.

Gina Feijó, fascinante no vestido esmeralda, exibe conhecimentos no saguão, enquanto o marido, os olhos injetados de álcool, se apoia a uma coluna:

— Vocês não acham que Romains é mais feliz em *Dr. Knock*?

Adonias gosta de alfinetá-la:

— A peça não se chama *Dr. Knock*, querida Gina. Chama-se *Knock, ou o triunfo da medicina*...

— Caçoísta! — reage a beldade, sorridente, ameaçando-o com o leque. E tomando-lhe o braço, com jovialidade: — Que gostinho você tem de implicar comigo! Só pode ser amor...

Catarina beliscou-me:

— Que cômicos estamos perdendo...

Quando saímos, Marcos Eusébio (de casaca!) fez-nos uma barretada, sacudindo a juba:

— Admirável!

— Também os idiotas acertam.

— Fingimentos... — disse Catarina.

Segurei-lhe o braço para comandá-la:

— Vamos conversar no Passeio Público?

— Com fingimentos ou sem fingimentos?

— Ao natural, como mamão em restaurante.

Ela sorriu sem enigmas:

— Vamos.

A MUDANÇA 495

23 de julho

Escolhemos o banco próximo ao busto do poeta das borboletas, que o próprio vate inaugurou numa tarde de guarda-chuvas e pés molhados, velho banco que tantas vezes nos recebeu com a sua municipal dureza sem encosto. E com o mesmo sorriso sem enigmas, Catarina não esperou:

— Estamos abancados. Que é que você quer me dizer?

— Quero dizer que o Garcia vai sair do Rio.

— Não é notícia sensacional. Para que tanto aparato? Há muita gente que sai do Rio...

— Vai de mudança.

— Na muita gente de que falei estão incluídos os que se vão de mudança. Não se pode querer que o Rio seja um carneiro-perpétuo... Até que está ficando um tanto inabitável.

— Ele se vai e não me disse nada até agora.

— Ué! Como soube? Por terceiros? É quase que uma sina a gente tomar conhecimento por terceiros de muito vexame nosso.

— Soube por ele próprio.

— Não! Eu sei que não é brincadeira, mas parece. Telepatia?

— Mais ou menos... Aventou certa vez a questão, deixou-a depois cair no poço. Você sabe que ele é um poço.

— Sci. A verdade mora no fundo dos poços...

— Outro dia, porém, conversando sobre indústrias estrangeiras que estão se radicando aqui, em virtude da guerra, mostrou veladamente que se iria. Mas para mim, que o conheço como a palma das mãos, era claro como anúncio luminoso.

— *Capisco!* Pelo tom de falar, não foi?

— Precisamente.

— O tom *made in* Garcia, que tanto te encafifa...

— Isso.

— Que surpresa, pois?

— Nenhuma surpresa. Mas assim como um golpe baixo, sabe, um golpe que não gostaria de receber.

— Um golpe que você acha que não merecia receber, não é assim?

— Exato.

— Que luta é a vida, hein! — E Catarina fez uma cara de meiga comiseração: — Sofres, não é?

— Não é bem sofrimento. É como uma angústia, um rancor...

— É sofrimento. Não tente se iludir ou arranjar sinônimos.

— Que seja!

— Me dá um cigarro. Os meus acabaram.

— Você não anda fumando demais?

— Não. — Deu a tragada e perguntou: — Sofres com a partida ou com o silêncio?

— Sofro porque não se abre, embora saiba que não é por não ter confiança em mim, por não me estimar.

— Perdoe o pudor. Ou compreenda. Há pudor para tudo. Mil formas de pudor! Até as prostitutas mais prostitutas têm pudor. Maria Berlini tem pudores...

— Sim, o pudor... Mas por que você mete Maria Berlini nessa missa? Que marcação injusta.

— Foi um "lápis", como ela diz.

— Ela nunca disse isso!

— Perdão! Toca o bonde.

— Sofro também pela deserção. Meu exército já é tão reduzido...

— A bem da verdade, você nunca conseguiu criar um exército, meu valente generalzinho de chumbo! Quando muito um pelotão... e com uma vivandeira no meio. Que não se transforme em pelotão do seu próprio fuzilamento, com a vivandeira incapaz de te ressuscitar com os seus unguentos e ataduras.

— Pelo visto a vivandeira é você...

— Pode ser outra. Você gosta de vivandeiras. Mas não vem ao caso. Vamos ao que ia dizendo e você me cortou: também poderá se dar o caso, o que me parece ainda pior, de correr o risco de vir a ser um comandante sem soldados... — Atirou longe, num peteleco, o toco manchado levemente de ruge: — Ele não melhorará com a mudança?

— É patente. Melhorará até bastante. Seguramente foi a sua única oportunidade na vida para subir.

— E você não admite que ele tenha o direito de melhorar?

A MUDANÇA 497

— Eu admito tudo!

— Por que então não perdoar o pequeno deslize de uma alma triste, de uma alma sem amparo, de uma alma tímida?

— Mas eu não estou condenando, Catarina! Absolutamente! Que absurdo!

— Sempre com os teus subterfúgios! Muito teorema se resolve na matemática pelo absurdo... O que te punge é que ele, para melhorar, não tenha te pedido licença. Apenas! Isso é o que é! Você gosta de aprisionar aqueles que ama. Que ama, aliás, muito a seu modo... Aprisionar no tempo e no espaço. Uma prisão sem grades...

— Que disparate!

— A pura verdade! Pura como o diamante mais puro!

— As pedras preciosas não me fascinam nem para comparações. Não me levas na metáfora. Nem procurarei me defender. No fundo eu te compreendo.

— Inda bem. Você às vezes consegue ser lúcido.

— Ou consigo ser menos estúpido.

— Não! Não me obrigue a repetir a receita do pão de ló. Você nunca é estúpido. Nem quando se faz de estúpido. Mas a tua claridade é tão forte que a ti mesmo te cega. A tua clarividência é que te confunde, te isola, te esmaga. Você é como um gato na frente dos faróis de um automóvel: acaba por ficar debaixo das rodas. E por clarividência, entenda-se, inteligência, raciocínio puro.

— Que inteligência! Já é quase zombar.

— Inteligência sim. Enorme, desproporcional, que me embrulhou totalmente, mas sem um pingo de arcabouço filosófico para sustentá-la. Sem Deus e sem Diabo. Sei que é atroz! Posso imaginar o quanto é atroz! Um reizinho perdido numa floresta, dando com a cabeça coroada em tudo quanto é pau, se engastalhando em tudo quanto é cipó, se picando em tudo quanto é espinho.

Houve uma pausa e ela voltou:

— Às vezes a gente fala coisas que cheiram a discurso, não é? Me dá outro cigarro. E você só queria me dizer isso?

— Acho que só — e entreguei-lhe o maço.

498   MARQUES REBELO

— Não diz isso com bastante veemência — e ela escolhia um cigarro como se todos não fossem iguais.

— Mas é a verdade. Você é que aproveitou para falar...

24 de julho

Catarina tomou-me a mão:

— Você é uma esfinge sentimental que não me devorou, querido... Tirou apenas umas lasquinhas. Praticamente estou intacta. — Afagou-me a mão, continuou: — Você vai ficar com o pombal um bocado vazio... Garcia foi a primeira pomba... Poderia te poupar agora e partir, mudar-me também sem te dizer nada. Sair como é meu costume, como eu te acostumei, ou você me acostumou, sei lá! Poderia partir deixando você confiante na minha volta. Mas não sou tímida como Garcia. Tímida ou inocentemente cruel... Quero te avisar: vou partir e nunca mais voltar.

— Quê?!

— Isso! Não haverá mais o tal de ninho antigo...

— Você está maluca?!

— Não. Não estou maluca. Nunca fui maluca

— Modéstia.

— Não. Nunca fui. Não foi nenhuma maluquice o que me prendeu a ti por tanto tempo. Nem erro foi. Não me arrependo de nada. Se pudesse voltar atrás, procederia da mesma forma. Posso até me orgulhar, já te disse muitas vezes e repito hoje, repetirei sempre. Mas o que vou fazer é o mais sensato a esta hora da vida. Estou envelhecendo, meu bem. Não queira negar para me agradar. As mulheres envelhecem depressa. Esperneiam, mas envelhecem. Entregam a rapadura, como você diz.

— Tudo envelhece depressa, Catarina.

— Vá lá! Mas não me conformo com o envelhecer. É duro confessá-lo, só a ti eu o faria, mas não me conformo, me desespera! Tenho pensado muito. Você com a sua conversa veio abreviar a minha decisão. Sai-se para assistir a um bom teatro e volta-se com um caminho traçado, um caminho real. A vida é assim... Quem é atropelado não sai à rua com essa disposição. Acontece... Mas você não morrerá do meu atropelamento. Algumas equimoses apenas e que vão sarar depressa. Nem marcas, talvez, deixarão! Você mesmo já se confessou ser uma pequena fênix, lembra? E a sua conversa veio me decidir e facilitar a comunicação que não saberia talvez como fazer. Dessa forma não poderá me acusar de golpe baixo. Será um golpe lícito — vou deixar definitivamente o Rio.

— Por que acreditar? Esquece-se que já me disse isso duas ou três vezes?

— Disse muito mais. Mas agora é certo. Irrevogável! Vou arrumar a minha vida.

— Não está tão desarrumada assim.

— Para você. Para mim, não. Vou ser útil, eu que nunca trabalhei, nunca tive responsabilidades, nunca fiz nada.

— Conseguiu um emprego fora?

— Não, meu amor. Consegui um pretendente.

— Ah!

— Por que "ah"? É um pretendente sério. Pretendente a casamento. Ou será que eu só sirvo para amante?

— E você que nunca me falou nele...

— Não tem o menor direito a levantar a questão. Por acaso você me falou nas suas esposas? Cada um de nós tem o seu pouquinho de Garcia... Mas fique sabendo que é pessoa decente. Não é admirável, mas é decente. Pessoa que tem as suas qualidades, uma invejável limpeza de procedimento e que não exige muito de mim.

— Essa história de limpeza de procedimento é comigo?

— Você sabe que não. Nem devia perguntar. Ou tem pedras no sapato?

— Não seja pateta.

— Não. Não sou, nem serei. E não precisa ficar olhando assim para mim. Ele existe mesmo, meu bem. É um americano. Conheci-o na casa do adido cultural. Permaneceu aqui trabalhando quase um ano. Não! Não me olhe assim. Não o conheci há um ano. Conheci-o há uns cinco meses e não tive nada com ele, ouviu? Poderia, mas não tive. É limpo e me agrada, mas não tive. É mais velho do que você, um pouco mais velho. Já voltou para os Estados Unidos, está em Nova York, não se farta de me escrever — espera-me. E eu vou para a América. Construirei lá o meu lar...

— O *Sweet Home*...

— Sim, o *Sweet Home*! Terei a minha casa, o meu marido, os meus filhos... São trabalhos! Farão esquecer que envelheço, me darão um destino, uma finalidade, me tornarão uma criatura real. Aqui era impossível. Você sabe bem por que era impossível.

— Casamento não é remédio...

— Não agradeço que me recorde isso. Já tive essa opinião, mas podemos mudar de opinião, não podemos?

— Podemos, mas não vai dar certo. Você não nasceu para casamento.

— Você sim é que nasceu...

— O caso em questão é o seu. Não tergiverse.

— Pois veremos! A vaguidão, a ociosidade em que vivia é que não era saúde. Não resolvi nada aereamente, já disse. Pensei muito, pesei todas as consequências.

— Que é que eu posso dizer mais? Nada! Você é livre.

— Não precisaria me dizer. Sou!

— Quem vive com os pés no chão diz você que sou eu, mas quem está acorrentada não é você...

— Ninguém te prende... Você é que se deixa prender.

— Ainda agorinha mesmo você disse mais ou menos o contrário mas, pondo isso de banda, gostaria somente que não fosse eu o móvel da sua decisão.

— Que santa inocência!

— Eu disse que gostaria.

— Eu compreendi muito bem. Que grande diferença! — E, como arrependida, tomou novamente a minha mão, que abandonara: — Somente uma coisa me punge na nossa empacada intimidade de tantos anos: é aquele bofetão...

— Catarina!

— Somente! Não o merecia... Fui estúpida, grosseira, sei que te ofendi, mas não o merecia. Não! Quantas grosserias você me

A MUDANÇA 501

fez sem que eu reagisse! Foi uma imprudência minha, uma imprudência idiota, mas não merecia a sua reação.

— Foi um impulso meu também, Catarina. Então você ainda não compreendeu?

— Nós nunca podemos compreender tudo, meu amor.

25 de julho

— E é tudo, não é? — disse Catarina.

Se porventura esperava ainda uma reação, um debate, desiludiu-se; abatido, relaxado, afadigado como se tivesse palmilhado cem léguas, fui monossilábico:

— É.

— Vamos, então. — E, murcha, Catarina levantou-se, retesou os músculos, desentorpecendo-os: — Já estou com as pernas geladas e o assento dormente.

Não teve de mim as colegiais palmadas com que sanava as suas habituais dormências, para escândalo de muitos e risonhos protestos dela mesma — que falta de compostura!

— Vou te levar.

— Não precisa. Tomo um táxi.

— Tomaremos.

— Se é do seu gosto... — e franziu a boca sardônica.

Fomos. O Largo da Lapa não é mais o inquietante domínio de Sebas, de Tide, de Antônio Augusto, sempre apto a tirar sambas da caixa de fósforos — *Esta Lapa é o meu reino, Passa, mulata, nos Arpos do meu triunfo* —, não é mais o cenário das arruaças de Otílio, o pátio familiar das bebedeiras e sonhos de Nicolau. O urbanismo modificou-o, a polícia varejou-o sistematicamente, a proximidade da Cinelândia alterou seus transeuntes e o seu prestígio boêmio decaiu, vai decaindo. Cedo, os seus tão rumorosos cafés, mortos da perigosa freguesia, já estão com as portas de aço meio corridas, na labuta apressada dos baldes e escovões. Poucas, solitárias marafonas cafusas armam pelas calçadas, rente às paredes como gatos escaldados, os seus laços de prazer para apanhar marinheiros e caixeiros retardatários. Das varandas do cabaré, que Mário Mora frequenta, ele que ainda desfrutou uns restos da plenitude da zona e a ela se mantém fiel, desce uma luz roxa de velório, escorrem uns gemidos soturnos e estrangeiros de saxofone.

O motorista dormitava no ponto, velado pelo São Cristóvão pendurado no para-brisa. O carro era um calhambeque, o tapete embrulhava-se em nossos pés, das almofadas subia um cheiro forte de benzina. Catarina chegou-se mais:

— Será melhor assim.

— Não darei um passo para que não seja assim.

— Eu sabia.

— Mas nunca poderá me convencer de que será melhor assim.

Repousou a cabeça no meu ombro, ó desalentante Epigênia:

— Não quero ser mais segunda.

— Lá vem o novo *leitmotiv*! Um *leitmotiv* que borra todo um passado! Não! Você nunca foi segunda. Você era uma coisa importante que eu tinha, uma coisa assim como uma muralha dentro de mim — deixei escapar com um estrangulamento na glote, uma pressão no peito, um enjoo na alma.

Ela sussurrou:

— Foi você mesmo que dinamitou a muralha. Com explosões pequenininhas, que nem você percebia que eram explosões.

Fui rude:

— É de cabo de esquadra! Que besteira! Que sandice!

— As explosões fortes, como essa, nunca me afetaram. A calada homeopatia dos golpes é que destrói, que tudo reduz a estilhas.

— Como pisa em falso... Como você hoje está contraditória! O que te abalou, o que te decidiu, foi aquele gesto meu, aquele que você nunca perdoou, aquele que te amedrontou por te colocar, a você que era tão livre, tão decidida, tão altiva, tão comandante, como mulher de malandro, que apanha, mas não abandona. Só que não quer dizer. Seu orgulho não consente.

Catarina ficou muda. O táxi rodou mais um minuto, estacou — estávamos diante do palacete, envolto na calma da madrugada, inteiriço e burguês, valhacouto de veleidades racistas, cenotáfio de remendada moralidade. Mandei que o carro me esperasse e abri o portão. O cão, no fundo, latiu, reconheceu-nos, sossegou.

A boa-noite, enlaçada na grade, derramava-se, florida, em alvura e perfume. Subimos os degraus de mármore do alpendre, cuja lanterna ficava acesa, pesadona, detestável trambolho de ferro fundido, com vidros de quatro cores, importada da Itália como obra de arte. A porta de jacarandá, que tem ares de porta de catedral, pelo tamanho das suas folhas, pelo intrincado trabalho das talhadeiras lusas, é orgulho e defesa daquela récua endinheirada, que me desprezava e que eu desprezava, que me punha a distância e da qual jamais tentei me aproximar. Catarina encostou-se ao alisar, vergou o pescoço, num abandono de sílfide:

— Me beije.

— Não. Está entregue. Custou, mas voltou ao ovo.

— Não.

Em dois saltos estava no carro. Catarina correu, mas parou no portão, agarrada aos ferros:

— Foi pior que o bofetão!

— Foi pior do que se tivesse sido enganado! — retorqui.

O chofer olhava-nos espantado. Ordenei-lhe que tocasse, o motor pipocou, não olhei para trás. Cheguei em casa tardíssimo. Luísa levantou a cabeça do travesseiro:

— Você demorou, meu filho.

— É. Fiquei conversando com o Mário Mora.

Devia ter a voz de quem falasse a estranhos — no mundo só havia estranhos! Ela, porém, não o notou, deu um suspiro, remergulhou no sono, que é o seu inexpugnável tesouro. Tiro o paletó, deslaço a gravata, cheiro as mãos — é o suave perfume de Catarina! Poderia ser visgo e era apenas eflúvio, coisa volátil que se esvai com a água, com o sabão, com o tempo.

27 de julho

— Você viu? Mais um navio para a Armada. E feito aqui! Pequeno, mas feito aqui. (Ataliba, orgulhoso.)

— E dizer-se que já construímos os nossos navios!... Que já tivemos uma esquadra, que era das primeiras do mundo! Que a

504 MARQUES REBELO

Batalha do Riachuelo foi uma revolução na tática naval! (Papai conversando com seu Políbio, na farmácia.)

— *O tempora, o mores!* (Teria dito o desembargador Mascarenhas.)

— Vocês viram que bambochata! O general Marco Aurélio foi encarregado dos estudos da defesa do sul do continente! Estamos bem defendidos... (José Nicácio.)

28 de julho

Kiev tomada. Minsk em chamas. Leningrado cercada. Smolensk em perigo. Mas Berlim confessa sem rebuços que as tropas soviéticas oferecem enérgica resistência.

— Com essa não contavam os pilantras! — exclama, radiante, Gasparini. — Pensavam que era só botar as *panzer divisionen* para frente... Uma pacova! Os russos estão trazendo os brutamontes de canto chorado! E quando chegar o inverno, aí é que vão virar sorvete!

— Será que os russos aguentam até o inverno? — duvida Loureiro, para quem os russos são uma espécie de bicho, acariciando a fivela de ouro do cinto de crocodilo.

— Está na cara! Napoleão, que era Napoleão, não levou, não vai ser Hitler que irá levar.

— Mas os tempos são outros.

— Ora bolas! Que é que tem o tempo com a contradança? Não vai querer me dizer que o tempo só corre para um lado...

E Loureiro, vencido, mas não convencido, relatou pormenorizadamente como Washington fez uma lista negra de firmas latino-americanas que comerciavam com os países do Eixo e que, por baixo das transações, comungavam ideologicamente com os nazistas.

— Mil e oitocentas para começo de conversa, minha gente! Não podem vender nem mais um palito. É para alarmar muito gajo aqui...

— Fogo no rabo deles! — esbraveja Gasparini.

A MUDANÇA 505

— Esses paspalhões de Washington deviam começar por Wall Street — entrei eu. — A lista ia de saída para uns 180 mil!

Loureiro, que é muito americanista, titubeou:

— Acho que foi o que fizeram.

— É o que não sabemos. Ao meu ouvido não chegou. E a esfrega deve principiar por casa. Isso de só desinfetar a casa dos vizinhos não é higiene que mereça crédito.

Quando fui levá-lo à porta, e o carro impava os seus deslumbrantes cromados, com uma das rodas dianteiras precavidamente contra o meio-fio, Loureiro me bateu nas costas:

— Que é que há? Está com cara de poucos amigos hoje.

— Nunca tive muitos amigos — tentei gracejar —, mas não há nada. É que nesses últimos dias tenho andado com as minhas perturbações do vago-simpático.

— Que é que você sente?

— Uma infinidade de coisas. Uma chateação!

— É a mazela da moda. O Ricardo andou também pitimbado. Não podia ver janela aberta que não ficasse tonto, quisesse se atirar. É gozado, não? Agora já se encontra em forma. Mas você não está se medicando? Convém não subestimar.

— Longe de mim subestimar! — E menti: — Gasparini me receitou uns calmantes.

— Mas não está com cara de ter melhorado.

— Também os efeitos não podem ser instantâneos. Comecei a tomar o remédio ontem.

— Para o Ricardo o médico receitou uns extratos de glândulas femininas... Espera! Não sei se eram glândulas ou hormônios... Uma bagunça dessas! Se não me engano, suíça. Em todo o caso é medicação meio suspeita, não? — e riu. — Se fosse para o Gerson Macário eu não diria nada...

Quando Luísa notara a transparência dos meus calundus, acudiu-me o subterfúgio:

— São aporrinhações literárias. Quanto mais escrevo, mais dificuldades tenho. Literatura é isto: um voluntário sofrimento.

— Quem sabe se você tomasse uma coisa para o cérebro. Uns fosfatos, umas vitaminas...

— Não. Não precisa. Vão como vieram. Já estou acostumado. Você é que não presenciara uma crise. Felizmente não duram muito. Se durassem, não havia escritor vivo. Ou fora do hospício...

29 de julho

Com vista a Catarina, um eco bergsoniano: "A inteligência caracteriza-se por uma incompreensão natural da vida."

30 de julho

Dulcelina! Só Francisco Amaro sabia da existência daquelas páginas. Ligara-me a ele, como jamais fizera a outro amigo — confiante, completo, sem restrições. Depois de alguns dias de hotel, conseguira um quarto na Rua Carvalho Monteiro, quarto de frente de rua, enorme, com um pé-direito que espantava, numa casa de família, antigo palacete de comerciante abastado, com vitrais na escada nobre, e do qual a inquilina, uma senhora viúva e discreta, realugava os três cômodos principais, com o café da manhã, a rapazes de tratamento.

Francisco Amaro passava as manhãs em casa, lendo, escrevendo, estudando, almoçando por volta da uma hora, numa pensão da vizinhança, indicada por Gasparini, e onde esse futuro médico dava cartas. E, pelo menos duas vezes por semana, eu passava pelo quarto para conversar, assistia à sua demorada toalete, e íamos comer juntos. Horas felizes aquelas! Horas guardadas no coração como inextinguível riqueza! Horas de confidências, de sonhos, de solta imaginação! Horas de esperança e de fé! Líamos, relíamos emocionados ou repugnados, trocávamos livros e impressões, agarrávamo-nos aos nossos ídolos, perdíamo-nos em críticas e comentários, paixões e picuinhas da mocidade. O sol banhava o quarto, o chão cheirava a cera. A janela dava para o jardim. Os oitizeiros da rua atiravam pelas largas sacadas frescuras de folhas e alaridos de pardais. E os pregões dos vendedores ambulantes, a cada momento, vinham cantar nos nossos ouvidos.

A MUDANÇA 507

Certo dia, levei o secreto papelório na pasta de trabalho. Minha letra era horrível, sempre o foi. Lia mal, nunca fui bom leitor. E li. Li o primeiro conto, "Dulcelina", talvez mais que conto, novelinha, e que mostrava Aldina e Clotilde somadas e deformadas, com coisas da vida de soldado, Gilabert, Louva-a-Deus, cabo Rocha Moura, sargento Curió, sargento Pedroso, tenente Dantas — coisas de Silva & Irmão, a caricatura de seu Afonso, e muita reminiscência caseira disfarçada.

1º de agosto

Ao termo da tropeçada leitura, Francisco Amaro decretou:
— Muito bom! Muito bom mesmo.
Senti-me orgulhoso, venturoso, deleitado, flutuante. Parecia que tudo desaparecera na minha frente. Que volvera no tempo, que me encontrava naquela tarde quente, radiosa, do meu exame de Geografia, no Colégio Pedro II, abraçado, aos beijos, por meu pai comovido — muito bom! E Francisco Amaro me despertou:
— Mas eu acho que você deve trabalhar certos pedaços. Para quem fez o que você já fez, será simples. Os diálogos são ótimos! Você devia alongar alguns, e assim dar mais força, caracterizando melhor os personagens. Essa Dulcelina é uma figura! Merece mais. Mas leia outro.
Minhas barreiras estavam transpostas. Li "Na Travessa Dona Maria".

2 de agosto

Volto do jantar com Garcia, jantar de aniversário, mas jantar de pensão, triste, num canto de sala economicamente iluminada, a ausência de Hebe pesando, calada e pungente. Entre nós, e a sopa era aguada e dessaborida, a carne assada era córnea, o café fraco e requentado, o tempo coagulava, sem nenhuma confissão sobre Belo Horizonte.
— Obrigado pelo livro. Amanhã vou à sua casa.
— Não quer ir jantar?

508   MARQUES REBELO

— Não. Irei depois. Tenho compromissos.

— Tá.

Deixo aquela estagnação noturna, volto para a ensolarada manhã da Rua Carvalho Monteiro, com pardais vindo, atrevidos, pousar no peitoril da janela. Um dos inquilinos, rapaz alourado e vaporoso, estudava piano — era Chopin. Francisco Amaro gastava roupão de encorpada seda grená. Li "Na Travessa Dona Maria". O amigo rematou:

— Caramba! Nunca pensei que você fosse capaz de tanto! Francamente! É uma tradição que se reata sem repúdio daquilo que o Modernismo conseguiu... Estou até com inveja!

3 de agosto

Não foi a confissão que veio hoje, com a discussão do problema, a troca de pontos de vista, o pedido de uma opinião, mesmo que não fosse para ser acatada — um jogo amical, aberto e confiante, como simploriamente o pratico, vício incorrigível e passível de alguns mal-entendidos e dissabores. Foi a comunicação de um fato consumado. Garcia, que não se atreve a armar os lances enxadrísticos sem vacilações e inquiridores olhares para o adversário, é pedreiro que se julgou capaz de construir a própria choupana sem auxílio de mestres ou serventes — irá no dia 10.

E numa desusada loquacidade alongou-se nas vantagens da remoção, uma das quais, aquela que cuidei ter sido a decisiva, é a de que perceberá o dobro do que percebia aqui.

Fiz o possível para receber a resolução com naturalidade, como um ato corriqueiro da vida, que não houvesse razão nem necessidade de ser conhecido antes, mesmo pelo mais íntimo dos amigos. Fiz o possível, mas como é difícil desvencilharmo-nos dos nossos sentimentos feridos!

Se os confessasse, Catarina, confessionário ao pé do qual por tantos enganados anos ateus me ajoelhei, teria rido: "Se ralando por tal mixaria?" E o espelho, mais constante e cruel, me condenaria: "Estás exigindo demasiado da amizade... Não faças isso!", e, com o fito de me achincalhar, imitaria a voz do desembargador Mascarenhas: *"Hoc ne feceris!"*

Felizmente que Garcia não se demorou muito — tinha coisas a fazer. (De que mundo de coisas se ocupam os nossos íntimos e nós nem desconfiamos!) E no patamar, à saída, repuxando os sobrolhos, pareceu desculpar-se:

— Custei muito a me decidir. É uma experiência e já estou maduro para experiências. Se não der certo...

Apressei-me a refutá-lo:

— Como não vai dar?!

E Luísa, quando fechei a porta, veio ao meu encontro:

— Estou boquiaberta! Você não achou estranho que Garcia, só hoje, com o pé no trem, venha nos dizer que irá embora?

— Não acho mais nada estranho, partindo de amigos — menti. — As amizades são caixas de surpresas.

— Dá a impressão de que ele temia a nossa interferência. Como se pudéssemos prejudicá-lo, impedi-lo.

— Nada disso.

— Sei lá! Fiquei tão chocada, achei tão disparatado, tão fora de qualquer desculpa, que não sabia onde pòr os olhos. Você notou, não notou?

— Notei — menti ainda.

— Mas se você visse a sua cara no espelho... Era de réu! Se ele não reparou é porque está cego, cego como uma toupeira.

Um clarão me iluminou:

— Talvez esteja tão fascinado pela aventura que não percebe nada, anda sobre nuvens. Porque é uma aventura, a repetição tardia da sua vinda para cá. O que ele pretende é recuperar a mocidade, bisando uma iniciativa da mocidade, cheia de ardor e esperança. E se envergonha de confessá-lo, pobre, rudimentar Ulisses amazonense!

4 de agosto

— Estou até com inveja! — foi a exclamação de Francisco Amaro, homem sem invejas, cuja inclinação para a modéstia raia pelo complexo de inferioridade a ponto de me irritar. Era uma força de expressão, que recebi com inefável agrado — ó fraquezas das iniciações!

Também não agasalho invejas, as literárias por suposto. Tenho certos desprezos da vida literária, isso sim, e externados com tal azedume que podem ser levados à conta de inveja, confundem-se efetivamente — que adiantará me defender? É deixar o barco correr... Mas com a negligência vamos consentindo na construção de um tipo literário que esmigalha o escritor. Que precisarei fazer, ou que tempo precisará transcorrer para que o escritor prevaleça?

5 de agosto

Há tempo de amar e tempo de amar o que se amou.

6 de agosto

E há tempo de racionamentos. Cai sobre nós mais um: o do gás, que o coque vem de fora, importação que sofre transtornos nas fontes extrativas e que a sanha dos submersíveis pratica- mente impediria, não fora a providência dos comboios, cujas saídas e chegadas se revestem de ardis para despistamento dos espiões, caravana marítima de luzes apagadas e sem apitos, cer- cada pela vigilância, tantas vezes rompida, de rápidos e insones navios de guerra.

Foram estabelecidas espremidas cotas de consumo — o que for ultrapassado, paga-se mais caro. Mas pagar mais caro não será a única punição, cômoda para os abastados e indiferentes. A rein- cidência da infração determinará as penas de corte temporário ou definitivo do fornecimento.

Tracemos os planos caseiros para evitar aborrecimentos — lei é lei. Felicidade foi convocada, ela que é quem maneja mais as torneiras de gás. Explica-se, torna-se a explicar a obrigação de economizar, ela abana a carapinha em sinal de assentimento, mas raios me partam se a lenga-lenga não entrou por um ouvido e saiu pelo outro, que a burrice de Felicidade é estarrecedora.

A MUDANÇA 511

Luísa, acorde com a inutilidade da explanação, promete que zelará para a fiel obediência das determinações oficiais. Pior a emenda que o soneto... Vá se confiar nela! Quantas vezes terei de apagar o piloto do aquecedor, que ela sistematicamente deixa aceso? Quantas vezes terei que dar uma espiada fiscalizadora no fogão por ocasião dos cafezinhos noturnos? Luísa ri:

— Como você se preocupa com bobagens!

Talvez o sejam, ínfimas meticulosidades a que me aferro e que me exasperam se negligenciadas — a pasta dentifrícia dentro do copo, os vidros convenientemente arrolhados, os jornais no competente escaninho, o troco certo, as contas a pagar sob o peso de bronze, que é uma lembrança de Gasparini, os recibos na gavetinha — coisinhas que emprestam à vida uma rotina mesquinha, enquanto as grandes, as que podem provocar uma reviravolta na existência, deixo-as um pouco aos azares do destino.

7 de agosto

— Desloca-se para a Ucrânia o peso dos ataques alemães. Isso quer dizer que a pua está falhando e eles estão procurando um ponto mais mole para a perfuração — explica Marcos Rebich, acendendo um cigarro na brasa do outro.

— Vão quebrar os dentes! E os russos já estão voando sobre Berlim... — ajunta Gustavo Orlando.

— Berlim não sofreu nada. Nem uma telha quebrada! Quando os boches viram que não podiam resistir mais ao avanço Aliado, pediram o Armistício. (Papai recapitulando acontecimentos para o paciente auditório, que era o noivo Pinga-Fogo.)

— Nosso amigo Getúlio atravessou a fronteira boliviana no dia 30 e no dia 2 já se encontrava conversando em Assunção. É querer meter no bolso dois outros ditadores com uma só cajadada — bufa Cléber Da Veiga.

— Que acha você dessa estrada de ferro brasileiro-boliviana? Sai mesmo?

— Sai! Pode demorar, mas sai. É um tentáculo. Também temos as nossas partes com o polvo. Marchamos para um imperialismozinho sul-americano... Você não sabe que a Argentina é um espantalho e que há petróleo na Bolívia? — responde Euloro Filho.

8 de agosto

Morre Tagore. Chatíssimo!

9 de agosto

Os comentários:

— Na surdina, sem dizer nada a ninguém... É uma criatura estranha o nosso Garcia... (Aldir.)

— Não vejo nada de estranho. É um sensato, um precavido. Para que badalar as coisas antes? Até dá azar! (Pérsio.)

— Disse muito bem. O segredo é a alma do negócio. (Ataliba, decaindo a olhos vistos.)

— Não vejo que negócio possa ser essa mudança. O que vejo é passar, de moto próprio, de cavalo a burro! (Loureiro.)

— Com a breca! Assim de uma hora para outra... (José Carlos de Oliveira, ombros arqueados, faces tumefactas.)

— De hora em hora, Deus melhora! Ficaremos livres da chatura do xadrez. Não há silêncio que incomode mais do que o do xadrez! Agora, se você quiser jogar, tem de ser por correspondência. (Gasparini.)

— Você já tinha o seu cônsul em Guarapira. Passará a ter embaixador em Belo Horizonte, hein! (Adonias.)

10 de agosto

Garcia avisou cedo que filaria o jantar — não irá mais amanhã, irá depois de amanhã, adiamento que não partiu dele, atrapalhações do diretor mais enrolado do que volvo.

Luísa, que tem se enveredado pelas saladas e pratos frios, pretendendo com tal expediente cingir-se à cota de racionamento do gás, proporcionou-nos um jantar que era uma verdadeira natureza-morta de Marcos Eusébio, sem moldura, é certo, mas

A MUDANÇA   513

com todos os verdes e brilhos do laureado artista. E antes da
chegada do comensal, ponderou sobre a inanidade da cara feia
— o anfitrião não devia dar o braço a torcer. Não, não daria —
apaziguei-a. A onda passara. Se deixou resquícios é o que veremos
depois. E foi uma refeição sem constrangimentos, que descambou
fácil para as possibilidades belo-horizontinas de Garcia, muito
otimista e ainda muito palrador. Quem se habituou ao seu pouco
falar, mormente sobre assuntos íntimos, há de se admirar da atual
tagarelice. Está com todas as velas enfunadas o rejuvenescido
argonauta — antevê um Eldorado com os seus olhos cerúleos,
sonha porventura com uma nova Cólquida sentimental.

11 de agosto

Comparecemos ao embarque, eu, Gasparini e Aldir, muito
zelosos de certos deveres sociais. Foi de noturno o viajante, chegou
afobado, refletindo na voz um toque de nervosismo, com duas
malas velhas como a Sé de Braga, uma valise com estranhas eti-
quetas, uma canastra inqualificável, querendo vomitar o socado
conteúdo, uma penca de pacotes malfeitos e mal amarrados.

— Por que vocês se deram à amolação? — falou como se o
fizesse a pessoas que não privassem da sua intimidade.

Gasparini saudou-o:

— Epa, que você parece um retirante!

Não era má lembrança, Garcia riu, questionou com o carrega-
dor de mão rapace, venceu-o e o homenzarrão saiu resmungando.
Foi um trabalhão acomodar aquela múltipla bagagem na estreita
cabina, que cheirava a azedo, o guarda era um mulato desajeitado,
Garcia ia e vinha como um êmbolo, e, quando pôde juntar-se a nós
na plataforma, o suor escorria-lhe, não havia lenço que estancasse.

— Pois é, estou se me indo...

Gasparini estava com a veia pilhérica:

— Não enfurne o dinheiro todo não, ouviu, seu unha de fome?
Abra um pouquinho o picuá. Mande ao menos uns queijos de vez
em quando para nós.

Procurei levar a conversa pelo mesmo caminho:

514 MARQUES REBELO

— Queijo eu dispenso. Não gosto de queijo. Mande umas linguiças, umas linguiças bem caprichadas.

— Não mande nada disso não. Eles que se lixem! — e Aldir palmadeou-lhe as costas: — Mande uma boa mineirinha para mim...

— Que é que você vai fazer com uma mineirinha? — disse Gasparini, empurrando Aldir. — Peça coisa que você use.

Garcia, porém, não correspondeu às chalaças, muito compenetrado, remexendo-se como se tivesse formigas dentro da roupa nova, de olho no relógio da estação tomada de fumaça.

— Estás indócil, homem! — voltou Gasparini. — Fique tranquilo que o trem sai mesmo. Pode descarrilhar, mas sai.

Garcia riu amarelo. Gasparini cutucou Aldir — era uma mulher que passava, só, muito pintada, os quadris rebolando. Aldir deu uma piada, ela sorriu. E ouviu-se o sinal, estridente campainha, que provocou um corre-corre na gare. Garcia apressadamente nos abraçou e atirou-se para o vagão como se já estivesse em movimento. Mas entre o sinal e a partida, que enervante eternidade! Ficamos pregados na plataforma, como militares em posição de descanso esperando a todo o momento a ordem de sentido! Ficamos na plataforma, ele em pé na varandinha do carro, sem nada para dizer, tomados pela aflição da espera, que parece interminável. Aquele semblante que durante tanto tempo não se apartara da minha convivência, e em que tanta confiança depositava, trocara o otimismo com que se mascarara nas vésperas da partida por um ar apreensivo, assustado, que também não era seu.

Afinal, o trem arrancou com a sua luz e o seu barulho. Adeus! Boa viagem! — acenamos. Adeus! — respondia a mão cautelosa, só a mão. E quando a luz vermelha do último vagão sumiu na escuridão, encaminhamo-nos devagar para a saída com uma sensação mista de desafogo e tristeza. E Gasparini tomando-me o braço:

— Lá se vai o nosso Garcia. Nunca mais voltará. Há falhados decentes, não há?

A MUDANÇA   515

12 de agosto

A noitada de Jouvet, e somente hoje me refiro a ela e da qual Godofredo Simas deu quatro clichês, com cavalheiros de copo na mão, na página social da sua gazeta, foi uma ampola de soro fisiológico nas caquéticas veias do salão Mascarenhas. Se o animador efeito é momentâneo, Susana cuida-o duradouro e seria cruel arrancar-lhe essa ilusão. Regozijou-se e, conforme satiriza Adonias, que aparece num dos clichês ao lado do esplendoroso decote de Baby Feitosa, só faltou inaugurar uma placa de bronze na fachada da mansão, comemorando a recepção, para completar o ridículo que foi a sua subserviência diante do primeiro ator da *Comédie Française*, cujo sorriso de fadiga e desdém era translúcido.

Não participei do sarau porque não me sentia com disposição, atônico, confuso, remoendo as desconcertantes atitudes de Catarina e Garcia, e também porque a misantrópica Luísa, que abomina tais reuniões, corroborou:

— Me sinto como peixe fora d'água, meu filho... Vai você.

Não fui, mas recebi reprimenda telefônica. A reprimenda era pretexto — que falta fez um desenxabido dois de paus num jogo com tantas figuras? O que desejava Susana era prolongar o arrebatamento íntimo, fazendo-me a exposição do acontecimento. E gramei uma hora e meia, contada a relógio, de fone na orelha, sem a mínima possibilidade de escapar, ouvindo Susana mais frívola e maitaca do que nunca.

Mas todas as fatuidades dão seu fruto positivo e o do memorável serão coube a Mário Mora, que bem precisa dele.

— Mário Mora portou-se como um amoreco! — asseverou.

Susana, que não o admitia sem inequívocas desconfianças e restrições, transportou-o ao elevado empíreo do seu reconhecimento; de lá não descerá jamais, eu conheço bastante o inabalável fortim que é a gratidão da velha amiga.

13 de agosto

A acusação de Luísa não é gratuita:
— Como você se preocupa com bobagens!

E reporto-me ao meu interesse pelos pormenores, pelas nugas da existência, pela obrigação de atos comezinhos, pela ordenação das coisas insignificantes, que a permanência na caserna insensivelmente agravou; reporto-me ao quase fatalismo, talvez covardia, com que encaro os graves transes, ou me desvio deles, avuncular estigma que Gastão me transmitiu ou exacerbou; e daí extraio uma ilação de plano literário! — é o que me torna substancialmente incapaz duma obra despojada de coisinhas, sem anfractuosidades, feita de amplos movimentos gerais, panorâmicos, orbiculares, aberta aos grandes ventos, obedecendo a um vasto, universal esqueleto, que despreza as fiorituras da vida e do estilo. Atraem-me vertiginosamente as minudências, os mofinos recantos das almas, os tiques e gestos microscópicos, perturbam-me doentemente os sutis achados linguísticos, ninharias, ninharias, quando as obras de vulto e peso abstêm-se dos detalhes. Em resumo, a brincadeira de Adonias tem fundamento:
— Vinhetista...

14 de agosto

(O frio me entristece, me deprime, povoa a minha carne de arrepios e presságios.)

15 de agosto

Traidor ou macróbio engazopado, geme Pétain, que conheci como idolatria de doutor Vítor e Blanche: "Tenho graves coisas a dizer-vos. De várias regiões do país sinto que sopram maus ventos. A ansiedade (pudera!) apoderou-se do espírito do povo. A autoridade do meu governo (o governicho, como o qualifica José Nicácio) é colocada em dúvida e as ordens são com frequência mal executadas..."

A MUDANÇA

O repórter-fotográfico, hábil e simpático, que arribou fugido, de máquina a tiracolo, e fora ferido em combate, e participara da luta subterrânea dos *maquis*, e conseguira logo colocação aqui numa revista ilustrada, dá vazão à sua repulsa:

— A derrocada da França? Tudo traição. Não mais do que traição das classes dirigentes — *voilà!* E houve uma certa imprensa e uma certa opinião pública (como aqui...) que injuriavam e desacreditavam todos aqueles que queriam resistir ao nazismo.

— A França estava podre — soluça Altamirano, que não está em melhor estado de decomposição.

16 de agosto

Roosevelt e Churchill acabam de traçar, num octálogo, os objetivos principais por que se baterão as suas nações para a reorganização da estrutura política do mundo, uma vez terminada a guerra.

Reproduzamos a maliciosa ponderação de Pedro Morais, em quem há meses não punha os olhos:

— É um programa de paz democrática, altruístico e nunca assaz louvável. Mas já é ser prematuro!

17 de agosto

O prático Stalin envia mensagem aos dois outros grandes, sugerindo agirem rapidamente na elaboração dum programa de aproveitamento e distribuição dos esforços conjuntos. Os dois chefes propõem-lhe uma reunião.

18 de agosto

Stalin esperava a deixa; sem pestanejar aceita a reunião tríplice para fixação dos planos de guerra contra o Eixo.

Política internacional é um xadrez do qual ignoro todas as regras, ou então Marcos Rebich é mediúnico:

— Foi um golpe de mestre do velho bigodudo! O que Roosevelt e Churchill estavam traçando era a antecipada divisão das zonas de influência após a guerra. Não quis ficar de fora da gamela, é claro. E não seriam eles, nesta hora dos acontecimentos, que iriam negar a entrada da terceira colher.

19 de agosto

Espio através da vidraça embaçada. As palmeiras dormem em renque, dorme a estátua derrocada de Pérsio contra o galpão, dormem as gelosias do milhardário, dorme o morro escuro recortando-se na escureza do céu. O coração está cheio, turvo reservatório; mas há três noites que somente inscrevo aqui, da maneira mais sintética, as pulsações mais fortes do conturbado mundo mavórcio, como se a minha vida não contasse. É que têm muito de entorpecente, de narcótico estas anotações.

20 de agosto

Os fragmentos:
— Que é que você pensa que eu sou?
— Não penso. Tenho a certeza.

21 de agosto

A vida carioca se complica. As filas aumentam em número e extensão, o câmbio negro passou a ser uma rotina, as escolas públicas já não são suficientes para atender à população escolar, foi permitido o excesso de passageiros nos lotações e ônibus — oito em pé. De antemão sabemos que serão dezoito...

22 de agosto

E os ânimos andam muito excitados. Gustavo Orlando não para, Julião Tavares não para, Antenor Palmeiro multiplica-se com esplendor. O jovem (nordestino) pergunta:
— Pode haver um grande poeta nazista?
Quase todos respondem:

A MUDANÇA 519

— Não!

Porque há os cautelosos. E cautela e caldo de galinha não fazem mal a ninguém, como dizia Mariquinhas.

23 de agosto

— Já se admite em Berlim que a campanha da Rússia se prolongará por todo o inverno... (Pérsio.)

— Imagine-se como é duro ter que admitir.

— Se ao menos fossem pinguins... (Aldir.)

— Vão virar picolé. Picolé de bosta! (Gasparini.)

— Entrementes o nosso caro ditador continua como um pêndulo, de lenta oscilação, entre a cruz e a caldeirinha. (Pérsio.)

— Torço pela caldeirinha... (Aldir.)

— É mortal o homenzinho! Mistura de dom João VI com marechal Hermes, como já disse um cara. (Gasparini.)

— O cara chama-se Saulo Pontes.

— Um sensaborão pode ter graça um dia. (Gasparini.)

— Vocês sabiam que o Ricardo Viana do Amaral está encabeçando uma empresa para fabricação de material elétrico, válvulas de rádio inclusive? Testa de ferro de um grupo de Ohio. (Aldir.)

— Não, não sabia. E não tenho visto o Loureiro. Deve estar na marosca, por certo.

— Presume-se. Os rios correm para o mar. E o Altamirano está solidário, isso é que é o melhor. Representava um poderoso consórcio de Illinois. Fizeram acordo. (Pérsio.)

— É uma bonita aglutinação... (Gasparini.)

— Não será melhor dizer que é uma bonita mamação? Vão mamar na mesma teta. (Pérsio.)

— Que vaca somos nós para a sofreguidão do capital estrangeiro! (Aldir.)

— Por falar em vaca, o Garcia já te mandou notícias? (Gasparini.)

— Nem um cartão.

— Deve estar com os dedos doendo de tanto fazer a escrita dos gringos. Poderá ganhar mais, mas vão lhe chupar o sangue! (Gasparini.)

520 MARQUES REBELO

24 de agosto

— O senhor hoje não vai sair? — perguntou Felicidade, mãos nos quadris, vendo-me ao almoço com roupa de andar em casa.

— Não. Não vou.

— Então, eu podia aproveitar para dar um saltinho na costureira. Faz diferença para o senhor? — e mostrou a dentuça.

— Nenhuma. Aproveite.

— Se o homem da lavanderia vier, o senhor atende? Vou deixar a trouxa na cozinha.

— Atendo. Pode ir tranquila.

Fiquei só. Tenho saído pouco, sem disposição, sorvido pelas minhas paredes, numa autoprisão. Também pouquíssimo ou nada teria que fazer na rua, que as obrigações escasseiam e as que sobram são, sem prejuízo, postergáveis. Rasguei rascunhos, mancheias de indeiscências e mistifórios tolamente acumulados, peneirei gavetas onde a excrescência dos dias se amontoa, arrumei os álbuns de pintura, que Pérsio vive remexendo (Mantegna é grande, Van Gogh irrita), andei a esmo pelo apartamento deserto queimando cigarros, mastiguei, levado por angustiosa sensação de estômago vazio, uma embuchadora fatia de bolo de chocolate, que as crianças adoram e que eu detesto, acabei relendo, numa acalmia, acanhadas páginas de Amiel, harmoniosas e estéreis umas, pamonhas outras, e, lambendo Deus, todas — um insuportável pudico, como rejeitava-o Catarina. Fechei o livro, fechei os olhos — com ou sem vontade, Catarina era um nó mais forte do que o ódio ou o amor, indestronável visco que ligava uma imensa cadeia de pensamentos guardados e atitudes passadas... A campainha sonou. Não era o homem da lavanderia, era o carteiro, estrábico, calvo, o gasganete bailando na gola da farda, e trazia cartas de Francisco Amaro e de Garcia.

Francisco Amaro, que recebera de Garcia lacônicos informes da resolução, mostra-se surpreendido com a súbita decisão mudancista — cuidava que fosse árvore aclimatada, arraigada ao solo carioca e não ave de arribação, e pergunta que papel representei no assunto. (O mesmo quando da sua partida para Guarapira,

A MUDANÇA 521

poderia responder — só que o retorno aos zebus de seu Durvalino, de delongada efetivação, fora prévia e exaustivamente anunciado.)

E Garcia faz um pequeno relatório: a cidade era apetecível, hospitaleira, embora desconfiada, o serviço descomunal, mas sobre a pletora não havia que tugir nem mugir — cavacos do ofício ou da ambição; morava perto do escritório, dez minutos a pé por uma avenida larga, reta, plantada de magnólias, numa pensão com escorpiões e couve à mineira todo o santo dia — para os primeiros haveria mais fatalismo do que prudência, para a segunda havia os pós de magnésia; e esboçava a caricatura da dona, crepuscular cabo de vassoura com cabeça de mamulengo, e da meia dúzia de pensionistas, mas o que relata, em mais espichadas linhas, de Geralda, não é uma caricatura, é incontrolável, conciso e embevecido retrato, mais espiritual do que corporal, e, como a moça é o suprassumo da catolicidade, a imagem que dela transmite tem a ingenuidade de uma figura de Fra Angélico epistolar.

25 de agosto

Carta é objeto tão pessoal quanto palito. Antes, porém, de rasgar a de Garcia, rompo a minha ética e passo-a a Luísa, que deduz:

— Está fisgado...

— Quê! Ele é que estava roxo para se deixar fisgar. Nunca vi borboleta querendo tanto ser espetada na almofada matrimonial... Aqui é que achava difícil, sujeito à crítica e aos entraves amicais... — Escandi as sílabas: — Lá é como estar no estrangeiro. Vai-se anônimo, apátrida, ninguém mete o bedelho nos passos sentimentais, nada tolhe, tudo vale...

— Talvez — anuiu ela, enquanto um fulgor de terna piedade lhe tinge o rosto. — Que encontre um bom alfinete...

26 de agosto

O que disse a borboleta do alfinete: Geralda é frágil, magrinha, porém vibrante como vime, e poderemos considerá-la loura tal qual consideramos dourada a barba de milho verde; os olhos, penetrantes e sinceros, protegidos por cortina de longas pestanas, são cor de azeitona, mas se atentarmos bem vemos que a pupila é azul-marinho. Nasceu em caixa-prego, graceja, e Pedra Amarela denomina-se o pontinho alteroso, que os cartógrafos mais meticulosos não assinalam; da esquecida aldeola, que já foi caminho de bandeirantes e bivaque de faiscadores, traz o pânico do tráfego e da confusão a par duma insopitável curiosidade — ao menor ruído rueiro, corre para a janela. Mas estudou, interna, em Campanha, num colégio de freiras, de que guarda vestígios no andar, no cruzar dos braços, no sentar-se à mesa, saiu professora, a vocação é pouca, faz atualmente um curso no Pestalozzi e considera-se muito solteirona aos 23 anos. É alegre sem espalhafato e suave sem ser submissa, salvo ante o itinerário da fé, de que não discrepa — a sua missa, com véu e fita de Filha de Maria, é a das seis, com o sol ainda por surgir, sente-se coberta de pecados, frequenta o confessionário praticamente todos os dias, consome quilômetros de terços expiatórios, chama certo reverendo de "diretor espiritual".

27 de agosto

Foi o que disse a borboleta do alfinete... E é como a contaminação do momento, brincadeira que parece invenção de Jurandir e seu Valença: o que disse o pires à xícara, o que disse o abacaxi para o pêssego, o que disse a agulha da linha...

Oldálio Pereira está nas suas sete quintas:

— Sabe o que disse o leite para a água? — E ele mesmo responde para o cliente de boca aberta: — Unidos venceremos!

28 de agosto

— Foi a mão que tremeu ou a arma que era ruim? (Gasparini a propósito do atentado que sofreu Laval, já fora de perigo.)

— O miserável é peludo! Dessa escapou, mas sorte não dá todos os dias. Deixa estar que ainda vai levar bala! (Pancetti, pondo o rosto cor de tomate.)

A MUDANÇA   523

— Foi na esquina da Rua Sete com a Avenida. Tatá esperava o bonde para ir a um arrasta-pé, tinha um cravo na lapela, e ao lado dele se encontrava um polícia. Brandindo a pistola, o homem apareceu gritando: "Meganha não me prende!" Saíra recentemente do hospício e tivera outro acesso em plena rua. E atirou no polícia, que tentara desarmá-lo, mas atingiu Tatá, que morreu na ambulância (com uma outra flor mais rubra no peito).

— Era um cabra engraçado o nosso Tatá. Sempre levou a vida na flauta. Defendia o corpinho como ninguém. Lembra no futebol? Quede que forçava a bola contra um adversário mais taludo! Com ele era na maciota, no jogo folgado, defendendo as canelas... Mas como driblava o diabinho! Quando pensou que iria morrer baleado! (Gasparini.)

— Dez anos por cada tiro, foi o comentário de Otílio após o julgamento. Matou o cunhado, que se engraçara com a mulher, conquistador contumaz, que antes andara arrastando a asa para uma cabrocha de quem Otílio desfrutava o carinho. Não fez a terceira... As provas da defesa, porém, foram insuficientes para o júri.

— Getúlio tem uma qualidade que não pode se negar: o destemor com que trata o clero. Numa terra em que o cagaço clerical dos políticos sempre foi um fato, ele coloca a batina à devida distância, e no devido lugar, não fazendo quase nenhuma concessão, porque sabe que com a padrecada é assim: se a gente dá um dedo, ela quer logo a mão toda. Mas como a padrecada é ardilosa como os malandros, fica firme e não estrila; guarda-se para a primeira brecha. (Luís Cruz.)

29 de agosto

Chego mais a um ponto final — *As vinhas da ira*. E Luísa que é vagarosa para ler como carroça:

— Você acaba tão depressa os livros que acho que pula milhões de páginas, ou só lê os diálogos como a madrinha...

Há muito dona Carlota não era invocada. E riu:

— Queres ler este?

— Não! É muito grosso...

— És o meu Antenor Palmeiro de saias... Com uma pequena diferença: ele também não lê os finos...

E vamos despachar o volume para Francisco Amaro, sem nenhum comentário, o que é uma pequena traição de laboratorista literário. Vamos despachar e esperar o resultado. Com esse romance podemos restabelecer o abalado crédito de Steinbeck, operação da qual Adonias seguramente discordará. Escritor de somenos importância, mas nunca um repórter como o seu primário conterrâneo Hemingway, influenciado pelo cinema e influenciador de muito noviço das letras daqui e de além-mar, tem a seu favor a trágica rusticidade dos personagens que põe em ação, envolvidos pela morte, pela violência, pela loucura, mas dulcificados muita vez por um halo místico.

É maravilhoso que, na carta celeste literária, não nos venha a luz apenasmente das gigantescas, esplendorosas estrelas. Há uma imensa constelação de obras-primas de segunda, terceira e até de quarta grandeza, de que jamais nos olvidaremos, assim como algumas humildes criaturas, um mata-mosquitos, um gari, um lavador de pratos, podem nos dar inesquecíveis sensações do humano, e como certas flores de beira de estrada, pequenas, recônditas, sem nome, colhidas por Luísa e Catarina nas nossas andanças montanhesas, e murchas minutos depois, podem nos levar, com as suas corolas, à fixação de todo o cosmo floral.

Não é o caso, até agora pelo menos, de nenhum livro de Steinbeck, e como exemplos de modestas obras-primas me acodem, neste momento, *O diabo no corpo*, de Radiguet, *Sem cama própria*, de Vai Lewton, russo naturalizado americano e argumentista em Hollywood, *Katrina*, de Sally Salminen, e *Grito de mãe*, de Helen Grace Carlisle, sofrido como um romance de Dreiser, com o truque emotivo de evitar a pontuação, experiência que nos tenta, livro que os portugueses apresentaram muito lindamente como *Carne da minha carne*, parece que por ser este o título da tradução francesa.

30 de agosto

— O capital no julgamento de um romance é que ele seja realmente um romance. A qualidade do romancista como escritor é matéria de segundo plano — disse-me certa feita Jacobo de Giorgio, e é claro que não se referia à subliteratura tão largamente praticada entre nós.

— O que é preciso, acho, é ter muito talento de romancista para prescindir da qualidade da escritura.

— *È vero* — aduziu Pedro Morais imitando Jacobo.

1º de setembro

(São paráfrases da brincadeira em voga.)

O que disse Gustavo Orlando de Antenor Palmeiro no areópago da Livraria Olimpo:

— Uma força a serviço de nada, isto é, a permanente serviço de si mesmo.

O que disse Antenor de Gustavo Orlando, cinco dias após ter publicado um catatau contra João Soares e no qual põe nos pináculos os méritos estilísticos do colega de ideias:

— Coloca as vírgulas como se só de vírgulas se alimentasse a literatura.

O que disse Venâncio Neves de Débora Feijó:

— Não é uma águia, é uma pandorga!

O que disse Débora de Venâncio:

— Seus personagens não têm vida. São bonecos de engonço.

O que disse Gerson Macário de Laércio Flores, num boteco da Lapa, donde saiu carregado:

— Desprezível filógino, que morre de inveja de Mário Mora.

O que disse Julião Tavares de João Herculano, que já o defendeu vitoriosamente nos tribunais:

— Apenas um borborigmo...

2 de setembro

Inaugurou-se trasanteontem, por arte do demo sob a forma de engenheiros militares, um dos mais horrendos edifícios de que se tem notícia neste mundo arquitetonicamente feio — o palácio do

Exército! —, erguido sobre a parcial demolição do quartel-general, que já era pavoroso.

Guilherme Grumberg, esteta do riso, ri da almanjarra por fora:

— É um cocô de cimento armado, mal comparando...

Aldir Tolentino ri do abantesma por dentro:

— É uma colmeia *sui generis*. Centenas de quartinhos sem abelhas!

É preciso conhecer outras coisas de Jean de La Varende, autor dificilmente encontrável nas nossas livrarias, mais fornidas do dessorado tradicional e do bagulho populesco, mormente agora que o livro francês praticamente não chega. Amanhã vou devolver agradecidamente o volume a Adonias, junto com o *Journal d'un curé de champagne*, que tem severa dedicatória do próprio Bernanos e que ficou mofando na minha estante, depois que Pérsio o leu e confessou, sorrindo, não ter a alma suficientemente cristã para compreendê-lo em plena extensão. É fazendeiro em Minas o estropiado e nobre romancista que, enojado com as traficâncias de Munique, para cá se abalou. Na breve permanência carioca, Martins Procópio e Altamirano a ele se grudaram como sanguessugas, sugando trechos de ouro e cóleras terríveis e instilando gotas de água-benta. E Adonias me contou que uma noite, quando os dois bigorrilhas bateram à porta do desesperado católico para o pio massacre, foi um dos filhos que atendeu e gritou para dentro:

— São os idiotas, papai!

3 de setembro

Tenham paciência, amigos, ou abandonem a empreitada. Isso é um romance lento, lento, como um rio lento.

4 de setembro

As guerras também aniversariam. Três anos de luta já. E nenhuma comemoração seria mais condizente do que uma batalha colossal, a maior da contenda, de fúria incrível — a batalha de Leningrado! Se os alemães meteram uma ponta de lança a 25

A MUDANÇA 527

quilômetros da cidade, defende-se ela com unhas e dentes, e não adianta profetizar.

5 de setembro

"Para pôr em dia o serviço, tenho feito esforços ingentes, porfiados, pugnazes, mas cá o expediente é uma réplica comercial do tonel das Danaides, perdoe! A papelada, que se acumula na minha mesa em meia hora de labuta, é lixo que não consigo varrer em menos de duas. E como fui mitológico acima, não baixarei de nível aqui ao suspeitar que o aumento de vencimentos que tive recorda o pagamento que o rei Augias fez a Hércules, sem que possa, por desforço, como o herói, matar o diretor, pois me aguardaria a cadeia, condenado pela Justiça que os reis da indústria e do comércio inventaram e sustentam para se defenderem e progredirem — ufa!

Escrevi a Catarina oferecendo endereço e préstimos, e me respondeu prontamente informando que estava de viagem marcada para a América, embora se esquecesse de me dizer a data. Que grande passeadeira! Mais uma vez os mares do mundo os separarão!

Recebi carta de Francisco Amaro me passando carão. Acha que se eu quisesse sair do Rio e perceber maior ordenado, poderia ter me lembrado de Guarapira e da sua rede industrial, que precisaria de um cavalheiro da minha estirpe e experiência. Que poderei responder se Francisco Amaro parece desconhecer as leis trabalhistas que regem a linha destinal dos assalariados nacionais?

Quanto à pensão, esqueci-me de dizer que impõe colchões de capim e travesseiros de macela, o que pode ser considerado um excesso vegetal, excesso que não se reproduz na mesa, na qual abunda o reino animal.

— Carioca come minhoca! — é a frequente gracinha com que me mimoseia a dona do albergue. Não invoquei a minha condição de amazonense. Como preito de amor à Cidade Maravilhosa, coração do meu Brasil e minha terra adotiva, suporto estoicamente a acusação de comer tão nojenta iguaria. E por falar em iguaria, que saudade dos camarões daí, que talvez não sejam mais do que minhocas do mar!

Ficará muito admirado (ou ofendido) se confessar que já compareci a uma ladainha, a uma Guarda ao Santíssimo e estou inteiramente ao corrente da sacrossanta vida de Santa Margarida Maria, de sobrenome Alacoque, e tudo por obra e graça da não menos devota Geralda?"

6 de setembro

É madrugada. Vago pelo apartamento na semiobscuridade, adivinhando os móveis, desviando deles, contornando-os, cansado da leitura, buscando inspiração, meu pêndulo noturno — ler, escrever, ler, escrever... Da porta do quarto das crianças vem o entupido ressonar de Lúcio — será que as vegetações adenoides não foram totalmente extirpadas? Vou à cozinha, um leve toque rosado tinge o céu, os passarinhos começam os seus pipilos; entorno mais café, a bolacha é mole, farinhosa, sabe a ranço, Felicidade é mestra para esquecer a lata aberta, o carrilhão fere o silêncio. E o leiteiro vem para a sua entrega, num entrechocar de garrafas, sons cheios e vazios, e não tendo mais a recebê-lo o rosnar suspeitoso de Laurinha, que ele apaziguava com um assobio amical e uma palavra meiga em voz grosseira. Especado no meio da sala, em dorida lembrança vejo Laurinda esticada no tapete, a língua caída, arquejando como um fole, ouço o seu ladrido de atalaia ao mínimo barulho lá fora, sinto seu cheiro acre e o calor macio da sua barriguinha. É um pequeno vácuo que se fez na casa e nos corações, vácuo que não ouso mencionar para que os olhos de Luísa não marejem. Perderam-se os passos do leiteiro nos paralelepípedos da ladeira. Acendo o cigarro, volto aos meus papéis, o ventinho do corredor faz desencadear uma série de espirros — maldita friagem!

7 de setembro

A dor pode nos tornar enfáticos, retorcidos. Quando Pancetti perguntou por Laurinha, eu respondi:
— Passamos pela extrema desventura de perdê-la.

A MUDANÇA 529

8 de setembro

Encerrada a Semana da Pátria, sucessão de festas organizadas pelo DIP com nomes pomposos — o Dia da Raça, a Parada da Juventude —, tendo como figurino o exibicionismo compressor do nazifascismo, festas cuja cobertura merece dos jornais, mesmo daqueles mais contrários à ditadura, um espaço sensacional que cheira a matéria paga.

— É lucro em caixa — comenta Saulo Pontes. — Alardeia o poderio do regime, consegue prestígio junto ao povo. A plebe gosta de festas, acaba gostando dos festeiros e acreditando neles, que a propaganda é um fato. E as vestes nacionalistas com que fantasiam o auto verde-amarelo tem o seu lado positivo, queiramos ou não queiramos. Batem em tecla certa. Nunca fomos muito crentes na nossa terra, o que é uma falha. Nunca fomos muito crentes, mas sempre fomos muito satíricos e impiedosos com tudo que era nosso, o que constitui outra falha. O ufanismo do conde Afonso Celso caiu num ridículo pior do que o balofo livrinho alcandorante, que foi impresso em Paris... Mas tirando o prisma de lantejoulas, o estilo colegial e aparvalhante, o conde tinha as suas razões, poderia ser levado mais a sério, tanto mais que era um inocente, e a sua falsidão não era nociva como a sórdida falsidão de Monteiro Lobato, lobo vestindo pele de cordeiro, simbolizando no Jeca Tatu todas as desvirtudes de que não somos culpados, retrato que só poderia ser aplaudido pela conveniência política de um Rui Barbosa, traça dos clássicos, piolho da gramática, paspalhão mor, que era o antibrasileiro por excelência, advogado permanente da sua vaidade e rábula permanente da exploração estrangeira. Um dia o ufanismo do conde será retomado, naturalmente saneado e posto em linguagem de adultos. É preciso acreditar na terra em que nascemos, depositar confiança nos seus destinos, sonhar com o seu porvir. Acreditar e orgulhar-se dela, ver até grandeza em certas fraquezas, como é o caso da nossa sentimentalidade tão fluida, tão à flor da pele, tão inconsequente e reversiva. Aliás não é uma receita nova. Não foi um tanto artificialmente que se formaram as nacionalidades? Não foram erguidas e consubstanciadas à custa de muito tambor, muito clarim, muito ditirambo, inventando glórias, desígnios e heróis? Você, que já foi soldado, deve saber quão parecida é, desse carnaval patrioteiro que se promove agora, a ideia de nacionalismo que se inculca nos convocados. Só que nas fileiras é mais suave, ou mais frouxa, um laxativo simplesmente, uma espécie de ABC apenas — a bandeira, o hino, o *nó suíno*, o Cruzeiro do Sul, certos vultos de espada, certas belezas e grandezas naturais. É de mau gosto, mas traz seus benefícios sim. É como andar direito por linhas tortas.

E o fecho, no estádio compulsoriamente à cunha, com os escolares empunhando bandeirolas nacionais e cantando e agitando-as sob comando, teve Getúlio discursando sobre o "sentimento de inviolabilidade": "Qualquer agressão, venha donde vier, há de encontrar-nos formando o bloco mais numeroso de nacionalidades que já constituiu uma aliança defensiva."

— Falar em aliança defensiva contra agressão venha donde vier — diz Marcos Rebich — é promissor neste momento. Sempre é uma picada que deixa aberta para se embrenhar pela mata democrática na hora da onça beber água...

9 de setembro

Natércio Soledade, franzino e estrábico, atropelando os interlocutores com gestos curvos, nervosos, a fala célere e miúda, é mais medroso do que mau. Barco poético de pequena cabotagem, levando nos porões anódina bagagem rimada, contentando-se com o aplauso dos mirones do cais, jamais arriscou a quilha no mar alto do verso livre, jamais se empolgou pelos confins do horizonte onde o sol mergulha, acabou encalhando nos arrecifes costeiros, encalhando e sobrando, sobrando e desfazendo-se numa repetição obsediante de métrica e imagens oirescentes, que soterrou da memória dos confrades, tão propensos a olvidar, os seus limitados méritos iniciais, limitados, mas efetivos, grãos com que Altamirano tanto encheu o papo de sôfrego pássaro implume.

— Carlos Drummond de Andrade é um prosaico. Aquilo não é poesia nem aqui nem na China! A licença poética não vai a tanto. Poesia não se faz com prosaico.

A MUDANÇA 531

É deixá-lo falar. Seus gestos de navalha ameaçam o pescoço do Poeta invisível:

— É preciso reagir! Colocar as coisas nos devidos lugares. Pão pão, queijo queijo.

Saltita na conversa como canário em gaiola:

— Você acha que o Lauro Lago se aguenta no galho? (Circulam boatos de que as relações entre o DIP e o Ministério da Guerra se acidularam e que o ditador, fiel ao seu sistema, não intervém, deixando que as coisas se resolvam por elas mesmas — quanto mais se desentenderem e se dividirem, mais governará.) — Que sinuca! Você acha que...

10 de setembro

— Você acha que essa guerra vai dar a literatura que deu a outra? — foi também questão proposta por Natércio, há alguns dias atrás, e envergava o mesmo terno sovado, desbotado, com as calças de pescar siri mostrando as meias ordinárias e os tornozelos muito finos.

(Lembrei-me de *O fogo*, de Barbusse, o precursor da enxurrada, empréstimo entusiasmado de Blanche, que doutor Vítor referendava, como empréstimo foi *Vida de mártires*, de Duhamel, e *Sobre Verdun*, de Genevoix; lembrei-me de *As cruzes de madeira*, de Roland Dorgelès, que me impressionou muitíssimo, do *Diário de um soldado alemão*, de Ludwig Renn, que Antônio Ramos me ofereceu num aniversário; lembrei-me de *Classe 1902*, de Ernesto Glaeser, e de *Nada de novo na frente ocidental*, de Remarque, publicado uns dez anos depois do Armistício, obra de finalidades antiguerreiras e perseguida na Alemanha, que Emanuel gabava-se de ter lido no original, sucesso universal de livraria, que acabou filmada com estrondoso êxito de bilheteria. Lembrei-me... ah, lembrei-me de que todos já estavam quase esquecidos, como se fossem relatos da Guerra dos Cem Anos, trapiches da inútil miséria, do vão sofrimento, do medo e do desperdiçado heroísmo, da monstruosidade vista e vivida, e de que ninguém aproveitava a lição pacífica.)

— Como não? — respondi. (E a ninguém aproveitaria, era certo, a narrativa de idênticos horrores.)

11 de setembro

Em vez de fraqueza, ponhamos um sinônimo — debilidade.

12 de setembro

— Chegou o momento da defesa ativa... — diz Débora Feijó, num vestido branco como mãe de santo, em visita a Adonias. (Fritz estava emburrado, servia mal.)

Roosevelt fora nu e cru: "Não buscamos uma guerra de tiroteios, mas tampouco queremos a paz, apesar de tudo o que estamos dispostos a pagar por ela." Se fosse professor de português, daria aos meus alunos esse texto para análise. Cada tempo deve ter as suas orações, como tem os seus neologismos.

— Que está você escrevendo agora? — perguntei-lhe.

— É ironia isso?

— Você sabe que não.

— Então é hipocrisia, velhinho.

E contou-me que estava escrevendo as descrenças duma professorazinha que viera para o Rio... Descrenças, desilusões, desamores — um lindo rosário! Descobriu um recanto na Ilha do Governador, tem lá as suas galinhas, os seus cachorros, os seus mosquitos (como cantam os pernilongos da ilha, meu nego!), raras são as suas expedições à cidade. Espera que vá lá vê-la, serei recebido com um peixe em condições. Prometo, prometo, sei que ficarei na promessa. Como me cansa visitar!

13 de setembro

Charlatão a seu modo, charlatão a meu modo, discutimos exaustivamente sobre a liberdade. Foi uma batalha confusa.

14 de setembro

a) Verdadeiro furacão de fogo se abateu, desde ontem, sobre Leningrado, que os suásticos desfecharam contra ela toda a força

A MUDANÇA 533

de sua aviação. Contra Londres também foi assim e falharam — os londrinos resistiram, o que não estava nos cálculos dos assaltantes, e talvez o alvo fosse excessivamente extenso, pormenor para o qual não deram a devida atenção. Esperemos que com a ex-cidade de Pedro igual malogro se verifique, em que pese o diminuto do alvo. Até agora as defesas estão sendo mantidas desesperadamente, asseguram as agências telegráficas. Os ataques aviatórios em massa, vai-se vendo, são tenebrosos, luciferianos, mas, afortunadamente, não são radicais.

b) Termina-se a leitura de um livro, principia-se a de outro — insaciável roca em que fio a curiosidade, a lição e o esquecimento, curiosidade que é volúpia, lição que é penitência, esquecimento que é refrigério. Se a pecúnia limita a aquisição, recorramos aos amigos. É chato emprestar livros, mas nem é necessário se utilizar de caradurismo — há amigos que confiam na restituição. E é preciso conhecer mais Stephen Crane. É preciso conhecer mais Katherine Anne Porter. É preciso conhecer mais Robert Penn Warren. Tenta-se reler e nem sempre se consegue: Dickens, Daudet e Eça são literatura para a adolescência literária. E há os julgamentos recorríveis: gitano e hermafrodita, Garcia Lorca é pouco — e nem é heresia, e debiloide mesmo, descarrega Adonias o raio reprobatório —, e até quando as circunstâncias do assassínio do mancebo contribuirão para a sua valorização?; Fernando Pessoa, com todos os nomes com que se dividiu, é pouquíssimo, não obstante a idolatria e exegese de Gerson Macário, e até quando a Língua Portuguesa (de Portugal), cada dia mais pedrosa e imaleável, vem se tornando inimiga da poesia?; Michael Gold, onde Antenor Palmeiro se abebera (em Espanhol), não é nada.

c) Antônio Nobre não seria o melhor exemplo do poeta que luta contra a língua?

d) Com a perda dos dentes vem-nos a primeira sensação do declínio. Quando arranquei o primeiro dente, dizia-me Pedro Morais, tive um dia da mais profunda e inconformada amargura e, tomado pelo desalento, buscava o espelho em que me vistoriava com uma insistência confrangedora. Oldálio Pereira já me decretou a extração de mais um terno de caninos e incisivos. Deus pode não dar nozes a quem não tem dentes, mas também não faz dádivas de tâmaras.

15 de setembro

"Não há nada menos metafísico, penosa simbiose de oficiantes e fiéis, do que uma missa, posso garantir, não à fé do meu grau, porque não o tenho, mas à fé da razão pura e simples; já assisti a duas aqui, ambas dominicais, ambas com sermões, isto é, o estúpido, o retrógrado, o anacrônico, despenhando do púlpito sob a forma de verbo, como se houvesse o absoluto empenho de propagar o antivieirismo; uma foi cantada, a outra foi miada, e a reincidência consolidou a convicção. A religião, e cada dia me convenço mais, tornou-se máquina de deformação da sensibilidade. Os vitrais são coisas de feira, a pintura é do pior acadêmico, a arquitetura é bestial. Com tão maravilhosas músicas sacras, com que cosméticos lambuzam os crentes! Com tão imemoriais exemplos de escultura religiosa, o que se vê nos altares são as nauseabundas imagens fabricadas em série pelas indústrias francesa e italiana! Os belos santos coloniais, peças únicas, nas quais o artista depositava todo o seu amor e toda a sua sabedoria, ou melhor então, toda a sua inocência, foram repudiados, banidos, vendidos aos antiquários para irem embelezar o ambiente e a vida dos estetas ateus.

Estou me enfronhando no hagiológico cristão, em via de regra prenhe de virgindades e martírios, como se o masoquismo fosse o conduto imanente que leva à santidade. Além da vida de santa Margarida Maria (nascida Alacoque), responsável direta pela devoção do Sagrado Coração de Jesus, conheço a vida de santa Dorotéia, virgem, supliciada e degolada, patrona dos jardineiros, a de santa Marina, virgem, torturada e decapitada, e a de santa Felicidade, a africana, pois há outra romana, atirada às feras, não virgem, mas grávida. Vou conhecendo também a vida de santa Catarina de Siena, mas só sei, por enquanto, que era especialista em êxtases e revelações. Isso porque me tem sido relatada em capítulos, e estou no terceiro, capítulos entrecortados de assuntos pessoais, municipais, e até descalabradamente materialísticos, e que me são ministrados num banco da Praça da Liberdade (coisa que ainda há menos aqui do que aí), perto de um coreto que até

A MUDANÇA

agora não abrigou nenhuma banda de música, banco para o qual Geralda, após o enxundioso jantar pensionário, sem nenhuma relutância da minha parte, me conduz. Como pode uma criatura inteligente, viva, honesta acreditar em tanta patacoada? São segredos da natura... ou são condicionamentos familiares? Sinto vontade de replicar com outras lendas, menos mórbidas e mais poéticas, lendas da minha terra amazônica — a da boiuna, a do minhocão, a do boto, a do tajá... Mas fico parado na vontade. É que a fé de Geralda é imperturbável, e risonha, e impõe respeito, cerca-a duma atmosfera ingênua e simpática."

16 de setembro

As imagens! — ponte de navios entre os Estados Unidos e a Inglaterra.

17 de setembro

O maior agrupamento de navios de guerra, que o mundo jamais viu, é o que o Departamento da Marinha (dos Estados Unidos) anuncia por ter firmado contrato para a construção de 2.831 unidades, que serão empregadas rapidamente nas frotas dos dois oceanos.

— Que negocião! — exclama Loureiro.

— E os outros oceanos? — pergunta Ricardo, obtuso, colado à Waldete no sofá.

Em contrapartida, o exército alemão está lançando o maior ataque que registra a História — cerca de dois milhões de homens assediam Leningrado!

— Mas as baixas são tão grandes que mais de quinhentos mil veteranos já foram enviados para lá... — esclarece Aldir, esperançoso.

— Você fala com a persuasão de quem os tivesse contado.. — brinca Pérsio.

— Ora, vai te lixar! — retruca o arquiteto.

18 de setembro

Roosevelt, mostrando prestígio crescente e inabalável decisão, obteve crédito para socorrer a União Soviética. Cem milhões!

— Só se fosse louco é que não o faria — alega Délio Porciúncula.

— Não acha que os Estados Unidos estão facilitando? — insinua Susana, com voz de ingênua.

— Não. Absolutamente. Se a Rússia perde a parada, os Estados Unidos ficarão em maus lençóis.

— O perigo comunista fica para depois, não é? — provoca.

— É — responde tranquilamente o causídico, que ainda não resolveu a sua parada conjugal no seio da família Pontes.

— Você acha que o Délio deslinda a encrenca? — me perguntou Gasparini há coisa de uma semana.

— Que remédio tem o Saulo senão entregar a rapadura? Está amarrando para salvar as aparências. Já me falaram até que frei Filipe iria dar um jeito para casá-los. O Direito Canônico é ilimitado...

— Pois não gabo o gosto do Délio. Como é insossa a nossa Anita! Parece uma mosca morta.

— Quem ama o insosso, saboroso lhe parece.

— É alguma insinuação?

— Não. Nenhuma.

— Pensei que você achasse a minha garota insossa.

— Bem, um azougue não diria, mas insossa também não. Garota, porém, é que não é. Uma balzaquiana legítima!

Gasparini anda às voltas com uma servidora do Estado. A brincadeira começou com um rebate falso de apendicite. Gasparini atendeu de urgência, era ovário, despachou o caso para um ginecologista, mas ficou com o caso sentimental.

20 de setembro

Kiev afinal caiu, mas Leningrado resiste. E festejou-se ontem, com um jantar de duzentos talheres, no Automóvel Clube,

A MUDANÇA 537

o cinquentenário de Martins Procópio, que parece ter mais; de ideias, então, nem se fala! Não fui, nem mandei telegrama. Mas Adonias, que compareceu, me contou, às gargalhadas, que na hora dos discursos, e Altamirano foi o orador oficial, Silva Vergel levantou a sua taça para brindar ao chefe da nação! Fosse boda ou batizado, o ilustre teria procedido com a mesmíssima desfaçatez. É o sinal dos tempos.

21 de setembro

Apesar de certa abastança vocabular, Gustavo Orlando é tão pobre que, a cada página, tem-se vontade de lhe dar uma esmola. Mas possui uma virtude inestimável: sabe o que quer, e morre pelo que quer.

22 de setembro

O uso de tinta violeta ou verde, por parte de certos escritores nacionais, não é nenhum toque de melancolia ou cromático requinte, como querem crer alguns sujeitos de vistas eternamente gordas. A razão é mais prosaica — uma razão econômica. Uma gota de tinta comum que caia na roupa de um cavalheiro, por um particular químico bem desagradável, se transforma em mancha indelével. Com a roupa pelo preço que está, o emprego da tinta violeta ou verde deixa o escriba tranquilo. Tais manchas saem totalmente (outro mistério da química!) com uma simples ensaboadela do sabão mais vulgar.

23 de setembro

Do observador Marcos Rebich, fumando como chaminé:
— A entrada da Bulgária na guerra é iminente. Sente as costas quentes e a Alemanha cutuca-a para que abra logo as baterias. Um choque entre búlgaros e russos é o caminho para a marcha das legiões nazistas contra a Turquia, visando ao manganês e petróleo do Cáucaso. Em Ancara sabem disso. A Rússia está se

538　　MARQUES REBELO

escorando, o auxílio dos Estados Unidos será importantíssimo, mas, se cair, toda a força do Reich será lançada sem demora contra Suez e contra a Inglaterra. Em Londres também sabem disso, eis por que a batalha de Leningrado é olhada com a mais dramática expectativa.

Ouço e passo logo adiante na espera entre humilhante e temerosa, da anestesia. Oldálio sacode a cabeçorra, aprovativo:

— Ele tem razão. Carradas de razão!

Suas mãos cheiram a fenol.

24 de setembro

Garcia desliza a olhos vistos para o inevitável tálamo; Anita e Délio vão remancheando a decisão nupcial, Dagmar, de chofre, repisou o consórcio. Em acelerada manobra de pinça, major Portilho, até então refratário ao vínculo, com uma discreta vida galante, envolveu o enlutado coração da viuvinha, que se rendeu com montepio e tudo — "dois proveitos num só saco", como disse risonhamente a Gasparini, que a encontrou nas vésperas do casório.

A cavalaria é a arma do brilhante oficial, cuja carreira tem sido um pouco distante das cocheiras: tenente-interventor num Estado do Norte, diretor de estrada de ferro em São Paulo, superintendente do Fomento Agrícola da União e interessado numa construtora civil, lançadora dos edifícios Duque de Caxias, General Osório, Tuiuti e Itororó, com banheiros coloridos, novidade a que Waldete não pôde resistir, mandando reformar o seu em azul-celeste.

Trajetória não menos luminosa foi a do tenente Dantas, dos tempos nada áureos do Forte, que agora porta os galões do coronelato. Caiu no goto do poderoso general Marco Aurélio, quando com esse serviu na revolução de 1932, e já foi diretor de Turismo do Distrito Federal, secretário da Justiça num Estado sulista (dois meses só), liquidante de um frigorífico, adido militar no Canadá, e, atualmente, é diretor da carteira de descontos do Banco do Brasil. A Antônio Augusto, que anda em perene desvio, deu na telha procurá-lo; foi recebido atenciosamente, trocaram reminiscências da caserna, e saiu fiado na promessa de ser aproveitado no banco na primeira oportunidade. Se não é mentira do sambista, que enfeita muito as suas histórias, minha pessoa foi lembrada:

— Aquele mancebo do tombo fez carreira nas letras, não é? Já li coisas dele.

E elogiou-as, e Antônio Augusto alastrou-se em pormenores da nossa velha camaradagem, entre eles o das minhas dificuldades financeiras, "porque escritor é como músico — não ganha muito"...

— Do jeito que você falou, meu caro Antônio Augusto, o nosso tenente Dantas...

— Coronel!

— Vá lá!... o nosso coronel Dantas deve ter pensado que você foi de discurso encomendado e que qualquer dia lá estarei também...

— Você acha, não é?

— Acho.

— Juro que não foi a minha intenção. Aliás foi ele que lembrou de você e fez aqueles elogios. Eu então falei muito a seu respeito só para espichar a conversa. Mas, cá para nós, se ele te arranjasse um bico, você não gostava?

— Quem tem bico é passarinho, Antônio Augusto.

— Ota! Bom versinho para um samba.

25 de setembro

— Vocês viram que Roosevelt vai pedir a modificação da lei de neutralidade, a fim de armar os navios mercantes? (Pérsio.)

— O homem não dorme. (José Carlos de Oliveira.)

— No dia que dormir estará frito.

— Em 1917, o Senado negou a autorização a Wilson para a mesma medida, mas Wilson julgou-se com o direito de armar os seus barcos e não trepidou em fazê-lo. (Ataliba.)

— Hoje não se atreverão a negar! (José Carlos de Oliveira.)

— Que santa ingenuidade!... Os senadores não mudam muito... Se Roosevelt não fizer força, levará um contra como levou o outro.

— Mas como o outro, com contra e tudo, poderá armar os seus navios, ora essa! (Pérsio.)

— Não temos a menor dúvida de que o fará. Mas não seria melhor, mais democrático, sair com a licença senatorial na mão?

26 de setembro

Gerson Macário vem me azucrinar com o seu Fernando Pessoa:

— É o Super-Camões, homem de olhos cegos! Você...

— Minha opinião pode ser estúpida, mas é válida — corto-o.

— Você conhece Machado, não é? Se não conhece, devia conhecer. É dos nossos... É muito importante a gente conhecer o que é nosso... Pois eu faço minha aquela história do "tédio à controvérsia"... Se mudar de opinião a respeito do seu poeta, não me esquecerei de te informar. Reformar um julgamento nunca me ofendeu, nunca me inferiorizou. Podemos mudar de julgamento como as cobras mudam de pele, continuando a ser as mesmas cobras. Dar o braço a torcer não é nenhum opróbrio. E tenho dito!

— Abespinhou-se?

— Não, meu caro. Enfastiou-me.

27 de setembro

Frei Filipe do Salvador é grande! Para aumentar os fundos de obras missionárias, organizou, no Colégio Santo Antão, uma tabela de nobreza escolar, à vontade dos pais caridosos, e cujos títulos podem ser pagos também em suaves prestações para facilitar. Há alunos duques, marqueses, viscondes. Martins Procópio, humilde como convém a um cristão, contentou-se que seu filho fosse apenas conde.

28 de setembro

Soube da partida de Catarina. Soube por acaso. Noticiou-a o jornal de Godofredo, nas sociais, que quase nunca leio. Foi de navio, um *liner* americano, iria residir em Nova York, frequentaria a Universidade de Colúmbia, adjetivava-se a sua beleza, a sua elegância, a sua inteligência e cultura — vinte claras linhas de sermão encomendado, atiradas na incerteza de chegarem diretas ao destinatário, como garrafa que se confia às correntes do mar, e que chegaram!

29 de setembro

Menos de vinte linhas e menos claras: como bomba de ação retardada, a dor e a náusea. Não passei a noite em casa. Pretextei um encontro, perambulei; as esquinas, os muros, os jardins, as esgalhadas amendoeiras, o decrépito mafuá, a voz dos rádios, a poalha luminosa envolvendo os lampiões, o perfume dos resedás, tudo é escrínio de recordações. O acabado, as amarras cortadas, o domínio perdido, o abandono, o devoluto e o irretratável — como mitigar, como mitigar?

30 de setembro

Vem outro dia atordoado e Luísa pergunta apreensiva:

— Aconteceu alguma coisa?

— Não. Não aconteceu nada. Se tivesse acontecido não iria te esconder, não é? — tartamudeei.

— Pois você está com uma cara de bem poucos amigos...

— Estou indisposto, isso sim. Alguma rodelinha não está funcionando bem cá dentro — e escorri a mão do tórax para o ventre.

E Gasparini foi invocado.

— Sim, é preciso consultar esse burrego!

1º de outubro

Gasparini não foi consultado. Foi o balde que, de imprevisto e perplexo, recebeu o vômito amargoso, seco, sem lágrimas, vômito que empeçonhava as entranhas com um travo de traição e perjúrio.

— Nunca pensei que Catarina um dia desse o fora como qualquer uma. Sempre me pareceu coisa consciente, definida e definitiva, um espeque que você tivesse, um orgulhoso espeque, um espeque de fazer inveja. — Coçou a testa: — Quanto mais se vive, mais se aprende. A vida é assim. De quem menos se espera...

A toleima me escorreu:

— Fragilidade, teu nome é mulher...

Gasparini resvalou pela mesma ribanceira:

— Fragilidade ou incerteza? — Mas aprumou-se a tempo. — Em todo o caso, escândalo não fez, nunca fez.

Fui maldoso, vingativo:

— Talvez porque o escândalo sempre viria tarde ou não traria vantagens. Sobra a Catarina o senso de certas medidas, de certas oportunidades.

— As mulheres são mais ladinas do que os homens. Mas um bofetão seria motivo para fazer perder o senso, não? Por menos, afinal, você perdeu o seu...

Dobrei a cerviz, humilhado:

— Sim.

Gasparini apiedou-se e, além de palavras catalisadoras, aliviantes, um fluxo de interesse fraternal que me robustecia, me encheu de comprimidos e drágeas do seu arsenal de amostras grátis:

— Tome, meu velho. São calmantes, oxidantes, novidades... Sempre ajudarão a pôr os nervos nos trilhos. Engoli-as aos montes! Fui muito o médico de mim próprio. Seja boa ou seja má, com mulher é sempre a mesma chacoalhação. Aquela maldita Nilza me deixava em pandarecos.

— Nunca mais a viu?

— Nem em pesadelo! Mas sei que anda por aí, muito arretada, com um gajo da grã-finagem, um cara rico. É a vocação... Nasceu para cavadora de ouro. Perdeu tempo comigo. Ela, que não tinha eira nem beira, pensava que eu era cheio da nota. Ser médico para ela era como ser dono duma mina de ouro. Quando viu que eu não tinha um tostão furado, desesperou-se e abriu o jogo.

Talvez Gasparini exagerasse, procurei desculpá-la:

— Uma infeliz.

— Que infeliz! Infeliz só porque não me fez feliz? Não me venha com essa! Você por acaso se esqueceu do que me viu passar?

A MUDANÇA 543

— Nem por sombra!

— Pois é. Por que infeliz, então? Não! Não sinto por ela a menor compaixão, não lhe desculpo nada. Não merecia o tratamento que ela me deu. Uma miserável! Uma interesseira! Uma catraia!

Ficar livre dos que muito nos aperrearam, sugaram e infernizaram nem sempre nos basta, nem sempre nos traz absoluto alívio, como furúnculo que se espreme. A decepção da derrota fala mais forte, repercute por muito tempo, às vezes nunca se apaga... Levantei-me, embolsei os medicamentos:

— Pelo menos servirão para despistar em casa...

Gasparini cravou-me os olhos:

— Será que Luísa desconfia?

Fui tomado por uma dúvida:

— Sei lá! Mas se desconfia, ou se sabe, esconde bem, representa bem.

— É uma grande menina! — sentenciou, sem inveja, empurrando a banqueta de ferro. — E dizer-se que mesmo uma grande menina não pode ser tudo para nós... De que trampa somos feitos!

— Não, Gasparini. Você se engana. Ela é tudo. Mas tudo que é irreal...

3 de outubro

Ora um comprimido branco, ora uma drágea rosada, sob o sorriso malicioso do espelho.

4 de outubro

Há outros iludidos. "Fomos enganados", confessa Hitler, "por algo de que não tínhamos a menor ideia: a gigantesca preparação militar da Rússia".

6 de outubro

Remordimento e dissimulação. Mais comprimidos brancos, mais drágeas rosadas e amarelas nas covas do campo sáfaro.

7 de outubro

1920. A semente cai no chão.

8 de outubro

— Os russos estavam escondendo o leite. Vaca braba esconde o leite... (O barbeiro.)

— Os alemães convergem contra Moscou. Vão dar tudo que têm. É uma possibilidade, já que Leningrado resiste. Mas não será uma solução... E sabe você o número de mortos até agora? Três milhões de alemães e seis de russos! Milhões! É estratosférico, não? (O homem que espera a vez para cortar o cabelo.)

9 de outubro

Excertos da carta de Garcia:

"A catequese prossegue. Geralda é paciente como boi de carga. Catarina de Siena é que não é lá essas coisas... E por falar em Catarina, a Catarina legítima me escreveu, breves e fulgurantes linhas, no invejável papel de bordo, dando conta da partida para mais uma recidiva viajeira, mas sem dizer por quanto tempo desfrutará a sua sede de outros climas, que a fortuna paterna prodigamente consubstancia.

Domingo (depois da missa...) fui à Pampulha enfrentar a paisagem e ganhei um defluxo para o qual a dona da pensão, muito ciosa da saúde dos seus hóspedes, prescreveu fumigações várias e um enérgico semicúpio, terapêutica que honradamente rechacei.

Chama-se Pampulha o lago artificial, engendrado pela prefeitura, onde os belo-horizontinos vão, como novidade, aos domingos e feriados, se infestar de xistossomos, em imprudente alacridade. Chama-se ainda Pampulha o loteamento urbanizado que a dita prefeitura efetuou no carrascal à volta do lago. O que valia um tostão passou a valer dez mil-réis e o lucro você facilmente calculará de quem poderá ser... E para forçar a valorização para coonestá-la, ficaria mais próprio dizer, ergueram, em cer-

A MUDANÇA 545

tos pontos, alguns edifícios de que o Brasil vanguardeiro toma conhecimento por força da avançada arquitetura que ostentam: um cassino, uma capela, uma casa de bailes populares, coisas de que o povo precisa realmente muito e uma prefeitura condigna e estadonovista não poderia deixar de ter em seu programa de bem servir. Tanto quanto úteis, podem ser belos, mas parecem frágeis e de perecível beleza, uma beleza de pavilhão de exposição internacional, benfeitorias que custaram os olhos da cara, custo sobre o qual têm pesado alguns comentários desairosos. Você um dia julgará com os seus próprios olhos, muito mais experimentados. Aliás, espero como certa a sua visita. Tanto a merece o amigo quanto a cidade."

10 de outubro

A incontida farpa cubana: "Pertenço-te até a morte, sim, mas não viverei mais contigo. — São palavras de cigarreira, que me acodem neste porto de fumos. — Procure-as, se quiser, na vulgata da *Carmen*."

11 de outubro

Peço a opinião de Aldir sobre os projetos de Grumberg para a Pampulha. No fundo não por vontade de sabê-la, mas por preguiça de conversar, por uma incoercível necessidade de ficar só. Enquanto Aldir discorre, e se inflama, desligo-me, mergulho nas minhas águas, pairo em outros ares. De qualquer sorte apura-se que Aldir vê com entusiasmo a ousada experiência do colega, um gênio em potencial no seu parecer — sem coragem não se progride, sem erros não se constrói nada, é preciso afrontar para criar e só o governo pode e deve arcar com os gastos e os prejuízos das experiências. Confirma-se, outrossim, que Aldir é alma aberta, nobre, sem um laivo de inveja que seja, e privar da sua amizade é privar da confiança — um outro Francisco Amaro sem casmurrices.

12 de outubro

Uma palavra apenas — desencanto.

13 de outubro

Excertos da carta de Francisco Amaro:

"Ando de língua para fora como esfalfado rafeiro, numa dobadoura louca. Não tenho um minuto que não seja correria e chateação. Há uma semana que não leio uma linha.

A sua ausência é sentida e o seu silêncio epistolar, ao qual não me acostumo, não fica atrás. Bem que precisava agora de seus conselhos e opiniões, mesmo que espaventados, cheios daquela terrível capacidade de ferir. É que me vejo por vezes sem rei nem roque — quem me mandou meter em tanta enrascada ao mesmo tempo?

O ginásio, porém, vai acelerado, estará pronto no ano que vem, a tempo, suponho, do início do período letivo, o que é premente porquanto os prejuízos vão altos e funcionar no improvisado barracão que você conhece já está ficando atroz, impraticável.

Quanto à casa, em dezembro será inaugurada oficialmente. Os arranjos interiores levarão mais tempo, o homem dos móveis aí antes de fevereiro não me entregará quase nada. Teria muita graça que você não estivesse presente ao ato, mas não poucas vezes tenho dito a Turquinha que você é monstro bem capaz de brilhar pela ausência e somente dona Idalina Assaf, virtuosa esposa do negregado Salim, te defende da pecha de ingrato."

14 de outubro

Em vez de caneta, telefone, instrumento mais prático e menos constrangedor para o exercício de certos penosos torneios da dissimulação. Foi longa a espera, mas por fim a ligação se fez, embora interrompida duas vezes. Convenço Francisco Amaro de que, tal como ele, ando assoberbado de quefazeres, mas do inadiável gênero ganha-pão, e consequentemente saturado de cansaço, cansaço que

A MUDANÇA

me atrofia o ânimo epistolar, já não muito frondoso. E faço o juramento, acalmante e indispensável, de comparecer em dezembro, chova canivetes, ao evento inaugural do domicílio com varanda coberta sobre o rio. Mas se a caneta é secreta, ou discreta, a voz é denunciadora e Luísa, de orelhas inocentemente espetadas, pergunta, quando abandono o fone, quais os assoberbantes quefazeres que tão peremptória e descaradamente declarei.

— Preguiça, pura preguiça... Você não tem vergonha de mentir não? E logo para o seu melhor amigo...

O que engroladamente lhe respondi é prova cabal de que a mentira é o adubo de nossas ações, o tempero da nossa existência e frequentemente o nosso salva-vidas porventura.

15 de outubro

Por que folheio o livro de Mérimée?

16 de outubro

Cantarolou em doce desafinação o sambinha de Antônio Augusto, que tão depressa se esvaíra da memória popular:

*Não sei se tu me amas
ou me enganas...*

— Estás a léguas da melodia — interrompi-a.
— Não é assim? — riu.
— Parece um pouco...
— Mas a letra está certa, não está?
Tapei-lhe a boca com a mão em concha:
— Tonta...
Catarina mordeu-a docemente como cachorro brincando, depois afastou-a e a sua voz rolou macia que nem bilha de aço no turbulento gude do jardim tijucano:
— *La vida es sueño...*
— É?

— É! — e seus antebraços, sombreados de penugem, prenderam-me o pescoço como tenazes cetinosas, puxaram-me para ela:

— Perdição!

A areia rangia e cedia a cada movimento dos nossos corpos jovens, sôfregos, desordenados. Longe as dunas, mais além a restinga, em paredes abruptas e protetoras, atrás de nós as falésias, e tudo era claro, prateado, extático, palpitante na noite de cálido luar, picotada de estrelas.

17 de outubro

Foi tempos depois, bem depois, em outra praia, mais distante e fragosa, e também havia lua, lua cheia, polvilhando de prata a solidão do mar, e o chape-chape das ondinhas era monótono e acalentante.

— Chega mais para perto... Põe a cabeça sobre o meu coração — pediu. — O amor tem peso, sabe?

— Peso-pena.

— Peso-pesado!

Eu estava de bruços, arrastei-me nos cotovelos, satisfiz-lhe o desejo e, sob a mornidão do seio, perfumado coxim, o chape-chape do sangue, lá dentro, devorava o tempo como um relógio.

— Não está melhor assim?

— Estou.

— Você fala como se não estivesse. — Riu: — Às vezes sou um pouquinho chata, não sou?

— Nunca. Absorvente talvez...

— Deixe de ser mentiroso... Mentira comigo não pega. Sou sim!

— Desconfiança sua.

— Certeza! — Beijou-me os cabelos, mordiscou-os, voltou. — Aliás, parece que você esqueceu que já me chamou muitas vezes de chata... Foi ou não foi?

Não respondi, e ela:

— Está com preguiça de falar?

Não era preguiça, era uma necessidade de trégua nas palavras, uma vontade nirvânica de ficarmos como bloco estatuário, que tivesse calor, banhado pela blandícia lunar:

— Mais ou menos...

— Eu sei. Pensando coisas, não é?

— Não pensando em nada, Catarina. Oco como bambu.

— Oco como os que são felizes.

— É uma suposição.

— Não. É outra certeza. — Parecia que ia se calar, mas falou: — Santo Deus! Será que nunca duas criaturas poderão se amar com o mesmo ardor, com a mesma intensidade, que o fiel da balança nunca deixará de pender mais para um lado? Será que a lei é que uma ame e a outra consinta em se deixar amar?

— Quanto devaneio...

— Você por acaso tem dúvidas de que somente somos íntegros, reais quando devaneamos?

Sentia-me um inocente emborcado sobre plancha ao léu da vaga:

— Não.

— O amor nos modela como cera. Que dúcteis somos! — suspirou. — Mas se a cera não suporta altas temperaturas e se derrete, a cera amorosa, feita por abelhas de estranha espécie, goza de outras propriedades e pode se quebrar com os permanentes frios... — Alisou-me as têmporas e a face com mão de huri, parou-a, repentina, sobre a fronte. — Mas será que aquele que ama, cansado de não ser amado com igual tensão, poderá um dia deixar de amar mesmo?

— Não traga problemas para essa nossa paz agora...

— É mesmo. Que tontice! Você sabe: são os macaquinhos que me povoam o sótão. Se pegam a portinhola aberta...

Espichei o pescoço para beijar-lhe a boca:

— Fechemos a portinhola.

18 de outubro

O pé-d'água nos apanhou na esquina, quando descíamos do bonde. Estugamos o passo, demos uma corridinha divertida, mas, até alcançarmos o portão, estávamos ensopados.

— Molhados como pintos! — disse alegremente Catarina enfiando a chave na fechadura, enquanto eu enxugava os óculos.

O verão, não muito severo, ia a meio, a família encontrava-se ausente, obedecendo ao seu rito estival. Fomos deixando pela entradinha, pelo saguão e pela escada a decrescente marca dos sapatos empapados.

— Inda bem que *mi madre* não está presente à emporcalhação. Faria um banzé de cuia! Tem mais ciúmes do assoalho que do marido. E, cá pra nós, é um bocado casca-grossa este parque... É o meu traço de união com Dagmar... Lembra-se da casa dela?

Desconversei:

— Deviam deixar o capacho no alpendre.

— Não me driblou não — sorriu —, nem me botou pra córner. Sei que aquela vaquinha é um dos seus não me toques... Mas vamos ao capacho. Quando as minhas queridas andorinhas emigram, guardam tudo. Têm medo que roubem... Você não acha que esse medo de ladrões é freudianamente sintomático? — E com a mão na maçaneta: — Miséria é que não tenho forças para rejeitar os lucros da pirataria familiar... Uma congênita predisposição...

No quarto em desalinho, a cama por fazer, um travesseiro no chão, roupas espalhadas sobre todos os móveis, o pó de arroz derramado na penteadeira, Catarina atirou longe os sapatos e, com as mãos nas costas, começou imediatamente a desabotoar o vestido:

— Anda, dispa a beca logo e estica-a aí numa cadeira para secar. Está pingando. — Tirava o vestido pela cabeça, aparecia a combinação preta. — Mas antes passa a chave na porta. Seguro morreu de velho...

Obedeci e, quando virei-me, ela já estava só de calcinha, seminudez que me lembrava Aldina pela cor de sapoti, pela leve cavidade do ventre, e encaminhava-se para o banheiro:

— Uma mocinha que se preza, antes de qualquer funçanata deve lavar o xixi.

Ri:

— É um tema controvertido. Alguns autores...

— *Yes*, alguns abalizados autores opinam que os cavalheiros tementes a Deus deviam fazer o mesmo.

A porta ficara encostada apenas, era uma musiquinha pueril a urina caindo no vaso, despia-me:

A MUDANÇA

— Por que você não toma um banho logo? O calor está requerendo uma chuveirada.

— O chuveiro está encrencado. O bombeiro ainda não veio consertar.

— Tome de banheira, ora.

— Boa ideia! "Há sempre tempo para amar", como diz o foxtrote.

As torneiras jorraram como cachoeira na banheira esmaltada, com pés de garra, imensa como uma piscina de serralho. Desfiz-me da última peça do vestuário, escancarei a janela que dava para o jardim lateral — o aguaceiro parara, as folhas pingavam, brunidas, a tarde esplendia num céu de azul lavado, as cigarras entravam a zangarrear.

— Aposto a minha cabeça que o Apolo de meia-cara está nu na janela...

— Na do lado.

— Tinha graça que fosse na da frente!

As torneiras emudeceram, percebi que o corpo mergulhava num borbotão, empurrei a porta para gozar o espetáculo, e a sereia alçou os braços:

— Afunde aqui!

A água estava morna, os lábios ferventes, sequiosos, os corpos escorregavam como sabão — *Eureka! Eureka!*

19 de outubro

Ao largo da Islândia torpedearam um *destroyer* americano, depois de terem afundado três navios mercantes também com o pavilhão ianque. Foi golpe rude, atrevido, golpe de quem está disposto a topar a parada com Tio Sam, e tem sido uma aparatosa caçada ao submersível, por ar e mar, no Atlântico, caçada até agora infrutífera. Não menos aparatosa, e igualmente infrutífera, pelo contrário, excitante, e somente a polícia não compreende isso, é a investida desencadeada contra o comunismo, num momento em que o prudente, e o justo, era não bulir em tal coisa, dado que a União Soviética vem formando, de maneira decisiva, na luta pela subsistência democrática e periclitam os regimes da direita totalitária, entre os quais suavemente nos encontramos. E me acodem os disparates similares de 1939, ocasião em que, numa leva, foram detidos Antenor Palmeiro, Gustavo Orlando, Helena, Venâncio Neves, João Herculano e Mário Mora, como agitadores perigosos ao regime, quando, como diz Luís Cruz, o regime é que é perigoso para eles e para nós. Uns nada tinham a ver com o peixe, alguns passaram misérias e todos sofreram vexames. Na casa de Gustavo Orlando nem as senhoras foram respeitadas pelos beleguins na madrugada da prisão. Reviraram tudo de pernas para o ar e um livro, então, foi levado e considerado como prova inequívoca de extremismo — *A capital*, de Eça de Queiroz.

21 de outubro

— Problema social é caso de polícia. (Washington Luís, 1929.)
— Só o amor constrói para a eternidade. (Getúlio Vargas, 1930.)

22 de outubro

A luxuosa livraria da Cinelândia, cujo aluguel pareceu aos entendidos uma temeridade, se não um contrassenso, e que fica aberta até altas horas, prática varejista pela primeira vez aqui tentada no ramo, tem um reservado na sobreloja com tapetes (outra novidade!), onde veladamente, pois se encontravam em estante fechada, eram oferecidos livros e revistas de doutrina marxista, de importada procedência, a preços convidativos, quando a norma da casa é salgar a mercadoria.

Tamanha afoiteza era para dar na vista se não vivêssemos um tanto às cegas, condicionados por outros costumes, e o informe de Cléber Da Veiga, solerte para certas coisas, informe a que Saulo apôs a sua concordância, foi que nos deixou com a pulga atrás da orelha: havia reparado que os compradores, ou meros curiosos daquela literatura considerada subversiva passaram a ter complicações policiais, inclusive encanações. Pelo sim, pelo não, tratei de evitar a loja e avisei Aldir e Pérsio, que lá iam mais em busca de

A MUDANÇA 553

discos que de livros, porquanto a casa ostentava também um atraente balcão musical.

— Dona Justa mostra, afinal, que não é tão bronca quanto se propala. No zelo de garantir a nossa tranquilidade social, já desce a expedientes sutis — disse um, brincalhão.

— Estava na cara que a pinta do judeu é braba — disse o outro, mais cauteloso.

Era um elefântico cavalheiro, partidário do charuto, apurado no trajar, as bochechudas faces alvas de talco, de untuosa afabilidade, e que dera a estas plagas como refugiado da Europa Central.

E no capítulo das suspeições veio à baila a figura do jornalista, cuja revisteca jamais fora importunada, apesar dos artigos de cristalina exegese e dos quais Julião Tavares, afirmavam, seria o mais habitual e remunerado escriba. Fora a publicação, sem leitores e quase destituída de anúncios, não se lhe conhecia outro meio de vida e, no entanto, gastava com evidente folga, não passava noite sem cassino, nem inverno sem passeio a Buenos Aires, em companhia da cara-metade, que andavam num trinque danado e cuja fidelidade conjugal era pontilhada de notórios deslizes. Falava abertamente, e com tanta veemência e insistência, forçando de tal modo os interlocutores a se definirem, que só um pateta não desconfiaria que tivesse santo forte a protegê-lo.

— É agente provocador o nosso peralvilho, e muito burro por sinal — classificava-o Cléber.

— Na verdade, as suas atitudes cheiram mal, mas em 1939 ele foi trancafiado junto com aquela turma... — recordei.

— É da técnica — foi o que respondeu Cléber, um conhecedor. — E aliás andou levando uns trancos do Gustavo Orlando lá dentro, na tal sala da Capela. Uns trancos e uns gritos, ameaçando meter-lhe a mão na lata, e o bicho não piou, não sei se você sabe.

Não sabia. Perguntando a Mário Mora se era verdade, ele confirmou, ajuntando que o cabra reagira frouxamente e, depois da cena, fora transferido para outro lugar e, dois dias mais tarde, soubera-se que havia sido solto. Mas episódio mais engraçado da crônica do jornalista — me contara doutra feita — era aquele da chegada em casa, em hora imprevista, na companhia de dois confrades: encontraram um ladrão, um ladrão nu, que conseguira escapulir pela porta dos fundos.

23 de outubro

Gasparini mostra-se empolgado (em face das violentas ofensivas soviéticas, foram cortados os tentáculos do movimento envolvente contra Moscou).

— É a reviravolta, caramba! Vão ver com quantos paus se faz uma canoa!

A onda de sabotagem e terrorismo nos países ocupados atingiu um ponto culminante com o assassinato do comandante alemão de Nantes. Esperam-se prussianas medidas de repressão em vista de Berlim anunciar que a sua espada possui fio suficiente para cortar por completo a insurreição. E Gasparini mostra-se atarantado:

— Vão ter mais mortos do que sardinhas, os pobres...

24 de outubro

Gasparini não fez metáfora com as sardinhas de Nantes, ó saborosas sardinhas, tão corriqueiras nos repastos do Trapicheiro, em latas que tio Gastão trazia aos montes, e que desapareceram das nossas mesas. O fio da espada nazista é que era metafórico. Significava bala a granel. Cinquenta fuzilamentos foram efetuados para vingar a morte do comandante. Mas bala com bala se responde, e os *maquis* abateram, em Bordéus, o governador militar da cidade, pouco depois de ter ele, em praça pública, ameaçado o fuzilamento de cinquenta reféns por atentado.

25 de outubro

Aquilo que o morto prometeu os seus subordinados cumpriram — cinquenta habitantes foram passados pelas armas num abrir e fechar de olhos.

E mais navios mercantes americanos no fundo. E Gerson Macário, cada dia mais inconveniente:

A MUDANÇA   555

— Foram pro beleléu!

Sempre metáforas... Intimamente estava se referindo aos fuzilados bordeleses, mas não se atrevia a externar.

— Que barbaridade! — exclamou, condoída, Luísa, na conversinha sob a colcha de fustão.

— É o preço da luta — respondi, desconsolado.

— Mas eles estão matando inocentes, não é, meu filho? Não respeitam nada.

— Em guerra não há mais inocentes. Não se crê na inocência...

— É o fim do mundo!

— Talvez seja o princípio de um outro mundo.

— Começa mal...

— Fim bom, tudo bom. (Era o ditado alemão, que Catarina citava no original.)

26 de outubro

— Se os japoneses não têm propósito de abandonar o plano de "nova ordem" asiática, a guerra é inevitável. Favas contadas! — arrematava Marcos Rebich lançando longe a bagana com um piparote.

Adonias vinha chegando com Natércio Soledade:

— O mais alto padrão do mau gosto é dado na literatura brasileira pelo *Iracema*, meu querido. É o teste infalível para se averiguar o grau de embotamento ou inexistência de sensibilidade.

Marcos sublinhou com um sorriso:

— Sempre tocando violino no meio do incêndio...

— Antes isso que tocar bronha no pito dos outros — retrucou Adonias, acídulo, rebatendo a injustiça.

Marcos desconcertou-se um pouco, surpreendido com a reação, e muito cortês:

— Você me desculpe se eu o ofendi, mas não tinha o menor intuito. Bobagens que nos vêm à boca...

Adonias ficou vermelho como um camarão:

— Não tem nada que se desculpar. O que disse também foi absolutamente gratuito. (Por que eu pronuncio gratuíto?)

— Você sabe mesmo que o Marcos não teve a menor intenção de te ferir? — disse quando Marcos se retirou.

— Estou convencido de que sim. É aquele jeito engraçado dele dizer as coisas. Que estúpido fui! Mas é que a gente anda um pouco de pé atrás. O Marcos pegou muito vício do Julião Tavares. É como pegar sífilis. Custa a curar. Os dois brigaram, mas as marcas ficam.

— Parabéns por achar que Julião é como sífilis. Melhorou bastante.

— Bem, eu procuro ser equânime — e pôs a destra no peito.

— Pois então podia ver que Marcos não pegou a agressividade paranoica daquele salafrário e não saiu com quatro pedras na mão como você fez.

— Não vai me dizer que se armou em defensor do Marcos Rebich, vai?

Os dois brigaram, e por que brigaram? O arraial se emulsionou — são cem conjecturas e outras tantas contradições. Que papel desempenhara a congênita felonia de Julião? José Nicácio era cínico:

— *Cherchez la femme.*

27 de outubro

A premeditada e dispensável punhalada nova-iorquina: "Hoje dormirei com William Braddock Júnior, numa antecipação matrimonial." Mais um nome! E me acudiu, profilático e cicatrizante, o aforismo de Mariquinhas — o que arde, cura, o que aperta, segura.

28 de outubro

Volto da casa de Adonias, cabisbaixo. Não toquei no assunto Catarina, apesar de ter lá ido com tal fito. O colóquio alastrou-se com ele dando à taramela, impulsionado pelo uísque, sobre as questões mais diversas, inclusas as casamenteiras, suscitadas pelo ausente Garcia, que na sua boca de inupto tinham absurdas e irritantes dimensões, e não senti coragem de encaixá-lo, certo de que, na eventualidade, reverteria numa chusma de desairosas e injustas alusões à fugitiva, a quem Adonias sempre devotara uma não muito disfarçada antipatia, chamando-a até, certa vez, em tom de forçada brincadeira, de "adorável comborça", o que me levou a reagir não em tom de brincadeira e assim estancar para sempre os epítetos.

Volto. O pardavasco ia arrastando os tamancos na rua deserta, cantando:

> *Lá vem a mulher que eu gosto*
> *de braço com o meu amigo...*

E a madrugada vinha desabrochando da linha do horizonte como uma imensa orquídea sanguínea. Parei — o que aperta, segura...

— Segura a minha mão, Catarina. Estou tão triste... Sinto-me tão machucado...

(Foi há muito tempo! — a angústia difusa e pungente me prensava o tórax como ameaça de angina.) E ela tomou-a e vergou-se:

— Coragem...

Mas não prosseguiu. Afagou-me apenas. Os pés me faltaram naquela fundação que se desmanchava em nuvem. Nascera para se dar, e dava-se, não nascera, porém, para consolar, nunca tivera consciência disso e, de repente, assustou-se:

— Querido, não tenho palavras!

(E o que eu precisava era de palavras.)

29 de outubro

Precisava, como preciso delas agora — "o coração com sede de palavras". Mas em que boca irei encontrá-las?

30 de outubro

À noite, com Pérsio, ouço, apenas ouço e ouço mal, a cabeça albergando uma enevoada massa de pensamentos inglórios:

— O papel de Roosevelt é histórico. O que o mundo ficará devendo à sua decisão nada haverá que pague.

— Sua tarefa primordial é deter Hitler, enviando mais e mais armas para as frentes de batalha, e não tem tido mãos a medir.

— O povo americano aguarda o aviso da declaração de guerra. Chegou a ponto de bala. O que era divisão é hoje unidade. E com isso as coisas têm que mudar de rumo. Cá no nosso ditatorial cantinho outros galos cantarão... Getúlio é pássaro bisnau. Vai cantar afinado. Sabe o que representa para os Estados Unidos terem as costas garantidas... E as costas do Nordeste, ainda por cima, são um trampolim para a África...

31 de outubro

Pérsio Dias é muito jovem, afável, sensível e extremamente míope. Porta lentes de tamanha espessura que lhe enfeavam os olhos, apresentando-os por demais pequeninos e brilhantes, como os olhos de certos roedores.

Quando nos mudamos cá para a ladeira, nela já morava há cerca de dois anos. Morava na casa vizinha, habitada por um casal de velhos, casa antiga e espaçosa, de comprido terreno arborizado e limitado, ao fundo, por um galpão aberto. Nela alugara quarto e a serventia do galpão onde instalara o ateliê.

Trabalhava com afinco, os estudos se mostravam em gesso e barro contra o muro, de cambulhada com armações de ferro e arame, cavaletes e tinas de massa. Trauteava nos momentos de maior gravidade, dando passos atrás e mirando com os olhos apertados a obra, cada vez que acrescentava uma bolinha de argila ou raspava um excesso mínimo de gesso ou barro.

Da varanda, ainda que na rede, podia acompanhar seu trabalho, que me interessava, porque mesmo o erro da distância me permitia ver que se tratava de alguém que pensava forte, tinha ideia, que desejava criar coisa nova e séria.

Passado um mês, nos cumprimentávamos. Pouco depois conversávamos se, por acaso, subíamos ou descíamos juntos a ladeira. Acabou por frequentar a casa, visita sempre bem recebida,

A MUDANÇA

pois é de excelente conversa, vária, judiciosa, modesta, e amante desvairado da música. Bach é seu ídolo, mas devota extraordinário entusiasmo por Debussy, Stravinski, Villa-Lobos e pelos modernos franceses.

De invejável memória, guarda trechos e mais trechos, peças inteiras, reproduzindo-as, com detalhada nitidez, cantarolando ou assobiando.

Nascido no Pará, tinha família remediada que, sem apreciável sacrifício, podia manter seus estudos decentemente no Rio. Trocava regular e camaradesca correspondência com o pai e referia-se ao povinho caseiro com saudade e ternura, especialmente a um irmão, médico em Belém, e ao avô, já tão idoso que misturava as coisas, nunca sabia se era dia ou noite, mas que, muito ordeiro, mesmo na tonteira senil, ainda guardava o espírito da medida, e assim, se acordava mal-humorado, desejoso de permanecer em solidão no quarto, pendurava no trinco da porta um papelão de aviso: "Vovô está zangado."

Viera para a Escola de Belas-Artes, logo verificando que ali se perderia. Tentou o curso livre com um escultor polonês, que se encantara com o Brasil, lucrara bastante, mas chegara a ponto de nada mais poder extrair do mestre, artista de tirocínio, porém de voo curto e ambições ultracomerciais.

Sentira-se encalhado, lutando por conta própria, e não vendo progressos. Não tínhamos escultura. Ninguém sabia nada. Só se vendiam túmulos ou estátuas do cinzel de acadêmicos de trigésima categoria — o bolorento, o fétido, o asqueroso! Dois meses que passara em Ouro Preto valeram-lhe mais que os dois anos que mofara no Rio, abriram-lhe uma claridade nas trevas — já tivéramos uma escultura e fora abandonada, criminosamente substituída pelo indecoroso academicismo trazido pelas missões francesas no Império! Retornou com outra força, outra consciência, outra certeza, prosseguiu entusiasmado. E aguardava a viagem à Europa, para aprender mesmo, viagem com que a família concordara, mas pedia prazo para ajuntar os fundos.

Quando a guerra estourou, viu que a viagem estava perdida.

Poderia ir, sim, poderia ir quando a guerra terminasse, mas quando terminaria a guerra? Que adiantava lá aportar quando já se tinham passado os anos moços, os anos de fé, os anos vibrantes em que realmente se entusiasma, se absorve, se aprende?

Sentiu-se deprimido, desanimado, trocava as horas de ateliê por sucessivas sessões de cinema. Mas como inúmeros artistas europeus buscaram refúgio no Brasil, quando das invasões nazistas, houve um surto de interesse e entusiasmo pelas artes plásticas, e ele recomeçara, e em pouco a criação já lhe saía mais clara, mais possante, mais positiva.

Expusera pela primeira vez no Salão Oficial e tivera elogios que o animaram. Uma senhora da sociedade procurara-o para que lhe fizesse a cabeça, encantada com a que ele apresentara no Salão — a cabeça de Neusa Amarante, por quem tivera uma queda não retribuída. Ficara zonzo, emocionado — era o primeiro dinheiro que ganhava com a sua arte! Melhor, era a primeira vez que a sua obra era procurada!

A severa, firme, resolução daquela encomenda trouxera-lhe outras. Saulo Pontes dedicou-lhe um sintético artigo. Nicolau achara-o "um menino de talento". Mas ultimamente sente que uma luta começa a perturbar-lhe — a luta do seu instinto, da sua formação, das suas afinidades, com o novo conceito de arte que lhe trazia o marxismo, a que cada dia se entregava mais, em abundantes leituras, em estendidas conversas.

Da primeira feita que me visitara, tomara-se duma alegria de criança ante as melhores peças que eu tinha: um gravado de Picasso, um nu de Derain, a natureza-morta de Pettoruti, o retrato cubista de Metzinger, de tão rigorosa técnica que parecia ter sido acabado na véspera.

— Como conseguiu tudo isso?

— Sofrendo, meu amigo!

Nutria irrestrita admiração por Nicolau, trabalhador desalmado — arte não se faz em lero-lero de café, em controvérsias de rodinha, em imaginação, mas labutando incessantemente, suando, suando, suando! E o que mais o surpreendia é que Nicolau tivesse saído da Escola de Belas-Artes, aquele ninho de idiotas! Mas os dois anos de

A MUDANÇA

Prêmio de Viagem varreram da cabeça todo o formulário aprendido. Soubera ver a Europa, o danado! Até que nem pintara quase. Vira só. E voltara com os miolos fervendo de problemas, de inquietações, de experiências, e caíra na pastranice brasileira como um rio impetuoso que, pulando do leito, viesse desabar num tanque de lavar roupa.

Zagalo, para ele, tivera mais sorte — há os que nascem empelicados... Nascera rico, mais que rico, fora educado na Alemanha com toda a militar severidade de um curso germânico. Contudo não ficara alemão, esse o seu maior mérito. Soubera trasladar o que apreendera e o que aprendera para o mundo onde nasceu e onde vivia. E como o fazia!

— E o Guignard? Que é que você acha do Guignard?

— É uma criança! Uma criança fabulosa! Mas que força de pintura! Ninguém até agora soube, como ele, o que é nosso, mas o que é importantemente nosso.

1º de novembro

— Para sofrer não precisamos fazer nenhum mal, Pinga-Fogo. O sofrimento é imparcial. (O que era, mais que um adjetivo, uma preocupação de Mariquinhas.)

2 de novembro

Madalena 1912 não tinha o pé na noite escura:

> *Uma, duas, angolinha,*
> *Tira o pé da pampolinha.*
> *O rapaz que jogo faz?*
> *Faz o jogo do capão.*
> *Conta bem, Mané João,*
> *Conta bem, que vinte são.*
> *Arrecolhe este pezinho*
> *Na conchinha duma mão.*

E Cristininha, por um triz, não engoliu o anel!

3 de novembro

O anel de vidro de Catarina é tão estilhaço para mim quanto o "sol de vidro", de Carlos Drummond de Andrade, é incompreensão para Délio Porciúncula, que ainda não enfiou no anular a sua segunda aliança.

4 de novembro

E quem já está com data, breve e marcada, para enfiá-la é Garcia. Há amor à primeira vista e conveniência à primeira vista. Quem o disse foi a própria nubente, brejeira, mas veraz — estava roxa para se casar, sentindo-se já solteironíssima, e não podia perder aquele consorte, que caía do céu!

Aceitariam ser nossos padrinhos? — pergunta o noivo na extensa exposição, acrescentando: — No civil, é claro.

— Você acha que fica bem eu ser a madrinha? — e um pouquinho de orgulho, de vaidade, de vitória, sei lá, se embuçava na indecisão.

— Não é um convite, Luísa. É uma intimação.

5 de novembro

Atacado prematuramente pela tuberculose, Plácido Martins refugiou-se em São José dos Campos. Nessa terra de bom clima, seu mal paralisou. Precisando trabalhar para viver, Plácido, que era médico, dedicou-se a trabalhos de laboratório, dando a eles o melhor da sua capacidade e da sua constância, e depressa ficou na chefia do laboratório do Sanatório Vicentino. Conseguiu depois a cadeira de Biologia da Escola Normal. Mas, entre o laboratório e a cátedra, jamais lhe sobrou um minuto que não fosse dedicado a estudos filosóficos e literários.

Chegou uma ocasião em que ele sentiu que precisava escrever alguma coisa. "Os entrechoques das diversas correntes de pensamento já não se apresentam mais, hoje, com a simplicidade dos velhos tempos. Como que o espírito humano adquiriu mais uma

A MUDANÇA

dimensão e definir, como aconselhava Voltaire, antes de qualquer discussão, já não será mais traçar figuras em um plano, porém isolar sólidos num espaço de três dimensões. Por isso, tantas vezes, as grandes batalhas de ideias não chegam a nenhum resultado: os contendores conservam-se intolerantemente em seus planos respectivos e esgrimem no vazio, raramente encontrando a arma do antagonista. Não falam nunca a única linguagem que o adversário poderia compreender..."

E Plácido Martins escreveu oito ensaios, oito ensaios sobre a hora presente. "São", dizia, "uma tentativa pessoal mais ou menos informe e inacabada, uma tentativa de orientação dentro do turbilhão do pensamento moderno. Nada firmam de fundamental nem de particular, são apenas um eco das grandes palavras que ouvi e que não mais pude dispensar no meu esforço de compreensão. Procurei ser, quanto possível, fiel à independência de cada uma dessas ideias, sem roubar-lhes nada da força com que se apresentaram na luta incessante, no seio das incomensuráveis contradições. Ficarão, aos meus olhos, na falta de outros valores, como um esforço contra todos esses unilateralistas que fazem com que os homens já não consigam mais entender-se uns aos outros. Vencer esse pendor ao unilateralismo talvez fosse uma das etapas decisivas na conquista de um futuro mais equilibrado espiritualmente e mais justo do ponto de vista social."

Estes *Ensaios sobre a hora presente*, modelos de elegância, compreensão, nitidez, só agora publicados, dois anos após a morte de Plácido, vítima de uma recaída inesperada e fulminante, por iniciativa de Saulo Pontes, amigo dedicado, que os desencavou dos guardados do companheiro morto, mereciam melhor sorte. Notáveis pelo pensamento, pela coragem, pela extrema bondade e compreensão que os domina, pelas altas e puras fontes em que se abastecem, poderiam chamar a atenção para um vulto que passou meteórico, quase despercebido, pelo cenário do pensamento brasileiro, não fosse o tormentoso torvelinho em que este se debate, acuado por uma ditadura, ainda que frouxa e meio patriarcal, não fosse também a nossa cômoda propensão para o ficcionismo.

6 de novembro

Encontrava-me em Guarapira, aguardando mais um rebento de Turquinha, quando Plácido Martins faleceu — a vida é esse vai e vem. Nenhum jornal notificou o passamento. Só soube no dia em que voltei e igualmente ninguém soubera, antes que a viúva, moça e apagada — o meu liriozinho-do-vale, como a classificava ele —, retornando ao Rio, comunicasse-o a Saulo Pontes, quando já há uma semana o marido estava enterrado à sombra dos ciprestes a que tanto se identificara. Houvera missa em São José dos Campos, missa por alma de quem, avesso à bazófia, tranquilo como um regato correndo, nunca acreditara nela. A ideia partira do moribundo, que durara oito horas apenas após a hemoptise, lúcido até o derradeiro instante. Uma última e tão típica delicadeza — a mulher acreditava, fizesse, portanto, o que aprouvesse, que a ele não importariam as celebrações pós-mortuárias.

Saulo procedeu a um escrupuloso exame no papelório deixado — um baú cheio, grande baú de lata, e um caixote de leite maltado Horlick sem tampa. Rasgou, incinerou quase tudo, trouxe os ensaios, de que Plácido nunca falara, e que estavam grampeados, esmeradamente datilografados, escoimados com meticulosa aplicação, como se fossem para publicar. E do seu bolsinho, Saulo publicou-os. Não ficou um livro bonito, a capa de cartolina mole demais e rósea demais, e Plácido teria rido de outras imperfeições — mas foi homenagem de amigo raro e serviçal. São páginas importantes, páginas de pensador e estudioso, páginas que às vezes queimam como chama fria e racional. Fora o próprio Saulo e Jacobo de Giorgio, num artigo tão maravilhosamente concatenado, ninguém tomou conhecimento delas. Passam em branca nuvem como em branca nuvem passou a figura lúrida do autor para uma multidão desavisada. Mas como condenar o alheamento se, nesse repositório diário, que tanta substância lhe deve, clara ou perturbadora, só agora, por mais estranho que pareça, é que falo da sua morte anônima e exatamente quando afetado pela indiferença com que é recebida a sua mensagem póstuma? Como somos nós!

A MUDANÇA

7 de novembro

Nós somos o que somos. E daí não sermos culpados do mal que fazemos. Quando muito poderemos ser culpados do bem que não fazemos.

8 de novembro

A seiva:

— A dúvida é um verdadeiro bem. (Plácido Martins.)

— Todo poder é mau. (Jacobo de Giorgio.)

— Nada se pode aceitar sem crítica nem exame. É menos perigosa a ignorância, pura e simples, do que a imposição dogmática. O dogma cerra o espírito à especulação. A consciência moderna tem que repelir a crença em dados dogmáticos. (Plácido Martins.)

— Nunca renunciar à vida! O amador de fósseis torna-se fóssil também. (Jacobo de Giorgio.)

— Fora do bem não existe nada de real... (Plácido Martins.)

— O que é bom o foi eternamente. (Jacobo de Giorgio.)

— O erro é atribuir-se à vida econômica uma desmesurada importância. (Plácido Martins.)

— Longe de mim fechar os olhos ante as verdades que existem em todo o erro. Há uma grande verdade histórica no marxismo. Há uma grande verdade humana na psicanálise. E há mesmo uma verdade antropológica incontestável no racismo. Mas o que existe de essencial nessas grandes heresias do nosso tempo é o passivismo fatalista que lhes é comum, seja a convicção do destino econômico, do destino subconsciente, do destino racial. (Jacobo de Giorgio.)

9 de novembro

Esbaldando contentamento, Pancetti veio nos ver, o que não fazia desde que lhe foi conferido o Prêmio de Viagem, comemorado estrepitosamente pela turma. Luzia o uniforme de sargento naval, que a reserva por saúde encostara. Mário Mora não inventa, mas floreia: a imprensa cognominara-o de "marinheiro-pintor", todas as fotografias estampadas mostravam-no fardado, na frente dos seus quadros, cumprimentado pelo ministro da Marinha, e a ingênua vontade de se tornar popularmente identificável é que o fazia envergá-lo agora com frequência.

Aldir espicaça-o:

— Então, Pancetti, é verdade ou não é?

O rosto, com manchas castanhas de sol, como marcas de queimaduras, fica em brasa, brasa ditosa, o corpo tomba numa gargalhada rascante:

— Vocês vão atrás da conversa desse marreco? É patranha!

Foi um prêmio porfiado, o primeiro que conseguiram os modernos. Os tradicionalistas, conquanto pessoalmente simpáticos ao pintor, que com eles se iniciara, e que se libertara mais por instinto, tinham o candidato dos seus cânones, um discípulo de Marcos Eusébio, muito amparado pelo mestre. Politicaram bastante e apenas uns dois, mais condescendentes ou mais amigos, votariam no representante da Divisão Moderna. A displicência de certos eleitores, muito faladores e fervorosos nas discussões de café e de Salão, ia, porém, comprometendo a vitória de Pancetti — uns cabras muito safados, diria ele depois. Foi um companheiro, boêmio e mordaz caricaturista, que decidiu a parada — meteu-se num táxi e saiu à cata dos faltosos, arrancando-os dos ócios e pijamas, do duvidoso esquecimento, e trazendo-os pelo cabresto para a votação, que Mário Mora, maneiroso e contemporizador, ia tenteando. Trouxe uns quatro ou cinco, chegaram em cima da hora, e não foram mais os votos que garantiram a maioria na apuração.

— Por um triz que o pintor de mamões e tachos ia te papando o prêmio, hein? — e Aldir ria.

— Ele me abraçou amarelo, amarelo. Não adiantou a cavação do Marcos Eusébio. O tiro saiu pela culatra! — Fez uma cara compassiva: — Ele não é mau rapaz. É bobo só. — E com as mãos esboçou uma mímica de desdém, que provocou risos, aquelas mãos grossas, calosas, afeitas às asperezas das tarefas navais, e

A MUDANÇA 567

que tão macias se tornavam sobre a tela, conduzindo o pincel deslizante, preciso e poético.

Como a França estava interdita, iria gozar o prêmio nos Estados Unidos, já estava tratando dos papéis, talvez desse uma chegada ao México "para ver de perto aqueles bambas lá..."

— São grandes — incentivou Mário Mora.

Mas a conversa deslizou para o palco americano.

— Roosevelt ganhou hoje mais uma cartada, puxa! — disse Pérsio. (Conseguira a revisão da Lei de Neutralidade, a mais grave decisão tomada pelo Senado norte-americano nos últimos 25 anos.)

— Os navios mercantes serão artilhados e poderão entrar nas zonas consideradas de guerra — aduziu o ex-marujo, que pintara muito casco, muito portaló, muita torre de comando, antes que o destino lhe pusesse a paleta nas mãos.

— Estão aí, estão na guerra!

— Que pensarão os japoneses de si para as fosquinhas que estão fazendo? Será que não desconfiam que não aguentam uma gata pelo rabo?

— Estão contando muito com o ovo no cu da perua.

A Rússia o entusiasmava com o seu heroísmo. E glosou, delirante, a contraofensiva moscovita ao longo de quinhentos quilômetros:

— Sabe lá o que é isto, macacada?! Com o Zé-dos-bigodes e ali na exata: escreveu, não leu, o pau canta!

E como a aviação britânica realizara a sua maior incursão sobre o território alemão, despejando toneladas de bombas, gritou:

— Ponham uma cruz vermelha na folhinha!

No verso das suas telas costumava pôr sinais algo cabalísticos: o signo de Salomão, uma lua minguante, um sol dardejando raios e, ultimamente, em estridente vermelhão, a foice e o martelo.

10 de novembro

Ponhamos outra cruz no calendário — mais um aniversário do Estado Novo. Quatro anos já, ó tempo veloz e impune!

568 MARQUES REBELO

O Exército ofereceu um almoço ao presidente. É tecla insistentemente batida chamar-se Getúlio de presidente. E ele, fingindo que come nas infindas comilanças a que comparece — não vá ser envenenado! —, leu espichadas laudas, das quais muitos parágrafos saíram dos rascunhos de Lauro Lago, e o que foi lido não está matreiramente de acordo com o momento que se atravessa, nem com os impasses que se nos apresentam.

Marco Aurélio, mais daninho que tiririca, pesado de condecorações, por incrível que pareça, não deitou a verborreia — sagaz a seu modo.

11 de novembro

Gasparini rifou a funcionária federal, que reagira com lágrimas e histerismo — era uma desgraçada, uma incompreendida! Dera para aperreá-lo com incessante, piegas, incoerente e intolerável ciúme do seu passado, como se o dela tivesse sido o de uma vestal.

— Não se enxerga, a tipa! Você não pode imaginar que vaquinha escolada... Perto dela Vivi Taveira é pinto!

— Sempre deu para divertir um pouco, não?

— Que é que você chama divertir? Num instante ficou simplesmente insuportável! De se dar murros! — Suspirou: — A gente cai em cada esparrela...

— E não se emenda...

— É o que parece...

Recortara do jornal matéria hilariante para ele. Estendia-a:

— Leia isso para se consolar.

Era um comunicado italiano e queixava-se de que o comboio no Mediterrâneo havia sido atacado de surpresa. Gasparini teve um frouxo de riso:

— Eles querem aviso prévio para os ataques! Ah, ah, ah!

E quando mais sossegado:

— Nove navios mercantes, um petroleiro e um *destroyer*... Papagaio, foi uma boa safra!

Luísa surgiu com o cafezinho:

A MUDANÇA 569

— Estava rindo do comunicado?

— Impagável!

— Fui eu quem li primeiro. Quase morri de rir. Mas, pulando de um polo a outro, você vai ao casamento de Garcia?

— Não é bem de um polo a outro, Luísa... Também é impagável.

— Que amigos vocês são!... Mas vai?

— Gostaria. Mas não sei se posso. Ando com uns clientes encrencados. Você sabe como é vida de médico. Vida de escravo!

— Devolveu a xícara: — Que cara terá a tal Geralda?

— Você acha que a cara importa muito, Gasparini?

— Bem, é uma maneira de dizer.

12 de novembro

Como é realmente a cara daqueles que nós amamos? Que inconscientes cremes compomos para disfarçar-lhes as rugas, as manchas e as cicatrizes, para lhes emprestar uma mocidade, uma frescura e uma beleza que não têm?

O mosquito é abatido, o silêncio volta. Volta, mas a madrugada raramente me trouxe a paz com o seu silêncio — traz-me alívio, às vezes, alívio que se confunde com a paz, uma entrega ao devaneio lascivo, outras. Mas espero-a sempre pelos imperturbados momentos, sem contatos e sem telefones, indispensáveis ao fluir das minhas recordações, à revisão da minha agenda, à gestação de ideias problemáticas ou discutíveis, severas, contudo, à constatação nem sempre muito clara dos meus vícios, fraquezas e precariedades, ao penoso confronto das atitudes em que a imparcialidade claudica, ao verrumar do coração, ao amargoso desfiar, sem testemunhas, das minhas desilusões, à vontade de despir alguns comparsas da minha trajetória, ou de ficar inteiramente nu diante do espelho, como um selvagem ou como um feto.

13 de novembro

Do apaixonado Venâncio Neves:

— Escritor que não é meu amigo não é bom escritor.

14 de novembro

As lições de anatomia:

— Alguma coisa está errada, meu amigo. Não vivemos sem figurinos. Os de Lobato? São figurinos lusitanos, velhos de oitenta anos e que Eça de Queiroz já repudiara como puídos, carunchosos e estafados. O mau gosto conduz à mediocridade. O reacionarismo fixa a toleima. Como é crível conceber um verdadeiro escritor brasileiro que não compreendesse a Semana de Arte Moderna, que contra ela investisse em artigos ultramontanos e imbecis, que tachasse de pinta-monos os pintores daquele movimento? Como é admissível encontrar excelência numa obra que Rui Barbosa tomou como paradigma, por conveniência de político frustrado? (Saulo Pontes, exacerbado.)

— A tua acusação é cabivelmente exata e seguramente honesta. És um bom promotor... Mas tens de convir que haja advogados de defesa e ainda um júri para o julgamento. O que não se pode negar, em absoluto, é ter sido Lobato o criador da nossa literatura infantil e tu esqueceste disso... (Venâncio Neves, ponderante e pausado.)

— Talvez. Já não sou criança para apreciá-la e julgá-la, porque em literatura infantil, e creio que não estou sendo leviano ou absurdo, quem tem que julgar são as crianças e não os adultos. (Saulo Pontes, menos ofegante.)

— Lindo subterfúgio... (José Nicácio, flauteante.)

— Meto a minha colher de pau no caldeirão... Você tem que reconhecer que ele, desassombradamente, levantou a bandeira da nossa questão petroleira, que é fundamental para a nossa emancipação. (Gustavo Orlando.)

— Isso, tanto quanto posso compreender, nada tem com literatura. Nós estamos discutindo o escritor... E interesses feridos podem operar milagres. Por causa do chá da família, Washington fez a independência da América... (Saulo Pontes, sibilando.)

A MUDANÇA

15 de novembro

Mais dissecações:

— Lima Barreto será reabilitado. O silêncio que pesa sobre ele será removido. As edições das suas obras, que ninguém hoje conhece, sairão como pão quente. Tem aquelas condições de combatividade e pouca sutileza que o vulgo admira e propaga. Tem ainda uma dramaticidade que toca qualquer um. E, para a elite, será sempre o criador do romance urbano e social no Brasil. Mas convenhamos que era um escritor que não sabia escrever. O Antenor Palmeiro da sua geração... (Adonias.)

— Balzac escrevia mal... (Ribamar Lasotti, caprichando na finura.)

— Para Renard é o único que tinha esse direito...

— Eu compreendo que você defenda o caçanje de Antenor Palmeiro, meu caro Ribamar. É perfeitamente legítimo que cada um defenda o que bem entender. Mas como é possível haver um escritor que tenha horror à leitura, que nunca tenha lido nada de nada? (Luís Pinheiro.)

— O que um escritor precisa é de escrever. (Ribamar Lasotti.)

— Eu sei que você é um cultor do seu próprio axioma. (Luís Pinheiro.)

— Se Aluízio Azevedo não é o realismo pastichado e burral, eu não sou filho do meu pai! (Adonias.)

— Quem sabe? (José Nicácio, baixinho.)

— Não é freudiano que um livro de Altamirano se intitule *Poemas ao portador*? (Débora Feijó.)

— A obra é o homem, estou concorde. Mas o homem perece e a obra é que fica... (Luís Cruz.)

— A obra pode também ser o hímen... (Débora Feijó.)

16 de novembro

O porta-aviões *Ark Royal* foi torpedeado por um submarino a leste de Gibraltar — era um orgulho inglês!

Orgulho de Débora Feijó são os quatro jangadeiros que chegaram ontem de tarde à Guanabara:

— São uns cabras da rede rasgada esses meus conterrâneos! — grita na atulhada sala de Adonias, honrado com a visita da retraída amiga tabajara.

Vieram, em procelosa travessia, expor ao governo a dolorosa situação em que se encontram os pescadores nordestinos. Mal puseram o pé em terra, foram arrastados, pela correnteza oportunista do DIP, à presença de Vargas e da sua corte:

— Se não morrerem afogados na demagogia dipiana, voltarão carregados de promessas — engrolou José Nicácio num prenúncio de embriaguez, que dentro em pouco se declarava numa emborcada catalepsia no canapé sob a repulsa de Adonias:

— Esse desgraçado curiboca jamais aprenderá a beber!

— Mas quem disse que o José Nicácio é curiboca? — protestou Débora. E pela cara de Adonias: — Eu acho que você não sabe o que é curiboca...

E não pela cara, mas pelos intrincados argumentos, percebeu-se mais adiante que o herdeiro da baronesa não compreendia muito precisamente o que fosse a "mais-valia".

— Qual! você está raciocinando como macaco em loja de louça. Assim não ficará nada inteiro...

Adonias retorquiu agressivo:

— Vocês decoraram um abecezinho bolchevista e com tal panaceia querem resolver todos os problemas e sofrimentos universais. Que diabo! Isso é admissível para um Antenor Palmeiro, para um Venâncio Neves, para um Gustavo Orlando, para os cabeças de grilo, mas para vocês não! Vocês são vinho de outra pipa. Não me obriguem a tratá-los como vinagre, com mil raios!

Tentei retrucar, mas Débora, prudente, piscou-me o olho e não foi prolongada a inútil discussão. Saímos juntos, noite fechada e, mal transposto o portão, defendi o amigo:

— Quando o nosso sacristão honorário enche a caveira demais fica imbecilíssimo e insolentíssimo. Amanhã estará bom.

— A leviandade foi nossa. A bebedeira não será o estado propício para as discussões e ainda bem que refreamos a tempo.

Mas, curtida a carraspana, não ficará curado de certas ideias que nos afligem e perturbam. Estão na massa do sangue, crescem como os cabelos e a barba e, por mais que as pode no fígaro do progresso social e da convivência inteligente, o nosso querido amigo permanecerá um Sansão, um pequeno Sansão honesto até a medula e que nós adoramos e de algum modo invejamos.

Estávamos no ponto de parada, as falenas queimavam-se contra o globo luminoso.

— É tarde. Vou te levar à barca.

— Não vou pra casa, meu santo. Vou para o apartamento de uns primos na Esplanada. Há três dias que estou aqui.

— Então te levo até lá. Mas por que não me telefonou? Teria ido te ver. A gente passa meses sem se encontrar...

— É que andei numa agonia de dentista. Até bochecha inchada ostentei... Amanhã ainda tenho tormento de manhã.

— Meus pêsames! E o que anda fazendo?

— Traduzindo Rousseau.

— Não vai me dizer que seja por gosto...

— Por encomenda.

— Do Vasco Araújo?

— Não. Duns aventureiros aí. Estão querendo lançar uma coleção clássica. Não sei se dará certo. Que é que você acha?

— Tudo se vende. Mas há traduções portuguesas de Rousseau, aliás bastante boas. Não sei por que traduzi-lo outra vez, quando há tanta coisa, mesmo clássica, ainda por traduzir. Só se em Portugal não as estão reeditando mais...

— São nacionalistas...

— Ou jacobinos... Mas o que você está traduzindo? O *Do contrato social*?

— Não. As *Confissões*.

— É encargo mais ameno. Mesmo assim lamento tanto quanto o seu suplício dentário. São abomináveis!

E foi uma congesta explicação, no bonde vazio, da minha birra, que Débora recebeu com risadas, birra que datava dos tempos de Antônio Ramos, quando, sem nenhuma base, vagávamos entre Rousseau e os enciclopedistas, birra que continuava talvez porque não fosse eu mais do que um outro passeante solitário, ínfimo passeante de ínfimos, míseros, chocantes devaneios, um eterno íntimo das borboletas do jardim tijucano, adormecido pela flébil corrente do Trapicheiro. E, mal chegado em casa, cato o amarelado volume do *Emílio*, com pedante dedicatória de Antônio Ramos, volume que sempre escapou às faxinas nas estantes, e rompo a madrugada com ele — *"on ne connaît point l'enfance"* —, veja-se de que massa podem ser feitos os birrentos!

17 de novembro

De Niagara Falls pela All America Cables, impudoradamente em carta noturna: "Não ridicularizes *honey-moon* em série ao lado catarata precisamos às vezes ter heroísmo vulgaridade procuro oferecer Bill sem me violentar também sem comédia aquilo que lua mel possa ter maravilhoso o resto em Nova York não será silêncio sim honrado ramerrão Catarina Braddock."

18 de novembro

Apesar dos calculados e econômicos cortes, que poderiam ter sido ainda mais parcimoniosos sem prejuízo do meu entendimento, que dispendiosa forma de irritar!

19 de novembro

A vida é dos paralelos. Mariquinhas não era inteligente, Mariquinhas era crassa, ignorante e limitada, mas sabia fazê-lo melhor e mais limpo. Um simples olhar bastava-lhe, por vezes, para irritar um cristão, e um olhar, mesmo o mais insistente, não custa nada, e não deixa, o que é importante e prudente, provas materiais e desabonadoras.

A MUDANÇA 575

20 de novembro

Se não guardo cartas, não guardo telegramas, como repúdio às armas. Basta o conteúdo, que a memória do coração jamais esquece.

21 de novembro

Por que esperamos tanto da gratuidade dos corações, Catarina Braddock? Catarina Braddock! Mais um nome ou mais um pseudônimo?

22 de novembro

Não adianta negar, Catarina não é parva, Catarina me conhece um pouco — a triaga cabográfica fez efeito. Rasgou a mezena do veleiro sem guarnição, quebrou mais uma mola de um mecanismo já desengonçado e desnivelado. Em compensação, e com isso Catarina não contou, deu-me a quilometragem do meu deserto, deu-me a mensura da minha solidão, e a solidão acostuma-se à solidão.

23 de novembro

— Está contrariado? Que foi que aconteceu? — é a inquirição, meiga e inquieta, no meu oásis mobiliado.

Confundo-me na resposta. Salva-me, providencial, Ataliba que chega. Há muito não vinha, conquanto telefonasse, vez por outra, dando notícias dos seus achaquilhos, que andava rebatendo com homeopatia. Trazia-me um disco de Francisco Alves, entregou-mo com um trejeito de afetuoso despique:

— Isto é que é nosso! Você só tem estrangeiradas...

Não repeli à inverdade:

— Muito obrigado! É muito bonita. Faz lembrar as velhas serenatas, não é?

— Se faz! — suspirou.

576 MARQUES REBELO

Armo a vitrola para a execução da modinha que exalta, apaixonada, num crescendo, o violão, incomparável companheiro, e me recordo, saudoso, de Tide, de Otílio, de Antônio Augusto, gingando, errantes, na madrugada. E o ofertador, cortando as recordações:

— Como vão as crianças?

— Vão bem. Já estão no berço.

— Tão cedo? Com você é no regime alemão, hein! Mas quando era guri, não era assim não. Dormia tarde pra burro! Ficava peruando a nossa conversa e o nosso jogo. E Nhonhô não dizia nada.

Também não contradisse. Na sua cabeça encanecida as coisas já se baralham. Decai sensivelmente, os dedos edemaciados, um cochilar senil, em torno das pupilas um aro branco... É a argola da morte — diagnosticaria seu Polípio. — A argola da esclerose...

A gravação foi repetida. Ataliba conversou uma hora, conversa prolixa, sem interesse e sem nexo, repisando um mundo de coisas sabidas, e eu desligando-me dela a cada instante, sob o olhar malicioso de Luísa. A certa altura, o velho amigo não se conteve:

— Como é, não há um joguinho hoje?

Não havia parceiros, mas sempre poder-se-ia jogar uma bisca — propus num sacrifício. Aceitou tomado de alvoroço infantil:

— Vamos a ela! De três?

Luísa, velhaca, caiu o corpo fora:

— Não, de nove. Eu sou muito funda. Fico assistindo.

Olhei-a bem nos olhos, ela sorriu, encaminhei-me para a mesa como se me encaminhasse para a forca. E ele esquecia-se dos trunfos, como eu me esquecia de marcar as cartas saídas, mas a sorte o favorecia, andei tomando umas relas, que o inflamavam de gozo.

— Vou buscar um cafezinho para vocês — e Luísa levantou-se na ingênua disposição de me despertar.

— Para mim, não! — recusou Ataliba. — Estou proibido.

Odeio restrições ao café, repilo-as, condeno-as violentamente Limitei-me, porém, a dizer:

— Traga um refresco para o Ataliba. De maracujá é bom.

Que vácuo dentro de mim¹

A MUDANÇA 577

24 de novembro

Passo uma revista nos escondidos cadernos do diário, folheio-os — são muitos já. Que vontade de rasgá-los por inúteis, obscuros, truncados e escravizantes! Mas não só não o faço como me inclino ao cativeiro e anoto:

a) Grande batalha no deserto. Não no meu, que nunca será palco de grandes batalhas, talvez nem de batalhas, apenas tiroteios, escaramuças e emboscadas, mas no do Norte da África, onde as forças ítalo-germânicas são desbaratadas, perseguidas, e juncam-se de cadáveres as areias ardentes, e Tobruk passa a ser um nome e uma ansiedade nas manchetes.

b) Em Belgrado, caprichosas são as bolsas de valores, a cota nazista é mais alta do que em outras paragens: duzentos fuzilamentos pela morte de um soldado alemão.

c) O escritor mineiro, que estreia, é ouro de subido quilate, ouro profundo e não de aluvião — asseado, sutil, málico, de cepa machadiana. Não vem fora de hora, vem em hora precisa encorajar as desfalcadas fileiras do bem escrever. E o silêncio que se faz em torno dele não é dos mais exterminadores, é até um sussurro alentador. Martins Procópio o aplaudiu com suaviloquentes reparos, Helmar Feitosa não lhe regateou alvíssaras, Luís Cruz o incluiu, desde logo, na primeira linha dos nossos prosadores e Pedro Morais, em conversa de esquina, externou a sua extraordinária impressão — é um valor! Mas o papa Júlio Melo, em rápidas férias na pátria, lança o seu corrosivo e assustado veredicto:

— É um grande romance medíocre!

E os assustados Ribamar, Gustavo Orlando e Venâncio Neves dizem amém.

d) O romancista gaúcho, que também estreou, irá longe. É a composição certa, limpa, musical, que se opõe, rósea e poética, ao grosso e fuliginoso romance nordestino. Com doçura de açúcar-cande alinha a sua história, tem tudo para tocar os corações femininos e vai obtendo êxito invulgar. Susana teve delíquios, Vivi Taveira inseriu-o nos seus autores prediletos, o que foi registrado pela crônica social, e Antenor Palmeiro, num pressentimento, dedica-lhe provas de ardiloso aliado — pode-se sobrepujar também pela declarada e política consideração, ou melhor, há inimigos em potencial que é mais prudente ter-se como amigos.

e) E como falamos em Vivi Taveira: tornou-se público o seu romance com o presidente do Banco do Brasil! Há conquistas que imediatamente não se escondem.

25 de novembro

A voz dos mortos:

— De despojamento em despojamento chegaremos ao pauperismo, à indigência literária. Então, de pepita em pepita, teremos que amealhar de novo a fortuna totalmente dissipada. São os ciclos... — (Alarico do Monte.)

— Você reparou que a falta de caráter não faz falta a ninguém? — (Plácido Martins.)

— A gente devia nascer e morrer com vinte anos! — (Solange.)

26 de novembro

Volto a compulsar o diário tomado de gana destruidora — é só eu, eu, eu, eu, eu!

O espelho me dissuade:

— O eu é importante, rapaz!

27 de novembro

Outras anotações:

a) É desesperadora a situação das tropas do Eixo na África e o comentário de Marcos Rebich é um luzeiro de esperanças: "Naqueles areais é que começa a derrota do nazismo!"

b) Mas as derrotas vendem-se caro e recrudesce a ofensiva contra Moscou. Mais seiscentos mil homens são lançados — como há gente para morrer!

c) Solange não morreu com vinte anos. Morreu com vinte e um.

A MUDANÇA 579

d) Francisco Amaro reitera a minha presença, orgulhoso da sonhada mansão. Vamos apressar a visita. Talvez seja bom para me sacudir, para varrer infelizes teias de aranha.

30 de novembro

Refeito dos sacolejões rodoviários, os olhos ainda ardidos do poeirame, cá estou em Guarapira. Cá estou na casa, que conheci pouco além dos alicerces, e que Francisco Amaro fez nascer sobranceira ao rio, meio escondida da rua por elevado muro, que o povo não compreende nem perdoa. De linhas puras e belas, com um acabamento rigorosamente esmerado, rigidamente seguindo as especificações, é, das obras modernas empreendidas, a que primeiro termina, e a população, não acostumada a muros vedadores, nem a certa forma de singeleza, mas afeita à sátira, apelidou-a de "posto de gasolina", apodo que o proprietário e inovador recebeu com aparente indiferença, quando era com incontidos e exasperados rosnares que repelia as verrinas dos conterrâneos aos arroubos literários dos seus vinte anos, arroubos que foram a semente do que hoje faz crescer no chão da sua cidade.

— Está feliz, não está?

— Estou. É o que eu queria. A certeza de que vivo para alguma coisa melhor. Mas ainda falta muito. O pior de esfolar no porco é o rabinho... E é um sorvedouro de dinheiro.

— O dinheiro aparece...

— Aparece, mas custa.

— Seu Durvalino está aí...

— Está é achando o luxo exagerado.

— Acaba entrando na linha do vento.

Ainda faltam muitos móveis, muitos adornos, certos arremates. Falta, sobretudo, o jardim, cujo projeto é de um jardinista indicado por Aldir, imenso, morrendo em declive na beira do rio, e que só tem por enquanto as grandes árvores que o terreno já possuía, mangueiras, jabuticabeiras, nespereiras, e que não serão sacrificadas.

O curvo paredão, para suportar as enchentes, formou uma pequena angra, com um cais em degraus, e o pensamento é ter botes, de passeio.

— É convidativo. E por que você não põe uma escultura aqui? — alvitrei. — Ficava perfeito.

— Há uma indicação na planta mais acima, junto ao pé de fruta-pão, e já pensei no Pérsio. Ele topará?

— Que santa ingenuidade! Claro que topa.

— Então fale com ele. Mas que não fique muito caro, vê lá.

— Então o Pérsio iria te escorchar? O Mário Mora por acaso te escorchou?

Ficara bastante bom o painel que Mário Mora fizera para a sala de estar, estapafúrdios pássaros, que tinham muito de folha e flor, em estático voo de cores vivas, e pelo qual cobrara preço irrisório.

— Não. Tive até vergonha de pagar o preço que ele cobrou.

....

Turquinha mais de uma vez queixou-se por não ter trazido Luísa. Mais de uma vez expliquei:

— Era impossível, minha cara. Temos que ir a Belo Horizonte para o amarramento de Garcia e ela não pode sair duas vezes seguidas do Rio. Além da repartição, deixar as crianças por muito tempo aos cuidados de Felicidade é um problema. Felicidade o que tem de ótima tem de ignorante.

— Por que não trouxe as crianças, ora?!

Sim, poderia. Na verdade, porém, queria vir sozinho, sozinho com o meu aranhol, tentando varrê-lo, como amputado que ainda sente o braço que perdeu.

1º de dezembro

Não corrijamos tudo que escrevemos. Deve haver larva oculta em certos impulsos esdrúxulos da pena. Que fique a torva imagem maneta, ó alma obscura!

A MUDANÇA

2 de dezembro

Catarina telefonou. Escorregara no banheiro, luxara o braço, bufava de dor, fosse vê-la com urgência — era um lenitivo!

— Melhor que eu fora um linimento...

— Não seja bobo. Venha!

A família nunca me barrara, não deixara escapar jamais uma palavra menos atenciosa, e as agressivas ou reticenciosas que pronunciara me chegaram pela boca gozadora de Catarina com o conselho de que não desse importância; mas olhava-me com reserva, com suspeitas, afinal nada infundadas, em razão da minha intimidade, embora cortada por longos sumiços, em vista daquelas compridas conversas no quarto, de porta ousadamente trancada e longos silêncios e discos na portátil que abafariam outros rumores, e me evitava com elegância como, por meu turno e menos distintamente, e até com ostensivo desprezo, a evitava.

Encontrei-a com o braço na tipoia, improvisada com uma *écharpe* grená, já medicada, embebida em arnica, nada mais fora do que uma luxação mesmo.

— Escorregou no boxe, não foi?

— Foi — soprou, humílima, se encolhendo.

— Bem feito! Você é imprudente. Imprudente e teimosa. Quantas vezes não disse que devia ter um estrado no boxe?

Falava de cadeira — por sorte que, certa vez, não me desmantelava todo no ensaboado ladrilho, sob risadas de Catarina, nua, mais morena, tostada de sol praiano, do qual sempre recusara, peremptoriamente, compartilhar:

— Está de perna mole, querido?

Sentei-me na cama. O colchão de molas, novidade que trouxera da América, tremeu todo como gelatina, e ela:

— Não faz onda! Dói pra cachorro!

Levantei-me:

— Afinal, para que você me quer?

Já era ela mesma, altaneira, gaiata:

— Para ficar comigo, essa é boa! Ficar comigo, mas aí na cadeira direitinho, e conversar, e me alegrar...

— E botar discos na vitrola...

— Adivinhou!

— É petulância com tanto empregado em casa!

— Vamos, seja bonzinho...

E foi um longo recital, e missão difícil era a de procurar os discos, pois que até no meio da mais íntima roupa branca Catarina tafulhava-os.

— A tua desordem, minha querida, é uma das coisas que mais me irritam, sabe?

— Então não sei? — ria. — Nasci assim, que se há de fazer?

— Ninguém nasce assim. Fica-se...

— Não quero é ficar aqui a ver navios. Vamos, bote mais música! Vê uma coisa boa naquele montinho ali.

— O *Concerto para a mão esquerda* não está bem?

— Está ótimo! — e ela, rindo, atirava-me beijos com a mão direita.

3 de dezembro

Catarina telefonou — ardia em febre, uma dor de cabeça medonha! Lá fui eu. O novo mordomo, rubicundo e de peruca, me abriu a porta numa curvatura:

— Dona Catarina deu ordem para que fizesse o senhor subir imediatamente.

— Mas o que é que ela tem?

— Uma gripe monstro, senhor! Nada de mais grave.

— Chamaram o médico?

— Sim, senhor. Já examinou-a, receitou-a, mandamos aviar a receita na farmácia. Uma gripe monstro! Nada de mais grave.

— E a senhora sua mãe?

— Está acomodada. Passou mal a noite.

— Gripe também? — e já tinha o pé na escada.

— Sim, senhor. Mais branda.

Subi. No quarto em penumbra, afundada nos travesseiros, tinha os olhos injetados e quase fechados pelo empapuçamento das pálpebras, a boca como uma ferida seca, arrepios a lhe percorrerem o corpo.

A MUDANÇA

— Que foi, moreninha?

— Estou bombardeada!

Verguei-me, o hálito vinha ácido e ardente, pus a mão na sua testa — uma brasa!

— Você está pegando fogo.

— É. Mas o pior é a dor de cabeça. Parece que meus miolos vão arrebentar!

— Sua mãe também está de cama, não é?

— Desde ontem. Foi a pioneira. Acho que peguei com ela. Andei cuidando de mamãe... Mas peguei mais forte. Te chamei porque me senti muito desamparada, muito bamba das pernas, mal tive forças para te telefonar. Não queria ficar só. Vou te atrapalhar a vida?

— Que bobagem, Catarina!

— Então fique um pouco comigo aqui. Estou muito covarde. Há muito não pegava uma rebordosa desse formato.

— Fico o tempo que você quiser.

— Até melhorar um pouco. Não queria chamar minha irmã. Você sabe como ela é. Fique lá com o seu precioso marido e preciosíssimos filhos. Quanto menos nos ver, melhor!

— E seu pai?

— Está em São Paulo. Foi anteontem.

— E seu irmão?

— Foi com ele. Negócios complicados.

Abracei-a:

— Isso não há de ser nada!

— Não fique se esfregando muito, não. Gripe pega.

— De perto ou de longe, o risco é o mesmo.

— Vá confiando muito...

Os remédios chegaram... — umas cápsulas, uma poção cor de canela. O mordomo trouxe copos, água, colheres, observava-me discretamente — era a primeira vez que me via. Ministrei as doses, olhei o relógio, eram duas e quinze, aboletei-me ao lado, esperei. Catarina não sossegava um minuto, virando-se e revirando-se, dando esticões com as pernas, muito agitada, levemente delirante. Decidi:

584 MARQUES REBELO

— Sabe do que mais? Vou fazer uma coisa que aprendi com o Gasparini.

Ela nem respondeu. Enchi a banheira com agua morna, quase fria, amparei-a, mergulhei-a com camisola e tudo, fiquei, com um púcaro, deitando-lhe água mais fria na cabeça. Meia hora depois, reconduzia-a ao leito e, com uma compressa fria na fronte, em breve dormia um sono reparador. Cochilei também, acendi um cigarro, cochilei novamente, ia vê-la de espaço a espaço, o suor inundava as cobertas. Dei-lhe outra cápsula, ela sonolenta e mais fresca, voltei ao meu posto na cadeira junto à janela, que entreabri um pouco para que a fumaça do cigarro não enchesse o quarto.

Às seis horas, e acendera o abajur de cabeceira, a mãe apareceu, chinelas de arminho, roupão de florido gorgorão, o porte matronal, os olhos gordos, os seios anafados, os lábios em bico, os dedos cobertos de anéis, tão diferente de Catarina, apesar do tom da cútis, de indisfarçável pigmento.

— Agradeço muito a sua bondade e amizade. Essa oncinha sabe escolher os amigos. Não pense que seja mãe desnaturada... Estava muito caída, muito tonta e o médico, em que nós depositamos toda a confiança, me garantiu que minha filha não estava mal. Uma gripe como a minha, apenas um pouco mais forte. Agora me senti melhor e vim vê-la. Sabia que o senhor estava aqui. Ela mesma me avisou que o senhor viria. Fiquei sem cuidado. Não quis chamar a irmã, preferiu incomodar o senhor. O senhor sabe como ela é. Deve saber que não se dá bem com a irmã. Vivem às turras, sempre viveram às turras. É coisa que nos punge e para a qual ainda não encontramos solução. Talvez ciúmes da irmã mais velha, não sei, os filhos são coisas complicadas... (Foram as únicas palavras que jamais trocamos, fora das protocolares e educadas.) Está dormindo agora, não está?

— Está. E profundamente. Creio que os remédios começaram a agir. (E não toquei no banho que lhe dera.)

— É o melhor. Também dormi bastante. Sinto-me outra. Talvez o senhor queira partir, esteja cansado, tenha necessidade. Pode ir sem receio que eu já posso zelar por ela.

A MUDANÇA   585

— De maneira alguma, minha senhora. Volte a senhora para a cama. Poderei esperar mais um pouco. Não tenho nada importante para fazer. Deixe Catarina acordar.

— Obrigada. Vou lhe mandar servir um chá.

— Não precisa, minha senhora.

— Faço questão. Com licença...

Retirou-se como um andor. A arrumadeira trouxe a bandeja de prata. Engoli a nefanda beberagem, desforrando-me nos biscoitos e nas torradas, vi que estava nos últimos cigarros e não tive dúvidas — fiz soar a sineta e mandei o mordomo comprá-los.

Às nove horas Catarina acordou. Acordou melhor, podia me retirar, mas fiquei até perto da meia-noite, vigilante ao horário dos medicamentos, de mãos dadas. Em certo momento percebi que dos seus olhos fechados escorriam lágrimas:

— Que é que está sentindo, meu bem? — perguntei, aflito.

— Nervoso, querido. Nervoso. Me sinto muito fraca.

Sacudi outra vez o cordão da sineta e quem apareceu foi a arrumadeira. Uma xícara de café só poderia fazer bem. Bebeu-a e caiu numa espécie de torpor.

4 de dezembro

Catarina telefonou — acordara com uma fisgada horrível na barriga, fosse já depressa! Fui — ainda não eram onze horas. Encontrei-a louçã e fagueira, repimpada na cadeira de vime da varanda. O pessoal partira, repentinamente, para o sítio com um séquito de fâmulos, aos que ficaram ela deu folga — seriam 48 horas de idílio e sossego. Foram 48 horas de delírio, as últimas de delírio e sobressalto:

— Se eles chegarem antes do tempo?

— Se chegarem, chegaram! Não vão ficar na rua... No meu quarto não entram. Não entram na jaula da fera. Você ficará aqui como um enterrado vivo...

Passávamos o dia com frutas, chocolates, biscoitos, sanduíches, conservas da abundante despensa, a louça acumulando-se suja na pia.

— É *Le déjeuner sur le lit...* — gracejou.

Alta noite íamos comer um bife com fritas no botequim da praça — ela com os olhos no buraco e marcas de amor no corpo todo.

— É *Le boeuf sous le toit...* — gracejou ainda.

5 de dezembro

O poente se incandesce, hora de depressão e saudade que procuro vencer. Em marcha reduzida, o que não é comum a Francisco Amaro, um afoito e permanentemente apressado volante, voltamos das obras do colégio, bem adiantadas e dentro daquele firme exagero de acabamento, que já parece ideia fixa, doença. Em março estará aberto, recebendo alunos, embora duvide que possa propiciar o ressarcimento de tão largo investimento; e a procura de certos professores é outro problema do amigo — o ministério faz exigências, cabíveis para os grandes centros, mas professores para determinadas matérias são raros no interior e é difícil seduzir os que, conquanto explorados, vivem nas capitais, onde as vantagens podem surgir e o conforto, mesmo que um tanto falso, seduz. O colégio estará aberto em março, repita-se. Se a almanjarra funcionará são, como na anedota, outros quinhentos mil-réis. Não acredito nada naquela arquitetura dita funcional, mas calo-me a respeito — para que afligir mais um homem de boa-fé?

E o homem de boa-fé, dirigindo com uma mão só, e de óculos contra a luz, pensa na Europa que se esvai:

— Deu em pantana a segunda ofensiva contra Moscou, hein...

Supero a depressão — que falta pode fazer um corpo? — e respondo com amical interesse:

— O Marcos Rebich tem razão: os alemães já não vão lá das pernas. Apesar de ter se aproximado da capital soviética, a molde de avistá-la sem binóculo, a máquina nazista recuou. Está com os pinos batendo... — e Francisco Amaro achou graça que eu usasse o seu jargão de automobilista.

— Você acha que o último esforço pela paz que está fazendo Roosevelt terá efeito?

A MUDANÇA

— Nenhum! O mundo está surdo e cego, ou melhor, está de tal modo engalfinhado que nada fará separar os litigantes. Mas é honroso fazê-lo, antes de mergulhar na universal mazorca. Como quem faz um último e delicado apelo, antes de matar alguém por necessidade absoluta.

— Você acha que há necessidade absoluta de se matar alguém? — e Francisco Amaro sorriu, recordando-me certas opiniões longamente esposadas.

Não me embatuca:

— Você bem sabe que há dilemas de matar ou morrer, querido Chico, por mais que nos repugne a morte ou o morticínio.

O motor de um automóvel é complexidade tão ridiculamente sujeita a panes quanto o organismo de quem o inventou — a cada conforto que o homem acrescenta à sua vida correspondem dúplices tormentos. Não se tratava de pinos batendo, tratava-se de desarranjo no carburador e Francisco Amaro encostou o carro na oficina para o mecânico resolver o enguiço.

— São uns curiosos, meu velho. Se a gente não os auxiliar com as nossas luzes, não veem nada.

E o mulato se chega, macacão desabotoado, arrastando, pachola, os tamancos, cigarro atrás da orelha, negro de graxa dos pés à cabeça, como se a mecânica fosse, antes de tudo, uma obrigação de se emporcalhar totalmente de lubrificantes.

— Que é que há, Chico?

Havia sido colega de grupo escolar de Francisco Amaro, que começou a orientá-lo. Mas não era só encrenca do carburador, viu-se logo; havia qualquer troço no diferencial também, e o melhor seria ir jantar, que estava na hora, e voltar depois.

— Tá certo. Bom apetite.

— Mas você me arruma isso para hoje mesmo?

— Então não arrumo, uai? — e o mulato ria com o alicate na mão.

— Quem te ouve, e não te conhece, pensa que você cumpre o que diz.

— Pode ir sossegado — e o mulato continuava a rir.

Viemos devagar pela rua de árvores cotós e empoeiradas. O crepúsculo descia, o asilo de órfãs é fechado e triste como um cemitério caiado, na matriz começa o coro feminino e beato da novena, que empesta a praça de mau gosto e frustração, uma luzinha bruxuleava na ínfima vendinha refratária à eletricidade.

— Recebemos o progresso, mas não temos quem cuide dele. Não estamos aparelhados. Tudo é improvisado. Esse moleque entende tanto de mecânica quanto eu de dizer missa. Mas é o único mecânico na cidade Pelo menos o único honesto.

Demos mais uns passos. A prefeitura é um prédio digno que se esboroa. O caminhão levantou uma nuvem de poeira na ponte. E surgiu o telhado da nova casa, largo lençol de telhas goivas e Francisco Amaro parou um instante contemplando-o, orgulhoso da sua morada.

6 de dezembro

Que falta faz um corpo! — é o refrão da noite que não passa. Francisco Amaro recolhe-se cedo, porque acorda cedo, desdobrando-se o dia inteiro em mil coisas úteis e outras tantas inúteis, desnecessárias, cansativas. Por minha causa atrasa o sono, mas por volta das onze horas, de roupão sobre o pijama, está bocejando, os olhos piscando, caindo aos pedaços. Turquinha de muito que está na cama. É maldade prendê-lo mais:

— Vá dormir, homem de Deus!

A noite fica imensa.

7 de dezembro

Assaf levou a cabo uma profusa aurificação da boca. E o genro:

— Com o que a dentadura do Salim der no prego, pode-se pagar a dívida do Brasil!

Estávamos na varanda, o calor abafava, Assaf, com o neto no colo, soltou uma das suas estrondosas gargalhadas, que assustou a criança e Turquinha vem socorrer o filho, que chora convulso.

— Você só serve mesmo para assustar criança — diz Francisco Amaro.

A MUDANÇA   589

E me lembro de 1930, após a chegada triunfal de Getúlio, de bombachas e lenço vermelho no pescoço, quando porfiavam vitoriosos e vencidos em desvairada emulação, os primeiros para galgarem posições, os segundos para não perderem as que usufruíam e se excedendo, em descaradas adesões, para se livrarem da pecha de "carcomidos" com que foram brindados. O jovem e futuro diplomata se presta a qualquer desfrute — inventou a campanha do resgate da dívida externa do Brasil! Corajosas damas, com enfeitadas cestinhas a tiracolo, saíram compenetradíssimas a vender florezinhas de papel. Com voracidade de saúvas assaltavam os passantes, invadiam os cinemas, os cafés, as repartições, atacavam as casas comerciais. Foi uma semana de azucrinação e de imbecilidade. Apuraram-se dois mil e poucos contos.

— Faltam ainda uns sete milhões — ria Garcia com uma margaridinha na lapela.

Viu-se, depois, que ainda faltava mais, nem se sabia ao certo o montante da dívida, dado que não apenas o governo federal, mas também os estaduais e municipais tinham a faculdade de contrair empréstimos.

E Adonias:

— É desalentador o lado caricato das revoluções...

Estávamos na varanda. De repente os rádios guarapirenses atordoaram os arcs pacatos com a notícia de Pearl Harbor. O remoto Havaí entrava na nossa vida, não com guitarras e valsas choronas. Fora atacado, de surpresa, por ar e mar pelos japoneses. Falava-se em submarinos suicidas.

8 de dezembro

Insone, a cama ficou ainda mais dura, e espinhenta, encalombada, insuportável. Levantei-me, saí como gato para a rua banhada pela doçura noturna. Nem gatos. A luz que tombava dos postes era débil e amarelada, mas só os meus passos iluminavam. (Catarina ria quando, na madrugada, a Avenida Rio Branco era um desperdício de mil candelabros para nós abraçados.) Na praça o busto político dormia, no beco a prostituta dormia protegida pela estampa de Santa Rita de Cássia e com a gaiola do pintassilgo ao lado, dormia a poeira nas ruas de terra batida e o caruru nas sarjetas, no alto do morrote dormiam os mortos sem árvores, as lajes gretadas pelo sol, toda Guarapira dormia sob o voo dos morcegos, apenas a fresta luminosa de um postigo é vigília — campeamento da jogatina e da batota, de que o delegado se locupletava, porque o que ganha um delegado de polícia é declarado convite à corrupção. Cheguei à ponte de ferro que a ferrugem carcome. A lua boiava no rio, gêmea da que boiava no céu. Acendo o cigarro, lanço o fósforo no vácuo. Um outro impulso e tudo estaria terminado... — é o pensamento que vem do imo, como cercária que deixa o *planorbis* para flutuar à tona d'água. E é história antiga, às vezes, ao fazer a barba, o contato da lâmina me trazer a ideia do pulso anavalhado como liberação, sacrifício, vingança, ato que legaria um suposto rastro de remorso, ideia que é seguida de repulsa e calafrios como se o sangue já escoasse das veias para o ladrilho. Os faróis rasgam a noite como flechadas, o caminhão, pesado da carga, entra na ponte, faz vibrar os dormentes como um xilofone, passa rente a mim, desaparece com um cheiro de óleo queimado e durante alguns minutos o roncar asmático do motor sacode o silêncio até morrer na distância.

O cigarro se acaba, em tragadas sôfregas. A brasa que dele resta, e que por um instante se reflete no dorso das águas, é que se vai apagar na fria corrente. Retorno em meus passos. Os morcegos não param. É preciso voltar, voltar à cama amiga, ao Rio, a Luísa, às minhas coisas, à minha vida, suportar, suportar.

9 de dezembro

Sinopse:
A obra que Francisco Amaro vem executando em benefício do burgo, oriundo duma mineração vasqueira, que logo secou, e não em benefício estritamente próprio, é imensurável para os seus concidadãos; não possuem eles o necessário teodolito da acuidade ou da gratidão para avaliar. Aldir, o forasteiro, este sim é percuciente e profetiza:

A MUDANÇA 591

— Não será o único. Outros virão a seu tempo. A riqueza gera a riqueza, como os rios rolam para o mar. O mimetismo pode ser uma virtude paroquiana. E a inveja, mesmo inconsciente ou mascarada, redunda em alavanca mais progressista, realizadora e audaz do que se supõe.

Francisco Amaro Júnior, definitivamente Chiquito, é um menino gordão e quieto, de boca e cabelos anelados, no qual Turquinha descobre parecenças — veja só a testa! — com um avô materno. Não o conheci. Há muito é habitante do cemitério sem árvores. Era pachorrento burocrata estadual, com os vencimentos sempre em atraso, deixou uma herança de anedotas relativas à sua vaguidão e desprendimento, e transmitiu a dona Idalina a predisposição varicosa. Está padecendo a pobre os martírios duma recidiva; caminha com dificuldade e as pernas são duas postas de carne pisada, que os olhares repelem sem piedade; os medicamentos não surtem efeito, pensa-se em operação, ela porém repele o bisturi.

Perfila-se o pelotão contra a grade da varanda, no fundo a soqueira de gladíolos carmesins — Maria Clementina, Patrícia, Maria Amélia e Maria Angélica. É como um friso de pequenas dríades, vestidinhos iguais, cor de limão. E seu Durvalino passa-o em revista, espichado na rede de tucum, preciosidade da arte indígena que, pelo uso que dela fazem as crianças, não resistirá muito. Nunca se lhe notou uma preferência, mas que avô não as tem? Investigo e não deslindo qual. Frequentemente não se refere a elas pelos nomes. Diz: "a mais velha", "a segunda", "a do meio", "a menor" — como se a memória lhe faltasse ou como se quisesse despersonalizá-las. Seu Durvalino decai — isto é visível. Perdeu o garbo de estátua inquieta, a retina embaçada, treme ao enrolar o cigarrinho de palha catinguento, placas de circulação coalhada marcam a pele curtida do rosto, emblema duma larga vida ao sol, alheia-se das conversas — quanto tempo durará? Os olhos caseiros se habituam à decadência. Mesmo assim Francisco Amaro pergunta-me:

— Você não acha que papai está muito acabado?

— Acho. Mas devemos levar em conta que setenta anos não são brincadeira.

592 MARQUES REBELO

— Setenta e um.

— Bem vividos.

— É o que não poderei afirmar.

Mercedes, que engorda, que toma um jeito de pata, com o traseiro caído, aprimora a confecção das suas linguiças com uma porção de pimenta-malagueta, que o próprio Belzebu acharia excessiva, mas que Francisco Amaro aprova e saboreia.

— Comê-las é exercício para comedores de fogo, sabe! — pro-testo, lacrimejando.

— Comida de macho é assim.

Mercedes se diverte e, num requinte de exibicionismo, mastiga sanduíches de pão com pimenta!

Francisco Amaro não comparecerá ao casamento de Garcia:

— É humanamente impossível! Dezembro é mês em que não posso arredar o pé daqui.

— Vai ficar sentido.

— Arranjasse outro mês para se casar. Há doze no ano...

— Da maneira como você se vira aqui, não vejo qual.

Francisco Amaro ri. Vira, vira, e ainda encontra tempo para amar Garcia Lorca e Fernando Pessoa, o que torna premente abreviar a minha revisão de tais valores.

— Deus te ilumine! — diz, imitando Adonias.

E emalo as minhas roupas sob a inspeção de Turquinha:

— Não falta nada?

— Não. Tudo em ordem.

— Você não gosta mesmo de Guarapira. Cada vez passa menos dias aqui.

— Francamente não adoro. Acho essa gente muito chata, nem sei como o Chico veio se afundar em tal lameiro. Mas não se trata disso. É que tenho compromissos. Francisco Amaro também não tem os seus, ou não inventa os seus?

— Ah, é muito diferente! — e Turquinha faz bimbalhar as pulseiras carregadas de balangandãs.

— Não há diferença alguma, salvo que os meus são menos rendosos. Tenho que passar uns três dias no Rio, antes de tocar-

A MUDANÇA 593

me para o enforcamento de Garcia. Lástima que Chico teime em arranjar pretextos para não ir. Faríamos um bom farrancho.

— Eu também tenho pena, tanto mais que não conheço Belo Horizonte e gostaria de conhecer. Mas acho que o Garcia não irá ficar zangado.

— O amazonense não tem maus bofes. Compreenderá.

— Vai ser bom para ele, não vai?

— O quê?

— Casar-se, ora!

Balanço os ombros:

— Não palpito nada.

— Você sabe como ela é?

— Não. Só sei que é loura, linfática e Filha de Maria.

— Ser Filha de Maria não é defeito — retruca Turquinha muito ciosa da sua religião.

— Também não é qualidade.

— Está me cheirando que você não aprova muito o casório — e Turquinha coça o nariz, um dos seus sestros, aliás.

— Há casamentos inúteis, minha querida — respondo pensando na fugitiva.

— O de Chico foi inútil? — interroga, zombeteira.

— Absolutamente. Você tem sido ótima. Mas abusam da progenitura. Filho a gente não faz como faz biscoitos. Virilidade não precisa tal demonstração.

— É a natureza...

— Não. É inépcia. Não se contraria a natureza, mas podemos refreá-la contrariando o dogma...

E amanhã estarei de retorno, logo de manhãzinha para evitar a canícula na baixada. Não tive notícias de casa, mas certamente tudo transcorre na rotina habitual — só o mal tem asas e porta-vozes para chegar onde estamos. Mas por que não escrevo, não telegrafo, não telefono, procedo como se o meu mundo doméstico não existisse? Sei lá! Sou uma simplicidade bastante complicada.

10 de dezembro

O veículo arfa, trepida, o suor pinga do rosto do motorista, a viagem está chegando ao fim — seis horas de paisagens sem vinculações, tão estranhas para mim quanto paisagens lunares, a insistência de certas mágoas, aproveitando aquelas horas devolutas e desamparadas, revolvendo o triste borralho, fustigando com ardor de urtiga. E a cidade vai surdindo. Vai surdindo com todo o seu calor, com toda a sua beleza, minha, desigual, díssona, e irisada, esparramada, imensa, debruando estradas com pobreza aldeã, desdobrando-se pelos vales num gabarito colonial, invadindo os mangues como mundo palafita, galgando os morros, supurando favelas como incuráveis escrófulas, confundindo-se com a mata, arranhando o céu num arremedo nova-iorquino, atirando-se no mar. Infla-me os pulmões o seu ar pesado de sal e alcatrão, ar que já foi tão leve e puro, inunda-me os ouvidos com a sua partitura feita de milhares de cacos sonorosos, abre-me os braços, e os verdes úmidos da vegetação brilham como esmalte, para um amplexo incestuoso de amante fiel e volúvel genitora, o ventre sempre aberto ao aguilhão, fecundante ou sugador, de qualquer adventício.

Depois o saguão é o meu saguão, com mármores tumulares por desvelo do síndico de pincenê, a porta é a minha porta e a sala é a minha sala, recendendo a cera de lustrar móveis, envolta em suave penumbra, ordenada em acolhedora arrumação. Felicidade enxuga as mãos quadradas no avental, mostra dentes de boas-vindas, carrega a mala para o quarto — mais ninguém em casa. E uma sensação insólita me toma, como se me sentisse um intruso, como se ali entrasse na condição de visita e não de morador, como se a rua, lá fora, é que fosse o meu lar e a minha alcova. E chego-me à varanda para respirar, para fixar-me, para reconhecer o território em que se planta o meu casulo. O Corcovado é guardião que me espia e não me guarda. O Silvestre é massa verdejante que me acalma, que reaviva soterrados instantes idílicos — Catarina com seios de vinte anos, Solange encontrando amoras na moita da vereda, Vivi Taveira nua, na janela

A MUDANÇA   595

do hotelzinho suspeito, deixando-se beijar também pela lua e,
de manhãzinha, extasiando-se com o esplendor das orquídeas,
ela mesma uma orquídea de violáceo gineceu, pistilos de azeviche, insaciável. O ateliê de Pérsio está deserto como um hangar
abandonado, hangar de tantos impasses e frustrações, o torso
decapitado atirado numa barrica. E vou me entrosando, entro
no quarto, a cama tem cobertas meticulosamente esticadas, o
pijama, atrás da porta, é largado invólucro de crisálida, sobre a
escrivaninha um pequeno maço de correspondência se acumula
sem que nenhuma letra nos sobrescritos fosse desejada, felizmente
ou infelizmente.

11 de dezembro

Infelizmente o numerário para o compromisso belo-horizon-
tino ficou esfacelado. A ida a Guarapira fora estimável desfalque
e em legítimo baque resultou o presente que Luísa escolheu,
encantada — uma caixinha de prata, redonda, galantíssima,
portuguesa, que poderia guardar brincos e anéis.

— Onde você desencantou isso?

— Num antiquário.

— Cá temos um Adonias de saias. Basta o de calças...

— Mas não é linda?

— É, mas ficamos lisos e a viagem consome cobre. Os hotéis
não hospedam ninguém graciosamente.

— Dá-se um jeito.

— Claro que temos que dar. Vou me mexer.

E me dispus à indispensável via-sacra para recompor o rombo
— sempre menos vexatória do que pedir emprestado. Vasco Araújo, com gravata colorau e monograma na camisa de seda, adiantou
uns caraminguás pela antologia de contos norte-americanos, que
só em fevereiro teria que lhe entregar, e cuja seleção, se não é de
duvidoso gosto, é tremendamente pessoal. Adiantou e não fez cara
feia, envolveu-me pelo contrário em protetor abraço:

— Qualquer aperto, já sabe, venha aqui. O que puder fazer,
farei de bom grado.

Meu velho editor, o hálito empestante, os sapatos que nunca viram engraxate, é que não admite fisionomia prazenteira para as necessidades urgentes dos editados — saber gerir os nossos dinheiros é uma obrigação para a qual não cabe transigências, parecia dizer o seu olhar sovina e cúpido. Mesmo assim escarrou uns chorados vinténs pela segunda edição de *A estrela*, já no prelo, e acho engraçado que livro meu tenha mais de uma edição, como outrora achava engraçado, e algo misterioso, que doutor Xisto Nogueira, que Deus tenha no seu laboratório celestial, vendesse tantos remédios, quando jamais encontrei alguém que os tomasse e Gasparini me asseverasse que não passavam de grandessíssimas porcarias. Mas foi parlamentando com Godofredo Simas que endireitei os combalidos fundos. Não posso me queixar do "infalível chantagista", como o classifica Gerson Macário, cônscio de representar a opinião de expressiva maioria. Até hoje nunca me faltou, atenção que não tem sido recíproca. Se não caiu com a chelpa, foi além do que se poderia esperar da sua largueza — garantiu as passagens, e de avião, óbvio que pela conta de compensação do jornal, conta que realmente jamais compensará, e com a obrigação de umas crônicas sobre Minas Gerais.

— Faça uma dessas coisas leves e trepidantes, que você tão bem sabe fazer.

— Desde que não seja obrigado a meter Tiradentes no meio, topo.

— Sem Tiradentes mesmo serve. Sem Tiradentes e sem Marília. E nem precisam ser muito extensas. Temos que aprender a ser concisos. No jornalismo atual não cabe nariz de cera. Deve ser direto e enxuto. (Gostou de um ensaio que Luís Pinheiro escreveu sobre escritores graxos e enxutos e aplica a diferenciação a torto e a direito.)

— Serão enxutíssimos!

— Não exagere! — riu e levou-me até a porta do seu gabinete diretorial, de um verde patriotíssimo. Levou-me com afabilidade e com afabilidade recomendou-me: — Dê um abraço de quebrar ossos no Garcia por mim. Diga àquele manganão que lhe auguro

A MUDANÇA

muita felicidade no matrimônio. Custou a entrar no rol dos homens sérios... (Pelo visto não sabia da viuvez do reincidente.) — E terminou com uma frase cuja patente pertence ao Altamirano:

— É um grande caráter!

Sorri interiormente da recomendação e do elogio, que suas perfuntórias relações com Garcia não justificariam. Garcia não o tolera, fugindo dele como o diabo da cruz. É que Neusa Amarante tem periodicidades de ternura; não anda em estiagem amorosa a diva, e o maduro e enrabichado amante reflete nos mínimos atos as fagueiras disposições do coração.

Marquei as passagens na companhia de aviação, a cortesia industriada de um lado do balcão, do outro a invencível superstição de que se está recebendo um bilhete com um número bonito para a loteria da morte.

— Boa viagem! — e o rapazola mostrou um dos seus sorrisos amestrados.

Foi uma boa viagem de bonde — ainda era cedo e os trambolhos iam vazios, só no Largo do Machado um bando de colegiais ocupou os bancos com gritos, saliências, imbecilidades juvenis. Cheguei em casa um tanto aliviado, entreguei-me aos jornais. "Temos que ganhar a guerra e ganhar a paz" é o que incita Roosevelt. E na Ásia as coisas vão pretas — o *Príncipe de Gales* e o *Repulse*, arquipoderosas belonaves, foram postas a pique, na costa da península malaia, pelos aviões nipônicos, que os reais almirantes tão enfaticamente menosprezam, como se a arma aérea fosse coisa subalterna, que não pertencesse ao fidalgo jogo da guerra. E Luísa chegou, ansiosa:

— Como é, arranjou o dinheiro?

— Tudo azul!

— Ai, que peso me tirou do peito! — E radiante ficou com a viagem, nunca pusera o pé num avião. — Vai ser maravilhoso, não vai?

(Atenha-te aos teus desencantos, alma insolúvel!) E respondo:

— Vai.

— Não tenho o menor medo.

— Não é para ter medo.

E o jantar me pareceu insulso, as crianças enfastiadas. Luísa preocupou-se:

— Está sem fome?

— Estou cansado. Foi uma agitação grande hoje.

— Logo eu faço uma coisinha gostosa para você. (Omelete, ovos com presunto, chocolate — são coisinhas gostosas para as ceias da meia-noite.)

De noite não veio ninguém, foi bom que assim fosse, pois entreguei-me aos meus papéis, pondo-os em ordem como um seguro de vida. Mas o telefone não parou, todos queriam saber quando partiríamos, e Luísa frisava a viagem de avião, e nenhum iria — Aldir, Pérsio, Gasparini, Loureiro, Ataliba, e todos queriam que fôssemos os portadores dos seus presentes, como num enterro a que ninguém comparecesse para segurar nas alças do caixão, mas que todos fizessem questão de enviar as amicais coroas.

12 de dezembro

O avião decola. Há caras pálidas, risos nervosos, o furtivo sinal da cruz da dama de costume preto. Luísa transborda a orgulhosa emoção da novidade, e observa, apalpa, fareja, inquire, aprecia, comenta. Mas em quinze minutos a conversa estanca. Ganhou-se altura, venceu-se o colchão de nuvens, lá em cima é sempre azul, afrouxo o cinto, Luísa me imita, o zumbido recheia o canudo metálico, estremecem os vidros embaciados. Avião é uma rapidez feita para encher com colações, leitura fácil, sono curto — tríplice recurso para contornar, para amortecer o súcubo temor. Pastilhas, café, sanduíches, jornais... Os Estados Unidos declararam guerra à Alemanha e à Itália, e mestre Getúlio não pia, mocho de olho redondo no seu galho; contra o Japão as operações navais e aéreas dos ianques prosseguem não muito afortunadas — o primeiro milho é dos pintos, seria a conclusão de Gasparini, convencido de que Tio Sam não perderá a parada, conquanto tenha que suar a camisa, mas atônito com a ousadia nipônica, ousadia suicida que a religião impele. E amanhã inaugura-se a nova Escola Naval, e o avião roncara por cima da lastimosa construção de cimento

A MUDANÇA 599

armado e pó de pedra, espécie de soturno convento militar, que eliminou a mais graciosa e histórica ilhota carioca, de praiazinhas brancas e airosos coqueiros, onde Villegaignon foi vencido, onde Loureiro ia aproar o barco de regatas nos treinos da alvorada. Por que enfiá-la no Rio, quando há tanta enseada pela vasta costa, pedindo povoamento e obras saneadoras e propulsoras? Comodidade dos varões de alamares e dragonas, mais inclinados à âncora e ao asfalto do que ao mar e aos ermos povoáveis. Também a esquadra vegeta colada ao cais como marisco, e a capitânia, cuja aquisição foi uma loucura orçamentária lá por 1910, caduca e paralítica, até número tem na lista telefônica. E o sono vem. Cochilei um bocado, a cabeça encostada ao ombro de Luísa. Ao aprestar-nos para a descida, a nave sacoleja, os ouvidos doem, ela me cutuca:

— É bom, mas, pensando bem, é uma maluquice, não é?

Garcia, convenientemente prevenido, nos esperava no improvisado aeroporto. Ele e a noiva. Geralda não decepcionou.

....

Geralda não decepcionou. É o alfenim que imaginávamos pelas cartas do Romeu quarentão, fina como giesta que ainda estivesse longe da maturescência. Mas despachada e bem-falante, os ss muito silvados, séria sob risos, sarcástica com açúcar, possível solução para o equilíbrio hormônico de Garcia e, como única nódoa visível, a horrenda medalhinha de esmalte pendendo do cordão de ouro — Teresinha de Jesus.

....

Não nos demoramos no hotel, onde já há três dias se alojava a família de Geralda, gente simpática e agradável, muito atenciosa com Garcia, a petizada muito tesa nas suas roupas de sarjão, com cabelos tão semelhantes que parecem ter sido tingidos com a mesma tinta. Não nos demoramos. Fomos logo instados a visitar a casinha de acachapada cumeeira que alugaram para as bandas do Cruzeiro, com bonde na porta e em rua de pedras fincadas, pedras ferruginosas, o primitivo calçamento da cidade.

— Vocês arrumaram a casa sozinhos? — perguntei, num desvão do futuro ninho, ao encantado noivo.

Ele riu:

— Eu sei aonde você quer chegar... Não! Sempre vigiados pelo dragão.

O dragão era a dona da pensão que, numa impertinência serôdia, zelava pela honra da hóspede como se filha dela fosse. E no terreiro com umbrosas mangueiras, mas raquítico capim. Geralda e mãe me desconcertaram:

— Temos rezado sempre por você.

Não falaram juntas. Quem falou foi Geralda, falou no plural, e a mãe confirmava, sacudindo a cabeça de gasto perfil. A única coisa que poderia dizer, foi o que disse:

— Muito obrigado...

13 de dezembro

A atmosfera seca, cortante, rarefeita, que provoca uma sequidão na laringe e nas narinas, a paisagem de circunjacentes montes despidos, a impressão de que a cidade se encerra numa redoma diáfana, onde os sons ressoam como vibrações de cristal, e o ambiente provincial e pacífico, no qual se inclui uma pitada de chatice, decerto formaram um composto que momentaneamente oxigenaram-me os pensamentos, reformaram o metabolismo humoral, enxotaram o remordimento que pousava com a insistência de varejeira no coração putrefato, impulsionaram-me para largos passeios e contatos.

Cupido, mestre em assenhorear-se das horas dos que seteia, não logrou impedir que Garcia se imiscuísse na rodinha literária da terra, permeada de políticos no ostracismo e administradores da subditadura estadual, satrapia mais despótica e opressiva que a ditadura do Catete, por ser infinitamente mais burra, rodinha que tem acampamento nas calçadas do Bar do Ponto ou nas mesinhas do bar do Grande Hotel, conforme a hora ou a condição do tempo. Discreto que é, a intromissão não foi forçada, foi acidental, consequência da estreiteza do meio, à base de funcionários, no qual todos se conhecem ou acabam por se conhecer. Discreto que é, não pontificava — ouvia e, quando muito, aparteava. A verdade,

A MUDANÇA 601

porém, é que caladamente se ufana da participação e para a tertúlia me conduziu.

Paulo Emiliano, o poeta, dum sensualismo quase oriental, é bem um escanzelado dom Quixote sem elmo e sem barbicha, com venerável passado de noites em claro e esquivas Dulcinéas. Pessoinha apoquentada é o crítico, suscetível e idôneo, pronunciadamente infenso à avalancha nordestina, com temido rodapé domingueiro, eivado de hispânicas influências. Bombástico e folgazão, impenitente consumidor de cerveja, é o historiador, respeitado comentarista das cacetíssimas *Cartas chilenas*. Seráfico é o professor e latinista, que passou pelo Caraça, gordote, os pômulos estourando de sangue, com a porta e o piano sempre escancarados para os musicistas itinerantes. Doce como pombarola é a poetisa com três livros já, de podada fatura, impressos em gráfica local, cujos méritos os colegas federais, "que tiram ouro do nariz", teimavam em não reconhecer, mas que a sensibilidade de Catarina elegera flor do seu jardim. O escritor, cuja estreia tanto alarmou Júlio Melo, que vê fantasmas ao meio-dia ameaçando a sua glória, parece-se com o que escreve — asseado, sutil, málico. Mais ainda: lhano, engraçado, envolvente. Com estupenda veia para contar casos, mormente os de Vila Caraíbas, em pleno sertão, onde nasceu, e cujo luar é magnético, Joaquim Borba se chama. Convidou-me para a sua intimidade, passei a noite em sua casa, com choro de criança pequena entrecortando o espichado conversar. Divide-se entre uma redação sem maiores compromissos, ao molde antigo, e uma repartição pacata. Sobra algum tempo, portanto, para ler e estudar e as estantes estão pejadas de obras raramente encontráveis na biblioteca dos nossos mais notórios escritores. As preocupações estéticas, as incógnitas do problema da criação artística estão patentes na sua ficção, elaborada penosamente, confessa, e afloram amiúde na sua conversação, cujos pontos de indecisão são acompanhados dum coçar do couro cabeludo pelo espetado indicador. Mas o mar da fabulação e da poesia em que veleja, com enfunada bujarrona, não o priva da terra firme da realidade, solo em que mostra ter os pés. E em consequência, abordou a ideia duma conferência minha sobre escritores cariocas, sugestão que Paulo Emiliano apoiou roufenho e veemente. Recusei a princípio, invocando a inexperiência, a incapacidade de ser sintético e, sobretudo, a certeza de que não teria nada importante para dizer a colegas tão atilados, já que tão somente com eles poderia contar como plateia. Acabei, porém, aceitando. A Secretaria de Educação dispunha de verbas para declamadoras e conferencistas forasteiros, que afluíam como correições de formigas carregadeiras. Demonstrou-me as vantagens da exibição que a Secretaria subvencionaria — teria a hospedagem paga e ainda ganhava uns cobres. Um simples telefonema resolveu tudo — as repartições e gabinetes fervilhavam de intelectuais, família que se entende mais ou menos bem. *Alea jacta est!* — como diria o desembargador Mascarenhas. Inaugurar-me-ei no conferencismo!

14 de dezembro

Pombo-correio de ternas e corriqueiras notícias guarapirenses, Assaf, os joanetes fervendo nos sapatos de verniz, compareceu como plenipotenciário da família Amaro, trazendo um aparelho de jantar, de porcelana inglesa, que era de encher as medidas, mas que para Luísa, algo abalada, não chegava a esmagar totalmente a nossa caixinha de prata:

— Tem a sua candura, não tem?

— Tem — apaziguei-a. — Mas confesse que a permanência no bricabraque de Adonias não foi inteiramente inócua...

A cama estava coberta de presentes. Olhei com piedade — a camisola da primeira noite era de cetim cor-de-rosa, gola pudicamente fechada, roçaria o chão, encobrindo as pantufas dum rosa mais vivo... Cos diabos, que estranhos abajures, relógios, jarras e jarrões povoam as corbelhas! Parecem os mesmos, que vão de boda em boda, intactos, inalteráveis, num trânsito sem fim. Mas escaparam à crítica do embevecido noivo, tão mordente ante idênticas e ulteriores exposições. Tomado pelo mesmo embotamento, pendurou-se num alfaiate local, de que Gasparini deploraria aberta e escandalosamente a caolha tesoura — jaquetão azul-marinho para a pretoria com pouca gente e onde fui para Geralda mais do

A MUDANÇA 603

que Garcia, numa manhã chuviscosa, representara para Lobélia; terno cor de chumbo para a cerimônia religiosa, na Igreja da Boa Viagem, feia como o bolo de noiva, que os nubentes, em suprema e fotografada angelitude, partiram de mãos dadas, branco de suspiro como a virtude, com o casalzinho de açúcar encarapitado no tope; terno de um malva de lagarta para as passeatas de lua de mel, que vai ser em Ouro Preto.

— Depois que escolhi, achei um pouco espalhafatoso. Não acha?

— É de fazer um cão sair ganindo, velho!

Riu:

— Sabe? Creio que estou meio perturbado.

Estava. Mas o olhar de ajoujada latria que punha em Geralda, escondida em ondas e nuvens de filó, traduziam, pelo contrário, a calma e enlevada certeza de ter encontrado nela o elemento da sua felicidade, felicidade que por palavras não poderia exprimir.

....

Falava pouco de si, como falava pouco da primeira mulher, como falava pouquíssimo da família. Os Garcias! Potentados da borracha, arvoravam o direito de vida e morte nos seringais, mantinham criadagem de libré, não se passavam para o Rio de Janeiro, compravam diretamente em Londres, Paris, Lisboa e Nova York o retorcido luxo da *belle époque*, mandavam os filhos estudar ou vagabundear no estrangeiro, acendiam charutos havaianos com cédulas de duzentos mil-réis, importavam companhias de ópera da Itália e amantes da França e da Espanha. Com a queda da borracha, terrível como a pororoca, esborracharam-se inteiramente. Encalacrados, arruinados, degradando-se, agarraram-se ao poder político, que gradativamente foram perdendo. Em 1930 os últimos eram varridos, humilhando-se alguns em inúteis adesões, em estancadas tetas. Garcia pertencia a um ramo da oligarquia que mais depressa se arrebentara — bem antes da Revolução largara Manaus pelo Rio, onde começara, pegando na vassoura do escritório.

15 de dezembro

Inaugurei-me como conferencista, no auditório da escola normal, diante de um público homeopático, conquanto os jornais nesses dois dias tivessem, com clichê ou sem clichê, anunciado exageradamente o acontecimento — a publicidade tem frutos muito relativos.

Joaquim Borba, que fazia parte da mesa, com colcha adamascada e vaso com flores, me consolou:

— Não creia que aqui haja assistências maiores. Para falar a verdade, está acima do comum.

— Nem esperava tanto. Acho que tem gente até demais.

Não deve ter acreditado na minha sinceridade:

— Pode ficar absolutamente seguro de que está aí o melhor que nós temos.

E como lobrigara algumas caras simpáticas esparramadas nas primeiras filas, caras de amizades feitas naqueles dias atochados de apresentações, pus-lhe a mão no ombro:

— Disso não duvido...

O pior é a espera no palco com cenário de paisagem, como numa vitrine com objetos que se pretende impingir a incautos compradores; pior do que o momento em que uma mola parece se quebrar dentro de nós, e cortar o precário fio das ideias, quando o fotógrafo, avançando e recuando com o olho na objetiva, quer obter o ângulo mais feliz para um instantâneo que o secretário da redação aprovará. Afinal, Paulo Emiliano fez a apresentação — um discreto elogio, num silêncio com pigarros e ranger de cadeiras. Luísa estava muito séria e ainda mais sisudo o vermelhusco cidadão estrangulado num colarinho duro de ponta virada, instalado no centro duma vintena de lugares vazios. E a luz, que extravasava do palco sobre a imobilidade inicial dos ouvintes, deu-me a impressão de que, atirado por um instante na infância, via uma fotografia de estereoscópio na casa de um amigo de papai.

Esforcei-me para não ser chato, já que tudo que poderia dizer seria tão destituído de valor quanto uma baforada de fumo, dando à coisa uma consistência despretensiosa de palestra, em alguns

A MUDANÇA   605

pontos bastante desconchavada. De fato não me considero um mau conversador, a certas alusões houve risos, a memória não me trai, e me é fácil falar com amor da minha cidade e de Manuel Antônio de Almeida, de Machado de Assis e de Arnaldo Tabaiá, sobre quem vem pesando um cerrado e injusto esquecimento.

Com a breca! houve palmas e houve abraços, e como saber os que foram sinceros e os que foram hipócritas? Mas houve principalmente o alívio de alforria, pela primeira vez sentido, alívio de quem baixa de rarefeita e opressiva altitude para a planície familiar, por ter conseguido colocar um oportuno ponto final na parlenda. Eram onze horas, a cidade já se recolhera, e a proposta pegou — formamos um pequeno bando e fomos, acordando com risadas o sono das ruas, para o bar do hotel, reduto donde se irradiava o anedotário concernente à pouca espiritualidade e muita biliosidade do governador, que desforrava com juros, nos secretários e subalternos, e no povo em geral, o descaso que sofria nos corredores do Catete, que ele pisava semanalmente com uma impertinência de mosca. Lá ficamos de cavaco, e lá, assaltado pela lucidez de quem se sente à vontade numa roda restrita e interessada, desembaraçadamente desatei um rosário de considerações, não distantes muitas da finura e da originalidade, cheias outras de inocente maldade, e que não conseguira encaixar no palco, embora me aflorassem à mente.

— Você se mexeu o tempo todo. Parecia que tinha formiga no corpo — disse-me Luísa no quarto, estirada vestida na cama, que já vergara sob tantos corpos desconhecidos.

— É?

— É. Estava nervoso?

— Talvez um pouco constrangido no princípio. (E lembrava-me que passara seguidamente a língua nos lábios para molhá-los, tão secos os sentia.) Marinheiro de primeira viagem...

— Nunca serás um navegador. Ficas muito artificial.

Abri a torneira do lavatório onde tantas mãos se tinham lavado:

— Teremos que nos acostumar...

16 de dezembro

O queixo quase formando uma reta com o pescoço, a mão esquerda enfiada no bolso da calça, o braço direito fendendo o espaço num gesto circular de convocação — e temos o feliz instantâneo que a imprensa estampara e que eu recortaria e guardaria na estofada pasta, objeto de tanto debique de Adonias, menos por lembrança ou documentário duma estreia incolor, mas não desastrosa, do que por morigerada vaidade, vaidade que tocava também o coração de Luísa. E em todas as notícias, com os mesmos adjetivos, a mesmíssima benevolência, na qual podia-se perceber o dedo da simpatia cutucando os redatores. Em todas, exceto na croniqueta com cercaduras de estrelinhas do admirador confesso de Antenor Palmeiro, extremista teórico e inimigo de cutucações, que não me foi dado conhecer pessoalmente, que nem soubera presente à falação, e que cintilava, como a revelação periodística do ano na cidade, graças ao ferino humorismo que lançava em circulação, mas com a suficiente cautela de jamais atingir o trombudo morador do Palácio da Liberdade. "Em Belo Horizonte ainda não se usam calças escuras com paletó branco e o conferencista vestia-se assim", começava. E em igual tom prosseguia: "A voz não era afinada para conferências e a gesticulação mais apropriada a uma conversa em república de estudantes; nem era propriamente gesticulação, mas coceira, aliás muito bem coçada com uma destreza de contorcionista, no desejo, talvez, de simular despreocupação..."

Olhei para Luísa, de penhoar, na penteadeira, escova em punho. Acordara mais cedo e já lera os jornais, que o hoteleiro punha por baixo da porta com matutina delicadeza:

— É o artigo? Não se aborreça.

— (Ataliba chamava de artigo a tudo quanto lia em jornal.) Por que me aborrecer? É uma opinião.

— Mesquinha!

— Matuta, ficaria melhor dizer, mas sempre uma opinião. Você sabe: ninguém é inviolável. Desde que não atinjam a nossa honra, desde que sejam apenas críticas, afirmações de pontos de

A MUDANÇA 607

vista, temos que respeitá-las ou sofrê-las, como quiser. Um dos males das ditaduras, e que já vai se intensificando entre nós duma maneira bárbara, é o de incrementar nas criaturas a natural propensão delas para não admitir opiniões contrárias, não permitir a menor restrição.

— Mas essa foi um pouco grosseira e você é uma visita.

— Não, querida. Não levemos muito longe o código das boas maneiras, nem os deveres da hospitalidade. Devemos ser naturais e, afinal, tudo é Brasil. E nem grosseira foi, pense bem. Apenas me ridicularizou um pouquinho, e a quantos não tenho eu ridicularizado?

— O Garcia vai dar barrigadas se ler.

— Vai ler na batata. É o jornal que mais se consome no Estado. Mas acho que você se engana no que concerne às barrigadas. Em matéria de alfaiate o Garcia já está um poucochinho como o cronista. Só não tão engraçado.

Luísa riu:

— Que perfídia!

— Então você não viu os ternos que mandou fazer?

— O jaquetão até que é alinhado...

— Alinhado só se for para defunto! Você está ficando cega. Ainda tem café aí?

— Está frio.

— Não tem importância.

Não estava frio, estava gelado. Gelado, ralo, amargo, requentado. Fiz uma careta, acendi outro cigarro. Luísa levantou-se — ia tomar o seu banho, pelando como era do seu gosto. Voltei aos jornais. A manchete esclarecia: "A Armada americana não estava alerta no Havaí." Não, não estava. No dia do ataque nipônico, o comandante da esquadra, com toda a oficialidade, fora assistir a uma partida de beisebol. Provavelmente com colares de flores no pescoço.

— Como se chamam aqueles colares de flores que usam os havaianos?

— Quê? — e o barulho da água parou um momento.

— Nada. Já me lembrei.

E num canto de página: "Hoje é o Dia do Reservista." Quem tiver menos de quarenta anos terá que visar o certificado de reservista. É uma novidade, ensaio de mobilização, de duvidosa eficiência, com vista a prováveis dias belicosos. Se não vim aparelhado para conferências, sem roupa adequada, como requeria o cronista, à pública exposição de algumas ideias, mesmo desimportantes, o mesmo não acontecia para com o Dia do Reservista.

— Você não se esquece de nada — disse Luísa saindo do seu banho turco.

— Quando a vida deveria ser um longo esquecimento, não é?

Peguei a caderneta militar e procurei o posto mais próximo. Era perto da Biblioteca, que já visitara, pobre, mal instalada e que o governo serenamente desprezava, muito mais interessado em zebus. O trim-trim da bicicleta me avisou a tempo e, contra a árvore, me esquivei da menina de cabelos dourados, que despencava desenfreada pela ladeira. A bicha era longa e palradora. Para um ilustre visitante e conferencista há atenções e prerrogativas — depressa me encontrei diante de três fardas engomadas, de modelo muito diferente daquelas que me ensinaram a marchar. Houve certa dificuldade em esclarecer o sargento a respeito da minha condição de ex-soldado em trânsito, tanto mais que a caderneta não tem fotografia, mas acabei com o carimbo sacramentante — a Pátria estava avisada da minha existência e obediência. Será que mais uma vez pegarei nas suas armas?

....

Ao almoço, com tutu e torresmo, apareceram recentes amigos. O incipiente contista tocou no assunto:

— Não levasse a sério o cronista. Era um despeitado, um ressentido, um pobre-diabo...

Não alimentei conversa e a coisa murchou com um certo constrangimento dele que, parece, tinha contas a ajustar com o humorista.

Joaquim Borba chegou na altura do doce de leite, adernando ao compasso das pernas esguias e não muito firmes. Deixou-me no saco de viagem estas palavras:

A MUDANÇA 609

— De noite a gente só veste a camisola de dormir, e debaixo vem logo o caráter.

— Ninguém mais usa camisola de dormir, Joaquim! — retificou Paulo Emiliano.

....

Crepúsculo na Pampulha. Fogaréu imenso no poente, tristeza imensa no lago com uma garça perdida, o longo bico imóvel espetado na soledade. A arquitetura de Guilherme Grumberg, funcional só no nome, muito mais arrojada do que a que balbuciou em Guarapira, atua esteticamente como calças escuras e paletó branco na mesquinhez de um meio que abandonou o barroco para se chafurdar no mestre de obras — linha nova, maravilhosamente bela, com ar de festival, perecível, talvez, mas chocante, saudavelmente chocante e necessária como necessária foi a fácil e breve linha *dada* na literatura, e Aldir tem razão: somente o Estado pode arcar com o desperdício de certas ventilações. Os jardins, que dão unidade à obra, ainda nascentes, maciços de arbustos, manchas de folhagens como tinta em paleta, panos de gramado, acompanhando a natureza do terreno, dignificam a paisagem, reabilitam a flora espoliada, alargam o horizonte. Nicolau excede-se nos azulejos a que o povo torce o nariz, todos em azul, másculos, dramáticos, imbuídos da grandeza do Aleijadinho, surpreendente dedada de gigante para quem sempre timbrou em se mostrar pigmeu — com eles faz jus a dez anos de indulgência.

O bispo, que não condenou o cassino, nem a casa de baile, vetou a capela, que é um hangar para anjos. Aquilo não era arte compatível com a religião — condenara o sacrílego representante de Deus. E querendo demonstrar aos paroquianos o grau dos seus conhecimentos de arte sacra, perguntava, ofendido e irrevogável:

— Quem já viu um sino fora do corpo da igreja? Perdão, Pai do Céu, bem pouco viajado é o vosso bispo. Ali pertinho mesmo, nas cercanias do seu bispado, no encascalhado caminho de Ouro Branco, que mais preciosa capelinha poderá haver que a erigida pelos cobiçosos coloniais, com o campanário de madeira a vinte metros da porta? Mas com bispo não se discute. Não discutiu o governador, que a ditadura manteve, não discutiu o prefeito, lépido, agitado, inventor da Pampulha e muito ligado ao clero pelos laços do seminarismo. Nem acabada, abandonaram a capelinha às intempéries — a chuva anda fazendo os seus estragos, que cortam o coração dos ateus.

17 de dezembro

— Há um germe nas nossas cidadezinhas, cruzamento da rotina com a inoperância, pois 'tá, que empala os elementos melhores. É como mata-pasto e melão-de-são-caetano para a lavoura. A ação política, que era um escape, foi travada pela ditadura, os administradores, na maioria, vêm de fora, estranhos ao meio, para terem mais força, despertarem mais temor. A única possibilidade de sobrevivência é fugir para os grandes centros, mesmo em condições miseráveis — foi o que disse o homúnculo, de olhos esbugalhados como sapinho, que viera do Oeste e que ensaiava um pulo para o Rio.

— Mas Belo Horizonte não é uma cidadezinha, meu caro. Acho que será um grande centro. Afinal, não tem cinquenta anos...

— Claro que sim, uai! Não estou dizendo o contrário. Mas se arrasta um pouco. Está custando a levantar voo. Somos uma cidade de funcionários, sem indústria e sem iniciativas privadas. E como ser um grande centro sem indústrias e sem comércio? O que temos é alguma exploração imobiliária e bancos. Bancos, bancos, bancos... Dinheirinho rendendo juros vagabundos, uma continuação cautelosa do tempo em que se colocar dinheiro em apólices da dívida pública era o melhor negócio que se imaginava — o lucro sem trabalho e sem riscos. E os bancos pegam nos depósitos e vão emprestá-los, a juros escorchantes, no Rio e em São Paulo, onde há coragem para empreendimentos — tornou o homúnculo, manipulando o cigarrinho de palha.

— A Cidade Industrial será a célula do futuro que você prediz. Uma coisa fantástica! E dizer-se que é ideia do governador que temos... — aduziu o incipiente contista.

— Oxalá o seja! Ainda não passa duma demarcação. (Paulo Emiliano.)

A MUDANÇA

— E para início das dificuldades, falta energia elétrica — acentuou, rindo, o homenzinho.

— Às três da madrugada o governador queria comer pipocas. E mandou acordar o secretário da Agricultura para fazê-las... (O historiador, chupitando a cervejota.)

— E ele fez... (O crítico, muito cortante.)

— Não! Não fez. Ele não sabia fazer. O governador, dando patadas no chão, como criança birrenta, disse-lhe as últimas. Filho das ervas era elogio! Mas foi o desgraçado quem ainda salvou a situação. Lembrou-se que o chefe do Fomento Agrícola sabia. Foi arrancá-lo da cama. O chefe havia quebrado o pé de tarde, numa batida de automóvel, estava com aparelho de gesso e costelas avariadas, mas mesmo assim foi trazido para o fogão palaciano. O sátrapa comeu duas pipocas — uma porcaria! Escarrou mais uma dúzia de palavrões, pendurou-se na campainha para chamar o chofer, bateu a cem quilômetros para a fazenda que tem aí perto a fim de medir orelhas de novilhos zebus. A única estrada pavimentada que possuímos é a que liga o palácio à fazenda. (Ainda o homúnculo.)

— Não há cachaça que embriague mais do que o poder... (O seráfico professor, coçando o lóbulo da orelha.)

18 de dezembro

Estamos de volta e tudo encontramos em ordem. Luísa telefonara duas vezes para se certificar e a ligação levara horas:

— Felicidade é de confiança, mas um poço de ignorância, meu filho.

Felicidade cuidou bem das crianças. Qualquer complicação que houvesse, estava superavisada — chamasse Gasparini, que tomaria as providências. Contudo, não fora solicitado na véspera, quando Vera teve um "meaço de difruxe", que passou com chá de limão-galego — coisinha à toa.

Luísa riu:

— E se não fosse?

— Ora, dona Luísa... — confundiu-se a preta.

612   MARQUES REBELO

— Deus ajuda os pobres de espírito — disse eu depois no quarto. — É o que evita muita desgraça no mundo...

E tratei de arrumar os livros que trouxe, vários, com dedicatória, livros impressos lá, e que somente lá circulavam, mereciam comentário, classificavam autores e correntes, a expressão, em suma, de um meio mais isolado do que regional, pois o conluio da serra da Mantiqueira com a desconfiança mineira estabelece um dique, que raros transpõem para atingir a planície federal, como aconteceu com Joaquim Borba. Já folheara alguns nas poucas horas disponíveis de hotel, irei lê-los, rápido — é uma gente simpática aquela.

— Você venceu os mineiros. Deixará amigos e saudades — disse Joaquim Borba na hora do embarque.

— Sempre fui um pouco mineiro por causa de Guarapira.

— Por causa de Francisco Amaro é o que você quer dizer, pois não? É um camarada de merecimento o Francisco Amaro. Temos acompanhado aqui, e com orgulho, o que ele vai realizando em Guarapira. Está fazendo dela uma Ouro Preto moderna, não é? Mas por que não escreve mais?

— Diz que não tem tempo, porém, em compensação lê bastante. Mais até do que se pode imaginar pelos trabalhos que tem. Trabalha muito. Um verdadeiro moto-contínuo.

— Foi curioso aquele movimento que encabeçou em Guarapira. Ficou na história literária, não tenhamos dúvida. Eram meninos de ginásio, não eram?

— Sim, eram. Menos um. Mas ele nega a liderança. Diz que foi no arrastão.

— Tenho alguns números da revista. Guardo-as com o maior carinho. O manifesto que lançaram era engraçadíssimo!

— Saíram somente seis. Logo o grupo dispersou-se, pois os seus componentes foram estudar fora. Salvo Francisco Amaro, nenhum voltou à terra natal.

— É assim. Quase ninguém volta... Quando ele veio estudar aqui eu ainda estava em Vila Caraíbas.

— Veio por influência de um companheiro. Não passou mais que um ano aqui. O primeiro de Direito. Transferiu-se para o Rio. Foi quando eu o conheci pessoalmente.

A MUDANÇA 613

— Logo que cheguei fui morar na pensão em que ele esteve.
A dona falava muito dele. Era um rapaz calado, retraído, muito
elegante, com uma mesada fabulosa...
— Três contos.
— Era cobre naquele tempo!

....

De noite, Gasparini apareceu:
— Como é a cara da bichinha?
— Decente. Decente e pálida.
— E por dentro?
— Beatinha, mas correta. Correta, inteligente, alegre, presti-
mosa. Parece que vai dar certo.
— Pois cá com os meus botões pensei que fosse uma espiga.
Por fora e por dentro. O Garcia está ficando um pouco gagá...
— Enganou-se redondamente.
— Antes assim. Mas tenho novidade do mesmo gênero casa-
menteiro. Saulo engoliu o sapo! Anita e Délio embarcarão nestes
próximos dias para o Uruguai onde se casarão. O danado do
desquite, finalmente, saiu!
— Como você soube?
— Em Paris não se fala de outra coisa...

19 de dezembro

Quadrilha do amor e do desamor: A suicida adorava Godofredo Simas, que se enrabichara por Neusa Amarante, que recusara
o coração de Pérsio Dias, mas aceitara a meia caftinagem de
Olinto do Pandeiro; Lenisa Pinto dedicara-se a Lauro Lago, que
se enfastiara depressa de Lenisa Maier, que repudiara José Carlos
de Oliveira e só amava a si própria.

21 de dezembro

Como se ela não houvesse passado por sua vida, e o arrastado
a uma tentativa de suicídio, não muito clara pois também se falava em questões de jogo, como se fosse tão desconhecida para ele

quanto a outra face da lua, como se não existisse mesmo, jamais José Carlos de Oliveira se referia a Lenisa Maier. Jamais! Se inadvertidamente se falava dela, ou se a voz quente que a notabilizara vinha no rádio, empalidecia, nada mais. O que sabíamos do caso, cheio de pequenas cenas mansfieldianas, devíamos a Gasparini, uma testemunha. Quando tudo começou tinham consultório juntos, com horários diferentes, mas logo, melhorando a clientela, Gasparini achou conveniente ter um consultório só para si, a sala de espera, porém, permanecendo comum. Conhecera-a de pasta na mão como propagandista de um laboratório que só fabricava zurrapas — insinuante, esgalga, uma cor de pecado, os seios infernais!

— Foi paixão braba e cega! Somente ele não via que aquela garota não valia um pirulito — dizia, esquecendo-se de Nilza, definitivamente amancebada com um milhardário do pinho, com o qual já devia ter qualquer coisa quando se separara, pois não era de pregar prego sem estopa, luzindo elegância, frequentando recepções, aparecendo nas revistas com um ar refinado.

E reportemo-nos a um episódio de perversidade e covardia, um episódio que define um caráter. Era cerca de meia-noite, fazia frio e a Rua Álvaro Alvim estava deserta e escura. Voltava da *garçonnière* de Godofredo Simas, que me extraíra, a toque de caixa, a tradução — caprichada, hein! — de um relatório sobre cristais de rocha, com o qual pretendia arrancar couro e cabelo de um industrial capixaba, o que parecia ser favas contadas, porquanto adiantada e regiamente me pagara. Um vulto gritou:

— Perua! Perua! — e se escondia por trás dum grosso poste.

A mulher, a meio do beco fronteiro, respondeu com obscenidades, despautérios e gestos furiosos. Era uma pobre e conhecida figura da noite, pois só noturnamente aparecia pela Lapa e pela Cinelândia, vestindo-se com maltrapilhas, mas orgulhosas sedas e plumas, a saia arrastando, os sapatos cambaios, berrantemente pintada. Era italiana, fora cantora lírica, de beleza invulgar, assegurava Luís Cruz, que a conhecera nos áureos tempos, tivera como amantes os mais respeitáveis figurões da República. Depois decaíra e endoidecera.

A MUDANÇA 615

— Perua! Perua!

A infeliz desesperava-se, insultava, emendava os insultos com estertores de pranto, e o vulto se escondendo sempre:

— Perua! Perua!

Cheguei perto — era Lauro Lago, chapéu desabado, abafado o pescoço num cachecol de seda creme. Três anos depois era o que é.

22 de dezembro

Respondo com um pensamento alheio ao repórter de Natal: "A poesia é um vasto *calembour*. O poeta associa, dissocia, revira as sílabas do mundo. Poucas pessoas têm agilidade bastante para saltar de um plano a outro e seguir a manobra fulminante das relações." O que é preciso é responder — eis o segredo de muitas vitórias.

E a estrelíssima Glorita Barros num ataque de sinceridade:

— Escapei de ser lavadeira!

23 de dezembro

Lá se foi Hong Kong! Em compensação, no Pacífico é afundado, pelos americanos, um cardume de submarinos japoneses. E Churchill chega inesperadamente a Washington, de charuto empinado e fazendo com dois dedos o V da Vitória.

Aldir é simplificante:

— Vai empenhar mais um pertence do Império Britânico, que a Casa Branca agora é como Monte de Socorro. Quando acabar a guerra, o Império estará a nenhum.

24 de dezembro

A árvore, embora atarracada, não ocupa muito espaço — um canto de sala, o canto menos acessível, do qual foi removido o musgoso vaso com espadas-de-são-jorge, que além de decorativas, segundo Felicidade, nos protegem do mau-olhado. O chacareiro queria um dinheirão por um pinheirinho de seis palmos, Luísa descalçou a bota na loja de novidades. Trouxe-a embrulhada em papel pardo como volumosa sombrinha, e armá-la foi operação fácil e divertida.

— Veja! — e Luísa exibiu-a, eriçada como um imenso paliteiro.

Meus olhos se anuviaram — as invenções deviam ter limites. A imitação infunde desprezo, mudo desprezo, a quem amou as árvores do Trapicheiro, ardentemente esperou por elas e substituiu o amor e a espera pela saudade. É duma substância assim como o celuloide, lustrosa como escama de cobra, dum verde horripilante, com frutinhos vermelhos, na ponta dos galhos, que lembravam os olhinhos dos ratos-brancos, que Pinga-Fogo criava e trazia ao ombro, sob o nojo e a reprovação de Mariquinhas, tão artificial quanto o mito que propaga.

Não pus na sua ornamentação, bastante carregada, com um odioso cometa no cimo, os meus dedos descrentes, tão hábeis para respingar pela ramaria antiga as velinhas multicores, as lanterninhas, o algodão como se fosse neve. Deixei a tarefa para as mãos de Luísa e das crianças, neófitas aranhas, que alegremente se emaranhavam na teia de fios prateados que espalhavam pela galharia dura e simétrica.

Quando ficou pronta, e ao pé dela as crianças plantaram os ávidos sapatinhos, Luísa perguntou radiante:

— Não ficou linda?

(Não destruamos as ilusões dos amadores. Pelo menos algumas. Que culpa têm de que o tempo prático e mercantil ofereça um material tão reles e sem seiva?)

— Sim, está muito bonita.

— E serve para muito tempo!

(Ó desalentadora durabilidade!)

— É ótimo.

E uma sensação me invade, não sei se de tédio ou de derrota.

25 de dezembro

Um pensamento natalino: nem todos os inimigos dos nossos inimigos são admiráveis.

A MUDANÇA

26 de dezembro

— Esse Pio XII é um cabra descarado! Sabe o que ele disse na sua encíclica, ou bosta que o valha? Que "a diferença entre o bem e o mal já não é compreendida"... — provoca José Nicácio.

Susana, com desdém, sem dignar-se olhá-lo:

— Um santo!

E Roosevelt, que se tornou um papa de democracia: "Os homens perversos que fizeram a guerra serão chamados a uma terrível prestação de contas."

José Nicácio é pessimista:

— É o que veremos.

27 de dezembro

As rebeliões contra Jules Renard: às vezes mais vale um cediço lugar-comum do que a imagem mais original.

28 de dezembro

Adonias veio com as mãos cheias — brinquedos para as crianças, perfume para Luísa, bolsa de feira para Felicidade, uma lapiseira para mim.

— Natal atrasado. Foi impossível vir vê-los antes. Estive em Petrópolis.

— Obrigado pela parte que me toca. Mas quando você me viu usar lapiseira? Abomino lapiseiras!

— Eu me esqueci — riu.

— No ano que vem é capaz de me dar um Coração de Jesus.

— Você precisava bem...

— E o que você precisa é de tomar uns fosfatos, uns lipoides cerebrais...

— Lipoides cerebrais?! Aposto que é receita do Gasparini. Que soberbo asno esse nosso amigo! Passa adiante, com a maior insensatez, quanta porcaria impinge a ganância dos especuladores!

— Não torça a questão. Tome os troços para os miolos. Do contrário fica como Susana. Jamais, sem uma única exceção, deixou de me oferecer manteiga, apesar de sempre, e categoricamente, notificá-la que não ponho manteiga na boca.

— É mais uma falha do seu caráter bem pouco adamantino. Mas como vai a virtuosa donzela das Laranjeiras?

— Vai no mesmo compasso. Estive lá anteontem. Fui levar a minha oferenda. Um potezinho de pedra-sabão, que trouxe de Minas, aliás pavoroso.

— Muita gente?

— Fraco. Mas José Nicácio não deixa de ser uma multidão. Falou pelas tripas do Judas!

— E multidão fortemente etilizada!

— Estava sóbrio.

— De noite?! É um milagre!

— O roto falando do esfarrapado...

— Para beber é preciso ter linha, velho. E o José Nicácio não tem. Nasceu pé-rapado, morrerá pé-rapado.

— Bem. Não pense que sairá daqui de mão abanando. Tenho cá o meu presentinho. Também é para os miolos — e entreguei-lhe um romance de Edith Wharton.

— E você se esquece que eu abomino a pretensa literatura ou é só por picardia?

— Não seja burro. Leia!

Pérsio apareceu, com um talho de navalha na altura do bigode:

— Os japoneses estão com a cachorra! Manilha está virando pó.

Adonias fez uma cara enjoada:

— Essas minúcias da guerra já não me passam na garganta!

— Pois ainda terás de ouvir carradas delas...

E a lapiseira passei-a a Luísa, que a perderá, como perderá o isqueiro com que Loureiro a regalou.

29 de dezembro

— Tem tido notícias de Catarina? — perguntou Garcia na véspera do casório.

A MUDANÇA 619

— Nenhuma — respondi com frieza, evasivo e, por um instante, o coração deixara de bater.

Não pareceu notar a minha esquivança:

— Também eu, também eu. Não pude nem participar o meu casamento, por não saber o seu endereço.

— Nem eu sei.

— Não sabe?! Essa é fina! — Fez uma pausa. — É de veneta a nossa querida amiga. Mas você já está calejado... — e mentalmente batia em minhas costas palmadas entre afetuosas e consoladoras. — De repente começa a escrever todos os dias, a mandar telegrama, a enviar coisas.

Felizmente Geralda, na azáfama pré-nupcial, entrava com uma braçada de saias passadas a ferro; Garcia entornou nela um olhar melado e a conversa morreu. E hoje, com uma quadra de selos roxos, vigorosamente carimbada, muito bem protegido em papelão ondulado, chega *The Great Gatsby*, de Scott Fitzgerald, cuja morte de alcoólatra, no ano passado, me impressionou tanto quanto o recente suicídio de Virginia Woolf nas águas sujas do Tâmisa. Vem sem dedicatória da remetente, ingrato sismógrafo que de longe, não tenhamos dúvidas, deve registrar prazerosamente os meus desabamentos. Folhei-o, página por página, na teimosa esperança de encontrar um bilhete, um cartão, uma frase riscada, um sinal qualquer. Nada! Que mensagem poderá conter para mim esse romance econômico, preciso, moderado e precioso, estampa duma época pós-bélica que vai se repetir com mais desajustes e gravames? Que me lembre, nenhuma, embora que as últimas linhas ("Ele não sabia que o seu sonho já estava atrás de si, perdido em algum lugar na vasta escuridão"...) pudessem... Não! Seguramente nada mais se pretende, com o envio, do que reavivar a contundente e deslumbrada leitura conjunta, no hotelzinho meio alemão de Itatiaia, num quartinho do sótão, quase que inteiramente ocupado pela cama turca, com cobertores cor de café com leite, e de teto de vigas tão baixo e inclinado que, por questão de um dedo roçaria as nossas cabeças. Não fora a nossa primeira excursão amorosa, mas tiveram a sua marca, indissipável como marca de vacina, aqueles cinco dias outonais, curiosa e logo desencantada Lady Chatterley. Havia folhas bronzeadas e douradas na floresta que enlaçava a cascata, floresta de finos troncos malhados de liquens, aclive que ela grimpava, em cascatas de risos, ralando os joelhos, arranhando os antebraços, enleando-se nos cipós — inexperiente hamadríade. Havia o banho solitário no tanque azul, onde a estreita e esgarçada fita d'água vinha cair borbulhante como champanha numa taça.

— Vou ficar nua!

— E se vier gente?

— Logo se vê.

— Pois então fique. Pensarão que é a mãe-d'água.

— De cabelos cortados...

E ela em ninfa desnuda se metamorfoseou, espadanando a água estrepitosamente, boiando com o pente encharcado e os seios aflorando, mergulhando com elasticidade de lontra, voltando à tona com os cabelos escorrendo, as pestanas gotejantes, a boca mais violácea — uma cara redonda de menino que sai do chuveiro. Havia a varanda, de remendada cimalha, dominando os rododentros e os vaga-lumes, onde se esperava a lua chorada pelos urutaus, os lábios a cada momento se procurando, esmagando palavras e reacendendo o desejo, que se afundava em inesgotáveis reservas. Havia a sebe de cedrinho, que contornava o pomar de pessegueiros, marmeleiros e estéreis macieiras, com um banco de madeira, rústico, algo bichado, no qual aguardávamos a hora do almoço, convocado por flébil sineta, minguada convocação, pois éramos só nós os hóspedes daquele hotelzinho de oito quartos minúsculos.

— Foi bom que estivesse vazio, não foi?

— Os proprietários não devem ser da mesma opinião...

Eram luteranos os proprietários, casal vermelhaço, acomodado, entrado em anos, mas ainda forte, que, com o auxílio de um único empregado, fazia todo o serviço da casa, muito asseada, cheia de cortinazinhas brancas e litografias de paisagens bávaras em caixilhos de acaju, que cuidava das hortaliças, do galinheiro e da vaca de focinho cor-de-rosa, que fabricava ainda o seu pão e a luz que se consumia, luz débil, porém luz, produto de um motorzinho vetusto e monocórdio instalado no fundo da horta, luz que religiosamente era apagada às oito horas com um prévio e demorado sacudir da plangente sineta.

— Não é admirável que eles não troquem esse cantinho segregado por coisa alguma no mundo?

— Isso não é um cantinho, mulherzinha. Não poetize! Isso é um negócio.

— Coberto de razão!

E o par de colibris, pequeninos como falangetas, veio, sondou a flor sem nome, desapareceu como um rabisco no ar.

— São de uma espécie que está ficando rara. Bem-casados se chamam. Quando um morre, o outro morre logo depois.

— Tem um cheirinho de peta isso, não tem? — e ela franziu as narinas.

— Passo o peixe pelo preço que me venderam.

— Acha que esta senhora hoteleira acompanharia tão açodadamente o marido se ele esticasse as canelas? — perguntou zombeteira.

— Gente não é beija-flor.

— Mas se parece um pouco...

— Não vejo como.

— Você está embotado.

— É possível.

— É positivo. Acontece com os maiores crânios...

Havia também versículos bíblicos espalhados por todas as paredes. Déramo-nos à bisbilhotice de entrar em todos os quartinhos para lê-los e, como eram em alemão, Catarina os traduzia sem grandes hesitações. No nosso, por cima da cabeceira da cama, tínhamos o de São Paulo Apóstolo aos romanos: "O amor seja sem fingimentos. Aborreci o mal, aderi ao bem."

— Faça o possível para não ser fingido, rapaz!

— Mas como aderir ao bem se o mal é muito mais delicioso?

— Depravado!

— É o sangue do famoso tio Gastão.

— Que sangue! Não acredite tanto em consanguinidade e atavismo... É apenas um fantasma de que você não conseguiu se livrar. Um fantasma que você criou para espantar a família e se libertar da grilheta. Aquele que mais sórdido parecia às suas Mariquinhas e aos seus Emanuéis e que acabou por estender aos que te oprimem ou te enojam. Isso, só isso! O homem e os seus fantasmas... Também carrego os meus...

— E como devem ser pesados...

— Upa! De entortar os costados! Que nó estranho é a família, hein! Nó de víbora! Contra o qual temos que lutar cada minuto para não acabarmos, como Laocoonte, esmagados, nos seus anéis, reduzidos a uma paçoca inominável. Não! Não é o sangue familiar que me impele para os meus desregramentos. Nem um tiquinho! É o furor de negar o círculo familiar, viscoso como hidra. De me opor, como vergonhoso produto, às suas bitolas e cínicas usanças, à sua linguagem em código restrito, estúpidas palavras que somente nele têm curso. De agredi-lo, de ofendê-lo, exibindo, mas como se quisesse esconder os mesmos defeitos que hipocritamente ocultam e que não perdoam aos outros círculos. E assim afirmar a minha condição de ser autônomo — afirmar, afirmar!

— Compreendo.

— Tinha graça que não compreendesse!

Havia a clareira no bosque de eucaliptos. Lá, uma tarde, e o ouro esverdeado da luz ligava os altos cones, Catarina perguntou:

— Que é que eu sou para você?

— Talvez um acidente — gracejei.

— Talvez uma intenção — sorriu. — *Perhaps an intention*, no original.

30 de dezembro

E ela era o prazer profundo e sem peias, o desterro de inúmeros tabus, a afronta, a insolência, o pecado sem mácula, o antígeno conjugal e, principalmente, o ideal da antimãe!

A MUDANÇA

31 de dezembro

As costas doem de estafa — que longo ano! Num gesto vão arranco a última folha da folhinha, lanço-a, amassada, pela janela noturna, chego-me ao espelho:

— Como estou mudado! Ou são meus olhos?

— O mundo nos quer à sua semelhança — responde. E sorrindo: — Como Deus...

Este livro foi impresso nas oficinas da
Distribuidora Record de Serviços de Imprensa S.A.
Rua Argentina, 171 – Rio de Janeiro, RJ
para a Editora José Olympio Ltda.
em abril de 2012

*

80º aniversário desta Casa de livros, fundada em 29.11.1931